Фёдор Михайлович Достоевский

Братья Карамазовы

·

까라마조프 형제들 1

창 비 세 계 문 학

85

·

까라마조프 형제들 1

·

표도르 미하일로비치 도스또옙스끼

홍대화 옮김

창비

안나 그리고리예브나 도스또옙스까야*에게 바친다.

....
*Анна Григорьевна Достоевская(1846~1918). 1867년 결혼한 도스또옙스끼의
두번째 아내로 결혼 전 성은 스니뜨끼나(Сниткина)이다.

정말 잘 들어두어라.

밀알 하나가 땅에 떨어져 죽지 않으면 한알 그대로 남아 있고

죽으면 많은 열매를 맺는다.

── 요한의 복음서 12:24

차례

•

저자로부터 11

제1부

제1편 어느 집안 이야기
1. 표도르 빠블로비치 까라마조프 17

2. 큰아들을 내쫓다 22

3. 두번째 결혼과 두번째 아이들 27

4. 셋째 아들 알료샤 37

5. 장상들 51

제2편 부적절한 모임

1. 수도원에 도착하다 66

2. 늙은 광대 74

3. 믿음이 있는 아낙네들 90

4. 믿음이 얕은 귀부인 102

5. 그리될지어다, 그리될지어다! 114

6. 어째서 저런 인간이 살아 있는 거야! 129

7. 신학생 출세주의자 146

8. 추태 160

제3편 음탕한 사람들

1. 행랑채에서 175

2. 리자베따 스메르쟈샤야 184

3. 시로 전하는 뜨거운 마음의 고백 191

4. 일화로 전하는 뜨거운 마음의 고백 206

5. 뜨거운 심장의 고백. '곤두박질치며' 218

6. 스메르샤꼬프 231

7. 논쟁 240

8. 꼬냑을 마시며 248

9. 음탕한 사람들 261

10. 두 여자가 한자리에 270

11. 또 하나의 훼손된 명예 288

제2부

제4편 격정

1. 페라뽄뜨 신부 303

2. 아버지의 집에서 319

3. 초등학생들과 엮이다 327

4. 호흘라꼬바 부인의 집에서 334

5. 거실에서의 격정 344

6. 오두막에서의 격정 363

7. 맑은 공기 속에서 376

제5편 Pro와 Contra

1. 정혼 393

2. 기타를 든 스메르쟈꼬프 411

3. 형제가 서로에 대해 알게 되다 422

4. 반란 437

5. 대심문관 456

6. 아직까지는 아주 모호한 491

7. '영리한 사람과는 잠시 이야기하는 것도 흥미롭다' 507

발간사 521

일러두기

1. 이 책은 Ф. М. Достоевский, *Собрание сочинений в 12-томах*. Т, 11, Т, 12 (Москва: Правда 1982)을 번역 저본으로 삼았다.
2. 각주에서 저자의 주는 '―원주'로 표시했다. 그밖의 주는 옮긴이의 것이다.
3. 원문에 일부 외국어로 표기된 부분은 뜻을 적고 괄호 안에 원문의 외국어를 밝혔다.
4. 외국어는 가급적 현지 발음에 준하여 표기하되, 일부 우리말로 굳어진 것은 관용을 따랐다.
5. 이 책에 인용된 성경 구절은 공동번역성서(대한성서공회 1977; 1999)를 따랐다.

저자로부터

나의 주인공 알렉세이 표도로비치[1] 까라마조프의 전기를 시작하면서 나는 약간의 망설임을 느끼지 않을 수 없다. 그 이유는, 비록 내가 알렉세이 표도로비치를 주인공이라 일컬을지라도 나 또한 이 사람이 결코 위대한 사람이 아니라는 것을 잘 알고 있고, 그렇기 때문에 사람들이 어떤 점에서 당신의 알렉세이 표도로비치가 그렇게 훌륭한가, 당신은 왜 그를 주인공으로 삼았는가, 그가 그럴 만한 어떤 일을 하였는가, 그가 어떤 사람에게 어떤 일을 했기에 유명한가, 독자인 내가 왜 그의 생애의 사실들을 일일이 아는 데 시간을 허비해야만 하는가 하는 질문들을 퍼부을 게 분명하다는 것을 잘

---

1 주인공의 정식 이름. 러시아의 이름은 이름, 부칭(父稱), 성으로 이루어지며 공식적인 자리에서는 이름과 부칭으로 부른다. 부칭은 러시아 고유의 작명방식으로, 아버지의 이름에 남성의 경우 '~오비치(혹은 ~예비치)', 여성의 경우 '~오브나(혹은 ~예브나)'를 붙여 만든다. 주인공의 경우 그 아버지의 이름 '표도르'에 남성형 어미를 붙여 '표도로비치'가 된다.

알고 있기 때문이다.

마지막 질문이 제일 치명적인데, 이유인즉슨 그 답변이란 것이 고작 "소설을 읽어보면 알 수 있을지도 모르겠다"이기 때문이다. 그런데 만일 소설을 읽고도 깨닫지 못하고, 나의 알렉세이 표도로비치의 주목할 만한 점에 동의할 수 없다면 어떻게 할 것인가? 이렇게 말하는 것은 안타깝게도 내가 이런 일을 이미 예견하고 있기 때문이다. 내가 보기에 그는 대단한 인물이지만, 내가 이를 독자에게 증명할 수 있을지에 대해서는 결정적으로 의문스럽다. 문제는 이 사람이 활동가이기는 한데 딱히 규정지을 수 없는, 뭐라 분명하게 드러나는 것 없는 활동가라는 점에 있다. 그런데 우리가 살고 있는 이 시대에 사람들에게 무언가 딱 부러진 것을 요구하는 것도 이상한 일이기는 하다. 하지만 한가지, 이 사람이 기이한 사람이고 심지어 별난 사람이라는 것만큼은 꽤나 분명하다. 모든 사람이 보편적인 혼란에 특수함을 뒤섞어 뭔가 상식적인 설명을 하려 들 때, 특히 기이함과 별남은 관심을 끌기보다 손해를 보는 경우가 많다. 대부분의 경우에 별난 사람은 특이하고 독특한 존재다. 그렇지 않은가?

만일 당신이 이 마지막 주장에 동의하지 않고 "그렇지 않다"라거나 혹은 "항상 그런 것은 아니다"라고 답한다면, 나는 내 주인공 알렉세이 표도로비치의 가치를 한껏 고무적으로 생각하게 될 것이다. 왜냐하면 별난 사람이라고 해서 '항상' 특이하고 고립적인 존재인 것은 '아닐' 뿐더러 그와 반대로 어쩌면 때로는 그의 속에 전체의 핵심을 쥐고 있으며, 오히려 그 시대의 나머지 사람들이 불어온 바람결에 어쩌다 잠시 그에게서 떨어져나간 것인지도 모르기 때문이다……

다분히 흥미롭지도 않고 모호한 이 설명을 장황하게 늘어놓을 바엔 서문 없이 그냥 이야기를 시작할 걸 그랬나보다. 그랬더라면 사람들이 마음에 들어하며 내키는 대로 그럭저럭 책을 끝까지 읽었을 텐데 말이다. 그런데 문제는, 내 전기는 하나인데 소설은 두편이라는 데 있다. 중요한 소설은 두번째 소설[2]인데, 그것은 이미 우리 시대, 현재 진행 중인 바로 이 시대에 우리 주인공의 활동에 관한 것이다. 첫번째 소설은 이미 십삼년 전에 일어난 일로, 소설이라기보다는 우리 주인공의 유년 시절의 한 시기에 관한 이야기다. 그렇다고 이 첫번째 소설을 빼고 이야기하기는 불가능한데, 왜냐하면 이것 없이는 두번째 소설의 많은 부분을 이해하기 어렵기 때문이다. 그런데 나의 첫 난관은 이 때문에 더욱 복잡해진다. 만일 전기작가인 나 자신이 이 소박하고 모호한 주인공에게는 소설 한편도 과분하다고 생각한다면 두편을 갖고서는 어찌하겠다는 말인가? 무엇으로 나의 오만을 설명할 수 있을 것인가?

이 문제를 해결할 길이 없으므로, 나는 아무것도 해결하지 않고 에둘러가려 한다. 물론, 명민한 독자는 내가 처음부터 이럴 심산이었음을 진작에 알아채고는 왜 무의미한 말로 귀중한 시간을 쓸데없이 낭비하느냐고 불만을 터뜨릴 게 분명하다. 여기에 대해서는 분명히 답변하겠다. 내가 무의미한 말로 귀중한 시간을 허비한 것은 첫째는 예의 때문이고, 둘째는 머리를 쓰느라 그런 것이다. 어쨌든 뭔가 미리 경고를 했다는 말이다. 그러나 나는 내 소설이 '전체로는 본질적 통일성을 지닌 채' 그 자체로 두개의 이야기로 나뉜다는 사실이 심지어 기쁘기까지 하다. 첫번째 이야기를 알게 된 독자

2 『까라마조프 형제들』의 후속작인 두번째 소설은 도스또옙스끼의 사망으로 쓰이지 못했다.

는 이미 두번째 이야기를 손에 들 가치가 있는지 없는지 스스로 결정할 수 있을 것이기 때문이다. 물론 어느 누구도, 그 무엇으로도 곤란해할 까닭은 없다. 첫 이야기를 두세쪽 정도 읽다가 다시는 들춰볼 생각도 하지 않고 책을 던져버릴 수도 있다. 하지만 또한 공정한 판단을 위해 실수가 없도록 반드시 끝까지 읽고야 말리라고 다짐하는 아주 섬세한 독자도 있기 마련이다. 예를 들면 우리 러시아의 비평가 같은 사람들 말이다. 나는 그런 사람들 앞에서도 마음이 가볍다. 그들의 빈틈없음과 정직함에도 불구하고 어쨌거나 나는 소설의 첫 장면에서 그들이 이 이야기를 읽지 않고 던져버릴 합법적인 구실을 제공해주었으니 말이다. 자, 이것으로 서문을 마치겠다. 나는 서문이 필요 없다는 말에 전적으로 동의하지만, 이미 썼으니 이대로 두련다.

이제 소설에 들어가자.

제1부

제1편
어느 집안 이야기

1. 표도르 빠블로비치 까라마조프

알렉세이 표도로비치 까라마조프는 정확히 십삼년 전에 발생한 비극적이고 암울한 죽음으로 인해 당대에 아주 유명했고 지금까지도 사람들 사이에서 회자되는 우리 군郡의 지주 표도르 빠블로비치 까라마조프의 셋째 아들로, 이에 대해서는 때가 되면 자세히 이야기하겠다. 지금은 이 '지주'(평생 자기 영지에서 산 적이 거의 없었지만 우리 군에서는 그를 이렇게 불렀다)에 대해 그가 이상하긴 하지만 상당히 흔히 만날 수 있는 부류의 사람으로, 형편없는 방탕아일 뿐 아니라 막무가내이긴 해도 자기 재산에 관한 일만큼은 탁월하게 다룰 줄 알고, 또 어쩌면 그 일만 잘할 줄 아는 그런 부류의 사람이라는 것 정도만 말해두겠다. 실례로, 표도르 빠블로비치는 아무것도 손에 쥔 것 없이 시작해 가장 하찮은 지주로 남의 식탁을 전전하며 식객으로 버티고 살았지만, 나중에 보니 현금만 10만 루블을 쥐고 죽은 것으로 밝혀졌다. 이와 동시에 그는 평생 동안 줄곧 우리 군 전체를 휩쓸고 다닌 막무가내 망나니들 중 한 사람으로 살았다. 다시 한번 말하지만, 여기서 문제는 어리석음이 아니다. 대부분의 망나니는 상당히 똑똑하고 교활하다. 문제는 막무가내라는 점인데, 여기에는 뭔가 독특한, 이 민족 특유의 것이 있다.

그는 두번 결혼했고, 세 아들을 두었다. 큰아들 드미뜨리 표도로비치는 첫번째 아내의 소생이고 나머지 두 아들, 이반과 알렉세이는 두번째 아내의 소생이다. 표도르 빠블로비치의 첫번째 아내는 우리 군의 지주로 상당히 부유하고 명망 높은 귀족 미우소프 가문 사람이었다. 지참금이 있고 아름다울 뿐 아니라, 요즘 시대에는 흔하지만 과거에도 이미 더러 볼 수 있었던 당돌하고 영리한 아가씨들 중 한명인 이 아가씨가 어쩌다가 그렇게 하찮은 '핫바지'(당시에는 모두 그를 그렇게 불렀다)에게 시집을 가게 되었는지는 세세히 설명하지 않겠다. 나는 그저 지난 '낭만주의' 세대에 언제든 가장 평안한 방식으로 시집갈 수 있는 한 신사를 향해 몇년간 수수께끼 같은 연정을 품다가 혼자서 극복할 수 없는 장애물을 상상하고는, 폭풍이 치는 밤에 절벽처럼 가파른 강둑에서 아주 깊고 물살 빠른 강에 몸을 던져 생을 마감한 한 아가씨를 알고 있을 따름이다. 이는 오직 셰익스피어의 오필리어를 닮고 싶은 변덕스런 일념 때문, 아니 결정적으로는 자신의 변덕 때문이었다. 만약 그녀가 오래전부터 눈여겨보며 깊이 사랑해온 절벽이 그렇게 아름답지만 않았다면, 또 그 자리에 산문적이고 평평한 강가만 있었다면 자살은 결코 일어나지 않았을지 모른다. 그러나 이 일이 실제 있었던 일이고, 이와 똑같은 일 혹은 유사한 일들이 우리 러시아의 삶에서 두세 세대 사이에 적잖이 일어났다는 점은 생각해볼 여지가 있다. 그와 마찬가지로 아젤라이다 이바노브나 미우소바의 행동도 의심할 여지 없이 다른 데서 들어온 사조思潮와 또한 자극에 사로잡힌 생각'의 반향이었다. 어쩌면 그녀는 여성의 독립성을 선언하고 사회적 조건에 저항하고 자신의 혈통과 가족의 전제주의에 항거하고 싶었는지도 모른다. 달콤한 환상에 사로잡힌 탓에 그녀는 표도르 빠블로비치가 지금은 식객의 처지에 있지만, 더 좋은 쪽으로 전환되고 있는 시대에 그래도 어쨌든 가장 용감하면서도 가장 냉소적인 사람들 중 하나일 거라는 확신을 한순간이나마 가지게 되었을 것이다. 하지만 실상 그는 못된 광대에 불과했을 뿐 그 이상은 아니었다. 그녀의 마음을 자극한 것은 이 일이 야반도주로 진행되었다는 점이었다. 이것이 아젤라이다 이바노브나의 마음을 강하게 사로잡았다. 당시 표도르 빠블로비치는 무슨 일이 있어도 출세하고 싶어서 안달이 나 있었기 때문에, 사회적 지위 때문에라도 온갖 돌발적 사건에 뛰어들 태세를 단단히 갖추고 있었다. 훌륭한 가문의 일원이 되고 지참금을 챙기는 것은 상당히 구미가 당기는 일이었다. 서로 간의 사랑에 대해 말하자면, 아젤라이다 이바노브나의 미모에도 불구하고 약혼녀 쪽이나 그의 쪽이나 전혀 없었던 듯하다. 그런데 이런 일은 평생 누구든 손짓만 하면 그게 어떤 치마든 상관없이 순식간에 들러붙는 음탕하기 짝이 없는 표도르 빠블로비치의 생애에서 거의 유일무이한 경우였는지도 모른다. 유일하게 이 여인만이 정욕의 면에서 그에게 어떠한 감흥도 불러일으키

---

1 러시아의 낭만주의 작가 레르몬또프(Михаил Лермонтов, 1814~41)의 시 「자신을 믿지 마라」의 시행에서 나온 구절이다. 이 시 4연에서 영감은 '사로잡힌 생각의 자극'(пленной мысли раздраженье)으로 표현되어 있다.

지 않았던 것이다.

　아젤라이다 이바노브나는 야반도주한 직후 단박에 자신에게 남은 것이라곤 남편에 대한 경멸뿐 그밖에 아무것도 없음을 깨달았다. 그러니 결혼의 결과는 너무도 빨리 드러났다. 그녀의 가족은 벌어진 일과 상당히 빨리 타협하여 이 야반도주자에게 지참금을 떼어주었지만, 부부 사이에는 가장 무질서한 생활과의 영원한 싸움이 시작되었다. 사람들 말로는 그 젊은 부인이 표도르 빠블로비치와는 비교할 수 없을 정도로 고결하고 고상하게 행동했다고 한다. 지금에야 알려진 사실이지만, 그녀가 2만 5천 루블에 달하는 돈을 받자마자 표도르 빠블로비치가 한꺼번에 몽땅 가로챘으니, 그녀 입장에서 보면 그로 인해 수만 루블에 달하는 돈이 완전히 물에 빠진 꼴이나 다름없었다. 그는 그녀가 지참금으로 가져온 작은 시골 영지와 시내의 상당히 괜찮은 집을 자기 명의로 바꾸는 데 혈안이 되어 오랫동안 안간힘을 쓰며 그에 걸맞게 행동했다. 어쩌면 그는 수치심이라곤 모르는 설득과 애걸로 매순간 아내에게 불러일으킨 경멸과 혐오, 그리고 진저리나게 그에게서 벗어나고 싶어하는 그녀의 정신적 피로감만으로도 목적을 달성했을지 모른다. 그런데 다행스럽게도 아젤라이다 이바노브나의 가족이 개입하여 이 강탈자를 제지했다. 부부 사이에 드물지 않게 몸싸움이 있었다는 것은 이미 잘 알려진 사실이다. 그러나 전하는 이야기에 따르면 때린 사람은 표도르 빠블로비치가 아니라, 불같은 성미에 용맹하고 참을성 없는, 가무잡잡한 피부에 육체적으로도 남부럽지 않은 힘을 지닌 귀부인 아젤라이다 이바노브나였다고 한다. 마침내 그녀는 표도르 빠블로비치의 손에 세살배기 미짜[2]를 남겨둔 채 집을 버리고 어떤 가난에 찌든 신학교 출신의 선생과 함께 줄행랑을 치고 말았다. 표도르 빠블로비치는 순식간에 집을 하렘과 가장 방탕한 술판으로 완전히 바꾸어놓았고, 막간을 이용해 거의 주州 전체를 돌아다니며 만나는 사람 모두에게 일일이 자신을 버린 아젤라이다 이바노브나에 대해 눈물로 불평을 늘어놓았다. 게다가 결혼생활에서 전하기 수치스러운 부분까지 꼬치꼬치 떠벌리며 아내에 대해 폭로하고 다녔다. 중요한 것은, 모든 사람 앞에서 모욕당한 남편이라는 우스꽝스러운 역할을 자청하며 자신이 입은 상처를 미주알고주알 떠벌리는 것을 그가 기뻐하고 또 만족스럽게 생각하는 것 같았다는 점이다. "표도르 빠블로비치, 자네는 무슨 벼슬이라도 받은 줄로 생각하는 것 같군. 그런 슬픔에도 그렇게 만족스러워하다니 말이야." 사람들은 그를 조롱하며 말했다. 심지어 많은 사람들은 그가 이 새로운 광대짓을 즐기고 더 웃기려고 일부러 자신의 우스꽝스러운 처지를 눈치채지 못하는 척한다고 수군거리기까지 했다. 그러나 어쩌면 순진하게도 그런 면이 그에게 있었을지 누가 알겠는가. 마침내 그는 도망친 아내의 흔적을 찾아낼 수 있었다. 그 가련한 여인은 신학교 출신 선생과 함께 뻬쩨르부르그로 가서 완전한 해방을 한껏 즐기며 살았던 것으로 밝혀졌다. 표도르 빠블로비치는 지체 없이 부산을 떨며 뻬쩨르부르그로 갈 채비를 했다. 그런데 왜 그랬던 것일까? 물론 그 자신도 몰랐다. 사실 그는 채비를 마치자마자 바로 떠날 수도 있었다. 그러나 그는 그러기로 결정을 내린 즉시 자신에게는 길을 떠나기 전에 흐드러진 술판으로 용기를 북돋울 특별한 자격이 있다고 생각했다. 그런데 바로 그때 그녀가 뻬쩨르부르그에서 사망했다는 소식이 아내의 가족들을 통해 전해

2 남자이름 드미뜨리의 애칭.

졌다. 어쩐 일인지 그녀는 그렇게 갑작스럽게 어느 다락방에서인가 죽고 말았다. 누구 얘기에 따르면 티푸스 때문이었다고 하고 또 다른 이는 굶어죽었다고도 했다. 표도르 빠블로비치는 취한 상태로 아내의 죽음을 알게 되었다. 어떤 사람들 말로는 그가 기쁨에 겨워 거리로 뛰쳐나가서 두 팔을 하늘로 치켜들고는 외쳤다고 한다. "주여, 이제는 말씀하신 대로 이 종은 평안히 눈감게 되었습니다."[3] 다른 사람들 말로는 그가 어린아이처럼 목 놓아 우는 통에 그를 혐오했던 모든 사람들 눈에조차 보기 딱할 정도였다고 한다. 충분히 이렇기도 저렇기도, 그러니까 해방되어서 기쁘기도, 자기를 해방해준 여인 때문에 울기도 했을 것으로, 그 모든 것이 뒤섞여 있었을 것이다. 대부분의 경우 사람은, 심지어 악한 사람이라 할지라도 우리가 생각하는 것보다 훨씬 더 순진하고 순박한 면이 있게 마련이다. 우리 자신 또한 마찬가지다.

2. 큰아들을 내쫓다

이런 사람이 어떤 양육자에 어떤 아버지였을지는 물론 상상할 수 있을 것이다. 이런 아버지에게 일어날 수밖에 없는 일이 그에게도 일어났다. 그러니까 그는 아이가 미워서라거나 혹은 깨진 부부 관계에서 비롯된 상한 감정 때문이 아니라, 그냥 아이에 대해 완전

---

3 루가의 복음서 2:29에서 그리스도를 보기 전에는 죽지 않으리라는 성령의 계시를 받은 시므온이 부모의 품에 안겨 예루살렘 성전에 올라온 아기 그리스도를 품에 안고 찬송하며 이른 기도문의 첫 말이다. 루가의 복음서 2:29-32의 그의 기도문은 저녁예배 시간에 교회에서 주로 읽힌다.

히 잊어버렸기 때문에 아젤라이다 이바노브나와의 사이에서 태어
난 자기 아들을 완전히 방치했던 것이다. 그가 눈물과 불평으로 모
든 사람을 괴롭히며 자신의 집을 방탕의 소굴로 만들던 동안, 세살
배기 미쨔를 보호하고 거두어 키운 사람은 이 집의 충직한 하인 그
리고리였다. 만일 그때 그가 아이를 보살피지 않았다면 아이는 아
마 속옷을 갈아입혀줄 사람조차 찾을 수 없었을 것이다. 더구나 처
음 얼마 동안은 아이의 외가쪽 친척들도 아이에 대해 완전히 잊은
것 같았다. 그의 외할아버지, 즉 아젤라이다 이바노브나의 아버지
인 미우소프 자신은 당시 이미 이 세상 사람이 아니었다. 홀로 남
은 그의 아내, 미쨔의 외할머니는 모스끄바로 이사해서 심하게 앓
아누웠고 이모들은 모두 결혼해서, 미쨔는 거의 일년 동안 하인 그
리고리 곁에 머물며 정원에 있는 그리고리의 오두막에서 살아야
만 했다. 그러나 그 아버지가 아이를 기억해냈다 할지라도(사실 그
가 아들의 존재를 몰랐을 수는 없다), 아마 그 스스로가 아이를 오
두막으로 돌려보냈을 것이다. 아무래도 아이는 그의 방탕한 생활
에 방해가 될 수 있었기 때문이다. 그런데 죽은 아젤라이다 이바노
브나의 사촌 뾰뜨르 알렉산드로비치 미우소프가 빠리에서 돌아오
는 일이 벌어졌다. 그는 그후로도 몇년을 계속해서 외국에서 살았
는데, 당시 아직 아주 젊었던 그는 계몽된 사람으로, 미우소프 가
문에서도 도시물과 외국물을 먹은 특별한 사람이었다. 그는 평생
토록 유럽인으로, 생애 말년에는 40, 50년대의 자유주의자로 자처
했다. 자신의 경력을 쌓아가는 동안 그는 러시아에서도 외국에서
도 당대의 가장 자유주의적인 수많은 사람들과 연을 맺었고, 프루
동⁴이나 바꾸닌⁵과도 개인적 친분이 있었으며, 방랑생활이 끝나갈
무렵에는 자신이 사흘 동안 바리케이드에 직접 참여한 것이나 다

름없다고 내비치면서 1848년 2월의 빠리혁명에 대해 회상하기를 특히나 좋아했다. 이것이 그의 젊은 시절의 가장 신나는 추억 가운데 하나였다. 그는 예전 계산법으로 하면 1천명 가까운 농노에 해당하는 독립 자산도 가지고 있었다. 그의 훌륭한 영지는 현재 우리 도시의 출구 쪽에 자리하며 유명한 우리 수도원의 땅과 경계를 접하고 있었는데, 뾰뜨르 알렉산드로비치는 아직 아주 젊었을 때 유산을 상속받자마자 곧 강의 어업권과 숲의 채벌권을 빌미로 수도원과 끝나지 않는 소송을 벌이기 시작했다. 확실히는 모르지만, 그는 '성직자계급'과 소송을 벌이는 것을 심지어 시민으로서 그리고 계몽된 자로서 자신의 의무라고 여기는 것 같았다. 그는 물론 자신이 기억하고 또 한때는 눈여겨보기도 했던 아젤라이다 이바노브나의 소식과 남겨진 미쨔에 대한 소식을 모두 접하자, 젊은 혈기에서 오는 분노와 표도르 빠블로비치를 향한 경멸감에도 불구하고 그 일에 개입했다. 이때 그는 표도르 빠블로비치를 처음 보았다. 그는 아이의 양육을 맡겠노라고 빠블로비치에게 단도직입적으로 통보했다. 훗날 그는 자신이 표도르 빠블로비치에게 미쨔에 대해 물었을 때 그자는 한참 동안 어떤 아이에 대해 말하는지조차 전혀 알아듣지 못하는 것 같았고, 심지어는 집 어딘가에 어린 아들이 있다는 사실 자체에도 꽤나 놀란 듯했다고 특별히 강조해서 얘기하곤 했다. 뾰뜨르 알렉산드로비치의 이야기에 과장이 있을 수도 있지만, 그렇다 해도 진실에 가까운 무언가 또한 있었을 것이 틀림없다. 그러나 표도르 빠블로비치는 평생토록 연기演技를 하고 느닷없

---

4 Pierre Joseph Proudhon(1809~65). 프랑스의 사회학자이자 경제학자로 무정부주의 사상을 지닌 공상적 사회주의자.
5 Михаил А. Бакунин(1814~76). 러시아 인민주의 혁명가로 무정부주의 이론가.

이 사람들 앞에서 어떤 예기치 못한 모습을 드러내길 좋아했다. 중요한 것은 때로 그것이 아무 소용없고 심지어 이번 경우처럼 그에게 직접적으로 해를 입히는데도 그랬다는 점이다. 하지만 이런 성격은 무척이나 많은 사람, 표도르 빠블로비치 같은 사람만 아니라 아주 현명한 사람들에게서도 보이는 특성이다. 뾰뜨르 알렉산드로비치는 일에 박차를 가해 (표도르 빠블로비치와 함께) 아이의 후견인이 되기까지 했다. 어쨌거나 아이에게는 어머니 사후에 재산, 그러니까 집과 영지가 남겨져 있던 것이다. 미쨔는 실제로 이 오촌뻘 아저씨에게로 옮겨갔지만, 그 아저씨 역시 영지에서 나오는 수입을 정리해 얼마간의 돈을 마련하자마자 오랫동안 머물 작정으로 곧 다시 빠리로 떠났기 때문에, 다시 자기 가족이 없던 그를 대신해 그의 사촌뻘 누이들 중 하나인 모스끄바의 어느 여지주에게 맡겨졌다. 그리고 빠리에 정착한 그는 특히나 자신의 상상력에 그토록 충격을 안기며 평생 잊을 수 없게 된 2월혁명이 시작되던 즈음에는 이미 아이에 대해 완전히 잊고 말았다. 모스끄바의 여지주마저 사망하자 미쨔는 결혼한 그녀의 딸 중 한명에게로 옮겨갔다. 아마도 그는 그뒤에도 네번이나 둥지를 옮긴 듯하다. 지금 이에 대해 더 자세히 설명하지는 않으련다. 더구나 표도르 빠블로비치의 큰아들에 대해서는 앞으로 할 말이 많을 테니 지금은 다만 이것 없이는 내가 소설을 시작하는 것이 불가능한, 그에 대해 가장 필수불가결한 정보들만 얘기하는 것으로 그치겠다.

첫째, 표도르 빠블로비치의 세 아들 중에서 드미뜨리 표도로비치만이 어쨌든 유일하게 재산을 갖고 있었기 때문에 성년이 되면[6] 독

---

6 당시 러시아 법에 따르면 성년은 스물한살이다.

립할 수 있으리라는 확신을 품고 자랐다는 점이다. 그의 유년기와 청년기는 무질서하게 흘러갔다. 그는 중학교를 다 마치지 못하고 어느 군사학교에 입학했다가 나중에는 뜻밖에 깝까스로 가게 되었고, 복무를 마친 뒤에는 결투 탓에 강등되었다가 다시 복무하면서는 방탕하게 살았기에 아주 많은 돈을 탕진해버렸다. 성인이 되기 전에는 표도르 빠블로비치로부터 돈을 받을 수 없었으므로 그때까지 그는 많은 빚을 졌다. 그는 자신의 아버지 표도르 빠블로비치에 대해 알아내고는, 성년이 된 뒤 자신의 재산에 관해 상의하기 위해 일부러 우리 지역에 와서 그를 처음으로 대면했다. 당시 그는 아버지가 마음에 들지 않았던 것 같다. 그는 아버지 집에 잠시 머무는 동안 표도르 빠블로비치로부터 영지의 수입이나 가격에 대해서는 아무것도 알아내지 못한 채, 앞으로 영지에서 나오는 수입을 보내겠다는 계약서 비슷한 것을 쓰고 아버지에게서 얼마간의 돈을 받아내는 데 성공하자 서둘러 떠나고 말았다. 표도르 빠블로비치는 그때 처음부터 미짜가 자신의 재산에 대해 과장되고 부정확한 개념을 갖고 있다는 것을 알아차렸다. 표도르 빠블로비치는 그만의 특별한 계산속이 있었으므로 그 점이 몹시 만족스러웠다. 그는 그 젊은이가 경박하고 돌발적이며 정열적인데다 참을성이 없어서 무엇이든 잠시 손에 쥐여주기만 하면, 물론 잠시 동안이지만 곧바로 누그러진다는 것을 간파했다. 표도르 빠블로비치는 그 점을 이용하여 자잘한 물건이나 돈을 찔끔찔끔 보내기 시작했다. 그러다 결국 사년 뒤에 미짜가 견디다 못해 아버지와 담판을 짓기 위해 또다시 우리 도시를 찾았을 때는, 무척이나 놀랍게도 자신에게 남은 재산이 정확히 한푼도 없으며 정산하기조차 힘들고, 그가 자신의 전 재산에 해당하는 돈을 표도르 빠블로비치로부터 이미 모두 받아

썼으며 어쩌면 오히려 빚을 졌을지도 모르고, 한때 그가 그렇게도 원했던 이러저러한 거래들로 말미암아 더이상은 아무것도 요구할 권리가 없다는 등등의 정황과 갑작스럽게 마주하게 되었다. 그 젊은이는 놀라서 부당함과 거짓을 의심하기 시작했고, 분한 마음이 머리끝까지 치솟아 거의 이성을 잃을 지경이 되었다. 바로 이런 상황으로 말미암아 내 소설의 도입부에 해당하는 첫 소설에서 서술하게 될 이야기의 구성, 아니, 더 정확히 말하자면 그것의 외적 측면을 이루게 될 참극이 초래되었던 것이다. 그러나 이 소설로 넘어가기 전에 표도르 빠블로비치의 나머지 두 아들, 미쨔의 형제에 대해 이야기하고 이들이 어디서 어떻게 나고 자란 인물들인지 설명할 필요가 있겠다.

3. 두번째 결혼과 두번째 아이들

표도르 빠블로비치는 네살 먹은 미쨔를 내쫓고 그뒤 곧바로 두번째 결혼을 했다. 이 두번째 결혼은 팔년 동안 지속되었다. 그는 어떤 유대인이 낀 작은 사업상의 일로 다른 주에 들렀다가 그곳에서 역시 매우 젊은 여인이었던 두번째 아내 소피야 이바노브나를 데려왔다. 표도르 빠블로비치는 방탕하게 살기도 하고 술을 마시기도, 추태를 부리기도 했지만 자신의 자본을 투자하는 일에는 결코 소홀한 적이 없었고, 물론 거의 언제나 약간 비열하기는 했지만 그래도 아주 성공적으로 사업을 이끌어갔다. 소피야 이바노브나는 '천둥벌거숭이 고아' 출신으로 어린 시절부터 일가친척이라고는 없는 무지한 부제[7]의 딸이었다. 그녀는 죽은 보로호프 장군의 부인이자 명망 높고 부유한 노파의 집에서 자랐다. 부인은 그녀의 은인이자 양육자였고, 학대자였다. 자세한 사정은 모르지만, 다만 이 온순하고 선량하고 말대답이라곤 모르는 양녀가 한번은 헛간 못에 목을 매는 바람에 올가미에서 끌어내려진 적이 있다는 얘기를 들은 적이 있다. 그만큼 그녀가, 겉으로는 악해 보이지 않지만 따분함에 지친 나머지 참을 수 없을 정도의 폭군이 되어버린 노파의 변덕과 영원한 구박을 견뎌내기 힘들었다는 얘기다. 표도르 빠블로비치가 그녀에게 청혼하자, 노파는 그에 대해 수소문해보고는 그를 쫓아냈다. 그러자 첫번째 결혼 때와 마찬가지로 이번에도 또다시 그는 그 고아 소녀에게 도망치자고 제안했다. 만일 그녀가 제때에 그가 어떤 사람인지 조금이라도 더 자세히 알았더라면 물론 그녀는 무슨 일이 있어도 그를 따라나서지 않았을 것이다. 그러나 문제는 그들이 서로 다른 주에 살았다는 것이었다. 사실 은인의 집에 남느니 강물에 몸을 던지는 편이 낫겠다는 것 말고는 아무 생각도 할 수 없었던 열여섯살짜리 소녀가 무엇을 알았겠는가. 그렇게 가련한 소녀는 여자 은인을 남자 은인으로 바꾸었을 뿐이다. 표도르 빠블로비치는 이번에는 단 한푼의 돈도 얻어낼 수 없었다. 왜냐하면 장군 부인이 화가 머리끝까지 나서 아무것도 주지 않았을뿐더러 그 둘을 저주했기 때문이다. 그러나 이번에는 그도 무언가를 받아낼 계산속 없이 순결한 소녀의 황홀하리만큼 아름다운 미모에 홀려버리고 말았다. 무엇보다, 음탕한 사람이자 그때까지는 천박한 여성의 아름다움을 탐닉하는 타락한 인간이던 그가 그녀의 순결한 아름다움에 충격을 받았던 것이다. "솔직히 그 순결한 눈동자

---

7 副祭. 러시아정교에서 가장 낮은 직급의 성직자로 예배시 주교 등의 성직자를 돕지만 독자적으로 예배를 인도하지는 못한다.

가 마치 나를 면도날로 베는 것 같았어." 나중에 그는 그답게 추악한 표정으로 킬킬거리며 말하곤 했다. 그러나 타락한 인간에게는 그마저도 음탕한 욕정에 지나지 않았다. 아무런 보상도 받지 못한 표도르 빠블로비치는 아내에게 예의를 차리지 않았다. 말하자면, 그녀가 그 앞에서 '죄인이고' 자신이 그녀를 '올가미에서' 구해준 것이나 마찬가지라는 점을 이용하여, 그밖에도 그녀의 보기 드문 온순함과 과묵함을 이용하여 그는 가장 일상적인 결혼생활의 예의마저 두 발로 짓밟아버렸다. 그는 아내가 있는 바로 그 집에 구역질 나는 여자들을 불러들여 난잡한 술자리를 벌였다. 여기서 특이한 점으로 말해둘 것은, 음울하고 어리석은데다 완고한 설교쟁이인 하인 그리고리가 예전 주인마님인 아젤라이다 이바노브나는 증오한 반면, 이번에는 새 주인마님 편을 들어 그녀를 보호하고 그녀를 위해 하인으로서는 거의 용서받을 수 없을 정도로 표도르 빠블로비치와 싸우기까지 했다는 사실이다. 한번은 술자리를 뒤엎고 몰려 있던 추잡한 여자들을 완력으로 몰아내기까지 했다. 어린 시절부터 잔뜩 겁에 질려 지내온 이 불행한 젊은 여인은 나중에, 시골의 평범한 아낙들에게서 흔히 발견되며 그들이 끌리꾸샤[8]라고 부르는 일종의 신경성 부인병에 걸리고 말았다. 이 여인은 무서운 히스테리성 발작을 일으키는 이 병으로 인해 시름시름 앓다가 가끔씩 이성마저 잃곤 했다. 그러나 그녀는 표도르 빠블로비치에게 두 아들, 이반과 알렉세이를 낳아주었다. 첫째 아들은 결혼 첫해에, 둘째 아들은 삼년 후에 태어났다. 그녀가 죽었을 때 소년 알렉세이는 네살 정도였으니 이상하긴 하지만 나는 그가, 물론 꿈에 본 것

8 кликуша. '부르다' '고래고래 소리치다' '비명을 지르다'라는 뜻의 러시아어 '끌리까찌'에서 파생한 명사. 히스테릭한 여성을 일컫는다.

처럼이겠지만, 어머니에 대한 기억을 평생 간직했다는 것을 알고 있다. 그녀가 죽은 후 두 소년에게는 큰아들 미짜에게와 똑같은 일이 벌어졌다. 그들은 아버지의 안중에서 완전히 잊힌 채 버려졌고, 마찬가지로 그리고리의 오두막으로 곧바로 굴러떨어졌다. 오두막에 있는 그들을 발견한 것은 어머니의 은인이자 양육자였던 완고한 장군 부인 노파였다. 그녀는 아직 살아 있었고, 팔년 내내 자신에게 가해진 모욕을 잊지 못하고 있었다. 그녀는 팔년 동안 자신의 '소피야'의 삶에 대해 가장 정확한 소식을 손아귀에 쥐고 있었고, 그녀가 병에 걸렸다는 소식과 얼마나 추악한 일들에 둘러싸여 지내는지를 듣고서는 두세번 정도 자기 집 식객들에게 소리 내어 말했다고 한다. "그애는 그래도 싸. 배은망덕 때문에 하느님[9]이 그렇게 벌하신 거야."

소피야 이바노브나가 죽은 지 꼭 석달이 지나서 장군 부인은 돌연 우리 도시에 모습을 드러냈고 곧장 표도르 빠블로비치의 집으로 달려갔다. 그녀는 기껏해야 삼십분 정도밖에 이 도시에 머물지 않았지만 참으로 많은 일을 처리했다. 때는 저녁 무렵이었는데, 팔년 동안 보지 못했던 표도르 빠블로비치가 잔뜩 취한 채 그녀를 맞으러 나왔다. 사람들 말로는 그녀는 그를 보자마자 이런저런 말도 없이 대뜸 그의 뺨을 철썩철썩 두어번 세차게 갈기고는 그의 앞머리를 위아래로 세번 잡아당긴 후, 한마디도 하지 않고 곧장 오두막에 있는 두 아이에게 갔다고 한다. 아이들이 제대로 씻지도

----

9 여기서 말하는 '하느님'은 유대기독교 전통에서 말하는 창조주, 삼위일체의 유일신을 일컫는다. 가톨릭에서는 하늘에 편만하게 거하시는 것을 강조하여 '하느님'으로, 개신교에서는 유일하신 창조주를 강조하여 '하나님'으로 번역한다. 이 책의 경우 성경 구절을 가톨릭에서 주로 쓰는 공동번역성서에 따랐으므로 이에 맞춰 '하느님'으로 번역하였다.

않고 더러운 속옷 차림인 것을 한눈에 알아본 그녀는 당장 그리고리의 뺨을 철썩 때리고는 두 아이를 자기 집으로 데려가겠노라고 선포한 뒤 아이들을 입은 옷 그대로 모포로 둘둘 감싸 마차에 태워서는 자기 도시로 데려갔다. 그리고리는 그 손찌검을 충직한 하인처럼 감내하며 불평 한마디 하지 않고 늙은 부인을 마차까지 배웅했고, 머리가 허리에 닿도록 절하며 감동한 목소리로 "고아들에게 베푸신 은혜로 복 받으실 겁니다"라고 말했다. "어쨌든 자네는 덩치만 큰 얼간이야!" 장군 부인은 떠나면서 버럭 소리를 질렀다. 표도르 빠블로비치는 이 모든 일을 곰곰이 생각해본 뒤 아주 잘된 일이라고 판단하고는, 나중에 장군 부인의 집에서 아이들을 양육하겠다고 보내온 정식 동의서에 단 한군데도 반대를 표하지 않았다. 그러고는 뺨을 얻어맞은 이야기를 온 도시를 돌아다니며 떠벌렸다.

그러나 장군 부인도 얼마 못 가 죽고 말았다. 하지만 그녀는 유언장에 두 아이에게 각각 1천 루블씩을 상속한다고 적고서, "이 돈은 이들의 교육비로 사용해야 한다. 반드시 두 아이를 위해서만 사용해야 하며, 성년이 될 때까지 이 돈으로 충분할 것이니, 이들에게는 이런 적선도 분에 넘친다. 하지만 누구든 원한다면 그가 돈을 더 대는 것은 상관하지 않는다" 등등의 말을 남겼다. 나는 이 유언장을 직접 보지는 못했지만 이런 식으로 뭔가 좀 이상하고 지나치게 독특한 표현으로 일관되었다는 얘기를 들었다. 그런데 노파의 주 상속자는 그 주의 귀족단장[10]인 예핌 뻬뜨로비치 뽈레노프로, 매우 정직한 사람이었다. 표도르 빠블로비치와 편지를 주고받

----

10 러시아 황제가 임명하는 주지사 바로 아래 자리로, 가장 높은 선출직이다.

고서 금세 이 사람에게서는 아이들의 양육비를 받아낼 수 없겠다고 판단한 그는(직접 거절한 적은 한번도 없지만 이런 경우 표도르 빠블로비치는 언제나 차일피일 미루며 때로 온갖 감상에 젖은 말을 늘어놓기까지 했다) 이 고아들의 일을 직접 나서서 해결했고, 그들 중 특히 작은아이 알렉세이를 사랑해서 오랫동안 그를 자신의 집에서 맡아 기르기까지 했다. 나는 이 사실을 처음부터 기억해두시기를 독자에게 부탁드린다. 만일 이 젊은이들이 자신들이 받은 양육과 교육에 평생토록 고마워해야 할 사람이 있다면 그것은 바로 이 가장 고결하고 인간적인 인물 예핌 뻬뜨로비치일 것이다. 그는 정말 보기 드문 사람이었다. 그는 장군 부인이 아이들에게 남긴 1천 루블에는 손도 대지 않고 그대로 보관했으며, 그들이 성년이 되었을 때는 그 돈에 이자가 붙어 각각 2천 루블로 불어나 있었다. 그는 자비自費로 그들을 양육했는데, 물론 아이들 각자에게는 1천 루블보다 훨씬 더 많은 돈이 들었다. 이번에도 나는 이들의 어린 시절과 청년기에 대해서는 자세히 이야기하지 않고 가장 중요한 사항들만 언급하겠다. 하지만 형인 이반에 대해서는, 그가 조금 음울하고 자기 속에 틀어박힌 소년으로 자라났지만 전혀 소심하지 않았고, 열살 무렵부터는 자신들이 어쨌거나 남의 집에서 다른 사람의 동정에 기대어 자라고 있으며 자신들의 아버지는 입에 올리기조차 부끄러운 사람이라는 사실 등을 깨달았다는 것 정도만 알려드리련다. 이 소년은 거의 아기 때부터(적어도 그렇다고 전해들었다) 학업에서 아주 범상치 않은, 뛰어난 능력을 드러내기 시작했다. 정확히는 모르지만 어찌 된 일인지 그는 거의 열세살이 될 무렵 예핌 뻬뜨로비치 가족과 헤어져 예핌 뻬뜨로비치의 죽마고우로 당시 유명하던 경험 많은 교육자가 있는 모스끄바의 한 중학교와 기숙학교에서 지냈다. 훗날 이반 자신이 말하기로, 이 모든 일은 천재적 능력을 지닌 소년은 천재적 교육자 밑에서 교육받아야 한다고 믿었던 예핌 뻬뜨로비치의 이른바 '선한 일을 하고자 하는 열망'에서 비롯했다고 한다. 하지만 이 젊은이가 중등학교를 졸업하고 대학에 입학했을 때는[11] 예핌 뻬뜨로비치도, 천재적 교육자도 이미 세상을 떠난 후였다. 예핌 뻬뜨로비치가 제대로 처리하지 못한 것도 있고 또한 우리나라에서 피할 수 없는 여러 절차와 지체로 인해, 고집불통 장군 부인이 유산으로 남겨준, 이자 덕분에 1천 루블에서 이미 두배로 불어난 어린 시절의 돈을 수령하는 것이 늦어지면서 젊은이는 대학 시절의 첫 두해 동안 아주 고생을 했다. 이 기간 동안 그는 스스로 생활비를 벌어가며 공부해야 했던 것이다. 그럼에도 그는 당시에 아버지에게 편지를 쓰려는 시도조차 하지 않았는데, 어쩌면 자존심 혹은 아버지에게 품은 경멸감 때문이었는지도 모르고, 어쩌면 냉철하고 상식적인 판단의 결과 아버지로부터는 제대로 된 어떤 지원도 받을 수 없을 거라 생각했기 때문인지도 모른다. 어찌 되었든 젊은이는 조금도 당황하지 않고 처음에는 20꼬뻬이까짜리 과외수업을 구해서 하다가 나중에는 신문 편집일을 쫓아다니며 '목격자'라는 필명으로 거리에서 일어나는 사건을 소재로 열줄짜리 기사를 쓰게 되었다. 전하는 말로는 이 짤막한 기사는 언제나 흥미로웠고 자극적으로 쓰여서 금세 사람들 입에 오르내렸다고 한다. 이것 하나만 보더라도 통상 수도에서 프랑스어 번역이나 정서淨書 관련 외에 다른 더 좋은 일거리

---

11 작품의 배경이 되는 니꼴라이 1세 시대에 러시아 귀족과 관리의 자녀는 대학에 들어가기 위해 6학년으로 구성된 중등학교를 다녔다. 상인 등 중간계층의 자녀는 3학년으로 구성된 기술학교, 하층민은 1학년으로 구성된 초등학교를 다녔다.

를 생각해내지 못해 아침부터 저녁까지 여러 신문사와 잡지사를 문턱이 닳도록 드나들며 부탁하는, 영원히 가난에 시달리는 숱하게 불운한 남녀 대학생들보다 이 젊은이가 실질적인 면에서나 지적인 면에서나 얼마나 우수했는지가 드러난다. 편집진과 안면을 튼 이반 표도로비치는 이후 계속해서 그들과 관계를 유지했고, 대학의 마지막 학기들 동안에는 여러 특별한 주제의 책들에 관해 아주 재기 넘치는 서평을 게재하기 시작해서 심지어 문단에까지 유명해졌다. 하지만 아주 최근에야 그는 우연한 일로 보다 폭넓은 독자층의 특별한 관심을 받게 되었고, 이로써 많은 사람이 단번에 그를 기억하고 알아보게 되었다. 그것은 다분히 흥미로운 경우였다. 이미 대학을 졸업하고 자신의 2천 루블로 외국에 다녀올 준비를 하고 있던 이반 표도로비치는 느닷없이 대형 신문사 중 한곳에 이상한 논문 한편을 발표해서 심지어 비전문가의 관심마저 끌어냈던 것이다. 중요한 것은 그 논문이 자연과학도로 대학을 졸업한 그에게는 분명 낯선 분야였다는 점이다. 논문은 당시 각처에서 제기되던 교회재판 문제[12]에 관한 것이었다. 그는 이 문제에 관해 이미 발표된 몇몇 의견을 분석하며 자신의 독자적 관점을 전개했는데, 쟁점은 그 논조와 예상치 못한 대단한 결론부에 있었다. 그런데 교회의 많은 사람이 저자를 결정적으로 자기편이라고 생각했고, 그와 동시에 별안간 시민주의자들과 심지어 무신론자들마저 그가 자기편이라고 박수를 치기 시작했다. 종국에는 기민한 판단력을

---

12 이는 1864년의 전반적인 재판개혁과 관련한 문제로, 교회재판의 재조직에 대한 논쟁이 일어나 1870년대 내내 지속되었다. 시민주의자들은 교회재판에 국가적 요소를 강화해야 한다고 주장했고, 교회주의자들은 국가재판이 성직자계급에 온전히 종속되어야 한다고 주장했다.

지닌 몇사람이 논문 전체가 대담한 익살극이자 조롱에 불과하다는 결론을 내렸다. 이 일을 특별히 언급하는 것은, 이 논문이 근교의 유명한 수도원에까지 흘러들어가(때마침 이 수도원은 교회재판과 관련해 벌어지는 문제에 대체로 흥미를 보이고 있었다) 전면적인 의혹을 불러일으켰기 때문이다. 저자의 이름을 알게 된 사람들은 그가 우리 도시 태생이라는 점에, '표도르 빠블로비치'의 아들이라는 점에 흥미를 느꼈다. 그리고 바로 그때 저자 자신이 갑자기 우리 도시에 나타났던 것이다.

나는 당시에도 불안에 가까운 심정으로 이반 표도로비치가 우리 도시에 왜 온 걸까 자문했었다. 수많은 결과의 시발점이 된 이 운명적 방문은 내게 이후로도 오래도록, 거의 언제나 분명치 않은 일로 남아 있었다. 대체로 판단해보기로, 그렇게나 공부를 많이 하고 오만하며 조심성 많아 보이는 이 젊은이가 갑자기 그런 엉망진창인 집에, 평생 그를 무시했고 그를 알지도 기억하지도 못하며 아들이 요청하더라도 어떠한 경우에도 돈을 줄 리 만무한, 그럼에도 평생토록 아들들, 이반과 알렉세이가 언젠가 나타나 돈을 요구하지나 않을까 전전긍긍해온 아버지 앞에 나타났다는 것은 이상한 일이었다. 그런데 젊은이는 그런 아버지의 집에 거처를 정한 뒤 한 달, 그리고 또 한달을 살면서 아버지와 더할 수 없이 사이좋게 지냈던 것이다. 이 마지막 점이 특히, 나뿐 아니라 다른 많은 사람들을 놀라게 했다. 내가 이미 앞서 언급한, 표도르 빠블로비치의 첫번째 아내 쪽으로 먼 친척인 뾰뜨르 알렉산드로비치 미우소프는 당시 완전히 정착해 살던 빠리를 떠나 우리 도시 근교의 영지에 와 있었다. 내 기억에, 그 또한 극도로 흥미롭게 생각하던 이 젊은이와 알게 된 후 어느 누구보다도 이 점에 놀라워했다. 그리고 그는 가

끔 지식의 문제로 이 젊은이와 겨루며 다소는 내적 아픔을 느끼곤
했다.

"저 녀석은 오만해." 그는 당시 그 젊은이에 대해 우리에게 말하
곤 했다. "저 녀석은 언제든 돈을 벌 수 있고, 지금 녀석에게는 외
국으로 갈 만큼의 돈도 있어. 그런데 여기서 무얼 원하는 걸까? 저
녀석이 아버지를 찾은 게 돈 때문이 아니란 건 모두가 아는 얘기
지. 왜냐하면 무슨 일이 있어도 그 아비는 돈을 주지 않을 테니까.
술을 마시고 방탕하게 노는 것도 저 녀석은 좋아하지 않아. 그런데
녀석 없이는 노인이 살 수 없을 정도로 둘이 사이좋게 지낸단 말이
야!"

이 말은 사실이었다. 심지어 젊은이는 노인에게 눈에 띌 만큼 영
향력을 행사했다. 때로 노인은 사악하다 할 정도로 몹시 제멋대로
굴었지만 이따금은 거의 그의 말을 따르는 것처럼 행동하곤 했다.
심지어 가끔은 약간 품위 있게 굴기도 했다.

나중에야 이반 표도로비치가 이곳에 온 이유가 일부는 그의 형
드미뜨리 표도로비치의 부탁과 일 때문이었다는 것이 밝혀졌다.
그는 그 형도 당시 이곳에 와서야 거의 난생처음 알게 되고 만난
것이었지만, 이곳에 오기 전 모스끄바에서 드미뜨리 표도로비치와
더 깊이 관련된 어떤 중요한 사건으로 인해 그와 편지 왕래를 하고
있기는 했다. 그게 어떤 일이었는지는 독자도 때가 되면 자세히 알
게 될 것이다. 하지만 이 특수한 상황을 알게 되고 나서도 이반 표
도로비치는 내게 여전히 수수께끼 같은 인물이었고, 그가 우리 도
시에 온 이유는 여전히 납득하기 어려웠다.

또 덧붙일 말은 당시 이반 표도로비치가, 아버지와 큰 싸움 중이
었고 심지어 정식으로 소송 관계에 있던 형 드미뜨리 표도로비치

와 아버지 사이에서 중재자이자 조정자 입장을 취했다는 점이다.

거듭 말하지만 이 가족은 이때 난생처음으로 한자리에 모였고, 그들 중 몇사람은 서로를 생전 처음 보는 것이었다. 단 한 사람, 막내 알렉세이 표도로비치만이 다른 형제들보다 먼저 우리 마을에 와서 산 지 벌써 일년이 다 되어가고 있었다. 내게는 소설의 무대로 내보내기 전 서론격의 이야기로 이 알렉세이를 소개하는 것이 더욱 어렵게 여겨진다. 하지만 적어도 아주 이상한 점 한가지만이라도 미리 설명하려면 그에 대해서도 서론을 쓰지 않을 수 없다. 그점은 바로, 소설의 첫 장면부터 내가 내 미래의 주인공을 수련수사[13] 복장을 한 모습으로 독자에게 소개할 수밖에 없다는 것이다. 그렇다. 그는 당시 우리 수도원에서 산 지 벌써 일년이 되었고, 평생 그 안에 은둔해 살 작정인 것 같았다.

4. 셋째 아들 알료샤

그는 당시 겨우 스무살이었다.(그의 작은형 이반은 당시 스물네살이었고, 그들의 맏형 드미뜨리는 스물여덟살이었다.) 무엇보다 먼저 일러둘 것은, 이 젊은이 알료샤가 전혀 광신자가 아닐뿐더러 내 생각에 적어도 결코 신비주의자는 아니었다는 점이다. 미리 내 의견을 확실히 밝히겠다. 그는 그저 조숙한 박애주의자였을 뿐

---

13 수도원에 살면서 수도사의 삶을 준비하는 사람을 말한다. 아직 수사서원을 하지 않았기 때문에 정식 수도사는 아니며, 수도사의 겉옷인 랴사(ряса)를 입는 것이 허락되지 않고 랴사 아래에 입는 수도사의 평상복인 수단(подрясник)을 입을 수 있다.

으로, 만약 그가 수도원으로 향하는 길로 돌진했다면 그것은 당시 그 길만이 그에게 감동을 주었고, 그 길만이 말하자면 세상의 어두운 악에서 사랑의 빛으로 돌진하고자 하는 그의 영혼에 이상적인 출구로 여겨졌기 때문이다. 그 길이 그에게 감동을 주었던 이유는 오직 하나, 당시 그의 판단에 따르면 그 길에서 평범하지 않은 존재, 즉 우리 수도원의 유명한 장상[14] 조시마를 만났기 때문이다. 그는 이 장상에게 달래지지 않는 심장의 뜨거운 첫사랑과도 같은 애착을 느꼈다. 하지만 그가 요람에서부터 그때까지 상당히 특이했다는 점에 대해서만큼은 나도 토를 달지 않겠다. 말이 나온 김에 하는 말이지만 나는 이미 그에 대해, 어머니가 돌아가셨을 때 겨우 네살밖에 되지 않았던 그가 이후 평생토록 '마치 어머니가 바로 눈앞에 서 계신 것처럼 생생하게' 그녀의 얼굴, 그녀의 애무를 기억했다고 얘기한 적이 있다. 이런 기억은 이보다 훨씬 어린 나이에도 가능하며 심지어는 두살 때도 가능한데, 평생 어둠 속의 환한 점처럼, 거대한 그림에서 떨어져나온 조각, 즉 모든 것이 스러지고 사라지지만 그것만은 예외인 한조각처럼 기억에 도드라져 있는 것이다. 그에게도 정확히 그런 일이 일어났다. 그는 어느 하루 저녁, 여

---

14 長上. '나이가 많은'을 뜻하는 러시아어 '스따리'에서 파생한 명사 '스따레쯔' (старец)로, 통상 매우 엄격하게 자기부정과 금욕적인 삶을 영위하는 높은 영적 권위를 지닌 수도사를 가리킨다. '스따레쯔'는 이제까지 우리말로 보통 '장로'로 번역되어왔는데, '장로'는 개신교에서 평신도 가운데 가장 상위 직분의 명칭이다. 또한 우리말 '장로'는 러시아어로 '쁘레스비쩨르'라는 말이 따로 있으므로 '스따레쯔'를 이 단어로 옮기는 것은 적절치 않다. 한국인 러시아정교 신부인 강태용 신부는 '스따레쯔'를 '장상'으로 번역했고, 이 단어가 '장로'보다 합당하다고 여겨 옮긴이는 그의 용어를 사용하기로 결정하였다. 앞으로 러시아정교 관련 용어의 대부분은 강태용 신부와 그 아들 강영광 신부의 도움을 받았음을 밝혀둔다.

름날의 조용한 저녁, 열린 창, 저무는 태양의 비스듬한 빛(비스듬히 드는 햇빛이 무엇보다 선명하게 기억에 남았다), 방 한구석의 성상, 그 앞에 불이 밝혀진 램프, 성상 앞에 무릎을 꿇고 히스테리 상태에 빠진 듯 쉰소리를 내며 꺽꺽 울부짖는 어머니, 그를 양팔로 부여잡아 아플 정도로 꼭 안고는 그를 위해 성모에게 기도하는 어머니, 그를 자기 품에서 떼어내 양손으로 성모의 망또 아래로 내미는 것 같았던 어머니를 기억하고 있었다…… 그런데 갑자기 유모가 들어와 놀라며 그녀 곁에서 그를 떼어낸다. 바로 그 장면이다! 알료샤는 그 순간 어머니의 표정도 기억했다. 그 얼굴은 깜짝 놀란 표정이었지만, 자신이 기억하는 한 아름다웠다고 그는 말했다. 하지만 그는 이 기억을 다른 사람에게 내비치는 것을 그다지 좋아하지 않았다. 유년기와 청소년기에 그는 직설적인 것과는 거리가 먼 사람이었고 말수도 많지 않았다. 하지만 그것은 그가 사람을 믿지 못해서이거나 수줍어서거나 침울하고 사람들을 싫어해서가 아니라, 그와는 정반대로 뭔가 다른 점, 일종의 내적 고민, 다른 사람과는 전혀 관계없이 오직 그 자신에게만 해당하는 고민 때문이었다. 그것이 그에게 얼마나 중요했던지 그는 그로 인해 다른 사람을 거의 잊을 정도였다. 하지만 그는 사람을 좋아했다. 그는 평생 온전히 사람을 신뢰하며 살 수 있을 사람 같았다. 그럼에도 그를 얼간이라거나 순진한 사람으로 보는 사람은 아무도 없었다. 그의 속에는 무언가가 있어서 그에게 말을 건네며 어떤 생각을 불어넣었는데(그렇다, 이후 평생 그랬다), 그 생각이란 사람의 심판자가 되고 싶지 않고 심판자 역할을 떠맡기 싫으며, 무슨 일이 있어도 결코 사람을 비난하지 않겠다는 것이었다. 심지어 그는 자주 가슴 아프게 슬퍼하면서도 결코 사람을 비난하지 않고 모든 것을 포용하는 듯 보였다. 더구나 그런 의미에서 그는 아무에게도 놀라거나 겁을 먹지 않는 지경에 이르렀는데, 이것은 청년기의 아주 초기부터 그랬다. 스무살이 되어 아버지 집에 와서 그야말로 더러운 방탕의 소굴로 떨어졌지만, 순진무구하고 순결한 그는 차마 눈뜨고 볼 수 없을 때만 말없이 물러났을 뿐 아무에게도 경멸이나 비난의 기색을 눈곱만큼도 내비치지 않았다. 한때 식객이었던 탓에 모욕에 민감하게 날을 세우고 있던 그의 아버지는 처음에는 그를 믿을 수 없어 퉁명스럽게 맞이했지만('저렇게 말을 안 하니 분명 속으로 별생각을 다 할 거야'), 결과적으로는 그와 정반대로 채 이주도 지나기 전에 그를 끔찍이도 자주 안고 입맞추게 되었다. 사실 술김에 눈물 어린 감상에 젖어 그런 것이기는 했지만, 그 같은 사람이 어느 누구에게도 보인 적 없는 그런 사랑으로 아들을 진심으로 깊이 사랑하게 된 것만큼은 틀림없어 보였다······

그렇다. 이 청년이 나타나는 곳마다 모든 사람이 그를 사랑했고, 그것은 그가 아주 어릴 때부터 그러했다. 그의 후원자이자 양육자인 예핌 뻬뜨로비치 뽈레노프의 집에 들어갔을 때도 그 집 사람들 모두가 애정을 갖고 그를 완전히 친자식처럼 여기게 되었다. 하지만 그가 그 집에 들어갔을 때는 아직 아주 어렸으니, 계산적인 교활함이나 음흉함, 혹은 아양을 떨거나 사람들 마음에 들게 하는 기술, 자신을 사랑하게 만드는 재주 같은 것을 부렸으리라고는 생각할 수 없는 일이었다. 그러므로 그는 자신에 대해 특별한 사랑을 불러일으키는 능력을 그 안에, 그러니까 꾸밈없는 그대로 자신의 천성 속에 가지고 태어났던 것이다. 학교에서도 그와 비슷한 일이 있었다. 사실 그는 친구들에게서 불신, 때로는 조롱이나 증오마저 불러일으키는 아이들 중 하나였을 것도 같다. 예를 들어 그는 깊은 생각에 잠겨 홀로 떨어져 다녔다. 아주 어렸을 때부터 그는 구석에 숨어 책 읽기를 좋아했다. 그럼에도 친구들은 그를 아주 좋아해서, 단언컨대 그는 학교에 다닌 기간 내내 모두의 사랑을 가장 많이 받은 학생이라고 할 수 있었다. 그는 장난을 치는 경우도 별로 없었고 심지어는 명랑하게 구는 적도 드물었지만, 모두들 그를 한번 쳐다만 보고도 곧 그가 그러는 것이 결코 그 안에 있는 어떤 음울함 때문이 아니며 오히려 그의 성품이 평온하고 맑기 때문이라는 것을 금방 알아챘다. 동급생들 사이에서 그는 앞에 나서고 싶어하지 않았다. 어쩌면 바로 이 때문에 그는 결코 아무도 두려워해본 적이 없는지 모르겠는데, 한편으로 소년들은 그가 자신의 대담함을 전혀 뻐기지 않고, 마치 본인은 용감하고 대범하다는 것을 전혀 알지 못하는 듯 상대를 쳐다본다는 것을 곧 알아차렸다. 그는 모욕을 마음에 담아두는 법이 없었다. 기분 나쁜 일이 있더라도 한시간쯤 지나면 그는 그들 사이에 전혀 아무 일도 없던 것처럼 자신을 기분 나쁘게 한 사람에게 대답하거나, 아주 신뢰 가득한 맑은 표정으로 그와 이야기하는 경우가 종종 있었다. 그런데 그럴 때 그는 어쩌다 그 일을 잊었거나 애써 모욕을 용서한 것처럼 보이는 것이 아니라, 그냥 그 일을 모욕으로 여기지 않는 것처럼 보였다. 이것이 결정적으로 아이들의 마음을 사로잡고 굴복시켰다. 그런데 중등학교 기간 내내, 최저학년부터 시작해 최고학년에 이를 때까지 그에게는 친구들 사이에 악의 어린 조롱이 아니라 그냥 재미 삼아 끊임없이 놀려주고 싶은 마음을 불러일으키는 한가지 특성이 있었다. 그 특성이란 기이할 만큼 광적인 수치심과 순진무구함이었다. 그는 여성에 관해 잘 알려진 단어들과 잘 알려진 음담패설을 차마 듣지 못했다. 이 '잘 알려진' 단어들과 음담패설은 불행히도 학교에서 근절되지 못했다. 영혼과 마음이 순수한 소년들, 아직 아이나 다름 없는 소년들도 학급에서 자기들끼리 그런 이야기를 자주 하고 그런 물건이나 그림, 이미지에 대해 큰 소리로 떠들기를 아주 좋아하는데, 그것은 심지어 병사들도 자주 내뱉지 않는 말들이었다. 더구나 우리 지식층이나 상류사회에서는 아주 어린애조차 잘 아는 어떤 종류의 말들은 병사들도 이해하지 못할 수준이었다. 그것은 그저 겉보기만 그렇지 도덕적 타락도 아니고 냉소주의, 진정으로 타락한 내적 냉소주의도 아니었지만, 아이들에게는 종종 뭔가 섬세하고 미묘하고 멋진, 흉내낼 만한 가치가 있는 것으로 여겨졌던 것이다. 그 '잘 알려진' 단어를 꺼내기만 하면 '알료샤 까라마조프'가 급히 손으로 귀를 틀어막는다는 것을 알아챈 그들은 가끔 일부러 그의 옆에 떼를 지어 서서 억지로 그의 손을 떼어내고 그의 두 귀에 대고 추잡한 말을 내뱉곤 했다. 그러면 그는 몸을 빼쳐 바닥에 납작 엎드려서는 몸을 웅크렸다. 그러면서도 그들에게는 단 한마디도 하지 않고 욕도 하지 않고서 입을 굳게 다문 채 그 모욕을 다 받아냈던 것이다. 결국에는 소년들도 그를 내버려두었고 '계집애'라고 놀리지도 않게 되었지만, 그래도 이런 면에서는 그를 불쌍하게 바라보았다. 참, 그는 학급에서 언제나 성적이 우수한 편에 들었지만 일등을 한 적은 한번도 없었다.

예핌 뻬뜨로비치가 죽은 뒤에도 알료샤는 주립중학교에 이년 정도 더 다녔다. 위안을 찾을 수 없었던 예핌 뻬뜨로비치의 부인은 남편이 죽자마자 곧 거의 여자들뿐인 가족 전체와 함께 오래 머물 작정으로 이딸리아로 떠났다. 알료샤는 예핌 뻬뜨로비치의 먼 친척인 한번도 본 적 없는 두 부인의 집에 들어가게 되었는데, 어떤 조건하에 그렇게 된 건지는 그도 몰랐다. 그의 독특한, 이 또한 아주 독특한 특징 중 하나는 자신이 누구의 돈으로 사는지 한번도 관심을 기울여본 적이 없다는 점이다. 그런 점에서 그는 대학의 첫 두해 동안 노동을 해서 스스로를 부양하며 극심한 가난에 시달렸고 아주 어린 시절부터 후원자의 집에서 남이 주는 빵으로 살아가는 것을 뼈아프게 느꼈던 그의 형 이반 표도로비치와 정반대였다. 하지만 알렉세이의 성격이 지닌 이 이상한 특징을 너무 엄격하게 비판할 수는 없을 듯한데, 왜냐하면 이와 관련한 질문을 받으면 그를 조금이라도 알게 된 사람들은 모두, 알렉세이는 갑자기 엄청난 재산이 손에 들어오더라도 누구든 부탁하기만 하면 첫마디에 선한 일을 위해서든 혹은 아주 교활한 사기꾼에게든 그 돈을 내주는 데 전혀 망설이지 않을, 거의 유로지비[15]나 다름없는 청년이라는 것을 곧 확신하게 되었기 때문이다. 한마디로 말해서 그는 돈의 가치를 전혀 모르는 것 같았다. 물론 문자 그대로의 의미로 말이다. 그가 한번도 청해본 적 없는 용돈을 주기라도 하면 그는 몇주가 지나도록 그 돈을 가지고 무엇을 해야 할지 어쩔 줄 몰라 하든지 아니면 끔찍할 정도로 아낄 줄을 몰라 순식간에 써버리곤 했다. 뾰뜨르 알렉산드로비치 미우소프는 돈에 관한 한 부르주아적 양심을 지닌 아주 깔끔한 사람이었는데, 나중에 알렉세이를 한참 지켜본 후 이런 경구를 뱉은 적이 있다. "어쩌면 이 사람은 돈 한푼

---

15 Юродивы. 백치성인이라고도 한다. 15, 16세기부터 러시아 문화에 나타난 독특한 현상으로, 러시아정교 전통에서 세속과 구별된 삶을 살기 위해 순례를 하거나 고행을 일삼으며 때로는 광인이나 백치 흉내로 교회와 국가의 잘못을 폭로하고 회개를 촉구하는 연극적 행위를 하기도 하는 열성 교인을 일컫는다. 지역의 광인 혹은 지적장애인이 유로지비로 추앙되어 보살핌의 대상이 되기도 했다. 유로지비 전통은 17세기 러시아정교의 대분열 이후 구교도 전통과 결합되면서 차츰 사라졌다.

없이 백만명이 사는 도시의 낯선 거리에 갑작스럽게 버려진다 해도 절대로 망하지 않고 배고픔과 추위로 죽지 않을 세상에서 유일한 사람인지도 모르겠다. 사람들은 순식간에 이 아이를 먹이고 자리를 잡도록 도와줄 것이며 설사 사람들이 도와주지 않는다 해도 그 스스로가 순식간에 자리를 잡을 것인데, 그러기 위해서 조금도 애쓰거나 모욕감을 느낄 필요가 없을 것이며 이 아이를 도와주는 사람 또한 아무 부담도 느끼지 않고 오히려 만족스럽게 생각할 것이기 때문이다."

그는 중등교육과정을 모두 마치지 못했다. 머릿속에 떠오른 한 가지 일 때문에 아버지에게 가겠다고 부인들에게 갑자기 선언했을 때는 아직 학업이 일년이나 남아 있었다. 부인들은 몹시 안타깝게 여기며 보내지 않고 싶어했다. 차비가 전혀 비싸지 않았음에도 부인들은 후원자의 가족이 외국으로 떠나기 전에 그에게 선물한 시계를 저당 잡히는 것을 용납하지 않았고, 돈은 물론 새 옷과 셔츠들까지 마련해 풍족하게 채워주었다. 하지만 그는 반드시 삼등칸에 타고 싶다고 말하며 돈의 절반을 그들에게 돌려주었다. 우리 도시에 와서 그 아버지의 첫 질문, "왜 학업도 마치지 않고 이렇게 왔느냐?"라는 질문을 마주했을 때 그는 똑바로 대답하지 못했고, 사람들 말에 따르면 이상할 정도로 생각에 빠져들었다고 한다. 곧 밝혀진 바에 따르면 그는 어머니의 무덤을 찾고 있었다. 당시 그는 자신이 이곳에 온 이유는 오로지 그 한가지였다고 자기 입으로도 고백했다. 그런데 이것으로 그가 이곳에 온 이유가 모두 설명되는 것은 아니었다. 아마도 당시 그는 십중팔구 스스로도 자기 머릿속에 과연 무슨 생각이 들어 이 새로운 미지의, 그러나 피할 수 없는 길로 들어서게 되었는지 결코 설명할 수 없었을 것이다. 표도르 빠블로비치는 무덤에 흙을 뿌린 이후 두번째 아내의 무덤에는 한번도 가본 적이 없었고 오랫동안 그녀를 어디에 묻었는지도 까맣게 잊고 있었기 때문에, 그녀가 묻힌 곳을 그에게 가르쳐줄 수 없었다……

표도르 빠블로비치에 대해 몇마디 더 해보자. 그는 이런 일이 일어나기 전 오랫동안 우리 도시를 떠나 있었다. 두번째 아내가 죽은 후 그는 사오년 정도 러시아 남부로 떠나 있다가, 막판에는 오데사에 얼굴을 디밀고 그곳에서 몇년을 살았다. 그의 말에 따르면 처음에는 '수많은 남녀 유대인, 유대인 연놈들'과 알고 지내다가 마침내는 구두쇠들뿐 아니라 '진짜 유대인들 집에도 들락거리게' 되었다고 한다. 인생의 바로 이 시기에 그는 자기 안에 있던 돈을 모으고 쥐어짜는 특별한 능력을 발전시켰다고 생각해야 할 것이다. 그가 우리 도시로 완전히 돌아온 것은 알료샤가 오기 불과 삼년쯤 전이었다. 이전의 지인들은 그가 아직 그렇게까지 노인이 아니었음에도 불구하고 끔찍하게 늙어버렸다고 느꼈다. 그는 더 점잖아지기는커녕 어째서인지 더 뻔뻔스럽게 굴었다. 예를 들면, 이전의 광대짓을 하려는 욕구에 더해 다른 사람들에게도 광대짓을 시켜야 한다는 뻔뻔한 욕구를 드러냈던 것이다. 여자들과 추태 부리기를 좋아하는 것도, 이전과 마찬가지가 아니라 더 역겨울 정도가 되어 있었다. 그는 곧 이 군에 새로운 선술집들을 많이 지어 주인이 되었다. 아마도 대략 10만 루블, 혹은 적어도 그에 약간 못 미치는 정도의 돈이 있는 게 분명했다. 도시와 군의 주민들 중 많은 사람이 곧, 물론 가장 확실한 담보를 잡히고 그에게서 돈을 빌렸다. 아주 최근 들어 그는 어쩐지 부석한 얼굴에 평정심과 명쾌함을 잃고는 일종의 변덕에 빠져, 어떤 일을 시작했다가는 또다른 일로 마무리를 짓는 등 좌충우돌했고 점점 더 자주, 잔뜩 취할 정도로 술을 마셨다. 역시 그즈음에는 꽤 늙어버린, 때로 그를 거의 가정교사처럼 돌보는 하인 그리고리가 아니었다면 표도르 빠블로비치는 아마도 별로 애쓸 것도 없이 제명대로 살지 못했을 것이다. 그에게 알료샤의 도착은 도덕적인 면에서 영향을 미쳐 이 빨리 늙어버린 노인의 영혼 속에서 이미 오래전에 사그라든 무언가를 깨어나게 한 것 같았다.

"네가 알지 모르겠다만," 그는 종종 알료샤를 빤히 쳐다보면서 말하곤 했다. "너는 그 여자, 끌리꾸샤를 많이 닮았구나."

그는 자신의 죽은 아내, 알료샤의 어머니를 그렇게 불렀다. '끌리꾸샤'의 무덤을 알료샤에게 알려준 것은 결국 하인 그리고리였다. 그는 우리 도시의 묘지로 알료샤를 데리고 가 한구석에 자리한, 값비싸진 않지만 깔끔한 묘비를 보여주었다. 묘비에는 이름과 신분,[16] 고인이 죽은 해와 나이가 적혀 있었고 그 아래에는 보통 사람의 무덤에 흔히 사용되는 오래된 시들 중 하나인 사행시 비슷한 비문마저 새겨져 있었다. 놀랍게도 이 묘비를 세운 사람은 그리고리였다. 그는 이 무덤을 언급하며 표도르 빠블로비치에게 수도 없이 불평을 늘어놓았지만, 표도르 빠블로비치가 무덤뿐 아니라 모든 기억을 나 몰라라 하고 마침내 오데사로 떠나자 가련한 '끌리꾸샤'의 무덤 위에 자기 돈을 들여 그 묘비를 세웠던 것이다. 알료샤는 어머니의 무덤 앞에서 특별한 감상을 내비치는 않았다. 다만 그는 그리고리가 엄숙하고도 조리 있게 묘비를 어떻게 만들었는지 이야

---

16 제정러시아에서 신분은 크게 귀족, 성직자, 지방민, 도시민의 네 범주로 나뉘었다. 주로 농민이 지방민에 해당하고, 도시민에는 명예시민, 상인, 소시민, 수공업자, 노동자가 포함된다. 소시민은 도시의 소상공인으로 쁘띠부르주아 계급을 일컫는다.

기하는 것을 귀기울여 듣고는, 고개를 숙이고 서 있다가 한마디도 하지 않고 자리를 떴다. 그뒤 아마도 한 일년 정도 그는 무덤을 찾지 않았을 것이다. 하지만 이 작은 에피소드는 표도르 빠블로비치에게도 그 나름의 영향을, 아주 독특한 영향을 미쳤다. 그는 느닷없이 1천 루블을 꺼내들고서 아내의 영혼을 위해 미사를 드려달라고 우리 수도원에 가져왔던 것이다. 그런데 그게 알료샤의 어머니, '끌리꾸샤'를 위한 것이 아니라 그를 두들겨팬 첫번째 아내 아젤라이다 이바노브나를 위한 것이었다. 그날 저녁 무렵 그는 잔뜩 술에 취해 알료샤 앞에서 수도사들을 욕했다. 그 자신은 종교적인 것과는 아주 거리가 먼 사람이었다. 아마도 5꼬뻬이까도 성상 앞에 내놓을 리 없는 사람이었을 것이다. 그런데 이런 사람들에게도 갑작스런 감정과 갑작스런 생각의 이상한 충동이 일곤 하는 것이다.

나는 이미 앞에서 그가 많이 부석해졌다고 말했다. 그즈음 그의 외모는 그가 살아온 인생 전체의 특징과 본질을 날카롭게 증언하는 것 같았다. 줄곧 뻔뻔하고 의심에 차 있으며 조롱기 그득한 그의 작은 눈 밑에 처진 길고 기름진 자루 말고도, 작지만 살진 얼굴에 깊이 팬 수많은 주름 말고도, 그의 뾰족한 턱 아래로는 기름진 타원형의 큰 울대뼈가 주머니 모양으로 달려 있어서 어쩐지 혐오스럽게 음탕한 기색을 더해주었다. 거기에 호색하게 보이는 긴 입과 부푼 입술과 그 사이로 보이는 거의 다 썩어 검게 변한 작은 잇조각들을 보태보라. 그는 말할 때마다 침을 튀겼다. 그는 자신의 얼굴을 갖고 농담하기를 좋아했지만 그러면서도 자기 얼굴에 만족하는 듯했다. 특히 자기 코, 별로 크진 않지만 아주 가늘고 심하게 굽은 자신의 매부리코를 가리키며 "진짜 로마인 코야"라고 말하곤했다. "울대뼈까지 하면 진짜로 쇠퇴기 고대 로마 귀족의 얼굴이라니까."

어머니의 무덤에 대해 안 지 얼마 지나지 않아 알료샤는 느닷없이 아버지에게 수도원으로 들어가고 싶다고, 수도사들이 자신을 수련수사로 맞이하기로 했다고 선언했다. 그러면서 그는 이것은 자기가 간절히 원하는 일이니 아버지로서 엄숙히 허락해주실 것을 청한다고 설명했다. 노인은 수도원의 소수도원에서 구도의 길을 가고 있는 조시마 장상이 자신의 '조용한 소년'에게 특별한 인상을 불러일으켰다는 것을 이미 잘 알고 있었다.

"물론 그 장상은 우리 마을에서 가장 정직한 수도사지." 그는 묵묵히 생각에 잠긴 채 알료샤의 말을 듣고는, 의외로 그의 요청에 거의 놀라지도 않고 말했다.

"음, 그러니까 너는 그런 곳에 가고 싶다는 게로구나, 내 조용한 아들아!" 그는 반쯤 취해 있었지만 교활함과 취중의 간교함을 잃지 않은 얼큰한 미소를 길쭉하게 지어 보였다. "음, 어쩐지 네가 이런 식으로 끝내리라고 내가 예감하고 있었다는 것을 너는 상상할 수 있겠느냐? 너는 바로 그곳으로 갈 기회를 노리고 있었던 거야. 그래, 그렇게 하려무나. 네게는 2천 루블이 있으니 그게 네 지참금이다. 나의 천사야, 내 너를 절대로 버려두진 않으마. 그쪽에서 청한다면 너를 위해 그곳에 필요한 것들을 들여놓으마. 만일 청하지 않는다면야 우리가 고집을 부릴 필요가 뭐 있겠느냐, 안 그러냐? 너는 카나리아가 일주일에 좁쌀 두알을 먹듯 돈을 쓰지 않느냐…… 음, 네가 아는지 모르겠지만, 어느 수도원에 교외 마을이 하나 딸려 있는데, 다들 알다시피 그곳에는 '수도원용' 마누라들만 살고 있단다. 그곳에서는 다들 그렇게 부른다지. 그런 여자들이 한 서른명은 될 거다, 내 생각에…… 나도 그런 곳에 가본 적이 있단다. 그 나름 흥미롭더구나. 물론 색다르다는 면에서 말이야. 고약한 건, 지독할 정도로 러시아종족주의라는 거야. 프랑스 여자는 전혀 없더란 거지. 있었다면 더 돈이 될 법도 한데. 알면 사람들이 몰려올 텐데 말이야. 그런데 이곳에는 아무것도 없어. 수도원용 마누라들은 없고 수도사들만 이백여명 있지. 깨끗해. 금욕주의자들이야. 내 인정하마…… 음, 그러니까 너는 수도사가 되고 싶다는 거지? 그런데 나는 알료샤, 네가 불쌍하구나, 참말로. 믿을지 모르겠지만, 나는 너를 사랑했단다…… 하지만 이것도 좋은 기회구나. 네가 우리 죄인들을 위해 기도해주겠지. 우리는 여기 앉아서 정말 지독할 정도로 많은 죄를 지었거든. 나는 줄곧 생각했단다. 언젠가 누구든 이 나를 위해 기도해줄까? 그런 사람이 이 세상에 있기는 할까? 너는 사랑스런 아이야. 이런 일에 관한 한 내가 얼마나 어리석은지 너는 아마 못 믿겠지? 끔찍하게 어리석단다. 알지 모르겠다만, 아무리 어리석어도 나는 그런 생각을 하고 또 한단다. 물론 가끔씩 그런다는 거지. 그런 생각만 계속하는 건 아니야. 내가 죽으면 마귀들이 나를 갈고리로 끌고 가리라는 것을 잊기란 불가능하지. 그리고 또 이런 생각도 하지. 갈고리라고? 녀석들에게 그런 건 어디서 나지? 무엇으로 만들지? 철로 만드나? 어디서 그걸 정련하지? 거기 녀석들한테 무슨 공장이라도 있는 건가? 아마도 저쪽 수도원에 사는 수도사들은 지옥에 무슨 천장이라도 있겠거니 하고 생각하는 모양이야. 하지만 나로서는 천장이 없다고 해야 지옥을 믿겠다. 어쩐지 그게 더 세련되고 더 계몽적이고, 어딘가 루터파적인 모습이거든. 그렇지만 사실상 다 마찬가지 아니겠느냐, 천장이 있든 없든? 그런데 여기에 저주스런 문제가 하나 걸려 있단 말이다! 자, 만일 천장이 없다면 당연히 갈고리도 없는 거지. 갈고리가 없다면 모든 게 엉망이 되는 거야. 그러니 또 어불성설이지. 그렇다면 누가 나를 갈고리로 끌고 갈 것이며, 나를 끌고 가지 않으면 그땐 어찌 될 것이며, 도대체 세상에 진리가 어디 있다는 거냐. 그러니 나를 위해 일부러라도 그걸 고안해내야 할 거란 말이다.[17] 나한테는 다 매한가지다, 알료샤. 내가 얼마나 파렴치한인지 네가 안다면!"

"맞아요. 그곳에는 갈고리가 없어요." 알료샤는 아버지를 바라보며 진지한 표정으로 조용히 말했다.

"그래그래, 갈고리 그림자만 있지. 안다, 알아. 어떤 프랑스인이 지옥을 이렇게 묘사한 적이 있지. '나는 솔 그림자로 마차의 그림자를 닦는 마부의 그림자를 보았다.'[18] 귀여운 녀석, 너는 갈고리가 없다는 것을 어떻게 아느냐? 수도사들에게 가렴. 그러지 않으면 속된 노래를 부르게 될 테니. 하지만 가서 진리에 도달하게 되면 여기로 와서 얘기해다오. 저쪽이 어떤지 알면 저세상으로 가는 게 더 쉽겠지. 게다가 나하고 술 취한 노파들, 아가씨들과 함께 있는 것보다는 수도사들과 있는 게 너한테는 더 나을 테니…… 비록 천사 같은 너는 아무것도 건드리지 못하겠지만 말이야. 아마 저쪽에서도 너를 건드리진 못할걸. 그래서 내가 거기다 희망을 걸고 네게 허락하는 거다. 네 머리를 악귀가 먹어버리지는 않았으니까. 조금 불태우다가 식으면 다 나아서 다시 돌아오겠지. 나는 너를 기다리고 있으마. 나는 네가 이 세상에서 나를 단죄하지 않을 유일한 사람이라

<hr>

17 원문은 프랑스어 'Il faudrait les inventer'. 이 구절은 볼떼르의 "만일 신이 없다면 신을 고안해내야 할 판이다"라는 말을 비틀어 표현한 것이다.

18 원문은 프랑스어 'J'ai vu l'ombre d'un cocher, qui avec l'ombre d'une brosse frottait l'ombre d'un carrosse.' 1842년 출간된 샤를 뻬로의 『회상록과 다른 이야기들』의 한구절이다.

고 느낀다. 내 사랑스런 아이야, 나는 그걸 느껴, 느끼지 않을 수가 없어……"

그는 몹시 흐느껴 울기까지 했다. 그는 감상적이었다. 그는 사악했고, 감상적이었다.

5. 장상들

어쩌면 어떤 독자는 나의 젊은이가 병적이고 열광적이고 성정이 제대로 발달하지 못한, 병약하고 핼쑥한데다 창백한 몽상가라고 생각할지 모르겠다. 그와 반대로 당시 알료샤는 탄탄한 체구에 맑은 시선과 발그레한 뺨을 지닌 건장한 열아홉살의 소년이었다. 그 무렵의 그는 아주 아름답기까지 했고, 균형 잡힌 몸매에 중키, 짙은 황갈색 머리카락, 약간 길지만 이목구비가 반듯한 타원형 얼굴, 넓은 미간에 빛나는 짙은 회색 눈동자를 지닌, 아주 사려 깊고 평온해 보이는 소년이었다. 어쩌면 얼굴이 발그레하다고 광신주의나 신비주의에 빠지지 말란 법이 있느냐고 말할지도 모르겠다. 그런데 내가 보기에 알료샤는 어느 누구보다 더 현실주의자인 것 같았다. 오, 물론 그는 수도원에서 기적을 전적으로 믿었지만, 내 생각에 기적은 현실주의자를 조금도 당혹시키지 않는다. 현실주의자를 믿음으로 기울게 하는 것은 기적이 아니다. 진정한 현실주의자는, 만일 그가 믿음이 없는 사람이라면 기적도 믿지 않을 힘과 능력을 늘 자신 안에서 발견할 것이다. 그러나 만일 기적이 그 앞에 돌이킬 수 없는 사실로 서게 된다면 그는 사실을 인정하기보다 오히려 자신의 감각을 믿지 않으려 들 것이다. 설사 기적을 인정한다

해도 그는 그것을 아직 몰랐던 자연과학적 사실로서만 인정할 것이다. 현실주의자 안에서 믿음은 기적에서 나오는 것이 아니다. 기적이 믿음에서 나오는 것이다. 현실주의자가 일단 믿음을 가지게 되면, 그는 곧 자신의 현실주의에 따라 기적도 반드시 인정해야만 한다. 사도 토마는 보지 않고서는 믿지 못하겠다고 선언했지만, 눈으로 본 후에는 "나의 주님, 나의 하느님!"이라고 말했다.[19] 기적이 그로 하여금 믿게 만들었을까? 분명 아닐 것이다. 그는 오직 믿기 원했기 때문에 믿었고, 어쩌면 "보지 않고는 결코 믿지 못하겠소"라고 말한 바로 그때조차 자신의 존재 깊은 곳에서는 이미 온전히 믿고 있었는지도 모른다.

사람들은 알료샤가 우둔하고 미숙하며 학업도 마치지 못했다는 등의 말을 할지 모르겠다. 그가 학업을 마치지 못한 것은 사실이지만 그가 우둔하고 어리석다는 것은 대단히 부당한 말일 것이다. 나는 그냥 이미 앞서 한 말을 되풀이하겠다. 그가 이 길을 간 것은 당시 유일하게 그 길만이 그에게 감동을 안겨주었고, 그 길만이 암흑에서 빛으로 돌진하는 그의 영혼에 완전히 이상적인 출구로 여겨졌기 때문이다. 덧붙이자면 그는 어느정도는 최근 우리 시대의 청년, 천성이 정직하고, 진실을 요구하고 진실을 추구하며, 그것을 믿고, 믿음을 가진 후에는 영혼의 온 힘을 다해 그 진실에 즉각 참여하여 위업을 이루기를 요구하며, 그 위업을 위해서라면 모든 것을, 목숨까지도 희생할 필연적 열망을 지닌 그런 청년이었다. 그런데 불행히도 이런 청년들은 목숨을 바치는 것이 수많은 경우에 치

---

19 예수의 열두 제자 중 한명인 토마는 예수가 부활했다는 이야기를 믿지 않다가 부활한 예수가 눈앞에 나타나 못 박힌 손과 발을 보여주자 확실한 믿음을 갖게 된다. 이 이야기는 요한의 복음서 20:24-29에 있다.

러야 할 온갖 희생 중에서 가장 쉬운 것일 수 있음을 깨닫지 못한다. 예를 들면, 그렇게도 사랑해서 스스로 실천하라고 부추겼던 그 진실과 위업에 봉사하기 위해 자신 안에 열배의 힘을 키우려는 목적 때문에라도, 자신의 피 끓는 청춘 가운데 오륙년의 삶을 어렵고 힘겨운 공부와 학문에 희생해야 한다는 것을 그들은 이해하지 못하는 것이다. 그들 중 많은 이에게 이런 희생은 거의 언제나 도무지 감당하기 힘든 일이다. 알료샤는 모든 사람과 반대되는 길을 선택했지만 한시라도 빨리 위업을 달성하고자 하는 마음만은 같았다. 진지하게 숙고한 끝에 불멸과 하느님이 존재한다는 확신에 깊은 감동을 받자마자 그는 당연하게도 자신에게 곧바로 말했다. "불멸을 위해 살고 싶다. 어중간한 타협은 용납하지 않을 것이다." 불멸이 없고 하느님이 없다는 결론을 내렸다면, 그는 즉시 똑같은 마음으로 무신론자와 사회주의자에게 갔을 것이다.(왜냐하면 사회주의는 노동 문제 내지 이른바 제4계급의 문제가 아니라 주로 무신론의 문제이며, 무신론의 현대적 구현의 문제이고, 땅에서 하늘을 정복하기 위해서가 아니라 하늘을 땅으로 끌어내리기 위해 하느님 없이 세워진 바벨탑[20]의 문제이기 때문이다.) 알료샤에게는 이전처럼 사는 것이 이상하고 불가능하다고까지 여겨졌다. "'완전한 사람이 되려면 모든 것을 내어주고 나를 따르라'[21]라는

---

20 구약성서 창세기에 따르면 사람들이 '하늘에 닿게 탑을 쌓아 우리 이름을 날려 사방으로 흩어지지 않도록 하자'는 의도로 만든 높은 탑으로, 이를 보고 하느님은 사람들이 한 족속이고 언어도 하나라서 이같은 일을 벌일 수 있는 것이라 보고 언어를 뒤섞어 서로 알아듣지 못하게 함으로써 사람들을 흩어버렸으며 이후 탑은 무너진다. 바벨탑은 인간 중심으로 인간의 영광을 구하고 인간을 신의 자리에 올려놓고자 하는 태도를 표현하는 상징물로 해석된다.

21 마태오의 복음서 19:21, 마르코의 복음서 10:21, 루가의 복음서 18:22 등에서 나

말이 있지 않은가." 알료샤는 스스로에게 말했다. "나는 모든 것 대신 2루블만 내어줄 수 없고, '그를 따르는' 대신 오전미사에만 갈 수도 없다." 어쩌면 어머니가 오전미사에 데려갔던 우리 도시 교외 수도원의 무언가가 그의 어린 시절의 기억 중에 남아 있었는 지도 모르겠다. 끌리꾸샤 어머니가 그를 내민 성상 앞으로 비스듬 히 떨어지던 햇살이 그에게 영향을 미쳤을지도 모른다. 생각이 깊 은 그가 당시 우리 도시에 온 것도 여기에 모든 것이 있는지 아니 면 여기에도 2루블밖에 없는지 그냥 한번 확인하기 위해서였는지 모르겠다. 그런데 그가 수도원에서 장상을 만났던 것이다……

이미 앞에서 설명했듯이 그 장상은 조시마였다. 이쯤에서 우리 수도원의 '장상'이라는 것이 대체 무엇인지에 대해 몇마디 해야 할 텐데, 나 자신 그 일을 하기에는 지식이 부족하고 정확하지도 않다 고 느끼기에 안타까울 따름이다. 하지만 피상적인 설명이라도 몇마 디 시도해보겠다. 첫째, 전문지식이 있는 사람들이 주장하기로 장 상과 장상제도는 최근에야 우리 러시아 수도원들에 나타났고 채 백 년도 안 되었지만, 정교를 믿는 동방 전역, 특히 시나이산과 아토스 산[22]에서는 이 제도가 존재한 지 이미 천년이 훨씬 넘었다고 한다. 장상제도는 고대 루시 시대[23]에 우리나라에도 존재했거나 마땅히 존재했어야 한다고 주장하기도 하는데, 러시아의 재앙인 몽골 지

온 구절이다.

22 시나이산은 지중해와 홍해 사이 시나이반도 남쪽에 있는 산지, 아토스산은 그 리스 에게해에 있는 반도로, 가장 오래된 수도원들이 자리 잡고 있고 이들의 규 율이 훗날 동방정교회 수도원들의 모델이 된다.

23 러시아 역사에서 9세기 말 끼예프공국부터 17세기 말 뾰뜨르 1세의 등장 이전 까지의 시기를 가리킨다. 루시라는 명칭은 흔히 러시아 전체를 지칭할 때 사용 된다.

배,[24] 동란의 시대,[25] 콘스탄티노플의 패망[26] 이후 예전 동방과의 교류
가 단절된 결과 우리나라에서는 잊혔고 채 장상들도 그 명맥이 끊
기고 말았다. 이 제도는 지난 세기 말부터 위대한 고행자들 중 하
나, (그 이름이) 빠이시 벨리츠꼽스끼[27]라는 사람과 그 제자들에 의
해 부활했지만, 거의 백년이 지난 지금까지도 적은 수의 수도원에
만 존재하고 러시아에서 들어보지 못한 새로운 제도로 여겨져서 가
끔은 거의 박해를 받다시피 했다. 특히 이 제도는 우리 루시에서 유
명한, 광야에 있는 꼬젤 옵찌나[28]에서 번성했다. 언제, 누구에 의해
이 제도가 교외에 있는 우리 수도원에 뿌리를 내리게 되었는지는
말할 수 없지만 우리 수도원에서 장상들은 3대에 걸쳐 이어졌고, 조
시마 장상은 그중 마지막 계승자였다. 하지만 그가 이미 노쇠하고
병들어 죽음을 앞두고 있는데도 누가 그를 대신하게 될지에 대해서
는 아무도 아는 사람이 없었다. 우리 수도원은 이 문제 말고는 지금
까지 무엇으로도 특별히 유명한 적이 없었으므로 이는 우리 수도원
에서 아주 중대한 문제였다. 우리 수도원에는 성인의 유골 하나, 기
적을 일으키는 성상 하나 없었으며, 심지어는 우리 역사와 관련된
영광스런 전설도 없었고, 우리 수도원의 업적으로 여겨지는 역사적
위업과 조국을 위한 헌신의 사례도 없었다. 이 수도원이 번창하고

---

24 1243~1480년 몽골족이 러시아를 침략하여 지배한 시기를 일컫는다.
25 1601~13년까지 이어진 통치권분쟁 시기를 가리킨다.
26 동로마제국의 수도 콘스탄티노플은 1453년 오스만튀르크에 점령되었다. 러시
    아정교회가 보기에 이제 교황이 지배하는 로마는 적그리스도의 왕국이고 모스
    끄바는 정통 기독교 신앙의 유일한 보루가 된 것으로 여겨졌다.
27 Пайсий Величковський(1722~94). 러시아정교 수도사. 수많은 수도원을 순례
    하고 우끄라이나, 몰도바, 아토스산에서 수행했다. 러시아에서 가장 유명한 장
    상이다.
28 도스또옙스끼가 1878년에 방문한 적이 있는 깔루그현 꼬젤군의 수도원이다.

러시아 전역에서 명성을 얻게 된 것은 바로 장상들 덕분이었는데, 그들을 보고 그들의 말을 듣겠다고 러시아 전역에서 수많은 순례자들이 수천 킬로미터를 마다하지 않고 구름처럼 몰려들었다. 이러하니, 과연 장상이란 무엇인가? 장상, 그는 당신의 영혼, 당신의 의지를 자신의 영혼과 자신의 의지 속으로 받아들이는 사람이다. 장상을 선택한 사람은 자신의 의지와 결별하고 그의 말에 전적으로 순종하기 위해 완전한 자기부정의 자세로 자신의 의지를 그에게 내어준다. 이런 운명을 받아들인 사람은 오랜 수련 끝에 자신을 이기겠다는, 즉 평생의 순종 끝에 결국은 완전한 자유, 자기 자신으로부터의 자유를 획득할 수 있을 정도로 자신을 제어하겠다는 희망, 그리고 평생을 살았음에도 자기 안에서 진정한 자신을 발견할 수 없었던 사람들의 숙명을 피하겠다는 희망으로 이 수련, 이 무서운 삶의 훈련을 자발적으로 받아들인다. 이 고안물, 즉 장상제도는 이론적인 것이 아니라 우리 시대 동방에서 이미 수천년에 걸쳐 형성된 경험의 산물이다. 장상에 대한 의무는 우리 러시아 수도원에 늘 있어왔던 평범한 '순종'과는 다르다. 장상을 따르는 모든 이가 영원히 그에게 고해성사를 해야 하고, 연결한 사람과 연결된 사람 간에는 깨뜨릴 수 없는 관계가 있는 것으로 인정된다. 예를 들면 이런 이야기가 있다. 초대 교회 시대에 언젠가 수도사가 되기로 결심한 사람이 장상이 그에게 부여한 순종의 계율을 행하지 않고 시리아의 수도원을 떠나 다른 나라로, 이집트로 갔다고 한다.[29] 그곳에서 그는 오랫동안 위대한 수행을 하다가 끝내는 믿음을 위해 고문당하고 고

---

29 고대 러시아문학의 걸작 『성인전 대전집』(*Четьи-Минеи*)의 8월 15일자 성인전에 나오는 이야기. 16세기에 집대성된 『성인전 대전집』은 열두달로 나누어 매일 성인들의 전기와 교훈집을 읽을 수 있도록 구성되었다.

통스러운 죽음을 맞이했다. 교회가 이미 그를 성인으로 추앙하고 그 육신을 묻으려 할 때 부제가 "세례 받지 않은 자들은 나가시오!"라고 외치자[30] 순교자의 시신이 누웠던 관이 자리에서 튀어올라 성당 밖으로 패대기쳐지기를 세번이나 거듭했다고 한다. 결국에는 이 거룩한 순교자가 순종의 계율을 어기고 장상을 떠났기 때문에 위대한 업적에도 불구하고 장상의 허락 없이는 용서를 받을 수 없다는 사실이 밝혀졌다. 불려온 장상이 그를 순종의 계율에서 풀어주자 그제야 그의 장례를 마칠 수 있었다고 한다. 물론 이 모든 얘기는 오래된 전설이다. 하지만 여기에 또 얼마 전에 일어난 일도 있다. 우리와 동시대를 사는 어느 수도사가 아토스산에서 수도를 하는데, 그의 장상이 갑자기 그에게 조용한 은신처이자 영혼 깊숙이 사랑하던 성소 아토스를 떠나 예루살렘으로 성지순례를 갔다가 다음에는 러시아의 북쪽 시베리아로 가라는 명령을 내렸다. "네가 있을 곳은 그곳이지 이곳이 아니다." 놀라고 슬퍼서 완전히 기가 꺾인 수도사는 콘스탄티노플의 총대주교에게 가서 그의 순종의 계율을 풀어달라고 애원했다. 그러자 총대주교는 전우주의 총대주교인 자신도 그것을 풀 수 없음은 물론, 한번 장상과 순종의 계율을 맺은 이상 거기서 그를 풀어줄 수 있는 권한은 그것을 부과한 장상 외에는 이 지구상에 아무도 없다고 답했다.[31] 이렇듯 장상제도는 이미 알려진 대로 무

----

30 정교의 예배는 믿음을 고백했지만 세례를 받지 않은 자들과 세례를 받은 자들의 예배로 구분된다. 부사제가 "세례 받지 않은 자들은 나가시오!"라고 외치면 세례 받지 않은 신자들은 예배당 밖 현관으로 나가고 세례 받은 사람들만 남아 미사를 드리게 된다.

31 여기 언급된 이야기는 수도사 빠르페니(Парфений, 1807~78)의 책 『러시아, 몰도바, 터키의 성지를 순례한 이야기』 2판(1856)에 나온다. 이 책은 도스또옙스끼의 서재에 꽂혀 있었다고 한다.

한하고 불가사의한 권위를 부여받았다. 바로 이런 이유로 인해 초기에 장상제도는 우리나라의 많은 수도원에서 거의 탄압을 받다시피 했던 것이다. 그러나 민중들 사이에서 장상들은 곧 높은 존경을 받기 시작했다. 사람들, 이를테면 평범한 사람도 고귀한 가문의 사람도 그 앞에 머리를 조아리며 자신의 의심과 죄, 고통을 고백하고 조언과 가르침을 구하기 위해 우리 수도원의 장상에게로 몰려들었다. 이를 보고 장상 반대파는 고해성사의 성례전聖禮典이 멋대로 경박하게 훼손되었다고 갖가지로 비난하며 외쳐댔다. 그의 수련수사나 세속의 사람들이 장상에게 자신의 영혼을 끝없이 참회하는 일이 별다른 성례로 행해지는 것이 아니었음에도 그랬다. 그러나 장상제도는 유지되었고, 조금씩 러시아 수도원 전체에 자리 잡게 되었다. 사실 이 제도가 시험을 견뎌내고 이미 천년 동안 인간을 노예 상태로부터 자유와 도덕적 완성에 이르도록 정신적으로 갱생시킬 수 있는 도구가 되어왔다는 것은 양날의 검이 될 수 있다. 이 제도가 어떤 이들을 온유와 궁극적인 자기부정 대신에 반대로 가장 악마적인 오만, 즉 자유가 아닌 올무로 이끌 수도 있기 때문이다.

조시마 장상은 예순다섯살 정도로, 지주 출신이었으며 한때 아주 젊었을 때는 군인으로 깝까스에서 위관장교로 복무했다. 의심할 여지 없이 그는 그 영혼의 독특한 특징으로 알료샤를 매료했다. 알료샤는 장상의 소수도원에서 살았는데, 장상은 그를 몹시 사랑하여 자유롭게 드나들 수 있도록 허락해주었던 것이다. 한가지 알려둘 것은, 수도원에 살 당시 알료샤는 아직 매인 몸이 아니었고 며칠씩이라도 어디든 원하는 데로 나다닐 수 있었다는 점이다. 그가 수단을 입고 다녔다면 그것은 수도원에서 다른 사람과 달라 보이지 않기 위해 자발적으로 그런 것이었다. 물론 그러는 것이 그의 마음에도 꼭 들었다. 어쩌면 어린 알료샤의 상상력에 영향을 미친 것은 그의 장상을 한결같이 에워싸고 있는 힘과 영광이었는지도 모른다. 많은 이가 조시마 장상에 대해 이야기했다. 장상은 여러 해 동안 얼마나 많은 사람으로 하여금 찾아와 마음을 토로하고 조언과 치유의 말을 구하도록 허락했던지, 얼마나 많은 고백과 상심, 자백을 그의 영혼 속에 받아들였던지, 생을 마감할 즈음에는 자신을 찾아온 낯선 이의 얼굴을 한번 보기만 해도 그 사람이 무슨 일로 왔는지, 그에게 무엇이 필요한지, 심지어는 어떤 종류의 고통이 그의 양심을 괴롭히는지를 짐작할 수 있는 섬세한 통찰력을 얻게 되었고, 때로 자신을 찾아온 사람이 말문을 열기도 전에 그의 비밀을 밝힘으로써 상대방을 놀라게 하고 당황시켜 거의 기절하게 만들었다고 한다. 그러나 알료샤는 그런 중에도 장상과 독대하기 위해 처음 온 많은 사람이, 아니 거의 모든 사람이 들어올 때는 공포와 불안에 질려 있다가도 나갈 때는 거의 언제나 밝고 기쁜 표정인 것을, 가장 침울한 얼굴도 행복한 얼굴로 변한다는 것을 알아차렸다. 알료샤를 무척이나 놀라게 한 것은 장상이 전혀 엄격하지 않았다는 점이다. 반대로 그는 사람을 대할 때 거의 언제나 명랑했다. 수도사들은 장상에 대해 그의 영혼이 더 죄 많은 사람에게 끌린다고, 그는 더 죄 많은 사람을 누구보다 사랑한다고 말하기도 했다. 조시마 장상이 거의 숨을 거둘 무렵까지도 수도사들 가운데는 그를 시기하고 질투하는 사람이 있었지만 이미 그 수가 적어졌고, 그들 가운데 몇몇은 수도원에서 제법 유명하고 중요한 인물들이었는데도 불구하고 침묵을 지켰다. 예를 들면 아주 나이 많은 수도사 중 하나로 위대한 묵언수행자이자 드문 금식수행자도 그런 사람들 중 한명이었다. 그러나 어쨌든 대다수의 사람이 의심할 여지 없이 조시마 장상의 편이었고 그중 상당수가 그를 온 마음으로 뜨겁게 사랑했다. 몇몇은 그에게 거의 광적으로 애착을 느꼈다. 그런 사람들은 큰 소리로 외치진 않더라도 아무튼 공공연히 그를 성인이라고, 그건 이미 의심할 여지 없는 일이라고 말했고, 그의 임종이 가까운 것을 알고는 심지어 즉각적인 기적을, 아주 가까운 시일 안에 안식한 이로부터 수도원에 임하게 될 위대한 영광을 기대했다. 알료샤는 교회에서 튀어오른 관 이야기를 철석같이 믿은 것과 꼭 마찬가지로 장상이 기적을 행할 능력이 있다고 철석같이 믿었다. 아픈 아이나 어른 친척과 함께 와서 장상이 손을 얹고 기도해주기를 간구했던 사람들 중 많은 사람이 얼마 지나지 않아 되돌아오거나 어떤 이는 바로 다음날 다시 찾아와 눈물을 흘리며 장상 앞에 엎드려 아픈 사람을 낫게 해준 데 감사하는 것을 그는 보았다. 정말로 치유가 일어난 것인지 아니면 병세가 자연스럽게 호전된 것인지 같은 의문은 알료샤에게 전혀 생기지 않았다. 그는 스승의 영적 능력을 이미 완전히 믿고 있었고, 장상의 영광은 그 자신의 승리나 마찬가지였기 때문이다. 장상을 보고 그의 축복을 받기 위해 러시아 전역에서 모여들어 소수도원 문가에서 그가 나오기를 기다리던 평범한 민중들로 이루어진 순례자 무리를 향해 장상이 나갈 때면, 알료샤의 심장은 특히 더욱 떨렸고 그의 몸은 온통 빛에 싸이는 것만 같았다. 그들은 장상의 발 앞에 엎드려 울며 그의 발과 그가 디딘 땅에 입맞추며 통곡했다. 아낙들은 장상을 향해 자신의 아이들을 내밀었고 병든 끌리꾸샤들을 데려왔다. 장상은 그들과 이야기를 나누고 간단히 기도하고 축복해준 뒤 그들을 돌려보냈다. 최근에는 그가 병의 발작으로 기력이 너무 쇠해 소수도원에서 나올 힘이 없을 때면 순례자들은 그가 나오기를 때로는 며칠씩이나 수도원에서 기다리곤 했다. 알료샤에게는 그들이 왜 그렇게 그를 사랑하는지, 무엇 때문에 그의 앞에 머리를 조아리며 그의 얼굴을 한번 보기만 해도 감격해서 우는지가 전혀 의문거리가 되지 않았다. 오, 노동과 슬픔에 지친, 아니, 더 중요하게는 항상 지속되는 부당함과 자신뿐 아니라 세상의 일상적인 죄에 지친 러시아 소시민의 온순한 영혼에 성물이나 성인을 찾아 그 앞에 무릎을 꿇고 절하는 것보다 더 강한 욕구와 위로는 없다는 것을 그는 잘 이해하고 있었다. '비록 우리에게 죄, 불의, 유혹이 있다 해도 그럼에도 이 땅의 저쪽 어딘가에는 성스럽고 고결한 분이 계신다. 그분에게는 정의가 있고, 그분은 공의公義를 아신다. 그러므로 정의는 지상에서 죽지 않았고, 언젠가는 약속대로 우리에게 전해져 온 세상을 지배하게 될 것이다.' 알료샤는 소시민들이 바로 이렇게 느끼고 또 심지어 이렇게 판단한다는 것을 알았고 그 심정을 이해했으며, 민중의 눈에 장상이 바로 그 성인, 신적 공의의 수호자라는 점을 결코 의심하지 않았고, 그 자신역시 장상에게 자신의 아이들을 들이미는 병든 아낙네들과 울고 있는 농부들과 함께 그렇게 생각했다. 알료샤의 영혼에는 장상이 안식한 후 수도원에 범상치 않은 영광이 도래하리라는 확신이 수도원에 있는 어느 누구보다 더 강하게 자리 잡아갔다. 특히 최근 들어 그의 심장에는 어떤 깊고 열정적이고 내적인 감격이 더욱 세차고 강렬하게 타오르고 있었다. 아무튼지 간에 이 장상이 그의 앞에 단독자로 서 있다는 사실은 그에게 전혀 문제가 되지 않았다. '어쨌든 이분은 거룩하고, 이분의 마음에는 모든 이를 위한 갱생의 신비, 마침내 지상에서 공의를 확립할 그런 힘이 있다. 결국 모든 이가 거룩해져서 서로를 사랑하게 될 것이고, 부자도 가난한 사람도 높은 사람도 낮은 사람도 없을 것이며, 모든 이가 신의 아이들이 되어 진정한 그리스도의 왕국이 도래할 것이다.' 바로 이런 생각들이 알료샤의 마음에 어른거렸다.

알료샤가 그때까지 전혀 몰랐던 두 형의 귀향은 아마도 그에게 아주 강렬한 인상을 불러일으킨 것 같았다. 드미뜨리 표도로비치가 더 늦게 왔는데도 그는 (어머니가 같은) 다른 형 이반 표도로비치보다 훨씬 더 빨리, 더 쉽게 큰형 드미뜨리 표도로비치와 가까워졌다. 그는 이반형에게 몹시도 관심이 많았고 형이 벌써 두달째 이곳에 살고 있어서 자주 보는 사이였는데도 어째서인지 그와는 아직 친해지지 못했다. 알료샤 자신이 원체 말수가 적어 뭔가를 기다리는 듯, 뭔가를 부끄러워하는 듯싶기도 했다. 그런데 처음에 알료샤는 이반이 자신을 향해 호기심 가득한 시선을 오랫동안 던지고 있다는 것을 느꼈지만, 곧 형 이반은 그를 생각하는 것조차 그만둔 것 같았다. 그런 점을 감지하고 알료샤는 약간 당혹스러워했다. 그는 형의 무심함을 나이 차이와 특히 학력 차이 때문이라고 생각했다. 그러나 그는 다른 생각도 했다. 형이 자신에게 호기심과 관심을 그렇게나 보이지 않는 이유가 어쩌면 자신이 전혀 알 수 없는 뭔가 다른 일 때문일지도 모른다고 말이다. 어째선지 그는 이반이 뭔가 내적이고 중요한 일에 몰두해 있고 어떤 목표, 어쩌면 아주 어려운 목표를 추구하고 있기 때문에 자신에게 전혀 신경 쓸 여력이 없고, 또 바로 그것이 형이 자신을 무심하게 바라보는 유일한 이유라는 느낌을 받았다. 알료샤는 이 학식 높은 무신론자가 어리석은 수련 수사인 자신에게 일종의 경멸감을 품고 있는 것은 아닌지도 깊이 생각해보았다. 그는 형이 무신론자라는 것을 아주 잘 알고 있었다. (설사 그런 경멸감을 품고 있다 해도) 그는 그 경멸감에 성을 낼 리 없었지만, 어쨌든 자신도 이해할 수 없는 불안한 당혹감을 품고 형이 더 다가오려 할 때까지 기다렸다. 큰형 드미뜨리 표도로비치는 동생 이반에게 깊은 존경을 표했고, 그에 대해 감격에 젖은 투로 말하곤 했다. 알료샤는 최근에 두 형을 대단하고 끈끈한 관계로 엮어준 어떤 중요한 일의 전말을 큰형으로부터 상세히 들어 알게 되었다. 알료샤의 눈에 작은형 이반에 대한 드미뜨리의 감격 어린 평가는 큰형 드미뜨리가 이반에 비해 거의 교육을 받지 못한 사람이라서 더한 것으로 보였고, 사실 나란히 놓고 보면 두 사람은 인격과 성품에서 너무나 선명한 대조를 이루어서 서로 그렇게 닮지 않은 두 사람을 상상해내기도 불가능할 듯싶었다.

바로 이러한 시점에 만남이 이루어졌다. 아니, 더 정확히 말해서 가족모임, 이 기괴한 가족의 모든 구성원이 장상의 소수도원에서 한자리에 모이게 된 것인데, 이 모임은 알료샤에게 크나큰 영향을 미쳤다. 이 모임의 구실은 실은 가짜였다. 당시 유산과 재산 분배에 있어 드미뜨리 표도로비치와 그의 아버지 표도르 빠블로비치 간의 불화는 거의 감당 못 할 지점까지 다다랐던 것 같다. 두 사람의 관계는 날카로워져서 더이상 견딜 수 없는 지경이었다. 아마도 표도르 빠블로비치가 농담 삼아 모두 조시마의 소수도원에 모여보자는 생각을 처음 내놓았던 것 같다. 직접적인 중재까지는 기대하지 않아도 장상의 지위와 얼굴이 뭔가 감동을 주고 화해하게 하여 좀더 점잖게 타협할 수도 있지 않을까 생각했던 것이다. 한번도 장상에게 와본 적도, 심지어 그를 본 적도 없었던 드미뜨리 표도로비치는 물론 사람들이 장상의 힘을 빌려 자신을 겁주려 한다고 생각했다. 하지만 그는 최근에 아버지와 다투면서 숱하게 과격한 짓을 저지른 데 대해 남몰래 스스로를 책망하고 있었기 때문에 이런 요청을 받아들였다. 이참에 나는 그가 이반 표도로비치와 달리 아버지의 집에 살지 않고 따로 도시의 다른 쪽 끝에 살고 있었다는 점을 말해둬야겠다. 그런데 당시 우리 도시에 와서 살고 있던 뾰뜨르 알렉산드로비치 미우소프가 표도르 빠블로비치의 이 제안을 성사시키려고 특히나 매달렸다. 40, 50년대의 자유주의자이자 자유사상가에 무신론자인 그가 이 일에 아주 적극적으로 관여한 이유는 지루함 때문이었거나 아니면 가벼운 오락 삼아서였을 것이다. 그는 문득 수도원과 '성인'이 몹시도 보고 싶어졌다. 그때까지도 그와 수도원 간의 오랜 다툼은 진행 중이었고 그들 영지의 경계, 산림채벌권, 강의 어업권 관련 소송도 여전히 계속되고 있었기 때문에, 그는 자신이 직접 수도원장과 타협을 보고 어떻게든 그들의 다툼을 좋게 해결할 수는 없을까 하는 마음에 이 기회를 서둘러 이용했던 것이다. 그런 좋은 의도를 지닌 방문객들이라면 물론 수도원에서도 그저 호기심에서만 찾아오는 사람들보다 더 사려 깊고 친절하게 맞이할 것이었다. 이 모든 점을 고려한 결과, 최근에는 거의 소수도원을 떠나지 않고 병 때문에 일상적인 방문객조차 거절해온 아픈 장상에게 수도원 측에서 내적으로 어떤 영향력을 행사했을 수도 있다. 장상이 동의하고 날짜가 정해지는 것으로 일은 일단락이 되었다. "누가 나를 그들 사이에 재물 나누는 자로 세웠지?"[32] 장상은 다만 알료샤에게 미소를 짓고 이렇게 말할 뿐이었다.

만남의 소식을 들은 알료샤는 몹시 당황했다. 서로 소송 중인데다 서로를 비난하는 사람들 가운데서 이 모임을 진지하게 바라볼 수 있는 사람이 있다면 그는 틀림없이 드미뜨리 혼자뿐이었다. 나머지 사람들은 모두 경박한, 장상에게는 모욕적일 수도 있는 목적

─────────────

32 루가의 복음서 12:14 "누가 나를 너희의 재판관이나 재산 분배자로 세웠단 말이냐?"에서 나온 말이다.

때문에 올 것이었다. 알료샤는 이를 잘 알고 있었다. 형 이반과 미우소프는 호기심, 어쩌면 가장 저열한 호기심 때문에 올 것이고, 그의 아버지는 어쩌면 일종의 광대짓을 하고 연극적인 장면을 연출하기 위해 올 것이다. 오, 알료샤는 입을 다물고 있었지만 자기 아버지를 이미 속속들이 알고 있었다. 거듭 말하지만, 이 소년은 모두가 생각하듯이 그렇게 단순한 영혼의 소유자가 아니었다. 당연하게도 그 역시 어떻게든 이 가족의 불화가 끝나기만을 마음속 깊이 간절히 바라고 있었다. 그렇지만 그가 가장 크게 염려한 사람은 장상이었다. 그는 장상과 장상의 영광을 걱정했고, 특히 미우소프의 세련되고 예의 바른 조롱과 학자인 체하는 이반의 오만한 암시가 장상을 모욕할까봐 두려웠고, 그것은 줄곧 그의 뇌리를 떠나지 않았다. 그는 심지어 장상에게 경고하고, 이제 곧 올지 모를 이 사람들에 대해 뭔가 얘기해두는 모험을 감행하고픈 마음도 들었지만, 조금 생각해보고는 입을 다물고 말았다. 다만 그는 예정된 날 전날 밤에 지인을 통해 형 드미뜨리에게, 자신이 그를 몹시 사랑하고 있으며 그가 약속대로 하리라고 기대한다는 말을 전하고야 말았다. 드미뜨리는 그에게 무슨 약속을 했는지 전혀 기억할 수 없었기 때문에 곰곰이 생각에 잠겼다가는, '저열한 사람들 앞에서' 최대한 자제하겠다고, 비록 자신은 장상과 동생 이반을 깊이 존경하지만 여기에는 자신을 잡기 위한 일종의 덫이 있거나 아니면 부당한 장난질이 개입되어 있다고 확신한다고 답장했다. "하지만 네가 그렇게도 존경하는 성스런 분에게 누를 끼치느니 혀를 삼키고 말겠다"라는 말로 드미뜨리는 편지를 마쳤다. 이 편지는 알료샤의 마음을 조금도 안심시키지 못했다.

제2편

부적절한 모임

1. 수도원에 도착하다

맑고 따뜻한 멋진 날이었다. 8월 말이었다. 장상과 만날 약속은 대략 늦은 오전미사 후, 11시 반 정도로 잡혀 있었다. 그러나 우리 수도원의 방문객들은 오전미사에 맞추어 오지 않고 정확히 미사가 끝날 무렵에야 도착했다. 그들은 두대의 마차를 타고 왔다. 화려한 사륜마차에 값비싼 말 한쌍이 매인 첫번째 마차를 타고 도착한 사람은 뾰뜨르 알렉산드로비치 미우소프와 그의 먼 친척인 스무 살 정도의 아주 젊은 청년 뾰뜨르 포미치 깔가노프였다. 이 젊은이는 어째서인지 미우소프의 집에 살면서 대학 진학을 준비하고 있었고, 미우소프는 함께 외국으로, 취리히나 예나로 가서 그곳 대학에 들어가 학업을 마치자고 그를 꼬드기고 있었다. 젊은이는 아직 결정을 내리지 못하고 있었다. 그는 깊은 생각에 잠겨 주변 일에는 무관심한 듯했다. 유쾌한 인상이었고, 탄탄한 체격에 키도 상당히 컸다. 그의 시선은 이상하리만큼 한곳에 고정되곤 했는데, 아주 산만한 사람들이 그렇듯 때로 사람을 오랫동안 뚫어지게 바라보면서도 실은 전혀 그 사람을 보고 있지 않은 경우가 많았다. 그는 대체로 과묵했고 다소 재기가 부족했지만, 누군가와 일대일로 마주 앉으면 별안간 엄청나게 말이 많아지고 격렬해져서 때로 무엇을 비웃는지도 모르면서 빈정거리곤 했다. 언제나 옷을 잘 차려입는 것을 넘어서 우아하게 치장하기까지 했으며, 이미 약간의 개인 자산을 지니고 있는데다 더 많은 자산을 기대하고 있었다. 그는 알료샤와 친구였다.

표도르 빠블로비치도 아들 이반 표도로비치과 함께 아주 낡아 덜거덕거리는, 회적색의 나이 든 말 두필이 끄는 마부 딸린 지주용 마차를 타고서 미우소프의 마차보다 한참 뒤처져서 도착했다. 전날 저녁에 만날 날짜와 시간을 미리 알렸음에도 드미뜨리 표도로비치는 아직 도착 전이었다. 방문객들은 수도원 옆 여관에 마차를 두고 수도원 경내로 걸어들어갔다. 표도르 빠블로비치를 뺀 다른 세 사람은 수도원이라고는 한번도 본 적이 없는 것 같았다. 미우소프도 교회에 가보지 않은 지 삼십년은 된 것 같았다. 그는 다소 건방진 구석도 없지 않은 약간의 호기심을 품고 주변을 둘러보았다. 그러나 수도원 내부에서 교회와 살림용 건물, 그것도 아주 평범한 건물들 말고는 관찰력 뛰어난 그의 지성에 특별히 눈에 띌 만한 것은 아무것도 없었다. 교회에서 마지막으로 나온 무리가 모자를 벗고 성호를 그으면서 지나갔다. 그들은 소시민들 사이에서 타지에서 온 더 상류층 사람들, 두세명의 귀부인과 한명의 아주 나이든 장군과 마주쳤다. 거지들이 곧장 우리의 방문객들을 둘러쌌지만 그들은 아무것도 주지 않았다. 뻬뜨루샤[1] 깔가노프만이 지갑에서 10꼬뻬이까 은화를 꺼내어, 왠지 모르겠지만 서두르는 기색으로 허둥대며 한 아낙네에게 돈을 내밀면서 웅얼거렸다. "똑같이 나누어 갖게." 일행 중에서 그가 그러는 것을 알아챈 사람은 아무도 없었으므로 그가 당황할 이유라고는 전혀 없었다. 하지만 그 자신은 이를 알아차리고 한층 더 당혹스러워했다.

그런데 이상한 점이 있었다. 사실상 수도원에서는 그들을 기다리고 있어야 했고 다소간 존경심마저 품고 기다렸어야 마땅할 듯했다. 어쨌거나 한 사람은 불과 얼마 전에 1천 루블이나 희사한 사람이고 다른 사람은 가장 부유하고 가장 교양 있는 지주로, 강의 어업권 관련 소송에서 그가 마음을 바꾸는 데 따라 그들 모두가 좌우될 판국이었으니 말이다. 그런데도 공식 인사들 가운데 그들을 맞으러 나온 사람은 아무도 없었다. 미우소프는 교회 옆 묘지의 비석들을 무심히 바라보면서 이런 '성스런' 장소에 묻힐 권리를 얻으려면 묻힌 사람들이 돈깨나 썼겠다고 지적하려다가 입을 다물었다. 단순한 자유주의적 야유가 그의 속에서 거의 분노에 가까운 모습으로 일어났다.

"제길, 도대체 여기서는 이런 말도 안 되는 일을 누구에게 물어봐야 하는 건가…… 이거 무슨 수를 쓰든가 해야지, 시간이 가고 있는데." 그는 혼잣말을 하듯 불쑥 이런 말을 내뱉었다.

그때 갑자기 헐렁한 여름외투를 입은 중년의 대머리 신사가 환심을 사려는 듯한 눈짓을 하며 그들을 향해 다가왔다. 모자를 약간 쳐들었다가, 꿀을 바른 듯 '슈' 발음 대신 '스' 소리를 내며 그는 자

---

1 남자이름 뾰뜨르의 애칭.

신을 뚤라에서 온 지주 막시모프라고 소개했다. 그는 즉시 우리 방문객들의 걱정거리에 개입했다.

"조시마 장상님은 소수도원에, 사방이 막힌 소수도원에서 지내시는데 수도원에서 사백보쯤 떨어진 곳이지요. 그러니까 숲을, 작은 숲을 지나서요……"

"저도 숲을 지나야 한다는 것은 압니다." 표도르 빠블로비치가 그에게 대답했다. "그런데 길이 전혀 기억나지 않는군요, 오랫동안 와보지 않아서."

"바로 이 문으로 들어가셔서 곧장 숲으로…… 숲으로요. 같이 가시죠. 괜찮으시다면 제가…… 제가 직접…… 자, 이리로, 이리로요……"

그들은 문을 나와 숲으로 향했다. 지주 막시모프는 예순살쯤 된 사람이었는데 거의 전율이라도 할 듯 놀랄 만한 호기심을 품고 그들 모두를 바라보면서, 걷는다기보다는 게걸음으로 뛰다시피 했다.

"그런데 우리는 장상께 볼일이 있어 가는 길이라서요." 미우소프가 엄숙하게 말했다. "우리는 그러니까 '그분'께 뵙기를 청해서 허락을 받은 터라, 길을 알려주셔서 고맙긴 합니다만 함께 들어가시자고 청하지는 않겠습니다."

"저는 벌써 뵈었습니다, 뵈었어요. 벌써 다녀왔습니다…… '완벽한 기사이시죠'(Un chevalier parfait)!"

"누가 기사(chevalier)라는 겁니까?"

"장상님이요. 아주 훌륭하신 장상님, 장상님이요…… 수도원의 영예이자 영광이신. 조시마, 그런 장상님이 계시다니……"

그러나 그의 두서없는 이야기는 방문객들을 뒤쫓아온 수도사에 의해 중단되었는데, 수도사 모자를 쓴 그는 크지 않은 키에 아주 창백하고 여윈 사람이었다. 표도르 빠블로비치와 미우소프는 멈춰 섰다. 수도사가 매우 공손하게 거의 허리까지 몸을 굽혀 절하며 말했다.

"수도원장님께서는 여러분이 소수도원을 방문하신 후에 모두 원장님 방으로 와서 식사를 하셨으면 하십니다. 1시보다 늦지 않으셨으면 합니다. 지주님도요." 그는 막시모프에게 말했다.

"꼭 가겠습니다!" 표도르 빠블로비치가 초대에 몹시 기뻐하며 외쳤다. "반드시 그렇게 하지요. 아시겠지만 우리 모두 여기서는 행실을 제대로 하겠다고 약속했으니까요…… 그런데 뾰뜨르 알렉산드로비치, 갈 거지요?"

"가지 않을 이유가 있습니까? 이곳 사람들 풍습 전부를 보기 위해서가 아니면 내가 여기 무엇 하러 왔겠습니까? 내게 곤란한 것은 단 한가지, 바로 내가 지금 댁과 함께 있다는 겁니다, 표도르 빠블로비치……"

"자, 그런데 드미뜨리 표도로비치가 아직 오지 않았군요."

"그래, 큰조카가 오지 않으면 더 좋겠군요. 댁의 어설픈 연기가, 더구나 댁과 함께 어울리는 게 내게 유쾌할 것 같소? 점심식사에는 가겠습니다. 수도원장께 감사 인사를 전해주시오." 그는 수도사에게 말했다.

"아니요, 저는 여러분을 장상님께로 인도해드려야 합니다." 수도사가 말했다.

"그러시면 저는 수도원장님께, 그사이 수도원장님께 가 있지요." 지주 막시모프가 말했다.

"수도원장님께서는 지금 바쁘시지만, 원한다면 그렇게 하시지요." 수도사가 머뭇거리면서 말했다.

"뻔뻔한 노인네야." 지주 막시모프가 다시 수도원 쪽으로 뛰어가자, 미우소프가 큰 소리로 한마디 했다.

"폰 존[2]을 닮았군." 표도르 빠블로비치가 문득 말했다.

"댁은 그런 것밖엔 모르는군요. 어째서 저 사람이 폰 존을 닮았다는 거요? 댁 눈으로 폰 존을 보기는 했소?"

"그 사람 사진을 봤지요. 얼굴 윤곽은 닮지 않았지만 어딘가 설명할 수 없는 부분이 닮았소. 틀림없는 폰 존의 판박이라니까. 나는 언제나 겉모습만 봐도 압니다."

"그렇다고 해둡시다, 그 방면으론 식견이 높으실 테니. 그런데 말이에요, 표도르 빠블로비치, 당신 입으로 처신을 잘 하겠다고 약속한 걸 기억하세요. 제발 부탁인데, 자제해달란 말이오. 만일 댁이 광대짓을 하기 시작하면 나는 이곳 사람들이 나와 댁을 한통속으로 보게끔 내버려두진 않을 테니까…… 이 사람이 어떤 사람인지, 좀 보시지요." 그가 수도사에게 말했다. "나는 이 사람과 함께 점잖은 분을 뵈러 가는 게 두렵습니다."

수도사의 핏기 없는 창백한 입술에 교활한 빛이 서린, 소리 없는 미소가 희미하게 떠올랐다. 그러나 그는 아무 대꾸도 하지 않았는데, 자신의 품위를 지키느라 입을 다물고 있다는 것이 너무도 분명해 보였다. 미우소프는 얼굴을 더욱 찌푸렸다.

'오, 모두가 재수 없어. 수세기 동안 겉모습은 꾸며왔어도 속으로는 잘난 척에 실상은 시시한 사람들이야.' 이런 생각이 그의 머릿속을 맴돌았다.

---

2 뻬쩨르부르그 도둑 소굴로 유인되어 강도 살인을 당한 실제 사건의 피해자. 1870년 3월 28, 29일 뻬쩨르부르그 법정에서 재판이 진행되었다.

"자, 이제 소수도원에 도착했군요!" 표도르 빠블로비치가 외쳤다. "담장도, 문도 잠겨 있네요."

그러고서 그는 대문과 문가에 그려진 성인들 앞에 큼직하게 성호를 긋기 위해 달려갔다.

"로마에서는 로마법을 따라야죠." 그가 말했다. "여기 이 소수도원에는 스물다섯명의 수도사 모두가 수도를 하느라 서로를 바라보며 양배추만 씹고 있는 거로군요. 그리고 이 대문 안으로는 단 한 명의 여자도 들어가지 않을 테니, 그게 바로 특히 대단한 거지요. 정말 그렇다니까요. 그런데 내가 들은 바로는 장상께서 귀부인들을 접견하신다고 하던데요?" 그가 느닷없이 수도사에게 물었다.

"소시민층 여성들은 지금 이곳, 바로 저기 회랑에 누워 기다리고 있습니다. 상류층 귀부인을 위해서는 회랑에 면한 담장 밖으로 작은 방 두칸을 마련해놓았습니다. 바로 이게 그 방의 창들입니다. 장상님께서는 몸이 괜찮으실 때 내부 통로를 통해 그분들에게, 그러니까 담장 너머로 나가십니다. 바로 지금도 어느 귀부인, 하리꼬프에서 오신 지주 부인 호흘라꼬바님께서 몸이 약한 따님과 함께 기다리고 계시지요. 장상님께서는 최근에 몸이 많이 쇠약해져서 사람들 앞에 나오시는 경우가 드물지만, 아마도 그 두분에게는 만나기로 약속하신 것 같습니다."

"그러니까 저 개구멍이 소수도원과 부인들을 연결하는 통로라는 말이로군요. 수도사님, 제가 뭐 다른 걸 암시한다고는 생각하지 마세요. 그냥 그렇다는 얘기니까. 들으셨을지 모르지만, 아토스산에서는 여인들의 방문은 물론이고 어떤 존재든 암컷, 닭이든 거위든 암송아지든 아무튼 암컷이라곤 전혀 드나들 수 없게 한다고 하던데요."

"표도르 빠블로비치, 나는 댁을 여기 혼자 버려두고 돌아가겠소. 내가 없으면 댁은 두 팔을 붙들려 여기서 내쫓기게 될 거요. 내 단언하죠."

"내가 무슨 방해를 했다고 그래요, 뾰뜨르 알렉산드로비치. 여기 좀 봐요." 그는 소수도원 울타리 너머로 발걸음을 옮긴 뒤 느닷없이 외쳤다. "보라고요, 이 사람들이 어떤 장미꽃밭에 살고 있는지."

정말로, 지금 장미는 없었지만 꽃을 심을 수 있는 곳이라면 어디든 희귀하고 아름다운 가을꽃들이 흐드러지게 피어 있었다. 아마도 숙련된 솜씨를 가진 사람이 꽃을 가꾸는 것 같았다. 화단은 교회 구내와 무덤들 사이에 일구어져 있었다. 장상의 방이 있는, 입구에 회랑이 딸린 일층짜리 작은 목조 가옥도 역시 꽃으로 둘러싸여 있었다.

"이게 이전의 바르소노피 장상님 때도 있었나요? 그분은 화사한 걸 싫어하고 심지어는 여성들에게 달려들어 지팡이로 때리기도 했다던데." 표도르 빠블로비치가 현관 계단을 오르며 지적했다.

"바르소노피 장상님은 때로 유로지비처럼 보이신 게 사실이지만, 사람들이 하는 얘기는 다 어리석은 소립니다. 그분은 한번도 누구를 때리신 적이 없습니다." 수도사가 말했다. "여러분, 이제 잠시 기다려주십시오. 제가 여러분이 오셨다고 알리겠습니다."

"표도르 빠블로비치, 마지막으로 경고하는 거니 잘 들으세요. 행동거지를 잘 하세요. 그러지 않으면 내 본때를 보여줄 테니." 미우소프가 그 틈을 타서 다시 한번 중얼댔다.

"왜 그렇게 흥분하는지 전혀 모르겠군요." 표도르 빠블로비치가 비웃듯 대꾸했다. "혹여 지은 죄가 무서우신 거요? 하긴, 사람들 말로는 장상은 눈만 봐도 누가 무슨 일로 왔는지 안다고 하던데. 빠리 시민에다가 진보 인사인 처남이 그 사람들의 견해를 그렇게 높이 평가하다니, 정말로 처남은 나를 놀라게 하는군요, 진짜로."

미우소프가 이 빈정거리는 말에 미처 대꾸할 새도 없이 모두 들어오라는 요청을 받았다. 그는 약간 화가 난 상태로 들어갔다.

'벌써부터 내가 어떻게 할지 짐작이 가. 화가 났으니 싸움을 걸겠군…… 흥분하게 될 테니 나 자신도, 내가 품은 사상도 망신을 당하겠지.' 그의 머릿속에 이런 생각이 어른거렸다.

2. 늙은 광대

그들은 침실에서 막 나오던 장상과 거의 동시에 방으로 들어섰다. 그 방에는 그들보다 먼저 소수도원의 수도사 두명이 장상을 기다리고 있었다. 한명은 도서관의 사서 수도사였고, 또 한 사람은 늙지는 않았지만 병약한 신부 빠이시로, 사람들 말로는 학식이 상당히 높다고 했다. 그외에도 스물두살 정도 되어 보이는 젊은 청년이 평복인 프록코트 차림으로 구석에 서 있었다.(그는 그뒤로도 계속 그렇게 서 있었다.) 그는 신학생으로, 무엇 때문인지 수도원과 사제들의 후원을 받고 있는 미래의 신학자였다. 그는 키가 상당히 컸고, 생기 있는 얼굴에 광대뼈가 넓고, 영리하고 신중해 보이는 작은 갈색 눈을 가지고 있었다. 그의 얼굴은 온통 존경심으로 가득했는데, 그것은 예의 바른 존경심으로 아첨의 기색이라곤 전혀 보이지 않았다. 그는 자신이 그들과 동등하기는커녕 오히려 통제하에 있거나 예속된 사람인 것처럼 들어온 손님들에게 인사조차 건네지 않았다.

조시마 장상은 수련수사와 알료샤를 대동하고 나왔다. 수도사제[3]들은 일어나 땅에 손가락이 닿도록 몸을 깊이 숙여 절한 뒤 장상의 축복을 받고 그의 손에 입을 맞추었다. 장상은 그들을 축복한 뒤 한 사람 한 사람에게 손이 땅에 닿을 정도로 깊이 절하여 화답하고 그들 각자에게 축복을 구했다. 모든 의식은 일상적인 의식 같지 않게 꽤나 진지하게, 거의 감격 속에서 진행되었다. 그러나 미우소프는 이 모든 것이 책망을 담아 의도적으로 그러는 것처럼 느껴졌다. 그는 함께 들어온 일행 중에서 맨 앞에 서 있었다. 어떤 사상을 갖고 있는가와 상관없이 단지 예의상 그가 할 수 있는 유일한 일은—그는 이것을 어제 저녁부터 숙고했다—다가가 장상에게 축복을 받는 것, 그 손에 입을 맞추지는 않더라도 최소한 축복이라도 받는 것일 터였다. 그러나 이제 그 모든 절과 수도사제의 입맞춤을 보고는 순식간에 생각이 바뀌었다. 그는 사교계식으로 엄숙하고 정중하게 깊이 고개 숙여 인사하고는 의자로 물러났다. 이번에는 표도르 빠블로비치가 원숭이처럼 완벽하게 미우소프 흉내를 내며 똑같이 행동했다. 이반 표도로비치는 아주 엄숙하고 예의 바르게 인사를 나누었지만 팔은 역시 바지 솔기에 딱 붙이고 있었고, 깔가노프는 너무 당황한 나머지 아예 인사조차 하지 못했다. 장상은 축복하기 위해 들어올렸던 손을 내리고 그들에게 다시 한번 고개 숙여 인사하고는 모두 앉기를 청했다. 알료샤의 뺨에 피가 쏠렸다. 그는 수치스러웠다. 그의 불길한 예감이 적중했던 것이다.

장상은 가죽을 씌운 아주 오래된 마호가니 안락의자에 앉았고, 두 명의 수도사제를 제외한 손님들은 네 사람 모두 맞은편 벽의 검

---

3 교회의 공식 수도서원을 마친 수사이면서 성직에 임명된 사제로, 이들 가운데서 주교를 선발한다.

은색 가죽을 씌운 몹시 낡은 의자에 나란히 앉았다. 수도사제들은
양옆으로, 한 사람은 문 쪽에, 다른 사람은 창가에 앉았다. 신학생
과 알료샤와 수련수사는 선 채로 있었다. 수도사의 거처는 매우 비
좁았고 어쩐지 퇴락한 기색이었다. 물건과 가구는 조잡하고 허름
했으며 꼭 필요한 것들뿐이었다. 창턱에는 꽃병이 두개 놓여 있었
고, 구석에는 성화들이 많았다. 그중 하나는 거대한 크기의, 아마
도 대분열[4]이 있기 한참 전에 그려졌을 듯한 성모상이었다. 성모상
앞에는 램프가 희미한 빛을 발하고 있었다. 그 주변에는 반짝이는
성상갑에 싸인 다른 성화가 두장 있었고, 그 주변에는 게루빔 천
사들,[5] 도자기로 만든 부활절 달걀, 상아로 만든 가톨릭 십자가[6]와
그것을 안고 있는 비탄에 잠긴 성모Mater dolorosa상과 지난 세기 위대
한 이딸리아 예술가들의 외국산 판화들이 있었다. 이 우아하고 값
비싼 판화 작품들 옆에는 러시아 소시민들의 작품인 성인, 순교자,
고위성직자 등의 석판화들이 알록달록하게 걸려 있었는데, 아무
시장에서나 1꼬뻬이까면 살 수 있는 물건들이었다. 동시대와 이전
시대 러시아 주교들의 석판 초상화도 몇점 있었는데, 그것들은 이
미 다른 벽들에 걸려 있었다. 미우소프는 이 모든 '구습에 따른 실
내장식'을 대충 눈으로 훑어본 뒤 뚫어질 듯한 시선으로 장상을 쏘
아보았다. 그는 자신의 안목을 너무도 존중한다는 약점을 지니고

---

4 1650, 60년대에 러시아에서 일어난 종교분열. 15세기 이래 동방정교의 계승자를
  자처한 모스끄바 정교회와 콘스탄티노플을 중심으로 한 남부 정교회 간에 종교
  의식을 둘러싼 갈등이 격화되었고, 개혁파와 구교도가 분열하면서 구교도가 많
  은 박해를 당했다. 이를 러시아정교의 대분열이라 일컫는다.
5 구품천사 가운데 두번째 계급에 속하는 천사로 높은 지혜를 가졌다고 한다.
6 가톨릭 십자가는 끝이 네갈래이고, 러시아정교회의 십자가는 예수 그리스도의
  머리와 다리를 받친 갈래를 덧붙여 끝이 여섯개 혹은 여덟개이다.

있었는데, 벌써 쉰이라는 나이를 고려하면 그런 약점은 용서할 만한 것이었다. 쉰살은 똑똑하고 자리 잡은 사회인이라면 으레 자신을 더 존중하게 되고, 때로는 뜻하지 않아도 그렇게 되는 나이니 말이다.

처음 본 순간부터 그는 장상이 마음에 들지 않았다. 사실 장상의 얼굴에는 어딘가 미우소프뿐 아니라 많은 사람의 마음에 들지 않을 구석이 있었다. 그는 키가 크지 않고 등이 구부정한데다 다리가 아주 약한 사내였는데, 예순다섯살밖에 안 되었음에도 병 때문에 최소한 열살은 더 들어 보였다. 그의 얼굴은 전체적으로 아주 여위었고 잔주름이 넓게 퍼져 있었는데, 특히 눈 주변에 자글자글 얽혀 있었다. 밝은색 눈은 크지 않았지만 눈동자는 재빨리 구르며 두개의 빛나는 점처럼 반짝거렸다. 하얗게 센 머리카락은 관자놀이 주변에만 남아 있었고, 드문드문한 턱수염은 작은 쐐기 같았으며, 자주 가볍게 미소 짓는 입술은 두줄의 노끈처럼 가느다랬다. 코는 길다기보다 새부리처럼 뾰족했다.

'모든 점으로 보아 사악하고 속 좁고 오만한 영혼이로군.' 미우소프의 머릿속으로 이런 생각이 스쳤다. 전반적으로 그는 못마땅했다.

시각을 알리는 괘종시계가 대화의 시작을 도왔다. 값싼 작은 벽시계의 추가 빠른 속도로 정확히 열두번을 쳤다.

"정확히 약속했던 시간이군요." 표도르 빠블로비치가 외쳤다. "아직 제 아들 드미뜨리 표도로비치는 오지 않았네요. 그애 대신 용서를 빕니다, 성스런 장상님!(알료샤는 '성스런 장상님'이라는 말에 온몸에 소름이 돋았다.) 저 자신은 언제나 시간을 정확히 지킵니다. 매순간 정확성은 왕의 예의[7]라는 걸 명심하고 있으니까요……"

"하지만 최소한 댁은 왕이 아니잖아요." 미우소프가 참지 못하고 곧바로 투덜거렸다.

"그렇죠, 맞습니다, 왕은 아니죠. 뾰뜨르 알렉산드로비치, 나도 그건 압니다, 맹세코! 항상 나는 엉뚱한 소릴 한다니까! 거룩하신 신부님!" 그는 알 수 없는 순간적인 열정을 품고 소리쳤다.

"신부님은 눈앞에 광대, 진짜 광대를 보고 계십니다! 이렇게 제 소개를 하지요. 맙소사, 오랜 습관이거든요! 저는 가끔 말도 안 되는 거짓말을 하는데 그건 일부러, 사람들을 웃기고 유쾌하게 하려는 의도로 그러는 겁니다. 사람이 유쾌해야 하는 거 아닙니까, 그렇죠? 한 칠년 전에 사업상 어느 작은 도시에 갔다가 거기서 어떤 상인들과 한패거리가 되었습니다. 뭐 좀 부탁할 일이 있어서 식사나 같이 하자고 그 군의 경찰서장에게 패거리들과 함께 갔지요. 키가 크고 뚱뚱한, 금발에 침울한 얼굴의 경찰서장이 나오더군요. 이런 경우에 가장 해로운 유형이지요. 그 사람은 담즙질[8]이었어요, 담즙질. 아시는 대로 저는 사교계 사람답게 거리낌 없는 태도로 그 사람에게 곧장 다가갔지요. '서장님,[9] 우리 편이 되어주십시오. 그러니까 단장이[10] 되어주십사 하는 겁니다.' 그러자 그가 '단장이라는

---

7 '정확성은 왕의 예의'는 프랑스왕 루이 18세(재위 1815~24)의 좌우명이다.

8 고대 그리스의 의학자 히포크라테스는 기질을 담즙질(膽汁質)·흑담즙질(黑膽汁質)·다혈질(多血質)·점액질(粘液質)의 네가지로 분류했다. 담즙질은 급하고 화를 잘 내며 적극적이고 의지가 강한 특성을 지닌다. 이는 실증적 근거가 있는 분류는 아니나 근대 내분비학에 바탕을 둔 기질 연구로 이어진다고 한다.

9 경찰서장이란 뜻의 러시아어 '이스쁘라브니끄'(исправник)를 쓰고 있다.

10 군악대장, 혹은 악단의 단장이라는 뜻의 러시아어 '나쁘라브니끄'(направник)를 쓰고 있다. 표도르 까라마조프는 비슷한 발음의 단어를 가지고 말장난을 하는 중이다.

게 뭐요?'라더군요. 그 사람이 꼼짝 않고 심각하게 서 있는 걸 보고 저는 채 일초도 지나지 않아 일이 글러먹었다는 것을 알아챘지요. '저는 그냥 모두가 즐거우라고 농담을 좀 한 겁니다. 단장이란 유명한 우리 러시아 군악대장이니까요. 그런데 우리는 우리 회사의 화합을 위해 군악대장 비슷한 것이 필요하거든요……' 저는 이렇게 조리 있게 설명하고 비유까지 했습니다. 정말 그럴듯하지 않나요? 그런데 그 사람은 '미안하지만 나는 서장이고, 내 직함을 가지고 말장난하는 건 용납하지 않겠소'라고 하고는 몸을 돌려서 가버리더군요. 제가 그 사람의 뒤통수에 대고 소리쳤습니다. '예, 예, 나리는 서장님이시지 단장님은 아닙지요!' 그 사람은 또, '아니, 기왕 그렇게 말했으니 내가 단장이라는 말이로군' 하는 겁니다. 이렇게 해서 일은 다 틀어져버렸습니다! 저는 만사가 늘 이렇습니다. 잘 보이려다 꼭 손해를 본다니까요! 벌써 몇년 전의 일인데, 한번은 어느 영향력 있는 인사에게 '당신 부인은 민감한[11] 분이십니다' 하고 말한 적이 있습니다. 그러니까 명예심, 즉 도덕적인 자질에서 그렇다는 거였지요. 그런데 그 사람이 문득 대꾸하는 겁니다. '그럼, 자네는 내 아내를 간질여[12]봤나?' 그 순간 제가 자제를 못 하고 갑자기 아양을 좀 떨어주자는 생각이 드는 겁니다. '네, 간질여드려봤지요.' 그랬더니 그 사람이 저를 간질이더군요. 이미 오래전 일이라 지금 말하는 게 부끄러울 건 없습니다만, 저는 이런 식으로 계속 손해를 보는 겁니다!"

11 '간지러움을 잘 타는' '까다로운' '예민한'이라는 뜻의 러시아어 '셰꼬뜰리바야'(щекотливая)를 쓰고 있다.

12 '민감한'이라는 뜻의 형용사 '셰꼬뜰리바야'와 어근이 같은 러시아어 '셰꼬딸리'(щекотали)를 쓰고 있다. 동일한 어근을 지닌 파생어의 여러 의미를 갖고 말장난을 하는 장면이다.

"댁은 지금도 그러고 있어요." 미우소프가 혐오스러워하며 투덜 거렸다.

장상은 말없이 이 사람 저 사람을 번갈아 바라보았다.

"그런 것 같군요! 실은 나도 그걸 알아요, 뾰뜨르 알렉산드로비 치. 당신도 알다시피, 말문을 열자마자 나는 내가 또 그러리라는 걸 예감했어요, 알겠어요? 심지어는 처남이 제일 먼저 그렇게 말하 리라는 것도 예감했다니까요. 제 농담이 잘 먹혀들지 않는 이런 순 간에는, 고매하신 신부님, 제 뺨 아래 잇몸이 바짝바짝 마르기 시 작하는군요. 거의 경련이 이는 것 같습니다. 이건 제가 아직 젊었 을 때, 귀족 가문의 식객으로 눈칫밥을 먹으며 살았던 때부터 그랬 습니다. 저는 태어날 때부터 천성적으로 광대입니다, 고매하신 신 부님, 유로지비나 마찬가지지요. 어쩌면 더러운 영靈이 제 속에 갇 혀 있을지 모른다는 말에 토를 달진 않겠습니다. 하지만 대단치는 않은 더러운 영이죠. 좀더 대단한 영이었으면 다른 거처를 택했을 텐데요. 처남의 몸은 말고요, 뾰뜨르 알렉산드로비치, 처남의 몸은 초라하니까 말이죠. 하지만 저는 믿습니다. 하느님을 믿습니다. 얼 마 전만 해도 의심을 품었지만 지금은 이렇게 앉아서 위대한 말씀 을 받기를 기다리고 있습니다. 고매하신 신부님, 저는 철학자 디드 로[13] 같은 사람입니다. 거룩하신 신부님, 철학자 디드로가 예까쩨리 나 여제 시대에 대주교 쁠라똔[14]을 찾아갔었다는 얘기를 들으신 적 이 있습니까? 그는 들어가서는 느닷없이 말했답니다. '하느님은

---

13 Denis Diderot(1713~84). 프랑스의 철학자, 작가.

14 Платон Левшин(1737~1812). 모스끄바 대주교로 유명한 설교자이자 교회 활 동가로 예까쩨리나 2세의 궁정과 가까웠다고 한다. 디드로와 쁠라똔의 만남은 스네기료프의 『모스끄바 대주교 쁠라똔의 생애』(1956) 1부에 나온 이야기를 각 색한 것이다.

없소.' 위대한 성직자께서는 그 말에 손을 들어 답하셨답니다. '어리석은 자가 마음속으로 하느님이 없다고 말하노라.'[15] 그러자 디드로는 아까처럼 느닷없이 무릎을 꿇고는 '믿습니다'라고 외치고 '세례를 받겠습니다'라고 했다지요. 그래서 즉시 그에게 세례를 주었답니다. 공작부인 다시꼬바[16]가 대모가 되고 뽀쫌낀[17]이 대부가 되어주었다는군요……"

"표도르 빠블로비치, 정말 참을 수가 없군요! 댁은 스스로 거짓말을 하고 있다는 걸, 그 어리석은 일화가 사실이 아니라는 걸 알고 있잖아요. 그런데 뭣 때문에 그리 억지를 쓰는 거요?" 미우소프가 이제 완전히 자제심을 잃고 떨리는 목소리로 내뱉었다.

"한평생 사실이 아닐 거라고 예감하고 있었습니다!" 표도르 빠블로비치가 신이 나서 외쳤다. "그런데 여러분, 제가 진짜 사실을 말씀드리지요. 위대하신 장상님! 용서하세요. 제가 마지막으로 드린 얘기, 디드로가 세례를 받았다는 건 지금 막 지어낸 얘깁니다. 바로 지금 이 순간 지어낸 거고 이전에는 제 머릿속에 한번도 떠오른 적이 없는 얘기예요. 재미 삼아 지어낸 겁니다. 그 때문에 억지를 부리는 거고요. 더 귀엽게 보이려고요, 뾰뜨르 알렉산드로비치. 하지만 저 자신도 왜 이러는지 가끔은 모르겠습니다. 디드로로 말

---

15 시편 14:1 "어리석은 자들, 제 속으로 '하느님이 어디 있느냐?' 말들 하면서, 썩은 일 추한 일에 모두 빠져서 착한 일 하는 사람 하나 없구나"에서 따온 것이다.

16 Екатерина Романовна Воронцова-Дашков(1744~1810). 예까쩨리나 2세가 남편 뾰뜨르 3세를 암살하고 제위에 오른 1762년 궁정반란 때 예까쩨리나 2세를 도운 여성. 예까쩨리나 2세 재위기간 중 러시아 과학아카데미의 수장을 역임했으며, 디드로와 만난 적이 있다.

17 Григорий Александрович Потёмкин-Таврический(1739~91). 러시아의 군인이자 정치가. 예까쩨리나 2세의 총신이었다.

할 것 같으면, 그 '어리석은 자가 말하기를'이라는 말은 제가 젊어서 이곳 지주들에게 얹혀살 때 한 스무번은 들었습니다. 뾰뜨르 알렉산드로비치, 댁의 이모 마브라 포미니시나한테서도 들은 적이 있어요. 그러니 지금까지 모두가, 무신론자 디드로가 대주교 쁠라똔에게 신에 대해 물으러 왔다고 믿고 있지요."

미우소프는 이제 인내심뿐 아니라 이성마저 잃고 자리에서 일어났다. 그는 분노에 휩싸였다. 하지만 화를 내면 자신만 우스꽝스러워진다는 것을 깨달았다. 참으로 도무지 있을 수 없는 일이 수도사의 방에서 벌어졌던 것이다. 바로 이 방에는 어쩌면 이미 사오십 년 동안, 그리고 이전의 장상 시절에도 수많은 방문객이 모였을 것이다. 그러나 그들은 언제나 깊은 경외심 외에 다른 것을 품은 적이 없었다. 허락받은 사람은 거의 모두 방에 들어설 때 그 자체만으로도 큰 긍휼을 입고 있다는 것을 알았다. 많은 사람이 무릎을 꿇고 머리를 조아렸고, 방문하는 동안 내내 무릎을 펴고 일어나지 않았다. 심지어는 '상류층' 인사와 가장 학식이 높은 사람, 그뿐 아니라 호기심이나 다른 목적으로 방문한 자유주의 사상가 중 많은 이가, 여러 사람과 이 방에 들어오든 아니면 독대할 때든 하나같이 면담 시간 내내 존경심과 겸손함을 품고 행동하는 것을 최우선 의무로 생각했다. 더구나 여기서는 돈이 문제가 아니었고, 한쪽에는 사랑과 긍휼, 다른 쪽에는 회개와 어려운 마음의 문제, 마음속 삶에 있어서 가장 어려운 순간을 해결하고자 하는 갈망만이 존재했다. 그러니 표도르 빠블로비치가 돌발적으로 저지른 그런 광대놀음은 이 장소에 전혀 어울리지 않는 것이었고 목격자들에게, 최소한 그 중 몇명에게는 의구심과 놀라움을 불러일으켰다. 수도사제들은 표정 하나 변하지 않고 진지한 관심을 기울여 장상이 무슨 말을 할지 지켜보았지만, 여차하면 미우소프처럼 일어날 기세였다. 알료샤가 무엇보다 이상하게 여긴 것은, 유일하게 아버지를 멈출 만한 영향력이 있으리라 기대했던 형 이반 표도로비치가 눈을 내리깐 채 꼼짝도 하지 않고 의자에 앉아 마치 자신은 이곳과 전혀 상관없는 사람인 양 이 일이 어떻게 끝날지를 일종의 지적 호기심을 품고 지켜보고 있었다는 점이다. 알료샤는 잘 아는 사이이고 거의 친하다고도 할 수 있는 라끼찐(신학생)조차 쳐다볼 수가 없었다. 그는 라끼찐의 생각을 읽을 수 있었던 것이다(수도원 전체에서 그의 생각을 아는 것은 알료샤 혼자뿐이었지만).

"저를 용서하십시오." 미우소프가 장상을 향해 말문을 열었다. "제가 사람 같지 않은 이 광대가 하는 짓에 가담한 것으로 보이실지 모르겠습니다. 제 실수라면 표도르 빠블로비치 같은 사람이라도 이렇게 존경받는 분을 방문하면 자기 의무가 뭔지는 알 거라고 믿었다는 것뿐입니다…… 저 사람과 함께 들어왔다는 이유로 용서를 구하게 되리라고는 상상도 하지 못했습니다……"

뾰뜨르 알렉산드로비치는 말을 다 맺지 못한 채 너무 당황해서 벌써 방을 나가려고 했다.

"걱정하지 마세요, 부탁입니다." 장상이 허약한 다리로 자리에서 불쑥 일어나더니 뾰뜨르 알렉산드로비치의 두 손을 잡아 다시 의자에 앉혔다. "제발 진정하세요. 특별히 선생께 제 손님이 되어주시기를 부탁드립니다." 그러고는 고개를 숙여 절하고 몸을 돌려 다시 자기 자리에 앉았다.

"위대하신 장상님, 말씀해주세요, 제가 너무 활개 치는 바람에 장상님의 기분을 상하게 해드렸나요? 그런가요?" 표도르 빠블로비치가 의자 팔걸이를 양손으로 꽉 쥐고 대답에 따라 펄쩍 뛰어일어나기라도 할 듯이 갑자기 소리를 질렀다.

"간청드립니다, 결코 염려하지 마십시오, 어려워하지도 마시고요." 장상이 타이르듯 말했다…… "어려워 마시고 내 집처럼 편하게 하십시오. 무엇보다, 자신을 너무 수치스럽게 생각지 마셔야 합니다. 모든 게 다 거기서 나오는 것이니까요."

"완전히 내 집처럼요? 그러니까 자연스러운 모습 그대로요? 오, 그건 과분한 말씀입니다, 너무 과분해요. 하지만 그 말씀을 감동으로 받겠습니다! 그런데 은총 입으신 장상님, 제게 자연스러운 모습으로 있으라고 부추기진 마세요. 그런 모험은 하지 마세요…… 저 자신이 자연 그대로의 모습까지 가지는 않겠습니다. 장상님을 수호하기 위해 제가 그것만큼은 미리 말씀드리지요. 그런데 제 얘기를 몇가지 해드리려 했는데, 나머지는 미지의 암흑 속에 빠지고 말았군요. 이건 제가 처남한테 하는 말입니다, 뾰뜨르 알렉산드로비치. 하지만 가장 성스러우신 존재인 장상님께는 바로 이렇게 말씀드리지요. '진정 감격했습니다!'" 그는 일어나 두 팔을 치켜들고 말했다. "'당신을 밴 배와 당신을 먹인 젖꼭지는 얼마나 복 있는가!'[18] 특히 젖꼭지가!' 제게 방금 하신 말씀, '자신을 너무 수치스럽게 생각지 말아야 합니다. 모든 게 다 거기서 나오는 겁니다'라는 말씀이 폐부를 찌르는 듯합니다. 제 속을 다 읽으셨어요. 사람들 앞에 나설 때면 저는 제가 제일 저열하고 사람들은 모두 저를 광대로 생각한다고, 꼭 그렇게만 느껴지거든요. 그래서 '기왕 이렇게 된 거 정말로 광대 노릇이나 해보자. 나는 너희들 평판이 두렵지 않아. 왜냐하면 너희 모두 하나같이 나보다 저열하니까!'라고 생각해버

---

18 루가의 복음서 11:27 "당신을 낳아서 젖을 먹인 여인은 얼마나 행복합니까!"를 패러디한 것이다.

리는 거죠. 그래서 제가 광대가 되는 겁니다. 수치심 때문에 광대가 되는 거예요, 위대하신 장상님, 수치심 때문에요. 오로지 의심 하나 때문에 제가 이렇게 소란을 피우는 겁니다. 제가 들어설 때 모두가 저를 아주 사랑스럽고 가장 똑똑한 사람으로 받아들일 거라는 확신만 있다면, 주여! 제가 얼마나 선한 사람이 되겠습니까! 스승님!" 그는 느닷없이 무릎을 꿇었다. "제가 무슨 일을 해야 영원한 생명을 얻을 수 있겠습니까?"[19] 바로 지금도 그가 농담을 하고 있는 건지, 아니면 정말로 감격해서 그러는 건지 도무지 알 길이 없었다.

장상은 눈을 들어 그에게 미소를 지으며 말했다. "성도님 스스로가 이미 오래전부터 어떻게 해야 할지 알고 계십니다. 그만한 지성이 충분하시니까요. 술에 취하지 말고, 말을 함부로 하지 말고, 육욕에 빠지지 말고, 특히 돈을 우상으로 섬기지 마십시오. 그리고 운영하시는 술집의 문을 닫으세요. 전부 닫기 힘들면 두세개라도 닫으십시오. 무엇보다도 가장 중요하게는, 거짓말을 하지 마세요."

"그러니까 그 디드로 얘기 말씀이십니까?"

"아니요, 디드로를 말하는 게 아닙니다. 무엇보다 자기 자신에게 거짓말하지 마세요. 자기 자신에게 거짓말하고 자신의 거짓말에 귀기울이는 사람은 자기 안에서나 주변에서나 어떤 진실도 구별해낼 수 없을 지경에 이르러, 결국 자기 자신과 다른 사람 모두를 존중하지 못하게 되지요. 아무도 존중하지 못하면 사랑하기를 멈추게 되고, 사랑 없이 일하면서 스스로를 위안하기 위해 정욕과 천박한 달콤함에 몸을 맡기게 되고, 죄악 속에서 완전히 짐승처럼 되고 맙니다. 이 모든 것이 사람들과 자기 자신 모두에게 끊임없이 거짓

19 루가의 복음서 10:25.

말을 하기 때문에 일어나는 일입니다. 자기 자신에게 거짓말하는 사람은 누구보다 쉽게 모욕감을 느낄 수 있습니다. 그런데 모욕감을 느끼는 것도 때로는 정말 기분 좋지 않습니까? 아무도 자신을 모욕하지 않았다는 것을 알면서도 스스로 모욕감을 꾸며내서는 거짓을 덧붙이고, 어떤 장면을 연출하기 위해 과장하고, 말꼬리를 잡아 콩알을 산으로 만들어버리는 겁니다. 그 자신도 이것을 알면서 어쨌든 자기가 유쾌해질 때까지, 대단한 만족을 느낄 때까지 기분 나빠하는 거지요. 그러다가 진짜 적의에까지 이르고요…… 그러니 일어나 앉으세요, 제발 부탁드립니다. 그것 역시 거짓된 몸짓이니까요……"

"복되신 분! 손을 주세요." 표도르 빠블로비치가 벌떡 일어나 장상의 여윈 손에 소리 내어 입을 맞추었다. "노여움을 느끼는 것이 기분 좋다는 바로 그 말씀, 제가 아직 들어보지 못한 훌륭한 얘기를 그렇게 해주시다니요. 바로, 바로 제가 평생 유쾌해질 정도로 모욕감을 느꼈고, 미학을 위해 모욕감을 느껴왔습니다. 모욕당한 사람이 되는 것은 기분 좋을 뿐 아니라 때로는 아름답기까지 하니까요. 바로 이 점을 잊으셨습니다, 위대하신 장상님, 아름답다는 것을요! 저는 이 말을 수첩에 기록해놓겠습니다! 저는 거짓말을 했습니다. 거짓말을 했어요. 제 평생, 매일, 매시간마다요. 진실로 저는 거짓말 그 자체이며 거짓의 아비입니다![20] 그런데 거짓의 아비라는 말은 틀린 것 같군요. 저는 늘 성경 구절이 헷갈려요. 거짓의 아들이라고 해두죠, 그걸로도 족할 테니. 다만…… 장상님은 저의 천사 같은 분이시니…… 디드로 정도는 가끔 해도 괜찮겠지요! 디드로

---

20 요한의 복음서 8:44에 나오는 예수 그리스도의 말 "그는 정녕 거짓말쟁이이며 거짓말의 아비이기 때문이다"에서 나온 것이다.

가 해를 주지는 않잖아요, 다른 말은 해가 된다 해도. 위대하신 장상님, 그런데 참 잊어버릴 뻔했네요. 벌써 삼년째 이곳에 문의하려던 일이 있는데, 바로 이것 때문에 확실히 알아보고 여쭤보려고 여기 들른 건데 말입니다. 다만 뾰뜨르 알렉산드로비치에게 방해하지 말라고만 명해주십시오. 제가 한 말씀 여쭙겠습니다! 위대하신 신부님들, 『성인전 대전집』[21] 어딘가에 신앙 때문에 수난을 당한 어느 거룩한 기적수행자 얘기에서, 그 수행자의 목을 자르자 수행자가 일어나 자기 목을 들고 '얼굴에 상냥하게 입을 맞추고는' 오랫동안 그 손에 머리를 들고 돌아다녔다는 얘기가 있다던데요. 그러니까 '상냥하게 입을 맞추고' 말입니다.[22] 이것이 사실입니까, 사실이 아닙니까, 정직하신 신부님들?"

"아니요, 사실이 아닙니다." 장상이 말했다.

"『성인전 대전집』 어디에도 그런 얘기는 나오지 않습니다. 어떤 성인에 대해 그렇게 쓰여 있다는 말씀이신지요?" 수도사제인 사서신부가 물었다.

"어떤 성인을 말하는지는 저도 모릅니다. 전혀 알지 못해요. 제가 속았군요. 그렇게 얘기하던데요. 분명히 들었다니까요. 그런데 그 얘기를 누가 했는지 아십니까? 바로 이 뾰뜨르 알렉산드로비치 미우소프입니다. 디드로 얘기를 듣고 그리도 화를 낸 바로 이 양반이 한 말입니다."

"나는 그런 말을 한 적이 없습니다. 나는 댁과는 말상대도 하지

---

21 제1편의 각주29 참조.
22 여기서 언급되는 성인은 정교의 성인이 아니라 가톨릭 성인으로, 프랑스의 수호자로 꼽히는 생드니(St. Denis)이다. 이 성인 이야기는 디드로와 볼떼르 같은 프랑스 백과전서파의 조롱거리가 되었다.

않으니까요.”

“그렇습니다. 처남이 내게 얘기한 건 아니에요. 하지만 나도 끼어 있던 모임에서 처남이 한 이야기잖아요. 한 사년쯤 된 일입니다. 내가 이 얘기를 꺼낸 건 처남이 이 우스꽝스러운 이야기로 내 믿음을 뒤흔들어놓았기 때문입니다, 뾰뜨르 알렉산드로비치. 처남은 그걸 알지도 깨닫지도 못했지만, 나는 뒤흔들린 믿음을 품고 집으로 돌아왔고 그때부터 점점 더 흔들리고 있어요. 그래요, 뾰뜨르 알렉산드로비치, 처남이 크나큰 타락의 원인이었어요! 그 디드로가 아니라요!”

표도르 빠블로비치는 열광적으로 흥분했지만, 그가 또다시 연극을 하고 있다는 것은 누가 보아도 분명했다. 그러나 미우소프는 어쨌든 마음이 몹시 상했다.

“이 무슨 헛소리람. 모든 게 헛소리야.” 그가 중얼거렸다. “내가 언젠가 그런 얘기를 했을 수도 있지요…… 하지만 댁한테 한 건 아니에요. 나도 다른 사람들한테 들은 거니까. 내가 빠리에 있을 때 어떤 프랑스인한테 들었습니다. 우리 『성인전 대전집』에 그런 얘기가 있고, 오전미사 때 읽는다고요…… 그 사람은 러시아 통계학을 전문적으로 연구하고…… 오랫동안 러시아에서 산 적이 있는 아주 학식이 높은 사람입니다…… 나 자신은 『성인전 대전집』을 읽지 않았고…… 앞으로도 읽을 생각이 없습니다…… 식사하면서 무슨 말인들 못 하겠습니까? 우리는 그때 식사 중이었으니까요…….”

“그래, 처남은 그때 식사 중이었겠지만, 나는 그때 믿음을 잃었단 말입니다!” 표도르 빠블로비치가 약을 올렸다.

“당신 믿음이 나랑 무슨 상관이오!” 미우소프가 소리를 지르려다 참고는 경멸 어린 투로 말했다. "뭐든 조금이라도 꼬투리가 보이면 말 그대로 모든 걸 망쳐놓는군요."

장상이 갑자기 자리에서 일어났다.

"용서하십시오, 여러분, 몇분간 잠시 실례하겠습니다." 그는 방문객 모두를 향해 말했다. "여러분보다 먼저 와서 기다리고 있는 분들이 있어서요. 그리고 당신, 하여간 거짓말은 그만하세요." 그는 표도르 빠블로비치를 바라보며 환한 얼굴로 덧붙였다.

그가 방에서 나갔고, 알료샤와 수련수사는 그를 계단에서 부축하려고 얼른 몸을 움직였다. 알료샤는 숨이 막힐 정도로 괴로웠으므로 밖으로 나온 것이 기뻤고, 장상이 기분 나빠하지 않고 즐거워하는 것도 기뻤다. 장상은 자신을 기다리고 있는 사람들을 축복해주기 위해 회랑으로 향했다. 그러나 표도르 빠블로비치가 방 문턱에서 그를 멈춰세웠다.

"복되신 분이여!" 그는 감격한 기색으로 외쳤다. "손에 입을 맞추도록 다시 한번 허락해주십시오! 아니, 장상님과 함께라면 이야기도 할 수 있고 함께 지낼 수도 있습니다! 장상님은 제가 언제나 이렇게 거짓말을 하고 광대짓을 한다고 생각하십니까? 알아주십시오, 장상님을 시험해보기 위해 제가 계속 일부러 연극을 했다는 것을요. 제가 장상님과 잘 지낼 수 있는지 내내 장상님을 건드려본 겁니다. 장상님의 자부심에 저의 겸손이 끼어들 자리가 있을까 하고요. 칭송의 증명서를 내어드리겠습니다. 장상님과는 잘 지낼 수 있겠습니다! 이제 침묵하겠습니다. 앞으로는 말하지 않겠습니다. 의자에 앉아 입을 다물겠습니다. 이제 처남, 뾰뜨르 알렉산드로비치, 처남이 말해요. 처남이 이제 제일 중요한 사람입니다…… 앞으로 십분간은."

3. 믿음이 있는 아낙네들

교회 경내 외벽에 붙은 작은 목조 회랑 아래로는 이날따라 모두 여자들만 모여 있었다. 대략 스무명가량의 시골 아낙들이었다. 마침내 장상이 나온다는 소식에, 그들은 조바심을 치며 모여들었다. 귀부인 방문객을 위해 마련된 장소에서 장상을 기다리던 지주 호흘라꼬바 집안의 여인들도 회랑으로 나왔다. 어머니와 딸 단둘이었다. 어머니 호흘라꼬바 부인은 언제나 세련되게 옷을 차려입는 부유한 귀부인으로, 아직 상당히 젊고 아름다운 용모에 낯빛은 다소 창백했지만 검은색에 가까운 아주 생기 넘치는 눈동자를 지니고 있었다. 그녀는 고작 서른세살이었지만 남편이 죽은 지 이미 오년이나 되었다. 열네살 된 그녀의 딸은 다리의 마비 증세로 고통을 겪고 있었다. 낯빛이 창백한 딸은 벌써 반년 전부터 걸을 수가 없어 바퀴 달린 긴 안락의자를 타고 다녔다. 그녀는 병 때문에 약간 여위었지만 명랑하고 매혹적인 이목구비를 지니고 있었다. 긴 눈썹 아래로 짙고 큰 눈동자에는 어딘가 장난기가 반짝였다. 어머니는 봄부터 그녀를 해외로 데리고 나갈 작정이었는데 여름에 영지를 정비하느라 일정이 늦어졌다. 그들은 순례를 위해서라기보다 일 때문에 온 것이지만 우리 도시에서 지낸 지 벌써 일주일이 지났고, 이미 사흘 전에도 장상을 한번 찾아온 적이 있었다. 지금 그들은 장상이 아무도 맞이할 수 없다는 것을 알면서도 또다시 예고 없이 찾아와 고집스럽게 애원하며 '위대한 치료자를 보는 행복을' 허락해달라고 청하고 있었다.

장상이 나오기를 기다리는 동안 그 어머니는 딸의 안락의자 옆에 놓인 의자에 앉아 있었는데, 그들 옆 두걸음 떨어진 곳에는 이곳 수도원이 아니라 어딘가 멀리 북쪽에 있는 수도원에서 온 노인 수도사 한명이 서 있었다. 그 역시 장상에게 축복기도를 받고 싶어 했다. 그러나 회랑에 나타난 장상은 곧바로 민중들 쪽으로 향했다. 낮은 회랑과 마당을 연결하는 삼단 층계 아래로 사람들이 몰려들었다. 장상은 위쪽 계단에 서서 영대[23]를 두르고 밀려드는 여인들을 축복하기 시작했다. 어떤 사람이 한 끌리꾸샤의 두 팔을 붙들어 그의 앞에 세웠다. 장상을 보자마자 끌리꾸샤는 갑자기 괴상한 쇳소리를 내면서 딸꾹질을 하더니 경기를 일으킨 것처럼 온몸을 떨었다. 장상이 그녀의 머리에 영대를 얹고 머리 위로 짧은 기도문을 외우자, 그녀는 곧바로 조용해지더니 안정을 되찾았다. 지금은 어떤지 모르지만 내가 어렸을 때만 해도 시골의 수도원마다 이런 끌리꾸샤가 흔히 보였고, 자주 이야기를 듣기도 했다. 오전미사에 데려오면 그들은 비명을 지르거나 교회 전체를 돌아다니며 개처럼 울부짖다가도, 성혈성체를 내와서 그들을 성혈성체 쪽으로 데려가면 '귀신 들림 현상'이 곧바로 사라졌고 병자들은 몇분간이라도 늘 평안해졌다. 이런 일은 어린아이였던 내게 아주 충격적이고 놀라웠다. 그러나 당시 내 질문에 대해 어떤 지주들과 특히 도시의 선생들은 그 모든 것이 일을 하지 않기 위해 꾀병을 부리는 것이며 그에 합당한 엄중한 처벌로 언제든 근절할 수 있다고 대답했고, 자신들의 의견을 입증하기 위해 여러 일화를 예로 들곤 했다. 그러나 놀랍게도 훗날 나는 의사들을 통해, 그것은 결코 꾀병이 아니며 무서운 여성질환으로 주로 우리 루시에 많으며, 시골 여성의 힘겨운

---

23 領帶. 정교 성직자나 천주교의 신부가 성사를 줄 때 목에 걸어 늘어뜨리는 띠.

운명을 증명하는 병이라는 말을 들었다. 이 병은 아무 의료적 도움도 받지 못한 채 올바르지 않은 방식으로 힘겹게 출산한 직후 곧바로 극도의 고된 노동을 감당한 탓에 발병한다는 것이었다. 그밖에 출구 없는 슬픔과 폭력 등에서 비롯하기도 하는데, 일반적인 예에 따르면 어떤 여성은 천성적으로 그런 것을 감당할 수 없다는 것이다. 귀신 들려 온몸을 벌벌 떠는 여인들을 성혈성체 쪽으로 데려가기만 하면 이상하게도 순간적으로 치유가 이루어지곤 했는데, 사람들은 이를 두고 꾀병이라거나 심지어 '성직자들' 자신이 꾸민 속임수일 것이라고 설명했지만, 실은 전적으로 자연스러운 방식으로 이루어지는 일이었다. 끌리꾸샤를 성혈성체로 인도한 아낙들과 더 중요하게는 병든 여인 자신이, 병자를 성혈성체 쪽으로 데려가 그 앞에 머리를 숙이게 하면 그를 사로잡은 더러운 영이 도저히 견뎌내지 못하리라는 것을 확고한 진리로 믿고 있었던 것이다. 그러므로 신경질적이 되고 물론 정신적으로도 병든 여인은 성혈성체에 절하는 순간 언제나 틀림없이 온몸에 전율을 일으켰고(또한 그래야만 했다), 그 전율은 반드시 기적적 치유가 이루어지리라는 기대와 기적이 실현되리라는 온전한 믿음에 기인한 것이었다. 그리고 그 기적은 설사 한순간이라 할지라도 일어나곤 했다. 그런데 지금도 바로 그 기적이, 장상이 병자를 영대로 덮자마자 일어났던 것이다.

장상에게 몰려든 많은 여인들이 순간적인 효과가 불러일으킨 감동과 환희의 눈물을 흘리기 시작했다. 어떤 여인들은 장상의 옷자락에라도 입을 맞추려고 달려들었고, 또다른 이들은 어쩐 일인지 통곡하기 시작했다. 그는 모든 이를 축복해주었고, 어떤 사람과는 이야기를 나누었다. 그는 이미 그 끌리꾸샤를 알고 있었다. 그녀는 수도원에서 6킬로미터 정도 떨어진 멀지 않은 마을에서 왔는데, 이전에도 사람들이 그녀를 장상에게 데려온 적이 있었다.

"멀리서 오신 분!" 그는 아직 전혀 늙었다고는 할 수 없지만 매우 마르고 수척한, 볕에 그을렸다기보다는 숯검정을 묻힌 것처럼 얼굴이 까만 한 여인을 가리켰다. 그녀는 무릎을 꿇고 서서 미동도 없는 시선으로 장상을 바라보고 있었다. 그 시선에는 어떤 광기 같은 것이 서려 있었다.

"멀리서 왔습니다, 신부님, 멀리서요. 여기서 320킬로미터나 떨어진 데서요. 멀리서 왔습니다, 신부님, 멀리서요." 여인은 한쪽 손바닥으로 뺨을 감싸고 이쪽저쪽으로 부드럽게 고개를 흔들며 노래를 부르듯 읊조렸다. 그녀는 곡하듯이 말했다. 민중에게는 침묵하며 오랫동안 참아온 슬픔이 있고, 그 슬픔은 가슴 깊이 파고들어 할 말을 잃게 한다. 그러나 북받치는 슬픔도 있어서, 그것은 일단 눈물로 터져나오면 그 순간부터 애곡哀哭으로 변해버린다. 특히 여성들이 그렇다. 그러나 이 슬픔이 말없는 슬픔보다 가벼운 것은 아니다. 애곡은 가슴을 훨씬 더 후벼파고 찢어놓음으로써만 달래진다. 이런 슬픔은 위로를 바라지 않으며, 달래지지 않는 감정을 먹고 산다. 애곡은 다만 상처를 끊임없이 자극하고자 하는 욕구에 불과한 것이다.

"상인 출신인가보군, 그런가?" 장상은 관심을 가지고 그녀를 바라보며 말을 이었다.

"저희는 도시 사람입니다, 신부님, 도시 사람이에요. 농촌 출신이지만 도시 사람입니다. 도시에서 살지요. 신부님을 뵈려고 이곳에 왔습니다. 신부님 얘기를 들었거든요, 신부님, 들었어요. 어린 아들을 묻고 나서 하느님께 기도하러 갔었습니다. 세군데 수도원을 다녀봤는데, 제게 말해주더군요. '그곳에 가봐, 나스따시유시까.'[24] 그러니까 여기 신부님께, 귀한 신부님께 말이지요. 그래서 와서 어제 자정미사를 보고 오늘 신부님을 뵈러 온 겁니다."

"무슨 일로 울고 있는가?"

"아들이 불쌍해서요, 신부님. 세살이었는데, 이제 석달만 지나면 세살이 되려 했는데요. 아들 때문에 괴로워요, 신부님, 아들 때문에요.[25] 마지막 남은 아들이었어요. 저와 니끼뚜시까[26]한테는 아이가 넷 있었는데, 우리한테서는 아이들이 남아나지를 못해요, 남아나지요. 앞의 세 아이를 묻었을 때까지만 해도 그 때문에 이렇게까지 마음 아프지는 않았어요. 그런데 이 마지막 아이를 묻고 나니 잊을 수가 없어요. 그애가 바로 여기, 꼭 제 앞에 서 있는 것 같고 떠나질 않아요. 제 영혼은 바짝 타버렸어요. 그애의 자그만 속옷가지와 셔츠를 보면, 그애의 작은 장화를 보면 통곡이 터져나와요. 그애가 남기고 간 물건을 죄다 펼쳐놓고 보면서 울어요. 제 남편 니끼뚜시까에게 말했죠. '나를 놓아줘, 여보, 순례를 떠날 테야.' 그 사람은 마부고, 우리는 가난하지 않아요, 신부님, 가난하지 않아요. 우리 자산으로 운송업을 해요. 말도, 마차도 다 우리 소유예요. 하지만 그게 있어봐야 무슨 소용인가요? 제가 없으면 그 사람, 저의 니끼뚜시까는 고주망태가 되겠지요. 분명 그럴 거예요, 예전에도 그랬으니까요. 제가 조금이라도 한눈을 팔면 그 사람은 금방 힘을 잃어요. 하지만 이제는 그 사람 생각도 안 나요. 집을 떠난 지 벌

24 여자이름 나스쨔(아나스따시야)의 애칭.
25 저자의 실제 이야기가 담겨 있다. 도스또옙스끼의 셋째 아들 알료샤는 1878년, 세살이 되기 3개월 전에 사망했고, 도스또옙스끼는 그 죽음에 위로를 받기 위해 옵찌나 뿌스쩐 수도원을 방문하여 장상 암브로시와 대화를 나눈다.
26 남자이름 니끼따의 애칭.

써 석달이 되었어요. 다 잊었어요, 전부. 그리고 기억하고 싶지도 않아요. 이제 제가 그이와 무얼 할 수 있겠어요? 저는 그이와 끝을 내버렸어요, 끝냈어요, 모든 것과 결별했어요. 이제는 집도 재산도, 아무것도 보고 싶지가 않아요!"

"들어보게, 자네." 장상이 말했다. "한번은 고대의 위대한 성인께서 성당에서 자네처럼 울고 있는 여인을 보셨다네. 똑같이 자신의 어린아이, 역시 하느님이 데려가신 독자 때문에 울고 있었지. 성인께서 그 여인에게 말씀하셨네. '자네는 모르겠나, 그 아이들이 하느님의 보좌 앞에서 얼마나 용감한지? 천상에서 그 아이들보다 더 담대한 이들은 없다네. 아이들이 하느님께 말하고 있네. 주님, 우리에게 생명을 주시더니, 우리가 생명을 보자마자 그걸 다시 가져가셨잖아요. 아이들은 곧바로 천사의 지위를 달라고 하느님께 얼마나 담대하게 청하고 있는지 모른다네. 그러니,' 성인께서 말씀하셨네. '여인이여, 기뻐하고 울지 말게나. 자네 아기는 지금 하느님 옆에서 천사들 무리 가운데 거하고 있다네.' 바로 이것이 고대에 성인께서 울고 있는 여인에게 하신 말씀이네. 그분은 위대한 성인이시니 여인에게 거짓을 알려주셨을 리 없지. 그러니 자네, 자네 아이는 지금 주님 보좌 앞에 서서 기뻐하고 즐거워하며 자네를 위해 하느님께 간구하고 있을 거야. 그러니 자네, 울더라도, 기뻐하게나."

여인은 손으로 뺨을 괴고 눈을 내리깐 채 그의 말을 들었다. 그녀가 깊이 한숨을 내쉬었다.

"니끼뚜시까도 똑같은 말로 저를 위로했어요. 신부님이 하신 말씀과 똑같은 말을 했지요. '우둔한 여자야, 왜 우는 거야. 우리 아들은 아마도 지금 하느님 곁에서 천사들과 함께 찬양하고 있을 거야.' 그이는 그렇게 말했지만, 그러면서 자기도 울었어요. 그이가 저처럼 울고 있는 것을 보았다고요. 제가 말했죠. '나도 알아, 니 끼뚜시까, 그애가 하느님 곁이 아니라면 어디 있겠어. 다만 지금 여기, 우리 곁에 있는 건 아니잖아, 전에는 바로 옆에 앉아 있었는데!' 단 한번만이라도 좋으니 아이를 보고 싶어요, 단 한번만이라도 그애를 봤으면. 아이에게 다가가지도, 말도 걸지 못해도 괜찮아요. 그냥 구석에 숨어서 단 일분만이라도 바라보았으면. 아이가 마당에서 놀다 와서는 예쁜 목소리로 '엄마, 어디 있어?' 하고 부르는 소리를 한번만이라도 들어보았으면 좋겠어요. 그 작은 발로 방을 돌아다니는 소리를 한번만이라도 들어보았으면, 단 한번만이라도. 그 작은 발로 타박타박, 얼마나 자주 제게 뛰어왔던지, 소리치며 웃었던지. 그 발자국 소리만이라도 들어보았으면, 그것만이라도 들어보았으면 좋겠어요! 그 아이가 없어요, 신부님, 그 아이가. 아이를 이제는 전혀 볼 수 없어요. 그애 소리를 들을 수가 없어요!"

그녀는 품에서 자기 아이의 작은 허리장식끈[27]을 꺼내더니 그것을 보자마자 손가락으로 눈을 가리고 온몸을 떨며 통곡했다. 손가락 사이로 눈물이 하염없이 흘러내렸다.

"이것은," 장상이 말했다. "고대에 '라마에서 들려오는 소리, 울부짖고 애통하는 소리, 자식 잃고 우는 라헬, 위로마저 마다는구나!'[28]라고 한 것과 마찬가지네. 지상에서 자네들 어머니에게 주어진 숙명이지. 위안을 구하지 말게. 위안을 구할 필요 없네. 위안을

---

27 러시아 풍속에는 아이가 태어난 지 40일째에 어머니가 교회에서 정화예배를 드리면 아기는 정식 교인으로 인정되는 동시에 처음으로 허리띠를 차는 의식을 행한다. 지방에 따라서는 젖니가 날 때 이 의식을 행했다고 한다.
28 마태오의 복음서 2:18.

구하지 말고 울게나. 다만 울 때마다 자네 아들이 하느님의 천사 중 하나라는 것을 꼭 기억하게. 저 위에서 자네를 내려다보고, 자네의 눈물에 기뻐하고, 그 눈물을 하느님께 가리키고 있다는 걸 말일세. 자네는 앞으로도 오랫동안 위대한 어머니의 눈물을 흘리게 될 거야. 하지만 그 눈물도 마침내 그칠 때가 되면 조용한 기쁨으로 변할 걸세. 자네의 쓰라린 눈물도 조용한 감동과 구원받은 자를 진정으로 죄에서 정화하는 눈물이 될 걸세. 자네 아이가 평안히 잠들기를 기도하겠네. 이름이 어떻게 되나?"

"알렉세이입니다, 신부님."

"사랑스러운 이름이군. 하느님의 사람 알렉시우스[29]의 이름을 땄나?"

"그렇습니다, 신부님, 하느님의, 하느님의 사람 알렉세이요."

"참으로 성인이셨지! 기도하겠네, 자네, 내 기도하겠네. 자네의 슬픔을 위해 기도하고 자네 남편의 안녕을 위해서도 기도하겠네. 그 사람을 내버려두는 건 죄일세. 남편에게 가서 돌봐주게. 하늘에서 아이가, 자네가 자기 아버지를 버린 것을 보고 눈물 흘릴 거야. 왜 아이의 행복을 무너뜨리려고 하나? 그 아이는 살아 있어, 살아 있고말고. 아이의 영혼은 영원히 살아 있네. 아이는 집에 없지만, 보이지 않게 자네들 곁에 있네. 자네는 집이 싫다고 하는데, 아이가 집으로 가면 어떻게 하겠나? 자네들 두 사람이 같이, 어머니와 아버지가 같이 있지 않으면 아이가 누구에게 가겠나? 자네는 지금 그 아이 꿈을 꾸며 괴로워하고 있지만 아이가 자네에게 평온한 꿈을

---

29 성 알렉시우스는 로마 귀족의 아들로 은둔의 삶을 살기 위해 결혼식날 출가했다가 17년 만에 부모 집으로 돌아와 인정받지 못한 채 살면서 온갖 궁핍과 모욕을 당했다고 한다. 러시아 민중 사이에서 인기가 많은 성인이다.

보내줄 걸세. 남편에게 가게나, 자네, 오늘 당장 가게나.”

“갈게요, 신부님, 신부님 말씀대로 갈게요. 신부님이 제 마음을 읽으셨어요. 니끼뚜시까, 나의 니끼뚜시까, 나를 기다리고 있군요, 귀한 사람, 기다리고 있어요!” 아낙네는 다시 통곡하려 했지만, 장상은 이미 순례자 복장이 아니라 도시풍으로 옷을 차려입은 어느 나이 든 노파에게로 몸을 돌리고 있었다. 그녀의 눈을 보니 무슨 일인가가 벌어졌고 뭔가를 고하러 왔다는 것을 알 수 있었다. 그녀는 죽은 하사관의 아내로 멀지 않은 곳, 바로 우리 옆 도시에서 왔다고 했다. 그녀에게는 바센까[30]라는 아들이 있었는데, 군 병참부 어딘가에서 근무하다가 시베리아 이르꾸쯔끄로 갔다. 아들은 두번 정도 편지를 보내왔지만 편지가 끊긴 지 벌써 일년이 다 되었다. 그녀는 아들 소식을 알아보고 싶었지만 실제로 어디 가서 알아봐야 할지 알 수가 없었다.

“최근에 돈 많은 상인 부인 스쩨빠니다 일리니시나 베드랴기나가 그러더라고요. 그 여자가 말하기를 ‘쁘로호로브나, 아들을 위해 추도식을 열도록 교회에 이름을 올려요. 그리고 평안히 잠들기를 빌어줘요’ 하는 거예요. 그러면 그 아이 영혼이 마음 아파져서 편지를 쓸 거라고요. 그녀가 또 말하기를 ‘그야말로 믿을 만해요. 그렇게들 해서 효험을 보았대요’ 했어요. 다만 저는 좀 의심스러워서요…… 빛이신 신부님, 그 말이 맞는 건가요? 그렇게 해도 되는 건가요?”

“그런 건 생각도 하지 말게. 물어보는 것조차 부끄러운 일이야. 살아 있는 영혼을, 그것도 그 어머니가 평안히 잠들도록 빌어주다

[30] 남자이름 바실리의 애칭인 바샤에서 파생한 애칭.

니, 그게 어떻게 가능한 일이겠는가! 그건 주술과 같은 큰 죄일세. 다만 자네는 몰라서 그랬으니 용서받을 수 있겠지. 그보다는 하늘에 계신 성모님께, 늘 우리를 도와주시는 수호자이자 조력자이신 성모님께 아이의 건강을 비는 게 훨씬 낫네. 그리고 자네의 그 잘못된 생각을 용서해달라고 말일세. 덧붙여 자네에게 해줄 말이 있는데, 쁘로호로브나, 자네 아들은 곧 자네에게 돌아오든지 아니면 편지를 보낼 걸세. 그렇게 알아두게나. 가보게, 그리고 지금부터 마음 편히 갖게. 내가 말하는데, 자네 아들은 살아 있네."

"선하신 신부님, 하느님께서 상을 내리시길! 신부님은 우리의 은인이시고 우리 모두와 우리의 죄를 위해 기도해주시는 분이세요……"

하지만 이미 장상은 군중 속에서 폐결핵에 걸린 듯 지쳐 보이는 아직 젊은 농부 아낙이 불타는 눈길로 자신을 쳐다보고 있는 것을 보았다. 그녀는 말없이 바라보았지만 그녀의 눈은 무언가를 부탁하고 있었다. 그러나 그녀는 다가오기를 두려워하는 것 같았다.

"자네, 무슨 일로 왔는가?"

"제 속내를 좀 들어주세요, 신부님" 그녀는 서두르지 않고 조용히 말문을 열며 무릎을 꿇고 그에게 절했다.

"죄를 지었습니다, 신부님, 제 죄가 두려워요."

장상은 아래쪽 계단에 앉았고, 여인은 무릎을 꿇은 채로 그에게 다가왔다.

"제 남편이 죽은 지 삼년째입니다." 그녀는 온몸을 떨면서 반쯤은 속삭이는 목소리로 말했다. "결혼생활이 아주 힘들었어요. 남편은 나이가 많았고 저를 심하게 때렸습니다. 남편이 아파서 몸져누웠는데, 남편을 보면서 이런 생각이 드는 거예요. 만일 저 사람이

건강을 되찾고 다시 일어나면 그때는 어떡하지? 그때 그런 생각이 들어서……"

"잠깐만." 장상은 이렇게 말하고는 그녀의 입술에 자신의 귀를 가까이 댔다. 여인은 조용하게 속삭이며 말을 이었으므로 거의 한 마디도 들리지 않았다. 그녀의 이야기는 곧 끝났다.

"삼년째인가?" 장상이 물었다.

"삼년째입니다. 처음에는 생각나지 않았어요. 그런데 지금은 몸이 아프고 괴로움에 짓눌려 삽니다."

"멀리서 왔는가?"

"여기서 530킬로미터도 더 떨어진 곳에 살아요."

"고해성사 때 고백했는가?"

"말했어요, 두번이나 했어요."

"성체성혈성사[31]를 모시게 해주던가?"

"예, 해주셨습니다. 저는 두려워요, 죽을 정도로 두려워요."

"아무것도 염려하지 말게. 절대로 염려하지 말고, 괴로워하지도 말게. 다만 자네 마음에서 회개하는 마음이 약해지지 않도록만 하게. 진정으로 회개하는데 하느님께서 용서하지 않으실 죄는 없다네. 무한한 하느님의 사랑을 마르게 할 만큼 대단한 사람의 죄란 없다네. 하느님의 사랑을 넘어설 죄가 있을 수 있겠는가. 오직 회개에만, 끊임없이 회개하는 데만 신경 쓰고 두려움은 완전히 떨쳐 버리게. 죄를 짓고 죄 속에 있을지라도 하느님께서는 자네가 생각

----

31 예수 그리스도가 체포되기 전 제자들과 나눈 마지막 만찬을 기념하는 성사. 천주교에서는 예배 때마다 떡만을 나누는 영성체를 행하고, 동방정교회에서는 떡과 포도주를 나누는 성체성혈의식을 행한다. 개신교에서는 이를 일년에 두번 행하며 성찬식이라 부른다.

도 못 할 만큼 자네를 사랑하신다는 걸 믿게나. 하늘에서는 열명의 의인보다 한명의 회개하는 사람으로 인해 더 기뻐하신다는 옛말이 있지 않은가.[32] 가보게나, 그리고 두려워하지. 말게. 사람들 때문에 슬퍼하지 말고, 모욕당했다고 화내지 말게. 고인이 자네를 괴롭혔던 걸 가슴 깊이 용서하게. 남편과 진심으로 화해하게나. 회개하면 사랑할 수 있다네. 사랑하게 되면 자네는 벌써 하느님의 사람인 게 야…… 사랑으로 값을 치르면 모두가 구원을 받는다네. 자네와 꼭 마찬가지로 죄인인 내가 자네를 어여삐 여기고 불쌍히 여기는데, 하느님께서 안 그러시겠나. 사랑은 값을 모르는 보물이라서 그것으로 온 세상을 살 수도 있고 자네의 죄뿐 아니라 다른 이의 죄도 대속할 수 있다네. 두려워하지 말고 가게나."

그는 그녀에게 성호를 세번 그어주고 자신의 목에서 작은 성상을 풀어 그녀에게 걸어주었다. 그녀는 말없이 땅에 닿을 정도로 고개를 숙여 절했다. 그는 일어나 명랑한 얼굴로 젖먹이 아기를 품에 안은 건강한 아낙을 보았다.

"비셰고리예에서 왔습니다, 신부님"

"여기서 6킬로미터 넘게 떨어진 곳이로군. 아이와 함께 고생했네. 무슨 일인가?"

"신부님을 뵈러 왔지요. 자주 찾아뵈었는데, 잊으셨어요? 저를 잊으셨으면 기억력이 좋지 않으신 거예요. 마을에서 신부님이 편찮으시다고들 해서 제 눈으로 뵈어야겠다 싶어 왔어요. 그런데 편찮으시긴요, 건강해 보이시는데요? 이십년은 더 사시겠어요. 하느

---

32 루가의 복음서 15:7 "잘 들어두어라. 이와 같이 회개할 것 없는 의인 아흔아홉 보다 죄인 한 사람이 회개하는 것을 하늘에서는 더 기뻐할 것이다"에서 따온 것이다.

님이 함께하시길! 신부님을 위해 기도하는 사람이 얼마나 많은데 편찮으실 리 있겠어요?"

"고맙네, 자네."

"그런데 작은 부탁이 있습니다. 여기 60꼬뻬이까가 있는데, 신부님께서 저보다 더 가난한 사람에게 전해주세요. 여기 오면서 생각했어요. 신부님을 통해 전하는 게 낫겠다고요. 누구에게 줘야 할지 신부님은 아실 테니까요."

"고맙네, 자네, 고마워. 마음씨가 곱군. 자네를 사랑하네. 반드시 전해주지. 안고 있는 아이는 딸인가?"

"네, 딸이에요. 제 기쁨이지요. 리자베따입니다."

"주께서 자네와 아기 리자베따, 두 사람을 축복하시길! 자네가 내 마음을 즐겁게 해주었군. 잘 가게나, 사랑스런 사람들. 잘 가게나, 귀하고 어여쁜 사람들."

그는 모두를 축복해주었고, 모두에게 깊이 머리 숙여 인사했다.

4. 믿음이 얕은 귀부인

타지에서 온 여지주는 장상이 소시민들과 대화를 나누고 축복해주는 장면을 내내 지켜보면서 조용히 하염없이 눈물을 흘리며 손수건으로 눈물을 훔쳤다. 부인은 감수성이 예민하고 여러 면에서 참으로 선량한 기질을 지닌 사교계의 귀부인이었다. 장상이 마침내 그녀에게 다가갔고, 그녀는 감격해서 그를 맞이했다.

"이 감동적인 장면들을 보면서 제가 얼마나 감격했는지……" 그녀는 흥분해서 말을 맺지 못했다. "오, 민중이 신부님을 얼마나 사랑하는지 알겠어요. 저도 민중을 사랑합니다. 민중을 사랑하고 싶어요. 어떻게 민중을, 위대하면서도 아름답고 소박한 우리 러시아 민중을 어떻게 사랑하지 않을 수 있겠어요!"

"따님의 건강은 어떤가요? 저와 또 이야기를 나누고 싶으시다고요?"

"오, 제가 얼마나 고집을 피우며 부탁하고 애걸했는데요. 허락해주시지 않으면 무릎을 꿇고 신부님 창 앞에 사흘이라도 있을 작정이었어요. 위대한 치유자님, 저희는 감격스런 감사의 말씀을 드리려 신부님께 왔습니다. 신부님은 우리 리자를 고쳐주셨어요. 완전히 고쳐주셨어요. 목요일에 저희 아이에게 손을 얹고 기도해주셨잖아요. 저희는 그 손에 입맞추고 저희의 마음, 저희의 경외를 표하기 위해 서둘러 왔습니다."

"치유되었다니 무슨 말씀이십니까? 아이는 아직 의자에 앉아 있는데요?"

"하지만 밤에 나던 오한이 완전히 사라졌어요. 목요일부터 벌써 이틀 밤이나요." 귀부인이 흥분해서 급히 말했다. "그뿐 아니라 다리도 튼튼해졌어요. 딸아이는 밤새 푹 자고 오늘 아침에는 건강한 모습으로 일어났답니다. 아이 얼굴의 홍조와 빛나는 눈을 좀 보세요. 전에는 계속 울기만 했는데 지금은 웃고, 명랑하고 기쁨에 차 있어요. 오늘은 두 발로 서게 해달라고 고집스럽게 조르더니 아무것도 잡지 않고 일분이나 혼자 서 있었어요. 딸아이는 이주 후면 까드리유[33]를 출 거라고 저와 내기를 했답니다. 저는 이곳 의사 게르쩬시뚜베를 불렀지요. 그 의사가 어깨를 으쓱하고는 말하던데요.

---

33 quadrille. 네 사람이 한조가 되어 사방에서 마주보며 추는 프랑스 춤. 나뽈레옹 전쟁 이후 유럽에서 유행했다.

'놀랍군요. 믿을 수 없어요.' 그런데 저희가 신부님을 귀찮게 하지 않고 이곳에 와 감사드리지 않았으면 더 좋았을까요? 리즈, 감사드리럼, 감사드려!"

리즈는 예쁘장하게 웃고 있던 얼굴에 갑자기 진지한 표정을 짓고는 할 수 있는 만큼 의자에서 일어나 장상을 보며 그 앞에서 손을 모았다. 그러나 참지 못하고 별안간 웃음을 터뜨렸다.

"이건 저 사람 때문이에요, 저 사람!" 그녀는 참지 못하고 웃음을 터뜨린 것 때문에 어린아이처럼 자신에게 화를 내면서 알료샤를 가리켰다. 장상의 뒤에 한걸음 물러서 있던 알료샤를 본 사람이라면 한순간 홍조가 그의 뺨을 물들였다 사라지는 것을 보았을 것이다. 그의 눈은 반짝 빛을 내곤 어두워졌다.

"이애가 드릴 게 있답니다…… 건강은 어떠세요?" 그 어머니가 갑자기 알료샤를 향해 말을 이으며 장갑을 낀 멋진 손을 그에게 내밀었다. 장상은 시선을 돌려 문득 알료샤를 유심히 바라보았다. 알료샤는 리자에게 다가가서 어딘지 이상하고 부자연스러운 미소를 지으며 손을 내밀었다. 리즈는 엄숙한 얼굴을 했다.

"까쩨리나 이바노브나가 이걸 전해달라고 했어요." 그녀는 그에게 작은 편지를 내밀었다. "꼭 자기를 찾아와주셨으면 좋겠다고 특별히 부탁했어요. 가능하면 빨리요. 기대를 저버리지 말고 반드시 와주십사고요."

"들러달라고 부탁했다고요? 제가 들르기를…… 왜죠?" 알료샤는 몹시 놀라 중얼거렸다. 그의 얼굴은 순식간에 걱정에 휩싸였다.

"오, 그건 모두 드미뜨리 표도로비치 때문이에요. 최근에 일어난 사건들 때문이죠." 그 어머니가 얼른 설명했다. "까쩨리나 이바노브나는 지금 한가지 결정을 내렸어요…… 하지만 그 결정을 위해서는 당신을 반드시 봐야만 한다는 거예요…… 왜냐고요? 그건 물론 나도 몰라요. 하지만 가능한 한 빨리 와주십사고 부탁했어요. 그렇게 해주실 거죠? 아마도 그렇게 해주시겠죠. 그리스도인으로서의 감정이 그러도록 명하는 거니까요."

"저는 그분을 전부라고 해야 겨우 한번 뵈었습니다." 알료샤가 여전히 의아함에 사로잡혀 말했다.

"오, 그분은 너무 고상해서 범접할 수 없는 분이에요! 품고 있는 고통 하나만으로도…… 생각해보세요, 그분이 어떤 일을 겪었는지, 어떤 일을 겪고 있고, 어떤 일이 그분을 기다리고 있는지 한번 생각해보세요…… 정말 끔찍한 일이에요, 끔찍해요!"

"좋습니다, 가겠습니다." 알료샤는 와달라는 간절한 부탁 외에는 아무 설명도 없는, 짤막하지만 수수께끼 같은 쪽지를 얼른 읽고 결정을 내렸다.

"아, 당신이 그렇게 해주신다니 너무 친절하고 대단한 일이에요." 리즈가 온통 흥분해서 갑자기 외쳤다. "저는 엄마에게 말했어요. 당신은 절대로 가지 않을 거라고, 빠져나갈 거라고요. 당신은 정말로, 정말로 멋진 분이세요! 저는 당신이 멋진 분이라고 늘 생각해왔고, 그래서 지금 이렇게 말하게 된 게 참 기분 좋아요!"

"리즈!" 그 어머니는 나무라듯 말했지만 곧 미소를 지었다.

"우리도 잊으셨군요, 알렉세이 표도로비치, 우리 집에 전혀 오고 싶지 않으신가봐요. 그런데 리즈는 당신과 있을 때만 기분이 좋다고 내게 두번이나 말했답니다." 알료샤는 내리깔았던 눈을 들었고, 문득 다시 얼굴을 붉히고 자기도 왠지 모르면서 다시 조용히 웃었다. 하지만 장상은 이미 그를 보고 있지 않았다. 그는 아까 우리가 말한 대로 리즈의 의자 옆에서 그가 나오기만을 기다리던 타지에서 온 수도사와 대화를 나누었다. 보아하니 그 사람은 아마도 평범한 수도사, 그러니까 변변찮은 직위의 수도사 중 한 사람으로, 단견에다 고집불통의 세계관을 지니고 있었지만 그 나름의 방식으로 믿음이 굳은 사람 같았다. 그는 멀리 북쪽 옵도로스[34]에 있는, 수도사라고 전부 해봐야 아홉명밖에 되지 않는 가난한 수도원 성 실베스뜨르에서 왔다고 자신을 소개했다. 장상은 그를 축복하고 편할 때 방에 들르라고 초대했다.

"장상님께서는 어떻게 감히 이런 일을 행하십니까?" 수도사가 감명을 받은 듯 엄숙하게 리즈를 가리키며 불쑥 물었다. 그는 그녀의 '치유'를 암시한 것이었다.

"물론 그렇게 말하기는 아직 이르지요. 좀 나아진 것이지 아직 완전히 치유된 것은 아니고, 다른 원인으로 치유된 것일 수도 있고요. 하지만 무언가 일어났다면 그건 다른 누구의 힘이 아니라, 하느님이 허락하셨기 때문이지요. 모든 것은 하느님으로부터 온 것입니다. 저를 찾아주십시오, 신부님." 그는 수도사에게 덧붙였다. "하지만 아무 때나 맞이할 수는 없는 형편입니다. 병이 들어 살날이 얼마 남지 않은 것을 저도 잘 알고 있습니다."

"오, 아니요, 아니요, 하느님은 장상님을 우리 곁에서 데려가지 않으실 거예요. 아직 더 오래오래 사실 거예요." 부인이 소리쳤다. "그리고 어디가 편찮으시다는 거예요? 이렇게 건강하고 명랑하고 행복한 모습으로 계시는데요."

"오늘은 평소와 다르게 훨씬 좋네요. 하지만 이것도 잠시뿐이라는 것을 이미 알고 있습니다. 저는 제 병을 잘 압니다. 제가 지금 명

---

34 또볼스끄현 베료조프군에서 제일 북쪽에 있던 마을로 지금의 살레하르뜨시이다.

랑해 보이는 것은 무엇보다 당신의 그 말씀이 저를 기쁘게 하기 때문입니다. 사람들은 행복을 위해 창조되었기에 온전히 행복한 사람은 곧바로 자신에게 '이 땅에서 하느님의 말씀대로 살았노라'라고 말할 수 있지요. 모든 의로운 사람, 모든 성인, 모든 거룩한 순교자가 모두 행복했습니다."

"오, 얼마나 담대하고 고귀한 말씀이신지요!" 부인이 소리쳤다. "마치 사람의 마음을 꿰뚫고 계신 듯 말씀하시네요. 그런데 행복, 행복은 어디 있을까요? 누가 스스로에 대해 행복하다고 말할 수 있을까요? 오, 오늘 다시 뵐 수 있도록 자비를 베풀어주셨으니 제가 지난번에 미처 말씀드리지 못한 것, 감히 말씀드리지 못한 모든 것을 들어주세요. 오래도록, 그토록 오래도록 왜 제가 괴로웠는지를요! 저를 용서해주세요. 저는 괴롭습니다, 괴롭습니다······" 그녀는 어떤 격정적인 감정의 발작을 일으키며 그 앞에서 두 손을 모았다.

"무엇이 특히 괴로우십니까?"

"저는······ 믿음이 없어서 괴롭습니다."

"하느님에 대한 믿음이 없어서요?"

"오, 아니요, 아니요, 제가 감히 그런 생각을 할 수는 없지요. 그러나 내세가 제게는 수수께끼예요! 어느 누구도, 아무도 그에 대해서는 답을 주지 않아요! 장상님은 치유자이시자 인간의 영혼을 잘 아시는 분이니, 들어주세요. 물론 저는 장상님께 제 말을 전적으로 믿어주십사고 감히 청하지 않겠습니다. 하지만 제가 지금 경박한 마음으로 말하는 게 아니라는 것만은 확실히 말씀드릴게요. 내세를 생각하면 저는 괴로울 정도로, 경악할 만큼 불안해져요······ 누구에게 말해야 할지 모르겠어요. 평생 감히 말도 꺼내지 못했어요······ 그런데 이제 장상님께 용기를 내어 말씀드립니다······ 오,

하느님, 이제 저를 어떤 여자라고 생각하실지!" 그녀는 손을 마주쳤다.

"제 의견 때문에 걱정하지 마십시오." 장상이 대답했다. "저는 부인의 괴로움이 진실하다고 온전히 믿습니다."

"오, 얼마나 감사한지! 아세요, 저는 눈을 감고 생각해요. 만일 모든 사람이 믿는다면, 그 믿음은 어디서 나오는 걸까? 사람들은 그것이 처음에는 무서운 자연현상 앞에서 느끼는 두려움에서 비롯했다고, 그러니 그런 건 실제로는 없는 거라고 확신시키더군요. 그런데 저는 이런 생각이 드는 거예요. 평생 믿다가 죽었는데 문득 아무것도 없다면? 제가 어떤 작가의 작품에서 읽은 대로 '무덤 위에 우엉만 자라고' 있다면?[35] 끔찍해요! 어떻게, 어떻게 믿음을 되찾을 수 있을까요? 하지만 아직 어린아이였을 때는 아무 생각도 않고 그저 기계적으로 믿었는데…… 무엇으로, 무엇으로 이것을 증명할 것인가, 장상님 앞에 엎드려 이걸 여쭈려고 왔습니다. 만일 지금 이 기회를 놓친다면 평생 아무도 제게 대답해주지 않을 거예요. 무엇으로 증명하고, 무엇으로 확신할 수 있을까요? 오, 저는 불행해요! 서서 주변을 둘러보면 모두들 아무 상관도 않는 것 같아요. 거의 모두가요. 이제 아무도 이런 걸 염려하는 사람이 없어요. 저 혼자만 이걸 견딜 수 없어요. 이건 죽을 맛이에요, 죽을 맛!"

"틀림없이 죽을 만큼 괴로우실 겁니다! 하지만 증명할 것도 없이 확신을 드릴 수 있습니다."

"어떻게요? 무엇으로요?"

"실천적인 사랑의 경험으로요. 이웃을 실천적으로, 지치지 말고

---

35 이반 뚜르게네프(Иван С. Тургенев, 1818~83)의 소설 『아버지와 아들』(Otsi i deti)에서 주인공 바자로프가 한 말이다.

계속해서 사랑하려고 노력하세요. 사랑에 성공하면 할수록 하느님의 존재와 부인 영혼의 불멸을 확신하게 되실 겁니다. 만일 이웃을 사랑하는 데 있어 완전한 자기희생의 경지에 도달한다면 그때는 의심 없이 믿게 되실 것이고, 조금의 의심도 부인의 마음속에 들어오지 못할 겁니다. 이건 이미 많은 사람이 실제 겪은 일이니 확실합니다."

"실천적인 사랑요? 그러면 또 질문이 있습니다, 이런 질문이에요, 이런 질문! 저는 인류를 너무 사랑해요. 그래서, 믿으실지 모르겠지만 때로는 모든 걸, 제가 가진 모든 걸 버리고, 리즈를 남겨두고 자비의 성모 동정회[36] 간호사로 떠나고 싶을 때가 있어요. 눈을 감고 생각하며 그런 꿈을 꾸면 제 속에서 이길 수 없는 힘을 느껴요. 그 어떤 부상도, 그 어떤 고름 맺힌 상처도 저를 놀라게 할 수 없을 것 같아요. 제 손으로 상처를 싸매고 씻기고 고통당하는 사람 옆에 꼬박 앉아 간호할 수 있을 것 같아요. 저는 그 상처에 입맞출 수도 있을 것 같아요……"

"부인의 정신이 다른 것이 아니라 바로 그런 꿈을 꾼다는 것은 아주 좋은 겁니다. 아니, 그러다보면 뜻하지 않게 정말로 무엇이든 선한 일을 하시게 될 겁니다."

"네, 그런데 제가 그런 삶을 오랫동안 견딜 수 있을까요?" 귀부인은 극도로 흥분해서 뜨겁게 말을 이었다. "여기 가장 중요한 질문이 있습니다! 여러 질문 중에서 이것이 가장 괴로운 질문이에요. 저는 눈을 감고 스스로에게 물어봅니다. 그 길을 오래도록 갈 수 있을까? 상처를 씻어준 병자가 곧바로 네게 감사로 응답하지 않는

---

36 1831년 아일랜드 더블린에서 캐서린 매콜리가 창립한 가톨릭 수녀들의 수도회. 가난한 사람들을 위한 교육과 간호, 자선 활동을 주로 한다.

다면, 아니 오히려 너의 인류애적 섬김을 평가하기는커녕 알아채지도 못하고 변덕스럽게 너를 괴롭힌다면, 네게 소리를 지르며 거칠게 요구하고 심지어 뭔가를 네 상관에게 불평한다면(심한 고통을 겪는 사람들은 이런 경우가 많으니까요), 그때는 어떨까? 네 사랑이 지속될까, 아닐까? 그러니 생각해보세요, 저는 몸을 떨며 벌써 결론을 내렸어요. 만일 뭐든 인류를 위하는 '실천적' 사랑을 차갑게 식히는 것이 있다면 그건 단 하나, 배은망덕일 거라고요. 한마디로 말해 저는 보상을 바라고 일하는 여자인 거예요. 저는 즉각적인 보상을, 저를 칭송해주고 사랑에 사랑으로 보답해주기를 요구한다고요. 그렇지 않으면 저는 결단코 사랑할 수 없을 거예요!"

그녀는 진심 어린 자기책망의 발작에 빠졌다가 도전하듯 단호한 태도로 장상을 바라보았다.

"이미 오래전에 어떤 의사가 정확히 똑같은 말을 제게 한 적이 있습니다." 장상이 말했다. "중년에 접어든, 의심할 여지 없이 똑똑한 분이었지요. 그분도 부인처럼 그렇게 솔직하게 말씀하셨습니다. 농담처럼 말했지만 비애가 서려 있었지요. 그분 말씀이, 나는 인류를 사랑하지만 나 자신에게 놀라곤 한다, 인류 전체를 사랑하면 할수록 특히 개개의 사람, 그러니까 개별적인 사람으로는 덜 사랑하게 된다고 하더군요. 상상 속에서 나는 드물지 않게 인류에 봉사하고자 열정적인 계획을 짜고 꼭 필요하다면 정말로 사람들을 위해 십자가를 질 수도 있을 것 같다, 하지만 자신은 단 이틀도 다른 사람과 한 방에서 지낼 수 없다는 것을 경험상 안다고 말이지요. 다른 사람이 조금만 가까이 있어도 그 사람의 존재가 나의 자기애를 짓누르고 나의 자유를 억압한다는 겁니다. 단 하루 만에 가장 훌륭한 사람도 증오하게 될 수 있는데, 어떤 사람은 식사시간에 너무 오래 먹는다는 이유로, 또다른 사람은 코감기에 걸려서 끊임없이 코를 훌쩍인다는 이유로요. 다른 사람이 자기를 조금 스치기만 해도 자기는 사람들을 적으로 삼는다는 겁니다. 그런데 개개의 사람들을 미워하면 할수록 언제나 인류 전체를 사랑하는 마음은 점점 더 열정적으로 변한다는 거지요."

"어떻게 해야 하지요? 그런 경우에 어떻게 해야 하나요? 절망에 빠져야 하나요?"

"아니요, 부인이 그런 문제로 괴로워한다는 것만으로도 충분합니다. 부인이 할 수 있는 것을 하세요. 훗날 하늘에서 갚아주실 겁니다. 그렇게나 깊이, 진심으로 자기 자신을 의식하실 수 있으니 부인은 이미 많은 것을 이루신 겁니다! 지금 부인이 그렇게나 진심으로 저와 이야기를 나누신 것이 제게 의롭다고 칭송받기만을 바라서였다면 물론 실천적인 사랑의 위업에서는 아무것도 이루지 못하실 겁니다. 그냥 모든 것이 부인의 상상 속에만 남게 되겠지요. 그리고 전생애는 환영처럼 스러져버릴 겁니다. 그때에는 내세를 잊게 될 것이 자명하고, 인생 말미에는 어떻게든 스스로 평안을 찾으시겠지요."

"저를 완전히 눌러버리셨네요! 방금 말씀하시는 순간에 저는, 제가 배은망덕을 견디지 못한다고 말했을 때 정말로 장상님의 칭찬만을 기다렸다는 것을 깨달았어요. 장상님은 저에 대해 실마리를 주셨고, 저를 파악하셨고, 제게 저에 대해 설명해주셨어요!"

"진정으로 하시는 말씀인가요? 이제 그렇게 고백하시니, 저는 부인이 진실하고 마음이 선량하시다는 것을 믿습니다. 비록 행복에 이르지 못한다 해도 언제나 부인이 선한 길에 있다는 것을 기억하시고, 그 길에서 벗어나지 않도록 노력하십시오. 중요한 것은 거짓을 피하는 겁니다. 온갖 종류의 거짓, 특히 자기 자신에게 저지르는 거짓을요. 자신의 거짓을 잘 관찰하고 매시간, 매순간 그 속을 들여다보세요. 타인과 자신 모두를 혐오하는 결벽증 또한 피하십시오. 자기 내부의 추하게 여겨지는 면은 그것을 자기 속에서 알아챘다는 것 하나만으로도 정화가 됩니다. 두려움 역시 피하십시오. 두려움은 모든 종류의 거짓의 결과일 따름이지만, 그 두려움 역시 피하십시오. 사랑을 얻는 데 있어서 자신의 소심함을 절대로 두려워 마시고, 이때 있을 수 있는 잘못된 행동에도 너무 놀라지 마세요. 상상의 사랑에 비해 실제적인 사랑은 잔인하고 무서운 것이기 때문입니다. 부인께 더 위안이 될 말을 해드릴 수 없는 것이 안타깝습니다. 상상 속의 사랑은 모든 사람이 쳐다봐주기를 바라고 신속하게 만족을 줄 영웅적인 행동을 갈망합니다. 그래서 심지어는 실제로 생명을 내놓을 정도까지 이르지만, 오래 지속되지 않기만을, 마치 무대에서처럼 모두가 보고 칭송하고 얼른 끝나버리기만을 바랄 테지요. 실제적인 사랑은 노동과 극기이며, 어떤 이에게 그것은 완전한 학문과 같을지 모릅니다. 그러나 예언하건대, 모든 노력에도 불구하고 부인께서 목표에 다가가지도 못했을 뿐 아니라 심지어는 목표에서 멀어졌다는 사실을 끔찍한 심정으로 바라보는 바로 그 순간, 부인은 갑자기 목표에 도달하게 되고 부인 위에서 부인을 내내 사랑하시고 신비롭게 인도하시는 하느님의 기적 같은 힘을 분명 보시게 될 겁니다. 그런데, 제가 부인과 더 오래 있을 수는 없겠습니다. 저를 기다리는 이들이 있어서요. 안녕히 가십시오.”

부인은 울고 있었다.

“리즈, 리즈, 저애를 축복해주세요. 축복해주세요!” 그녀는 새처럼 가볍게 일어났다.

112

"저애는 사랑받을 자격이 없군요, 계속 얼마나 장난을 치는지." 장상은 농담하듯 말했다. "아가씨는 왜 계속 알렉세이를 놀리나요?"

리즈는 사실 내내 이 장난에 몰두하고 있었다. 그녀는 지난번부터 알료샤가 자기 때문에 당황하고 자신을 보지 않으려 애쓰는 것을 알아챘는데, 그것이 참으로 즐거웠던 것이다. 알료샤는 그러지 않으려 했지만 자기도 모르는 사이에 이길 수 없는 힘에 이끌려 그녀를 힐끗 보았고, 그 순간 그녀는 그의 눈을 빤히 마주 보며 승리에 찬 미소를 지었다. 마침내 그는 그녀에게서 완전히 몸을 돌려 장상의 등 뒤로 숨어버렸다. 몇분 후 그는 또다시 이길 수 없는 힘에 이끌려 그녀가 자기를 보고 있는지 보려고 몸을 돌렸고, 리즈는 의자에서 몸을 거의 앞으로 빼서 비스듬히 그를 살피며 그가 바라봐주기를 온 힘을 다해 기다렸다. 그러다 마침내 그의 시선을 붙잡고는 크게 웃음을 터뜨렸고, 그 바람에 장상마저 참을 수 없게 되었다.

"장난꾸러기 아가씨, 어째서 저 아이를 부끄럽게 만드는 건가요?"

전혀 뜻밖에도 리즈는 갑자기 얼굴을 붉히고 눈을 반짝이며 몹시도 심각한 표정을 지었다. 그녀는 화가 치민 듯 별안간 신경질적으로 빠르게 격렬한 푸념을 늘어놓았다.

"그런데 저 사람은 왜 모든 걸 잊은 거죠? 제가 어렸을 때 저 사람은 저를 안고 다녔고 저와 함께 놀았는데요. 저 사람은 제게 글을 가르쳐주러 다녔단 말이에요. 그거 아세요? 저 사람은 이년 전에 헤어지면서 절대로 잊지 않겠다고, 우리는 영원한 친구라고, 영원한, 영원한 친구라고 말했어요! 그런데 지금은 저를 두려워하잖아요. 제가 잡아먹기라도 하나요? 왜 가까이 오려고도 하지 않는 거죠? 왜 이야기도 나누려 하지 않는 거죠? 왜 우리 집에 오지 않는 거죠? 장상님이 저 사람이 외출하는 걸 허락지 않으시는 건가요? 저 사람이 어디든 돌아다닌다는 걸 우린 아는데요. 제가 저 사람을 초대하는 건 예의에 어긋나는 일이니, 잊지 않았다면 저 사람이 먼저 기억을 했어야죠. 아니, 저 사람 지금 도망가잖아요! 어째서 저 사람에게 저렇게 긴 랴사를[37] 입히셨나요…… 뛰다가 넘어지겠어요."

그러고서 그녀는 참지 못하고 갑자기 손으로 얼굴을 가리고는 신경질적으로 몸을 떨며 몹시도 오래도록 소리 없이 웃어댔다. 장상은 미소 지은 채 그녀의 말을 듣다가 상냥하게 그녀를 축복해주었다. 그녀는 그의 손에 입을 맞추다가 그 손에 눈을 갖다대고 갑자기 울음을 터뜨렸다.

"저한테 화내지 마세요. 저는 바보고, 아무 가치도 없어요…… 어쩌면 알료샤가 옳은지도 몰라요. 아주 옳은지도요. 그래서 저 사람은 이런 우스운 여자에게는 오고 싶지 않은 거겠지요."

"반드시 저 아이를 보내리다." 장상이 매듭을 지었다.

5. 그리될지어다, 그리될지어다!

장상이 방을 비운 시간은 대략 이십오분 정도였다. 벌써 12시 반이 지났고, 모두들 드미뜨리 표도로비치를 위해 모였건만 여전히

37 리즈는 알료샤가 입은 수단을 잘못 부르고 있다.

그는 보이지 않았다. 그러나 그에 대해서는 거의 잊었는지 장상이 방으로 다시 돌아왔을 때 손님들 사이에는 아주 활발한 대화가 오가고 있었다. 대화에 참여한 사람은 주로 이반 표도로비치와 두 명의 수도사제였다. 미우소프도 대화에 열렬하게 끼어들었지만 역시 잘 풀리지 않는 모양이었다. 그는 뒷전으로 밀려났는지 사람들이 그에게 답변도 잘 해주지 않았고, 이런 상황은 그동안 쌓였던 그의 화만 돋웠을 뿐이다. 그는 이전에도 이반 표도로비치와 지식을 겨루며 다툰 적이 있는데, 문제는 상대방이 자신을 홀대하는 것을 그가 냉정하게 참아낼 수 없었다는 것이다. '적어도 지금까지 나는 유럽에서 진보적인 것의 최정상에 서 있었는데, 이 새로운 세대는 참으로 우리를 무시하는군.' 그는 속으로 이렇게 생각했다. 의자에 앉아 입을 다물고 있겠다고 약속한 표도르 빠블로비치는 정말로 잠시 동안 침묵했지만, 비웃는 듯한 미소를 짓고 옆사람 뾰뜨르 알렉산드로비치를 살피며 그가 분노하는 것을 재미있어했다. 표도르 빠블로비치는 오래전부터 그에게 앙갚음할 때를 기다려 온 터라 이제 그 기회를 놓치고 싶지 않았다. 마침내 그는 참다못해 옆사람의 어깨에 기대며 조용한 목소리로 그를 다시 한번 조롱했다.

"조금 전의 '상냥한 입맞춤' 이후로 처남은 왜 떠나지 않고 이런 무례한 패거리 사이에 남아 있는 걸까요? 왜냐하면 모욕과 상처를 입은 기분을 복수하기 위해 지성을 과시하고자 남은 거겠죠. 처남은 저 사람들에게 지성을 뽐내지 않는 한 떠나지 못할 겁니다."

"댁은 또? 천만에요, 이제 갈 겁니다."

"더 늦게, 다른 사람들보다 늦게 떠날걸요!" 표도르 빠블로비치는 다시 빈정거렸다. 장상이 돌아온 것은 이와 거의 동시였다.

논쟁은 잠시 가라앉았지만, 장상은 이전의 자리에 앉아 공손하게 계속하라고 부추기듯 모두를 둘러보았다. 그의 표정을 거의 다 아는 알료샤는 그가 몹시 지쳤음에도 애를 쓰고 있다는 것을 분명히 알 수 있었다. 병이 든 이래 최근 들어 장상은 힘이 소진되면 기절하곤 했다. 지금 그의 얼굴은 기절하기 직전과 마찬가지로 백지장처럼 창백했고 입술도 새하앴다. 그러나 그는 분명 모임을 해산하고 싶지 않은 모양이었다. 아마도 어떤 목적을 갖고 있는 듯했다. 어떤 목적일까? 알료샤는 긴장해서 그를 살폈다.

"이분의 지극히 흥미로운 논문에 대해 논하고 있었습니다." 사서인 수도사제 이오시프가 장상을 향해 이반 표도로비치를 가리키며 말했다.

"많은 새로운 점을 담고 있습니다만, 그 사상은 양극단을 가리키고 있는 것 같습니다. 교회의 사회적 재판 문제와 그 권리의 포괄성에 관해 그 문제를 다룬 책을 저술한 어느 성직자에게[38] 답하는 형태로 잡지에 논문을 발표하셨더군요……"

"안타깝게도 당신의 논문을 보지는 못했지만, 들어보기는 했습니다." 장상이 예리한 눈초리로 이반 표도로비치를 뚫어져라 바라보며 말했다.

"정말 흥미로운 관점에 서 계시더군요." 사서 신부가 이어 말했다. "교회의 사회적 재판 문제에서 교회를 국가로부터 분리하는 것을 완전히 부정하시는 듯합니다."

"흥미롭군요. 어떤 의미에서 그런가요?" 장상이 이반 표도로비치에게 물었다.

....
38 이 성직자의 원형은 1875년 논문 「교회재판법에 대한 학문적 구상」을 쓴 뻬쩨르부르그대학 교수 고르차꼬프(М. I. Горчаков)로, 저자는 이 대목에서 이 논문을 인용하고 있다.

마침내 그가 답변했는데, 알료샤가 어젯밤 걱정했듯이 깔보듯 예의를 차리는 것이 아니라 눈에 띄게 친절하게, 조금의 저의도 없이 겸손하고 신중한 태도였다.

"저는 물론 요소들의 혼합, 즉 교회와 국가의 개별적 본질들의 혼합이 영원할 것이라는 가정에서 출발합니다. 그러나 그 작업의 기초에 거짓이 놓여 있으므로 그 혼합은 애초에 불가능하고, 그것을 정상적인 상태는 물론 어느정도 일치된 상태로 만드는 것도 결단코 불가능할 겁니다. 예를 들면 제가 보기에 재판 같은 문제에서 국가와 교회 간의 타협이란 순전히 그 본질의 차원에서 불가능합니다. 제가 반박했던 성직자는 교회가 국가 내에서 정확하고 일정한 지위를 차지해야 한다고 주장합니다. 저는 오히려 교회가 국가내에서 한구석만 차지하는 것이 아니라 자기 내에 국가를 포함해야 한다고 그분에게 반박했습니다. 또한 만일 지금 그것이 불가능하다면, 사물의 본질상 그것은 의심할 여지 없이 그리스도교 사회가 향후 지속적으로 발전하기 위해 추구해야 할 직접적이고 가장 중요한 목적이 되어야 한다고 주장했습니다."

"완전히 옳은 말씀입니다!" 과묵하고 학구적인 수도사제 빠이시 신부가 확고하고도 신경질적인 투로 말했다.

"순전히 교황전권론[39]이로군!" 미우소프가 초조하게 다리를 꼬고는 외쳤다.

"아, 그런데 우리나라에는 교황이 없지요!"[40] 이오시프 신부가 큰

....

39 교황전권론은 15세기 가톨릭교회에 나타난 흐름으로, 모든 국가의 세속사에 교황이 개입할 권리를 지지하며 교회를 로마 교황에 전적으로 복속시키려 했다. 19세기에 교황전권론이 확산되면서 특히 혁명운동과 대립했다.

40 원문을 그대로 옮기면 "우리나라에는 산이 없지요"이다. 러시아어로 교황전권론(ультрамотанство)은 라틴어 울트라 몬티스(ultra montis)에서 왔는데, 문자

소리로 이렇게 말하고는 장상을 향해 말을 이었다. "그런데 사람들은 반대자인 성직자가 주장한 다음과 같은 '근본적이고 본질적인' 논제들에 주목합니다. 첫째, '어떤 사회적 연합도 그 구성원의 시민적·정치적 권리를 자의적으로 처분할 수 있는 권력을 소유할 수 없으며 그래서도 안 된다.' 둘째, '형사상·민사상의 사법적 권력은 교회에 속해서는 안 된다. 그 권력은 신적인 제도이자 종교적 목적을 위한 사람들의 연합이기도 한 교회의 본질과 양립할 수 없다.' 끝으로 셋째, '교회는 이 세상에 속하지 않는 왕국이다.'[41]"

"성직자에게 가장 합당치 않은 말장난이로군!" 빠이시 신부가 또다시 참지 못하고 말을 끊었다. "나는 당신이 반박한 그 책을 읽었습니다." 그가 이반 표도로비치에게 말했다. "그리고 '교회가 이 세상에 속하지 않는 왕국'이라는 그 성직자의 말에 놀랐습니다. 교회가 이 세상에 속한 것이 아니라면, 그 말은 교회가 지상에는 도무지 존재할 수 없다는 뜻입니다. 복음서의 '이 세상 것이 아니다'라는 말은 전혀 그런 의미에서 쓰인 것이 아닙니다. 그런 말을 가지고 말장난을 하는 건 가당치 않습니다. 우리 주 예수 그리스도께서는 이 지상에 교회를 세우기 위해 오셨습니다. 물론 천국은 이 세상이 아닌 천상에 있지만, 그곳에 들어가는 길은 지상에 기초를 두고 세워진 교회를 통하는 길 이외에 다른 방법이 없습니다. 따라서 이런 의미에서 세속적인 말장난은 가당치 않고 합당치 않습니

그대로 하면 '산 너머' 즉 알프스산 너머 로마교황청을 가리킨다. 이오시프 신부는 이런 단어 조합을 염두에 두고 말장난을 하고 있다. 이 책에서는 이해를 돕기 위해 '산'을 '교황'으로 옮겼다.

41 요한의 복음서 18:36 "내 왕국은 이 세상 것이 아니다"에서 따온 것으로, 그리스도가 빌라도에게 한 답변을 재해석한 것이다. 앞서 언급한 고르차꼬프의 논문에서 인용했다.

다. '교회는 진실로 왕국으로서 지배하도록 결정되어 있으며, 세상 마지막날에 전지상의 왕국으로 반드시 나타나야 합니다.' 우리는 바로 이런 언약을 지니고 있습니다……"

그는 자제하듯 갑자기 입을 다물었다. 이반 표도로비치는 정중하고 주의 깊게 그의 말을 듣고는 아주 평온하게, 그러나 아까처럼 흔쾌하고 담백하게 장상을 향해 말했다.

"제 논문의 모든 사상은 고대, 기독교 초기 3세기 동안 지상의 기독교는 교회로 존재했고, 오로지 교회로만 존재했다는 말로 요약됩니다. 이교 국가인 로마가 기독교 국가가 되기를 원했을 때,[42] 기독교 국가가 된 이 나라는 자기 내부에 교회만을 포함시켰을 뿐 대단히 많은 활동에서 분명 여전히 이교 국가로 남았습니다. 본질상 반드시 그렇게 될 수밖에 없었던 거죠. 그러나 국가로서 로마에는 이교문명과 이교적 지혜로부터 너무도 많은 것이 남았는데, 예컨대 국가의 목적과 기반 같은 것마저 그랬습니다. 국가 내로 편입된 그리스도 교회는 자신의 기초, 교회가 서 있는 초석에서 아무것도 양보할 수 없었고, 일단 하느님께서 확고히 수립하고 지시한 자신의 목적만을 추구할 수 있었습니다. 그런데 그 목적이란 온 세상 모든 고대 이교 국가를 교회로 바꾸는 것입니다. 그런 식으로(즉 미래의 목적을 위해) (제가 반박한 저자의 교회에 대한 표현대로) '온갖 사회적 연합' 혹은 '종교적 목적을 위한 사람들의 연합'으로서의 교회가 국가에서 일정한 지위를 차지하는 것이 아니라, 그와 반대로 장차 지상의 모든 국가가 완전히 교회로 변해야 하며 교회 이외에 다른 것이 되어서는 안 되고, 교회의 목적과 일치하지 않

---

42 로마제국은 313년에 그리스도교를 국교로 받아들였고 325년 니케아공의회에서 교회와 국가 간 결합이 공식화되었다.

는 모든 것을 거절해야 합니다. 이 모든 것은 어떤 것도 국가를 비하하지 않고 위대한 국가로서의 명예와 영광, 그 통치자들의 영광도 앗아가지 않을 것이며, 국가를 거짓되고 여전히 이교적인 잘못된 길에서 유일하게 영원한 교회로 인도하는 옳고 진실한 길로 옮겨놓을 것입니다. 바로 이런 이유로 인해『교회의 사회적 재판의 기초』라는 책의 저자가 그 기초를 찾고 제안하면서 그것들을 아직은 죄 많고 완결되지 않은 우리 시대에 불가피한 일시적 타협일 뿐이라고 간주했다면 그것은 옳은 판단일 수 있었을 것입니다. 그러나 이 기초의 작성자가 이제 그가 제안하고 이오시프 사제께서 일부를 열거한 그 기초가 확고부동하고 맹목적이고 영원한 기초라고 감히 선언하는 순간, 그는 이미 교회와 교회의 성스럽고 영원하고 확고부동한 소명에 곧장 대적하는 것이 됩니다. 이것이 바로 제 논문 전체의 요지입니다.”

“즉 단 두마디로 말해서,” 빠이시 신부가 단어 하나하나에 힘을 주며 말했다. “우리 19세기에 명확하게 밝혀진 또다른 이론에 따르면, 교회는 열등한 종이 고등한 종으로 변하듯 국가로 거듭나야 합니다. 과학과 시대정신, 문명에 자리를 내주고 국가 속에서 소멸하기 위해 말입니다. 만일 그것을 원치 않고 저항한다면, 그 대가로 교회는 국가의 한구석으로 몰려 감시받게 되겠지요. 이건 현재 우리 동시대의 유럽 곳곳에서 벌어지고 있는 일입니다. 그러나 러시아인의 이해와 희망에 따르면 열등한 종이 고등한 종으로 변하듯 교회가 국가로 거듭나는 것이 아니라, 그와 반대로 오로지 국가가 교회가 되어야 하며 달리 되어서는 안 됩니다. 그리될지어다, 그리될지어다!”

“그런데 저도 고백합니다, 신부님께서 이제 제게 조금은 용기를 주셨군요." 미우소프가 또다시 다리를 꼬고 미소 지었다. "제가 이해하는 한, 이것은 그러니까 재림[43]에나 실현될 어떤 이상, 한없이 요원한 이상이군요. 뭐 그렇다 치죠. 전쟁, 외교관, 은행 등이 소멸하리라는 멋진 유토피아적 꿈이네요. 어딘가 사회주의 냄새도 풍깁니다. 그런데 저는 이 모든 게 심각하게 여겨져서 교회가 이제는, 예컨대 범죄자를 재판하고 태형과 징역형, 어쩌면 사형까지도 구형하게 될지 모른다는 생각이 드는데요."

"자, 설사 이제 오로지 교회의 사회적 재판만이 존재하게 된다 할지라도, 교회가 징역형이나 사형을 구형하진 않을 겁니다. 그렇게 되면 범죄와 그것을 보는 시각이 틀림없이 변해야 할 테니까요. 물론 갑자기도 당장도 아니고 조금씩이지만, 충분히 빠른 시일 안에 그렇게 될 겁니다……" 이반 표도로비치가 눈 하나 깜짝하지 않고 평온하게 말했다.

"진심으로 하는 말인가?" 미우소프가 그를 뚫어지게 쳐다보았다.

"만일 모든 것이 교회가 된다면 교회는 범죄자나 순종하지 않는 자들의 목을 치기보다 그들을 파문할 겁니다." 이반 표도로비치가 말을 이었다. "그럼 묻겠습니다, 파문당한 자가 어디로 갈 수 있을까요? 그렇게 되면 그 사람은 지금처럼 사람들뿐 아니라 그리스도로부터도 떠나야만 할 겁니다. 그러면 그 사람은 자신의 범죄로 말미암아 사람들만 아니라 그리스도의 교회에도 반기를 든 셈이 되겠지요. 엄밀히 말하자면 물론 지금도 그렇지만, 그래도 어쨌든 공언된 것은 아니니까요. 오늘날 범죄자의 양심은 어쨌거나 자신과

---

43 성경에는 세상의 종말 전에 그리스도가 지상에 재림한다고 기록되어 있다.

자주 이런 타협을 합니다. '훔쳤다. 하지만 교회에 저항한 건 아니다. 그리스도를 적으로 삼은 건 아니다.' 오늘날의 범죄자는 자신에게 끊임없이 이렇게 말하는 겁니다. 그런데 교회가 국가의 자리에 들어서게 되면 그때는 이렇게 말하기가 힘들어집니다. 그때는 지상의 모든 교회를 부정하는 셈이 되니까요. '모두가 잘못하는 거야. 모두가 잘못된 길로 빠졌어. 모두가 거짓된 교회야. 살인자이자 도둑인 나 혼자만이 올바른 그리스도의 교회야.' 스스로에게 이렇게 이야기하기란 매우 힘든 일이고, 좀처럼 있을 수 없는 상황과 엄청난 조건을 필요로 합니다. 이제 다른 한편으로 범죄를 바라보는 교회 자체의 시각을 보면, 그 시각도 오늘날의 거의 이교적인 시각과는 반대로 변해야 하는 것이 아닐까요. 지금 진행되듯 사회를 보호하기 위해 감염된 신체의 일부를 기계적으로 잘라내는 데서 사람을 부활시키는 사상, 사람을 부활시키고 구원하는 사상으로 이제는 완전히 거짓 없이 바뀌어야 하지 않을까요……"

"대체 그게 무슨 소린가? 또다시 이해를 못하겠군." 미우소프가 말을 끊었다. "또 무슨 꿈같은 소리구먼. 뭔가 분명치 않고 이해도 안 돼. 파문은 어떤 건가, 뭐가 파문이란 말인가? 자네는 그저 말장난이나 하고 있다는 생각이 드는군, 이반 표도로비치."

"지금도 사실상 똑같은 일이 진행 중이지요." 장상이 돌연 말문을 열자, 모두가 순식간에 그를 향했다. "그리스도의 교회가 존재하지 않았다면, 범죄자의 어떤 악행도 제어할 수 없었을 겁니다. 심지어 이후에 죄에 대한 징벌마저, 지금 이분이 말씀하셨듯이 대개의 경우 겨우 마음만 불안하게 하는 기계적 징벌이 아닌 진짜 징벌, 그러니까 유일하게 효력 있고, 유일하게 두려우며, 화해를 이루게 하고, 양심의 가책을 통해 전달되는 진정한 징벌조차 존재하지 않았을 겁니다."

"어째서 그런지 말씀해주시겠습니까?" 미우소프가 생생한 호기심을 드러내며 물었다.

"이런 얘깁니다." 장상이 말하기 시작했다. "강제노역, 그에 앞선 채찍질, 이런 것들로는 아무도 교화할 수 없습니다. 무엇보다, 범죄자들 중 그런 것을 두려워하는 사람은 거의 없지요. 범죄의 수도 줄기는커녕 갈수록 더 늘어날 겁니다. 이 말에는 여러분도 동의하실 겁니다. 그렇게 해서는 사회가 전혀 보호받지 못합니다. 해가되는 구성원을 기계적으로 쳐내서 눈에 보이지 않는 곳으로 멀리보낸다 할지라도, 곧 그 자리에는 또다른 범죄자가 나타나겠지요, 어쩌면 두 사람으로 채워질지도 모릅니다. 만일 우리 시대에도 사회를 수호하는 것이 있다면, 그러니까 범죄자 자신마저 교화해 다른 사람으로 바꾸어놓는 것이 있다면, 그것은 역시 유일하게 우리 양심에 의식적으로 새겨진 그리스도의 계율뿐입니다. 그리스도교 사회, 즉 교회의 아들로서 자신의 죄를 의식하고 나서야 범죄자는 사회, 즉 교회 앞에서 자신이 저지른 죄도 의식하게 됩니다. 그러므로 현대의 범죄자는 국가 앞에서가 아니라, 오직 교회 앞에서 자신의 죄를 인식할 수 있는 거지요. 만일 재판이 교회로서의 사회에 속하게 된다면, 사회는 누구를 파문에서 되돌려 다시 맞아들여야 할지 알게 될 겁니다. 현재 교회는 아무런 실질적 재판권을 지니지 않고 오로지 도덕적 단죄의 가능성만을 갖고 있어 범죄자를 실질적으로 징벌하는 데서 스스로 멀어져 있습니다. 교회는 범죄자를 자신에게서 떼어놓지 않고 아버지의 마음으로 가르침으로써 그를 버려두지 않습니다. 더구나 범죄자와 그리스도교적인 사귐을 유지하려 애쓰지요. 범죄자가 교회 예배에 와서 성스런 봉헌을 하도록 허용하고 그에게 연보捐補를 주고 그를 대할 때 죄지은 사람이기보다 죄의 포로가 된 사람으로 대합니다. 그런데 만일 그리스도교 사회, 다시 말해 교회가 범죄자를 시민법이 거부하고 내치듯이 거절한다면 오, 주여! 범죄자에게 무슨 일이 벌어질까요? 만일 교회가 시민법의 징벌에 뒤이어 매번 파문으로 범죄자를 징벌한다면 무슨 일이 벌어질까요? 적어도 러시아의 범죄자에게 이보다 더한 절망은 없을 겁니다. 왜냐하면 러시아의 범죄자는 아직 믿음이 있으니까요. 하지만 누가 알겠습니까? 어쩌면 무서운 일이 벌어질지도 모르지요. 어쩌면 범죄자는 절망한 나머지 믿음을 잃어버릴지도 모릅니다. 그때는 어떻게 하지요? 그러나 교회는 부드럽고 사랑 많은 어머니처럼 실질적으로 징벌하기를 피합니다. 왜냐하면 교회의 징벌이 아니라도 국가의 재판이 죄지은 자를 너무도 뼈아프게 징벌하니까요. 누군가는 범죄자를 동정해줘야 합니다. 중요한 것은 교회재판이 자신 안에 진리를 내포한 유일한 재판이고, 어떤 일시적 타협으로도 본질적으로 그리고 도덕적으로 향후 다른 어떤 재판과도 결합될 수 없기 때문에 징벌을 피한다는 겁니다. 결단코 어떤 거래도 할 수 없습니다. 사람들 말로 외국의 범죄자는 회개하는 경우가 드물다고 합니다. 왜냐하면 가장 최신 학문이, 그의 범죄는 범죄가 아니라 부당하게 억압하는 힘에 대한 저항에 불과하다는 생각을 불어넣기 때문이지요. 사회는 그를 누르고 승리를 구가하는 힘으로 아주 기계적으로 범죄자를 자신에게서 쳐내고 증오로써 추방하는데(최소한 유럽 사람들은 자신들에 대해 이렇게 말하더군요), 형제로서 범죄자의 향후 운명은 완벽한 무관심과 망각으로 대한다고요. 그러니 모든 일이 교회의 일말의 동정도 없이 일어나는 겁니다. 왜냐하면 많은 경우 그곳에는 이미 교회가 존재하지 않거나, 남은 것이라곤 교회 종사자들과 화려한 교회 건물뿐이고, 교회 자체는 교회라는 낮은 모습에서 국가라는 높은 모습으로 옮겨가려고, 그래서 국가 속에 완전히 사라지려고 애쓴 지 이미 오래기 때문이지요. 최소한 루터의 개혁을 받아들인 땅에서는 그런 듯합니다. 로마에서도 교회 대신 국가가 선포된 지 이미 천년이 되어갑니다.[44] 그래서 범죄자 자신이 이미 스스로를 교회의 일원으로 의식하지 못하고 절망에 빠집니다. 그러니 설사 사회로 돌아간다고 할지라도 증오심을 품고 그 자신이 사회 자체와 관계를 끊는 경우가 드물지 않지요. 이것이 어떤 결과를 가져올지는 스스로 판단하실 수 있을 겁니다. 많은 경우에 이제는 우리나라도 마찬가지인 것 같습니다. 그러나 중요한 것은, 확립된 재판 외에도 우리나라에는 무엇보다 범죄자를 여전히 사랑스럽고 귀한 자신의 아들로 보며 교류하기를 절대로 놓지 않는 교회가 있다는 것입니다. 그리고 무엇보다 현재는 효력이 없이 미래를 위해 생각 속에서만 존재하지만, 그럼에도 교회재판이 여전히 존재하며 보존되고 있다는 것입니다. 이 교회재판은 비록 꿈속에서나마 의심할 여지 없이 범죄자 자신도 본능적으로 인정하고 있는 것이지요. 여기서 지금까지 이야기하신 대로 교회재판이 정말로 도래해 전적인 권능을 부여받게 되면, 다시 말해 모든 사회가 교회로 변하면, 교회재판은 그 어느 때보다 범죄자의 교화에 영향을 줄 뿐 아니라 어쩌면 범죄율마저 믿을 수 없을 정도로 줄어들 거라는 말은 맞는 말씀입니다. 게다가 많은 경우 교회는 의심할 여지 없이 미래의 범죄

---

44 로마 안의 교황령은 756년에 등장했고 특별한 신정국가로 1870년까지 존재했다. 도스또옙스끼는 가톨릭교회가 권력과 복종의 '국가적' 기초 위에 세워져 있다고 생각한다.

자와 미래의 범죄를 지금과는 전혀 다른 식으로 이해하게 될 겁니다. 파문당한 자를 회복시키고 범죄를 저지르려는 자에게 경종을 울리며 넘어진 자를 일으켜세울 수 있겠지요. 사실상," 장상은 미소를 지었다. "지금 그리스도교 사회는 아직 스스로 준비되어 있지 않아 오직 일곱명의 의인 위에 서 있지만,[45] 이 의인들이 줄어들지 않는 한, 아직은 거의 이교적 연합인 사회가 유일하고 전우주적인 교회로 완전히 바뀌기를 기다리며 흔들림 없이 거하고 있습니다. 그리되도록 예정되어 있으니 세상 끝날에라도 그리될지어다, 그리될지어다! 때와 기한의 비밀은 하느님의 지혜이고 그의 예지와 사랑 속에 있으니 때와 기한으로 괴로워할 필요가 없습니다. 인간의 계산으로는 아직 먼 미래일 수 있지만, 하느님의 예정에 따르면 우리는 이미 그 도래 전야에, 바로 그 문가에 서 있는 것일 수도 있습니다. 그리될지어다, 그리될지어다!"

"그리될지어다! 그리될지어다!" 빠이시 신부가 경건하고 엄숙하게 되풀이했다.

"이상하군요, 참으로 아주 이상해요!" 미우소프가 열을 낸다기보다는 뭔가 분노를 감춘 어투로 말했다.

"무엇이 그리 이상하게 보이시나요?" 이오시프 신부가 조심스럽게 물었다.

"그게 대체 무슨 말씀이십니까?" 미우소프가 갑자기 말문이 터진 듯이 소리쳤다. "지상에서 국가가 사라지고 교회가 국가의 지위에 오른다니요! 이건 그냥 교황전권론이 아니라 초특급 교황전권

---

45 창세기 18장에서 아브라함은 소돔을 멸망시키겠다는 하느님에게 의인 50명, 45명, 40명, 30명, 20명, 10명(일설에 따르면 7명이라고도 한다)이 있어도 멸망시키겠느냐고 호소한다.

론이로군요! 이건 교황 그레고리우스 7세[46]도 미처 생각지 못한 것입니다!"

"완전히 반대로 이해하신 겁니다!" 빠이시 신부가 엄중하게 말했다. "교회가 국가로 변하는 게 아니라는 것을 아셔야 합니다. 그러면 그것은 로마이고 로마의 꿈이지요. 그건 세번째 악마의 유혹입니다![47] 정반대로 국가가 교회로 변화하고 교회의 지위에 올라 전지상의 교회가 되는 것입니다. 이는 로마교황전권론에도, 로마에도, 당신의 해석에도 완전히 배치되는 것으로, 이 지상에서 정교의 위대한 소명입니다. 이 별이 동방으로부터 빛나리로다."

미우소프는 비난하듯 입을 다물었다. 그의 모습 전체가 평소답지 않은 자부심을 드러냈다. 위에서 내려다보는 듯한 관대한 미소가 그의 입술에 번졌다. 알료샤는 심장이 세차게 고동치는 것을 느끼며 이 모든 것을 관찰했다. 이 대화 전체가 그를 뼛속 깊이 뒤흔들었던 것이다. 그는 무심코 라끼찐을 바라보았다. 라끼찐은 미동도 없이 문 옆의 자기 자리에 서서 눈을 내리깔고 있었지만 주의 깊게 귀를 기울이며 집중하고 있었다. 그러나 그의 얼굴에 피어오른 홍조를 보고 알료샤는 라끼찐이 자기 못지않게 흥분한 것을 짐작할 수 있었다. 알료샤는 그가 왜 흥분했는지도 알 수 있었다.

"작은 일화를 하나 말씀드리지요, 여러분." 갑자기 미우소프가 유난히 거만한 태도로 비난하듯 말문을 열었다. "몇년 전 12월 쿠

---

46 제158대 로마 교황. 1073~85년 재위하는 동안 교황의 권한은 무한하다고 주장하며 교황을 교회와 세속적 위계의 우두머리에 두려 했다.

47 그리스도가 광야에서 40일간 금식기도를 한 후 악마가 와서 세번 유혹한 이야기에 나오는 세번째 유혹을 가리킨다. 이때 악마는 세상의 권세와 영광을 줄 테니 자신에게 경배하라고 그리스도를 유혹한다.

데타가[48] 일어난 지 얼마 되지 않았을 때, 빠리에서 제가 한번은 당시 상당히 중요한 어느 관료의 집을 방문했다가 거기서 아주 호기심을 불러일으키는 인물을 만난 적이 있습니다. 그 사람은 그저 형사라기보다 형사들을 관장하는, 경찰총장 비슷한 일을 하는 상당히 영향력 있는 인사였지요. 저는 크게 호기심이 발동한 나머지 기회를 틈타 그 인사와 대화를 나누었습니다. 그는 아는 사이라서 그 집에 온 게 아니라 어떤 중요한 보고서를 들고 부하로서 방문한 것이었고, 제가 자기 상관에게 어떤 대접을 받는지 보고는 저를 조금은 소탈하게 대해주더군요. 물론 소탈하다기보다 어느정도 예의를 차렸는데, 그게 프랑스인들이 예의를 차리는 방식이고 더구나 그 사람은 제가 외국인인 것을 알았으니까요. 하여간 저는 그 사람의 말을 잘 이해했습니다. 이야기의 주제는 당시 박해받던 사회주의 혁명가들에 대한 것이었습니다. 대화의 핵심 내용은 빼고, 그 신사가 돌연 내뱉은, 가장 저의 호기심을 끈 지적 하나만 얘기하겠습니다. 그 신사는 말하기를 '우리는 사회주의자 전체, 무정부주의자, 무신론자, 혁명가 모두를 그다지 두려워하지 않습니다. 우리는 그들을 추적해 그들의 동태를 잘 알고 있지요. 그런데 그들 중에 많지는 않지만 특별한 사람이 몇명 있습니다. 그 몇명은 하느님을 믿는 그리스도교인이면서 사회주의자인 자들입니다. 우리는 다른 누구보다 그런 사람들을 두려워합니다. 그들은 무서운 자들입니다! 사회주의자-기독교인은 사회주의자-무신론자보다 훨씬 무섭습니다'라고 하더군요. 이 말은 그때도 저를 놀라게 했는데, 지금 여러분을 뵈니 문득 그때 생각이 나는군요……"

---

[48] 1851년 12월 2일 루이 나뽈레옹 보나빠르뜨가 일으킨 쿠데타를 의미한다.

"그러니까 당신은 그 사람들을 우리에게 결부시켜 우리가 사회주의자라고 보시는 겁니까?" 빠이시 사제가 대놓고 단도직입적으로 물었다. 그러나 뾰뜨르 알렉산드로비치가 미처 대답할 말을 찾기도 전에 문이 열리고 몹시도 늦게 드미뜨리 표도로비치가 들어왔다. 사실 다들 이미 그를 기다리고 있지 않았던 터라, 그의 급작스러운 등장은 처음에는 일종의 놀라움마저 불러일으켰다.

6. 어째서 저런 인간이 살아 있는 거야!

드미뜨리 표도로비치는 중키에 잘생긴 얼굴의 스물여덟살 청년이었지만, 자기 또래보다 훨씬 나이 들어 보였다. 그는 근육질의 남자로 체력이 상당할 것 같았는데, 얼굴에는 어쩐지 병적인 기색이 어려 있었다. 그의 얼굴은 여위었고 두 뺨은 움푹 꺼져서 건강하지 못한 누런빛을 띠고 있었다. 상당히 크고 짙은 통방울눈은 겉보기에 확고한 고집을 드러냈지만, 그 시선은 어쩐지 분명치 않았다. 심지어 흥분해서 화를 내며 말할 때조차 그의 시선은 그의 심리에 따르지 않고 뭔가 다른 것, 그 순간과 전혀 맞지 않는 것을 표현하는 것 같았다. "저 사람은 무슨 생각을 하는지 알 수가 없어." 그와 이야기를 나누어본 사람들은 때로 이렇게 평가했다. 그의 눈에서 뭔가 생각에 잠긴 음울함을 본 사람들은 그가 급작스럽게 웃음을 터뜨리는 데 놀라곤 했는데, 이는 그토록 음울하게 바라보는 순간에도 그의 내면에는 명랑하고 장난기 어린 생각이 떠올랐음을 증명해주는 것이었다. 하지만 지금 그의 얼굴에 떠오른 약간 병적인 표정은 이해할 만했다. 최근에 그가 우리 마을에서 지극히 불안하고

'방탕한' 삶에 몸을 맡겼다는 얘기를 모두가 알거나 듣고 있었고, 그와 마찬가지로 논란이 되는 돈 문제로 아버지와 싸우다가 그가 예사롭지 않게 분노하고 있다는 이야기 역시 잘 알려져 있었다. 이와 관련된 몇가지 일화가 이미 마을에 떠돌고 있었던 것이다. 사실 그는 천성적으로 흥분하기 쉬운 성격이었고, 우리 마을의 치안판사 세묜 이바노비치 까찰니꼬프가 어느 모임에서 그에 대해 특징적으로 표현했듯이 '유연하지 않고 왜곡된 지성'을 지닌 사람이었다. 그는 프록코트의 단추를 여미고 검은 장갑을 낀 손에 실크해트를 든, 흠잡을 데 없이 멋진 차림새로 들어왔다. 얼마 전에 퇴역한 군인답게 아직 콧수염을 기르고 구레나룻을 면도한 상태였다. 짙은 황갈색 머리카락은 짧게 잘랐고 관자놀이 쪽만 앞으로 빗어내리고 있었다. 그는 행진하듯이 큰 보폭으로 단호하게 걸음을 옮겼다. 잠시 문턱에 멈춰섰다가 모두를 둘러보고 장상이 주인인 것을 알아보고는 곧장 그에게로 걸어갔다. 그는 깊이 고개 숙여 절하고 축복을 청했다. 장상은 몸을 일으켜 그를 축복했다. 드미뜨리 표도로비치는 그의 손에 정중하게 입을 맞추고 심상찮게 흥분하고 거의 분노한 기색으로 말했다.

"이렇게 많이 기다리시게 한 것을 너그럽게 용서해주십시오. 하지만 제가 집요하게 시간을 물었으나 아버지가 보낸 하인 스메르쟈꼬프가 아주 단호한 말투로 두번이나 1시라고 대답하는 바람에 말입니다. 이제야 갑자기 알게 되어서……"

"걱정하지 마십시오." 장상이 말을 막았다. "괜찮습니다, 조금 지체된 것뿐이니까요. 별일 아닙니다."

"대단히 감사드립니다. 장상님의 선량함에 더 바랄 게 없습니다." 드미뜨리 표도로비치는 말을 맺고 다시 한번 고개 숙여 인사한 뒤 갑자기 자기 '아버지' 쪽으로 몸을 돌려 마찬가지로 깊이 고개 숙여 정중하게 인사했다. 그는 이 인사를 벌써부터 고민하고 진심으로 오래 숙고한 것이 분명했다. 그럼으로써 자신의 정중함과 선한 의도를 표현하는 것이 의무라고 여겼던 것이다. 불의의 습격을 당한 표도르 빠블로비치는 곧바로 자기 방식으로 대응했다. 드미뜨리 표도로비치의 인사에 답하기 위해 의자에서 벌떡 일어나 그와 똑같은 절로 아들에게 인사했던 것이다. 그의 얼굴은 별안간 근엄하게 꾸짖는 듯한 표정을 지었지만, 그것은 결정적으로 그에게 악한 모습만 더해주었다. 이후 드미뜨리 표도로비치는 입을 다물고 방에 있던 모든 사람에게 한꺼번에 인사한 뒤 크고 단호한 발걸음으로 창 쪽으로 다가가 빠이시 신부에게서 멀지 않은 곳에 유일하게 남아 있던 의자에 앉았고, 온몸을 앞으로 기울여 곧바로 자기가 끊은 대화의 뒷이야기를 들을 자세를 취했다.

드미뜨리 표도로비치의 등장에는 채 이분도 걸리지 않았으므로 대화는 곧 이어질 수 있었다. 그러나 뾰뜨르 뻬뜨로비치는 이번에는 빠이시 신부의 거의 화가 날 만큼 집요한 질문에 답할 필요가 없다고 생각했다.

"이 주제에서 벗어나게 해주십시오." 그는 사교계에서 흔히 보이는 일종의 무심함으로 말했다. "더구나 이 주제는 복잡한 것이라서요. 이반 표도로비치가 우리를 비웃고 있군요. 틀림없이 조카에게는 이 문제에 관해 뭔가 흥미로운 의견이 있을 겁니다. 조카에게 물어보시지요."

"작은 의견 하나 말고는 특별한 게 없습니다." 이반 표도로비치가 곧바로 대답했다. "유럽 자유주의 전체, 심지어는 우리 러시아의 자유주의적 현학주의도 이미 오래전부터 종종 사회주의의 최종적 결과와 그리스도교의 그것을 혼동해왔습니다. 이 조야한 결론은 물론 그것의 고유한 특징을 보여줍니다. 하지만 이미 드러났듯이 사회주의와 그리스도교를 혼동하는 것은 자유주의자와 현학주의자만이 아니라 많은 경우에 헌병들, 그러니까 물론 외국의 헌병들도 마찬가지입니다. 외숙부의 빠리 일화는 그 점을 충분히 보여줍니다, 뾰뜨르 알렉산드로비치."

"다시 부탁드리는데, 이 주제는 그냥 넘어갑시다." 뾰뜨르 알렉산드로비치가 다시 한번 말했다. "그 대신 여러분, 이반 표도로비치에 대한 아주 흥미롭고 특징적인 다른 일화를 말씀드리겠습니다. 한 닷새 전에 주로 여성들만 모이는 이곳의 어떤 모임에서 조카는 논쟁 중에 지구상에서 사람에게 자신과 닮은 인간을 사랑하게 만들 방법은 결단코 없다고, 그런 자연법칙은 없다고 선언했습니다. 사람에게 인류를 사랑하도록 만들 만한 것은 전혀 존재하지 않는다고요. 만일 지금까지 이 지상에 사랑이 있고 또 있었다면, 자연법칙 때문이 아니라 사람들이 자신의 영생을 믿기 때문이라는 겁니다. 이반 표도로비치는 거기에 괄호를 치듯 덧붙였는데, 자연법칙 전체가 그러하니 인류에게서 영생을 믿는 믿음을 파괴하면 그 즉시 사랑만 메마르는 것이 아니라, 세계의 삶을 지속시키는 살아 있는 힘 전체가 고갈된다는 겁니다. 나아가서 그렇게 되면 부도덕이란 것은 이미 없어질 것이고 모든 것이, 심지어 식인마저도 허용될 것이라고요. 하지만 이게 다가 아닙니다. 개인, 예를 들면 하느님도 믿지 않고 자신의 영생도 믿지 않는 지금의 우리 같은 개인에게 있어 자연의 도덕법칙은 이전의 종교적인 것과는 완전히 반대되게 변해야 한다고, 인간에게는 악행에까지 이르는 이기주의가 허용되어야 할 뿐 아니라 가장 이성적이고 필수불가결한 것으로,

조카의 입장에 따르면 거의 가장 고결한 귀결로 인정되어야 한다고 주장했습니다. 이런 역설로 미루어보아, 여러분, 우리의 사랑스런 기인이자 역설가인 이반 표도로비치가 선언하기 원하고 선언하려는 나머지 주장이 어떤 것인지는 여러분 스스로 결론 내리실 수 있을 겁니다."

"잠시만요," 뜻밖에도 드미뜨리 표도로비치가 불쑥 소리쳤다. "잘못 들었나 싶어서요. '모든 무신론자의 가정에 따르면 악행은 허용되어야 할 뿐 아니라 심지어 가장 필수불가결하고 현명한 결론이다!' 그런 말씀이십니까?"

"정확히 그렇습니다," 빠이시 신부가 말했다.

"기억해두지요."

이 말을 내뱉고 드미뜨리 표도로비치는 돌연 대화에 끼어들었던 것과 마찬가지로 돌연 입을 다물었다. 모두들 호기심을 가지고 그를 쳐다보았다.

"정말로 당신은 사람들이 자신의 영혼불멸에 대한 믿음을 잃으면 그런 결과가 나타나리라고 확신하십니까?" 상상이 갑자기 이반 표도로비치에게 물었다.

"예, 그렇게 주장했습니다. 불멸이 없으면 선행도 없다고요."

"그렇게 믿으신다면, 당신은 복 있는 분이거나 아주 불행한 분이로군요."

"왜 불행하지요?" 이반 표도로비치가 미소를 지었다.

"왜냐하면 모든 점으로 미루어보아 당신은 자기 영혼의 불멸을 믿지 않고 심지어 자신이 교회와 교회 문제에 대해 쓴 것조차 믿지 않을 테니까요."

"어쩌면 장상님 말씀이 맞을지도 모르죠! 하지만 저는 모든 것을 농담으로만 말한 건 아닙니다." 이반 표도로비치는 곧 얼굴을 붉히고 갑자기 이상하게도 이렇게 수긍했다.

"전혀 농담하신 게 아니지요, 그건 사실입니다. 이 사상은 아직 당신 마음속에서 해결되지 않아 당신을 괴롭히고 있으니까요. 하지만 수난자도 마치 절망 때문에 그러는 듯 때로 그 절망을 갖고 즐기기를 좋아합니다. 당신도 지금은 절망 때문에 잡지의 논문과 세속적인 논쟁을 벌이며 즐기고 있지만, 자신의 논증을 믿지도 않고 마음에 아픔을 품고 속으로는 그것을 비웃고 있지요…… 당신 안에서 이 문제는 해결되지 않았고, 거기에 바로 당신의 큰 슬픔이 있습니다. 왜냐하면 그 문제는 집요하게 해결을 요구하니까요……"

"제 안에서 그 문제가 해결될 수 있을까요? 긍정적인 쪽으로요?" 이반 표도로비치는 여전히 설명할 수 없는 미소를 띠고 장상을 바라보며 이상한 투로 계속 물었다.

"긍정적인 방향으로 해결될 수 없다면 부정적인 쪽으로도 결코 해결될 수 없다는 것을 당신도 아시잖습니까. 그건 당신 마음의 특성이지요. 바로 여기에 당신의 모든 고통이 있습니다. 하지만 그런 고통으로 괴로워할 수 있는 고귀한 마음을 주신 창조주께 감사하십시오. '천상에 있는 것들에 마음을 두십시오, 우리는 하늘의 시민입니다.'[49] 아직 이 지상에 있을 때 당신 마음의 해결이 임하기를, 그 길을 주께서 축복하시기를!"

장상은 손을 들어 그 자리에서 이반 표도로비치에게 성호를 그

---

49 골로사이인들에게 보낸 편지 3:2 "지상에 있는 것들에 마음을 두지 말고 천상에 있는 것들에 마음을 두십시오"와 필립비인들에게 보낸 편지 3:20 "우리는 하늘의 시민입니다"가 섞인 구절이다.

으려 했다. 그러나 이반 표도로비치가 돌연 자리에서 일어나더니 장상에게 다가가 그의 축복을 받고 그의 손에 입을 맞춘 뒤 말없이 자기 자리로 돌아갔다. 그의 표정은 확고하고 진지했다. 이 행동과 이전의 모든 대화, 이반 표도로비치에게서는 예기치 못한 장상과의 대화는 수수께끼처럼 모든 사람을 놀라게 했고, 그래서 모두가 잠시 말을 잃었다. 알료샤의 얼굴에는 놀란 표정이 떠올랐다. 그러나 미우소프가 갑자기 어깨를 으쓱했고, 바로 그 순간 표도르 빠블로비치가 자리를 박차고 일어났다.

"신성하고 거룩하신 장상님!" 그는 이반 표도로비치를 손가락으로 가리키며 외쳤다. "이 아이가 제 아들입니다. 제 살 중의 살, 가장 사랑하는 살이지요! 이애가 가장 존중받을 만한 아들, 말하자면 카를 모어 같은 녀석입니다. 그런데 지금 들어온 바로 저 아들 드미뜨리 표도로비치, 제가 판결해주십사 장상님께 청하는 저 아들은 전혀 존중할 수 없는 프란츠 모어입니다. 두 사람 모두 실러의 『군도』[50]에 나오는 인물들이죠. 이 경우 저는 세습백작 폰 모어 (Regierender Graf von Moor)가 되겠습니다! 잘 판단해주시고 구원해주십시오! 장상님의 기도만 아니라 예언이 우리 모두에게 필요합니다."

"말할 때 어리석은 유로지비 노릇은 하지 마시고, 집안 식구를 모욕하지 마세요." 장상이 지쳐서 약해진 목소리로 말했다. 그는 몹시 고단한 기색이 역력했고 시간이 흐를수록 눈에 띄게 힘을 잃어갔다.

"부도덕한 광대짓이에요. 이미 이곳으로 올 때부터 예감했죠."

------

50 실러(Friedrich von Schiller, 1759~1805)가 1781년에 쓴 희곡 『군도』(*Die Räuber*) 를 비롯해 실러의 여러 작품이 이 책에서 자주 인용된다.

드미뜨리 표도로비치가 분개하여 자리를 박차고 일어나 소리쳤다. "용서하십시오, 존경하옵는 신부님," 그는 장상에게 몸을 돌렸다. "저는 교육을 많이 받지 못해서 신부님 같은 분을 어떻게 불러야 할지조차 모릅니다만, 이 사람들은 신부님을 속인 겁니다. 신부님 께서 너무 선량하신 나머지 우리가 신부님 거처에 모일 수 있게 허 락해주신 거예요. 아버지에게 필요했던 건 추태뿐인데, 왜 그러냐 하면 속셈이 있어섭니다. 아버지에겐 늘 자기 계산이 있거든요. 그 런데 이제 저는 아버지가 무엇 때문에 그랬는지 알 것 같습니다."

"모두가, 저 사람들 모두가 날 비난해요!" 이제는 표도르 빠블로 비치가 소리를 질렀다. "저기 뾰뜨르 알렉산드로비치도 비난하고 있어요. 비난했다고요, 뾰뜨르 알렉산드로비치, 비난했다고요!" 그 는 느닷없이 미우소프 쪽으로 몸을 돌렸지만, 미우소프는 미처 그 의 말을 끊을 생각도 하지 못하고 있었다. "내가 아이들 장화 한짝 살 돈도 숨기고 탈탈 털어 몽땅 가져갔다고 비난합니다. 하지만, 정 말로 재판이란 건 존재하지 않는 건가요? 재판에서 자네의 영수증, 편지, 계약서를 보고 자네에게 얼마가 있었는지, 자네가 얼마나 탕 진했는지, 얼마가 남았는지 계산해줄 테다, 드미뜨리 표도로비치! 어째서 뾰뜨르 알렉산드로비치는 자기 견해를 밝히기를 피하는 겁 니까? 드미뜨리 표도로비치는 처남에게 남이 아니고, 모두들 나한 테만 뭐라고 하니까 그런 거 아닙니까. 드미뜨리 표도로비치는 결 과적으로 나한테 빚을 졌습니다. 몇푼이 아니라 몇천 루블을요. 내 가 관련 서류를 전부 가지고 있다고요! 도시 전체가 저 녀석의 술 판 때문에 와자지껄 들썩거린다고요! 저 녀석은 이전에 복무했던 곳에서 순결한 처녀를 유혹하는 데 1천 루블, 2천 루블씩 쓰곤 했 습니다. 드미뜨리 표도로비치, 벌써 다 알려진 일이라네, 아주 비밀스럽고 상세한 부분까지. 내 증명해주지…… 최고로 성스러우신 신부님, 믿으실지 모르겠지만, 저 녀석이 아가씨들 중에서도 집안 좋고 재산도 있는 아주 고결한 아가씨를, 예전 상관이라나, 공로가 많아 어깨에 성 안나 훈장을 단 용감한 사령관의 따님을 꼬드겨 청혼까지 해서 아가씨의 명예에 흠집을 냈답니다. 이제는 고아에다 저 녀석의 약혼녀인 그 아가씨가 지금 이곳에 와 있는데, 저 녀석은 그 아가씨가 보는 앞에서 이곳의 어느 방탕한 여자의 집을 드나들고 있습니다. 하지만 방탕하긴 해도 그 여자는 존경받을 만한 어떤 신사와 말하자면 사실혼 관계에 있고, 아주 독립성 강한 성격에, 어쨌든 법적으로 결혼한 부인이나 마찬가지로 모두에게 난공불락의 성 같은 여자예요. 왜냐하면 그 여자는 정조가 있거든요, 네! 성스런 신부님들, 그 여자는 정조가 있어요! 그런데 드미뜨리 표도로비치는 그 성을 황금 열쇠로 열고 싶어합니다. 그래서 저 녀석이 지금 나한테 추태를 부리면서 돈을 뜯어내려 하는 겁니다. 그사이 그 방탕한 여자에게 수천 루블을 쏟아부었으니까요. 그 때문에 돈을 끊임없이 빌리고 있습니다. 그런데 지 녀석이 누구한테서 돈을 꾸고 있을까요? 말할까 말까, 미쨔?"

"입 다물어요!" 드미뜨리 표도로비치가 소리쳤다. "제가 나갈 때까지 기다리세요. 제 앞에서 가장 고결한 아가씨의 얼굴에 먹칠하지 마세요…… 아버지가 그 아가씨에 대해 감히 한마디라도 입을 놀리는 것만으로도 그 아가씨에겐 치욕이에요…… 제가 용납하지 않을 겁니다!"

그는 씩씩거렸다.

"미쨔! 미쨔!" 표도르 빠블로비치가 억지로 눈물을 짜면서 신경질적으로 외쳤다. "부모의 축복은 어쩌려고 그러느냐? 내가 저주라도 하면 그때는 어떻게 하려느냐?"

"파렴치한, 위선자!" 드미뜨리 표도로비치가 미친 듯이 고래고래 소리를 질렀다.

"저게 아버지한테 하는 소립니다. 아버지한테! 저러니 다른 건 오죽하겠습니까? 여러분, 생각해보세요. 여기 가난하지만 존경받을 만한 한 사람이 있습니다. 퇴역한 대위로, 불행한 일을 겪고 퇴역을 당했지만 공개적으로 재판을 받아 그리 된 것은 아니니 자기 명예는 지킨 사람입니다. 많은 식구를 부양하고 있지요. 그런데 한 삼주 전에 우리의 드미뜨리 표도로비치가 선술집에서 그 사람의 턱수염을 움켜잡아 그 사람을 거리로 끌어냈습니다. 거리에서 모두가 보는 앞에서 그 대위를 마구 두들겨팼지요. 이 모든 게 그 퇴역대위가 내 어떤 일에 사적으로 대리인 노릇을 했다는 것 때문이었습니다."

"모두 거짓말입니다! 겉보기엔 사실이지만 속은 다 거짓말이에요!" 드미뜨리 표도로비치는 온통 분노에 젖어 몸을 떨었다. "아버지! 제 행동을 변명하진 않겠어요. 그래요, 사람들이 다 보는 앞에서 그랬습니다. 그 대위에게 짐승처럼 굴었고, 지금은 안타깝게 생각하고 그 짐승 같은 분노 때문에 제가 싫습니다. 하지만 아버지의 대위, 그러니까 아버지의 대리인은 아버지가 방탕한 여자라고 표현한 바로 그 여자한테 가서, 만일 제가 재산 정산 문제로 아버지에게 지나치게 성가시게 굴면 지금 아버지가 갖고 있는 제 어음을 가지고 가서 저를 고소해 감방에 처넣으라고 아버지의 이름으로 그 여자에게 제안했다지요. 아버지는 아버지 자신이 그 여자한테 저를 유혹하라고 사주하고는 이제 와서 제가 그 여자에게 약하다고 저를 비난하는군요! 그 여자가 제 눈에 대고 똑바로 이야기해주더군요. 그 여자 입으로 아버지를 비웃으며 제게 해준 얘기라고요! 아버지가 저를 감방에 넣고 싶어하는 이유는 오로지 저를 질투하기 때문입니다. 아버지 자신이 그 여자에게 빠져서 꽁무니를 쫓아다니고 있으니까요. 전 그것도 다 알고 있어요. 그 여자 역시 비웃더군요. 듣고 계세요? 그 여자가 아버지를 비웃으며 얘기해줬다고요. 성스러운 여러분, 여러분 앞에 있는 사람이 바로 그런 인간, 타락한 아들을 비난하는 아버지입니다! 증인 여러분, 제 분노를 용서해주십시오. 하지만 저는 이 교활한 노인이 추태를 부리려고 여러분 모두를 여기로 불렀다는 걸 예감했습니다. 저는 아버지가 제게 손을 내밀면 용서하려고, 그리고 용서를 구하러 온 겁니다! 하지만 아버지가 지금 이 순간 저뿐 아니라 제가 존경심 때문에 감히 함부로 이름도 입에 올리지 못하는 가장 고결한 아가씨마저 모욕했으니, 비록 아버지가 제 아버지이긴 하지만 저는 아버지의 모든 농간을 공개적으로 폭로하기로 결심한 겁니다!"

그는 더이상 말을 잇지 못했다. 그의 눈동자는 번뜩였고 숨도 헐떡거렸다. 그러나 수도사의 방에 있던 모든 사람도 흥분했다. 장상을 제외한 모두가 불안해하며 자리에서 일어났다. 수도사제 신부들은 준엄한 시선으로 바라보았지만, 장상의 명을 기다렸다. 장상은 이제 완전히 창백해진 모습으로 앉아 있었는데, 흥분 때문이 아니라 병으로 인한 무기력 때문이었다. 간청하는 듯한 미소가 그의 입술에 떠올랐다. 그는 광분한 사람들을 멈추게 하고 싶은 듯 간혹 손을 들곤 했다. 물론 이 광경을 멈추는 데는 그의 손짓 하나만으로도 충분했을지 모른다. 그러나 그 자신이 아직 무언가를 더 기다리는 듯했고, 아직 납득이 가지 않는 듯, 무언가를 더 이해하고 싶은 듯 유심히 상황을 주시하기만 했다. 마침내 뾰뜨르 알렉산드로비치 미우소프는 결정적으로 모욕과 망신을 당했다고 느낀 듯했다.

"지금 벌어진 추태에 우리 모두 책임이 있습니다." 그는 열을 내며 말을 내뱉었다. "누구와 일을 벌이고 있는지는 알았지만, 여기 오면서 그래도 이럴 줄은 짐작 못 했습니다…… 이건 지금 당장 끝을 내야 합니다! 거룩하신 신부님, 믿어주십시오, 여기서 상세히 폭로된 모든 것을 저는 정확히는 몰랐습니다. 사람들 말을 믿고 싶지도 않았고, 지금에야 처음으로 알게 된 겁니다…… 아비가 추악한 행실의 여자 때문에 아들을 질투해서 그 미물과 함께 아들을 감방에 넣을 계략을 꾸미다니요…… 바로 이런 패거리 속에 저를 끌어들여 억지로 여기 오도록 만들다니요…… 저는 속은 겁니다. 모든 분께 선언하는데, 다른 사람들 못지않게 속은 겁니다……"

"드미뜨리 표도로비치!" 표도르 빠블로비치가 어쩐지 그의 것 같지 않은 목소리로 별안간 울부짖었다. "만일 자네가 내 아들만 아니었다면, 나는 이 순간 자네에게 결투를 청했을 걸세…… 세걸음 거리에서 권총을 겨눴을 거야…… 손수건에 대고! 손수건에 대고!"[51] 그는 두 발을 구르며 말을 맺었다.

평생을 연극하듯 산 늙은 거짓말쟁이도 몹시 흥분에 취한 나머지 진심으로 몸을 떨며 우는 순간이 있다. 그런데 바로 그런 순간에도(혹은 겨우 일초가 지나서) 그들은 스스로에게 속삭일지 모른다. "너는 거짓말하고 있잖아, 늙은 파렴치한, 네 분노가 아무리 '성결하다 해도', 분노를 터뜨리는 그 순간이 아무리 '성결하다 해도' 지금도 너는 연극을 하고 있는 거잖아."

---

51 실러의 희곡 『음모와 사랑』(*Kabale und Liebe*) 4막 3장에 나오는 장면을 빗댄 것이다. 주인공 페르디난트는 결투에서 상대와 손수건 귀퉁이를 나눠잡고 총을 겨누는데, 이런 방식의 결투는 사실상 양자 모두의 죽음으로 끝난다.

드미뜨리 표도로비치는 무섭게 얼굴을 찌푸리고 말할 수 없이 경멸스럽다는 표정으로 아버지를 바라보았다.

"저는…… 저는 생각했어요." 그는 어쩐지 조용히 자제하면서 말했다. "아버지의 노년을 위로해드리러 제 약혼녀, 저의 영혼의 천사와 함께 고향에 갈 거라고요. 그런데 제가 본 건 타락하고 음탕한 노인네에 저열하기 짝이 없는 희극배우였습니다!"

"결투다!" 또다시 노인이 숨을 헐떡이며, 단어를 뱉을 때마다 침을 튀기며 울부짖었다. "뾰뜨르 알렉산드로비치 미우소프, 처남, 처남이 지금 미물이라고 칭한 그 여자보다 더 고상하고 더 순결한, 듣고 있어요, 더 순결한 여자는 처남 집안을 통틀어도 없고, 없었다는 걸 알아둬요! 드미뜨리 표도로비치, 자네는 자네 약혼녀를 그 미물과 바꾸었고, 그럼으로써 자네 약혼녀가 그 여자 발꿈치만 한 가치도 없다고 선언하고 있는 거야. 그 미물이라는 여자가 어떤 여자인지 보라고!"

"수치스럽군요!" 이오시프 신부가 갑자기 폭발해버렸다.

"수치스럽고 치욕적입니다!" 그동안 줄곧 입을 다물고 있던 깔가노프가 온통 얼굴을 붉히고 흥분해서 소년처럼 떨리는 목소리로 갑자기 외쳤다.

"어째서 저런 인간이 살아 있는 거야!" 드미뜨리 표도로비치가 어깨를 너무 치켜올려 거의 곱사등처럼 만들고는 분노 때문에 극도로 흥분해서 분명치 않게 으르렁거렸다. "아니, 말씀해보세요, 저 사람이 대지를 더 수치스럽게 하도록 내버려둬도 되는 겁니까?" 그는 손으로 노인을 가리키며 모두를 둘러보았다. 느리고 침착한 말투였다.

"수도사님들, 들으셨지요, 들으셨지요, 애비도 죽일 놈의 말을?"

표도르 빠블로비치가 이오시프 사제에게 달려들었다. "이게 바로 신부님의 '수치스럽다'는 말에 대한 답변입니다! 뭐가 수치스러운 거죠? 그 '미물' '추악한 행실의 여자'는 어쩌면 신부님들보다 더 성스러울지 모릅니다. 구원받은 수도사제 여러분! 그 여자는 어린 시절에 환경에 치여 타락했을지 모르지만 '많이 사랑했고', 그리스도는 많이 사랑한 사람을 용서하셨습니다……[52]"

"그리스도는 그런 사랑 때문에 용서하신 게 아닙니다." 온유한 이오시프의 인내심이 폭발하고 말았다.

"아니요, 신부님들, 그런, 바로 그런 사랑 때문에 용서하신 겁니다! 여러분은 여기서 양배추를 먹고 도를 닦는다고 자신들이 의인이라고 생각하시는군요! 꼬치고기를 하루에 한마리씩 드시면서 그 꼬치고기로 하느님을 살 수 있다고 생각하시는군요!"

"말도 안 돼! 가당치 않아!" 수도사의 방 곳곳에서 이런 소리가 들려왔다.

그러나 추태에까지 이른 이 모든 장면은 가장 예기치 못한 방식으로 마무리되었다. 장상이 갑자기 자리에서 일어났던 것이다. 그와 다른 모든 이에 대한 염려로 거의 넋이 나갈 지경이었던 알료샤는 간신히 장상의 손을 붙들 수 있었다. 장상은 드미뜨리 표도로비치를 향해 걸음을 옮겼고 그에게 바짝 다가가 그 앞에 무릎을 꿇었다. 알료샤는 그가 힘이 빠져 넘어졌다고 생각했지만 그런 것이 아니었다. 장상은 무릎을 꿇고 드미뜨리 표도로비치의 발치에 대고

---

52 루가의 복음서 7:37-47에 나오는 향유 옥합을 깬 여인의 이야기 가운데 47절 "잘 들어두어라. 이 여자는 이토록 극진한 사랑을 보였으니 그만큼 많은 죄를 용서받았다. 적게 용서받은 사람은 적게 사랑한다"에서 나온 것으로, 표도르 빠블로비치는 여인이 육체적 사랑을 많이 했으므로 사함을 받았다는 식으로 왜곡해서 말하고 있다.

완전히 분명하게 의식적으로 머리가 땅에 닿도록 절을 했다. 알료 샤는 너무 놀란 나머지 그가 일어날 때 부축조차 하지 못했다. 희미한 미소가 그의 입술을 살짝 스치고 지나갔다.

"용서하세요! 모두 용서하십시오!" 그가 손님들을 향해 사방으로 인사하며 말했다.

드미뜨리 표도로비치는 충격을 받은 사람처럼 잠시 서 있었다. 그의 발 앞에 절을 하다니, 이게 무슨 일이란 말인가? 마침내 그가 "오, 하느님!" 하고 소리치며 두 손으로 얼굴을 가리고 방에서 뛰쳐나갔다. 그를 뒤따라 모든 손님이 당황해서 서로 인사도 나누지 않고, 주인에게 작별인사도 하지 않고서 몰려나갔다. 수도사제들만이 축복을 받기 위해 다시 장상에게 다가갔다.

"어떻게 무릎을 꿇고 그럴 수가 있지, 무슨 상징인 건가?" 어쩐지 얌전해진 표도르 빠블로비치가 문득, 누구라고 할 것도 없이 감히 개인적으로는 말도 걸지 못하면서 대화에 시동을 걸려고 했다. 그 순간 모두는 소수도원의 울타리 밖으로 나서는 중이었다.

"나는 정신병원과 정신병자들은 책임지지 않습니다." 미우소프가 화를 내며 즉시 대답했다. "그러니 이 모임에서 빠지겠습니다, 표도르 빠블로비치, 영원히요. 아까 그 수도사는 어디 있지요?"

그러나 '그 수도사', 즉 조금 전 그들을 수도원장의 점심식사에 초대한 수도사는 그들을 기다리게 하지 않았다. 손님들이 장상의 방 현관 계단을 내려오자마자 곧바로 맞이한 것으로 보아 그는 내내 그들을 기다린 것이 분명했다.

"존경하는 신부님, 부탁드리겠습니다, 수도원장님께 제 깊은 존경을 전해주십시오. 저 미우소프는 급작스럽게 예기치 못한 상황을 당하여, 개인적으로 진실로 원함에도 불구하고 예하 앞에, 원장님의 공동식탁에 도저히 참석할 수 없다는 점을 양해해주십사고요." 뾰뜨르 알렉산드로비치가 흥분한 어조로 수도사에게 말했다.

"그 예기치 못한 상황이란 바로 저를 두고 하는 말입니다!" 표도르 빠블로비치가 곧장 말을 가로챘다. "듣고 계십니까, 신부님, 뾰뜨르 알렉산드로비치는 저와 함께 남고 싶지 않은 겁니다. 안 그랬으면 당장 갔겠지요. 가요, 뾰뜨르 알렉산드로비치, 수도원장님께 가서 맛있게 식사해요! 처남이 아니라, 내가 빠져야죠. 난 집으로 갑니다, 집으로, 집에서 먹지요. 여기서는 영 무능한 느낌이라서요, 뾰뜨르 알렉산드로비치, 나의 가장 친애하는 친척 양반."

"나는 친척도 아니고 그랬던 적도 없어, 이 저열한 인간아."

"친척인데도 친척이 아니라고 하니까, 처남을 화나게 하려고 일부러 해본 소리요. 하지만 아무리 아닌 척해도 성인들을 두고 증명해 보일 겁니다. 이반 표도로비치, 시간이 되면 너를 태우러 마차를 보내마, 남고 싶으면 너도 남으려무나. 뾰뜨르 알렉산드로비치, 예의를 차리려면 수도원장께 지금 가야지요. 거기서 처남과 놀아주지 못해 미안합니다……"

"간다는 거 진심이오? 거짓말하는 거 아니오?"

"뾰뜨르 알렉산드로비치, 그런 일이 있었는데 내가 감히 어떻게 또 그러겠습니까! 용서해요, 너무 열중했어요, 너무 열중했어요! 게다가 충격을 받았지요! 부끄럽습니다. 여러분, 어떤 사람은 마음이 마케도니아의 알렉산드로스 같은데, 또 어떤 사람은 암캐 피젤까[53] 같지요. 나는 피젤까의 마음 같습니다. 주눅이 들어버렸어요!

---

53 암캐 피젤까는 고골(Николай В. Гоголь, 1809~52)의 단편소설 「광인일기」에 나오는 암캐 피젤을 의미하는 듯하다. 피젤까는 피젤의 애칭으로, 이 소설에서 피젤은 싸구려 냄새를 풍기는 도시 서민으로서 주인공 뽀쁘리신의 주눅 든 자아

144

그런 터무니없는 소동을 벌이고 또 점심식사에 가서 수도원 소스를 먹다니요? 창피스러워 그럴 순 없지요. 실례합니다."

'저 인간 속을 어찌 알겠어, 얼마나 거짓말을 해대는데!' 미우소프가 멀어져가는 광대를 의심스러운 눈초리로 좇으며 생각에 잠겼다. 그는 뒤를 돌아보고 뾰뜨르 알렉산드로비치가 자신을 지켜보고 있는 것을 알아채고는 그에게 손으로 입맞춤을 보냈다.

"자네는 수도원장에게 가겠나?" 미우소프가 이반 표도로비치에게 툭툭 끊어지는 말투로 물었다.

"안 갈 이유가 있나요? 더구나 수도원장이 어제 낮부터 저를 특별히 초청했는데요."

"불행하게도 나는 이 저주스런 식사에 반드시 가야 할 필요가 있다고 느끼네." 미우소프는 수도사가 듣고 있다는 데는 아랑곳하지 않고 화가 난 어조로 씁쓸하게 말을 이었다. "거기 가서 우리가 여기서 한 짓을 사과하고 우리가 한 게 아니라고 해명이라도 해야겠어. 어떻게 생각하나?"

"예, 우리가 그런 게 아니라고 해명해야겠죠. 더구나 아버지도 가시지 않을 테니." 이반 표도로비치가 지적했다.

"게다가 자네 아버지까지 갔으면 어쩔 뻔했나! 저주스런 점심식사 같으니!"

하지만 이미 모두들 걷고 있었다. 수도사는 입을 다물고 듣기만 했다. 들었다. 숲으로 가는 길에 그는 수도원장이 기다리신 지 한참되었고, 삼십분 이상 늦었다고 한번 지적했을 뿐이다. 그에게 답하는 사람은 없었다. 미우소프는 이반 표도로비치를 증오스러운 듯

를 투사한 존재다.

쳐다보았다.

'아무 일도 없었다는 듯이 걷고 있군!' 그는 생각했다. '이마에 철판을 깐 까라마조프식 양심이야.'

7. 신학생 출세주의자

알료샤는 장상을 침실로 인도해 침대에 앉혔다. 침실은 꼭 필요한 가구만 놓인 아주 작은 방이었다. 침대는 좁은 철제 침대로, 그 위에는 이부자리 대신 두꺼운 펠트 천이 깔려 있었다. 구석의 성상 옆에는 작은 탁자가 있었고 그 위에 십자가와 복음서가 놓여 있었다. 장상은 기운 없이 쓰러지듯 침대에 앉았다. 두 눈은 빛을 발했고 숨결은 거칠었다. 자리에 앉은 그는 무언가를 숙고하듯 알료샤를 뚫어지게 바라보았다.

"가보거라, 애야, 가봐, 나는 뽀르피리만으로 충분하다. 서둘러라, 그곳에는 네가 필요하단다. 수도원장님께 가보렴, 가서 점심식사 시중을 들어드려."

"여기 남도록 축복해주세요." 알료샤가 간절한 목소리로 청했다.

"너는 그곳에 더 필요하단다. 그곳에는 화평이 없구나. 시중을 들면서 필요한 일을 하거라. 악귀들이 들고일어나거든, 기도하렴. 아들아,(장상은 그를 이렇게 부르기를 좋아했다) 앞으로 네가 있을 곳은 이곳이 아니라는 걸 알아두어라. 애야, 그 점을 명심해야 해. 하느님의 뜻으로 내가 죽거든, 이 수도원을 떠나거라. 완전히 떠나는 거야."

알료샤는 몸을 부르르 떨었다.

"왜 그러느냐? 여기는 아직 네가 있을 곳이 아니야. 네가 평강 중에 위대한 순종의 길에 나서기를 축복하마. 너는 아직 세상을 많이 다녀야 한다. 결혼도 해야 할 것이고, 반드시. 이곳에 다시 오기까지 많은 일을 겪어야 할 게다. 많은 일이 있을 거야. 하지만 나는 너를 의심치 않는다, 그래서 너를 보내는 거야. 그리스도께서 너와 함께하신다. 주님을 지켜드려라, 주께서도 너를 지키실 거다. 이게 네게 주는 유훈이다. 슬픔 속에서 행복을 찾아라. 일해라, 지칠 줄 모르고 일해라. 아직은 내가 너와 대화를 나누지만 내가 살날이, 아니 살 시간이 얼마 남지 않았으니, 지금 내가 하는 말을 명심해라."

알료샤의 얼굴에 또다시 강한 동요가 일었다. 그의 입술 끝이 떨렸다.

"왜 또 그러느냐?" 장상이 조용히 미소를 지었다. "세상 사람은 눈물로 고인을 보내지만, 이곳의 우리는 떠나는 신부로 인해 기뻐하지 않느냐. 기뻐하며 그를 위해 기도하지 않느냐. 나를 두고 그만 나가보아라. 기도해야겠다. 서둘러 가서 형들 곁에 있어주어라. 한 형만이 아니라, 두 형 모두의 곁에 말이다."

장상은 축복하려고 손을 들었다. 알료샤는 몹시 남고 싶었지만 거역할 수가 없었다. 그는 또 묻고 싶었다. '드미뜨리형에게 왜 땅에 닿도록 절하신 겁니까?'라는 질문이 혀에서 터져나오려 했으나 감히 물을 수 없었다. 묻지 않더라도 할 수만 있었다면 장상 자신이 설명해주었으리라는 것을 그는 알고 있었다. 그런데 그렇게 하지 않은 것은 장상에게 그럴 마음이 없다는 뜻이었다. 하지만 그 절은 알료샤를 무섭도록 놀라게 했다. 그는 그 속에 비밀스러운 의미가 담겨 있다고 무작정 믿었다. 비밀스러운 의미, 아니 어쩌면 무서운 비밀일지도 몰랐다. 그가 수도원장의 점심식사에 때맞춰 가기 위해 서둘러 소수도원의 울타리를 나왔을 때, 그는 갑자기 심장이 아프게 죄어들어 그 자리에 멈춰섰다. 임박한 자신의 죽음을 예언한 장상의 말이 또다시 그의 앞에 울리는 듯했기 때문이다. 장상이 그렇게 정확하게 예언한 일은 틀림없이 일어나고야 말았고, 알료샤는 그것을 신성하게 믿어왔다. 그러나 장상 없이 어떻게 살 수 있단 말인가? 그를 보지 않고, 그의 말을 듣지 못하면 어찌 될 것인가? 이제 어디로 간단 말인가? 장상께서는 울지도 말고 수도원에서 나가라고 명하지 않았나, 오, 주여! 알료샤가 그런 괴로움을 느껴본 것은 이미 오래전이었다. 그는 수도원과 소수도원 사이를 가로지르는 숲을 서둘러 걷기 시작했지만, 그 생각이 어찌나 그를 짓누르던지 감당할 힘이 없어 숲길 양쪽에 선 수백년 묵은 소나무들을 바라보았다. 숲을 지나는 통행로는 길지 않아 채 오백보가 되지 않았다. 아무와도 마주치지 않을 만한 시간대였지만, 길의 첫 모퉁이에서 그는 문득 라끼찐을 보았다. 그는 누군가를 기다리고 있었다.

"나를 기다린 거야?" 그와 나란히 섰을 때 알료샤가 물었다.

"맞아, 너를 기다렸어." 라끼찐이 비죽이 웃었다. "수도원장 신부님께 급히 가는 길이구나. 알아, 거기서 식사자리가 있다는 거. 주교님과 빠하또프 장군님을 맞이했던 이래 이런 성대한 식사는 이제까지 없었어. 나는 거기 가지 않을 테지만 너는 가서 소스라도 날라드려. 그런데 알료샤, 나한테 한가지만 말해줘. 그 꿈같은 장면은 무얼 의미하는 거지? 나는 그걸 묻고 싶었어."

"무슨 꿈?"

"네 형 드미뜨리 표도로비치에게 이마가 땅에 닿도록 절한 거말이야. 이마를 부딪치시기까지 했잖아!"

"조시마 장상님 말하는 거야?"

"그래, 조시마 장상님 말이야."

"이마를?"

"아, 불경한 표현이었군! 그냥 불경했다고 치고. 그런데 그 장면은 무슨 뜻이지?"

"몰라, 미샤,[54] 무슨 의미인지."

"장상님이 네게 설명해주지 않으실 거라는 건 예상했지. 물론, 거기에 뭐 대단한 거라곤 없어, 늘 있어온 대로 거룩한 척하는 어리석은 짓일 뿐이지. 하지만 사람들 이목을 끌게끔 일부러 그러신 거야. 그러니 이제 도시와 주의 믿음 깊다는 사람들은 전부 입방아를 찧어댈 테지, '그런데 그 장면은 무슨 뜻이야?' 하면서. 내 생각에 장상님은 아주 영리하신 분 같아. 범죄의 냄새를 맡으셨거든. 너희들한테서는 악취가 나."

"무슨 범죄?"

라끼찐은 분명 뭔가를 말하고 싶은 듯했다.

"너희 집안에서 그거, 그러니까 범죄가 일어날 거야. 너희 형제와 네 부자 아버지 사이에서 범죄가 일어날 거라고. 그래서 조시마 장상이 장차 일어날 모든 일에 대비해 이마를 부딪치신 거야. 나중에 무슨 일이 일어나면 '아, 성스런 장상께서 이 일을 예견하고 예언하신 거야'라고들 하겠지. 하지만 장상께서 이마를 부딪쳤다고 그게 무슨 예언이겠어? 그런데도 그건 말하자면 상징이었고, 알레고리였어, 아니면 다른 뭐였든지 하고들 떠들겠지! 장상을 칭송하고 기억할 거야, 범죄를 예견하고 범인을 지목했다고. 유로지비들

....
54 남자이름 미하일의 애칭.

은 언제나 그런 식이야. 선술집에서 성호를 긋고, 성전에는 돌을 던지지. 너의 장상도 그런 거야. 의인은 지팡이를 휘둘러 쫓고, 살인자의 발에는 절하는 거지."

"무슨 범죄? 무슨 살인자? 무슨 말을 하는 거야?" 알료샤는 못박힌 듯이 그 자리에 섰고, 라끼찐도 멈춰섰다.

"무슨 살인자? 모른 척하는군? 너도 벌써 그 생각을 했다는 데 내기를 걸겠다. 정말로 궁금한걸. 들어봐, 알료샤, 너는 언제나 양다리를 걸치기 일쑤지만 그래도 항상 진실만을 말하잖아. 대답해봐, 그 생각을 했는지 안 했는지."

"생각해봤지." 알료샤가 조용히 대답했다. 라끼찐조차 당황하고 말았다.

"너 뭐야? 정말로 그런 생각을 했단 말이야?" 그가 소리쳤다.

"나는…… 내가 생각했다기보다는," 알료샤가 중얼거렸다. "지금 네가 그렇게 이상한 말을 하니까, 꼭 내가 그런 생각을 했던 것 같잖아."

"봐,(네가 지금 분명히 말했잖아.) 보라고! 오늘 아버지와 형 미쩬까[55]를 보고 범죄 생각을 했단 말이지? 그러니까 내가 실수한 게 아니란 말이네?"

"잠깐만, 잠깐만 기다려." 알료샤가 불안해하며 말을 끊었다. "어째서 너는 그렇게 생각하는 거지? 아니, 어째서 이런 일에 네가 관심을 갖는 건지, 그게 첫번째 질문이야."

"두 질문은 별개의 것이지만 이해할 만한 것들이네. 각기 따로 대답해줄게. 어째서 그렇게 생각하느냐고? 오늘 갑자기 내가 네

---

55 남자이름 드미뜨리의 애칭.

형 드미뜨리 표도로비치를 완전히, 있는 모습 그대로 이해하지 못했다면 나는 아무것도 알지 못했을 거야. 한가지 특징을 보고 나는 네 형을 단번에 파악했어. 매우 정직하지만 음탕한 이런 사람들에게는 뛰어넘을 수 없는 한가지 한계가 있지. 그렇지 않으면, 그렇지 않으면 네 형은 네 아버지를 칼로 찔렀을지도 몰라. 그런데 네 아버지는 주정뱅이에다 절제를 모르는 방탕아로 도무지 한계를 모르는 사람이야. 결국에는 둘 다 참지 못해 시궁창에 풍덩 빠질 거라고……"

"아니, 미샤, 아니야, 만일 그것뿐이라면 너는 내 말에 동의한 데 불과해. 그건 질문에 대한 답이 아니야."

"왜 그렇게 부들부들 떠는 거냐? 너, 이거 알아? 미쩬까 말이야, 네 형은 정직하지만(어리석긴 해도 정직하지) 음탕한 사람이야. 그게 바로 네 형을 규정하고 그의 내적 본질을 일컫는 말이지. 그 아버지가 형에게 저열한 음탕함을 물려준 거야. 다만, 알료샤, 나는 너한테는 놀라고 있어. 너는 어떻게 동정을 지킬 수 있는 거냐? 너도 까라마조프잖아! 네 가족들한테서 음탕함은 곪아터질 지경에 이르렀잖아. 저 세명의 음탕한 자들이 이제 서로를 추적하고 있는데…… 장화 속에 칼을 감추고 말이야. 그 세명은 이마를 맞부딪쳤고, 네가 네번째일 거야……"

"너는 그녀를 잘못 알고 있는 거야. 드미뜨리는 그녀를…… 경멸해." 알료샤는 어째서인지 몸을 떨며 말했다.

"그루셴까를? 아니, 형제여, 네 형은 경멸하지 않아. 자기 약혼녀를 대놓고 그 여자와 맞바꾸었다는 건 경멸하지 않는다는 뜻이야. 거기에는…… 거기에는, 형제여, 네가 지금 이해하지 못하는 뭔가가 있어. 사람이 어떤 아름다움에, 여자의 몸에, 아니, 여자 몸의 한 부분에라도 완전히 홀리면(음탕한 사람이라면 이걸 이해할 수 있지), 그 여자를 위해 자기 자식도 내주고 아버지와 어머니, 러시아와 조국까지 팔게 되는 거야. 정직한 사람도 가서 훔치게 되고, 온유한 사람도 칼부림을 하게 되고, 신실한 사람도 배반하게 되지. 여성의 발을 노래한 시인 뿌시낀은 시에서 발을 찬미하고, 전율 없이는 발을 볼 수 없다고 했잖아.[56] 그런데 발뿐만이 아니야…… 그러니 형제여, 형이 그루셴까를 경멸한다 해도 그건 별로 도움이 되지 않아. 경멸하면서도 눈을 뗄 수 없으니까."

"무슨 뜻인지 알겠어." 알료샤가 불쑥 말했다.

"정말? 불쑥 내뱉은 첫마디가 알겠다는 말이니 정말로 아는 거겠지." 라끼찐이 고소하다는 듯이 말했다. "너는 무심코 지껄인 거야, 입 밖으로 터져나온 거지. 그럴수록 그런 시인是認은 더 소중한 거야. 그러니까 그건 네게 이미 익숙한 주제라는 말이로군, 그런 생각을 해본 거야, 음탕함에 대해서 말이야. 에이, 동정남이라더니! 이봐, 알료시까,[57] 샌님, 너는 거룩하지. 나도 동의해. 하지만 너는 샌님이야. 네가 무슨 생각을 하는지는 악마나 알겠지, 네가 무얼 아는지도 말이야! 동정남, 그렇게 깊은 데까지 통달하다니. 나는 너를 오랫동안 관찰해왔어. 너도 까라마조프야, 충분히 까라마조프라고. 뭔가는 물려받고 뭔가는 도태된 거야. 아버지 쪽의 음탕함과 어머니 쪽의 유로지비 같은 점을 닮은 거지. 왜 몸을 떠는 거냐? 너무 정곡을 찔렀나? 그런데, 알아? 그루셴까가 내게 부탁했

<hr>

56 뿌시낀(Александр С. Пушкин, 1799~1837)의 소설로 된 시 『예브게니 오네긴』(Евгений Онегин)에서 무도회의 매혹적인 여성들의 발에 대한 서정적 일탈 장면을 가리킨다.

57 남자이름 알렉세이의 애칭. 알료샤의 지소형으로 역시 애칭이다. 러시아어 이름은 이처럼 지소형을 써서 여러 종류의 애칭을 만든다.

어. '그 사람을(그러니까 너 말이야) 내게 데려와. 내가 그 사람 수도복을 벗겨버릴 테니' 하고 말이야. 그래, 데려오라고, 데려오라고 얼마나 부탁을 하던지! 나는 너의 무엇이 그렇게 그 여자의 호기심을 끄는지 궁금해. 너도 알겠지만, 그 여자 역시 보통내기가 아니거든!"

"부탁인데, 나는 가지 않을 거라고 전해줘." 알료샤가 비틀린 미소를 지었다. "미하일, 어떻게 생각하는지 다 말해봐. 그럼 내 생각을 말해줄게."

"다 말하고 말고 할 것도 없어. 모든 게 분명하니까. 네 속에 음탕한 피가 흐른다면, 한배에서 난 네 형 이반은 어떻겠어? 이반도 까라마조프잖아. 여기에 너희 까라마조프의 문제가 모두 들어 있는 거야. 너희는 음탕한 사람, 탐욕스런 사람, 유로지비들이야! 네 형 이반은 이제까지 뭔지 알 수 없지만 어리석기 짝이 없는 어떤 계산속으로 장난삼아 신학 논문들을 발표하고 있지만, 그는 무신론자야. 그걸 스스로도 인정하고 있지. 그게 네 형 이반이란 사람이야. 더구나 이반은 형인 미짜한테서 약혼녀를 가로채는 중인데, 그 목표는 이룰 수 있을 것 같아. 그것도 미쩬까의 동의를 얻어서 그렇게 할걸. 왜냐하면 미쩬까 자신이 어서 빨리 약혼녀에게서 벗어나 그루셴까에게 가려고 자기 약혼녀를 이반에게 양보할 테니까. 이 모든 걸 고결함과 청렴함을 잃지 않은 채 하다니, 이 점을 잘 알아두라고. 바로 이런 사람들이 가장 치명적인 사람들인 거야! 악마나 너희 식구를 이해하겠지, 비열함을 알면서도 그 속으로 기어들어가다니! 더 들어봐. 미쩬까는 그 노인네 아버지와 외나무다리에서 마주쳤어. 네 아버지는 그루셴까한테 넋을 잃어서 그 여자를 보기만 해도 침을 질질 흘리고 있지. 네 아버지는 오로지 그 여자 때문에 장상님 방에서 추태를 부린 거야. 미우소프가 그 여자를 음탕한 미물이라고 불렀다는 그 이유 하나 때문에 말이야. 고양이보다 더 흉하게 발정이 난 거지. 예전에 그 여자는 여기서 어떤 어둠의 일, 그러니까 술집과 관련된 일로 네 아버지를 거들면서 봉급을 받아왔는데, 이제 와서 네 아버지가 문득 그 여자를 알아보고는 흥분해서 갖은 유혹을 하며 들러붙은 거지. 물론 점잖은 유혹은 아니야. 그러니 두 사람, 아버지와 아들은 외나무다리에서 만나게 된 거지. 그루셴까는 이 사람에게도 저 사람에게도 가지 않고 아직은 평계를 대며 두 사람의 약을 올리고 있어. 그러면서 누가 더 이득이 될지 재고 있지. 아버지에게서는 돈을 더 많이 받아낼 수 있겠지만 노인은 결혼은 해주지 않을 테고, 말년에는 구두쇠가 되어서 돈주머니를 꼭 틀어쥘 테니까. 이런 경우 미쩬까도 그 나름 가치가 있어. 돈은 없지만, 결혼을 할 수 있으니까. 그래, 결혼할 수 있어! 비할 데 없이 아름다운 약혼녀 까쩨리나 이바노브나, 부유한 귀족 아가씨인 대령의 딸을 버리고, 방탕한 남정네에 도시의 수장인 늙은 장사꾼 삼소노프의 첩이었던 그루셴까와 결혼하는 거지. 이 모든 일로 인해 정말로 형사상의 충돌이 생길 수도 있어. 그런데 네 형 이반은 바로 그걸 기다리는 거야. 드미뜨리가 이기게 되어 있으니까. 이반은 자기가 애태우는 까쩨리나 이바노브나를 얻고 지참금 6만 루블도 거머쥐게 되거든. 네 형처럼 소시민에 땡전 한푼 없는 사람에게 이건 시작으로는 아주 유혹적인 거야. 너도 생각해봐, 미쨔를 모욕하지 않을 뿐더러 심지어 죽을 때까지 은혜를 베푸는 셈이 되잖아. 지난주에 선술집에서 미쩬까가 술에 취해서 집시들과 놀다가 자기가 아니라 동생 이반이 약혼녀 까쩬까[56]에게 걸맞은 사람이라고 소리쳤다는 걸 나는 확실히 알고 있어. 물론 까쩨리나 이바노브나 자신도 이반 표도로비치처럼 매력적인 사람을 끝내 거부하지는 않을 거야. 그 여자는 지금도 벌써 두 사람 사이에서 흔들리고 있어. 도대체 이 이반이란 사람이 너희 모두를 어떻게 홀렸기에 너희 식구 모두 그 앞에서 경건을 떠는 거냐? 이반은 너희를 비웃고 있어. 카드놀이에서 이기고는 '나는 앉아서 너희 덕에 잔치나 벌이겠다' 하는 거라니까."

"이 모든 걸 너는 어떻게 알지? 어떻게 그렇게 확신하는 거야?" 알료샤가 얼굴을 찌푸리며 돌연 날카롭게 물었다.

"지금 그렇게 물으면서도 너는 왜 내 대답을 미리부터 두려워하지? 그건 내가 진실을 말한다는 데 너도 동의한다는 뜻이로군?"

"너는 이반을 좋아하지 않아. 이반은 돈에 넘어갈 사람이 아니야."

"그럴까? 미인 까쩨리나 이바노브나에게는? 여기에는 돈만 걸린 게 아니야, 6만 루블이란 게 유혹적이긴 하지만."

"이반은 더 높은 것을 보고 있어. 이반은 수천 루블에도 넘어가지 않아. 이반은 돈도, 평온함도 추구하지 않아. 이반은 어쩌면 고난을 찾고 있을 거야."

"이건 또 무슨 꿈같은 소리람! 에이, 너희들…… 귀족들이란!"

"아, 미샤, 형의 영혼은 화산 같아. 형의 이성은 포로 상태야. 형이 품은 사상은 위대하고도 해결될 수 없는 거야. 형은 백만 루블이 아니라 해결할 사상이 필요한 그런 종류의 사람이란 말이야."

"그건 말 그대로 표절이야, 알료시카. 너는 장상님이 하신 말씀을 바꿔 말하고 있잖아. 에이, 이반이 너희들에게 수수께끼를 낸 거

---

58 여성이름 까쩨리나의 애칭. 까쨔라는 애칭에서 나온 애칭이다.

야!"

라끼쩐이 분명하게 악의를 드러내며 외쳤다. 그는 얼굴 표정까지 달리했고, 입술을 일그러뜨렸다.

"그런데 그 수수께끼라는 게 어리석은 것이라 풀 가치도 없는 거지. 머리를 조금만 굴려보면 곧 이해가 되거든. 네 형의 논문은 우스꽝스럽고 말도 안 되는 거야. 너도 좀 전에 네 형의 어리석은 이론을 들었어. '영혼의 불멸이 없으면 선행도 없다, 그러니 모든 것이 허용된다.'(그런데 참, 네 형 미젠까가 뭐라 외쳤는지 기억나냐? '기억해두지요!'라고 했지.) 파렴치한들에게나 매혹적인 이론이야…… 이렇게 욕하다니 어리석은 짓이군…… 파렴치한이 아니라 '해결되지 않는 심오한 사상을 가진' 애송이 허풍쟁이들에게는 말이야. 이게 교만한 사람의 본질이야. '한편으로는 인정하지 않을 수 없고, 다른 한편으로는 의식하지 않을 수 없다!' 이반의 이론은 전체가 비열해! 인류는 설사 영혼의 불멸을 믿지 않더라도 선을 위해 살 수 있는 힘을 스스로 자신 안에서 발견할 거야! 그 힘을 자유, 평등, 박애를 향한 믿음 속에서 발견할 거라고……"

라끼쩐은 흥분해서 거의 자신을 제어하지 못할 지경이었다. 그러나 갑자기 뭔가가 생각난 듯 말을 멈추었다.

"자, 이제 됐어." 그는 좀 전보다 더 비틀린 미소를 지었다. "왜 웃는 거냐? 내가 속물이라고 생각하는 거냐?"

"아니, 네가 속물이라고는 조금도 생각하지 않아. 너는 똑똑해, 하지만…… 내버려둬, 무심코 웃은 거니까. 나는 네가 흥분하는 걸 이해해, 미샤. 나는 네 열광을 보며 너 자신도 까쩨리나 이바노브나에게 무관심하지 않다는 것을 알았어. 나는, 친구, 오래전부터 그럴 거라고 생각해왔거든. 그래서 네가 이반형을 좋아하지 않는 거지.

형을 질투하는 거야?"

"그리고 내가 그 여자의 돈도 질투하고 있느냐고? 그것도 덧붙이려고?"

"아니, 나는 돈에 관해서는 전혀 덧붙이지 않겠어. 너를 모욕하진 않을게."

"네 말을 믿어. 하지만 너와 네 형 이반은 제기랄이야! 까쩨리나 이바노브나 문제가 아니라도 네 형은 좋아할 수가 없는 사람이라는 걸 너희는 아무도 이해하지 못해. 내가 왜 네 형을 좋아해야 하는 거지, 제길! 네 형 자신이 나를 욕해 마땅하다고 생각하는데! 왜 나는 네 형을 욕하면 안 되는 거야?"

"난 형이 너에 대해 뭐라도 좋다거나 싫다거나 하는 말을 들어 본 적이 없어. 네 얘기는 전혀 한 적이 없어."

"나는 한 사흘 전에 네 형이 까쩨리나 이바노브나의 집에서 나를 죽도록 욕했다는 말을 들었어. 네 형이 이 순한 종에게 어느 정도까지 흥미를 가졌는지 한번 들어보라고. 이런 얘기를 듣고 나니 누가 누구를 질투하는 건지 모르겠군! 네 형은 말하기를, 만일 내가 아주 가까운 미래에 사제장직에 오르려 들거나 머리를 깎고 신부가 되려 작정하지 않는다면, 틀림없이 뻬쩨르부르그로 가서 두꺼운 잡지, 그것도 틀림없이 비평 분야에 몸담고 한 십 년쯤 글을 쓰다가 마침내는 그 잡지를 집어삼킬 거라는 거야. 그러고는 또 분명 자유주의적이고 무신론적인 경향에 사회주의 색깔을 덧칠해서, 심지어 사회주의라는 가면을 슬쩍 씌워서 잡지를 간행할 거라고, 하지만 바짝 경계해서, 말하자면 본질적으로는 이편저편 다 비위를 맞춰가며 바보들의 눈을 속일 거라고 말이야. 네 형의 해석에 따르면, 그 사회주의 색채는 내가 당좌예금 계좌에 잡지 구독료를 저축하고 유대인의 자문을 받아 뻬쩨르부르그에 거대한 건물을 지을 때까지 그 돈을 유용하는 걸 조금도 방해하지 않을 거라나. 내 출세의 끝은 그 건물에 편집국을 옮기고 나머지 층에는 세입자를 들이는 거래. 심지어는 건물을 지을 장소까지 말했다는군, 뻬쩨르부르그 리쩨이나야에서 비보르그스까야 쪽으로 난, 지금 건설 중인 네바강 건너 노비까멘니다리 옆이라고⋯⋯"

"아아, 미샤, 형이 말한 마지막 한마디까지 전부 그대로 이루어질 거야!" 알료샤가 더는 참지 못하고 명랑하게 웃으며 갑자기 소리쳤다. .

"비꼬시는군, 알렉세이 표도로비치,"

"아니, 아니, 농담이야, 미안해. 나는 전혀 다르게 생각해. 그런데 누가 네게 그런 얘기를 그렇게 자세히 전해주었지? 누구한테 그런 얘기를 들은 거야? 네 얘기를 할 때 네가 까쩨리나 이바노브나 집에 있었을 리는 없잖아?"

"나는 없었지만 드미뜨리 표도로비치가 있었어. 나는 드미뜨리 표도로비치한테서 내 귀로 똑똑히 들었어. 원한다면 말해주지, 네 형이 내게 말해준 건 아니고 내가 엿들은 거야, 물론 어쩌다가 말이야. 왜냐하면 내가 그루셴까의 집 침실에 앉아 있었는데, 드미뜨리 표도로비치가 옆방에 있는 바람에 내내 나갈 수가 없었거든."

"아, 그래, 내가 잊고 있었네. 너는 그루셴까의 친척이지⋯⋯"

"친척이라고? 그루셴까가 내 친척이라고?"라끼쩐이 온 뺨을 붉히며 돌연 소리를 질렀다. "너 정말 미친 거야, 뭐야? 제정신이 아니구나."

"아니, 왜? 친척이 아니야? 나는 그렇게 들었는데⋯⋯"

"그런 말은 도대체 어디서 들은 거냐? 아니야. 너희 까라마조프들, 아무리 위대하고 뿌리 깊은 귀족인 척해도 네 아버지는 광대처럼 이 식탁 저 식탁을 기웃거리며 다녔고 불쌍하게 보여서 부엌에 신세를 졌잖아. 아무리 내가 사제의 아들이고 너희 귀족들 눈에는 하찮게 보여도, 그렇게 좋아하며 함부로 나를 모욕하지는 마라. 나도 명예라는 게 있어, 알렉세이 표도로비치. 나는 창녀 그루셴까의 친척이 될 수 없다고, 알아둬!"

라끼찐은 몹시 흥분했다.

"제발 용서해줘, 그럴 생각은 전혀 없었어. 더구나 그루셴까가 무슨 창녀야? 그루셴까가 정말로 그런 여자야?" 알료샤는 문득 얼굴을 붉혔다. "다시 말하지만, 나는 그녀가 네 친척이라는 말을 들었거든. 너도 그루셴까 집에 자주 드나들고, 또 내게 말하기를 사랑하는 관계 같은 건 아니라고 했잖아…… 그러니 나는 네가 그루셴까를 그렇게 경멸한다고는 전혀 생각지 못했지! 그런데 그루셴까가 정말 그런 대접을 받을 만한 사람이야?"

"내가 그 여자를 방문한다면 그럴 만한 이유가 있는 거고, 그거면 된 거야. 친척관계로 말하자면 네 형이나 네 아버지가, 내가 아닌 너를 친척관계로 만들겠지. 자, 이제 다 왔다. 부엌으로 가보는 게 나을걸. 어? 저게 뭐야, 무슨 일이지? 우리가 늦었나? 저렇게 빨리 식사를 마칠 리 없는데? 아니면 또 까라마조프 사람들이 무슨 일을 저질렀나? 아마 그런가보군. 저기 네 아버지가 나오고 그 뒤로 이반 표도로비치도 나오네. 수도원장 방에서 뛰쳐나온 거야. 저기 이시도르 신부가 현관 계단참에서 뒤에 대고 뭐라고 소리를 지르네. 네 아버지도 소리를 지르며 팔을 휘젓고 있군. 서로 욕하는 모양이야. 저기 봐, 저기 미우소프가 마차를 타고 떠나네, 가고 있어. 봐, 가잖아. 저기 지주 막시모프도 뛰어가네. 또 추태가 벌어진 거야. 점심식사는 없었다는 뜻이군! 저 사람들이 수도원장을 때린 거 아냐? 아니면 저들이 맞았나? 그럴 만도 하지!"

라끼찐이 공연히 소리친 것은 아니었다. 정말로 추태가 벌어졌고, 그것은 전대미문의 예기치 못한 것이었다. 모든 일이 '영감에 따라' 일어났던 것이다.

8. 추태

미우소프와 이반 표도로비치가 이미 수도원장의 방에 들어섰을 때, 진실로 점잖고 섬세한 사람으로서 뾰뜨르 알렉산드로비치의 마음속에는 그 나름대로 어떤 미묘한 변화가 일어나 화를 낸 것이 부끄럽게 느껴졌다. 그는 속으로 거지 같은 표도르 빠블로비치를 그렇게 존중할 필요가 없었고, 따라서 장상의 독수방[59]에서 아까처럼 냉정을 잃고 그 자신도 자제하지 못할 필요가 전혀 없었다는 생각이 들었다. '최소한 거기 수도사들은 아무 잘못이 없지.' 그는 수도원장의 거처로 들어가는 현관 입구에서 문득 이렇게 결론지었다. '만일 여기 사람들도 점잖다면(이 수도원장 니꼴라이 신부도 귀족 출신인 것 같군) 그들에게 다정하고 친절하고 예의 바르게 굴지 못할 이유가 뭐가 있나? 논쟁 같은 건 하지 않고, 심지어 맞장구도 쳐줄 테다. 상냥함으로 호감을 사야지. 그래서…… 그래서…… 결국에는 내가 이 이솝, 광대, 삐에로와 한패가 아니라는 걸, 그들

---

59 獨修房, келья. 러시아 수도원 내나 그외 지역에서 수도사들이 홀로 수도하기 위해 지은 거처. 방 하나로 이루어지고 주거에 필요한 최소한 물품만 채워져 있는 경우가 많다.

모두와 꼭 마찬가지로 곤경에 빠진 것뿐이라는 걸 증명해 보이고
야 말리라……'

논쟁거리인 비합법적 산림채벌과 어업(이 모든 게 어디서 벌어
지는지는 그 자신도 잘 몰랐다)은 다 해봐야 별 값어치도 없으니
그는 오늘 당장, 영원히 그들에게 양보하고 수도원을 상대로 한 민
사소송도 모두 철회하기로 결심했다.

그들이 수도원장 신부의 식당에 들어섰을 때 이 모든 선량한 결
심은 더욱 확고해졌다. 그런데 수도원장의 거처에도 따로 식당은
없었는데, 전체 건물에서 그가 쓰는 방은 두개뿐이었기 때문이다.
그 방들은 사실 장상의 방보다 훨씬 넓고 편리했지만 방의 꾸밈새
는 비슷해서 특별히 더 안락해 보이지는 않았다. 가구는 마호가니
에 가죽을 씌운, 1820년대에 유행했던 구식이었다. 바닥은 칠도 되
어 있지 않았다. 하지만 모든 게 깨끗해서 윤이 났고, 창턱에는 귀
한 꽃들이 꽂혀 있었다. 그러나 그 순간 가장 화려한 장식이라면
물론 화려하게 차려진 식탁이었다. 이것도 상대적으로 그렇다는
것이지만 말이다. 식탁보는 청결했고 그릇들도 눈이 부셨다. 훌륭
하게 구운 빵 세 종류, 포도주 두병, 훌륭한 수도원 꿀 두병과 근교
에서 이름난 수도원의 끄바스[60]가 담긴 커다란 유리주전자가 놓여
있었다. 보드까는 전혀 없었다. 라끼찐이 나중에 말하기로는 이번
식사에 다섯가지 요리가 준비되었다고 했다. 철갑상어 수프와 생
선만두, 다음에는 탁월한 솜씨로 특별하게 조리한 생선찜, 이어 붉
은 살 생선커틀릿, 아이스크림과 과일 설탕 절임, 그리고 끝으로 블
랑망제 비슷한 젤리였다. 라끼찐은 참다못해 역시 연줄이 있던 수

---

60 러시아의 전통 술. 호밀과 보리를 발효시켜 만들며 알코올 도수 5퍼센트 이하
로, 여름에 러시아인들이 즐겨 마시는 청량음료이다.

도원장의 부엌을 일부러 들여다보고 이 모든 것을 알아냈던 것이다. 그는 어느 곳에나 연줄이 있었고 어디서나 얘기를 얻어들었다. 심성이 상당히 불안정하고 시기심이 많았고, 자신에게 탁월한 능력이 있음을 충분히 의식하고 있었지만 자만심으로 인해 그것을 신경질적으로 과장해서 생각했다. 그는 자신이 상당히 중요한 인물이 되리라고 믿고 있었다. 그러나 그에게 애정을 갖고 있는 알료샤로서는, 친구 라끼찐이 부정직한 사람임에도 결정적으로 그 자신은 그것을 의식하지 못하고, 오히려 책상에서 돈을 훔치지는 않는다는 것만으로 스스로를 최고로 정직한 사람이라 여긴다는 점때문에 괴로웠다. 이렇게 되면 알료샤뿐 아니라 그 누구도 어찌할 도리가 없는 것이다.

라끼찐은 서열이 낮아 식사에 초대받지 못했지만, 이오시프 신부와 빠이시 신부, 그리고 다른 수도사제 한 사람이 그들과 함께 초대되었다. 뾰뜨르 알렉산드로비치, 깔가노프, 이반 표도로비치가 들어섰을 때 그들은 이미 수도원장의 식당에서 기다리고 있었다. 지주 막시모프도 한구석에서 기다리고 있었다. 수도원장이 손님들을 맞으러 방 한가운데로 걸어나왔다. 그는 키가 크고 말랐지만 여전히 힘이 넘치는 노인으로, 희끗희끗한 검은 머리에 긴 얼굴은 침울하고 점잖아 보였다. 그는 말없이 손님들과 목례를 나누었는데, 이번에는 손님들이 먼저 축복을 받으려 그에게 다가갔다. 미우소프는 손에 입을 맞추는 모험까지 할 뻔했지만, 수도원장이 제때 손을 거두는 바람에 입맞춤을 하지는 못했다. 하지만 이반 표도로비치와 깔가노프는 이번에 제대로 온전한 축복을 받았다. 즉 그들은 수도원장의 손에 아주 서민적이고 소박하게 쪽 하고 입을 맞추었던 것이다.

"대단히 죄송스럽게 생각합니다, 수도원장님." 뾰뜨르 알렉산드로비치가 상냥하게 이를 드러내 웃으며, 하지만 점잖고 무게 있는 어조로 말문을 열었다. "원장님께서 초대하신 일행 표도르 빠블로비치 없이 저희만 오게 되어 죄송합니다. 표도르 빠블로비치는 원장님의 식사에 오지 못했는데, 그럴 만한 이유가 있었습니다. 고매하신 조시마 장상님의 소수도원에서 아들과 불행한 가족 간 불화에 빠진 나머지 아주 부적절한 말을 몇마디 내뱉었거든요…… 아주 무례한 말을 입에 올리고 말았습니다…… 제 생각에 원장님께서도 이미 알고 계실 듯합니다만(그는 수도사제들을 힐끗 쳐다보았다). 그래서 본인도 잘못했다고 인정하고 진심으로 후회하며 수치심을 느끼고는 그걸 이길 길 없어 저희, 그러니까 저와 아들 이반 표도로비치에게 깊은 유감과 상심, 후회의 뜻을 원장님께 전해 달라고 부탁했습니다…… 한마디로 표도르 빠블로비치는 나중에 모든 걸 보답할 수 있기를 바라면서, 지금은 원장님의 축복을 구하며 있었던 일들을 잊어주십사 부탁했습니다……"

미우소프는 입을 다물었다. 장광설의 마지막 말을 마친 후 그는 완전히 자기만족에 빠졌고, 조금 전의 분노는 흔적도 찾을 수 없었다. 그는 다시금 온전히, 진심으로 인류를 사랑하고 있었다. 수도원장은 점잖게 그의 말을 듣고는 가볍게 고개를 숙이며 다음과 같이 화답했다.

"떠난 분에 대해서는 진심으로 안타깝게 생각합니다. 식사를 같이 하다보면 저희가 그분을 좋아하는 것처럼 그분도 저희를 좋아하게 되셨을 텐데 말입니다. 여러분, 드시지요."

그는 성상 앞에 서서 소리 내어 기도하기 시작했다. 모두들 경건한 표정으로 머리를 숙였고, 지주 막시모프는 특별히 경건한 자세로 두 손을 맞잡고 조금 앞으로 나서기까지 했다.

표도르 빠블로비치가 마지막 술책을 부린 것은 바로 이때였다. 그는 진심으로 떠나려고 했고, 장상의 방에서 그런 추태를 부린 후에 수도원장에게 간다는 것은 어떠한 경우에도 불가능하다고 느꼈다는 것을 말해두어야겠다. 그러나 그가 자신을 너무도 수치스럽게 생각했거나 자책해서 그랬던 것은 아니었다. 심지어 그와 정반대였을지도 모른다. 어쨌거나 그는 함께 식사하는 것이 예의에 어긋난다고 느꼈다. 그러나 덜거덕거리는 마차를 여관의 현관 계단에 막 대령하자마자, 마차에 오르려던 그는 갑자기 동작을 멈추었다. 장상의 방에서 자기가 '사람들 앞에 나설 때면 저는 제가 제일 저열하고 사람들은 모두 저를 광대로 생각한다고, 꼭 그렇게만 느껴지거든요. 그래서 '기왕 이렇게 된 거 정말로 광대 노릇이나 해보자. 너희 모두 하나같이 나보다 저열하니까!'라고 생각해버리는 거죠'라고 했던 말이 떠올랐던 것이다. 그는 자신의 추악한 행동에 대해 모두에게 복수해주고 싶었다. 마침 예전에 언젠가 사람들이 그에게 "어째서 그렇게 그 사람을 미워하는 거요?" 하고 물었던 일이 갑자기 생각났다. 그때 그는 파렴치한 광대짓을 벌이면서 대답했다. "이유라면, 사실 그 사람은 내게 아무 짓도 하지 않았지만 나는 그 사람에게 정말 양심이라곤 없는 추악한 짓을 한가지 저질렀고, 그런 짓을 했다는 이유만으로 그 사람이 곧바로 증오스러워졌소." 그는 지금 그 말을 떠올리고는 잠시 생각에 잠겨 조용히 악의에 찬 미소를 지었다. 그의 눈동자가 번들거리고 입술마저 떨리기 시작했다. '시작했으면 끝을 봐야지.' 그는 돌연 결심했다. 그 순간 그의 가장 깊은 감정은 다음과 같은 말로 표현할 수 있을 터였다. '이제 와서 명예를 회복하기란 불가능해. 그러니 염치 차릴 것 없이 그놈들에게 침이나 뱉어줘야지. 너희 때문에 내가 부끄러워할 줄 아느냐? 천만에!' 그는 마부에게 기다리라고 일러두고는 빠른 걸음으로 수도원으로 되돌아가 곧장 수도원장에게로 갔다. 그는 자신이 무슨 짓을 할지 아직 몰랐지만, 자제하지 못하리라는 것은 이미 알고 있었다. 그리고 작은 계기만 있으면 순식간에, 어떤 종류이든 추악한 짓의 극한까지 가고야 말겠지만, 그 추악한 짓이 재판으로 처벌받을 정도의 범죄나 행동으로까지는 결단코 치닫지 않으리라는 것도 알고 있었다. 마지막 순간에 언제나 그는 자신을 제어할 수 있었고, 그런 점에 스스로 놀라곤 했다. 그는 정확히 기도가 끝나 모두가 식탁으로 움직이던 바로 그 순간에 수도원장의 식당에 나타났다. 문지방에 멈춰선 채 그는 일행을 둘러보며 대담하게 그들의 눈동자를 쏘아보면서 한동안 뻔뻔스럽고 사악한 미소를 짓고 있었다.

"저들은 내가 떠났다고 생각했겠죠, 그러나 나는 여기 있습니다."그는 온 방이 울리도록 소리를 질렀다.

한순간 모두가 못 박힌 듯이 그를 바라보며 말을 잃었으나, 문득 이제 뭔가 혐오스럽고 망측한 일이, 더불어 틀림없는 추태가 벌어지리라고 느꼈다. 뾰뜨르 알렉산드로비치는 온화하던 기분이 곧바로 가장 맹렬한 분노로 바뀌었다. 그의 마음속에서 꺼져 잠잠해지려던 모든 것이 순식간에 되살아나 들고일어났다.

"안 돼, 이건 도저히 못 참아!"그는 비명을 질렀다. "도저히 못 참아, 절대로!"

그는 피가 거꾸로 솟는 것 같았다. 너무도 혼란스러워 말도 할 수 없을 지경이었다. 그는 모자를 움켜쥐었다.

"저 사람이 뭘 못 참는다는 거죠?"표도르 빠블로비치가 소리쳤다. "'절대로 못 참아, 도저히 못 참아'라니요? 수도원장님, 제가 들어갈까요, 말까요? 함께 식사할 사람으로 맞아주실 건가요?"

"진심으로 환영합니다." 수도원장이 대답했다. "여러분! 일시적으로 벌어진 여러분의 분쟁은 제쳐두고 사랑과 친척 간의 화해에 마음을 모아 주님께 기도드리며 저의 소박한 식탁에 앉아주시기를 온 마음으로 부탁드립니다."

"아니, 아니요, 그럴 수 없습니다." 뾰뜨르 알렉산드로비치는 마치 실성한 듯이 외쳤다.

"뾰뜨르 알렉산드로비치가 그럴 수 없다면, 저도 그럴 수 없습니다. 저도 남지 않겠습니다. 저는 저분과 함께 왔으니, 이제 뾰뜨르 알렉산드로비치가 가는 곳이면 어디든 저도 함께하겠습니다. 가세요. 뾰뜨르 알렉산드로비치, 그럼 저도 가지요. 남으세요, 그럼 저도 남겠습니다. 원장님께서는 친척 간의 화해라는 말로 저 사람을 굉장히 빈정대신 겁니다, 수도원장님. 저 사람은 내가 자기 친척이라는 걸 인정하지 않거든요! 그렇지 않은가, 폰 존? 자, 저기 폰 존이 서 있구먼. 안녕, 폰 존."

"그게 지금 저한테 하시는 말씀인가요?" 놀란 지주 막시모프가 중얼거렸다.

"물론, 자네한테 하는 말이지." 표도르 빠블로비치가 외쳤다. "또 누가 있겠어? 수도원장 신부님이 폰 존일 수는 없잖아!"

"저는 폰 존이 아니라 막시모프입니다."

"아니, 자네는 폰 존이야. 존경하옵는 원장님, 폰 존이 누군지 아십니까? 어떤 형사사건이 있었는데요, 음탕의 소굴, 여기서는 그런 곳을 이렇게 부르는 것 같던데, 그 소굴에서 이 사람이 살해당했습니다. 강도를 당해 살해되었지요, 나이가 지긋한데도 말입니다. 상자에 담겨 못을 박아 밀봉된 후 짐표를 달아 뻬쩨르부르그에서 모스끄바로 화물열차에 태워 보내졌답니다. 못을 박을 때는 춤꾼 창녀들이 노래를 부르고 구슬리[61]를 연주했대요. 그러니까 푸지게 춤을 추며 놀았다는 거지요. 그 사람이 바로 폰 존입니다. 그런데 그 자가 죽은 자 가운데서 살아난 건가, 폰 존?"

"이게 무슨 소리입니까? 어떻게 그런 말을 할 수 있습니까?" 수도사제 무리에서 이런 소리가 들려왔다.

"갑시다!" 뾰뜨르 알렉산드로비치가 깔가노프를 향해 외쳤다.

"아니, 잠깐만요!" 표도르 빠블로비치가 방 안으로 한발자국 내딛고는 쇳소리를 내며 말을 막았다. "제가 마저 이야기하게 해주십시오. 저쪽 소수도원에서는 제가 점잖지 못하게 굴었다는 듯이 저를 모욕했는데, 그건 바로 제가 꼬치고기에 대해 외쳤기 때문이겠지요. 뾰뜨르 알렉산드로비치, 제 친척은 말에 진실성보다 고상함을 더하기를(plus de noblesse que de sincérité) 좋아하지만, 저는 반대로 제 말에 고상함보다 진실성이 더 많기를(plus de sincérité que de noblesse) 바랍니다. 고상함 따위, 침이나 뱉어버려야지! 그렇지 않은가, 폰 존? 원장신부님, 죄송하게도 제가 비록 광대이고 광대 행세를 하지만, 저는 제가 명예의 기사라고 말하고 싶습니다. 그렇습니다, 저는 명예의 기사입니다. 하지만 뾰뜨르 알렉산드로비치의 내면에는 상처받은 자존심 외에는 아무것도 없어요. 제가 지금 여기 온 것은 말이죠, 뭐가 어떤지 직접 보고 얘기하기 위해서인지도 모릅니다. 여기서 제 아들 알렉세이가 구원의 길을 가고 있거든요. 저는 애비이니 그 아이의 운명이 걱정스럽고, 또 걱정해야 마

....
61 고대 루시의 현악기.

땅합니다. 저는 다 들었고 나타나서 조용히 지켜봤어요. 그리고 이제 연극의 마지막 장을 여러분께 올려드리고 싶습니다. 우리 세상에서는 도대체 어떻죠? 우리 세상에서는 넘어진 건 그대로 드러누워 있습니다. 한번 넘어지면 영원히 그렇게 누워 있으라는 식이죠. 어떻게 그럴 수 있는지! 저는 일어나고 싶습니다. 거룩하신 신부님들, 저는 여러분 때문에 화가 났습니다. 고해성사는 제가 경외하고 또 납작 엎드릴 마음도 있는 위대한 성사입니다. 그런데 저쪽 소수도원에서는 돌연 모두가 무릎을 꿇고 소리 내어 고해하더군요. 대체 소리 내어 고해하는 게 허용된 겁니까?[62] 거룩한 사제들에 의해 고해는 귀에 대고 하는 것으로 확립되었고 그래야만 여러분의 고해도 성스러운 의식이 될 것이며, 그건 오래전부터 그래왔지요. 그런데 어떻게 제가 모두가 있는 자리에서 그분께, 예컨대 이러저러하게 했다고, 그래서 이러저러하게 되었다고 설명합니까? 이해하시죠, 때로는 말하기 겸연쩍은 게 있잖아요? 그건 추태입니다! 아니, 신부님들, 여기 여러분과 함께 있다가는 흘리스뜨파[63]로 빠질 수도 있겠어요…… 저는 조만간 신성종무원[64]에 편지를 써서 제 아들 알렉세이를 데려갈 작정입니다……"

여기서 한가지 지적하자면, 표도르 빠블로비치는 무엇이 문제인지 상황을 잘 알고 있었다는 것이다. 언젠가 주교의 귀에까지 들어

---

62 13세기까지 그리스도인들은 공개적으로 고해하는 전통이 있었고, 이런 전통은 개인적인 비밀 고해성사가 확립된 후에도 존속했다.

63 17세기 중반 러시아 농민들 사이에서 생겨난 러시아정교의 이단. 성령만 인정하고 성직자, 성인, 국가, 성경을 부정하며 러시아정교의 의식을 거부했다. 극단적 금욕주의를 지향해 육체를 죄악으로 가득한 것으로 보고 자기 몸을 채찍질하는 것을 주요 의식으로 삼았다.

64 1721년 뾰뜨르 1세가 러시아정교회를 통치하기 위해 설립한 최상위 기관.

간 악의적인 비방이 있었는데(우리 수도원뿐 아니라 장상제도가 확립된 다른 수도원에서도 말이다), 이를테면 장상들이 수도원장의 위상에 해가 될 정도로 지나치게 존경을 받고 있고, 더구나 장상들이 고해성사를 악용하는 것 같다는 등의 내용이었다. 이런 비방은 터무니없는 것이어서 우리 도시와 다른 모든 곳에서도 곧 자연스럽게 사라졌다. 그러나 표도르 빠블로비치를 사로잡아 신경 깊은 곳에서 점점 더 치욕스러운 쪽으로 몰아간 어리석은 악마는 이 철 지난 비방을 그에게 속삭였고, 그러므로 표도르 빠블로비치 자신도 비방의 첫마디를 잘 이해할 수 없었으며 제대로 표현할 수조차 없었다. 더구나 이번에 장상의 소수도원에서는 무릎을 꿇은 사람도, 소리 내어 고해한 사람도 없었기 때문에 표도르 빠블로비치는 직접 그 비슷한 것도 보지 못했으므로 어쩌다 머리에 떠오른 옛날 소문과 비방을 따라 옮긴 것에 지나지 않았다. 그러나 그는 그 어리석은 말을 입 밖에 낸 후에야 자기가 어리석은 헛소리를 했다고 느꼈고, 자신이 한 말이 전혀 헛소리가 아니라는 것을 청중에게 그리고 다른 누구보다 자신에게 곧바로 증명하고 싶어졌다. 그는 말을 하면 할수록 이미 내뱉은 헛소리에다 그에 버금가는 어리석은 말만 덧붙이게 되리라는 것을 잘 알고 있었지만, 이미 자제할 수 없었기에 가속이 붙은 채 산비탈을 굴러내리는 꼴이 되었다.

"정말 비열하군!" 뾰뜨르 알렉산드로비치가 외쳤다.

"죄송합니다만," 수도원장이 갑자기 말했다. "예로부터 이런 말이 있지요. '사람들이 나에 대해 온갖 이야기를 하고 심지어 나쁜 말을 하면, 나는 모든 것을 듣고 속으로 말하리라. 치유자이신 예수께서 내 영혼의 허영을 치유하시기 위해 이 일을 보내셨다고.' 그러므로 저희는 겸허히 당신께 감사를 드립니다, 존경하는 표도르 빠블로비치.”

그는 표도르 빠블로비치에게 허리를 굽혀 인사했다.

“쯧쯧쯧! 위선과 낡은 미사여구로군요! 낡은 미사여구와 낡은 몸짓이에요! 낡은 거짓과 땅에 절하는 형식주의라니! 그런 인사는 우리도 압니다! 실러의 『군도』에서처럼 ‘입술에는 키스를, 심장에는 칼을’인 거죠! 신부님, 저는 위선을 좋아하지 않습니다, 진리를 원합니다! 하지만 꼬치고기에 진리가 있는 건 아니죠. 그건 제가 벌써 공언했습니다! 수도사님, 신부님들, 어째서 정진精進을 하십니까? 그 정진으로 천국에서 받을 보상을 기대하시는 겁니까? 그런 보상 때문이라면 저도 정진하겠습니다. 아니요, 거룩하신 수도사님들, 살면서 선을 행하라, 빵이 마련된 수도원에 머물지 말고 저 위의 보상을 기대하지 말고 사회에 유익을 더하라, 그것이 더 어려운 일이 될 것이다. 저 또한, 수도원장님, 그럴듯하게 말할 줄 압니다. 여기 뭐가 차려져 있나요?”그는 식탁으로 다가갔다. “오래된 포트와인, 옐리세예프 형제들[65]의 꿀, 자, 자, 신부님들! 꼬치고기와는 딴판이군요. 신부님들께서 술을 내놓으셨네, 헤헤헤! 이런 걸 누가 다 가져온 겁니까? 이건 러시아 농부들, 열심히 일하는 일꾼들이 굳은살 박인 손으로 번 돈 가운데 가족과 나라에 줄 것을 떼어 여기로 가져온 거로군요! 거룩하신 신부님들, 민중의 피를 빨아먹고 계시군요!”

“정말 말할 상대가 안 되는군요!”이오시프 신부가 말했다. 빠이시 신부는 고집스럽게 침묵을 지켰다. 미우소프는 방 밖으로 뛰쳐나갔고, 깔가노프도 그 뒤를 따랐다.

---

65 혁명 이전 러시아에서 가장 큰 상업회사 중 하나.

"저도, 신부님들, 저도 뾰뜨르 알렉산드로비치를 따르겠습니다! 더이상 여러분을 찾지 않을 겁니다. 무릎을 꿇고 빌어도 오지 않을 거예요. 1천 루블을 여러분께 보냈는데 또다시 눈을 부라리시는군요, 헤헤헤! 아니요, 더는 돈을 못 드립니다. 과거 내 젊은 시절과 내가 받은 모욕에 복수할 겁니다!" 그는 억지로 감정의 발작을 일으키며 주먹으로 식탁을 내리쳤다. "이 수도원은 내 인생에서 많은 것을 의미했어요! 이 수도원 때문에 내가 쓰디쓴 눈물을 많이도 흘렸습니다! 당신네는 내 아내, 끌리꾸샤를 나한테 반항하게 만들었어요. 당신들은 일곱 공의회[66]에서 나를 저주했고, 그 소문을 주위에 퍼뜨렸지요! 됐습니다, 신부님들, 지금은 자유주의 시대이고 증기선과 철도의 시대지요. 천 루블도, 백 루블도, 단 1꼬뻬이까도 나한테서 받아내지 못할 겁니다!"

또다시 지적하자면, 우리 수도원이 그의 인생에서 특별한 의미를 지녔던 적은 한번도 없었고, 수도원 때문에 그가 쓰디쓴 눈물을 흘린 적도 결코 없었다. 그러나 그는 꾸며낸 눈물에 심취한 나머지 한순간이나마 자신도 자기 말을 거의 믿을 뻔했다. 그래서 감동의 눈물마저 흘릴 참이었지만, 바로 그 순간 제자리로 돌아올 때가 되었다고 느꼈다. 수도원장은 그의 악의적인 거짓말에 머리를 숙이고 다시금 엄숙하게 말했다.

"다시 이르기를, '네게 닥치는 원치 않는 모욕을 잘 인내하고, 당황치 말며, 너를 모욕한 자를 증오하지 말라.'[67] 우리는 이렇게 행동

---

66 1054년 로마가톨릭과 동방정교회로의 대분열이 일어나기 전에 열렸던 일곱번의 공의회. 동방정교회는 이밖에 다른 공의회는 인정하지 않는다.

67 『자애록』(*Добротолюбие*)에 수록된 성 마카리우스의 글에서 인용한 것이다. 이 책은 러시아정교 교부들이 쓴 교훈집으로 그리스어에서 러시아어로 번역되었다.

합니다."

"쯧쯧쯧! 증오하지 말라고! 또다른 허튼소리로군! 그렇게들 생각하세요, 신부님들, 나는 갑니다. 이제 내 아들 알렉세이는 영원히 여기서 데려가렵니다. 이반 표도로비치, 존경스럽기 그지없는 내 아들, 내 뒤를 따르기를 명하겠네! 폰 존, 자네도 여기 남아 있을 이유가 뭐가 있나! 지금 나와 같이 시내로 가세. 우리 집은 즐거워. 고작해야 1킬로미터밖에는 떨어져 있지 않고, 금식일용 기름 대신 죽과 돼지고기를 줌세. 점심을 먹자고. 꼬냑도 내놓고, 그다음에는 리큐어[68]를 내지. 과실주도 있어…… 에이, 폰 존, 행복을 놓치지 말게나!"

그는 소리를 지르고 손짓 발짓을 하며 나갔다. 그 순간 라끼찐이 나오는 그를 보고 알료샤에게 가리켰던 것이다.

"알렉세이!" 멀리서 아버지가 그를 보고 외쳤다. "오늘 당장 우리 집으로 아주 들어와라. 베개와 요도 가지고 와, 이곳에서 네 냄새도 나지 않게."

알료샤는 못 박힌 듯이 서서 벌어지는 일들을 말없이 주의 깊게 관찰했다. 그사이 표도르 빠블로비치는 마차로 기어들어갔고, 그 뒤를 이어 이반 표도로비치가 알료샤에게 몸을 돌려 인사도 하지 않고서 음울한 얼굴로 말없이 마차에 오르려 했다. 그러나 그때 이 에피소드를 보충하는 또 하나의 믿을 수 없이 우스꽝스러운 사건이 벌어졌다. 마차의 발판 옆에 느닷없이 지주 막시모프가 나타났던 것이다. 그는 늦지 않으려고 숨을 헐떡이며 달려왔다. 라끼찐과 알료샤는 그가 뛰어오는 것을 보았다. 그는 너무 서두르다가 아직

....
68 과일향이 나는 달고 독한 술. 식후에 아주 작은 잔으로 마신다.

172

이반 표도로비치의 왼발이 놓여 있는 발판에 참을성 없이 벌써 발을 들이밀었고, 차체를 붙잡고 마차 안으로 뛰어들려고 했다.

"저도요, 저도 같이요!" 그는 더없이 행복한 표정으로 천박하고 명랑하게 웃으며 무슨 짓이든 할 기세로 뛰어올랐다. "저도 데려가세요!"

"그래, 내가 말하지 않았나," 표도르 빠블로비치가 환희에 차서 외쳤다. "이 사람은 폰 존이라고! 이건 죽은 자 가운데서 살아난 진짜 폰 존이라니까! 거기서 어떻게 빠져나온 건가? 어떤 폰 존 같은 짓을 하고 식사에서 빠져나온 거야? 그러려면 얼굴에 철판을 깔아야지! 나도 철판인데, 형제, 자네 철판에는 나도 놀라겠군! 뛰어오르라고, 뛰어올라, 어서! 바냐,[69] 그 사람을 들여보내라, 즐거울 게다. 여기 어디 우리 발치에라도 앉으라 하지. 발치에 앉겠나, 폰 존? 아니면 마부석에 함께 앉힐까? 마부석으로 뛰어오르게, 폰 존!"

그러나 벌써 자리에 앉아 있던 이반 표도로비치는 갑자기 말없이 온 힘을 다해 막시모프의 가슴을 떼밀었고, 그는 2미터 정도나 나가떨어졌다. 자빠지지 않았다면 그건 순전히 우연 덕분이었다.

"가자!" 이반 표도로비치가 사납게 소리쳤다.

"아니, 왜 그러느냐? 왜 그래? 저 사람에게 왜 그런 거야?" 표도르 빠블로비치가 소리를 질렀지만, 마차는 이미 출발했다. 이반 표도로비치는 대답하지 않았다.

"너 뭐 하는 짓이냐!" 이분 정도 말이 없다가 표도르 빠블로비치가 아들을 노려보며 다시 말했다. "네가 수도원 모임을 생각해내고 네가 부추기고 네가 그러자고 해놓고선, 이제 와서 왜 화를 내는

69 남자이름 이반의 애칭.

거냐?"

"헛소리 좀 그만하시고, 이제 잠시라도 좀 쉬시죠." 이반 표도로 비치가 무섭게 말을 잘랐다.

표도르 빠블로비치는 또다시 이분 정도 입을 다물었다.

"지금 꼬냑이라도 있으면 좋겠네." 그가 진지하게 말했다. 하지만 이반 표도로비치는 대꾸하지 않았다.

"집에 가면 너도 한잔해라."

이반 표도로비치는 내내 말이 없었다.

표도르 빠블로비치는 또 이분 정도 기다렸다.

"하여간 알료샤는 수도원에서 빼낼 거야야, 네게는 아주 불쾌한 일이겠지만, 존경스럽기 그지없는 카를 폰 모어."

이반 표도로비치는 무시하듯 어깨를 으쓱이고는 고개를 돌려 길을 보기 시작했다. 그뒤로 집에 도착할 때까지 그들은 아무 말도 하지 않았다.

제3편
음탕한 사람들

1. 행랑채에서

표도르 빠블로비치의 집은 도심에서 좀 떨어져 있었지만 그렇다고 완전히 교외에 자리한 것은 아니었다. 다분히 낡은 집이었지만 겉모습은 번듯했다. 집은 다락방이 있는 단층 건물로 회색 칠이 되어 있었고, 붉은 양철 지붕을 이고 있었다. 그런대로 아직 한참은 더 버틸 수 있는 상태였고, 사람을 많이 들일 수 있을 만큼 넓고 안락했다. 집 안에는 여러개의 작은 창고와 방이 있었고, 뜻밖의 곳에 계단이 많았다. 집에는 쥐가 들끓었지만 표도르 빠블로비치는 그다지 신경 쓰지 않았다. "어쨌든 밤마다 혼자 있을 때 심심하지는 않잖아." 사실 밤이 되면 그는 하인들을 곁채로 보내고 문을 걸어잠그고 밤새 혼자 집에 있는 버릇이 있었다. 마당에 있는 곁채는 널찍하고 견고했다. 표도르 빠블로비치는 안채에 부엌이 있는데도 곁채에 부엌을 두도록 했다. 그는 음식 냄새를 싫어해서 겨울이고 여름이고 마당을 통해 음식을 날라다 먹었다. 전체적으로 집은 대가족용으로 지어져서 주인이든 하인이든 모두 다섯배는 더 살 수 있었다. 그러나 우리의 이야기가 진행되는 이 순간 이 집에는 표도르 빠블로비치와 이반 표도로비치만이 함께 살고 있었고, 사람들이 사는 곁채에는 다 해봐야 하인 세명, 그러니까 그리고리 할아범, 그의 아내 마르파 할멈과 아직 젊은 하인 스메르쟈꼬프만이 살고 있었다. 이 세명의 하인들에 대해서는 좀더 자세히 이야기해야겠다. 그런데 우리는 그리고리 바실리예비치 꾸뚜조프 할아범에 대해서는 이미 충분히 이야기한 바 있다. 이 사람은 강직하고 완고한 사람으로, 만일 어떤 관점이 (때로는 놀랄 만큼 비논리적인 이유라도) 확고부동한 진리로 여겨지면 곧장 그 관점을 향해 고집스럽게 돌진하는 부류였다. 전반적으로 말해 그는 매우 정직해서 돈으로 살 수 없는 사람이었다. 그의 아내 마르파 이그나쩨예브나는 남편의 뜻에 평생 절대복종했음에도 불구하고, 예컨대 농노해방 직후에는 표도르 빠블로비치를 떠나 모스끄바로 가서 뭐든 장사를 시작하자고 그에게 굉장히 졸라댄 적이 있었다.(그들은 어쨌든 돈을 조금 모아두었던 것이다.) 하지만 그리고리는 그때 "여자들은 모조리 정직하지 않기" 때문에 마누라가 거짓말을 한다고, 주인이 어떤 사람이든 상관없이 "이게 지금 우리네 의무니까" 옛 주인을 떠나서는 안 되는 거라고 단박에, 영원히 결정을 내려버렸다.

"자네, 의무가 뭔지 아나?" 그는 마르파 이그나쩨예브나에게 말했다.

"의무라면 나도 알아요, 그리고리 바실리예비치. 하지만 우리가 여기 남는 게 어째서 우리 의무인지 통 이해할 수가 없네요." 마르파 이그나찌예브나가 확고하게 대답했다.

"이해 못 해도 돼, 그래도 그런 거야. 앞으로는 입 다물어." 이렇게 끝이 났고, 그들이 떠나지 않자 표도르 빠블로비치는 그들에게 많지 않은 봉급을 정해서 지불했다. 그리고리는 더구나 자기가 주인에게 확고한 영향력을 행사하고 있다는 것을 알았다. 그는 그것을 느꼈고, 그게 맞는 말이었다. 교활하고 고집 센 광대 표도르 빠블로비치는 그의 표현대로라면 '삶의 어떤 점'에서는 아주 단호한 성격이었지만, '삶의 다른 어떤 점'에서는 자신도 놀랄 정도로 아주 나약하기까지 했다. 그 자신도 어떤 점에서 그런지 잘 알고 있었고, 그것을 알기에 많은 것을 두려워했다. 삶의 어떤 대목에서는 정신을 바짝 차릴 필요가 있었는데, 그러자면 충직한 사람 없이는 어려웠고, 마침 그리고리는 대단히 충직한 사람이었다. 심지어 표도르 빠블로비치는 삶의 이력을 쌓아가는 와중에 매를, 그것도 아주 심하게 맞을 경우가 있었는데, 매번 긴 잔소리를 늘어놓기는 해도 언제나 그를 구해준 것은 그리고리였다. 그러나 얻어맞는 것만이 표도르 빠블로비치를 두렵게 한 것은 아니었을 것이다. 더 고차원의, 심지어 아주 섬세하고 복잡한 경우도 있어서 그럴 때 표도르 빠블로비치는 이따금 믿을 만하고 가까운 사람이 있었으면 좋겠다는 예사롭지 않은 욕구를 불현듯, 순간적으로 느끼곤 했는데, 그것은 스스로도 뭐라 똑 부러지게 규정할 수 없는 욕구였다. 그것은 거의 병적인 경우들이었다. 가장 타락한데다 음탕함에 있어서는 자주 사악한 벌레처럼 잔혹한 표도르 빠블로비치는 취한 순간에 문득 자기 속에서 때로는 영적인 공포와, 이를테면 몸으로 느낄 만큼 그의 혼을 뒤흔들어놓는 도덕적 충격을 감지하곤 했다. "그럴 때마다 내 영혼은 정확히 목구멍까지 떨려." 그는 때로 이렇게 말하곤 했다. 바로 그런 순간에 그는 충직하고 확고한 사람, 자신과 달리 타락하지 않은 사람이, 같은 방은 아니라도 곁채에라도 꼭 있었으면 좋겠다고 생각했다. 그는 벌어지는 모든 타락을 보고 모든 비밀을 알고 있을지라도 충성심에서 그 모든 것을 용납하고 반항하지 않으며, 무엇보다 비난하지 않고, 지금도, 앞으로도 그 무엇으로도 위협하지 않을, 필요한 경우에는 그를 지켜줄 만한 사람이 있는 것이 좋았다. 그런데 누구로부터 그를 지킨단 말인가? 누구로부터인지는 알 수 없지만 아무튼 무섭고 위험한 어떤 사람으로부터일 것이다. 문제는 그게 반드시 다른 사람, 오래되고 친밀한 사람이어야만 하고, 아픈 순간에는 그의 얼굴을 들여다보고 말이라도 주고받을 수 있는 사람, 그가 아무렇지 않고 화가 나 있지 않을 때면 마음이 더 편할 테고 화가 나 있으면 그때는 더 슬프겠지만 그래도 하여간 아무 상관 없는 말이라도 주고받을 수 있는 그런 사람이어야 한다는 것이었다. 때로 (극히 드문 일이긴 했지만) 표도르 빠블로비치가 잠시 자기에게 오라고 밤에 그리고리를 깨우러 가는 경우도 있었다. 그가 오면 표도르 빠블로비치는 완전히 쓸데없는 말만 늘어놓고는 곧 그를 내보내면서 때로는 조롱과 농담까지 퍼부어댔지만, 그러고 나면 아무 일도 없었다는 듯이 누워 의인義人처럼 편안하게 잠들 수 있었다. 알료샤가 왔을 때도 표도르 빠블로비치에게 비슷한 일이 일어났다. 알료샤는 '같이 살면서 모든 것을 보고도 결코 비난하지 않는 것'으로 '그의 폐부를 찔렀다.' 더구나 그는 이제까지 보지 못한 대접을 받았다. 알료샤는 늙은 그에게 전혀 경멸감을 드러내지 않았을 뿐 아니라, 오히려 그런 대접을 받을 만한 짓이라고는 전혀 한 적이 없는 그에게 언제나 상냥했고 무척이나 자연스럽고 순박한 애정을 보여주었던 것이다. 이 모든 것이 나이 든 바람둥이 홀아비에게는 완전히 뜻밖의 일, 지금까지 오로지 '추악한 짓'만 좋아해온 그에게는 예기치 못한 일로 여겨졌다. 알료샤가 떠난 후 그는 지금까지 이해하고 싶지 않았던 뭔가를 이해했다고 스스로 고백했다.

나는 이미 나의 이야기를 시작할 때, 그리고리가 표도르 빠블로비치의 첫번째 아내이자 그의 큰아들 드미뜨리 표도로비치의 어머니인 아젤라이다 이바노브나는 증오한 반면, 그의 두번째 아내 끌리꾸샤 소피야 이바노브나에 대해서는 주인 자신을 포함해 그녀에 대해 나쁜 소리나 경망스런 말을 내뱉으려는 사람 모두에게 맞서 옹호했다고 말한 바 있다. 그의 내면에서 이 불행한 여인에게 느낀 호감은 신성한 무언가로 변해서 이십년이 지난 지금도 그는 그녀에 대해 누군가 나쁜 말을 살짝이라도 내비치면 그게 누구든 상관없이 참지 못하고 모욕을 준 사람에게 즉시 반박하려 들었다. 외모로 보아 그리고리는 차갑고 점잖고 과묵한 사람으로, 말하는 것도 무게가 있고 경망스럽지 않았다. 그를 보고 첫눈에 속내를 정확히 알기는 어려울지 모른다. 겉으로는 그가 자신의 말대답 없고 온순한 아내를 사랑하는지 아닌지 알 수 없었지만, 그는 그녀를 진심으로 사랑했고 그녀 또한 물론 그것을 잘 알고 있었다. 이 마르파 이그나찌예브나는 어리석지 않을 뿐 아니라 어쩌면 남편보다 더 영리했고, 최소한 세속적인 일에서만큼은 그보다 판단력이 더 뛰어났다. 그러나 그녀는 결혼생활 아주 초기부터 불평 없이 말대답 한번 하지 않고 그에게 복종했고, 의심할 여지 없이 그를 자신의 정신적 우두머리로 존경했다. 신기하게도 이 두 사람은 평생 꼭 필요하고 절박한 문제를 제외하고는 서로 이야기를 나누는 일이 극히 드물었다. 점잖고 근엄한 그리고리는 자신의 모든 일과 걱정거리를 혼자서 심사숙고했으므로 마르파 이그나찌예브나는 이미 오래 전에 이 남자가 자신의 조언을 필요로 하지 않는다는 것을 알아차렸다. 그녀는 남편이 자신의 침묵을 높이 평가하고 그것 때문에 자신을 현명하다고 인정하는 것이라고 느꼈다. 그가 그녀를 때린 적은 한번도 없었지만, 딱 한번 아주 살짝 그 비슷한 짓을 한 적이 있었다. 아젤라이다 이바노브나와 표도르 빠블로비치가 결혼한 첫해에 한번은 시골에서 당시에는 아직 농노였던 시골 아가씨들과 아낙들이 지주 집 정원에 모여 노래를 부르고 춤을 춘 적이 있었다. 「초원에서」라는 곡이 시작되자, 당시 아직 젊은 여인이던 마르파 이그나찌예브나는 합창단 앞으로 불쑥 나서서 '러시아 춤'을 시골 아낙네들 추는 것과는 다르게, 특별한 방식으로 추기 시작했다. 모스끄바에서 초빙해온 춤 강사가 지주의 가내극장[1] 배우들에게 춤을 가르치던 부유한 미우소프 가문의 하녀로 있었으니, 그녀가 춘 춤이 어떠한 것이었으랴. 그리고리는 아내가 춤추는 것을 보고 한시간 뒤 자기 집 오두막으로 돌아와 그녀의 머리를 슬쩍 잡아당기는 것으로 그녀에게 가르침을 주었다. 하지만 손찌검은 이것으로 영원히 끝이었고 평생토록 두번 다시 되풀이되지 않았다. 마르파 이그나찌예브나는 그뒤로 다시는 춤을 추지 않기로 다짐했다.

하느님은 그들에게 아이를 주지 않으셨다. 아이가 하나 있었지만 그나마 세상을 떠나고 말았다. 그리고리는 아마도 아이를 좋아하는 모양이었고 그것을 감추지도 않았다. 말하자면 그것을 내색하기를 부끄러워하지 않았다는 뜻이다. 아젤라이다 이바노브나가

---

1 러시아 지주들 중에는 농노를 배우로 삼아 극단을 만들어 집 안에서 공연을 하게 하는 경우가 있었다. 지주 스스로 배역을 맡아 함께 공연하기도 했으며, 농노라 할지라도 재능이 있는 경우 수도나 유럽까지 유학을 보내기도 했다.

도주하자, 그는 드미뜨리 표도로비치를 자신의 품에 품어 이 세살배기 소년과 거의 일년을 함께 지내며 손수 빗으로 머리를 빗기고 통에 넣어 목욕도 시켜주었다. 그뒤로 이반 표도로비치와도, 알료샤와도 씨름했지만, 덕분에 그에게 돌아온 것이라곤 뺨을 얻어맞은 것뿐이었다. 하지만 나는 이 모든 일을 이미 앞에서 이야기했다. 자기 소생의 아이는 마르파 이그나찌예브나가 아직 임신 중이었을 때 소망 하나만으로도 그에게 기쁨을 주었다. 하지만 아이가 태어났을 때 그의 심장은 애통함과 공포로 질려버렸다. 사내아이가 육손이로 태어난 것이 문제였다. 이를 보고 그리고리는 너무도 실망해서 세례를 받는 날까지 입을 다물었을 뿐 아니라, 침묵을 지키기 위해 일부러 정원으로 나가곤 했다. 봄이었는데, 그는 그 사흘 내내 정원의 채마밭에서 이랑을 갈았다. 사흘째 되던 날 아이에게 세례를 주어야 했다. 그리고리는 그때쯤 이미 뭔가를 작정하고 있었다. 성당의 성직자들이 모이고 손님들이 도착하고 마침내 표도르 빠블로비치가 대부 자격으로 나타나자, 그는 오두막에 들어서면서 느닷없이 "아이에게 세례를 베풀 필요가 전혀 없을 것 같습니다"라고 선언했다. 그는 작은 목소리로 말을 길게 늘이지도 않고 겨우 필요한 말만 마지못해 내뱉고는 흐릿한 시선으로 사제를 뚫어지게 바라볼 뿐이었다.

"왜 그렇지요?" 사제가 놀라면서도 유쾌한 어조로 물었다.

"왜냐하면 이 아이는…… 용이니까요[2]……" 그리고리가 중얼거렸다.

"용이라니, 어떤 용말입니까?"

----

2 정교를 비롯한 그리스도교 문화에서 뱀이나 용은 악마를 의미한다.

그리고리는 잠시 침묵했다.

"자연의 교란이 일어났습지요." 그는 몹시 불분명하지만 아주 단호한 말투로, 분명 더이상 말을 늘어놓기를 원치 않는 듯 이렇게 중얼거렸다.

사람들은 웃음을 터뜨렸고, 물론 그 가련한 아이에게 세례를 베풀었다. 그리고리는 세례를 주는 대야 옆에서 열심히 기도했지만 갓난아이에 대한 자신의 의견을 굽히지 않았다. 하지만 그는 아무 방해도 하지 않았고, 다만 이 병약한 아이가 살아 있던 이주 동안 거의 아이를 들여다보지도, 심지어 아이가 있다는 것을 의식하고 싶어하지도 않고서 거의 대부분을 오두막 밖에서 보냈다. 그러나 이주 뒤에 아이가 아구창으로 죽자, 그는 몸소 아이를 작은 관에 눕히고 깊은 슬픔에 젖어 아이를 바라보았다. 아이의 얕고 작은 무덤이 만들어지자 그는 무릎을 꿇고 땅바닥에 엎드려 무덤을 향해 절을 했다. 그뒤로 여러해 동안 그는 자신의 아이를 단 한번도 언급한 적이 없었고, 마르파 이그나찌예브나 역시 그가 있을 때는 아이를 추억하는 일이 없었다. 그녀는 자신의 '아가'에 대해 누군가와 얘기를 하게 되면 그 자리에 그리고리 바실리예비치가 없을지라도 목소리를 낮춰 속삭이곤 했다. 마르파 이그나찌예브나의 말에 따르면 바로 이 무덤에서의 일 이후로 그는 주로 '신적인 것'에 몰두하기 시작했고, 더 과묵해져서 매번 자신의 커다랗고 둥근 은테 안경을 낀 채 홀로 『성인전 대전집』을 읽게 되었다고 한다. 그가 큰 소리로 낭독하는 일은 드물었으나, 대재大齋 기간[3]에는 소리 내

----

3 러시아에서 봄을 알리는 축제 마슬레니짜가 끝난 직후부터 부활절 사이에 7주간 진행되는 대금식 기간. 이때는 육식, 유제품, 달걀, 지방을 일정 요일들에 최소한으로만 섭취하며, 이를 정진(精進)이라 한다.

어 읽었다. 그는 욥기[4]를 좋아했고 '우리의 하느님과 연합한 사제 시리아의 성 이삭[5]'의 설교 사본을 구해서 그 책만 수년간 고집스럽게 읽어댔는데, 무슨 말인지 거의 아무것도 이해하지 못하면서도 어쩌면 바로 그 이유 때문에 그 책을 가장 높이 평가하고 사랑했다. 아주 최근에 그는 어쩌다가 이웃을 통해 알게 된 홀리스뜨교에 귀를 기울이며 빠져들어 아마도 상당히 감명을 받은 듯했지만, 새로운 신앙으로 개종하는 것은 바람직하지 않다고 여기는 것 같았다. 물론 '신적인 것'에 심취하면서 그의 외모는 더욱 점잖은 풍모를 띠었다.

어쩌면 그는 신비주의에 경도되어 있었는지도 모른다. 그런데 여기에 마치 고의인 것처럼 그의 육손이 아기가 세상에 태어나고 죽은 사건에 때맞춰 극히 이상하고 예기치 못한 또다른 독특한 사건이 일어났다. 그 사건은 나중에 언젠가 그 스스로 표현했듯이 그의 영혼에 '각인'을 남겼다. 자초지종은 이러했다. 육손이 아기를 묻은 바로 그날, 마르파 이그나찌예브나는 밤에 자다 깨어 갓난아이 울음 비슷한 소리를 들었다. 그녀는 놀라서 남편을 깨웠다. 남편은 귀를 기울여 듣고는, 그 소리가 누군가 신음하는 소리에 더 가깝고 '마치 여자가 그러는 것 같다고' 느꼈다. 그는 일어나 옷을 입었다. 때는 꽤나 따뜻한 5월의 밤이었다. 현관 계단으로 나가보니, 신음 소리는 정원에서 나는 것이 확실했다. 하지만 정원은 밤에 뜰 쪽에서 자물쇠가 채워져 있었고 정원 전체에는 튼튼하고 높은 담

---

4 구약성경의 일부로 하느님의 시험에 들어 고난당하는 인물 욥의 이야기를 담고 있다.
5 시리아의 성 이삭은 6세기의 은수자(隱修者)이자 주교. 15~17세기 러시아에서 인기가 높았다.

장이 둘려 있었기 때문에 그 입구를 통하지 않고 정원으로 들어가기는 불가능했다. 그리고리는 집으로 돌아와 램프를 켜고 정원 열쇠를 쥐고는, 아기 울음소리가 들린다면 그건 아마도 아들이 울면서 자신을 부르는 것이라 단언하며 히스테릭한 공포에 휩싸여 있는 아내는 아랑곳하지 않고 말없이 정원으로 나갔다. 거기서 그는 신음 소리가 정원 쪽문에서 멀지 않은 곳에 있는 작은 목욕탕에서 나고 있으며, 신음 소리를 내는 사람이 실제로 여자라는 것을 분명히 알게 되었다. 목욕탕 문을 연 그는 어떤 장면을 목격하고는 그 앞에서 온몸이 굳어버렸다. 거리마다 돌아다녀 온 도시에 유명한 리자베따 스메르쟈샤야[6]라는 별명의 유로지바야[7]가 그들의 목욕탕에 숨어들어 이제 막 아기를 낳았던 것이다. 아기는 그녀의 옆에 누워 있었고, 여자는 아기 옆에서 죽어가고 있었다. 그녀는 벙어리였기 때문에 아무 말도 하지 못했다. 그러나 이 모든 일에는 특별한 설명이 필요할 듯하다.

2. 리자베따 스메르쟈샤야

여기에는 한가지 불쾌하고 추악한 예전의 의심을 결정적으로 확신시키며 그리고리에게 깊은 충격을 준 특별한 정황이 있었다. 이 리자베따 스메르쟈샤야는 우리 도시의 신앙심 깊은 수많은 노파들이 그녀가 죽은 뒤 감회에 젖어 회상했듯이 '140센티미터 남

6 смердящая. '악취 나다'라는 동사 '스메르지찌'(смердить)의 현재형 능동사로 '악취 나는'이라는 뜻이다.
7 유로지비의 여성형으로 여성 백치성인을 뜻한다.

짓한' 아주 작은 키의 아가씨였다. 스무살의 건강하고 넓적하고 발그레한 그녀의 얼굴은 완전히 백치 같았다. 눈의 시선은 온순했지만 움직임이 없어 불쾌한 느낌을 주었다. 그녀는 평생 여름에도 겨울에도 맨발에 거친 삼베 셔츠 한장만 걸치고 다녔다. 유난히 숱이 많고 양털처럼 곱슬거리는 흑발에 가까운 머리칼이 거대한 모자처럼 머리에 얹혀 있었다. 게다가 언제나 땅바닥이나 쓰레기더미에서 잤기 때문에 그녀의 머리칼은 흙과 오물로 더러웠고 나뭇잎과 나뭇가지, 지푸라기들이 달라붙어 있었다. 그녀의 아버지 일리야는 집도 절도 없이 파산한 병약한 소시민이었는데, 엄청난 술고래로 벌써 몇년째 어느 부유한 소시민 주인집에서 품팔이 비슷하게 막노동으로 연명하고 있었다. 리자베따의 어머니는 이미 오래전에 이 세상 사람이 아니었다. 끊임없이 잔병치레를 하며 독살스러운 일리야는 리자베따가 집에 올 때면 그녀를 잔인하게 두들겨팼다. 하지만 그녀는 온 도시를 전전하며 하느님의 사람인 유로지비처럼 먹고살았기 때문에 집에 오는 경우가 드물었다. 일리야의 주인 내외도, 일리야 자신도, 심지어 도시의 동정심 많은 사람들, 주로 여러 남녀 상인들도 리자베따에게 셔츠 한장보다는 더 점잖게 옷을 입히려고 시도한 적이 한두번이 아니었다. 겨울이면 언제나 모피 외투를 입히고 발에는 장화를 신겼지만, 그녀는 아무 저항 없이 옷을 입혀주는 대로 가만히 있다가도 어디론가, 주로 성당의 예배당 입구에 가서 자신이 받은 옷을, 스카프든 치마든 모피외투든 장화든 상관없이 반드시 모조리 벗어서는 그 자리에 놓고 예전처럼 맨발에 셔츠 한장만 달랑 걸치고 달아나버렸다. 한번은 이런 일이 있었다. 우리 주의 새 주지사가 여럿을 대동하고 우리 시를 시찰하던 중 리자베따를 보고는 최고로 좋던 기분이 상해버렸다. 그는 사람들이 보고한 대로 그녀가 '유로지바야'라는 것을 알게 되었지만, 그래도 어쨌든 젊은 처자가 셔츠 한장만 입고 돌아다니는 것은 미풍양속을 해치는 짓이니 앞으로 다시는 이런 일이 없도록 하라고 지시를 내렸다. 그러나 주지사가 떠나자, 리자베따는 그 모습 그대로 남겨졌다. 마침내 그 아버지도 죽어 그녀는 고아로서 도시의 신앙심 깊은 모든 사람에게 더욱 사랑을 받게 되었다. 정말로 모두가 그녀를 사랑하는 것 같았다. 심지어 소년들도 그녀를 놀리거나 모욕하지 않았다. 그녀는 낯선 집을 드나들었지만 아무도 그녀를 내쫓는 사람이 없었고, 오히려 모두가 그녀를 예뻐하며 몇푼의 돈이라도 쥐여주었다. 돈을 주면 그녀는 그것을 받아서 곧바로 아무 교회나 감옥의 자선함에 가져가 집어넣었다. 시장에서 가락지 모양 빵이나 흰 빵을 주면 반드시 처음 만나는 아이에게 주었고, 그러지 않으면 아무나 우리 시에서 가장 부유한 여지주를 멈춰세워 그녀에게 주었다. 여지주는 심지어 기뻐하면서 그것을 받았다. 리자베따 자신은 흑빵과 물 말고 다른 것은 먹지 않았다. 때로 그녀는 부유한 상점에 들렀는데, 그곳에 값비싼 상품이며 돈이 있어도 주인들은 그녀를 단 한번도 경계하지 않았다. 그녀 앞에 1천 루블을 놓고 잊어버리더라도 그녀가 그중 단 1꼬뻬이까도 가져가지 않으리라는 것을 모두가 알고 있었기 때문이다. 그녀는 드물게 교회에 들렀고, 교회 입구나 누군가의 바자울(우리 시에는 오늘날까지도 아직 담장보다 바자울이 많다)을 넘어 누군가의 채마밭으로 기어들어가 잤다. 그녀는 집, 그러니까 고인이 된 자기 아버지가 살던 주인집에는 대략 일주일에 한번 정도 나타났고, 겨울에는 매일 오긴했지만 밤에만 와서 현관방이나 외양간에서 밤을 보내곤 했다. 그녀가 그런 삶을 유지하는 것을 모두가 놀라워했지만, 그녀는 그런 삶에 익숙해 있었다. 그녀는 키만 작았을 뿐 체격은 보통이 아니게 탄탄했다. 우리 도시의 어떤 사람들은 그녀의 이 모든 생활이 자존심 때문이라고 말했지만 그것은 어딘가 앞뒤가 맞지 않는 소리였다. 그녀는 말 한마디 할 줄 몰랐고 가끔 혀를 움직여 소가 우는 듯한 소리를 내곤 했을 뿐이다. 그런데 무슨 자존심이란 말인가. 그런데 한번은(이것도 오래전의 일인데) 이런 일이 있었다. 보름달이 뜬 9월의 어느 밝고 따뜻한 밤, 우리 도시의 풍습으로는 상당히 늦은 시각에 방탕한 우리 신사들 중 술에 취한 멋쟁이 무리 대여섯명이 클럽에서 '마을 뒷길'을 통해 집으로 돌아가고 있었다. 골목 양쪽에는 바자울이 쳐져 있었고 그 뒤로는 늘어선 집들의 채마밭이 뻗어 있었다. 골목은 우리 시에서 가끔은 샛강이라고도 불리는 악취 나는 긴 웅덩이를 가로지르는 다리로 이어져 있었다. 바자울 옆의 엉겅퀴와 우엉 사이에서 우리 패거리는 자고 있는 리자베따를 발견했다. 산책하던 신사들은 멈춰서서 그녀를 내려다보고 크게 웃으며 일말의 거리낌도 없이 농담을 하기 시작했다. 어느 나리의 머리에 느닷없이 노서히 불가능할 것 같은 일에 관해 지극히 별난 의문이 떠올랐다. "그게 누구든 이런 짐승을 여자로 다룰 수 있는 사람이 있을까? 당장이라도 말이야" 같은 의문이었다. 모두들 오만하게 혐오감을 드러내며 그럴 수 없다고 단언했다. 그러나 그무리 속에 끼여 있던 표도르 빠블로비치가 순식간에 앞으로 튀어나와, 여자로 다룰 수 있을 뿐 아니라 대단히 그럴 수 있고 특별한 종류의 흥분마저 느낄 수 있다는 등의 말을 했다. 사실 당시 그는 우리 마을에서 광대로서의 자기 역할에 지나치게 빠져 있어서 앞에 나서서 신사들을 즐겁게 해주길 좋아했는데, 물론 겉으로는 평등해 보여도 사실은 그들 앞에서 완전히 종처럼 굴었다. 이것은 그가 뻬쩨르부르그에서 그의 첫 아내 아젤라이다 이바노브나의 사망 소식을 듣고 모자에 검은 상장喪章을 달고도 술을 마시며 추태를 부리는 바람에 도시의, 심지어 가장 방탕한 이들조차 그를 보고 몸을 움츠리던 즈음의 일이었다. 물론 무리는 이 뜻밖의 견해에 웃음을 터뜨렸고 그중 한 신사는 표도르 빠블로비치를 부추기기도 했지만, 나머지 사람들은 매우 우스워했을지언정 더 심하게는 그에게 멸시를 표하고 각기 제 갈 길로 흩어졌다. 나중에 표도르 빠블로비치는 당시 자신도 다른 이들과 함께 자리를 떴다고 맹세하며 확언했다. 정말로 그랬을 수도 있지만 그건 아무도 모르는 일이고, 정말로 결코 모를 일이었다. 그런데 대여섯달이 지났을 때 도시의 모든 이가 진심으로 극도의 분노를 느끼며 리자베따가 임신해서 돌아다닌다고 수군대면서 그게 누구의 죄인지, 누가 그녀를 능욕했는지 물으며 진상을 캐기 시작했다. 그런데 바로 그때 느닷없이 범인은 바로 표도르 빠블로비치라는 이상한 소문이 도시 전역에 퍼져나갔다. 어쩌다가 그런 소문이 난 것일까? 당시 함께 놀았던 신사 무리 중에서 때마침 도시에 남아 있던 가담자는 한명뿐이었는데, 그는 중년의 존경받는 5등문관[8]으로 가정과 다 큰 딸들이 있어서 설령 무슨 일이 있었다 할지라도 그걸 퍼뜨릴 사람은 결코 아니었다. 다섯명쯤 되는 나머지 가담자들은 당시 여기저기 흩어져 있었다. 그러나 소문은 똑바로 표도르 빠블로비치를 가리켰고, 그런 식으로 계속 이어졌다. 물론 이 위인은 그 소문에 심지어 대단히 불만을 품지도 않았다. 상인이나 소시민이면 누구에게든 그는 대

8 18세기 러시아 황제 뾰뜨르 1세는 대개혁을 통해 러시아 관등체계를 문관과 무관 각기 14등급으로 나누었고, 이 체계는 혁명 때까지 지속되었다. 가장 낮은 등관이 14등관이다.

꾸도 하지 않았을 것이다. 당시 그는 오만해서 자기가 그토록 즐겁게 해주는 관료와 귀족 모임에서가 아니면 이야기도 나누지 않던 것이다. 바로 그때 그리고리가 나서서 온 힘을 다해 열정적으로 자기 주인을 편들었고, 온갖 비방에 맞서 그를 옹호해주었을 뿐 아니라, 그를 위해 욕지거리와 싸움에까지 뛰어들어 많은 사람의 생각을 바꾸어놓았다. "그 여자 자신이 천해서 잘못을 저지른 거지"라고 확고하게 말하며 범인은 다름 아닌 '나사못을 든 까르쁘'(당시 도시에서 유명했던 어느 무서운 죄수의 이름으로, 그는 주 감옥에서 탈옥해 우리 시에 숨어살고 있었다)라고 했다. 이런 추측은 그럴듯해 보였다. 사람들은 까르쁘를 알고 있었고 그 무렵의 가을밤에 그가 도시를 돌아다니다가 세 명을 털었다는 것을 똑똑히 기억하고 있었기 때문이다. 그러나 이 사건과 이런 소문들은 가련한 유로지바야를 동정하는 모두의 마음을 돌아서게 만들지 않았을 뿐더러 그녀를 여전히, 훨씬 더 보호하고 지켜주게 만들었다. 부유한 상인의 과부 꼰드라찌예브나는 심지어 4월 말부터 리자베따를 자기 집에 머물게 하면서 출산 때까지 그녀가 밖으로 돌아다니지 못하게 마음을 썼다. 사람들이 지치지도 않고 그녀를 지켰건만, 모든 노력에도 불구하고 리자베따는 바로 마지막날 저녁에 아무도 모르게 꼰드라찌예브나의 집에서 나와 돌연 표도르 빠블로비치의 정원에 나타났던 것이다. 만삭의 몸으로 그녀가 어떻게 그 높고 튼튼한 담장을 뛰어넘었는지는 일종의 수수께끼로 남았다. 어떤 이는 그녀를 사람들이 '실어다놓았다'라고 확언했고, 다른 이는 '알 수 없는 것이 데려다놓았다'라고도 했다. 그러나 이 모든 일은 상당히 기묘하지만 자연스러운 방식으로 일어났다. 남의 채마밭에서 밤을 보내기 위해 바자울을 넘나들 줄 알았던 리자베따는 어찌어찌 표도르 빠블로비치의 담장을 기어올라, 만삭의 몸에 해로운데도 불구하고 정원으로 뛰어내렸던 것이다. 그리고리는 마르파 이그나찌예브나에게 달려가 리자베따를 도와주도록 그녀를 보냈다. 그리고 자신은 마침 멀지 않은 곳에 살고 있던 소시민 산파 할머니를 부르러 달려갔다. 아이는 구했지만 리자베따는 새벽에 죽고 말았다. 그리고리는 아이를 데리고 집으로 돌아와 아내를 앉힌 뒤 아이를 아내의 무릎에 올려놓고 젖을 물리게 했다. "고아는 하느님의 아기라 모두의 자식이네. 하물며 당신과 내게야 말할 나위 없지. 우리 죽은 아이가 이 아이를 보냈구려. 이 아이는 악마의 자식과 의로운 여인 사이에서 나왔네. 젖을 물리고 앞으로는 울지 말게." 그래서 마르파 이그나찌예브나는 아이를 키우게 되었다. 아이에게 세례를 주고 빠벨이라고 불렀는데, 부칭은 누가 시킨 것도 아닌데 모두들 알아서 표도로비치라고 불렀다. 표도르 빠블로비치는 계속해서 자기 짓이 아니라고 온 힘을 다해 발뺌했지만, 그러면서도 아무런 항의도 하지 않고 오히려 이 모든 일을 재미있게 생각했다. 도시에서는 그가 버려진 아이를 거둔 것을 마음에 들어 했다. 나중에 표도르 빠블로비치는 버려진 아이에게 성을 붙여주었다. 그의 어머니의 별명 리자베따 스메르쟈샤야에 맞추어 스메르쟈꼬프라고 한 것이다. 바로 이 스메르쟈꼬프가 표도르 빠블로비치의 두번째 하인이 되어, 우리 이야기가 시작될 즈음에 그리고리 할아범과 마르파 할멈과 함께 곁채에서 살고 있었다. 그는 요리사로 일했다. 그에 대해서도 특별히 해둬야 할 말이 있기는 하지만, 이렇게 평범한 하인에게 독자의 주의를 너무 오랫동안 붙들어두는 것도 마음이 편치 않으니 스메르쟈꼬프에 관해서는 소설이 진행되는 중에 언젠가 자연스럽게 이야기가 나오리라고 기대하며 하던 이야기로 돌아가겠다.

3. 시로 전하는 뜨거운 마음의 고백

알료샤는 아버지가 수도원을 떠나며 마차에서 소리친 명령을 듣고 크게 망설이며 그 자리에 한동안 멈춰서 있었다. 그렇다고 기둥처럼 서 있었던 것은 아니다. 그런 일은 그에게 일어나지 않았다. 오히려 그는 온갖 걱정을 하며 곧바로 수도원장의 부엌으로 내려가 아버지가 위에서 무슨 짓을 저질렀는지 알아냈다. 그런 다음 그는 도시로 가는 길에 어떻게 해서든 자신을 괴롭히는 문제를 해결할 수 있으리라고 기대하며 길을 나섰다. 미리 이야기하자면, 그는 '베개와 요'를 가지고 집으로 들어오라는 아버지의 외침과 명령이 조금도 두렵지 않았다. 그는 아버지가 사람들더러 들으라는 듯이 큰 소리로 집에 들어오라고 외친 것이 '심취하다보니', 다시 말해 그럴듯하게 보이려고 하다보니 그렇게 된 것임을 잘 알고 있었다. 그것은 얼마 전에 그들의 도시에서 실컷 놀던 한 소시민이 자신의 영명축일[9]에 자신에게 더이상 보드까를 내주지 않는다는 이유로 손님들 앞에서 버럭 화를 내며 갑자기 자신의 그릇을 깨고 자신과 아내의 옷을 찢고 가구를 부수고 마침내는 집 안 유리창까지 깬 짓이나 마찬가지였는데, 이 모든 것이 그럴듯하게 보이려고 하는 짓들이었다. 알료샤는 지금 아버지에게도 그와 비슷한 일이 일어났다는 것을 잘 알고 있었다. 물론 실컷 퍼마신 소시민은 다음날 깨진 잔과 그릇을 아까워했다. 알료샤는 노인도 아마 내일이면 그를 다시 수도원으로 보내주리라는 것을, 어쩌면 오늘이라도 당장

---

9 러시아정교를 국교로 한 제정러시아에서는 모든 신생아에게 성인의 이름으로 세례명을 주고 매년 그 성인의 제일을 영명축일이라 하여 기념하는 잔치를 열었다.

보내주리라는 것을 잘 알고 있었다. 그렇다, 그는 아버지가, 다름 아니라 바로 자신의 기분을 상하게 하고 싶어하지 않는다는 것을 분명히 알고 있었다. 알료샤는 온 세상에서 그 누구도 결코 자신을 모욕하기를 원치 않는다고, 아니, 원치 않을뿐더러 그럴 수도 없다고 확신했다. 이것은 그에게 논의의 여지 없이 영원히, 단번에 주어진 자명한 공리公理였고, 그래서 그런 의미에서 그는 아무 흔들림 없이 당당히 앞으로 나아갈 수 있었다.

그러나 이 순간 그의 내면에는 종류가 전혀 다른, 훨씬 더 고통스러운 두려움이 꿈틀거리고 있었다. 그 스스로도 뭐라 꼬집어 말할 수는 없지만 그것은 한 여성, 그러니까 까쩨리나 이바노브나에 대한 두려움이었다. 그녀는 아까 호흘라꼬바양을 통해 전한 쪽지에서 무슨 일 때문인지 그에게 한번 와달라고 고집스럽게 청하고 있었다. 이 요청과 반드시 가봐야 한다는 불가피함 때문에 곧 그의 마음에는 어떤 고통스러운 감정이 생겼고, 그 감정은 수도원과 수도원장의 방에서 연속으로 벌어진 사건과 사고에도 불구하고 그의 내면에서 아침 내내, 시간이 흐를수록 점점 더 강하고 점점 더 쓰리게 느껴졌다. 그는 그녀가 무슨 이야기를 할지, 자신이 어떤 대답을 할지 몰라서 두려웠던 것이 아니다. 그녀가 여성이라서 무서워하는 것도 전혀 아니었다. 물론 그는 여성에 대해 잘 몰랐지만 어쨌든 아주 어린 시절부터 수도원에 오기 전까지 내내 여자들하고만 살아왔던 것이다. 그가 두려워하는 것은 바로 이 여성, 까쩨리나 이바노브나였다. 그는 처음 보았을 때부터 그녀가 두려웠다. 그녀와 한두번, 기껏해야 세번 정도 만났고 어쩌다 한번 몇마디 말을 나누어봤을 뿐인데 말이다. 그녀의 모습은 그에게 아름답고 오만하고 카리스마 있는 아가씨로 남아 있었다. 그러나 그를 괴롭힌 것은 그녀의 아름다움이 아니라 다른 무엇이었다. 바로 그 공포를 설명할 길 없어서 그의 내면에서 공포는 더욱 커졌다. 그는 이 아가씨의 목적이 아주 고결하다는 것을 알고 있었다. 그녀는 오로지 관대한 마음에서 이미 자기 앞에서 잘못을 저지른 그의 형 드미뜨리를 구원하려고 애쓰고 있었다. 그런데 그녀의 이해심과 훌륭하고 관대한 감정 모두를 충분히 인정하면서도, 그녀의 집에 다가갈수록 그는 등골이 서늘해지는 것을 느꼈다.

그는 그녀와 매우 가까운 사이인 형 이반 표도로비치를 그녀의 집에서 볼 수는 없으리라고 생각했다. 형 이반은 아마 지금쯤 아버지와 함께 있을 것이다. 드미뜨리를 본다는 것은 더욱 있을 수 없는 일이었다. 어째서인지 그런 예감이 들었다. 그러므로 그들은 단 둘이만 대화를 나누게 될 터였다. 그는 이 숙명적인 대화를 나누기 전에 형 드미뜨리에게 달려가 만나고 싶은 마음이 간절했다. 편지를 보여주지 않아도 그는 드미뜨리와 뭔가 이야기를 주고받을 수 있을 것 같았다. 그러나 형 드미뜨리는 멀리 살았고 아마도 그 역시 지금은 집에 없을 것이다. 그는 그 자리에 잠시 서 있다가 마침내 최종적으로 결단을 내렸다. 그는 서둘러 익숙한 십자성호를 긋고는 이제 왠지 모를 미소까지 지으며 단호하게 자신이 두려워하는 귀부인의 집을 향해 걷기 시작했다.

그는 그녀의 집을 알고 있었다. 볼샤야 거리로 나가려면 광장을 지나 이리저리 돌아야 해서 상당히 거리가 멀 것이다. 우리의 작지 않은 도시는 사방으로 활짝 펼쳐져 있어서 자칫하면 거리가 상당히 멀어지는 경우가 있었다. 게다가 아버지가 그를 기다리고 있었다. 아마도 아버지는 아직 자신의 명령을 잊지 않고 생떼를 쓸 것이기 때문에 여기저기 다 들르려면 서둘러야만 했다. 이런 생각을 한 끝에 그는 뒷길을 통해 거리를 단축하기로 마음먹었다. 그는 도시 안의 길들을 손금 보듯 훤히 알고 있었다. 뒷길은 인적 없는 담장을 따라 때로는 남의 집 바자울을 넘거나 남의 마당을 지나며 거의 길도 아닌 길을 가야 했다. 비록 그 길에 사는 모든 이가 그를 알고 인사하며 지내고 있었지만 말이다. 그는 그 길을 통해 두 배나 빨리 볼샤야 거리로 나갈 수 있었다. 도중 한곳에서는 아버지의 정원과 이웃한, 네개의 창이 난 낡고 기울어진 작은 저택의 정원 옆을 지나야 했다. 알료샤가 알기로 이 작은 저택의 주인은 도시의 소시민으로 다리를 못 쓰는 노파였는데, 함께 사는 딸은 얼마 전까지만 해도 수도에서 문물에 밝은 하녀로 일하며 장군들의 집에 살다가 돌아온 터라, 어머니의 병간호를 위해 집에 온 지 일년이 다 되었는데도 여전히 화려한 드레스로 멋을 부리고 다녔다. 하지만 이 노파와 딸은 끔찍한 가난에 빠져 수프와 빵을 얻으러 매일같이 이웃에 있는 표도르 빠블로비치의 부엌에 드나드는 형편이었다. 마르파 이그나찌예브나는 기꺼이 그들에게 음식을 나누어주었다. 그러나 딸은 수프를 얻으러 다닐지언정 자신의 드레스만큼은 단 한벌도 팔 생각을 하지 않았는데, 그 드레스 중에는 꼬리가 아주 긴 것도 있었다. 알료샤는 이런 상황을 도시의 모든 일을 속속들이 아는 친구 라끼찐에게서 물론 아주 우연히 들어 알게 되었지만, 듣고는 곧 잊어버렸다. 그런데 이제 이웃의 정원을 옆에 끼고 걷다보니 문득 그 꼬리가 긴 드레스가 떠올라 생각에 잠겨 숙이고 있던 고개를 번쩍 들었다…… 그리고 전혀 뜻밖의 만남과 맞닥뜨리게 되었다.

그의 형 드미뜨리 표도로비치가 이웃 정원의 바자울 너머로 뭔가를 딛고 높이 서서 가슴을 쑥 내민 채 온 힘을 다해 손짓으로 그를 부르고 있었다. 분명 사람들이 들을까봐 소리를 지르는 것은 물론 소리 내어 말하는 것조차 두려운 듯했다. 알료샤는 곧장 바자울로 달려갔다.

"네가 주변을 둘러보았으니 망정이지, 그렇지 않았으면 네게 소리를 지를 뻔했다." 드미뜨리 표도로비치가 반가운 얼굴로 서둘러 그에게 속삭였다. "여기로 올라와! 어서! 아, 네가 오니 얼마나 좋은지 모르겠다. 방금 막 네 생각을 하고 있었어……"

알료샤 자신도 기쁘기는 마찬가지였지만 바자울을 어떻게 넘어야 할지 알 수 없었다. 그러나 '미짜'가 용사 같은 팔로 그의 팔꿈치를 붙들어 뛰어넘게 도와주었다. 알료샤는 수단을 모아쥐고 맨발의 마을 소년처럼 날렵하게 뛰어넘었다.

"자, 가자, 걷자!" 미짜가 흥분해서 속삭였다.

"어디로요?" 알료샤가 사방을 둘러보고 정원이 완전히 텅 빈 것을 알고서 속삭였다. 정원에는 그들 두 사람 외에 아무도 없었다. 정원은 작았지만 아무리 그래도 주인집은 그들로부터 적어도 오십 보는 떨어져 있었다. "여기엔 아무도 없는데 형은 왜 속삭이는 거예요?"

"왜 속삭이냐고? 에이, 제기랄." 드미뜨리 표도로비치는 갑자기 목청껏 소리쳤다. "그래, 내가 왜 속삭이고 있지? 인간의 본성이 어떻게 혼란에 빠지는지 보려무나. 나는 이곳에 몰래 와서 비밀을 감시하고 있어. 설명은 나중에 하고, 비밀이라는 것을 아니까 말도 갑자기 비밀스럽게 하게 되고 그럴 필요도 없는데 바보처럼 속삭이고 있구나. 가자! 저기 저쪽으로! 그때까지는 아무 말도 하지 말고. 네게 뽀뽀하고 싶구나!

세상의 가장 높은 분께 영광이요,

내 속의 가장 높은 분께 영광이요!¹⁰

지금 나는 네가 오기 전까지 여기 앉아서 이 구절을 계속 되뇌고
있었다⋯⋯"

정원은 3천평 내지 그보다 조금 더 큰 정도로, 사과나무, 단풍나
무, 보리수, 자작나무 들이 사방 울타리를 따라 빙 둘러 심어져 있
었다. 정원 한가운데는 텅 빈 풀밭이었는데, 여름에는 그곳에서 수
십 킬로그램의 건초를 베어들였다. 정원은 봄부터 여주인이 몇루
블을 받고 빌려준 상태였다. 울타리 근처에는 딸기와 구스베리, 블
랙베리 이랑들이 있었고, 집 바로 옆에는 얼마 전에 일구어진 채소
이랑도 있었다. 드미뜨리 표도로비치는 집에서 가장 멀리 떨어진
정원 한구석으로 손님을 데려갔다. 블랙베리, 접골목, 까마귀밥나
무, 라일락 같은 오래된 관목들 사이로 갑자기 아주 낡은 녹색 정
자의 잔해 비슷한 것이 나타났다. 거뭇하게 기울어진 그 잔해는 격
자무늬 벽에, 머리에는 지붕을 이고 있어서 비가 올 때 아직은 몸
을 피할 수 있었다. 정자는 도대체 언제 지어진 것인지 아무도 알
지 못했지만, 전하는 말에 따르면 오십년 전에 당시의 집주인이던
퇴역한 육군 중령 알렉산드르 까를로비치 폰 시미뜨가 지었다고
한다. 하지만 모든 것이 이미 퇴락해서 바닥은 썩고 마루청은 들썩
이고 나무에서도 썩은 내가 났다. 정자 안에는 땅에 고정된 녹색
나무 탁자가 서 있었고 그 주위에는 아직 앉을 수 있는, 역시 녹색
의 등받이 없는 벤치가 놓여 있었다. 알료샤는 형이 흥분한 상태라

---

10 루가의 복음서 2:14 "하늘 높은 곳에는 하느님께 영광"을 패러디한 것이다.

는 것을 금세 알아챘는데 정자에 들어서서야 탁자 위에 놓인 꼬냑 반병과 술잔을 보았다.

"꼬냑이야!" 미쨔가 웃었다. "너는 이걸 보고 '또 술을 마시는군'이라고 생각하겠지? 환영을 믿지 마라.

공허하고 거짓된 군중을 믿지 말게,
품은 의심을 잊게나……[11]

나는 술을 마시는 게 아니라 네 친구, 그 돼지 라끼찐의 말대로 '단술을 빨고' 있을 뿐이야. 그 녀석은 앞으로 5등문관이 되더라도 여전히 '단술을 빨고' 있다고 말할 거다. 앉아라. 내 너를 붙잡아 가슴에 꼭 안고 이렇게 부서지도록 포옹하고 싶구나, 알료샤. 왜냐하면 나는 온 세상에서…… 정말로…… 정—말—로……(잘 들어라! 잘!) 너 하나만을 사랑하기 때문이야!"

그는 거의 극도의 흥분 상태에서 마지막 문장을 내뱉었다.

"너 하나만을, 그리고 또 '비열한' 여자 하나를. 그 여자한테 빠지는 바람에 모든 게 망가졌어. 하지만 빠진다는 게 사랑한다는 말은 아니야. 증오하면서도 빠질 순 있지. 기억해라! 얼마간은 즐겁게 이야기하마! 여기 탁자로 와 앉아, 나는 네 옆에 앉아서 너를 보며 계속 얘기할 테니. 너는 계속 침묵할 테지만, 나는 때가 됐으니 계속 말하련다. 하지만 말이야, 내가 판단하기로는 정말로 조용히 말해야 해, 왜냐하면 이곳에는…… 이곳에는…… 전혀 예상치 못한 귀들이 있을 수 있으니까. 전부 설명해주마, '잠시 후 계속됩니

....
11 러시아 시인 네끄라소프(Николай А. Некрасов, 1821~78)의 시 「오해의 어둠에서……」의 한 구절이다.

다'라는 말도 있잖아. 최근 며칠 동안, 그리고 지금 이 순간에도 내가 왜 기를 쓰고 너한테 매달렸겠냐? 왜 너를 애타게 찾았겠냐, 그것도 며칠씩이나?(나는 여기에 닻을 내린 지 벌써 닷새째거든.) 왜냐하면 너한테만 모든 것을 말할 거니까 그렇지. 왜냐하면 그럴 필요가 있으니까, 왜냐하면 네가 필요하니까, 왜냐하면 내일은 구름에서 뛰어내릴 거니까, 왜냐하면 내일이면 삶을 끝내고 새롭게 시작할 거니까. 너 혹시 산에서 구덩이로 떨어져본 적 있니? 꿈에라도 그래본 적이 있냐고? 자, 나는 지금 꿈속에서 뛰어내리는 게 아니야. 두렵지는 않으니, 너도 두려워하지 마라. 말하자면, 두렵지만 달콤해. 다시 말해서 달콤한 게 아니라 황홀하다고…… 제기랄, 어쨌거나 다 마찬가지야. 강한 영혼, 약한 영혼, 아줌마 같은 영혼, 그게 뭐든! 자연을 노래하자. 봐라, 태양이 얼마나 찬란한지, 하늘은 또 얼마나 맑고 깨끗한지. 나뭇잎들은 모조리 푸르구나. 완연한 여름이야, 한낮 3시인데 고요하구나! 너는 어디로 가던 길이냐?"

"아버지에게요, 그보다 먼저 까쩨리나 이바노브나에게 들렀다가요."

"그 여자에게 가고 아버지에게도 간다고! 와! 우연의 일치로군! 내가 너를 무슨 목적으로 불렀을까? 왜 내가 너를 원했을까? 무엇을 위해 온 마음과 정성을 다해 너를 애타게 찾고 갈망했을까? 바로 너를 아버지에게 보내려고, 그다음에 그 여자, 까쩨리나 이바노브나에게 보내려고, 그래서 그 여자와도, 아버지와도 모두 일을 끝내려고 그랬던 거야. 천사를 보내려 한 거지. 아무나 보낼 수도 있지만, 나는 천사를 보낼 필요가 있었어. 그런데 너 스스로 그 여자와 아버지에게 간다니."

"정말로 나를 보내려고 했어요?" 알료샤의 얼굴에 괴로운 듯한 표정이 떠올랐다.

"잠깐, 너도 알았잖아. 네가 모든 걸 금세 이해했다는 걸 나는 알아. 하지만 아직은 아무 말 마라, 가만히 있어다오. 불쌍히 여기지도 말고, 울지도 말고!"

드미뜨리 표도로비치는 일어나서 생각에 잠겨 손가락을 이마에 댔다.

"그 여자가 직접 너를 불렀지? 그 여자가 네게 편지든 뭐든 썼으니 네가 가는 거겠지, 그러지 않고서야 네가 가겠니?"

"이게 그 쪽지예요." 알료샤가 주머니에서 쪽지를 꺼냈다. 미쨔는 재빨리 읽어보았다.

"그래서 뒷길로 가고 있었군. 오, 신들이시여, 이 아이를 뒷길로 보내주셔서, 이 아이가 옛이야기 속 나이 든 바보 어부에게 황금 물고기가 걸리듯이 제게 걸리게 해주셔서 감사합니다.[12] 들어봐, 알료샤, 들어보렴, 동생아, 이제 모든 걸 다 얘기할 생각이다. 왜냐하면 누구에게든 얘기할 필요가 있거든. 하늘의 천사에게는 이미 말했으니 지상의 천사에게도 말해야지. 너는 지상에 있는 천사야. 네가 듣고 판단한 다음 용서해다오…… 내게 필요한 건 고원한 존재로부터 용서를 받는 거니까. 들어봐라, 만일 두 존재가 지상의 모든 존재로부터 떨어져나와 기상천외한 곳으로 날아간다면, 아니, 최소한 그들 중 하나가 그런다면, 그리고 날아가거나 죽어버리기 전에 다른 존재에게 찾아와 어느 누구에게도 결코 부탁하지 않을, 임종의 자리에서나 할 만한 이런저런 일을 부탁한다면, 그 사람은 정말로 그 일을 해줄까…… 만약 친구라면, 형제라면?"

---

12 뿌시낀의 동화 「어부와 물고기 이야기」에 나오는 이야기다.

"나라면 해줄 거예요. 하지만 그게 뭔지 얘기해줘요, 어서요." 알료샤가 말했다.

"어서라…… 음, 서둘지 마라, 알료샤. 너는 서두르고 걱정하고 있구나. 이제 서두를 일은 전혀 없어. 이제 세상은 새로운 길로 들어섰으니까. 에이, 알료샤, 네가 환희에 젖을 만큼 깊이 생각지 못하다니 안타깝구나! 그런데 내가 무슨 말을 하고 있는 거지? 네가 그런 생각에는 이르지 못하다니! 그런데 나, 이 덩치 큰 머저리는 말한다,

　　인간이여, 고결하여라!¹³

이게 누구의 시지?"

알료샤는 기다리기로 작정했다. 자신이 해야 할 일은 실제로 지금 여기 앉아 있는 것이 다일지도 모른다고 생각했던 것이다. 미쨔는 탁자에 팔꿈치를 대고 손바닥에 머리를 괸 채 잠시 생각에 잠겼다. 둘 다 말이 없었다.

"료샤,¹⁴" 미쨔가 말했다. "너 하나만은 비웃지 않을 거야! 난 나의 고백을…… 실러의 「환희의 송가」로 시작하고 싶어. 안 디 프로이데,¹⁵ 나는 독일어를 모르지만 안 디 프로이데라는 말은 안다. 내가 취해서 떠든다고는 생각지 마라. 나는 전혀 취하지 않았으니까. 꼬냑은 꼬냑이지만, 취하려면 두 병은 마셔야 해.

─────────

13 괴테(J. W. von Goethe, 1749~1832)의 시 「신성」에서 인용한 것이다.
14 알료샤의 애칭.
15 실러의 유명한 시 "An die Freude!"는 '기쁘게도!'의 뜻으로, 18세기 휴머니즘과 낙관주의를 보여주는 고전적인 작품이다.

당나귀에 걸려 넘어진
벌건 낯짝은 맹렬하도다.[16]

나는 반의반잔도 마시지 않았으니 맹렬하지 않아. 맹렬하지 않
지만 영원히 결정을 내렸으니 강하다. 내 말장난을 용서해라, 너는
오늘 말장난만이 아니라 내 많은 걸 용서해야 해. 너무 걱정하진
마라, 군소리 없이 할 말만 하고 본론으로 들어가마. 괴롭히지 않을
게. 잠깐만, 그게 어떻게 된 거냐 하면 말이다……"
　그는 고개를 들고 생각에 잠기더니 갑자기 감격에 겨운 듯 말문
을 열었다.

　　야만인은 바위틈 굴속에
　　벌거벗은 야만의 수줍음 속에 숨어 있다.
　　유목민은 들판을 방랑하며
　　들판을 황폐케 한다.
　　사냥꾼은 창과 화살을 들고
　　음울하게 숲을 달린다……
　　사람이 살지 못할 바닷가로 파도에
　　밀려온 이는 슬프도다!

　　올림포스산 정상에서
　　어머니 케레스가

---

16 마이꼬프(Аполлон Н. Майков, 1821~97)의 시 「양각(陽刻)」의 마지막 연 "그리
　스 판테온에 포도주와 다산의 신 바쿠스의 동반자는 강하도다"에서 나온 것이다.

납치된 페르세포네[17]의 뒤를 따라 내려온다.
그녀 앞에 빛은 거칠게 누워 있다.
여신에겐 그 어디에도
몸 둘 자리도 융숭한 대접도 없다.
성전 그 어디에도
신을 섬기는 숭배는 찾을 수 없다.

들판의 열매와 달콤한 포도송이는
주연에서 빛을 발하지 못하고
육체의 잔재들만이
피비린내 나는 제단 위로 피어오른다.
저기 슬픈 눈으로 케레스가 어디를 보든
어디서나 깊은 비천에 처한
인간만이 보일 뿐![18]

　미쨔의 가슴에서 갑자기 통곡이 터져나왔다. 그는 알료샤의 손을 붙잡았다.
　"동생아, 동생아, 비천에, 지금도 비천에 처해 있어. 이 땅에서 사람이 겪을 일들이 무섭게도 많구나, 어려운 일이 무섭게도 많아! 내가 꼬냑을 마시고 방탕한 삶을 사는 장교 계급장을 단 쓰레기에 불과하다고 생각지는 말아다오. 동생아, 거짓말 안 하고 나는 거의

---

17 케레스는 로마 신화에 나오는 대지의 여신, 페르세포네는 케레스가 유피테르와의 사이에서 낳은 유일한 딸.
18 러시아 시인 주꼽스끼(Васи́лий А. Жуко́вски, 1783~1852)가 번역한 실러의 시 「엘레우시스 제전」2~4연을 인용하고 있다.

이런 사람만, 이 비천한 사람만 생각하고 있어. 부디 지금 내가 거 짓말이나 자화자찬을 하는 게 아니어야 할 텐데. 나는 그런 사람에 대해 생각하고, 나 자신이 바로 그런 사람이야.

> 영혼이 저열함에서
> 벗어나도록
> 고대의 어머니 대지와
> 영원한 결합에 들어갈지어다.[19]

하지만 바로 이게 문제야. 내가 어떻게 땅과 영원한 결합에 들어 가지? 나는 대지에 입맞추지도, 그 가슴을 가르지도 않는데.[20] 내가 농사꾼이나 목동이 되어야 하나? 나는 걸어가고 있지만 내가 악취 나는 치욕에 빠진 건지, 빛과 기쁨에 빠진 건지 잘 모르겠어. 세상 의 모든 것이 수수께끼이니 그게 곧 재앙이지! 가장, 가장 깊은 방 탕의 치욕에 잠겼을 때(내게는 그런 일이 일어나곤 했지) 나는 늘 케레스를 읊는 이 시를, 인간을 노래한 이 시를 읽었어. 이 시가 나 를 고쳐주었을까? 결코 아니야! 왜냐하면 나는 까라마조프니까. 만일 내가 지옥으로 떨어진다면 곧바로 머리를 아래로, 발뒤꿈치 는 위로 하고 뛰어내릴 것이고, 그렇게 굴욕적인 자세로 떨어지는 데 만족하며 내게는 그 편이 아름다운 거라고 여길 거야. 바로 그 치욕 속에서 나는 불현듯 찬송을 부를 거야. 내가 저주를 받고 낮 추어지고 비굴해질 테면 그러라고 해, 그래도 나는 나의 하느님의

---

19 같은 시 7연의 전반부.
20 러시아 시인 페뜨(Афанасий А. Фет, 1820~92)의 시 「쮸쩨프에게」에 나온 이미 지이다.

옷자락 끝에 입맞추리라.[21] 바로 그 순간에 악마의 뒤를 따르게 되더라도, 그래도 나는 아버지의 아들 주님, 주님만을 사랑하며 기쁨을 느끼리라. 그 기쁨 없이는 세상이 존재할 수조차 없으니.

영원한 기쁨이
신의 피조물의 영혼을 적시고,
신의 비밀스런 힘으로
삶의 잔을 태운다.
기쁨은 빛을 향해 풀을 손짓해 부르고
태양들 속으로 카오스를 펼쳐,
점성술사가 이해 못 할
공간들로 퍼뜨린다.

복된 자연의 품에서
숨 쉬는 모든 것이 기쁨을 마신다.
모든 피조물이, 모든 민족이
기쁨에 휩싸인다.
불행한 시기에 벗을,
포도주를, 카리테스[22]의 화환을,
벌레들에게는 쾌락을 선사한다.
천사는 신 앞에 서 있다.

---

21 폐뜨가 번역한 괴테의 시 「인간의 한계」에서 따온 이미지이다.
22 그리스 신화에 나오는 세 여신. 여신 아프로디테를 따르는 젊고 아름다운 세 자매로, 쾌락·매력·우아함과 아름다움을 관장한다.

이제 시는 그만! 눈물이 나니 내가 조금 울게 해다오. 이게 모든 사람의 비웃음을 살 만큼 어리석은 짓이라 해도 너만은 비웃지 마라. 네 눈이 불타는구나. 시는 이제 그만두자. 나는 이제 '벌레들', 신이 쾌락을 선사한 벌레 얘기를 네게 하고 싶구나.

벌레들에게는 쾌락을!

동생아, 내가 바로 그 벌레다. 이건 특별히 내게 해당하는 말이야. 우리 까라마조프는 모두 그런 존재들이지. 네 안에도, 천사 같은 동생아, 그 벌레가 살면서 네 핏속에 폭풍을 낳고 있어. 쾌락은 폭풍이니까. 이건 폭풍이다, 폭풍보다 더한 거지! 아름다움, 이건 무섭고 끔찍한 것이야! 규정할 수 없지만 규정해서도 안 되니까, 하느님이 수수께끼만을 던졌으니까 무서운 거다. 여기서 해안선이 만나고, 모든 모순이 함께 사는 거야. 동생아, 나는 많이 배우지 못했지만 이런 생각을 아주 많이 했다. 비밀이 무섭도록 많아! 너무도 많은 수수께끼가 시상의 인간을 짓누르고 있구나. 아는 대로 맞히고 몸을 적시지 말고 물에서 나와보라는 거지. 아름다움이여! 더구나, 나는 견딜 수가 없어, 고귀한 마음에 높은 지성을 지닌 사람마저 마돈나의 이상에서 시작해 소돔의 이상으로 끝을 맺는다니. 더 무서운 것은 마음에 소돔의 이상을 지닌 사람도 마돈나의 이상을 거부하지 못하고 그로 인해 그의 심장을 태운다는 거야. 진실로, 진실로 죄 없던 젊은 시절처럼 가슴을 태운다고. 아니, 인간은 넓어, 지나치게 넓어. 나 같으면 축소했을 거야. 이게 대체 무슨 일인지는 악마나 알겠지, 그래! 이성에는 치욕으로 여겨지는 것이 마음에는 예외 없이 아름다움으로 느껴지니! 소돔에도 아름다움이 있느냐고? 무수히 많은 사람에게 아름다움은 소돔에 존재한다는 걸 믿어야 해. 너는 이 비밀을 아니, 모르니? 아름다움은 무서울 뿐 아니라 신비스러운 것이라는 사실은 끔찍한 거야. 여기서 악마와 하느님이 싸우니, 그 전쟁터는 사람의 마음인 거다! 하지만 고통스러운 사람은 그 얘기를 하는 법이지. 들어봐라, 이제 진짜 얘기를 할 테니.

4. 일화로 전하는 뜨거운 마음의 고백

예전에 나는 방탕한 삶을 살았어. 얼마 전에 아버지가 말하더라, 내가 여자들을 유혹하는 데 수천 루블을 썼다고. 그건 비열한 환상이야. 결코 그런 일은 없었고, 사실 그런 일로 돈을 요구한 적도 없어. 내게 돈은 액세서리이자, 영혼에 열기를 더해주는 것이자, 소품일 뿐이니까. 지금은 이 여자가 나의 귀부인이지만, 내일이면 그 여자 자리에 거리의 아가씨가 있지. 나는 이 여자도 저 여자도 즐겁게 해주고, 음악에 와자지껄한 술자리에 집시여자들한테까지 돈을 다발로 뿌리지. 필요하다면 다른 여자에게도 줘. 왜냐하면 받으니까, 열렬히 받으니까. 그건 인정해야 해, 만족하고, 감사해한다니까. 귀족 부인들도 나를 좋아했어. 모두는 아니지만 그런 경우도 있었지. 하지만 나는 언제나 뒷골목이 좋았어, 광장 뒤에 있는 인적이 드물고 어두운 골목 말이야. 그곳에는 모험이 있고, 예기치 못한 일들이, 진흙탕에 묻힌 진주가 있거든. 동생아, 나는 비유적으로 이야기하는 거야. 우리 작은 도시에는 실제로 그런 뒷골목이 없지만 정신적으로는 뒷골목들이 있었어. 네가 그런 곳에 있어봤으면 내가 무슨 말을 하는지, 이게 무슨 소리인지 알아들었을 텐데. 나는 방탕을 사랑했고, 방탕의 치욕도 사랑했다. 잔혹함도 사랑했지. 정말 나는 벼룩이 아닐까? 사악한 벌레가 아닐까? 이런 게 까라마조프라는 거야! 한번은 도시 사람이 모두 소풍을 가기로 해서 일곱대의 삼두마차가 길을 떠났다. 겨울 어둠 속 마차에서 나는 이웃집 아가씨의 손을 잡고 억지로 키스를 퍼부었어. 어느 관리의 딸로, 가난하고 사랑스럽고 온순해서 저항도 하지 못하는 아가씨였지. 어둠 속에서 그 아가씨는 많은 것을, 많은 것을 허락했어. 불쌍한 여자, 내가 내일이면 자기한테 찾아와 청혼하리라고 생각했던 거야.(중요한 건 사람들이 나를 좋은 신랑감으로 생각했다는 거지.) 하지만 나는 그뒤 다섯달 동안 그 아가씨와 한마디도, 반마디도 나누지 않았어. 더러 춤을 출 때면(우리 도시에서는 끊임없이 춤을 췄거든) 홀 구석에서 그 아가씨의 눈동자가 나를 좇는 걸 보았어. 불꽃이, 은근한 분노의 불꽃이 이글거리는 것을 보았지. 이런 장난은 내 속에서 키우던 벌레 같은 정욕만 즐겁게 해주었어. 다섯달 뒤에 그 아가씨는 어느 관리와 결혼하면서 도시를 떠났다. 어쩌면 화를 내면서도 여전히 사랑하고 있었을지도 모르지. 지금 그들은 행복하게 살고 있어. 그런데 알아둬라, 나는 아무에게도 이 얘기를 하지 않았고 그 여자의 명예도 실추시키지 않았어. 설사 내 욕망이 저열하고 또 내가 그 저열함을 사랑한다 할지라도, 나는 명예를 모르는 놈은 아니거든. 얼굴을 붉히는구나, 네 눈이 반짝였어. 너한테 이런 지저분한 얘기는 그만하지. 하지만 이건 아직은 뽈 드 꼬끄[23]의 꽃 망울들 같은 거야, 잔혹한 벌레가 이미 내 영혼 속에서 자라나 성

---

23 Charles Paul de Kock(1793~1871). 프랑스 작가. 빠리 중산층의 모험과 사랑을 그린 대중소설로 19세기 러시아에서도 큰 인기를 끌었다.

장했지만 말이야. 동생아, 추억들이 앨범처럼 줄지어 펼쳐지는구나. 하느님께서 그 사랑스런 이들에게 건강을 보내주시기를. 나는 결별할 때 다투는 것을 좋아하지 않아. 한번도 비밀을 누설한 적이 없고, 단 한명의 명예도 실추시킨 적이 없지. 하지만 이제 그만하자. 내가 이런 지저분한 얘기를 하려고 너를 불렀다고 생각하는 거냐? 아니야, 네게 더 흥미로운 이야기를 해주지. 하지만 내가 네 앞에서 부끄러워하기는커녕 오히려 기뻐하는 것 같다고 놀라지는 말아라."

"내가 얼굴을 붉혔다고 그런 말을 하는 거죠, 형." 알료샤가 갑자기 지적했다. "나는 형의 말과 형이 한 일 때문에 얼굴을 붉힌 게 아니라, 나도 형과 똑같아서 그런 거예요."

"네가? 그건 말이 지나치구나."

"아니, 그렇지 않아요." 알료샤가 열을 내며 말했다.(아마도 그는 이 생각을 이미 오래전부터 품고 있었던 듯했다.) "모두 같은 계단에 있는 거예요. 나는 가장 낮은 계단에 있고, 형은 좀 높은 계단에, 열세번째 계단 어디쯤에 있겠죠. 나는 그렇게 생각해요. 하지만 결국 같은 거예요, 완전히 동종인 거죠. 낮은 계단에 발 디딘 사람은 어쨌거나 반드시 그 윗계단으로 오르게 되어 있으니까요."

"그러니까 아예 발을 디디지 말아야 한다?"

"가능한 사람은 디디지 말아야죠."

"너는 가능하냐?"

"아닌 것 같아요."

"그만해, 알료샤, 그만. 사랑스러운 동생아, 네 손에 입맞추고 싶구나, 그냥, 아주 감동해서 말이야. 그 나쁜 여자 그루셴카가 사람 하나는 잘 보는데, 한번은 내게 언젠가는 너를 잡아먹을 거라고 얘기하더구나. 그만할게, 그만! 추악한 것들, 똥파리들로 더럽혀진 들판에서 나의 비극으로 옮겨가자, 그곳 역시 똥파리들, 온갖 비열한 것들로 더럽혀진 들판이지만. 문제는, 내가 순진한 여자들을 유혹했다고 노인네가 거짓말을 늘어놓았지만 본질적으로 내 비극 속에는, 그런 일이 있긴 했어도 딱 한번뿐이었고 그마저도 성사되지 않았다는 거야. 있지도 않은 일로 나를 비난한 노인네도 이건 몰라. 내가 아무에게도 얘기하지 않았으니까. 지금 너한테 처음으로 하는 얘기다, 물론 이반은 제외하고. 이반은 모든 것을 알아. 너보다 먼저, 오래전부터 알고 있었어. 하지만 이반은 무덤처럼 입을 다물고 있지."

"이반형이 무덤이라고요?"

"그래."

알료샤는 무척이나 주의 깊게 귀를 기울였다.

"나는 그곳, 국경 주둔 대대의 소위였지만 무슨 유형수처럼 감시하에 있었어. 하지만 그 도시 사람들은 나를 굉장히 환대했지. 내가 돈을 물 쓰듯 하니까 나를 부자라고들 믿었고, 나 역시 그렇게 믿었다. 하지만 분명 나의 다른 무언가도 그 사람들 마음에 들었던 모양이야. 나를 보고 고개를 절레절레 흔들기도 했지만 좋아해주었던 건 사실이거든. 그런데 이미 노인이던 우리 육군 중령이 갑자기 나를 싫어하게 된 거야. 나한테 트집을 잡곤 했는데, 사실 나는 후원자도 있었고 도시 전체가 내 편을 들었으니 함부로 트집을 잡을 수도 없었지. 내 잘못이었어. 내가 일부러 상관에게 마땅한 경의를 표하지 않았거든. 오만했던 거지. 그 나이 든 고집쟁이, 아주 잘생기고 손님 접대를 좋아하는 선량한 노인은 두번 결혼했는데, 두 부인 모두 일찍 사망했어. 첫 부인은 평민 출신으로 수수한 딸 하나를 남겼지. 그 딸은 내가 있을 때 벌써 스물네살쯤 되었고 죽은 어머니의 동생인 이모와 아버지와 함께 살고 있었어. 그 이모는 말이 없는 수수한 사람이었지만 그 조카, 그러니까 중령의 큰딸은 소박하면서도 활달한 성격이었어. 나는 회상할 때 좋게 말하기를 좋아하는 편이지만, 그 아가씨보다 더 사랑스러운 성격을 가진 여자는 본 적이 없다. 그 여자 이름은 아가피야였어. 상상해봐, 그 아가씨, 아가피야 이바노브나는 미모도 상당했고 러시아적인 멋이 있었지. 키가 크고 살집이 통통하고 얼굴은 좀 투박하지만 눈이 아름다웠어. 시집은 가지 않았지. 두명이 청혼했지만 모두 거절했고, 그러고도 명랑함을 잃지 않았어. 나는 그녀와 사귀었는데, 그렇고 그런 식은 아니었고 순수하게 친구 사이로 만난 거야. 나는 여자들과 완전히 순수하게, 우정으로 만날 때가 자주 있었거든. 그녀에게 노골적인 얘기를 스스럼없이 하고는 아차! 싶어도 그녀는 웃기만 하더군. 많은 여자가 노골적인 얘기를 좋아해, 그걸 알아두렴. 그런데 그녀는 그에 더해 나를 아주 즐겁게 해주는 여자였어. 또 하나, 그녀는 도무지 영양令孃이라고는 부를 수 없을 것 같았다는 거야. 그녀는 아버지 집에서 이모와 함께 살았는데, 사교계의 다른 사람들과 맞먹으려 하지 않고 어쩐지 자발적으로 스스로를 낮추었어. 모두들 그녀를 좋아하고 필요로 했어, 왜냐하면 뛰어난 재봉사였거든. 솜씨가 대단했는데, 일을 하고도 돈을 요구하지 않고 그저 좋은 마음에서 해주는 거야. 하지만 사람들이 선물로 보답하면 거절하지는 않았지. 중령은 또 어땠는데! 우리 지역에서 으뜸가는 인물 중 하나였지. 발이 넓어서 온 도시 사람들을 불러서 저녁을 먹이고 춤을 추기도 했어. 내가 그 도시에 도착해서 대대에 들어갔더니, 도시 전체에 미인 중에서도 절세미인인 중령의 작은딸이 이제 막 수도의 귀족학교를 졸업하고 곧 우리 도시로 돌아올 거라는 소문이 자자하더군. 그 작은딸이 바로 까쩨리나 이바노브나야. 중령의 두 번째 부인의 소생이지. 이미 고인이 된 그 두번째 부인은 명망 높은 대단한 장군 집안 출신이었는데, 내가 확실히 알게 된 바로는 중령에게 지참금을 한푼도 가져오지 못했다고 해. 친척이 있으니 기대는 할 수 있겠지만 당장은 아무것도 없었다는 거야. 하지만 귀족학교 졸업생이 도착하자(잠시 다니러 온 거지 아주 온 건 아니었어) 도시 전체가 활기를 띠었고, 가장 명망 있는 우리 도시의 귀부인들, 그러니까 두명의 최고위급 부인과 한명의 대령 부인, 그리고 두 사람의 뒤를 따라 모두가 곧장 한통속이 되어 그 아가씨를 무도회와 피크닉의 여왕으로 떠받들고 즐겁게 해주더군. 가정교사들을 돕는다고 무슨 자리를 마련하기도 했지. 나는 입을 다물고 방탕한 삶을 살다가 그때 온 도시를 떠들썩하게 만든 어이없는 짓을 저질렀어. 그러니까, 한번은 대대장의 집에 있는데 그녀가 내게 눈길을 주는 거야. 그때 나는 다가가지도 않았어. 말하자면 서로 인사할 기회를 무시한 거지. 며칠이 지나서 역시 연회에서 내가 그녀에게 다가가 말을 걸었지. 그녀는 나를 보는 둥 마는 둥 했는데, 입술 표정에서 경멸감이 보이더군. 그래서 나는 생각했지, '기다려라, 복수할 테니!' 하고. 당시 나는 병사에서 장교로 진급한 경우에 대부분 그렇듯 거칠고 무식한 인간이었고 스스로도 그렇게 느끼고 있었어. 중요한 건, '까쩬까'는 순진한 여학생이 아니라 성깔 있고 오만하면서도 정말로 덕이 있고 게다가 지성과 교양까지 겸비한 특별한 여자인데, 나는 이도 저도 없는 인간이라고 느꼈다는 거야. 너는 내가 청혼하고 싶어했다고 생각하니? 전혀 그렇지 않아. 그저 나는 멋진 사람인데 그녀는 내게 무심하기에 복수하고 싶었을 뿐이야.

그래도 당분간은 술판을 벌이며 난동을 부렸지. 마침내 중령이 나를 사흘 동안 영창에 가두더군. 바로 그 무렵에 아버지가 내게 6천 루블을 보내주었는데, 내가 아버지에게 모든 것을 단념하겠다고, 그러니까 '청산해주면' 모조리 포기하고 더이상 아무것도 요구하지 않겠다고 정식으로 각서를 보낸 뒤였지. 당시 나는 아무것도 몰랐어. 동생아, 나는 이곳으로 오기 직전까지, 가장 최근까지도, 아니, 어쩌면 오늘까지도 아버지와 나 사이의 금전적 분쟁에 대해 전혀 몰랐단다. 하지만 이런 얘기는 악마한테나 줘버리자, 나중에 얘기하자고. 그 6천 루블을 받은 후에 나는 친구가 보내온 편지에서 나로서는 아주 흥미로운 사실 하나를 알게 되었어. 바로 윗분들이 우리 중령을 불만스러워하고 중령이 잘못을 저지르고 있다고 의심한다는 것을, 한마디로 말해 중령의 적들이 뭔가를 준비하고 있다는 것을 말이야. 실제로 사단장이 와서 중령을 문책했어. 그리고 며칠이 지나자 퇴역 명령이 내려졌지. 어쩌다 그렇게 된 건지 일일이 얘기하지는 않겠지만, 중령에게는 정말로 적들이 있었던 거야. 돌연 도시 전체가 중령과 중령의 가족에게 등을 돌리더군, 모두들 썰물 빠지듯 물러났어. 바로 그때 내가 첫 장난을 친 거야. 언제나 우정을 나누던 아가피야 이바노브나를 만나서 말했지. '아버님이 관리하시던 공금에서 4,500루블이 모자란답니다.' '그게 무슨, 왜 그런 말씀을 하시는 거예요? 얼마 전에 장군님이 오셨을 때는 전부 그대로 있었는데……' '그때는 있었지만 지금은 없다네요.' 그녀는 무섭게 놀라더군. '놀라게 하지 마세요. 누구한테 들은 이야기예요?' '걱정하지 마세요, 아무한테도 말하지 않을 테니. 이 일에 관한 한 무덤처럼 입을 다물겠습니다. 그런데 이 일과 관련 만일에 대비해 덧붙이자면, 부친에게 4,500루블을 청구하는데 그 돈이 없으면 부친은 재판에 회부되어 이후 늘그막에 병사로 복무하셔야할 텐데, 그러느니 내게 당신 여동생을 몰래 보내세요. 마침 내게 돈이 있으니 4천 루블을 드릴 수 있을 겁니다, 모든 비밀은 깨끗이 지키겠습니다.' 그녀는 '정말 비열한 사람이군요!' 하더군. 정말로 그렇게 말했어. '당신은 정말 사악하고 비열한 인간이에요! 어떻게 감히 그런 생각을!' 그녀가 무섭게 화를 내며 떠나는데, 나는 뒤에 대고 한번 더 비밀은 반드시 깨끗하게 지켜주겠다고 소리쳤어. 미리 말해두는데 두 여인, 그러니까 아가피야와 그녀의 이모는 이 모든 일이 진행되는 내내 순결한 천사처럼 굴었어. 그들은 동생, 그 오만한 아가씨 까쨔[24]를 숭배하고 그녀의 하녀 노릇을 했지…… 아가피야는 이 장난, 그러니까 당시 우리의 대화를 까쨔에게 전하기만 했던 거야. 나는 나중에 그 일을 손금 보듯 훤히 알게 되었어. 아가피야가 숨기지 않았던 거지. 그리고 물론 내게는 바로 그게 필요했던 거고.

불시에 신임 소령이 대대를 접수하러 왔어. 업무 인수를 시작했지. 그런데 그 나이 든 중령은 돌연 중병이 들어 움직일 수 없다는 거야. 집에 이틀이나 틀어박혀 공금을 내놓지 않았어. 우리 의사 끄랍첸꼬는 그가 정말로 아팠다고 하더군. 하지만 나는 한가지 비밀을 오래전부터, 상세하게 알고 있었지. 상부가 점검하게 될 그 돈이 사년 내리, 매번 얼마 동안 사라졌었다는 것을 말이야. 중령은 그 돈을 어느 믿을 만한 사람, 우리 도시의 나이 든 홀아비, 금테 안경을 낀 텁석부리 상인 뜨리포노프에게 빌려주고 있었던 거야. 그러면 그 사람은 시장에 나가 필요한 거래를 하고 곧바로 중령에게 돈

24 여자이름 까쩨리나의 애칭.

을 온전히 돌려주었는데, 동시에 시장에서 선물을 가져왔지. 선물과 함께 이자도 보태서 말이야.(나는 당시 이 모든 걸 뜨리포노프의 아들, 코흘리개 애송이 입에서 아주 우연히 듣게 되었어. 아들이자 상속자인 그 녀석은 세상이 낸 방탕아 중에서도 가장 방탕한 녀석이었지.) 다만 이번에는, 이번만큼은 뜨리포노프가 시장에서 돌아온 후에 한푼도 돌려주지 않았어. 중령은 뜨리포노프에게 달려갔지. '나는 댁한테서 아무것도 받지 않았고, 또 받을 수도 없었죠.' 이게 그 사람의 대답이었어. 자, 그러니 우리 중령은 머리를 싸매고 집에 들어앉았지, 식구들은 중령의 머리에 얼음 세조각을 얹어주었고. 그런데 느닷없이 전령이 장부와 명령을 갖고 온 거야. '지금부터 두시간 내에 즉시 공급을 반환할 것.' 중령은 서명했어. 나는 나중에 장부에서 그 서명을 봤지. 중령은 일어나서 장교복을 입으러 간다고 말하고 침실로 가서는 이연발 엽총을 들어 군용 총알을 장전하고 오른쪽 장화를 벗어 총을 가슴에 대고 발가락으로 방아쇠를 찾았어. 그런데 그때 내가 한 말이 떠오른 아가피야가 의심이 들어 몰래 따라갔다가 때마침 엿보았던 거지. 아가피야가 뛰어들어가 뒤에서 중령을 껴안았고, 총알은 위쪽 천장에 박혔지. 아무도 다치지 않았어. 다른 사람들도 뛰어들어와 중령의 두 팔을 붙잡아 저지하고 총을 빼앗았고…… 이 모든 건 나도 나중에 자세히 들었어. 나는 그때 집에 있었어. 어스름해져서 막 나가려고 옷을 입고 머리를 빗고 손수건에 향수를 뿌리고 군모를 집어드는데 갑자기 문이 열리더라. 그리고 내 아파트 안, 내 앞에 까쩨리나 이바노브나가 서 있는 거야.

때때로 이상한 일들이 일어나곤 하지. 당시 그녀가 내 집에 들어오는 것을 본 사람은 아무도 없었고, 그래서 이 일은 도시에서 소리 소문도 없이 사라졌거든. 나는 두명의 아주 나이 많은 관리 부인 노파들에게서 아파트를 빌려 살고 있었어. 그 부인들은 나를 돌봐주었는데, 점잖은 여인들로 내 말에 전적으로 순종해서 이후에도 둘 다 내 명령대로 무쇠 뚜껑처럼 입을 꼭 다물었지. 물론 나는 곧바로 모든 것을 파악했어. 그녀는 안으로 들어와 똑바로 나를 바라보더군. 검은 눈동자는 단호하다 못해 대담하게까지 보였지만, 입술과 입술 주변에는 주저하는 빛이 역력했어.

'언니가 말했어요, 내가 가지러 오면 당신이 4,500루블을 주실 거라고요…… 그래서 왔어요. 내가 왔으니…… 돈을 주세요!' 그녀는 견디다 못해 숨을 헐떡이며 놀라서 말이 끊기더군. 입술 끝과 입술 주변의 선들이 떨렸어. 알료시까, 듣고 있냐, 아니면 자는 거냐?"

"미쨔형, 형이 진실을 말하고 있다는 것을 알아요." 알료샤가 흥분해서 말했다.

"바로 그 진실을 말해주마. 있는 그대로의 진실을 남김없이 얘기해주지. 처음 든 생각은 까라마조프적인 것이었어. 한번은, 동생아, 독거미에 물리는 바람에 열병에 걸려 이주 동안 앓아누운 적이 있었지. 그런데 바로 그 순간에도 거미가, 그 못된 벌레가 내 심장을 물어뜯었단 말이다, 이해하겠니? 나는 그녀를 쏘아보았지. 너는 그녀를 본 적이 있니? 미인이잖아. 하지만 그때 그녀는 그런 식으로 아름다웠던 게 아니야. 그 순간 까쩨리나는 고결했기 때문에 아름다웠어. 나는 비열한 놈이고 말이야. 그녀는 관대함과 아버지를 위한 희생으로 위대한데 나는 벌레였던 거지. 그런데 그녀는 벌레이자 비열한인 나에게 **모든 걸** 의지하고 있는 거야, 모든 걸, 영혼도 몸도 전부. 궁지에 몰린 거지. 네게 솔직하게 말할게. 이 생각, 거미의 생각이 어찌나 세게 내 심장을 움켜쥐었던지 괴로워서 심장이 쥐어짜이는 것 같았어. 전혀 갈등할 게 없을 듯했지. 일말의 동정도 없이 빈대처럼, 사악한 독거미처럼 행동하면 될 것 같았어…… 심지어 숨도 쉴 수 없었어. 들어봐, 물론 나는 다음날 청혼하러 찾아가서 이 모든 것이, 말하자면 가장 고결한 방식으로 마무리되어 어느 누구도 이 일을 알지 못하게, 알 수도 없게 할 수 있었어. 왜냐하면 비록 저열한 욕망을 가지고 있기는 해도 나는 정직한 사람이니까. 그런데 바로 그 순간 누군가가 내 귀에 대고 속삭이는 거야. '내일 네가 청혼하러 가면 저 여자는 너를 보러 나오지도 않고 마부를 시켜 마당에서 너를 내쫓을 거야. 온 도시에 소문을 퍼뜨려라, 나는 네가 두렵지 않다, 이거지.' 여자를 보아하니 내가 들은 목소리가 거짓말은 아니더군. 물론 그랬고, 그렇게 될 것이었어. 내 목덜미를 잡고 끌어내겠지, 그 순간 얼굴만 봐도 이미 알 수 있었어. 그러자 내 속에서 증오심이 끓어오르며 가장 저열하고 돼지 같은 장사꾼이나 하는 짓거리를 하고 싶어졌지. 빈정거리는 얼굴로 그녀를 보면서 당장, 눈앞에서 장사꾼이나 쓰는 말투로 그녀를 어쩔 줄 모르게 만들고 싶었어.

'그 4천 루블이라니요! 농담을 한번 했을 뿐인데, 이게 무슨 짓입니까? 아가씨, 정말 사람을 너무 쉽게 믿으시는군요. 한 200루블 정도면 기꺼이, 만족스러운 마음으로 내드리겠지만, 아가씨, 4천 루블은 그렇게 경솔한 일에 던져버릴 수 있는 돈이 아닙니다. 공연히 헛걸음을 하셨군요.'

알아, 그랬으면 물론 나는 모든 것을 잃었을 테고 그녀는 뛰쳐나갔겠지. 하지만 지옥 같은 복수를 하게 되는 거잖아. 그렇다면 그럴 가치가 있었어. 평생 후회하면서 울부짖겠지만, 그런 짓을 할 수만 있다면야! 믿을지 모르겠지만 나는 단 한번도, 어떤 여자도 그 순간 그녀를 바라볼 때처럼 증오심을 품고 바라본 적이 없었어. 맹세하는데 그때 나는 한 삼초, 아니, 오초 정도 무서운 증오심을 품고 그녀를 바라보았어. 사랑, 미칠 듯한 사랑과 겨우 실 한올 차이밖에 없을 증오심을 품고 말이야! 나는 창가로 다가가 얼어붙은 유리창에 이마를 댔어. 내 이마가 불처럼 유리창의 얼음을 태웠던 걸 기억해. 너무 오래 끌 수는 없었어, 걱정하지 마라. 나는 몸을 돌려 책상으로 다가가 서랍을 열고 5퍼센트 이자의 5천 루블짜리 약속어음(내 프랑스어 사전 속에 들어 있었지)을 꺼냈어. 그런 다음 말없이 그 어음을 보여주고 접어서 그녀에게 건넨 뒤, 손수 현관방으로 나가는 문을 열어주고 한걸음 물러나 그녀에게 허리를 굽혀 가장 깊은 존경을 담아 정중하게 절을 했지, 믿어줘! 그녀는 온몸을 부르르 떨고는 잠시 나를 뚫어지게 쳐다보더니 백지장처럼 무섭도록 창백해졌어. 그리고 별안간 단 한마디의 말도 없이, 격지 않고 아주 부드럽고 조용하게 온몸을 깊이 숙여 이마가 바로 내 발까지 닿도록, 여학생답지 않게 순전히 러시아식으로 절을 했어! 그러고는 벌떡 일어나 달려나갔지. 그녀가 뛰쳐나갔을 때 나는 장검을 차고 있었는데, 장검을 뽑아 곧바로 나 자신을 찌르고 싶더군. 왜 그랬는지는 나도 몰라. 물론 끔찍하게 어리석은 일이지만 틀림없이 환희에 차서 그랬을 거야. 이런 종류의 환희 때문에 자살할 수도 있다는 것을 이해하겠니? 하지만 나는 나를 찌르지 않고 장검에 입맞춘 뒤 다시 칼집에 집어넣었어. 이런 얘기는 네게 하지 않을 수도 있었겠지. 내가 지금 이 모든 갈등을 이야기하면서 자화자찬하려고 약간 윤색한 것 같기도 하고 말이다. 하지만 내버려둬, 그냥 내버려둬. 인간의 마음을 엿보는 자들은 모조리 악마한테나 가라고 해!

이것이 까쩨리나 이바노브나와 나 사이에 '있었던' 일의 전부야.
이제 이 일을 아는 사람은 동생 이반과 너뿐이다!"

드미뜨리 표도로비치는 일어나 흥분에 싸여 한두걸음 내딛고는
손수건을 꺼내 이마의 땀을 닦은 뒤 다시 자리에 앉았는데, 좀 전
의 자리가 아니라 맞은편의 다른 벽 옆에 있는 의자에 앉았다. 그
래서 알료샤가 그를 보려면 몸을 완전히 돌려야 했다.

5. 뜨거운 심장의 고백. '곤두박질치며'

"이제," 알료샤가 말했다. "이 일의 절반을 알게 된 거네요."

"너도 절반을 알게 된 거지. 이 부분은 드라마고, 저곳에서 일어
난 거야. 나머지 절반은 비극이고, 이곳에서 일어날 거다."

"나머지 절반 중에 지금까지 내가 이해할 수 있는 거라고는 하
나도 없어요." 알료샤가 말했다.

"나는? 나는 이해하고 있는 것 같으냐?"

"잠깐, 드미뜨리형, 여기서 중요한 게 하나 있어요. 말해줘요, 형
은 약혼했잖아요. 지금도 약혼한 상태인 거죠?"

"내가 약혼한 건 지금이 아니라 그 일이 있은 지 꼭 석달이 지나
서였어. 그 일이 일어난 다음날 나는 스스로에게, 이것으로 완전히
끝났으니 더이상 아무 일도 없을 거라고 말했지. 청혼하러 가는 것
은 비열한 짓이라 생각했거든. 그녀 쪽에서도 그뒤 육주 동안 우
리 도시에 머물렀지만 자기 소식은 한마디도 전하지 않더구나. 사
실 딱 한번만 빼고 말이야. 그녀가 방문한 다음날 그 집 하녀가 급
히 다녀갔는데, 말 한마디 하지 않고 종이봉투만 건넸어. 봉투에

는 이런 사람에게 보낸다고 주소만 적혀 있었지. 열어보니 5천 루블 약속어음의 거스름돈이 들어 있었어. 다 해서 4,500루블이 필요했던 건데, 5천 루블 어음을 바꾸면서 200루블 정도를 떼였더라고. 잘 기억나진 않지만 나한테 260루블을 보냈던 것 같고, 돈만 보냈어. 메모나 말 한마디, 아무 설명도 없었지. 나는 봉투에 무슨 연필 표시라도 있을까 찾아봤지만 전─혀 없었어! 어쩌겠어. 나는 남은 돈으로 방탕하게 놀아댔고, 신임 소령은 마침내 나를 질책하지 않을 수 없었어. 중령은 공금을 무사히 내놓았는데, 그에게 돈이 온전히 남아 있을 거라고는 아무도 생각지 못했기 때문에 모두가 놀랐어. 중령은 돈을 내놓고는 시름시름 앓더니 자리에 누워버리더군. 한 삼주쯤 앓다가 갑자기 뇌연화증이 와서 닷새 뒤에 세상을 떠났어. 아직 퇴역하지 않았던 터라 장례는 군장軍葬으로 치렀지. 까쩨리나 이바노브나와 언니, 이모는 그 아버지를 묻자마자 열흘쯤 뒤에 모스끄바로 떠났어. 떠나기 직전, 그러니까 그 사람들이 떠나던 당일에(나는 그 사람들을 보지도 배웅하지도 않았어) 나는 작은 푸른색 봉투를 받았지. 레이스가 붙은 편지지에는 연필로 단 한줄만 적혀 있었어. '편지 드리겠습니다. 기다려주세요. K.' 그게 다였어.

이제 네게 두어마디로 줄여 설명할게. 모스끄바에서 그들의 상황은 번개처럼 빠르게, 아라비아의 옛이야기처럼 뜻밖으로 반전되었어. 그녀의 중요한 친척인 장군 부인이 제일 가까운 상속자였던 제일 가까운 조카딸 두명을 한꺼번에 잃은 거야. 둘 다 같은 주에 천연두로 사망했지. 충격을 받은 노파는 까쨔를 친딸처럼, 구원의 별처럼 반가워하면서 달려들어 즉각 유언장을 까쨔에게 유리하게 고쳤어. 하지만 그건 미래의 일이었고 당장은 곧바로 까쨔의 손에 8만 루블을, 자, 옜다, 지참금으로 쥐여주면서 너 하고 싶은 대로 해라 한 거야. 그 노파는 신경질적인 여자야. 나중에 모스끄바에서 본 적이 있지. 그때 나는 난데없이 우편으로 4,500루블을 받게 되었어. 물론 나는 상황을 이해할 수 없어 놀라고 말문이 막혔지. 사흘 뒤에 약속한 편지가 왔어. 그 편지는 지금도 나한테 있는데, 영원히 가지고 있을 거고 죽을 때도 가지고 있을 거야. 보여줄까? 꼭 읽어봐라. 약혼녀가 되겠다고 제안하고 있어. 그녀 쪽에서 제안한 거야. 그러니까 '사랑합니다, 미친 듯이. 나를 사랑하지 않으셔도 상관없습니다. 내 남편이 되어주세요. 놀라지 마세요. 당신을 조금도 구속하지 않을 겁니다. 당신의 가구가 되고, 당신이 딛고 다니는 양탄자가 되겠습니다…… 영원히 당신을 사랑하고 싶습니다, 당신 자신으로부터 구하고 싶습니다……' 알료샤, 나는 결코 고칠 수 없는 내 저열한 말과 내 저열한 말투, 언제나 똑같은 내 저열한 말투로 그 문장들을 전할 자격조차 없다! 그 편지는 오늘까지도 내 가슴을 찔러. 지금은 내가 마음이 편하겠니? 오늘은 편하겠냐고? 그때 나는 곧바로 답장을 썼어.(도저히 직접 모스끄바로 갈 수는 없었어.) 눈물을 머금고 편지를 썼지. 꼭 한가지 영원히 부끄러워할 것은, 당신은 지금 부자고 지참금도 있지만 나는 돈 한푼 없는 난폭한 장교라고 돈 이야기를 했다는 거야! 참았어야 했는데 펜이 굴러가버렸어! 그리고 그때 곧장 모스끄바에 있는 이반에게 편지를 썼어. 그애에게 편지로 가능한 만큼 설명했는데, 여섯장짜리 편지였지. 그리고 이반을 그녀에게 보냈어. 왜 그러니? 왜 나를 그렇게 보는 거냐? 그래, 이반은 그녀와 사랑에 빠졌고, 지금도 사랑하고 있어. 나도 알아, 너희 세상 사람들 눈으로 보면 나는 어리석은 짓을 한 거지. 하지만 아마도 오직 이 어리석음만이 이제 우리 모두를 구할 거다! 어휴! 그녀가 그애를 얼마나 존중하는지, 얼마나 존경하는지 너는 정말 모르겠니? 그녀가 우리 두 사람을 비교해보고도 나 같은 사람을 사랑할 수 있을까? 더구나 여기서 이런 일이 있고 난 후에도?"

"나는 그분이 이반형 같은 사람이 아니라, 형 같은 사람을 사랑할 거라고 생각해요."

"그녀는 내가 아니라 자신의 덕을 사랑하는 거야." 드미뜨리 표도로비치의 입에서 이런 말이 무의식적으로, 악의에 차서 튀어나왔다. 그는 웃었지만 일초 뒤에는 눈을 번득이며 온통 얼굴을 붉힌 채 주먹으로 힘껏 탁자를 내리쳤다.

"맹세하는데, 알료샤," 그는 자신을 향해 진정으로 무서운 분노를 품고 소리쳤다. "믿든 말든 거룩하신 하느님과 주 그리스도 앞에 맹세하는데, 나는 지금 그녀의 가장 고상한 감정을 비웃었지만 내가 정신적으로 그녀보다 백만배는 더 하찮다는 것을, 그녀의 그 훌륭한 감정이 천상의 천사처럼 진심이라는 것을 알고 있어! 아마도 내가 이걸 알고 있다는 게 비극이겠지. 사람이 좀 꾸며서 말하면 어떠냐? 나는 꾸며서 말하지 않나? 그럼에도 나는 지금 진심이야, 진심이라고. 이반에 대해 말하자면, 나는 그런 지성을 가진 애가 어떤 저주스러운 마음을 품고 자연을 바라볼지 이해하고도 남는다! 자연은 누구를 더 좋아하지? 여기 있는 냉혈한, 이미 약혼자가 되고도 모두가 보는 앞에서, 더구나 약혼녀, 약혼녀가 보는 앞에서 난동을 그칠 줄 모르는 사람을 더 선호해! 나 같은 인간을 선호하고, 그애는 거절한 거야. 하지만 왜 그런 거지? 그 아가씨가 감사한 마음에 자기 인생과 운명을 유린하고 싶어서 그런 거야! 말도 안 되는 일이지! 나는 이반에게 이런 생각은 한번도 얘기한 적이 없어. 물론 이반도 이것에 대해 내게 일언반구도 언급한 적이 없고 일말의 암시도 하지 않았지. 하지만 운명대로 이루어질 테고, 자격 있는 사람은 자기 자리를 차지하고 자격 없는 사람은 영원히 뒷골목으로 자취를 감추겠지. 더러운 자신의 뒷골목, 사랑해 마지않는 자신만의 뒷골목으로, 거기서 진창과 악취 속에서 쾌감을 느끼며 자발적으로 파멸하겠지. 내가 있는 말 없는 말 지껄이며 더 할 말도 없을 만큼 정신없이 떠벌렸지만, 앞으로는 내가 말한 대로 될 거다. 나는 뒷골목에 가라앉을 거고, 까쩨리나는 이반과 결혼할 거야."

"형, 잠깐만," 알료샤는 또다시 몹시 흥분해서 말을 막았다. "지금까지 나한테 설명해주지 않은 게 한가지 있잖아요. 형은 약혼자, 어쨌거나 약혼자인 거죠? 그러면 약혼녀인 까쩨리나 이바노브나가 원치 않는데 어떻게 형이 파혼할 수 있다는 건가요?"

"나는 공식적으로 축복받은 약혼자야. 내가 모스끄바에 도착한 뒤에 모든 것을 성대하게, 성상들 앞에서 최고로 멋진 모습으로 치렀지. 장군 부인이 축복해주었고, 믿을지 모르겠지만 까쨔에게 축하의 말까지 했어. 잘 골랐구나, 나는 저 사람을 꿰뚫어봤단다, 그러더군. 믿을지 모르겠다만, 장군 부인은 이반을 좋아하지 않았고 반가워하지도 않았어. 모스끄바에서 나는 까쨔와 많은 이야기를 나누었고 그녀에게 나 자신에 대해 정확하게, 진심을 담아 점잖게 설명해주었어. 그녀는 귀기울여 들었지.

사랑스런 당혹도 있었고,
부드러운 말도 있었노라……

그런데 그녀의 말은 오만했어. 그녀는 그때 내게 스스로 고치겠다는 엄청난 약속을 강요했지. 나는 약속했다. 그런데 바로……"

"뭔가요?"

"바로 오늘 너를 불러서 여기로 데려온 것은, 기억해둬라! 오늘, 이 날짜로 또다시 너를 까쩨리나 이바노브나에게 보내서……"

"뭐라고요?"

"내가 더이상 절대로 그녀에게 가지 않을 거라는 말을, 정중한 작별인사를 전하게 하려는 거야."

"어떻게 그럴 수가 있나요?"

"그럴 수 없으니 너를 대신 보내는 거지. 내가 직접 그 말을 어떻게 하겠냐?"

"형은 어디로 가는데요?"

"뒷골목으로."

"그럼 그루셴까에게 간다는 말이군요!" 알료샤가 비탄에 잠겨 손뼉을 치며 외쳤다. "그럼 라끼찐이 한 말이 정말 사실인가요? 나는 형이 그냥 그 여자에게 잠시 드나들다가 그만두었다고 생각했어요."

"약혼자가 거기 드나든다는 게 말이 되냐? 약혼녀가 있고 사람들이 다 보는데 그럴 수가 있느냐고? 나한테도 내 나름대로 명예라는 게 있는데 말이다. 내가 그루셴까에게 드나들기 시작한 그 순간 약혼자와 명예로운 사람 노릇은 끝난 거야. 나는 그렇게 생각해. 왜 그렇게 보니? 네가 아는지 모르겠다만, 처음에 나는 그 여자를 때려주려고 갔었다. 내가 그때 알게 되었고 지금은 더 분명히 아는 사실은, 아버지의 위임을 받은 이등대위가 내 명의의 어음을 그루셴까에게 넘겼다는 거야. 내가 다 포기하고 그만두도록 그루셴까에게 돈을 독촉하라고 한 거지. 나를 겁주려고 했어. 그래서 내가 그루셴까를 손봐주려고 나섰던 거야. 나는 그전에도 그 여자를 잠깐 본 적이 있었는데, 별로 인상적이지는 않더군. 더구나 그 늙은 상인, 지금은 병들어 쇠약한 채로 누워 있지만 어쨌든 그가 그 여자에게 상당한 거금을 남길 거라는 얘기도 알고 있었어. 또 그 여자가 돈을 모으고 불리기를 좋아한다는 것도, 악랄한 이자놀이를 한다는 것도, 동정심이라곤 없는 교활한 사기꾼이라는 것도 말이야. 그런데 그 여자를 때려주러 갔다가 그 여자 집에 눌러앉게 되었지. 천둥번개가 치며 역병이 엄습해서 전염된 거야, 지금도 전염되어 있고. 이제는 모든 게 끝났다는 걸, 다른 아무것도 기대할 수 없다는 걸 나도 잘 알아. 시간의 바퀴가 빙글 돌아버린 거지. 그리고 지금의 내가 있는 거야. 그런데 그때, 거지나 다름없던 내 주머니에 갑자기 우연히도 3천 루블이 생겼어. 나는 그녀와 함께 그 돈을 가지고 여기서 25킬로미터 정도 떨어진 모끄로예로 가서 남녀 집시들과 샴페인을 구한 뒤 농민 모두와 아낙네들, 처녀들에게 샴페인을 퍼먹이고 도박을 하느라 수천 루블을 잃었다. 사흘 뒤에는 빈털터리가 되었지만 그래도 솔개처럼 멋진 척했어.[25] 너는 그 솔개가 무얼 얻었다고 생각하니? 그녀는 먼발치에서도 몸을 보여주지 않더라, 말하자면, 그 곡선을. 사기꾼 그루셴까의 몸은 온통 곡선이라, 그 곡선은 그녀의 발에도, 심지어 왼발 새끼발가락까지 뻗어 있다니까. 나는 그걸 보고 키스했지만 그게 다였어, 맹세해! 그녀는 '내가 당신과 결혼했으면 좋겠어? 당신은 빈털터리잖아. 말해봐, 나를 때리지 않고 내가 원하는 건 뭐든지 하게 해주겠다고. 그러면

25 러시아 민속과 민요에서 솔개는 젊고 멋진 청년의 비유이다.

시집가줄지도 모르지' 하더니 웃더군. 그리고 지금도 웃고 있어!"

드미뜨리 표도로비치는 분노가 치미는 듯 벌떡 일어나 갑자기 술 취한 사람처럼 변했다. 그의 눈에 별안간 핏발이 섰다.

"형은 정말로 그녀와 결혼하고 싶은 건가요?"

"그녀가 원한다면 당장이라도. 하지만 원치 않는다면 이렇게 가만히 있을 거야. 그 여자 집의 문지기가 될 거야. 너는, 너는, 알료샤," 그는 알료샤 앞에 문득 멈춰서서 그의 어깨를 부여잡고 갑자기 힘껏 흔들었다. "네가 알지 모르겠다만, 순진한 꼬마야, 이 모든 것이 헛소리다. 생각할 가치도 없는 헛소리란 말이다. 이게 비극이야! 명심해라, 내 비록 저열하고 타락한 욕망을 지닌 비열한일 수는 있지만, 이 드미뜨리 까라마조프는 도둑놈, 소매치기나 현관방을 터는 좀도둑만큼은 절대로 될 수 없다! 그런데 지금은, 명심해라, 도둑놈, 소매치기에 현관방을 터는 좀도둑이 돼버렸어! 그루셴까를 때려주러 가기 직전, 바로 그날 아침에 까쩨리나 이바노브나가 나를 불러서는 아무도 모르게, 아주 은밀하게(왜 그랬는지는 나도 몰라, 그릴 필요가 있었나보지) 주청 소재 도시로 가서 모스끄바에 있는 아가피야 이바노브나에게 3천 루블을 우편으로 보내달라고 부탁하더구나. 이곳 사람들 아무도 모르게 다녀오라고 말이야. 그때 나는 그 3천 루블을 주머니에 넣고 그때 그루셴까의 집으로 갔고 그 돈으로 모끄로예에 다녀온 거야. 그런 뒤에 그 도시에 다녀온 척했지만, 송금 영수증은 그녀에게 보여주지 않고 돈을 보냈다고, 영수증은 나중에 갖다주겠다고만 했지. 하지만 지금까지도 가져다주지 않고 잊어버린 척하고 있다. 이제 어떻게 생각하니? 오늘 네가 그녀에게 가서 '형이 인사를 전해달라고 했습니다'라고 말하면 그녀는 말하겠지. '돈은요?' 그러면 너는 이렇게 말하면 돼.

'형은 저열하고 음탕한 사람이고 감정을 제어할 줄 모르는 비열한 존재입니다. 형은 그때 당신의 돈을 부치지 않고 짐승처럼 자제하지 못해 탕진하고 말았습니다.' 하지만 어쨌든 이렇게 덧붙일 수 있지. '그래도 형은 도둑은 아닙니다. 여기 당신의 3천 루블이 있습니다. 다시 돌려드리니, 직접 아가피야 이바노브나에게 보내십시오. 형이 인사를 전했습니다.' 그러면 그녀가 대번에 묻겠지. '그런데 돈은 어디 있지요?'"

"미쨔, 형은 불행하구나, 그래! 하지만 형이 생각하는 그 정도는 아니에요. 절망 때문에 자신을 죽이지는 마, 그러지 말라고!"

"무슨 생각을 하는 거냐? 돌려줄 3천 루블을 구하지 못하면 내가 자살이라도 할까봐? 문제는 내가 자살 같은 건 하지 않을 거라는 거야. 지금은 그럴 힘도 없어, 나중에는 모르겠지만. 지금은 그루셴까에게 갈 거야…… 될 대로 되라지!"

"그녀의 집에 가서는?"

"그녀의 남편이 될 거야, 남편으로서 가치를 인정받아야. 혹시 애인이 오면 다른 방으로 비켜줄 거다. 그녀의 친구들의 더러운 덧신을 닦고, 사모바르를 끓이고, 심부름을 하러 뛰어다닐 거야……"

"까쩨리나 이바노브나는 모든 걸 이해해줄 거예요." 알료샤가 문득 진지한 얼굴로 말했다. "그 슬픔의 깊이를 다 이해하고 화해해줄 거예요. 그분은 아주 현명하니까 형보다 더 불행할 수는 없다는 걸 스스로 알 거예요."

"그녀가 모든 걸 이해해줄 수는 없어." 미쨔가 이를 드러내며 히쭉 웃었다. "여기에는, 동생아, 어떤 여자도 도저히 이해해줄 수 없는 뭔가가 있단다. 제일 좋은 방법이 뭔지 아니?"

"뭔가요?"

"3천 루블을 그녀에게 돌려주는 거지."

"그 돈을 어디서 마련하지요? 들어봐요, 내게 2천 루블이 있고, 이반형도 1천 루블을 줄 거예요. 그럼 3천 루블이 되니 그걸 가져 가서 갚아요."

"그 돈이, 너희의 3천 루블이 언제 들어오는데? 너는 아직 미성 년이고, 더구나 너는 오늘 반드시 그녀에게 작별인사를 전해야 해, 돈이 있든 없든. 왜냐하면 내가 더이상 버틸 수 없는 지경에 이르 렀으니 말이야. 내일이면 이미 늦어, 늦는다고. 그래서 나는 너를 아버지에게 보낼 거야."

"아버지에게요?"

"그래, 그녀에게 가기 전에 아버지에게 먼저 가봐. 아버지에게 3 천 루블을 부탁해봐."

"미쨔형, 아버지는 주지 않으실 거예요."

"주다니 당치도 않지. 주지 않으리라는 걸 나도 알아. 알렉세이, 너는 절망이 뭔지 아냐?"

"알아요."

"들어봐, 아버지는 법적으로 내게 아무것도 줄 필요가 없어. 나 는 아버지에게서 돈을 전부 받았으니까. 나도 그건 알아. 하지만 도 덕적으로 아버지는 내게 빚이 있어, 그래, 안 그래? 아버지는 어머 니의 2만 8천 루블을 가지고 10만 루블을 만들었잖아. 2만 8천 루 블에서 3천 루블만, 3천 루블만 달라는 거야. 그렇게 해서 내 영혼 을 지옥에서 끌어내주면 그걸로 아버지의 수많은 죄가 덜어질 텐 데! 나는 그 3천 루블로 모든 걸 끝내겠어, 내 맹세하지. 아버지는 더이상 한마디도 나에 대한 얘기를 듣지 않게 될 거야. 마지막으로 아버지가 될 기회를 주는 거지. 아버지에게 가서 말해라, 하느님께서 아버지에게 이 기회를 주신 거라고."

"미쨔형, 아버지는 절대로 주지 않으실 거예요."

"알아, 주지 않으리라는 걸 너무나 잘 알고 있어. 지금은 특히나 더하지. 더구나 내가 또 알고 있는 게 있지. 최근 며칠 사이에 이제야, 아니, 어쩌면 어제 처음으로 아버지는 그루셴까가 농담이 아니라 진짜로 훌쩍 나와 결혼해버릴지도 모른다는 사실을 진심으로(주의해서 들어라, 진심으로라는 말을) 깨달은 것 같아. 아버지는 그 여자, 그 고양이 같은 여자의 성격을 알거든. 그러니 자기가 그 여자 때문에 정신을 잃을 지경인데 이 결혼을 도우려고 내게 돈을 주겠니? 하지만 그것만이 아니야. 더 많은 것을 알려주마. 나는 아버지가 닷새쯤 전에 3천 루블을 꺼내서 100루블짜리로 바꿔 큰 봉투에 넣은 다음 봉인을 다섯개나 찍고 그 위에 붉은 끈을 열십자로 묶어놓았다는 것을 알고 있어. 겉봉에는 이렇게 쓰여 있지. '만일 온다면, 나의 천사 그루셴까에게.' 자기 손으로 끄적여둔 거야, 조용할 때 몰래 말이야. 아버지에게 돈이 있다는 건 하인 스메르쟈꼬프 말고는 아무도 몰라. 아버지는 녀석의 정직함을 자기 자신만큼이나 믿고 있지. 아버지는 벌써 사흘인가 나흘째 그루셴까를 기다리고 있어. 그 봉투 때문에 찾아오기를 기대하는 거지. 아버지가 그루셴까에게 알렸더니 그루셴까도 '어쩌면 갈지도 모른다'고 암시했다더군. 만일 그녀가 그 노인네에게 간다면 내가 그 여자와 결혼할 수 있겠어? 그러니 이제 알겠지, 내가 왜 몰래 여기 앉아서 이렇게 망을 보는지?"

"그루셴까를 지키고 있는 건가요?"

"그래. 여기 음탕한 집주인 여자에게서 포마가 작은 방을 빌려쓰고 있어. 포마는 우리 지역 사람인데 예전에 내 병사였지. 포마는 이 집에서 일을 봐주면서 밤에는 망을 보고 낮에는 멧닭 사냥을 하러 다녀. 그걸로 먹고살거든. 나는 여기 그 녀석 방에 자리를 잡고 있어. 포마도 여주인들도 이 비밀은 몰라, 내가 왜 망을 보는지 말이야."

"스메르쟈꼬프 혼자만 안다는 건가요?"

"스메르쟈꼬프 혼자만. 만일 그루셴까가 노인네를 찾아오면 나한테 알려준다고 했어."

"그 돈봉투 얘기를 해준 사람이 스메르쟈꼬프예요?"

"맞아. 엄청난 비밀이지. 심지어 이반도 돈에 대해서는 전혀 몰라. 노인네는 이반을 이삼일 정도 체르마시냐[26]에 다녀오게 할 거야. 채벌권을 8천 루블에 사겠다는 상인이 나타났거든. 그래서 노인네가 이반을 설득하는 중이야. '도와다오, 네가 직접 한 이삼일 정도 다녀와다오' 하면서 말이야. 그루셴까가 이반이 없을 때 오기를 바라는 거지."

"그러니까 아버지는 오늘도 그루셴까를 기다리고 있겠네요?"

"아니, 오늘은 가지 않을 거야. 징조가 있거든. 분명히 가지 않을 거야." 미쨔가 갑자기 소리를 질렀다. "스메르쟈꼬프도 그렇게 생각하더구나. 아버지는 지금 술에 취해 이반과 함께 식탁에 앉아 있어. 가서, 알렉세이, 아버지에게 3천 루블을 부탁해봐라……"

"사랑하는 형, 미쨔형, 무슨 일이야!" 알료샤가 자리에서 벌떡 일어나 극도로 흥분한 드미뜨리 표도로비치를 뚫어지게 바라보며 외쳤다. 한순간 그는 형이 미쳤다고 생각했다.

"왜 그러냐? 내 정신은 멀쩡해." 드미뜨리 표도로비치는 어쩐지

---

26 뚤라현 까시르군에 있는 마을 이름. 1832년에 도스또옙스끼의 부모가 이곳을 구입했다.

의기양양한 얼굴로 뚫어지게 바라보며 말했다. "걱정 마, 나는 너를 아버지에게 보내는 거고, 내가 무슨 말을 하고 있는지도 알아. 나는 기적을 믿는 거야."

"기적을요?"

"하느님 섭리의 기적 말이야. 하느님은 내 마음을 알고 계셔, 하느님은 내 모든 절망을 보고 계시다고. 하느님은 이 모든 광경을 보고 계셔. 그분이 정말로 끔찍한 일이 일어나도록 내버려두시겠어? 알료샤, 나는 기적을 믿어. 가봐라!"

"갈게요. 그런데 형은 여기서 기다릴 건가요?"

"그럴 거야. 나도 알아, 가자마자 대뜸 그런 이야기를 꺼낼 수는 없겠지! 아버지는 지금 취해 있을 거야. 나는 세시간도, 네시간도, 다섯시간도, 여섯시간도, 일곱시간도 기다릴 거야. 다만 알아둬, 오늘, 설사 자정이라 해도 돈이 있든 없든, 아무튼 까쩨리나 이바노브나에게 찾아가서 '정중한 작별인사를 전해달라고 했습니다'라고 말해야 한다. 내가 원하는 건 바로 네가 '정중한 작별인사를 전해달라고 했습니다'라는 말을 전해주는 거야."

"미쨔형! 그루셴까가 갑자기 오늘 오면요? 오늘이 아니라 내일이나 모레라도 찾아오면요?"

"그루셴까가? 그럼 보자마자 몰래 쳐들어가서 방해할 테다……"

"만일……"

"만일 무슨 일이 생기면 죽여버릴 거야. 그렇게는 못 살아."

"누구를 죽여요?"

"노인네를. 그녀를 죽이진 않아."

"형, 대체 무슨 소리를 하는 거예요?"

"나도 몰라, 모르겠어…… 어쩌면 죽일지도 모르고, 어쩌면 안 죽일지도 몰라. 그 순간 갑자기 아버지 얼굴이 너무 증오스럽게 여겨질까봐 두려워. 아버지의 목젖이, 아버지의 코가, 눈이, 파렴치한 조롱이 증오스러워. 인간적으로 혐오를 느껴. 바로 그게 두려운 거야. 그러면 나는 견디지 못할 거야……"

"갈게요, 미쨔형. 하느님께서 아시니 끔찍한 일이 일어나지 않도록 돌봐주시리라 믿어요."

"나는 앉아서 기적을 기다릴 거다. 만일 기적이 일어나지 않는다면, 그렇다면……"

알료샤는 생각에 잠긴 채 아버지의 집을 향해 걸었다.

6. 스메르쟈꼬프

그가 가보니 정말로 아버지는 아직 식탁 앞에 앉아 있었다. 집에 진짜 식당이 있는데도 불구하고 식탁은 언제나 그렇듯 홀에 차려져 있었다. 홀은 이 집에서 가장 큰 방으로 상당히 고풍스러운 가구로 꾸며져 있었다. 붉은색 낡은 반견半絹 덮개를 씌운 아주 오래된 흰색 가구였다. 창 사이 벽에는 역시 흰색과 금색으로 치장하고 고풍스러운 무늬를 새긴 화려한 테두리의 거울이 걸려 있었다. 벌써 여러군데 벽지가 뜯겨나간 흰 벽에는 커다란 초상화 두점이 걸려 있었다. 하나는 삼십년쯤 전에 장군이자 지역 주지사였던 어느 공작의 초상화였고, 다른 하나는 이미 오래전에 안식한 어느 대주교의 초상화였다. 현관 구석에는 성화 몇점이 걸려 있었고 밤에는 그 앞에 램프를 켜두었는데, 경외심 때문이라기보다 방을 밝히기 위한 목적이었다…… 표도르 빠블로비치는 밤마다 아주 늦게, 대략 3, 4시경에 잠자리에 들었고, 그때까지 계속 방을 돌아다니거나 안락의자에 앉아 생각에 잠기곤 했다. 그러는 게 그의 버릇이었다. 그는 하인들을 곁채로 보내고 집에 완전히 홀로 남아 밤을 보내는 경우도 드물지 않았지만, 대개는 밤마다 스메르쟈꼬프가 그와 함께 남아 현관의 하인방에서 잠을 잤다. 알료샤가 들어갔을 때 식사는 모두 끝나서 잼과 커피가 차려져 있었다. 표도르 빠블로비치는 식후에 꼬냑과 함께 단것을 즐겨 먹었다. 이반 표도로비치는 식탁 앞에 앉아서 역시 커피를 마시고 있었다. 하인 그리고리와 스메르쟈꼬프는 식탁 옆에 서 있었다. 주인들도, 하인들도 이례적일 만큼 눈에 띄게 활기찬 분위기였다. 표도르 빠블로비치는 큰 소리로 웃고 있었다. 알료샤는 현관에서부터 오래 귀에 익은 아버지의 찢어지는 듯한 웃음소리를 들었고, 그 소리로 미루어 아버지가 취하려면 아직 멀었고 그저 기분만 좋은 상태라는 결론을 내렸다.

"저애가 왔네, 저애가 왔어!" 표도르 빠블로비치가 알료샤를 보고 갑자기 엄청나게 기뻐하며 소리쳤다. "우리와 함께하자꾸나. 앉아서 커피 좀 마셔라. 고기와 술은 먹지 않겠지, 정진 중일 테니! 뜨겁고 근사한 커피야! 꼬냑을 권하지는 않겠다, 너는 정진 중인 사람이니까. 마시고 싶으냐? 마시고 싶어? 아니야, 네게는 리큐어를 주는 게 낫겠다, 아주 좋은 거야! 스메르쟈꼬프, 찬장에 가서 두번째 칸 오른쪽을 봐. 여기 열쇠가 있다, 어서!"

알료샤는 리큐어를 거절하려고 했다.

"어쨌거나 내올 거다, 너를 위해서가 아니라 우리를 위해서도." 표도르 빠블로비치가 환하게 웃었다. "잠깐, 식사는 했느냐?"

"했어요." 사실 수도원장의 부엌에서 빵 한조각과 끄바스 한잔을 먹은 게 다인 알료샤가 대답했다. "뜨거운 커피라면 기꺼이 마

232

실게요."

"귀여운 녀석! 멋지다! 커피를 마신다는군. 조금 데워줄까? 아니다, 지금도 끓고 있구나. 좋은 커피야. 스메르쟈꼬프가 끓인 거지. 우리 스메르쟈꼬프는 커피와 길쭉한 만두 만드는 데만큼은 예술가야. 맑은 생선수프도 정말 일품이지. 언제 한번 생선수프를 먹으러 오렴. 미리 알려다오…… 잠깐, 잠깐, 내가 아까 네게 요와 베개를 싸들고 오늘 집으로 들어오라고 명했었지? 베개와 요는 가져왔느냐? 하하하!"

"아니요, 가져오지 않았어요." 알료샤도 가볍게 웃었다.

"하지만 놀랐지? 그래도 아까는 놀랐을 거야, 놀랐지? 아하, 귀여운 녀석, 내가 너를 마음 상하게 할 수야 있겠느냐. 들어봐라, 이반, 저애가 저렇게 눈을 들여다보면서 웃으면 나는 보고 있을 수가 없구나, 보고 있을 수가 없어. 내 배가 온통 저애를 보고 웃는다니까, 나는 저애가 좋아! 알료시까, 내가 아비로서 너를 축복해주마."

알료샤가 일어났지만 표도르 빠블로비치는 금세 생각을 바꿨다.

"아니, 아니다, 지금은 네게 성호를 그어주는 것으로 끝내련다, 이렇게. 이제 앉으렴. 네가 만족할 만한 얘기가 하나 있다. 너와 관련된 주제를 얘기 중이었거든. 실컷 웃게 될 게야. 우리 집 발람의 나귀[27]가 입을 열었는데 어쩌나, 어쩌나 말을 잘하는지!"

발람의 나귀란 하인 스메르쟈꼬프를 뜻했다. 겨우 스물네살로 아직 젊은 그는 끔찍이도 사교를 싫어하고 말이 없었다. 그가 낮

---

[27] 구약 민수기 22장에 나오는 나귀로, 인간의 말로 하느님의 징벌을 경고해 주인 발람을 살렸다고 한다. 표도르 빠블로비치는 짐승이지만 사람이 보지 못하는 영적 세계를 알고 말하는 나귀에 스메르쟈꼬프를 빗대면서 어리석어 보이는 스메르쟈꼬프가 뜻밖에 그 나름의 종교적 주장을 펼친다고 말하고 있다.

을 가리거나 뭔가를 두려워해서가 아니었다. 아니, 반대로 그는 성격이 오만하고 모든 사람을 경멸하는 듯했다. 그러나 여기서 그에 대해 한두마디라도 하지 않고 지나갈 수는 없겠다. 그를 키운 사람은 마르파 이그나찌예브나와 그리고리 바실리예비치로, 그는 그리고리가 표현한 대로 '배은망덕하기 이를 데 없는' 소년으로 야생의 존재처럼 방 한구석에서 세상을 보며 자라났다. 어린 시절 그는 고양이를 목 졸라 죽여 장례식 치러주기를 좋아했다. 그는 이를 위해 일종의 제의 비슷하게 온몸에 흰 천을 두르고 노래를 부르며 향로를 휘두르듯이 죽은 고양이 위로 뭔가를 흔들었다. 이 모든 것을 조용히, 아주 비밀스럽게 했다. 한번은 그리고리가 이런 짓을 하고 있는 그를 붙잡아 회초리로 호되게 벌을 내렸다. '저애는, 저 짐승 같은 녀석은 당신과 나를 좋아하지 않아.' 그리고리는 마르파 이그나찌예브나에게 말하곤 했다. '아무도 좋아하지 않아. 네가 정말 사람이긴 하냐,' 그는 갑자기 스메르쟈꼬프를 향해 말했다. '너는 사람도 아니다. 너는 목욕탕의 수증기에서 나왔어. 그게 바로 너란 말이다……' 나중에 알려진 바에 따르면, 스메르쟈고프는 이 말로 인해 그를 절대로 용서할 수 없었다고 한다. 그리고리는 그에게 글자를 가르쳤고 열두살이 넘자 성경 공부를 시키기 시작했다. 그러나 이 일도 곧 허무하게 끝이 났다. 어느날, 겨우 두번째인가 세번째 공부시간에 소년이 갑자기 피식대기 시작했다.

"무슨 일이냐?" 그리고리가 안경 너머로 엄하게 그를 바라보며 물었다.

"아무것도 아니에요. 하느님이 첫날에 빛을 만드시고 태양, 달, 별들을 넷째 날에 만드셨다면서요. 그러면 첫날에 빛은 어디서 나온 건가요?"

그리고리는 놀라서 온몸이 굳어버렸다. 소년은 비웃듯이 스승을 바라보았다. 심지어 그의 시선에는 뭔가 오만불손한 기색마저 있었다. 그리고리는 참을 수가 없었다. "어디서 그딴 소리를 하는 거냐!" 그는 소리치며 분노에 차서 제자의 뺨을 때렸다. 소년은 뺨을 얻어맞고도 단 한마디 대꾸도 없이 다시 며칠 동안 방구석에 처박혀 지냈다. 마침 그 몇주 뒤 그는 난생처음으로 뇌전증 발작을 일으켰고, 뇌전증은 이후 평생 그를 떠나지 않았다. 표도르 빠블로비치는 이를 알고 나서 갑자기 소년에 대한 생각을 바꾼 듯했다. 예전에도 그에게 욕을 한 적은 한번도 없었지만 그래도 어쩐지 그를 무심히 대하는 것 같았고, 만날 때마다 늘 1꼬뻬이까씩을 주고 기분이 좋을 때면 간혹 식탁에 놓인 단것을 보내는 게 다였다. 그러나 이때 병에 대해 알고 난 뒤로 그는 확실히 소년을 염려하기 시작했고, 의사를 불러 치료해보려고까지 했지만 고치기는 불가능하다는 것을 알게 되었다. 발작은 평균 한달에 한번 정도였지만 지속 기간은 일정치 않았다. 발작의 강도 역시 다양했다. 어떤 때는 가벼웠고, 어떤 때는 아주 심했다. 표도르 빠블로비치는 그리고리에게 소년을 체벌하지 말라고 아주 엄하게 일렀고, 그를 자기 방에 드나들도록 허용했다. 그에게 뭐든 가르치는 것 역시 당분간 금지했다. 그런데 소년이 벌써 열다섯살이 되고서 어느날, 표도르 빠블로비치는 소년이 책장 주변을 서성이다가 유리 너머로 책제목을 읽는 것을 보게 되었다. 표도르 빠블로비치의 집에는 책이 상당히 많아 백여권이나 되었지만 그가 책을 들고 앉은 것을 본 사람은 아무도 없었다. 그는 즉시 책장 열쇠를 스메르쟈꼬프에게 내주었다. "자, 읽어라, 마당에서 하는 일 없이 돌아다니느니 사서가 되어 앉아서 책을 읽어. 자, 이 책을 읽어보아라." 표도르 빠블로비치는 그에게

『지깐까 근교 마을의 야회』[28]를 꺼내주었다.

소년은 책을 다 읽었지만 뭔가 못마땅한 듯 한번도 웃지 않았을 뿐더러 오히려 얼굴을 찌푸리고 책장을 덮었다.

"어떠냐? 우습지 않더냐?" 표도르 빠블로비치가 물었다.

스메르쟈꼬프는 말이 없었다.

"대답해라, 바보 녀석아."

"전부 거짓말만 쓰여 있어요." 스메르쟈꼬프가 히죽 웃으며 우물거렸다.

"악귀한테나 가버려라, 이 녀석. 너는 딱 하인 기질이구나. 잠깐, 여기 스마라그도프의 『세계사』[29]가 있다. 여기 있는 건 죄다 사실이야. 읽어봐라."

하지만 스메르쟈꼬프는 다 읽지 않았고 스마라그도프의 책은 열페이지도 지루해하는 듯했다. 그래서 책장문은 다시 닫히고 말았다. 얼마 지나지 않아 마르파와 그리고리는 표도르 빠블로비치에게, 난데없이 스메르쟈꼬프에게 지독한 결벽증 비슷한 것이 나타나기 시작했다고 알렸다. 그가 수프 앞에 앉아 숟가락을 휘저어 수프 속에서 뭔가를 찾고 또 찾다가는, 고개를 숙여 수프를 들여다보고 한숟갈 떠서 빛에 비추어본다는 것이었다.

"바퀴벌레인가?" 그리고리가 묻곤 했다.

"파리인지도 모르죠." 마르파가 말했다.

결벽증이 생긴 소년은 한번도 대답하지 않았지만 빵이고 고기고 모든 음식을 똑같이 대했다. 포크로 한점을 들어 빛에 대고 꼭

---

28 고골의 첫 소설집으로, 우끄라이나 민속을 바탕으로 한 연작소설이다.

29 C. H. 스마라그도프가 쓴 교과서 『전문학교 일학년생을 위한 세계사 입문』(1845)을 말한다.

현미경을 보듯이 오래 들여다보고 나서야 결심했는지 입에 집어넣곤 했다. "맙소사, 엄청난 도련님 나셨네." 그를 보면서 그리고리가 중얼거렸다. 표도르 빠블로비치는 스메르쟈꼬프의 새로운 특성에 대해 듣고는 곧바로 그를 요리사로 만들기로 결심하고 모스끄바로 유학을 보냈다. 그는 그곳에서 공부한다고 몇년을 있다가 얼굴이 완전히 딴판이 되어 돌아왔다. 어쩐지 이상하게도 늙어버려서 나이에 맞지 않게 주름이 많아졌고, 누렇게 떠서 거세파[30]를 닮아 있었다. 그러나 정신적으로는 모스끄바로 떠나기 전과 거의 똑같은 상태로 돌아왔다. 여전히 사람 사귀기를 싫어했고 그 누구와도 교제할 필요성을 전혀 느끼지 못했다. 나중에 듣기로 그는 모스끄바에서도 내내 입을 다물고 있었다고 한다. 모스끄바 자체도 어쩐지 그의 흥미를 조금도 끌지 못해서, 그는 거기서 극히 일부에만 약간의 관심을 기울였을 뿐 나머지 것에는 아예 눈길도 주지 않았다. 극장에는 한번 정도 가봤지만 불만을 품고 말없이 집으로 돌아왔다. 하지만 모스끄바에서 우리 도시로 돌아왔을 때 그는 훌륭한 차림새로 깨끗한 프록코트와 셔츠를 입고 있었고, 반드시 하루에 두번 손수 자기 옷을 솔로 아주 꼼꼼하게 털었고 송아지가죽으로 만든 멋진 장화를 영국제 특수 왁스로 거울처럼 광을 내기를 무척이나 좋아했다. 그는 뛰어난 요리사였다. 표도르 빠블로비치는 그에게 봉급을 주었는데, 스메르쟈꼬프는 봉급을 거의 전부 옷과 포마드, 향수 등을 사는 데 써버렸다. 하지만 그는 여성을 남성만큼이나 경멸하는 듯했고, 그들을 대할 때면 자신에게 거의 범접할 수 없도

---

30 18세기 러시아의 도주 농노 꼰드라찌 셸리바노프가 창시한 이단 종파. 세계관은 홀리스뜨교와 유사하고 의식은 구교와 비슷한데, 유일한 구원의 길은 거세에 있다고 보는 것이 가장 큰 특징이다.

록 단정하게 몸을 사렸다. 표도르 빠블로비치는 약간은 다른 눈길로 그를 보기 시작했다. 문제는, 그의 뇌전증 발작이 더 심해지는 바람에 그런 날에는 마르파 이그나찌예브나가 음식을 만들었는데, 표도르 빠블로비치의 입맛에는 전혀 맞지 않는다는 데 있었다.

"어째서 네 발작이 그렇게 잦은 거냐?" 그는 곁눈질로 새 요리사의 얼굴을 뜯어보았다. "네게 결혼하고 싶은 여자가 있으면 내가 결혼시켜주랴?"

그러나 스메르쟈꼬프는 그 말이 불만스러워서 창백해지기만 했을 뿐 아무 대답도 하지 않았다. 표도르 빠블로비치는 팔을 휘 내 젓고는 자리를 떴다. 중요한 것은 그가 스메르쟈꼬프의 정직함을, 그가 어떤 것도 손대지 않고 아무것도 훔쳐가지 않으리라는 것을 철석같이 믿었다는 것이다. 한번은 표도르 빠블로비치가 술에 취해서 방금 받은 무지갯빛 3천 루블 지폐를 자기 집 마당 진창에 떨어뜨리고는 다음날에야 알아챈 적이 있었다. 그가 눈에 불을 켜고 주머니들을 막 뒤지려는데, 무지갯빛 지폐 석장이 이미 떡하니 식탁 위에 놓여 있었다. 어디서 난 것일까? 스메르쟈꼬프가 어제 주워서 가져다놓았던 것이다. "자, 얘야, 나는 너 같은 애를 본 적이 없다." 그때 표도르 빠블로비치는 이렇게 단언하면서 그에게 10루블을 주었다. 덧붙여 말해둘 것은, 표도르 빠블로비치는 그의 정직함만 믿었던 것이 아니라 어째서인지 그를 사랑하기까지 했다는 것이다. 하지만 소년은 그를 다른 사람 보듯 싸늘하게 바라보았고, 여전히 말이 없었다. 드물게 먼저 말문을 열 때가 있기는 했다. 그때 누구든 그를 보고 그 젊은이가 무엇에 관심이 있고 그의 머리에 자주 떠오르는 생각이 무엇인지 물어볼 생각을 했더라도, 사실 그를 보고 답을 찾기란 불가능했을 것이다. 그런데 그는 가끔 집이나 마당 아니면 거리에서 걸음을 멈춘 채 십분가량 생각에 잠겨 멍하니 서 있는 경우가 있었다. 관상학자라면 그런 그를 보고 상념이나 생각이 아니라 어떤 관조에 잠겨 있는 것이라고 말했을지 모른다. 화가 끄람스꼬이의 작품 중에 '관조하는 사람'[31]이라는 제목의 멋진 그림이 한점 있다. 그 그림 속에는 겨울 숲이 묘사되어 있고 다 해진 농민외투를 입고 짚신을 신은 농민이 숲에서 길을 잃고 홀로 깊은 고독 속에 서 있는데, 깊은 생각에 잠긴 듯하지만 실은 생각하는 것이 아니라 무언가를 '관조하고 있는' 장면이다. 만일 그를 툭 치면 그는 무슨 일인지 전혀 이해하지 못하고 흠칫 몸을 떨며 잠에서 깨어난 듯이 당신을 바라볼 것이다. 사실 곧 정신을 차리긴 해도 그에게 서서 무슨 생각을 했느냐고 물으면 분명 아무것도 기억하지 못할 것이고, 관조하면서 받은 인상을 자기 안에 감추고 말 것이다. 그 인상들은 너무도 소중해서 그는 자신이 무엇을 위해 왜 그러는지 알지 못하고 물론 의식조차 하지 못한 채 그것들을 차곡차곡 쌓아두기만 할 것이다. 어쩌면 그는 여러해 동안 그 인상들을 쌓아두었다가 갑자기 모든 것을 버리고 구원을 얻기 위해 예루살렘으로 순례를 떠날지도 모른다. 또는 갑자기 고향 마을에 불을 지를지도 모르며, 어쩌면 이도 저도 모두 한꺼번에 저지를지도 모른다. 민중 속에는 이런 관조자들이 꽤 많다. 이런 관조자들 가운데 한 사람이 스메르쟈꼬프였고, 그 또한 스스로도 거의 이유를 모르는 채 자신의 인상들을 탐욕스럽게 축적하고 있었을 것이다.

------

31 끄람스꼬이(Иван Н. Крамской, 1837~87)는 사실주의 경향의 초상화를 많이 그린 러시아 화가. 러시아 민중에게 예술작품 감상 기회를 제공하기 위해 여러 도시를 돌며 전시회를 연 이동전람회파의 한 사람으로,「관조하는 사람」은 1878년 3월 9일~4월 22일 상뜨뻬쩨르부르그에서 전시되었다.

7. 논쟁

그런데 이 발람의 당나귀가 갑자기 말문을 열었다. 이야기 주제는 이상한 것이었다. 그리고리가 아침에 상인 루끼야노프의 상점에서 물건을 받아오다가 그에게서 어떤 러시아 병사에 관한 이야기를 들었다.[32] 그 병사는 아시아의 어느 먼 국경 지역에서 포로로 붙잡혀 오랫동안 모진 고문을 받으며 죽을지도 모른다는 공포 속에서 기독교를 부인하고 이슬람교로 개종하라는 협박을 받지만, 배교를 거부하고 고통을 받아들여 산 채로 껍질을 벗기면서도 그리스도를 찬양하고 영광을 돌리다가 죽었다는 것이다. 바로 그날 받은 신문에 이 공적에 대한 보도가 실려 있었다. 방금 식탁 앞에서 그리고리는 이 얘기를 꺼냈던 것이다. 전에도 표도르 빠블로비치는 식사를 마치면 매번 후식을 먹으면서 그리고리하고라도 잠시 웃고 떠들기를 좋아했다. 이번에는 기분도 가볍고 유쾌하게 들떠 있었다. 꼬냑을 홀짝거리며 전하는 보도를 듣던 그는 그런 병사는 당장 시성諡聖해야 하고 그의 벗겨진 피부는 어느 수도원에라도 모셔야 한다고 말했다. "그러면 민중들이 돈을 무더기로 쏟아놓을 거야." 그리고리는 표도르 빠블로비치가 눈곱만큼도 감동받지 않고 평소 버릇대로 신성모독적인 발언을 하는 것을 보고 인상을 찌푸렸다. 그런데 돌연 문 옆에 서 있던 스메르쟈꼬프가 피식 웃음을 터뜨렸다. 스메르쟈꼬프는 전에도 종종 식사가 끝날 무렵 식탁 옆

---

32 투르키스탄 제2부대 하사관 도마 다닐로프의 이야기로, 그는 터키계 유목민 킵차크족의 포로가 되었다가 사망했다. 도스또옙스끼는 『작가 일기』(Дневник писателя)에서 도마 다닐로프의 영웅적인 죽음에 대해 몇면을 할애한다.

에 있어도 된다는 허락을 받았는데, 우리 도시에 이반 표도로비치가 도착한 그날부터는 거의 매번 식사시간에 나타났다.

"너는 왜 그러느냐?" 표도르 빠블로비치가 순간적으로 그의 비웃음을 알아채고, 물론 그 비웃음이 그리고리를 향한 것임을 알고서 물었다.

"바로 그 사람 때문에요." 스메르쟈꼬프가 갑자기 큰 소리로 말했다. "설사 그 칭송받을 만한 병사의 공적이 대단히 위대하다 해도, 제 생각에는 그런 경우에 예컨대 앞으로 평생 자신의 비겁을 속죄할 수 있는 선행을 베풀기 위해 자신의 목숨을 구하도록 그리스도의 이름과 자신의 세례를 부인해도 죄가 되지는 않을 것 같아서요."

"그게 어떻게 죄가 되지 않는다는 거지? 거짓말이야. 그 말로 너는 곧장 지옥행이다. 거기서 양고기처럼 튀겨질 게다." 표도르 빠블로비치가 그의 말을 가로막았다.

바로 그때 알료샤가 들어왔던 것이다. 표도르 빠블로비치는 우리가 보았다시피 알료샤를 보고 몹시도 반가워했다.

"네 주제다, 내 주제!" 그가 알료샤더러 들으라고 앉히면서 기뻐서 히히 웃음을 터뜨렸다.

"양고기라니, 그렇지는 않지요. 거기서 그럴 일은 전혀 없을 겁니다. 공정하게 생각한다면 그런 일은 없어야 하고요." 스메르쟈꼬프가 확고한 어조로 대답했다.

"공정하게 생각하면 어째서 그렇다는 거냐." 표도르 빠블로비치는 알료샤의 무릎을 치면서 더욱 즐거워하며 외쳤다.

"저 녀석은 정말 비열한 녀석이야!" 그리고리의 입에서 문득 이런 말이 튀어나왔다. 그는 분개해서 스메르쟈꼬프의 눈을 똑바로 노려보았다.

"비열한 녀석 얘기라면 잠깐만요, 그리고리 바실리예비치." 스메르쟈꼬프가 차분하고 신중하게 반박했다. "스스로 판단해보시는 게 좋겠네요. 만일 제가 기독교도를 박해하는 사람들 손에 포로로 잡혀 그들이 제게 하느님의 이름을 저주하고 태어나면서 받은 거룩한 세례를 부정하라고 요구한다면, 저는 제 자신의 논리적 판단에 전권을 내어줄 겁니다. 왜냐하면 그런 것은 아무 죄도 되지 않을 테니까요."

"그래, 그 얘기는 벌써 했잖아. 허풍 떨지 말고 증명해봐라." 표도르 빠블로비치가 외쳤다.

"수프나 끓이는 자식이!" 그리고리가 경멸스럽다는 투로 중얼거렸다.

"수프 끓이는 자식 얘기도 잠깐만요. 욕하지 말고 스스로 판단해보세요, 그리고리 바실리예비치. 만일 제가 박해자들에게 '아니다, 나는 기독교인이 아니다, 내 참된 하느님을 저주한다'라고 말하면 그 즉시 저는 하느님의 최고 심판에 의해 특별히 저주를 받아 파문당하고 이교도로서 거룩한 교회에서 완전히 퇴출되겠지요. 심지어 바로 그 순간에, 그 말을 발설한 순간이 아니라 발설하려 생각한 바로 그 순간에, 채 4분의 1초도 지나지 않아 퇴출될 겁니다. 그렇지 않나요, 그리고리 바실리예비치?"

실은 단지 표도르 빠블로비치의 질문에 답하는 중이고 그것을 아주 잘 알고 있으면서도, 그는 마치 그리고리가 일부러 질문을 던지기라도 했다는 듯이 눈에 띄게 만족스러워하며 그리고리를 향해 말했다.

"이반!" 표도르 빠블로비치가 돌연 소리를 질렀다. "귀 좀 가까이 대봐라. 이건 모두 저애가 너를 위해 벌이는 일이야. 네가 자기를 칭찬해주길 바라는 거다. 칭찬 좀 해주려무나."

이반 표도로비치는 아버지가 흥분해서 하는 말에 아주 진지하게 귀를 기울었다.

"잠깐, 스메르쟈꼬프, 잠시만 입을 다물어라."표도르 빠블로비치가 다시 소리쳤다. "이반, 다시 귀 좀 가까이 해봐."

이반 표도로비치는 다시 가장 진지한 표정으로 몸을 숙였다.

"나는 알료샤만큼이나 너를 좋아해. 너는 내가 너를 사랑하지 않는다고는 생각지 마라. 꼬냑 마시련?"

"주세요."이반 표도로비치는 '하지만 아버지는 벌써 잔뜩 취했군요'하고 생각하며 아버지를 뚫어져라 쳐다보았다. 그는 또한 대단한 호기심을 품고 스메르쟈꼬프를 지켜보았다.

"네 녀석은 지금도 파문의 저주를 받았어."갑자기 그리고리가 폭발해버렸다. "네가 그런 소릴 하고도, 비열한 놈, 감히 또 무얼 논해. 만일에……"

"꾸짖지 말게, 그리고리, 꾸짖지 마!"표도르 빠블로비치가 말렸다.

"아주 잠깐이라도 좀 기다려주세요, 그리고리 바실리예비치. 제 말이 아직 끝나지 않았으니 마저 들어주시라고요. 그러니까 제가 즉각적으로 하느님의 저주를 받은 그 순간, 바로 그 거룩한 순간에 어쨌거나 저는 이미 이교도나 마찬가지가 되고, 제 세례는 거두어지고 어떻게 해도 되돌려지지 않는 거지요, 그렇죠?"

"결론을 내, 얘야, 어서 결론을 내라고."표도르 빠블로비치가 작은 술잔을 기분 좋게 홀짝이며 재촉했다.

"제가 이미 기독교도가 아니라면, 박해자들이 제게 '너는 기독교도냐, 아니냐'물었을 때 제가 거짓말한 것도 아닌 게 되는 거죠.

왜냐하면 그런 생각을 했다는 이유 하나만으로도 저는 박해자들에게 무슨 말을 내뱉기도 전에 이미 하느님 자신에 의해 기독교도의 자격을 빼앗겼으니까요. 기독교도의 자격이 이미 사라졌다면, 제가 그리스도를 부인했다고 해도 무슨 수로, 어떤 정당성을 갖고 저 세상에서 저를 기독교도에게 하듯 심문할 수 있겠습니까, 부인하기 전에 단지 그 생각을 했다는 이유만으로 제 세례를 거두어가놓고서? 제가 이미 기독교도가 아니라면 저는 그리스도를 부인할 수도 없지요, 그때는 이미 제가 부인할 무엇도 없는 셈이니까요. 부인한 따따르인을 누가 심문할 수 있겠습니까, 그리고리 바실리예비치. 설사 천상이라 해도 누가 그를 기독교도로 태어나지 않았다는 이유로 벌할 수 있겠냐고요, 한마리 소에서 두장의 가죽이 나오지 않는다는 걸 알면서. 따따르인이 죽어 전능하신 하느님이 직접 그를 심문하신다 해도, 그가 이교도 부모에게서 이교도로 세상에 난 것이 그의 잘못은 아니라는 걸 생각해서 아주 가벼운 벌만 내리실 겁니다.(아예 벌하지 않을 수는 없으니까요.) 하느님이 억지로 따따르인을 붙들고 너도 기독교도였느냐 아니냐 물으실 수는 없는 거 아니겠습니까? 그러면 전능하신 하느님이 순전히 거짓말을 하는 셈이 될 테니까요. 천지의 전능하신 하느님이 단 한마디라도 거짓말을 하실 수 있겠어요?"

그리고리는 석고처럼 굳어 눈을 부릅뜬 채 그 웅변가를 바라보았다. 그는 사람들이 무슨 말을 하는지 잘 이해하지 못했지만, 이 온갖 허튼소리 속에서 문득 무언가 깨닫고는 느닷없이 벽에 이마를 찧은 사람처럼 꼼짝도 하지 않았다. 표도르 빠블로비치는 술잔을 마저 들이켜고 새된 웃음소리를 내기 시작했다.

"알료시까, 알료시까, 저게 뭐라는 거냐! 아하, 이 녀석 궤변가로구나! 이 녀석은 어디 예수회 사람들과 어울렸던 게야, 이반. 아하, 이 녀석, 구린내 나는 예수회놈아, 누가 너한테 가르쳐주더냐? 너는 그냥 거짓말을 하고 있는 거야, 이 궤변가야, 거짓말이다, 거짓말, 거짓말이야. 울지 말게, 그리고리, 우리가 당장 이 녀석을 박살내서 연기와 재로 만들어버릴 테니. 네 녀석, 어디 이것 좀 말해봐라, 당나귀야. 네가 박해자들 앞에서 옳았다고 치자. 하지만 너 자신이 마음속으로 믿음을 부정하고 그 순간 파문의 저주를 받았다고 말하지 않았느냐. 일단 파문이 되었으면, 파문당했다고 지옥에서 네 머리를 쓰다듬어주지는 않을 게다. 이건 어떻게 생각하느냐, 대단하신 궤변가 나리?[33]"

"의심할 것 없이 저 스스로 부인했지만 그렇다고 그게 딱히 무슨 죄는 아니고, 설사 죄가 있다 해도 가장 평범한 작은 죄일 뿐이지요."

"평범한 작은 죄라니!"

"거짓말이야, 저주받을 녀석." 그리고리가 쇳소리를 냈다.

"잘 생각해보세요, 그리고리 바실리예비치," 스메르쟈꼬프가 자신의 승리를 의식하면서도 참패한 적수를 관대하게 봐준다는 듯 차분하고 정연하게 말을 이었다. "스스로 잘 생각해보시라고요, 그리고리 바실리예비치. 성경에도 누구든 믿음이 겨자씨 한알만큼만 있어도 이 산더러 바다로 옮겨지라 명하면 그 명령을 발하자마자 지체 없이 옮겨질 것이라고 쓰여 있잖아요.[34] 그런데 그리고리 바실

---

33 뿌시낀의 동화 「술탄 황제 옛이야기」에서 나온 구절이다.

34 마태오의 복음서 17:20 "나는 분명히 말한다. 너희에게 겨자씨 한 알만 한 믿음이라도 있다면 이 산더러 '여기서 저기로 옮겨져라.' 해도 그대로 될 것이다. 너희가 못할 일은 하나도 없을 것이다"와 마태오의 복음서 21:21 "너희가 의심하지 않고 믿는다면 … 이 산더러 '번쩍 들려서 바다에 빠져라' 하더라도 그대로

리예비치, 만일 제가 믿음이 없는 사람이고 아저씨는 저를 끊임없이 욕할 만큼 믿음이 깊은 분이라면, 스스로 이 산더러 바다까지는 아니라도(여기서 바다까지는 머니까요) 저기 우리 집 정원 뒤의 악취 나는 동네 개천으로라도 옮겨가라고 한번 말씀해보세요. 그러면 아저씨가 아무리 소리쳐도 아무것도 옮겨지는 게 없고 모든 게 예전 질서대로 남아 있는 걸 직접 보시게 될 겁니다. 그렇다면 그건, 그리고리 바실리예비치, 아저씨도 올바른 방식으로 믿지 않으면서 다른 이더러 그러지 않는다고 온갖 욕을 하고 있다는 뜻이 되지요. 그건 또한, 오늘날 아저씨뿐 아니라 결정적으로 누구도, 전 지구상에 단 한 사람, 많아 봐야 두 사람, 그나마 이집트 광야 어딘가에서 은둔하며 구도하고 있어서 찾으려야 찾을 수 없는 사람들 말고는 가장 높으신 인물에서 가장 낮은 농민에 이르기까지 정말 누구도, 산을 바다로 옮겨놓을 수 없다는 뜻입니다. 그렇다면 나머지 모든 사람은 믿음이 없는 사람들이라는 뜻인데, 과연 만인이 아는 자비로운 하느님께서 광야의 두 수도자를 뺀 나머지 사람을, 전 지구상의 인류를 저주하시고 그중 아무도 용서하지 않으실까요? 그러니 저는 한번 의심에 빠졌다 해도 참회의 눈물을 흘리면 용서받을 수 있을 거라는 희망을 가져봅니다."

"잠깐!" 표도르 빠블로비치가 환희의 절정에 이르러 꽥 소리를 질렀다. "어쨌든 산을 옮길 만한 사람이 두 사람 정도는 될 거라고 너도 생각한다는 거로구나, 그런 사람이 있다고? 이반, 잘 기억해 둬라, 적어둬. 전적으로 러시아 사람이나 할 수 있는 얘기다!"

"아버지가 믿음에 드러난 민족적 특성을 지적하신 건 완전히 옳

<hr />

될 것이다"라는 구절을 일컫는다.

은 말씀이에요." 이반 표도로비치가 감탄한 듯 미소 지으며 동의했다.

"동의하는구나! 네가 동의한다면 내가 맞는다는 거지! 알료시까, 사실이냐? 러시아적 신앙이라는 게 정말로 이런 거냐?"

"아니에요, 스메르쟈꼬프의 믿음은 전혀 러시아적 신앙이 아니에요." 알료샤가 진지하고 단호하게 말했다.

"나는 저 녀석의 믿음에 대해 말하는 게 아니라 하나의 특성, 광야의 두 수도자, 그 특성에 대해 말하는 거다. 그건 러시아적인 것이냐, 러시아적인 것?"

"네, 그 특성은 전적으로 러시아적인 거예요." 알료샤가 미소를 지었다.

"네 말은 금화 한닢 값어치는 있다, 당나귀야, 오늘 네게 그 돈을 주마. 하지만 나머지는 어쨌든 거짓말이다, 거짓말, 거짓말이야. 바보야, 여기 있는 우리는 경솔해서 믿지 못할 뿐이다. 우리는 시간이 없거든. 첫째로, 일이 많고, 둘째로, 하느님이 시간을 조금밖에 주지 않으셔서 그래. 하루에 이십사시간밖에 주지 않으셨으니 회개는커녕 잠을 푹 잘 시간도 없는 거지. 그런데도 네 녀석은 오직 믿음 말고는 생각할 겨를도 없이 네 믿음을 보여줘야 할 때에 박해자들 앞에서 믿음을 부인하겠다는 거로구나! 내 생각에는 바로 그런 상황인데, 어떠냐?"

"그렇습니다, 바로 그런 상황이에요. 하지만 직접 판단해보세요, 그리고리 바실리예비치. 그런 상황이라서 제 마음이 가벼운 거예요. 마땅히 그래야 할 만큼 그 진리를 믿으면서도 제가 믿음에 따른 고통을 받아들이지 않고 저주받은 마호메트 신앙으로 개종한다면 정말로 죄가 되겠지요. 하지만 그때는 고문까지 갈 것도 없지요. 그 순간 산더러 움직여 박해자를 짓밟으라고 명하기만 하면 산이 움직여 박해자를 바퀴벌레처럼 짓이길 테고…… 저는 하느님을 찬양하고 하느님께 영광을 돌리며 아무 일도 없었다는 듯 멀리 떠날 테니까요. 그러나 만일 제가 바로 그 순간에 온갖 짓을 다 해보고 일부러 산에게 저 박해자들을 짓밟으라고 외쳤는데도 산이 그들을 짓이기지 않으면, 말씀해보세요, 제가 그 순간 어떻게 의심하지 않을 수 있겠습니까? 죽을 만큼 무시무시한 공포가 밀려드는 그 끔찍한 시간에 말이에요. 이것 말고도, 제가 천국에 이를 만큼 충분치 못하다는 것을 이미 아는 마당에(제 말대로 산이 움직이지 않았다면 저세상에서도 제 믿음을 그다지 신뢰하지 않는다는 뜻이고, 저세상에서의 보상도 대단치 않다는 말이니까요) 제가 더 무엇을 위해 아무 이득도 없이 제 피부를 벗기게 내주겠습니까? 그건 심지어 제 피부가 이미 반이나 벗겨졌는데도 제 말이나 외침에 산이 움직이지 않았기 때문입니다. 그런 순간에는 의심이 생길 수 있을 뿐 아니라 공포 때문에 이성을 잃고 아예 판단을 못 하게 될 수도 있습니다. 그러니 여기서든 저기서든 아무 이득도 보상도 없는 걸 알고 최소한 제 피부라도 아껴보겠다는 게 뭐가 그리 죄가 된다는 거지요? 그래서 저는 주님의 자비에 기대어 완전히 용서받으리라는 희망을 품는 겁니다……"

8. 꼬냑을 마시며

논쟁은 끝났지만, 이상하게도 그토록 즐거워하던 표도르 빠블로비치가 끝날 무렵에는 얼굴을 잔뜩 찌푸렸다. 얼굴을 잔뜩 찌푸린 채로 그는 꼬냑을 한잔 들이켰는데, 이미 그 한잔은 그의 주량을 넘어서는 것이었다.

"꺼져라, 너, 예수회파야. 저리 꺼져버려." 그가 하인에게 소리쳤다. "나가라, 스메르쟈꼬프. 오늘 약속한 돈은 보낼 테니 나가버려. 그리고리, 자네는 울지 말고 마르파에게 가봐. 마르파가 위로해주고 잠자리를 챙겨줄 테니. 사기꾼들 같으니, 식사 후에 조용히 앉아 있게 해주질 않는다니까." 하인들이 그의 명령을 듣고 즉각 자리를 뜨자 그는 불만스러운 듯 거칠게 말했다. "스메르쟈꼬프는 이제 식사시간마다 여기로 오는구나. 너한테 관심이 많아서 그러는 건데, 너는 도대체 뭘로 저 녀석을 꼬인 거냐?" 그가 이반 표도로비치에게 덧붙였다.

"전혀 아무것도요." 그가 답했다. "저를 존경하기로 작정했나보죠. 그 녀석은 하인이자 악당이에요. 하지만 때가 되면 진보적인 고깃덩어리가 되겠죠."

"진보적이라고?"

"다른 더 훌륭한 이들이 나타나겠지만, 저런 치들도 있을 겁니다. 처음에는 저런 치들이다가 그뒤로는 더 훌륭한 이들이 나오겠지요."

"그때가 언제라는 거냐?"

"봉화가 타오르면요. 아니, 어쩌면 다 타기 전이라도요. 민중은 아직까지 저런 수프 끓이는 사람들 이야기 듣는 걸 그다지 좋아하지 않거든요."

"얘야, 정말 저 발람의 당나귀가 그런 생각을 한단 말이냐, 그런 생각을. 하기야 혼자서 어디까지 생각할지 누가 알겠느냐."

"생각을 축적하고 있겠지요." 이반이 가볍게 웃었다.

"알겠느냐, 나는 저 녀석이 다른 사람을 못 견뎌하는 만큼 나도 못 견뎌한다는 것을 잘 알고 있다. 너를 '존경하기로 작정한 것' 같겠지만 네게도 마찬가지야. 알료시까한테는 오래전부터 그랬지. 저 녀석은 알료시까를 경멸하고 있어. 그런데 손버릇은 나쁘지 않아. 말을 여기저기 옮기지도 않고, 입이 무거워 쓰레기를 집 밖으로 내가지 않아. 만두도 정말 맛있게 굽고. 이러거나 저러거나 저 녀석 얘기는 악마에게나 줘버리자. 사실 녀석에 대해 말할 가치나 있겠느냐?"

"물론 그럴 가치가 없지요."

"저 녀석이 혼자 지어낸 생각을 보면, 러시아 농민에 대해 흔히 말하듯 때려줘야 해. 나는 항상 그렇게 생각해왔다. 우리나라 농민들은 사기꾼이야. 불쌍히 여길 필요가 없어. 예전이나 지금이나 때려주는 게 낫지. 러시아땅은 자작나무가 있어 단단한 거다. 그 숲을 베어버리면 러시아땅은 사라지는 거야. 나는 똑똑한 사람들 편이다. 하지만 너무 똑똑해서 농민 때리기를 그만두었더니 이제는 농민들이 자기 몸을 계속 때리는구나. 잘하는 짓들이다. 너희가 남을 저울질하는 대로 너희도 저울질을 당할 것이다……[35] 한마디로 말해 앙갚음을 한다는 거지. 러시아는 돼지우리야. 아들아, 내가 러시아를 얼마나 증오하는지 네가 안다면…… 그러니까 러시아가 아니라 그 모든 악덕을…… 아니, 그러니까 러시아도 증오하는 거로군. 모든 게 돼지우리야(Tout cela c'est de la cochonnerie). 내가 무얼 좋아하는지 아느냐? 나는 재치를 좋아한다."

---

35 마태오의 복음서 7:1-2 "남을 판단하지 마라. 그러면 너희도 판단받지 않을 것이다. 남을 판단하는 대로 너희도 하느님의 심판을 받을 것이고 남을 저울질하는 대로 너희도 저울질을 당할 것이다" 등에서 나온 구절이다.

"또 한잔을 드시네요. 충분히 드셨을 텐데요, 아버지."

"기다려라, 내 한잔, 딱 한잔만 더 마실 테니. 그러고선 그만 마시마. 아니, 잠깐, 내 말을 끊었구나. 내가 모끄로예를 지나다가 어느 노인한테 물었더니 하는 말이, '우리는 판결에 따라 처녀들을 때리는 걸 무엇보다 좋아합니다. 청년들에게 때리라고 합지요. 그러면 그 청년이 오늘 때린 처녀를 다음날에 신부로 데려가니 우리 마을 처녀에겐 맞는 게 즐거운 일입지요'라고 하는 거야. 이 무슨 사드 후작[36]이냔 말이다, 응? 말하자면 이게 재치인 거지. 우리도 한번 구경하러 갔다 올까, 어때? 알료시까, 얼굴을 붉혔느냐? 부끄러워마라, 아가야. 아까 수도원장의 식탁에 앉지 못하는 바람에 모끄로예 처녀들 얘기를 하지 못한 게 후회스럽구나. 알료시까, 내가 아까 네 수도원장을 모욕했다고 화내지는 마라. 아들아, 나는 화가 난단 말이다. 만일 하느님이 있다면, 존재한다면 물론 그때는 내 잘못이고 내가 벌을 받을 게다. 하지만 만일 전혀 존재하지 않는다면, 네 그 신부라는 사람들이 무슨 필요가 있겠느냐? 그 사람들 목을 치는 것만으론 모자라. 왜냐하면 그 사람들은 발전을 저해하고 있거든. 이반, 믿겠느냐, 이게 내 마음을 괴롭힌단 말이다. 아니야, 너는 믿지 않는구나. 네 눈을 보면 알 수 있어. 너는 내가 광대에 불과하다고 말하는 사람들 말을 믿는 거야. 알료샤, 너는 내가 광대에 불과한 인간이 아니라는 걸 믿지?"

"광대에 불과한 분이 아니라고 믿어요."

"네가 그렇게 믿고 있고 진심으로 말하고 있다고 나도 믿는다. 너는 진심으로 보고, 진심으로 말하지. 그런데 이반은 아니야. 이반

---

36 Donatien Alphonse François(1740~1814). 프랑스의 소설가. 사드 후작은 필명이다. 잔혹한 성애를 다룬 작품들을 썼다.

은 오만해…… 어쨌든 나는 네 수도원과는 이제 끝이다. 그 바보들이 전부 정신을 차리게 러시아 전역에서 그런 신비주의자는 한꺼번에 모조리 쓸어버려야 해. 그러면 얼마나 많은 금은이 조폐국으로 들어오겠냐!"

"왜 쓸어버려야 하죠?" 이반이 말했다.

"진리가 어서 빨리 빛을 발하도록, 그게 이유지."

"만일 그 진리가 빛을 발하면 아버지를 제일 먼저 강탈한 다음…… 쓸어버릴 텐데요."

"이런! 맞아, 네 말이 옳다. 아, 내가 바로 당나귀로군." 표도르 빠블로로비치가 갑자기 자기 이마를 탁 치면서 외쳤다. "그렇다면 네 수도원은 그냥 서 있게 두자꾸나, 알료시카. 우리 똑똑한 사람들은 따뜻한 데 앉아서 꼬냑이나 마시자. 이반, 너는 아느냐, 이게 분명 하느님께서 일부러 마련한 것임을 말이다. 이반, 말해봐라, 하느님은 존재하는 거냐, 아니냐? 잠깐, 확실히 말해라, 진지하게 말해! 왜 또 웃는 거냐?"

"조금 전 스메르쟈꼬프가 산을 옮길 만한 장상이 두 명은 존재한다고 믿는다는 말에 아버지가 예리하게 지적하신 것 때문에 웃는 거예요."

"그게 지금 내 얘기와 비슷하냐?"

"아주요."

"그렇다면 그건 내가 러시아 사람이고 내게 러시아적인 기질이 있다는 말이로군. 그리고 철학자인 네게서도 이런 기질을 집어낼 수 있다는 말이기도 해. 원한다면 내가 집어내마. 내일이면 집어낸다는 데 내기를 걸지. 어쨌든 말해봐라, 하느님은 있는 거냐, 없는 거냐? 다만 진지하게! 지금 나는 진지함이 필요하니까."

"아니요, 하느님은 없어요."

"알료시까, 하느님은 있느냐?"

"하느님은 계십니다."

"이반, 불멸은, 저쪽에 아주 작은 거라도, 아주 조금이라도 있느냐?"

"불멸은 없어요."

"전혀?"

"전혀요."

"그러니까 완벽한 제로 또는 무無란 말이지. 어쩌면 뭐라도 있지 않을까? 그런 게 아무것도 아닐 수는 없잖느냐!"

"완벽한 제로예요."

"알료시까, 불멸은 있느냐?"

"있습니다."

"하느님도, 불멸도?"

"하느님도, 불멸도요. 하느님 안에 불멸이 있어요."

"음, 이반 쪽이 맞는 것 같구나. 맙소사, 인간이 믿음에 얼마나 많은 것을 내주었고, 그 꿈에 얼마나 많은 힘을 쓸데없이 소진했는지. 그런 지 벌써 수천년이다. 누가 이렇게 인간을 조롱할 수 있겠느냐? 이반, 마지막으로 확실하게, 하느님은 있느냐, 없느냐, 마지막으로 묻겠다."

"마지막으로 말해도 없어요."

"누가 인간을 조롱하고 있는 거냐, 이반?"

"틀림없이 악마겠지요." 이반 표도로비치가 경멸 어린 미소를 지었다.

"그럼, 악마는 있느냐?"

"아니요, 악마도 없어요."

"안됐군. 제기랄, 그럼 나는 하느님을 처음으로 생각해낸 인간을 손봐야겠구나! 그런 인간은 따가운 사시나무에 목을 매달아도 시원치 않다."

"하느님을 생각해내지 않았다면 그때는 문명도 전혀 없었을 거예요."

"없었을까? 하느님이 없다면 그런 건가?"

"예, 꼬냑도 없었을 거예요. 아무튼 그 꼬냑은 아버지한테서 치워야겠어요."

"잠깐, 잠깐, 잠깐만, 얘야, 딱 한잔만 더. 나는 알료샤를 기분 나쁘게 했어. 화나지 않았니, 알렉세이? 사랑스러운 알렉세이치끄,[37] 내 아들, 알렉세이치끄!"

"아니요, 화나지 않았어요. 저는 아버지 생각을 알아요. 아버지 마음은 머리보다 훨씬 좋으세요."

"내 마음이 머리보다 좋다고? 이런, 대체 누가 이런 말을 해주겠니? 이반, 너는 알료시까를 좋아하느냐?"

"좋아해요."

"좋아해야지.(표도르 빠블로비치는 몹시 취해 있었다.) 들어봐라, 알료샤. 나는 아까 네 장상에게 무례한 짓을 했어. 하지만 나는 흥분해 있었다. 그런데 그 장상은 재치가 있어. 이반, 너는 어떻게 생각하느냐?"

"있다고 치죠."

"있어, 있어, 삐롱이 느껴진다니까(il y a du Piron là-dedans).[38]

---

37 알렉세이치끄는 알렉세이의 지소형 애칭.
38 원문에는 저자가 각주로 뜻을 밝혔는데, 이 책에서는 이를 본문으로 돌렸다. 알

그이는 예수회파 사람이야, 러시아식으로 말이다. 고상한 존재들이 그렇듯 그의 내면에는 그렇게 보여야 한다는…… 성인인 척 굴어야 한다는 데서 오는 숨은 분노가 끓고 있다고."

"그분은 하느님을 믿고 계세요."

"전혀 믿지 않아. 너는 몰랐느냐? 그이는 모든 사람에게, 그러니까 모든 사람은 아니고 자신을 찾아오는 모든 현명한 사람에게 그렇게 말했어. 주지사 슐쯔에게 노골적으로 잘라 말했다지, 크레도,[39] 그런데 무얼 믿는지는 모르겠다고."

"정말요?"

"정말이지. 하지만 나는 그이를 존경해. 그이에게는 뭔가 메피스토펠레스[40]적인 게 있어. 아니면 더 좋게 말해서 『우리 시대의 영웅』의…… 아르베닌[41]인가 뭔가 같은…… 그러니까 그이는 음탕한 사람이야. 지금이라도 내 딸이나 아내가 그이에게 고해성사하러 간다고 하면 걱정이 될 만큼 음탕한 사람이라고. 그이가 이야기를 시작하면 어떤지 아냐…… 삼년쯤 전에 그이가 차를 마시자고 우리를 초대했어. 리큐어도 있었지.(여자들이 그이에게 리큐어를 가져다주거든.) 그이가 옛날 일들을 이야기하는데, 우리 모두 배꼽을 쥐고 웃었다…… 특히 그이가 몹시 병약해진 어떤 여자를 어떻게 고쳐줬는지 얘기하면서는 '발만 안 아팠어도 부인께 춤꾼의 춤을 보여드렸을 텐데요'라고 했다더라니까. 어떠냐? 그이 말이 '제가

렉시 삐롱(Alexis Piron, 1689~1773)은 프랑스의 시인이자 극작가.

39 Credo. 라틴어로 '나는 믿는다'.—원주

40 괴테의 희곡 『파우스트』(*Faust*)에 나오는 악마의 이름.

41 레르몬또프의 소설 『우리 시대의 영웅』(*Герой нашего времени*)의 주인공 이름은 뻬초린으로, 표도르 빠블로비치는 뻬초린을 레르몬또프의 희곡 『가면무도회』(*Маскарад*)의 주인공 아르베닌과 혼동하고 있다.

한때 얼마나 놀아났는지' 하는 거야. 상인 제미도프한테서 6만 루블을 갈취하기도 했다더라."

"어떻게요, 훔치셨대요?"

"그 상인이 그이가 좋은 사람인 줄 알고 '형제여, 맡아주게. 내일 우리 집을 수색할 걸세' 하면서 가져왔다는 거야. 그래서 그이가 맡아주었지. 그러고는 나중에 '자네는 교회에 헌금한 거라네' 했다더군. 내가 그이한테 당신은 비열한 사람이오, 하니까 그이가 아니오, 나는 비열한 사람이 아니라 통이 큰 거요, 했는데…… 그런데 이건 그이가 아니로군…… 다른 사람이야. 내가 다른 사람하고 헷갈렸구나…… 그런데도 눈치를 못 채다니. 자, 한잔만 더 마시고, 이제 됐다, 잔을 치워라, 이반. 내가 거짓말을 하는데 어째서 너는 나를 말리지 않은 거냐, 이반…… 내 말이 거짓말이라고 왜 말하지 않았어?"

"아버지 스스로 그만두실 줄 알았어요."

"거짓말, 나한테 악감정이 있어서 그런 거지, 오로지 악감정 때문에. 너는 나를 경멸하고 있어. 너는 내게 와서 내 집에 살면서 나를 경멸하고 있다고."

"그렇다면 떠날게요. 아버지는 꼬냑에 취하셨어요."

"체르마시냐에 하루 이틀 정도 다녀오라고 내가 그렇게 간절히 부탁하건만…… 그런데도 너는 가질 않는구나."

"그렇게 고집을 피우시면 내일 갈게요."

"가지 않을 거야. 너는 여기서 나를 감시하고 싶은 거야. 그게 네가 원하는 거지. 못된 녀석 같으니, 왜 안 가는 거냐?"

노인은 진정할 줄 몰랐다. 이제까지 얌전하던 취객이라도 틀림없이 패악을 부리면서 본때를 보여주고 싶어질 지경으로 그는 만취 상태였다.

"왜 나를 그렇게 보는 거냐? 네 눈이 왜 그러냐? 네 눈이 나를 보며 말하는구나. '이 취한 상판대기야.' 네 눈은 의심과 경멸로 가득 차 있어. 너는 속셈이 있어서 여기 온 거다. 여기 알료샤가 보고 있구나. 알료샤의 눈이 빛난다. 알료샤는 나를 경멸하지 않아. 알렉세이, 이반을 사랑하지 마라……"

"형한테 화내지 마세요. 형을 모욕하지 마세요." 알료샤가 돌연 고집스럽게 말했다.

"그래, 그럼 그렇게 하마. 아이고, 머리가 아프구나. 꼬냑을 치워라, 이반, 내가 세번째 말하는 거다." 그는 생각에 잠겼다가 불현듯 길쭉하게 교활한 미소를 지어 보였다. "이 늙은 영감에게 화내지 마라, 이반. 나는 네가 나를 좋아하지 않는다는 걸 알아. 그래도 화는 내지 마라. 뭐, 내가 사랑할 만한 구석이 없긴 하지만 말이다. 체르마시냐에 가주면 내가 네게 과자를 선물로 가지고 가마. 거기서 아가씨 하나를 보여주겠다. 오래전에 봐두었던 아가씨가 있거든. 그 아가씨는 아직 맨발로 다닌단다. 맨발로 뛰노는 아가씨라고 놀라지 마라, 무시하지도 말고. 진주들이니까!"

그는 자기 손에 소리 나게 입을 맞추었다.

"내게는 말이다," 자기가 좋아하는 주제로 넘어가자마자 그는 순식간에 술에서 깨기라도 한 듯이 온몸에 생기를 되찾았다. "내게는…… 에이, 애들아, 너희들! 너희들은 애송이야, 작은 돼지새끼들. 나한테는 말이다…… 평생 추한 여자라고는 단 한명도 없었다. 그건 내 원칙이야! 너희가 이걸 이해할 수 있겠니? 어떻게 이걸 이해할 수 있겠느냐! 너희는 아직 머리에 피도 안 마른 젖비린내 나는 녀석들인데 말이다. 아직 애티를 못 벗었지! 내 원칙에 따르면,

제기랄, 어떤 여자에게서든 다른 여자한테선 발견할 수 없는 지극히 흥미로운 점을 찾을 수 있다. 필요한 건 그게 어디 있는지 찾아내는 능력뿐이지! 그건 재능이야! 내게는 추녀[42]란 존재하지 않아. 여자라는 것 하나, 그것 하나만으로도 절반은 되지…… 이걸 너희가 어떻게 이해하겠느냐! 때로 나는 노처녀들[43]한테서도 그런 점을 발견하고 어째서 저 여자들을 지금까지 알아보지 못하고 저렇게 늙게 내버려두는지 나머지 바보들한테 놀라움을 금치 못할 때가 있다니까! 맨발의 여자도, 못생긴 여자도 처음에는 놀라움을 줘야 해. 여자란 다 그렇게 다루어야 하는 거란다. 너는 몰랐지? 나처럼 지저분한 여자한테 저런 나리가 사랑에 빠지다니, 하고 황홀해하고 감동하고 부끄러움을 느낄 정도로 놀라게 해줘야 한단 말이다. 세상에는 언제나 그런 쓰레기와 나리가 있고 또 앞으로도 있을 것이며, 마루 닦는 여자에게도 그 여자의 주인이 있을 거라는 건 참으로 멋진 일이야. 이것만큼은 삶의 행복을 위해 필요하다니까! 잠깐…… 들어봐라, 알료시카, 나는 죽은 네 엄마에게도 언제나 놀라움을 줬다만, 방식은 좀 달랐지. 전혀 네 엄마를 애무해주지 않다가 그런 순간이 찾아오면 갑자기 네 엄마 앞에서 갖은 아양을 떨면서 무릎으로 기어다니고 발에 키스해서 결국에는 네 엄마가 그 작게 부서지는 낭랑한 웃음, 크지 않지만 신경질적인 독특한 웃음을 터뜨리게 만들었단 말이다. 지금도 그 웃음이 기억나는구나. 그건 네 엄마한테만 있는 거지. 나는 네 엄마가 언제나 그러다가 병이 난다는 것을 알고 있었어. 다음날이면 끌리꾸샤로 불릴 테고, 지금 짓는 작은 웃음이 절대로 환희를 뜻하는 게 아니라는 걸 알고 있었

---

42 프랑스어 mauvais에서 나온 말로 '추녀'라는 뜻.—원주
43 프랑스어 vieille fille에서 나온 말로 '노처녀'라는 뜻.—원주

지. 하지만 거짓이라 해도 환희는 환희야. 바로 이게 모든 여자한 테서 그 나름의 특징을 발견할 줄 안다는 말의 의미다! 한번은 부 자에다 잘생긴 벨랍스끼라는 사람이 네 엄마 꽁무니를 쫓아다니느 라 우리 집에 자주 드나든 적이 있었다. 그 사람이 어느날 내 집에 서 내 뺨을 때리더구나. 더구나 네 엄마가 있는 데서 말이야. 그러 자 그 양같이 순하던 여자가, 나는 네 엄마가 뺨을 맞았다고 나를 죽이는 줄 알았다, 털썩 주저앉아서는 말하는 거야. '당신, 지금 뺨 을 맞았어, 맞았어, 저 사람한테 뺨을 맞았다고! 당신은 나를 저 사 람한테 팔아먹은 거야…… 어떻게 감히 저 사람이 내 앞에서 당신 을 때릴 수가 있어! 감히 내 곁에 얼씬도 하지 마, 절대로! 지금 달 려가서 저 사람에게 결투를 신청하란 말이야……' 그때 나는 네 엄 마를 진정시키려고 수도원에 데려갔다. 거룩한 신부들이 네 엄마 에게 훈계를 했지. 하지만 하느님이 보증해주실 텐데, 나는 나의 끌 리꾸샤를 단 한번도 모욕한 적이 없어! 그랬다면 딱 한번, 첫해에 그랬겠지. 당시 네 엄마는 아주 기도에 열심이었다. 특히 성모축일 같은 때는 나를 자기 방에서 서재로 내쫓았어. 나는 생각했지. 내가 저 여자한테서 저 신비주의를 부숴버려야지! 내가 말했어. '자 봐, 당신의 성상, 바로 이걸 내가 이제 끄집어내겠어. 잘 봐, 당신은 이 게 기적이라도 일으킨다고 알고 있지만, 지금 당신 앞에서 여기다 침을 뱉어도 나한테는 아무 일도 없을 테니까……' 네 엄마가 나를 어찌나 쏘아보던지, 맙소사, 나를 곧 죽이겠다는 생각이 들더구나. 그런데 네 엄마는 벌떡 일어나서 손뼉을 치고는 갑자기 두 손으로 얼굴을 가리고 온몸을 떨면서 바닥에 쓰러져…… 그대로 정신을 잃었단다…… 알료샤, 알료샤! 왜 그러니! 무슨 일이냐!"

노인은 놀라서 벌떡 일어났다. 알료샤는 아버지가 그의 어머니 얘기를 시작한 바로 그 순간부터 낯빛이 조금씩 변하기 시작했다. 그의 얼굴이 벌게지고 눈이 불타오르며 입술이 떨렸다…… 술에 취한 노인은 침을 튀기며 떠들면서도 알료샤에게 아주 이상한 일이 일어난 바로 그 순간까지 아무것도 알아채지 못했다. 그가 방금 '끌리꾸샤'에게 일어났다고 말한 것과 똑같은 현상이 알료샤에게 반복되었던 것이다. 알료샤는 갑자기 식탁에서 튀어일어나 이야기 속에서 그의 어머니가 했던 것과 똑같이 손뼉을 치고는 두 손으로 얼굴을 가리고 낫으로 베인 것처럼 의자에 털썩 쓰러졌고, 느닷없이 온몸을 휘감는 신경질적인 눈물의 발작을 일으키며 소리 없이 온몸을 떨었다. 그 모습이 기이할 만큼 어머니와 닮아서 노인은 더욱 충격을 받았다.

"이반, 이반! 저애에게 어서 물을 줘라. 제 어미와 똑같구나, 저건 제 어미야, 그때 제 어미와 똑같아! 입으로 저애한테 물을 뿜어줘라, 나도 그렇게 해주었다. 이건 제 어미 탓이야. 제 어미한테서 온 거라고." 그가 이반에게 중얼거렸다.

"그런데 그분은 제 어머니이기도, 알료샤의 어머니는 제 어머니이기도 하다고 생각하는데요, 어떤가요?" 이반이 참을 수 없는 분노와 경멸을 품고 갑자기 내뱉었다. 노인은 그의 번뜩이는 눈빛을 보고 몸을 부르르 떨었다. 그런데 바로 그때 정말로 한 일초 동안 아주 이상한 일이 일어났다. 노인의 머리에서 알료샤의 어머니가 이반의 어머니이기도 하다는 생각이 사라진 것 같았다……

"어떻게 네 엄마라는 거냐?" 그가 이해를 못 하겠다는 듯 중얼거렸다. "그게 무슨 말이냐? 어떤 엄마를 말하는 거냐? 아니, 그 여자가…… 어휴, 제기랄! 그래, 그 여자가 네 엄마이기도 하지! 아하, 제기랄! 이건 있을 수 없는 일이야, 내가 정신이 나갔구나, 미

안하다. 내 생각에는, 이반…… 헤헤헤!" 그는 말을 멈추었다. 술에
취해 반쯤은 무의미한 긴 비웃음이 그의 얼굴에 번졌다. 그리고 바
로 그 순간 갑자기 현관방에서 무서운 소음과 쾅쾅거리는 소리에
이어 미친 듯한 고함 소리가 들렸다. 문이 벌컥 열리면서 드미뜨리
표도로비치가 홀 안으로 날듯이 뛰어들어왔다. 노인은 놀라서 이
반에게 매달렸다.

"나를 죽일 거다, 죽일 거야! 나를 내주지 마라, 내주지 마!" 그는
이반 표도로비치의 프록코트 자락에 매달려 소리쳤다.

9. 음탕한 사람들

드미뜨리 표도로비치의 뒤를 따라 그리고리와 스메르쟈꼬프가
홀로 뛰어 들었다. 현관방에 있던 그들은 그를 들여보내지 않으려
고 몸싸움까지 벌였다.(며칠 전에 미리 표도르 빠블로비치가 명령
을 내려두었던 것이다.) 드미뜨리 표도로비치가 홀에 뛰어들어와
주위를 둘러보느라 잠시 주춤한 틈을 타 그리고리는 식탁을 돌아
달려가 홀 입구 맞은편의 안방 문 양쪽을 걸어잠그고 잠긴 문 앞에
서 두 팔을 벌려, 말하자면 바늘 하나도 용납하지 않을 기세로 입
구를 지키고 섰다. 그것을 본 드미뜨리는 거의 울부짖는 듯 고함을
지르며 그리고리에게 달려들었다.

"그러니까 저기 여자가 있구나! 저기 그 여자를 숨겼어! 저리 비
켜, 비열한 놈!" 그는 그리고리를 밀쳐내려고 했지만 그리고리가
그를 밀어냈다. 분기탱천한 드미뜨리는 팔을 쳐들어 온 힘을 다해
그리고리를 내리쳤다. 노인은 낫에 베인 듯이 무너졌고, 드미뜨리

는 그를 뛰어넘어 문으로 돌진했다. 스메르쟈꼬프는 홀의 다른 쪽 끝에서 창백한 얼굴로 온몸을 떨면서 표도르 빠블로비치 옆에 꼭 붙어 서 있었다.

"그 여자가 여기 있어." 드미뜨리 표도로비치가 외쳤다. "방금 집 쪽으로 돌아드는 걸 봤단 말이다. 내가 따라잡지 못한 것뿐이야. 어디 있어? 그 여자 어디 있냐고?"

'그 여자가 여기 있어!'라는 외침은 표도르 빠블로비치에게 이 해할 수 없이 강한 인상을 불러일으켰다. 놀란 마음이 삽시간에 사 라졌다.

"저놈을 잡아라, 잡아!" 그는 고함을 지르며 드미뜨리 표도로비 치의 뒤를 쫓아 달려갔다. 그리고리는 그사이 마루에서 일어났지 만 아직 정신을 차리지 못한 것 같았다. 이반 표도로비치와 알료샤 가 아버지를 잡으러 뛰기 시작했다. 세번째 방에서 뭔가가 바닥으 로 떨어지며 깨지는 바람에 쨍그랑 소리가 울렸다. 그것은 대리석 받침대 위에 놓인 커다란 유리화병이었다(비싼 것은 아니었다). 드 미뜨리 표도로비치가 그 옆을 지나다가 건드려 떨어뜨린 것이다.

"저놈 잡아라!" 노인이 울부짖기 시작했다. "사람 살려!"

이반 표도로비치와 알료샤는 노인을 뒤따라가 억지로 홀로 데 리고 왔다.

"왜 형을 쫓아가세요! 가면 형이 당장 아버지를 죽이고 말텐데 요!" 이반 표도로비치가 아버지에게 버럭 화를 내며 소리쳤다.

"바네츠까, 료셰츠까!"[44] 그러니까 그 여자가, 그루셴까가 여기 있 단다. 저 녀석이 이리로 들어오는 걸 봤다지 않느냐……"

---

[44] 순서대로 이반과 알료샤의 애칭.

그는 숨이 막힐 듯이 헐떡였다. 그루셴까를 기대하고 있었던 것은 아니지만, 느닷없이 그녀가 여기 있다는 소식을 듣자 단숨에 정신이 나갔던 것이다. 온몸을 떠는 것이 미친 사람 같았다.

"그 여자가 여기 오지 않았다는 건 아버지 스스로 잘 아시잖아요!" 이반이 외쳤다.

"어쩌면 저쪽 입구로 왔을 수도 있잖느냐?"

"저쪽 입구는 잠겨 있고, 열쇠는 아버지에게 있잖아요……"

갑자기 다시 드미뜨리가 홀에 나타났다. 물론 그는 입구가 잠겨 있는 것을 확인했고, 잠긴 입구의 열쇠는 정말로 표도르 빠블로비치의 호주머니 속에 있었다. 모든 방의 창문 또한 모조리 잠겨 있었다. 그러므로 그루셴까는 어디로도 들어올 수 없었고, 어디로도 빠져나갈 수 없었다.

"저 녀석을 잡아!" 표도르 빠블로비치가 다시 드미뜨리를 보자마자 소리를 질렀다. "저 녀석이 내 침실에서 돈을 훔쳤다!" 그러고는 이반의 손에서 몸을 빼서 다시 드미뜨리에게 몸을 날렸다. 그러자 드미뜨리는 두 팔을 들어 갑자기 노인의 관자놀이에 간신히 남아 있던 마지막 머리타래를 움켜쥐고 잡아당겨 쿵 소리가 나도록 그를 바닥에 패대기쳤다. 그는 또 쓰러진 노인의 얼굴을 두세번 구둣발로 짓이기는 데 성공했다. 노인은 귀청이 찢어질 듯이 비명을 질렀다. 이반 표도로비치는 형 드미뜨리만큼 힘이 세지는 않지만 형을 두 팔로 붙잡아 온 힘을 다해 노인의 몸에서 떼어냈다. 알료샤도 그를 도와 앞쪽에서 있는 힘껏 큰형을 붙잡았다.

"미쳤어, 아버지를 죽일 뻔했잖아!" 이반이 소리쳤다.

"아버지는 그래도 싸!" 드미뜨리가 숨을 헐떡이며 소리를 질렀다. "이번엔 죽이지 못했지만 다시 와서 죽일 테다. 너희는 아버지를 지키지 못해!"

"드미뜨리형! 당장 여기서 나가요!" 알료샤가 명령조로 외쳤다.

"알렉세이! 네가 말해봐, 나는 너 한 사람만 믿으니까. 지금 여기 그 여자가 있었니, 없었니? 내 눈으로 그 여자가 골목에서 이쪽 울타리 옆으로 돌아드는 걸 봤단 말이다. 내가 소리치니까 도망갔단 말이야……"

"맹세코 여기 오지 않았어요. 여기서 그 여자를 기다리는 사람도 없었고요!"

"하지만 나는 봤단 말이야…… 그러니까 그 여자는…… 지금 그 여자가 어디 있는지 알아내야겠어…… 잘 있어라, 알렉세이! 저 이상한 인간한테 돈 얘기는 꺼내지도 마. 하지만 까쩨리나 이바노브나에게는 반드시 가야 한다! '정중한 작별인사 전해달라고 했습니다, 정중한 작별인사를, 정중한 작별인사를 전해달라고요! 바로 영원히 작별인사를 전해달라고 했습니다!'라고 말해다오. 그녀에게 오늘 이 광경도 전해라."

그사이 이반과 그리고리는 노인을 일으켜 안락의자에 앉혔다. 노인은 얼굴은 피투성이였지만 정신은 말짱해서 탐욕스럽게 드미뜨리의 외침에 귀를 기울였다. 여전히 그루셴까가 정말로 집 어딘가에 있다고 느끼는 듯했다. 드미뜨리 표도로비치는 나가면서 그를 증오스럽게 바라보았다.

"노인네 피 좀 봤다고 후회하지 않아!" 그가 소리쳤다. "조심해, 노인네, 꿈도 꾸지 마, 나도 같은 꿈을 꾸고 있으니까! 당신을 저주해. 당신하고는 영원히 연을 끊을 거야……"

그는 방에서 뛰쳐나갔다.

"그녀가 여기 있어, 분명히 여기 있다고! 스메르쟈꼬프, 스메르쟈꼬프." 노인이 손짓으로 스메르쟈꼬프를 부르며 들릴 듯 말 듯한 소리로 말했다.

"그 여자는 여기 없어요, 없어. 아버지는 미친 노인네예요." 이반이 그에게 독살스럽게 외쳤다. "저런, 기절하셨군! 물, 수건! 움직여, 스메르쟈꼬프!"

스메르쟈꼬프는 물을 가지러 달려갔다. 마침내 노인의 옷을 벗기고 침실로 데려가서 침대에 눕혔다. 젖은 천으로 그의 머리를 싸맸다. 꼬냑과 심한 충격, 구타 때문에 기진맥진한 그는 베개에 머리가 닿자마자 순식간에 눈을 감고 정신을 잃었다. 이반 표도로비치와 알료샤만이 홀로 돌아왔다. 스메르쟈꼬프는 깨진 화병조각을 치우고 있었고, 그리고리는 침울하게 고개를 숙인 채 식탁 옆에 서 있었다.

"아저씨 머리에도 물수건을 얹어드릴까요? 침대에 누우실래요?" 알료샤가 그리고리에게 말을 걸었다. "우리가 여기서 아버지를 돌볼게요. 형이 아저씨…… 머리를 심하게 때렸잖아요."

"그애가 망설이지도 않고 나를 쳤어!" 그리고리가 침울하게, 또 박또박 말했다.

"형은 아버지도 거침없이 때렸어요. 아저씨한테야 오죽했겠어요!" 이반 표도로비치가 입술을 찡그리며 지적했다.

"내가 그애를 물통에 넣고 목욕도 시켜주었는데…… 그애가 나를 치다니!" 그리고리가 되풀이했다.

"제기랄, 만약 내가 떼놓지 않았으면 아버지를 죽였을 거야. 이런 미친 짓이 또 얼마나 벌어져야 하려나?" 이반 표도로비치가 알료샤에게 속삭였다.

"주여, 지켜주소서!" 알료샤가 외쳤다.

"뭐 하러 지켜?" 이반은 독살스럽게 얼굴을 찡그리고 여전히 속삭이듯 말을 이었다. "한마리 뱀이 다른 뱀을 잡아먹는데. 둘 다 그러라고 해!"

알료샤가 몸을 부르르 떨었다.

"물론 나는 지금도 그랬듯이 살인이 일어나지 못하게 할 테지만. 여기 있어라, 알료샤, 나는 잠시 마당에 나가 거닐어야겠다. 머리가 아파오네."

알료샤는 아버지의 침대로 가서 그의 머리맡 병풍 뒤에 한시간 정도 앉아 있었다. 노인은 문득 눈을 뜨고 뭔가를 기억해내려는 듯 생각에 잠겨 한참 동안 말없이 알료샤를 쳐다보았다. 갑자기 그의 얼굴에 심상치 않은 홍분이 떠올랐다.

"알료샤," 그가 미심쩍은 목소리로 속삭였다. "이반은 어디 있느냐?"

"마당에요. 머리가 아프대요. 형이 우리를 지켜줄 거예요."

"거울을 다오. 저기 있다, 가져다다오!"

알료샤는 장롱 위에 있는 아름답게 장식된 작고 둥근 거울을 그에게 가져다주었다. 노인은 거울을 들여다보았다. 코가 상당히 부어올랐고, 왼쪽 눈썹 위 이마에는 눈에 띄게 자줏빛 멍이 들어 있었다.

"이반은 뭐라더냐? 알료샤, 사랑스런 내 유일한 아들, 나는 이반이 무섭다. 그 녀석보다 이반이 더 무서워. 나는 오로지 너 하나만 두렵지 않아……"

"이반형도 두려워하지 마세요. 화가 나긴 했지만 이반형은 아버지를 보호할 거예요."

"알료샤, 그런데 그 녀석은? 그루셴까에게 쫓아갔구나! 사랑스런 천사야, 사실을 말해다오. 조금 전에 그루셴까가 왔었느냐, 아니냐?"

"아무도 그녀를 보지 못했어요. 그건 거짓말이에요, 오지 않았어요!"

"미쨔까[45]는 그 여자와 결혼할 거야, 결혼을!"

"그분은 형과 결혼하지 않을 거예요."

"결혼하지 않는다, 하지 않을 거야, 하지 않을 거야, 하지 않을 거다, 절대로!" 노인은 기뻐하며 온몸을 부르르 떨었다. 이 순간 그에게 이보다 더 기쁜 말은 없는 것 같았다. 그는 환희에 차서 알료샤의 손을 붙잡아 자기 심장에 꼭 갖다댔다. 심지어 눈에 눈물까지 어렸다. "그 성상, 내가 아까 얘기했던 그 성모마리아상은 네가 가져라, 가져가. 수도원으로 돌아가는 걸 허락하마…… 아까는 농담한 거란다, 화내지 마라. 머리가 아프구나, 알료샤…… 료샤, 네가 내 마음을 달래주렴, 천사가 되어주렴, 사실을 말해다오!"

"아버지는 그분이 왔었는지 아닌지를 또 물으시는 건가요?" 알료샤가 슬프게 말했다.

"아니다, 아니야, 아니야, 네 말을 믿는다. 그런데 말이다, 네가 직접 그루셴까에게 찾아가보면 어떻겠니? 빨리, 가능한 한 빨리 그 여자에게 물어봐라. 그 여자가 누구에게 가고 싶은지, 나인지 그 녀석인지 네가 직접 확인해다오, 응? 어떠냐, 그럴 수 있겠느냐, 없겠느냐?"

"그분을 뵈면 물어볼게요." 알료샤가 당황해서 이렇게 중얼거리는 참이었다.

***

45 드미뜨리의 또다른 애칭.

"아니야, 그 여자는 네게 말하지 않을 거다." 노인이 말을 끊었다. "그 여자는 성미가 급해. 당장 네게 키스하려 들 거다. 그리고 너와 결혼하고 싶다고 하겠지. 그 여자는 사기꾼에다 부끄러움을 모르는 여자야. 아니, 너는 그 여자한테 가면 안 된다, 절대로!"

"네, 아버지, 그건 좋지 않을 거예요, 전혀 좋지 않을 거예요."

"좀 전에 그 녀석이 너를 어디로 보낸 거냐? 나가면서 '들러라' 하고 외치지 않았느냐?"

"까쩨리나 이바노브나에게 가라고 했어요."

"돈 때문에? 돈을 부탁하라고?"

"아니요, 돈 때문이 아니에요."

"그 녀석은 돈이 없어. 동전 한푼도 없다. 자, 알료샤, 내가 누워서 밤새 생각해볼 테니 이제 너는 가보거라. 어쩌면 그 여자를 만날지도…… 다만 내일 아침녘에 내게 들러주렴. 내가 내일 할 말이 한가지 있단다. 들르겠느냐?"

"들를게요."

"들르게 되면 네 스스로 온 것처럼, 문병하러 온 것처럼 해라. 내가 불렀다고는 아무에게도 말하지 마. 이반에게는 한마디도 하지 마라."

"알았어요."

"잘 가라, 천사야, 아까 네가 내 편이 되어준 건 영원히 잊지 않으마. 내가 내일 네게 한가지를 말해주마…… 다만 아직 생각할 게 좀 있단다……"

"지금 몸은 좀 어떠세요?"

"내일, 내일이면 일어나서 걸을 게다, 아주 건강한, 아주, 아주 건강한 모습으로!"

알료샤는 마당을 지나다가 문 옆 벤치에서 형 이반을 보았다. 그는 앉아서 연필로 수첩에 뭔가를 적고 있었다. 알료샤는 이반에게 노인이 깨어났고 정신도 말짱하며, 자신에게 수도원으로 돌아가 자도록 허락해주었다고 전했다.

"알료샤, 내일 아침에 너와 만날 수 있으면 정말 좋겠는데." 이반이 몸을 일으키며 상냥하게 말했다. 알료샤로서는 이런 상냥함이 전혀 뜻밖이었다.

"내일 저는 호흘라꼬프 부인 댁에 갈 거예요." 알료샤가 대답했다. "지금 만나지 못한다면 내일 까쩨리나 이바노브나의 집에 갈지도 모르고……"

"그러면 지금은 까쩨리나 이바노브나에게 간다는 소리군! '정중한 작별인사를 전한다! 영원히 작별인사를 전한다!' 그거로구나?" 이반이 문득 미소를 지었다. 알료샤는 당황했다.

"예전에 한 말도 그렇지만 무엇보다 아까 들은 고함 소리로 모든 걸 알 것 같구나. 드미뜨리는 아마도 너더러 그녀에게 들러 형이…… 그러니까…… 그러니까…… 한마디로 '헤어지자고 전했다'고 말해달라고 했겠지?

"형! 아버지와 드미뜨리형 사이의 이 모든 끔찍한 일들이 어떻게 끝날까요?" 알료샤가 소리쳤다.

"짐작할 수 없지. 어쩌면 아무 일 없을지도 몰라. 흐지부지되는 거지. 그 여자는 짐승이야. 어떻게든 노인을 집에 붙들어둬야 해, 드미뜨리는 집에 들이지 말고."

"형, 또 한가지 물어볼까요? 정말로 어떤 사람이 다른 사람들을 보면서 그중 누가 살 가치가 있고, 누가 살 가치가 덜한지 결정할 권리가 있는 걸까요?"

"여기에 왜 가치 판단을 개입시키지? 그 문제는 가치에 근거한다기보다 훨씬 자연스러운 다른 이유에 따라 흔히 사람들의 마음속에서 결정되던데? 하지만 권리에 관해서라면, 희망할 권리를 지니지 않은 사람이 누가 있겠니?"

"다른 사람의 죽음에도 해당되는 건 아니겠지요?"

"설사 다른 사람의 죽음이라 해도. 모든 사람이 그렇게 살고 있고 달리 살 수도 없는데, 자신에게 거짓말을 할 필요가 있을까? 너는 내가 아까 '두마리 뱀이 서로 잡아먹으려 할 거다'라고 한 말 때문에 그러는 거지? 그렇다면 나도 한가지 묻자. 너는 나도 드미뜨리처럼 그 미친 노인의 피를 흘릴 수 있는, 그러니까 죽일 수 있는 사람이라 생각하는 거냐, 응?"

"무슨 소리예요, 이반형! 나는 단 한번도 그렇게 생각한 적이 없어요. 드미뜨리형에 대해서도 그렇게 생각하지 않고요……"

"말이라도 그렇게 해주니 고맙다." 이반은 빈정거렸다. "알아둬, 나는 언제나 아버지를 보호할 거야. 하지만 이 경우에 내 희망에는 완전한 자유를 남겨둘 테다. 내일 보자. 나를 악한이라고 생각지 말고 그렇게 보지도 마라." 그는 미소를 지으며 덧붙였다.

그들은 이전에 한번도 그런 적이 없을 만큼 굳은 악수를 나누었다. 알료샤는 형이 먼저 자신을 향해 한발짝 내디뎠고, 거기에는 틀림없이 뭔가 목적이, 어떤 의도가 있다는 느낌이 들었다.

10. 두 여자가 한자리에

알료샤는 아까 아버지의 집에 들어설 때보다 훨씬 더 낙담하고 침통한 심정으로 그 집을 나왔다. 그의 머리는 산산이 조각나서 흩어진 것만 같았고, 그와 동시에 산산이 흩어진 생각들을 모아 그날 겪은 모든 고통스러운 모순들에 공통된 생각을 끌어내기가 두려운 느낌이었다. 이제까지 알료샤가 단 한번도 마음에 품어본 적 없는 절망에 가까운 무언가가 느껴졌다. 그 모든 것 위에 중요하고 치명적이며 해결할 수 없는 문제가 산처럼 버티고 서 있었다. 그 무서운 여인 앞에 선 형 드미뜨리와 아버지의 관계는 어떻게 끝날 것인가? 이제 그 자신이 목격자가 되었다. 그 자신이 거기 있으면서 얼굴을 맞대고 싸우는 그들의 모습을 보았다. 하지만 불행해질, 아주 끔찍하게 불행해질 사람은 오직 드미뜨리형뿐이었다. 불행이 의심할 여지 없이 그를 지키고 서 있었다. 이 모든 일에 알료샤가 전에 생각했던 것보다 더 깊이 관련되었을지도 모르는 사람들도 나타났다. 심지어 수수께끼 같은 일도 있었다. 이반형은 알료샤가 오래전부터 바라던 대로 그에게 한걸음 다가왔지만, 어째서인지 이제는 그 자신이 그 한걸음에 놀라고 있다는 느낌이 들었다. 그리고 그 여인들은? 이상한 일이었다. 까쩨리나 이바노브나에게 가면서 조금 전까지만 해도 몹시 곤혹스러웠는데, 지금 그는 아무 느낌도 없었다. 오히려 이제는 그녀가 뭔가 지시해주기를 바라는 듯 서둘러 걸음을 옮겼다. 하지만 부탁받은 말을 그녀에게 전하는 일은 조금 전보다 훨씬 힘겹게 여겨졌다. 3천 루블 건이라면 완전히 결판이 나버렸다. 물론 형 드미뜨리는 이제 자신이 양심도 없는 놈이라 생각하며 아무 희망도 품지 못한 채 어떤 파멸 앞에서도 더이상 멈추려 들지 않을 것이다. 더구나 그는 아버지 집에서 벌어진 광경까지 까쩨리나 이바노브나에게 전해달라고 부탁하지 않았던가.

알료샤가 볼샤야 거리에서 아주 넓고 편안한 집 한채를 차지해 살고 있는 까쩨리나 이바노브나에게 도착했을 때는 벌써 7시로, 해가 저물고 있었다. 알료샤는 그녀가 두 명의 이모와 함께 산다는 것을 알고 있었다. 하지만 그들 중 한 명은 언니 아가피야 이바노브나에게만 이모로, 까쩨리나 이바노브나가 여학교를 마치고 아버지의 집으로 돌아왔을 때 그 집에 살면서 언니와 함께 그녀를 돌봐주었던 그 과묵한 여인이었다. 다른 이모는 가난한 집안 출신이었지만 거드름을 피우는 점잖은 모스끄바 귀부인이었다. 들리는 얘기로 그 두 사람은 매사에 까쩨리나 이바노브나에게 복종하며 예의범절을 차리면서 그녀의 집에 살고 있다고 했다. 까쩨리나 이바노브나는 병 때문에 모스끄바에 남아 있는 자신의 후원자 장군 부인에게만 복종했다. 매주 두 번씩 그녀는 자신의 상세한 근황을 적어 보내야만 했다.

알료샤가 현관에 들어서서 문을 열어준 하녀에게 자신이 온 것을 알려달라고 부탁했을 때, 분명 집 안에서는 모두가 이미 그가 왔다는 사실을 아는 것 같았다.(어쩌면 창을 통해 그를 봤을 수도 있다.) 그러나 알료샤는 갑작스러운 소란 비슷한 것, 뛰어가는 여자의 발걸음과 옷자락 스치는 소리를 들었을 뿐이다. 어쩌면 두세 명의 여자가 방에서 뛰어나간 듯도 했다. 알료샤는 자신의 방문이 그런 부산스러움을 낳았다는 데 의아했다. 그러나 그는 곧 홀로 안내되었다. 홀은 수많은 우아한 가구들로 가득한 커다란 방으로, 전혀 촌스럽지 않게 꾸며져 있었다. 소파, 안락의자, 작은 의자들이 여럿 있었고 크고 작은 탁자들이 놓여 있었다. 벽에는 그림들이 걸렸고 탁자 위에는 화병과 램프가 풍성한 꽃으로 장식되어 있었다. 창가에는 어항도 있었다. 해 질 녘이라 방은 어둑어둑했다. 알료샤는 분명 조금 전까지 사람들이 앉아 있었던 소파 위에 비단 망또가 아무렇게나 걸쳐져 있는 것을 보았다. 소파 앞 탁자에는 마시다 만 초콜릿 두잔과 과자, 푸른 건포도가 담긴 크리스털 접시와 사탕그 릇이 놓여 있었다. 누군가 손님이 있었던 것이다. 알료샤는 하필 자신이 손님이 있을 때 온 것을 알고 눈살을 찌푸렸다. 하지만 바로 그 순간 두꺼운 커튼이 걷히면서 까쩨리나 이바노브나가 종종걸음으로 들어왔다. 그녀는 기뻐 어쩔 줄 모르는 얼굴로 알료샤에게 두 손을 내밀다. 바로 그때 하녀가 초 두자루를 밝혀 들고 들어와 탁자 위에 놓았다.

"정말 다행으로 드디어 수련수사님이 오셨군요! 저는 하루 종일 하느님께 오직 당신을 보내달라고 기도했어요! 앉으세요."

까쩨리나 이바노브나의 미모는 삼주쯤 전에 그녀 자신의 열렬한 소망에 따라 드미뜨리형이 그를 그녀에게 처음 데려와 소개시켰을 때도 알료샤를 놀라게 했었다. 그러나 그 만남에서는 두 사람 사이에 통 대화가 이어지지 않았다. 그때 까쩨리나 이바노브나는 알료샤가 무척 당황했다고 생각했는지 그에게 자비를 베풀듯 줄 곧 드미뜨리 표도로비치하고만 이야기를 나누었다. 알료샤는 입을 다물고 있었지만 여러가지를 아주 잘 관찰할 수 있었다. 그를 놀라게 한 것은 그 도도한 아가씨의 고압적이고 오만하고 거리낌 없는 태도, 자신만만함이었다. 그 모든 것은 의심의 여지가 없었다. 알료샤는 자신이 과장해서 생각한 것이 아님을 느꼈다. 그는 그녀의 타오르는 크고 검은 눈동자가 아름답고, 특히 그녀의 갸름하고 창백한, 창백하다 못해 노르스름한 얼굴에 잘 어울린다고 생각했다. 그러나 멋진 입술 선과 꼭 마찬가지로 그 눈에는 그의 형으로 하여금 물론 지독한 사랑에 빠질 수밖에 없지만 결코 오래 사랑할 수는 없게 만드는 무언가가 있었다. 그는 방문 후에 자신의 약혼녀를 보고 어떤 인상을 받았는지 숨기지 말고 얘기해달라고 매달리던 드미뜨리에게 자신의 생각을 거의 솔직하게 말해주었다.

"형은 까쩨리나 이바노브나와 함께 살면 행복할 거예요. 하지만 어쩌면…… 행복하지만 평온하지는 않을 것 같네요."

"그러니까 동생아, 사람은 생긴 대로 사는 거야. 결코 운명 앞에 굴복하지 않지. 그러니까 너는 내가 그녀를 영원히 사랑하진 않을 거라고 생각하는 거지?"

"아니, 형은 아마 그분을 영원히 사랑할 거예요. 하지만 그분과 영원히 행복하진 않을지도 모르죠……"

알료샤는 그때 얼굴을 붉히고 자신의 생각을 말하면서 스스로를 불만스럽게 여겼다. 형의 부탁에 떠밀려 그런 '어리석은 의견'을 말하면서도 그 순간 그것이 끔찍하게 바보 같다고 생각되었기 때문이다. 더구나 여자에 대해 그렇게 자신만만하게 의견을 말한다는 것이 부끄럽기도 했다. 그런데 지금 자신을 맞으러 뛰어나오는 까쩨리나 이바노브나를 본 순간 그는 어쩌면 그때 자신이 크게 실수한 것인지도 모른다고 생각했다. 이번에 그녀의 얼굴은 꾸미지 않은 순박함과 선량함, 솔직하고 열정적인 진실함으로 환히 빛나고 있었다. 당시 알료샤를 그토록 놀라게 했던 이전의 '오만함과 자신만만함'은 사라지고, 이제 눈에 띄는 것은 용감하고 고결한 에너지와 명확하고 강렬한 자기확신뿐이었다. 그녀를 처음 본 순간 첫마디에서 알료샤는 사랑하는 사람과 관련해 그녀가 처한 비극적인 처지가 전혀 비밀이 아니며, 어쩌면 그녀가 모든 것을, 결정적으로 모든 것을 알고 있을지도 모른다는 생각이 들었다. 또한 그녀의 얼굴이 아무리 빛나고 미래에 대한 믿음으로 가득 차 있어도 알료샤는 문득 자신이 그녀 앞에서 고의로 큰 잘못을 저지르고 있다는 느낌이 들었다. 그는 그녀에게 순식간에 압도되어 매혹당했던 것이다. 이 모든 것 말고도 그는 그녀의 첫마디에서 무엇 때문인지 그녀가 몹시 흥분했고, 거의 환희와도 같은 보기 드문 흥분 상태에 있음을 알아챘다.

"저는 오직 당신 한분만이 모든 진실을 알려줄 수 있다고 생각해서 수련수사님을 기다렸어요, 그 누구도 아니라!"

"제가 온 것은," 알료샤가 당황해서 중얼거렸다. "저는…… 형이 보내서 왔습니다……"

"아, 형님이 보냈군요. 저도 그러리라 예감했어요. 이제 모든 걸 알겠어요, 모든 걸!" 까쩨리나 이바노브나가 문득 눈동자를 반짝이며 탄성을 질렀다. "잠깐만요, 알렉세이 표도로비치, 제가 수련수사님을 왜 그토록 기다렸는지 먼저 이야기할게요. 보세요, 어쩌면 저는 수련수사님보다 훨씬 더 많은 것을 알고 있는지도 몰라요. 수련수사님한테서 새로운 소식을 들을 필요도 없어요. 제게 필요한 건 이거예요. 저는 수련수사님의 의견, 최근에 형님에 대해 개인적으로 받은 인상을 알고 싶어요. 가장 솔직하고 꾸밈없이, 거칠게라도(오, 얼마든지 거칠게라도!) 얘기해주셨으면 좋겠어요. 형님을 만난 후로 이제 형님을 어떻게 생각하세요? 형님의 상황은요? 형님이 더이상 저를 보고 싶어하지 않으니, 제가 형님으로부터 개인적으로 설명을 듣기보다 이편이 더 나을지도 모르겠어요. 제가 무얼 원하는지 이해하시겠죠? 이제 형님이 무슨 일로 수련수사님을 제게 보냈는지(저는 형님이 수련수사님을 보낼 줄 이미 알고 있었어요!) 간단히 말씀해주세요, 추려서요……"

"형은 정중한 작별인사를…… 정중한 작별인사를 전해달라고, 더이상은 절대로 찾아오지 않을 테니…… 정중한 작별인사를 전해달라고 부탁했습니다."

"정중한 작별인사를 전한다고요? 그이가 그렇게 말했어요? 그런 표현을 썼어요?"

"예."

"어쩌면 잠시 무심코 말실수를 한 게 아닐까요, 적당한 표현을 못 찾아서?"

"아니요, 바로 '정중한 작별인사를 전한다'고 말해달라고 부탁했어요. 제가 전하는 걸 잊지 않도록 세번이나요."

까쩨리나 이바노브나는 얼굴을 붉혔다.

"이제 저를 도와주세요, 알렉세이 표도로비치. 지금 저는 수련수사님의 도움이 필요해요. 제 생각을 말씀드릴 테니, 그 생각이 옳은지 아닌지 그것만 답해주세요, 네? 들어보세요. 만일 형님이 그냥 지나가듯이, 고집을 피우거나 강조하지 않고 정중한 작별인사를 전해달라고 했다면 모든 건…… 그것으로 끝난 거예요! 하지만 만일 그 정중한 작별인사를 특별히 고집했다면, 정중한 작별인사를 전하는 걸 잊지 말라고 특별히 부탁했다면, 그건 형님이 흥분해 있다는 뜻이고 어쩌면 제정신이 아니었다는 뜻이죠, 그렇죠? 마음의 결정을 내렸는데 그 결정에 자신도 놀란 거예요! 형님은 확고하게 자기 발로 걸어서 떠난 게 아니라 산에서 떠밀린 거예요. 그 말을 강조한 건 어쩌면 그 무모함을 드러내는 것인지도 몰라요……"

"그렇군요, 그래요!" 알료샤가 열렬히 동의했다. "이제 저도 그런 것 같다는 생각이 듭니다."

"그렇다면 형님은 아직 망한 게 아니에요! 형님은 다만 절망에 빠진 거고, 저는 아직 형님을 구할 수 있어요. 잠깐만요, 형님이 수련수사님에게 돈에 대해, 3천 루블에 대해 뭔가 말하지 않던가요?"

"말했을 뿐 아니라 그게 무엇보다 형님을 짓누르는 문제인 것 같습니다. 형님은 이제 명예를 잃었다고, 이젠 모든 게 상관없다고 말했어요." 알료샤는 형에게 정말로 출구와 구원이 있을 수 있다는 희망이 심장을 파고드는 것을 온 마음으로 느끼며 열띤 목소리로 대답했다. "그런데 당신은…… 그 돈에 대해 정말로 알고 계시나요?" 그는 말을 덧붙이려다가 입을 다물었다.

"오래전부터, 더구나 아주 잘 알고 있었어요. 모스끄바에서 전보로 물어보아서 돈을 받지 못했다는 걸 오래전에 알았죠. 형님이 돈을 부치지 않은 거예요. 하지만 저는 입을 다물었어요. 지난주에 형님이 어떤 일에 돈이 필요했는지 알게 되었어요…… 저는 이 모든 일과 관련해 오직 하나의 목표만 세웠어요. 형님이 누구에게 돌아가야 하는지, 누가 그이의 가장 진실한 친구인지 깨닫게 해주는 거죠. 아니요, 형님은 제가 그이의 가장 진실한 친구라는 걸 믿고 싶어하지 않아요. 저를 알고 싶어하지도 않고 아무 상관 없는 여자처럼 보고 있지요. 한주 내내 저를 무섭게 괴롭힌 고민은 어떻게 하면 형님이 제 앞에서 3천 루블을 탕진한 것에 수치심을 느끼지 않을까 하는 것이었어요. 모든 사람에게, 자기 자신에게 수치스럽게 생각한다 해도 제 앞에서는 수치스러워하지 않도록 말이에요. 형님은 하느님께는 수치심 없이 모든 것을 아뢰잖아요. 그런데 왜 지금까지도 형님은 제가 형님을 위해 얼마나 많은 걸 감내할 수 있는지 모르는 걸까요? 어째서, 어째서 저를 모르는 걸까요? 이 모든 일이 일어난 후에도 어떻게 감히 저를 모를 수 있을까요? 저는 형님을 영원히 구원하고 싶어요. 형님이 저를 약혼녀로서는 영원히 잊어도 좋아요! 그런데도 형님은 제 앞에서 자기 명예 때문에 두려워하고 있다니! 알렉세이 표도로비치, 형님은 당신에게 모든 걸 밝히기를 두려워하지 않았잖아요? 왜 저는 아직까지도 그런 대접을 받지 못하는 걸까요?"

그녀는 눈물을 글썽이며 마지막 말을 마쳤다. 그녀의 눈에서 눈물이 흘러넘쳤다.

"제가 알려드릴 것이 있는데요," 알료샤 역시 떨리는 목소리로 말했다. "아까 아버지와 형님 사이에 있었던 일입니다." 그는 벌어진 일을 전부 이야기했다. 형이 돈 때문에 자기를 아버지에게 보냈고, 뛰어들어 아버지를 때렸고, 이후에 특히 더 집요하게 그, 즉 알료샤에게 '정중한 작별인사를 전하러' 가달라고 다시 한번 확인했다는 등의 이야기였다. "형님은 그분에게 갔어요……" 알료샤가 조용히 덧붙였다.

"수련수사님은 제가 그분을 감당하지 못할 거라고 생각하세요? 형님은 제가 감당하지 못할 거라고 생각하지요? 하지만 형님은 그분과 결혼하지 못할 거예요." 그녀는 갑자기 신경질적으로 웃음을 터뜨렸다. "까라마조프가 과연 그런 열정을 영원히 불태울 수 있을까요? 그건 열정이지 사랑이 아니에요. 형님은 그분과 결혼하지 못해요, 그분이 형님과 결혼하지 않을 테니까." 까쩨리나 이바노브나는 또다시 이상한 미소를 지었다.

"형님은 결혼할지도 모릅니다." 알료샤가 눈을 내리깔고 슬프게 말했다.

"형님은 결혼하지 못해요, 제가 보증하죠! 그 아가씨는 천사예요, 아시겠어요? 그걸 아셔야 해요!" 까쩨리나 이바노브나는 평상시와 달리 돌연 흥분해서 소리쳤다. "그분은 환상적인 존재들 중에서도 가장 환상적인 분이에요! 저는 그분이 얼마나 매혹적인지 알아요. 하지만 저는 그분이 선량하고 심지가 굳고 고결하다는 것도 알지요. 왜 저를 그렇게 보세요, 알렉세이 표도로비치? 어쩌면 제 말에 놀라셨나요, 제 말을 못 믿으시는 건가요? 아그라페나 알렉산드로브나,⁴⁶ 나의 천사!" 그녀가 갑자기 다른 방을 보면서 누군가에게 외쳤다. "우리에게로 오세요. 이분은 사랑스러운 친구 알료샤예요. 이분은 우리 일을 모두 알고 있어요, 이분에게 나와주세요."

"저는 커튼 뒤에서 아가씨가 저를 부르시기만 기다리고 있었어요." 부드럽고 약간은 달짝지근하기까지 한 여자 목소리가 울렸다.

두꺼운 커튼이 열리고…… 바로 그루셴까가 기뻐 웃으며 탁자로 다가왔다. 알료샤의 속에서 뭔가가 뒤집히는 것 같았다. 그는 그녀에게 시선을 고정한 채 눈을 뗄 수 없었다. 그것은 바로 그녀, 반시간 전에 형 이반의 입에서 튀어나왔던 대로 '짐승' 같다던 바로 그 무시무시한 여인이었다. 그러나 그의 앞에 선 사람은 언뜻 보기에 가장 평범하고 단순한 존재인 것 같았다. 선량하고 사랑스러운 여인, 아름답다고 할 수 있지만 다른 아름다운 여인들과 별다를 바 없는 '평범한' 여인이었다! 사실 그녀는 무척, 정말로 무척이나 예뻤으며, 많은 사람이 나이 들어서도 좋아할 러시아적인 미인이었다. 키가 상당히 큰 편이었지만 까쩨리나 이바노브나보다는 조금 작았다.(까쩨리나 이바노브나는 키가 아주 컸다.) 약간 통통한 몸집에 소리도 들리지 않을 만큼 부드러운 몸짓은 어딘가 유달리 감미로우면서도 아주 연약한 듯했고, 목소리 또한 그랬다. 까쩨리나 이바노브나가 힘차고 씩씩하게 걷는 것과 달리, 아니, 그와는 정반대로 그녀는 소리도 없이 다가왔다. 발이 바닥에 닿는 소리가 전혀 들리지 않을 정도였다. 풍성한 검은 비단 드레스 자락을 가볍게 사

---

46 그루셴까의 완전한 이름.

각거리며 사뿐히 안락의자에 내려앉은 그녀는 값비싼 검은 비단 솔로 물거품처럼 하얗고 통통한 목과 넓은 어깨를 조심스럽게 감 쌌다. 그녀는 스물두살이었고, 그녀의 얼굴은 그 나이에 꼭 맞는 표 정을 하고 있었다. 그녀의 희고 창백한 얼굴에는 분홍빛 홍조가 떠 올라 있었다. 얼굴 윤곽은 너무 넓은 듯싶고 아래턱은 앞으로 살 짝 튀어나와 있었다. 윗입술은 얇고 약간 튀어나온 아랫입술은 두 배나 통통해서 약간 부은 것 같았다. 그러나 신비스러울 만큼 풍성 한 짙은 다갈색의 머리카락과 진하고 굵은 눈썹, 긴 속눈썹에 회색 빛이 감도는 아름답고 푸른 눈동자는 혼잡한 군중 속 어딘가를 거 니는 무심하고 부주의한 사람이라도 틀림없이 그 앞에 멈춰서서 그 얼굴을 오래도록 기억하게 만들 터였다. 그 얼굴에서 무엇보다 알료샤를 놀라게 한 것은 어린아이같이 천진한 표정이었다. 그녀 는 아이처럼 바라보며 아이처럼 무언가를 기뻐하고 있었다. 그렇 게 '기뻐하면서' 그녀는 아이처럼 무슨 일이 생길 것 같은 확신 가 득한 호기심과 기대감을 품고 조바심을 내며 탁자 쪽으로 다가왔 다. 그녀의 시선은 보는 이의 영혼을 명랑하게 만들었다. 알료샤는 그것을 느꼈다. 또한 그녀 속에는 무언가가, 그로서는 정확히 알 수 도, 이해할 능력도 없지만 무의식중에 드러나는 무언가가 있었는 데, 바로 그 유연함, 몸짓의 부드러움, 소리 없이 움직이는 고양이 같은 몸놀림이었다. 하지만 그녀의 육체는 강력하고 풍만했다. 솔 밑으로는 넓고 포동포동한 어깨와 아주 젊은 가슴의 봉긋한 선이 드러나 있었다. 그 육체는 약간은 과장된 비율로나마 벌써부터 밀 로의 비너스의 형태를 약속하고 있었다. 러시아 여성의 아름다움 을 익히 아는 사람이라면 그루셴까를 보면서 이 생생하고 젊음 넘 치는 아름다움도 서른살쯤 되면 그 조화를 잃고 흐트러질 것이며,

얼굴은 탄력을 잃고 처지고 눈과 이마에는 갑작스런 주름살이 나타나고 얼굴빛은 윤기를 잃고 벌게질 것이라고, 한마디로 말해 이 아름다움은 찰나적인, 러시아 여성에게서 흔히 볼 수 있는 변하기 쉬운 아름다움일 것이라고 정확히 예언할 수도 있다. 물론 알료샤는 그런 생각은 하지 않았지만, 그녀에게 매료된 중에도 어떤 불쾌한 느낌이 들어 안타깝게 자문해보았다. 어째서 그녀는 저렇게 말을 끌고 자연스럽게 말하지 못할까? 그녀는 분명히 말을 끄는 어조, 몹시 달짝지근한 말투와 발음이 아름답다고 여겨서 그러는 것 같았다. 물론 그것은 낮은 교육수준과 어린 시절부터 몸에 밴 속된 예의범절을 증명하는 나쁜 언어습관에 불과했다. 그러나 알료샤는 그런 말투와 억양이 아이처럼 천진하고 기쁨에 찬 표정, 갓난아기처럼 조용하고 행복하게 반짝이는 눈동자와는 거의 불가능할 만큼 어울리지 않는다고 생각했던 것이다! 까쩨리나 이바노브나는 금세 그녀를 알료샤의 맞은편 안락의자에 앉히고 환희에 차서 몇번이나 그녀의 웃는 입술에 입맞추었다. 까쩨리나 이바노브나는 정확히 그녀에게 폭 빠져 있었다.

"우리는 오늘 처음 만나는 거예요, 알렉세이 표도로비치." 그녀가 기쁨에 취해서 말했다. "저는 이분을 알고 싶고 보고 싶었어요. 그래서 이분을 찾아가려고 했는데, 이분이 제가 원한다니까 직접 오셨어요. 저는 이분과 모든 걸 해결할 줄 알고 있었어요, 모든 문제를요! 제 마음은 그걸 예감하고 있었어요…… 모두들 그러지 말라고 말렸지만 저는 결말을 예감했고, 결국 틀리지 않았어요. 그루셴까는 제게 자신의 생각을 전부 말해주었어요. 선한 천사처럼 여기로 평강과 기쁨을 전해주러 날아온 거예요……"

"사랑스럽고 존경스러운 아씨, 아씨는 저를 멸시하지 않으셨어요." 그루셴까는 여전히 예의 사랑스럽고 기쁨에 찬 미소를 지으며 노래하듯 말꼬리를 늘였다.

"감히 그런 말은 하지 마세요, 매혹적인 분, 마법 같은 분! 당신을 멸시하다니요? 저는 다시 한번 이렇게 당신의 아랫입술에 입맞출래요. 당신 아랫입술은 마치 부은 것 같으니 더 많이 붓도록 또, 또 한번 더…… 보세요, 이분이 웃는 모습을. 알렉세이 표도로비치, 이 천사 같은 분을 보고 있으면 마음이 명랑해져요……" 알료샤는 얼굴을 붉히고 눈에 띄지 않을 만큼 살짝 몸을 떨었다.

"사랑스런 아씨, 아씨는 저를 너무 귀여워하시지만, 어쩌면 저는 그런 애정을 받을 가치가 없는 사람인지도 몰라요."

"가치가 없다니! 이분이 가치가 없다고 하네요!" 까쩨리나 이바노브나가 여전히 흥분해서 다시 소리쳤다. "알렉세이 표도로비치, 이분의 머리는 환상적이고 마음은 자유분방하지만 자부심으로 가득하답니다! 이분은 고결해요, 알렉세이 표도로비치, 이분은 관대해요, 아시겠어요? 이분은 다만 불행했을 뿐이에요. 이분은 그만한 가치가 없는, 어쩌면 경박한 사람을 위해 너무 성급하게 모든 걸 희생할 각오를 했던 거예요. 한 남자, 역시 장교였지요, 한 남자가 있었고, 이분은 그 사람을 사랑해서 그에게 모든 걸 바쳤어요. 오래 전, 벌써 오년 전에 있었던 일이죠. 그 사람은 이분을 잊고 결혼했어요. 그런데 그 사람이 이제 상처했다고, 이리로 오겠다고 편지를 쓴 거예요. 이분은 지금까지 그 사람을, 오직 그 한 사람만을 사랑하고 있고 평생 사랑해왔어요! 그 사람이 오면 그루셴까는 다시 행복해질 거예요. 지난 오년간 이분은 행복하지 않았거든요. 그러나 누가 이분을 비난할 수 있고, 누가 이분을 칭찬할 수 있을까요! 오직 다리가 불편한 그 늙은 상인뿐이지요. 하지만 그이는 차라리 아버지이자 친구요 보호자예요. 그이는 이분이 그토록 사랑한 사람에게 버림받아 절망에 빠지고 고통 중에 있을 때 이분을 발견한 거예요…… 그때 이분은 물에 빠져 죽으려 했는데 노인이 이분을 구한 거죠, 구했다고요!"

"저를 너무 감싸주시네요, 사랑스러운 아씨, 모든 걸 너무 서두르세요." 그루셴까가 다시 말꼬리를 늘였다.

"감싼다고요? 제가 감쌀 일이 있나요, 또 감히 감쌀 수나 있겠어요? 그루셴까, 천사 같은 사람, 제게 손을 주세요. 이 통통하고 작고 예쁜 손을 좀 보세요, 알렉세이 표도로비치. 이 손을 보세요, 이 손이 제게 행복을 가져왔고, 저를 부활시켰어요. 저는 이제 이 손에 입맞출 거예요, 손등에, 손바닥에, 이렇게, 이렇게, 이렇게!" 그녀는 기쁨에 취한 듯 정말로 예쁘장하고 어쩌면 지나치게 통통한 그루셴까의 손에 입을 맞추었다. 그루셴까는 손을 내밀고 신경질적이면서도 낭랑하고 매력적인 웃음소리를 내며 '사랑스러운 아씨'의 행동을 눈으로 좇았다. 손에 입맞춰주는 것이 아마도 기분 좋은 모양이었다. '지나치게 기뻐하는 것 같다.' 알료샤의 머리에 이런 생각이 스쳤다. 그는 얼굴을 붉혔다. 어쩐지 마음이 내내 아주 불편했다.

"알렉세이 표도로비치 앞에서 제 손에 이렇게 입을 맞추시다니, 사랑스러운 아씨, 저를 창피스럽게 하지 마세요."

"제가 이걸로 당신에게 창피를 주려 한다고 생각하나요?" 까쩨리나 이바노브나가 약간 놀란 얼굴로 중얼거렸다. "아, 사랑스러운 분, 저를 정말로 잘못 이해하고 계시네요!"

"어쩌면 아씨도 저를 아주 잘못 이해하고 계신지도 모르겠네요. 사랑스러운 아씨, 저는 보기보다 훨씬 나쁜 사람일 수 있거든요. 저는 마음씨도 못됐고 제멋대로지요. 저는 가련한 드미뜨리 표도로비치를 그저 장난삼아 유혹했어요."

"하지만 당신은 이제 그이를 구하실 거잖아요. 약속했잖아요, 그이가 정신을 차리도록 만들겠다고. 당신이 오래전부터 다른 사람을 사랑해왔고 그 사람이 이제 당신에게 청혼하고 있다는 걸 그이에게 밝히겠다고 했잖아요."

"아이, 아니에요, 저는 그런 약속을 한 적이 없어요. 아씨 스스로 그런 말들을 하셨지 저는 약속한 적이 없어요."

"그렇다면 내가 잘못 이해한 거로군요." 까쩨리나 이바노브나가 약간 창백해져서 조용히 말했다. "약속했잖아요……"

"아, 아니에요, 천사 같은 아씨, 저는 아무 약속도 하지 않았어요." 그루셴까가 전처럼 명랑하고 순진한 얼굴을 하고서 조용히, 어조의 변화도 없이 말을 가로챘다. "자, 이제 분명해졌네요, 높으신 아씨, 아씨 앞에 있는 제가 얼마나 추잡하고 제멋대로인지. 저는 뭐든 반드시 마음먹은 대로 행동해요. 어쩌면 조금 전에 제가 무슨 약속을 했을지도 모르죠. 하지만 이제 생각해보니 갑자기 다시 그 사람이, 미쨔가 마음에 드는 거예요. 그 사람은 아주 제 마음에 들었던 적이 있고, 또 거의 한시간 동안이나 마음에 들었거든요. 그러니 이제 저는 그 사람한테 가서 오늘부터 우리 집에서 살라고 말할지도 몰라요…… 저는 그렇게 종잡을 수 없는 여자랍니다……"

"조금 전에는 전혀…… 그렇게 말하지 않았잖아요……" 까쩨리나 이바노브나가 간신히 말을 이었다.

"아하, 조금 전에요! 저는 마음 약하고 어리석은 여자예요. 그 사람이 저 때문에 어떤 일을 겪었는지 생각해보니! 집에 갔는데 갑자기 그 사람이 불쌍해지면, 그때는 어떻게 하죠?"

"이럴 줄은 몰랐어요……"

"에이, 아씨, 제 앞의 아씨는 얼마나 선량하고 고결하신지. 이제는 이 바보 같은 성격 때문에 저를 싫어하셔도 돼요. 제게 그 사랑스러운 손을 주세요, 천사 같은 아씨." 그녀는 부드럽게 청하며 공손히 까쩨리나 이바노브나의 손을 잡았다. "사랑스런 아씨, 이제 제가 아씨의 손을 잡고 아씨가 제게 하셨듯이 입맞춤해드릴게요. 제 손에 세번 입맞추셨으니 저는 보답으로 삼백번은 해드려야겠지요. 그래야 마땅해요. 그다음엔 하느님이 인도하시는 대로 되겠죠. 어쩌면 완전한 아씨의 노예가 되어 노예처럼 매사에 아씨를 흡족하게 해드리려 할지도 몰라요. 하느님이 하시는 거라면 우리 사이에 어떤 계약이나 약속도 없이 그렇게 될 테죠. 이 손, 아씨의 손은 정말 사랑스럽군요, 이 손 좀 봐! 사랑스러운 아씨세요, 상상도 못할 미인이세요!"

그녀는 입맞춤으로 '보답하려는' 정말 이상한 목적에서 그 손을 조용히 자기 입술로 가져갔다. 까쩨리나 이바노브나는 손을 빼지 않았다. 그녀는 조심스러운 희망을 품고서, 표현은 이상했지만 '노예처럼' 그녀를 흡족하게 해주겠다는 그루셴까의 약속, 그 마지막 말에 귀를 기울였다. 그녀는 긴장해서 그루셴까의 눈동자를 바라보았다. 그 눈동자에는 여전한 천진함과 신뢰, 변함없는 명랑함이 깃들어 있었다…… '이 여자는 어쩌면 너무 순진한 건지도 몰라.' 까쩨리나 이바노브나의 마음에 이런 희망이 어른거렸다. 그루셴까는 '사랑스러운 손'에 황홀해진 듯 천천히 그 손을 자신의 입술로 들어올렸다. 그러나 갑자기 무슨 생각에 잠긴 듯 입술 앞에서 손을 쥔 채 이삼초간 가만히 있었다.

"그런데 천사 같은 아씨, 아시겠어요," 그녀가 갑자기 너무나 부드럽고 달짝지근한 목소리로 말꼬리를 늘이며 말했다. "그러니까 저는 아가씨의 손을 잡았지만 입을 맞추진 않을래요." 그녀는 즐거워하며 작게 웃기 시작했다.

"좋을 대로 하세요…… 그런데 무슨 일이에요?" 까쩨리나 이바노브나가 갑자기 몸을 떨었다.

"아씨는 제 손에 입을 맞췄지만 저는 그러지 않았다는 걸 잘 기억해두세요." 그루셴까의 눈 속에서 무언가가 번득였다. 그녀는 무섭도록 뚫어지게 까쩨리나 이바노브나를 쳐다보았다.

"뻔뻔한 것!" 까쩨리나 이바노브나가 퍼뜩 뭔가를 깨달은 듯 소리를 지르며 얼굴을 붉히고 자리에서 벌떡 일어났다. 그루셴까도 서두르지 않고 일어났다.

"당신은 제 손에 입을 맞췄는데 저는 전혀 그러지 않았다는 걸 당장 미짜에게 얘기해줄래요. 그 사람이 얼마나 웃을지!"

"파렴치한 것, 당장 나가!"

"하, 아씨, 얼마나 창피하실까, 얼마나 창피해. 그런 말은 아씨에게 전혀 어울리지 않아요, 사랑스런 아씨."

"썩 꺼져, 이 창녀 같으니!" 까쩨리나 이바노브나가 울부짖었다. 그녀의 완전히 일그러진 얼굴이 선 하나까지 부들부들 떨렸다.

"창녀라니요, 당신 자신도 처녀의 몸으로 돈 때문에 깊은 밤중에 기사의 집에 드나들어놓고선. 자신의 미모를 팔러 갔었잖아요, 나도 아는데."

까쩨리나 이바노브나가 비명을 지르며 그녀에게 달려들었지만, 알료샤가 온 힘을 다해 그녀를 말렸다.

"단 한발짝 움직이지도, 단 한마디도 하지 마세요! 아무 말 마시고 아무 대꾸도 하지 마세요. 그럼 갈 겁니다, 이제 나갈 거예요."

그 순간 방 안으로 까쩨리나 이바노브나의 두 친척 여인이 뛰어들어왔고 하녀들도 뛰어왔다. 모두가 그녀에게 달려들었다.

"가겠어요." 그루셴까가 소파에서 망또를 집어들고 말했다. "알료샤, 사랑스런 분, 나를 바래다주세요.

"가세요, 나가세요, 어서." 알료샤는 애원하면서 그녀 앞에서 두 손을 모았다.

"사랑스런 알료셴까, 바래다줘요! 가면서 당신에게 좋은, 아주 좋은 말을 해드릴게요! 나는 이 장면을 알료셴까, 당신을 위해 벌인 거예요! 바래다줘요, 귀여운 양반, 나중에는 당신도 마음에 들어할 거예요."

알료샤는 손을 풀고 돌아섰다. 그루셴까는 낭랑하게 웃으며 집에서 뛰어나갔다.

까쩨리나 이바노브나는 발작을 일으켰다. 그녀는 통곡했고, 경련으로 숨을 헐떡였다. 모두들 그녀 주변에서 허둥거렸다.

"내가 경고했잖아," 큰이모가 그녀에게 말했다. "이런 일은 하지 말라고 말렸잖아…… 너는 성격이 너무 급해…… 어떻게 이런 일을 결심할 수가 있어! 저런 종자들을 몰라서 그래. 저 여자는 특히 더 나쁘다고들 하던데…… 아니, 네가 너무 제멋대로야!"

"저건 호랑이야!" 까쩨리나 이바노브나가 울부짖었다. "왜 절 말리셨어요, 알렉세이 표도로비치. 저걸 때려줬을 텐데, 때려줬을 텐데!"

그녀는 알료샤 앞에서 자제할 힘이 없었다. 아니, 어쩌면 자제하고 싶은 마음이 없었는지도 모른다.

"저런 건 채찍으로 때려줘야 해요. 사람들이 다 보는 앞에서 망나니 손으로 단두대에 세워야 해요."

알료샤는 문 쪽으로 뒷걸음질을 쳤다.

"맙소사!" 까쩨리나 이바노브나가 손뼉을 치며 소리를 질렀다. "그 사람! 어쩜 그렇게 수치스럽고 비정할 수가 있어! 그 사람이 그 때 그 운명적이고 저주받을, 영원히 저주받을 날에 있었던 일을 저 종자에게 얘기했다는 거잖아! '미모를 팔러 갔었잖아요, 사랑스러운 아씨!' 저 종자가 알고 있다니! 당신 형은 파렴치한이에요, 알렉세이 표도로비치!"

알료샤는 무슨 말이라도 하고 싶었지만 단 한마디도 떠올릴 수 없었다. 그의 심장이 고통스럽게 조여왔다.

"가세요, 알렉세이 표도로비치! 부끄러워요, 끔찍해요! 내일…… 무릎 꿇고 간청할게요, 내일 와주세요. 절 비난하지 마시고 용서해주세요. 저도 저를 어떻게 해야 할지 모르겠어요!"

알료샤는 비틀거리며 거리로 나왔다. 그도 그녀처럼 울고 싶었다. 문득 하녀가 그를 뒤쫓아왔다.

"아씨가 호흘라꼬바양이 보낸 편지를 전하는 걸 잊으셨대요. 점심때부터 와 있었어요."

알료샤는 기계적으로 작은 분홍색 봉투를 받아들고 거의 무의식적으로 호주머니에 집어넣었다.

11. 또 하나의 훼손된 명예

시내에서 수도원까지는 1킬로미터도 되지 않았다. 알료샤는 그 시간이면 인적이 없는 거리를 따라 서둘러 걸었다. 벌써 밤이 다 되어 서른발짝 앞에 있는 사물도 알아보기 힘들 정도였다. 길을 반쯤 가서 교차로에 이르렀다. 교차로의 외떨어진 버드나무 아래로 사람의 형체가 보이기 시작했다. 알료샤가 교차로로 들어서자마자 그 형체는 자리를 떠나 그에게로 달려오며 미친 듯이 소리를 질렀다.

"지갑을 내놓거나 목숨을 내놓아라!"

"미쨔형, 형이었군요!" 그러면서도 알료샤는 놀라서 몸을 부들부들 떨었다.

"하하하! 생각도 못 했지? 내 궁리해봤지, 어디서 너를 기다릴까 하고. 그 여자 집 옆에서? 거기는 길이 세갈래로 갈리니까 너를 놓칠 수 있잖나. 결국 여기서 기다리기로 했지, 수도원으로 가는 길은 이 길밖에 없으니 반드시 이곳을 지나리라 생각한 거야. 자, 사실대로 말해봐, 나를 바퀴벌레처럼 짓밟으라고…… 그런데 너 왜 그러냐?"

"아무것도 아니에요, 형…… 놀라서 그래요. 아, 드미뜨리형! 이건 조금 전 아버지의 피로군요!" 알료샤는 울음을 터뜨렸다. 이미 한참 전부터 울고 싶었는데 이제야 그의 영혼에서 뭔가가 터져나오는 것 같았다. "형은 아버지를 거의 죽일 뻔했어요…… 아버지를 저주했고…… 그런데 지금은…… 이제는…… 농담을 하다니…… '지갑을 내놓거나 목숨을 내놔'라니."

"아, 그게 어때서? 예의에 어긋나나? 규범에 맞지 않아?"

"아니, 그게 아니라…… 난 그냥……"

"잠깐만, 밤을 좀 봐라. 얼마나 칠흑 같은 밤이냐, 구름은 또 어떻고. 바람도 이는구나! 여기 버드나무 밑에 숨어서 너를 기다리면서 문득 생각했다.(하느님도 아신다!) 더이상 애쓸 필요가 뭐가 있나, 뭘 기다리나? 버드나무도 있고 수건도, 셔츠도 있으니 지금이라도 밧줄을 꼴 수 있겠구나. 덤으로 내 가죽 허리띠도 쓰면 되겠군. 더

이상 이 땅에 짐이 되지 말자, 저열한 모습으로 살면서 땅을 더럽히지 말자! 그런데 고개를 들어보니 네가 오는 거야. 세상에, 꼭 뭔가가 갑자기 내 머리로 날아온 것 같았어. 그러니까 나를 사랑하는 사람이 있지 않나, 저기 바로 저 사람, 사랑하는 내 동생, 내가 이세상 그 누구보다 사랑하는, 유일하게 사랑하는 동생이 있지 않나! 그 순간 나는 네가 너무 좋아서, 너무 사랑스러워서 생각했지. 이제 저 아이의 목에 매달리자! 그래, 그런데 어리석은 생각이 들었어. '저애를 즐겁게 해주자, 놀라게 해주자.' 그래서 바보처럼 외친 거야, '지갑 내놔!' 하고. 내 바보 같은 짓을 용서하렴. 이건 그냥 장난이었고 내 마음에도…… 염치는 있단다…… 그러니 제길, 말해봐라, 거기서 무슨 일이 있었니? 그녀가 뭐라고 하든? 나를 짓밟아도 좋아, 제발 날 위해서라도 나를 봐주지 말라고! 확 돌더냐?"

"아니, 아니에요…… 그런 것과 전혀 달랐어요, 미쨔형. 거기서…… 거기서 지금 두분을 모두 보고 왔어요."

"두분이라니?"

"까쩨리나 이바노브나의 집에서 그루셴까를 보았다고요."

드미뜨리 표도로비치는 기둥처럼 몸이 굳었다.

"그럴 리가 있나!" 그가 소리쳤다. "웬 헛소리를 하는 거냐! 그녀의 집에 그루셴까가 있었다고?"

알료샤는 자신이 까쩨리나 이바노브나의 집에 들어간 순간부터 일어난 일을 모두 이야기했다. 한 십분 정도에 걸쳐, 유창하고 조리 있게 말할 수는 없었지만 가장 중요한 말들과 가장 중요한 행동들을 간추려 자신의 감정까지 생생하게 섞어 분명하게 전했다. 형 드미뜨리는 말없이 들으며 무서울 만큼 꼼짝도 하지 않고 뚫어지게 쳐다보았지만, 알료샤는 그가 이미 모든 것을 이해했고 사건의 의미를 모두 파악했다는 것을 똑똑히 알 수 있었다. 그러나 이야기가 진행될수록 점점 더 그의 얼굴은 우울한 것을 넘어 암담해지는 것 같았다. 그는 눈썹을 찌푸리고 이를 악물었고, 그의 동요 없는 시선은 더 굳어지고 집요해지고 더 무시무시해졌다…… 그러므로 지금까지 화가 나서 흉포하던 그 얼굴이 순식간에 놀랄 만큼 빠른 속도로 돌변해 꽉 다문 입술이 벌어지고 드미뜨리 표도로비치가 도저히 못 참겠다는 듯 아주 자연스러운 폭소를 터뜨리리라고는 더욱 상상도 할 수 없었다. 그는 말 그대로 폭소를 터뜨렸고, 오랫동안 웃느라 말도 하지 못했다.

"그래서 손에 입맞추지 않았다고! 입맞추지 않고 그렇게 달아났다고!" 그는 어떤 병적인 희열을 느끼며 소리를 질렀다. 그 희열이 그렇게 자연스럽지 않았다면 뻔뻔스럽다는 말을 들을 만했다. "그러니까 저건 호랑이라고 소리쳤단 말이지! 호랑이가 맞아! 단두대에 세워야 한다고? 맞아, 맞아, 그래야 해, 나도 같은 의견이야. 그래야 하고말고, 오래전에 그랬어야지! 그런데 동생아, 단두대에 세우기 전에 먼저 그 병부터 고쳐야지. 나는 그 뻔뻔함의 여왕을 이해해. 거기에 그 여자의 모든 것이 담겨 있어, 그 손에 그 여자의 모든 게 표현되어 있다고. 악녀![47] 세상에서 상상할 수 있는 모든 악녀 중의 여왕이야! 거기서 그 나름의 희열을 느끼겠지! 그 여자가 집으로 달려갔다고? 이제 나도…… 에이, 당장 그 여자에게 가야겠다! 알료시까, 나를 욕하지 마라. 나도 그 여자는 목을 졸라도 모자라다는 데 동의한다……"

"까쩨리나 이바노브나는!" 알료샤가 슬프게 외쳤다.

---

47 infernalis. 라틴어로 열정적이고 악마 같은 여인이라는 뜻.─원주

"그 여자를 알겠어, 전부 속속들이, 그 어느 때보다 분명히 알겠다고! 이건 지구의 사대주, 아니 오대주를 전부 발견한 거나 다름 없어![48] 그런 일을 하다니! 그건 아버지를 구하겠다는 관대한 생각에서 끔찍한 모욕을 당할 위험을 무릅쓰고 어리석고 난폭한 장교의 집으로 달려오기를 두려워하지 않았던 여학생, 바로 그 까쩬까야! 그 오만함이여, 모험을 바라는 욕망이여, 운명에 맞서는 도전, 한계를 모르는 도전이여! 그녀의 이모가 말렸다고? 알겠니, 그 이모라는 사람이야말로 전제적인 사람이야. 그 여자는 모스끄바의 장군 부인의 친동생으로 장군 부인보다도 콧대가 높았는데, 남편의 공금횡령이 적발되는 바람에 영지고 뭐고 죄다 잃었지. 그 오만한 부인은 갑자기 목소리를 낮추고 살게 됐고 그뒤로는 한번도 목소리를 높인 적이 없어. 그런 여자가 까쨔를 말렸는데도 까쨔가 말을 듣지 않았단 말이지. '나는 모두를 이길 수 있어. 모든 게 내 손아귀에 있어. 내가 원하면 그루셴까도 손아귀에 넣을 수 있어.' 그녀는 스스로를 믿고 거만을 떨었던 거야. 누구 잘못이지? 너는 그녀가 먼저 그루셴까의 손에 입맞춘 것이 일부러, 교활한 속셈이 있어서라고 생각하니? 아니, 그녀는 정말로, 진심으로 그루셴까한테 폭 빠졌던 거야. 아니, 그루셴까가 아니라 자신의 꿈, 자신의 환상에 폭 빠졌던 거지. 이건 내 꿈이고 내 환상이야! 귀여운 알료샤, 너는 어떻게 그 사람들, 그런 사람들한테서 빠져나왔니? 수단을 걷어 올리고 도망친 거냐? 하하하!"

"형, 형은 그루셴까에게 그날 일을 얘기해서 까쩨리나 이바노브나를 모욕했다는 것에는 관심도 없군요. 그루셴까가 당신 자신도

48 드미뜨리는 사방(동서남북)과 19세기에 알려진 다섯 대륙(유럽·아시아·아프리카·아메리카·오스트레일리아)을 혼동하고 있다.

'미모를 팔려고 몰래 남자에게 드나들었다!' 하고 대놓고 얘기했다고요. 형, 그보다 더한 모욕이 어디 있겠어요?" 물론 그럴 리는 없을 테지만 형이 꼭 까쩨리나 이바노브나가 모욕당한 것을 기뻐하는 것 같다는 생각이 무엇보다 알료샤를 괴롭혔다.

"아하!" 드미뜨리 표도로비치가 별안간 무섭게 얼굴을 찌푸리고 손바닥으로 자기 이마를 쳤다. 조금 전에 알료샤가 까쩨리나 이바노브나가 치욕을 느끼고 발작하듯 '당신 형은 파렴치한이야!'라고 소리쳤다고 말했음에도 그는 이제야 거기에 관심이 미쳤던 것이다. "그래, 까쨔가 말했듯이 정말로 내가 그루셴까에게 그 '운명적인 날' 얘기를 했는지도 모르겠다. 그래, 그랬어, 얘기했군, 기억이 난다! 그건 그때 모끄로예에 있을 때였어. 나는 취했고, 집시들이 노래를 불렀지…… 하지만 그때 나는 통곡했었어, 나 자신이 흐느껴 울면서 무릎을 꿇고 까쨔의 모습을 떠올리며 기도했지. 그루셴까도 이해해줬어. 그 여자도 그때는 이해해줬다고…… 기억이 난다, 그 여자도 울었다니까…… 아, 제길! 이제 와서 달라질 수가 있는 거냐? 그때는 울었으면서, 이제 와서…… 이제 와서 '심장에 비수를 꽂다니!' 여자들이란."

그는 눈을 내리깔고 생각에 잠겼다.

"그래, 나는 파렴치한이야! 의심할 여지 없이 비열한 놈이지." 돌연 그가 음울한 목소리로 말했다. "울었건 울지 않았건 마찬가지야, 마찬가지로 비열한 놈이라고! 내게 부여한 이름을 받아들인다고 그녀에게 전해라, 위로가 될 수 있다면 말이다. 자, 이제 됐다. 잘 가라, 더 입을 놀릴 것도 없다! 즐거울 것도 없고. 너는 네 길을 가고 나는 내 길을 가자. 그게 언제든 최후의 순간까지는 더이상 보고 싶지 않구나. 잘 가라, 알렉세이!" 그는 알료샤의 손을 굳게 잡왔다가, 여전히 눈을 내리깐 채 고개도 들지 않고 뿌리치듯 빠른 걸음으로 시내를 향해 걷기 시작했다. 알료샤는 그가 그렇게 갑자기 떠난다는 것이 믿기지 않아 그의 뒤를 눈으로 좇았다.

"잠깐, 알렉세이, 너한테만 한가지 고백할게." 드미뜨리 표도로비치가 갑자기 되돌아왔다. "나를 봐, 똑바로 보라고. 보이냐, 여기, 바로 여기에 무서운 치욕이 준비되어 있다.('바로 여기에'라는 말을 하면서 드미뜨리 표도로비치는 치욕이 마치 바로 그의 가슴 어딘가에, 아니면 목에 꿰매어 단 주머니에 들어 있기라도 한 듯이 이상한 모습으로 자신의 가슴을 주먹으로 내리쳤다). 너는 나를 알잖아! 비열한 놈이지, 자타가 공인하는 비열한 놈! 하지만 내가 이전이나 지금이나 아니면 앞으로 무슨 짓을 저지른다 할지라도 비열함에 있어서는 아무것도, 그 무엇도 바로 지금 이 순간 여기 이 가슴에, 여기, 바로 여기에 담고 있는 치욕, 작동하며 진행 중인 이 치욕에 비할 만한 것은 없다는 걸 알아다오. 이 치욕은 내가 완전한 주인이고, 멈출 수도 저지를 수도 있지. 그걸 기억해다오! 하지만 나는 멈추지 않고 저지르리라는 것을 알아줘. 나는 아까 네게 모든 걸 말했지만 이건 말하지 않았어. 나도 그렇게까지 철면피는 못 되니까! 나는 아직 멈출 수 있어. 멈추면 내일 나는 잃어버린 명예의 절반을 제대로 되돌려놓을 수 있지만, 멈추지 않고 비열한 계획을 실행한다면 너는 내가 미리 이런 말을 했다는 증인이 되어다오! 파멸과 어둠이야! 설명할 것도 없어, 때가 되면 알게 될 거다. 악취 나는 뒷골목과 악녀! 잘 가라. 날 위한 기도는 하지 마라, 그럴 가치가 없어. 전혀 그럴 필요 없어, 전혀 필요 없다…… 나는 전혀 필요치 않아! 잘 가라!"

그렇게 그는 갑자기 멀어져갔고, 이번에는 정말로 가버렸다. 알료샤는 수도원으로 향했다. '어쩌면 좋지, 형을 다시는 못 보게 되면 어쩌지. 대체 형은 무슨 말을 한 걸까?' 그는 괴이쩍은 생각이 들었다. '내일 꼭 형을 찾아서 물어봐야지, 무슨 말을 한 거냐고 꼭 물어볼 거야!'

그는 수도원을 빙 둘러 소나무숲을 지나 소수도원으로 곧장 들어왔다. 그 시각에는 보통 아무도 들여보내지 않았지만 그에게는 문을 열어주었다. 장상의 방으로 들어서자 그의 심장이 떨렸다. '왜, 왜 나는 나갔던 것일까. 저분은 왜 나를 '세상으로' 보내셨을까? 이곳은 고요하고 거룩한데, 저곳은 곧바로 길을 잃고 헤매게 되는 혼돈과 암흑뿐인데……'

장상의 방에는 수련수사 뽀르피리와 매일 조시마 장상의 건강을 살피기 위해 들르는 수도사제 빠이시가 있었다. 알료샤가 알게 된 바로는 두렵게도 장상의 상태는 점점 더 나빠지고 있었다. 이날은 형제들과 통상적으로 나누는 저녁 담화도 열 수 없었다. 보통예배를 마치면 매일 저녁 잠자리에 들기 전에 수도원의 형제들이 장상의 방에 모여 모두 소리 내어 그에게 자신이 그날 지은 죄, 죄스런 망상, 생각, 유혹, 있었다면 서로 벌인 언쟁에 대해 고해성사를 했다. 어떤 이는 무릎을 꿇고 고백하기도 했다. 장상은 문제를 해결하고 화해시키고 가르침을 주고 죄에 벌을 내리고 축복한 뒤내보냈다. 전혀 그렇지 않았음에도, 장상제도에 반대하는 사람들은 이런 형제들 간의 '고해'에 반발하며 이것이 고해성사의 비밀주의를 위반하는 것이요 신성모독이나 마찬가지라고 말했다. 심지어그런 고해성사는 선한 목적을 달성하기보다 실은 고의로 죄와 유혹에 빠지게 한다고 교구 주교들에게 알리기까지 했다. 많은 형제들이 장상에게 가는 데 부담을 느끼면서도 생각이 오만하고 반항적이라 여겨지는 게 싫고 다들 가니 어쩔 수 없이 가는 것이라고들 말했다. 몇몇 형제들은 저녁 고해성사에 가면서 서로 간에 미리 약속을 한다고도 했다. '내가 아침에 너한테 화를 냈다고 말할게, 그러면 너도 그렇다고 해줘' 하는 식인데, 뭔가 말할 거리를 준비해 그저 모면하기 위해서라는 것이었다. 알료샤는 이런 일이 가끔 정말로 일어난다는 것을 알고 있었다. 또한 형제들 중에는 관례상 수도사들이 친척들에게서 받은 편지조차 수신자보다 장상이 먼저 뜯어보도록 가져가는 것에 아주 분개하는 사람들이 있다는 것 역시 알고 있었다. 물론 이 모든 일은 자발적 순종과 구원을 위한 교훈의 이름으로 자유롭게, 온 마음을 다해 진심으로 행해져야 하지만 실제로는 때로 상당히 무성의하게, 오히려 가식적이고 위선적으로 이루어졌다. 그러나 형제들 중 연장자들과 경험 많은 사람들은 '진심으로 구원을 얻기 위해 이 벽 안에 들어온 사람에게는 이 모든 순종과 고행이 의심의 여지 없이 구원의 길로 여겨지고 그들에게 큰 유익을 가져다주겠지만, 반대로 힘들어하며 불평하는 자들은 설사 그가 수도사라 할지라도 쓸데없이 수도원에 들어온 것에 불과하다. 그런 사람이 있을 곳은 세상이다. 세상에서뿐 아니라 수도원 안에서도 죄와 악마는 피할 수 없으며, 그러므로 죄를 묵인해서는 안 될 일이다'라는 주장을 고수했다.

"쇠약해지셔서 혼수 상태에 빠지셨다." 사제 빠이시가 알료샤를 축복한 뒤 속삭이며 전했다. "깨우기도 어렵다, 깨울 필요도 없지만. 오분 정도 깨어나셨다가 형제들에게 축복을 전해달라 하시고 저녁기도에서 자신을 위해 기도해달라고 부탁하셨다. 아침녘에 다시 한번 성체성혈성사를 하실 생각이셔. 너를 떠올리시고는 네가

296

나갔느냐고 물으셔서 시내에 있다고 말씀드렸다. '그렇게 하라고 내가 그 아이를 축복했다. 그곳이 그애가 있을 곳이지, 아직 여기는 아니야'라고 너에 대해 말씀하셨어. 너를 사랑하는 마음으로 염려하면서 말씀하셨다. 그게 얼마나 영광스러운 일인지 너는 알겠느냐? 다만, 장상님께서는 왜 네가 당분간 세상에 있어야 할 시간이라고 결정하신 것일까. 그러니까 네 운명에서 뭔가를 보셨다는 말씀인데! 알렉세이, 세상에 돌아간다면 그건 장상님이 네게 부과하신 순종의 의무이지 헛된 경박함이나 세상의 즐거움에 빠지기 위한 것이 아님을 명심하거라……"

빠이시 사제가 나갔다. 하루 이틀은 더 버틸 수 있을지 모르겠지만 장상이 곧 숨을 거두리라는 데는 알료샤로서도 의심의 여지가 없었다. 알료샤는 아버지, 호흘라꼬프가 사람들, 형과 까쩨리나 이바노브나를 만나보겠다고 그에게 약속했지만 내일은 결코 수도원 밖으로 나가지 않을 것이고 임종까지 장상의 곁을 지키겠다고 굳은 마음으로 뜨겁게 다짐했다. 그의 심장은 사랑으로 끓어올랐고, 그는 시내에 있으면서 수도원 임종의 침상에 남겨둔 분, 자신이 세상에서 가장 존경하는 분을 한순간이나마 까맣게 잊었다는 사실에 쓰라리게 자책했다. 그는 장상의 침실로 들어가 무릎을 꿇고 잠들어 있는 이에게 머리가 땅에 닿도록 절했다. 장상은 미동도 없이 조용히, 거의 눈에 띄지 않게 고른 숨을 쉬며 잠들어 있었다. 그의 얼굴은 평온했다.

다른 방, 아침에 장상이 손님들을 맞았던 방으로 돌아와 알료샤는 거의 옷도 벗지 않은 채 장화만 벗고서 딱딱하고 좁은 가죽 소파에 누웠다. 이미 오래전부터 매일 밤 베개만 가져다 거기서 자온 터였다. 아까 아버지가 소리쳤던 요를 까는 것도 잊은 지 오래였다.

그는 담요 대신 검은 수단만 벗어서 덮었다. 하지만 잠들기 전에 그는 무릎을 꿇고 오랫동안 기도했다. 하느님께 자신의 당혹감을 해명해주시기를 청한 것이 아니고, 뜨거운 기도로 그가 간구한 것은 평소 잠들기 전 드리는 기도를 가득 채우는 예전의 감동, 하느님을 찬양하고 찬송한 뒤에 언제나 그의 영혼에 찾아드는 기쁜 감동뿐이었다. 그를 찾아온 그 기쁨은 가볍고 평온한 잠으로 그를 인도하곤 했다. 기도하다가 그는 문득 주머니 속에서 길까지 쫓아나온 까쩨리나 이바노브나의 하녀가 전해준 작은 분홍색 봉투를 손끝에 느꼈다. 그는 당황했지만 기도를 끝까지 마쳤다. 그런 뒤에 약간 주저한 끝에 봉투를 열었다. 그 안에는 아침에 장상이 있는 앞에서 그를 보고 그렇게나 웃었던 호흘라꼬바 부인의 어린 딸 리즈가 서명해 보낸 편지가 들어 있었다.

  '알렉세이 표도로비치, 모든 사람에게, 엄마에게도 비밀로 편지를 씁니다. 이게 얼마나 좋지 않은 일인지 알아요. 하지만 제 마음에 무슨 일이 일어났는지 당신에게 이야기하지 않고는 못 살겠어요. 이건 때가 될 때까지는 우리 두 사람 말고 어느 누구도 알아선 안 돼요. 하지만 제가 당신에게 꼭 하고 싶은 이 말을 어떻게 해야 좋을까요? 종이는 얼굴을 붉히지 않는다고들 하지만, 단언하는데 그건 거짓말이에요. 종이는 제가 지금 온통 얼굴이 빨개진 것처럼 꼭 그렇게 얼굴을 붉히고 있네요. 사랑스런 알료샤, 저는 당신을 사랑해요. 아주 어릴 때부터 사랑했어요. 당신이 지금과 같은 사람이 아니었을 때부터, 모스끄바에서부터 사랑했고, 앞으로도 평생 사랑할 거예요. 저는 당신과 하나가 되기로, 늙어서도 함께 삶을 마치기로 제 마음에 당신을 선택했어요. 물론 당신이 수도원을 나온다는 조건으로요. 우리의 나이에 관해서라면, 법이 정한 대로 기다리죠. 그때까지 저는 반드시 건강해져서 걸어다니고 춤도 출 거예요. 그건 말할 것도 없어요.

제가 모든 걸 얼마나 곰곰이 생각해봤는지 아시겠지요? 다만 한 가지, 당신이 이 편지를 읽고 저를 어떻게 생각할지만큼은 상상할 수 없어요. 저는 계속 웃으면서 장난치고 아까는 당신을 화나게도 했지만, 펜을 들기 전에 방금 성모상에 대고 기도했고 지금도 거의 울면서 기도하고 있다는 것만은 확실히 말할 수 있어요.

제 비밀은 당신 손에 있어요. 내일 오시면 당신을 어떻게 볼지 모르겠네요. 아, 알렉세이 표도로비치, 만일 제가 또 바보처럼 참지 못하고 아까처럼 당신을 보고 웃음을 터뜨리면 어쩌죠? 당신은 저를 조롱하기 좋아하는 못난 여자라고 생각하고 제 편지를 믿지 않으실 거예요. 그러니 부탁인데, 저를 조금이나마 불쌍히 여기신다면 내일 들어올 때 제 눈을 너무 똑바로 보지 말아주세요. 당신의 눈동자와 마주치면 꼭 웃음을 터뜨릴 것 같거든요. 더구나 당신은 그 기다란 옷을 입고 있을 거잖아요…… 심지어 지금 그 생각만 해도 온몸이 얼어붙어요. 그러니 들어오실 때 잠시만이라도 저를 아예 보지 말아주세요. 엄마나 창 쪽을 봐주세요……

이렇게 저는 당신에게 연애편지를 썼어요. 맙소사, 제가 무슨 짓을 한 건지! 알료샤, 저를 경멸하지 마세요. 만일 제가 굉장히 바보 같은 짓을 해서 당신을 괴롭힌 거라면 저를 용서해주세요. 이제 어쩌면 영원히 죽어버렸을 제 명예의 비밀은 당신의 손에 들어 있습니다.

저는 오늘 틀림없이 울 거예요. 안녕히 계세요, 끔찍한 만남까지! 리즈.

추신. 알료샤, 다만 꼭, 꼭, 꼭 오셔야 해요! 리즈.'

알료샤는 놀란 마음으로 편지를 읽고 또 읽었다. 그리고 잠시 생각에 잠겼다가 갑자기 조용히, 달콤하게 웃었다. 그러다 몸을 떨었는데, 그 웃음이 죄스럽게 여겨졌던 것이다. 하지만 잠시 뒤 그는 다시 아주 조용히, 행복하게 웃음을 터뜨렸다. 그는 천천히 편지를 봉투에 집어넣고 성호를 그은 뒤 자리에 누웠다. 그의 영혼이 느낀 당혹감은 갑자기 사라졌다. '주여, 저들, 아까 모였던 모두에게 긍휼을 베풀어주소서. 저들 불행한 이들과 격정에 쌓인 이들을 보호해주시고 인도해주소서. 주께 길이 있습니다. 그들을 인도하여 구원해주소서. 주는 사랑이시요, 모든 이에게 기쁨도 보내십니다!' 알료샤는 성호를 긋고 평온한 잠에 빠지면서 중얼거렸다.

제2부

제4편
격정

1. 페라뽄뜨 신부

아침 일찍, 아직 해도 뜨기 전에 알료샤는 잠에서 깼다. 벌써 일어난 장상은 몹시 기운이 없다고 느끼면서도 침대에서 안락의자로 옮겨 앉기를 원했다. 그는 의식이 온전히 돌아와 있었다. 얼굴은 상당히 지쳐 보였지만 맑고 기쁨에 차 있었으며 시선도 명랑하고 상냥하여 반가운 기색이 역력했다. "어쩌면 오늘을 넘기지 못할 것 같구나." 그가 알료샤에게 말했다. 그러고는 즉시 고해성사와 성체성혈성사를 하고 싶어했다. 그의 고해신부는 언제나 빠이시 신부였다. 두 성사를 마친 후 성유성사[1]가 시작되었다. 수도사제들이

---

1 聖油聖事. 정교회와 가톨릭의 일곱가지 성례 중 하나로 환자의 몸 다섯곳에 기름을 바르며 기도하는 의식. 지은 죄가 사해지고 건강을 회복하기를 기원하며, 임종 전 환자가 의식이 있을 때 회개하고 하느님 앞에 서게 하기 위해 행하기도 한다.

모여들었고, 소수도원은 조금씩 수도자들로 채워졌다. 그러는 사이 날이 밝았다. 수도원에서도 사람들이 찾아들기 시작했다. 예배가 끝나자 장상은 모든 사람과 인사를 나누고 싶어하며 모두에게 입맞춤을 해주었다. 소수도원이 비좁았기 때문에 먼저 온 사람은 물러나 다른 사람에게 자리를 양보해주었다. 알료샤는 다시 안락의자로 옮겨 앉은 장상의 곁에 서 있었다. 장상은 온 힘을 다해 소리 내어 설교했다. 그의 목소리는 약했지만 아직은 충분히 또렷했다. "몇년이나 가르쳐왔는지, 몇년이나 소리 높여 말을 해왔는지, 이렇게 여러분을 가르치려 말하는 것이 버릇이 된 것 같습니다. 이제 이렇게 몸이 약해졌는데도 말하기보다 침묵하는 것이 더 어려울 지경입니다, 신부님들, 그리고 사랑하는 형제님들." 그는 감동한 눈길로 주변을 에워싼 사람들을 바라보며 농담을 건넸다. 알료샤는 당시 그가 했던 말 중 일부를 나중까지 기억했다. 장상은 알아듣기 쉽게 말했고 목소리도 충분히 또렷했지만, 말에는 조리가 없었다. 그는 많은 말을 했는데, 하고픈 말을 다 하기를 원하는 것 같았다. 단지 가르치기 위해서만이 아니라 기쁨과 환희를 모든 이와 나누고 살아생전에 다시 한번 자기 마음을 토로하고 싶고, 죽음을 눈앞에 둔 순간까지 살면서 미처 하지 못한 말을 다 하고 싶은 듯했다.

"서로를 사랑하세요, 신부님들." 장상이 힘주어 설교했다.(나중에 알료샤가 기억하기로 그랬다.) "하느님의 백성을 사랑하세요. 우리가 이곳에 와서 이 벽 안에 산다고 해서 세상 사람들보다 더 거룩한 것이 아닙니다. 정반대로 이곳에 온 모든 사람은 이곳에 왔다는 것만으로도 자신이 세상 사람, 지상의 모든 사람보다 훨씬 못하다는 것을 깨달은 겁니다…… 더 오래 벽 안에 갇혀 산 수도사

일수록 더 절실하게 그 사실을 의식해야 합니다. 그렇지 않다면 그가 이곳으로 올 이유도 없었던 것이지요. 자신이 세상 모든 사람보다 못할 뿐 아니라 모든 이 앞에서 모든 일에 대해, 사람의 모든 죄, 세상의 죄와 개인의 죄 모두에 죄가 있다는 것을 깨달을 때, 그때야 우리가 연합한 목적이 성취되는 것입니다. 사랑하는 여러분, 이는 세상의 보편적 원죄 때문만이 아니라 우리 각자, 한 사람 한 사람이 지상에서 벌어지는 모든 일에, 지상의 모든 사람 각자에게 의심할 여지 없이 죄를 지었기 때문임을 명심하십시오. 이런 인식이 수도사와 지상의 모든 사람의 길이 다다를 면류관입니다. 왜냐하면 수도사 역시 지상의 모든 사람과 다를 바 없는 사람이기 때문입니다. 그럴 때 비로소 우리의 심장은 포만을 모르는 무한하고 우주적인 사랑으로 감화를 받을 수 있을 것입니다. 그럴 때 비로소 우리 각자는 온 세상을 사랑으로 품고 눈물로 세상의 죄를 씻을 힘을 갖게 될 것입니다…… 모두 자기 마음의 소리에 귀를 기울이고 끊임없이 참회하십시오. 자신의 죄를 두려워 마시고, 그것을 의식한 순간에는 반드시 회개해야 합니다. 하느님 앞에 조건을 내걸지 마십시오. 또한 다시 말하는데, 교만하지 마십시오. 작은 자 앞에서도 교만하지 말고 큰 자 앞에서도 교만하지 마세요. 여러분을 거절하는 사람, 여러분을 모욕하는 사람, 여러분을 비방하는 사람, 여러분을 중상모략하는 사람을 증오하지 마세요. 무신론자, 악을 가르치는 사람, 유물론자, 그들 중 선한 사람은 물론 악한 사람도 증오하지 마세요. 왜냐하면 특히 우리 시대에는 그들 중에 선한 사람이 많기 때문입니다. 기도할 때 그들을 위해 이렇게 해주세요. 주여, 모든 이를 구원해주소서. 그를 위해 기도해줄 사람이 없는 사람도 구원해주소서. 당신께 기도 드리기를 원치 않는 사람도 구원해주소서. 그리고 덧붙이세요. 제 오만함 때문에 이렇게 기도를 드리는 것이 아니라, 주여, 저 자신이 누구보다 악한 자이기 때문입니다…… 하느님의 백성을 사랑하시고, 양떼가 흩어지도록 낯선 이들에게 내주지 마세요. 왜냐하면 여러분이 게으름과 결벽증에 가까운 오만함, 무엇보다 탐욕 속에서 잠들면, 사방에서 그들이 몰려와 여러분의 양떼를 흩어버릴 것이기 때문입니다. 민중에게 끊임없이 복음을 전해주세요…… 은과 금을 사랑하지 말고, 소유하지 마세요…… 믿음을 갖고 깃발을 드세요, 깃발을 높이 드세요……"

장상의 말은 여기 적은 것보다, 나중에 알료샤가 기록한 것보다 훨씬 더 자주 끊겼다. 가끔씩 그는 아예 말하기를 멈추고 힘을 모으려는 듯 숨을 헐떡였지만, 희열에 빠져 있는 듯 보였다. 많은 이가 그의 말에 놀라며 그 말에서 분명치 않은 점들을 알아챘지만 감동하며 경청했고, 나중에 이 말들을 되새겼다. 알료샤는 소수도원에서 잠시 나왔다가 소수도원과 소수도원 주변에 모인 형제들이다들 흥분과 기대로 가득 차 있는 모습을 보고 놀랐다. 어떤 이의 기대는 불안에 가까웠지만 다른 이의 기대는 장엄한 것이었다. 모두가 장상이 선종하면 즉시 뭔가 위대한 일이 일어나리라고 기대하고 있었다. 어찌 보면 그 기대는 거의 경박한 것이었지만, 가장 엄숙한 얼굴의 장상들조차 그 기대에 경도되어 있었다. 누구보다 수도사제 빠이시 장상이 더 엄숙한 얼굴을 하고 있었다. 알료샤는 시내에서 돌아온 라끼쪈이 한 수도사를 통해 몰래 자신을 불러냈기 때문에 잠시 소수도원을 나왔다. 라끼쪈은 호흘라꼬바 부인이 알료샤에게 보낸 이상한 편지를 가져왔다. 그녀는 아주 때마침 도착한 흥미로운 소식 한가지를 알료샤에게 전했다. 즉, 어제 장상에게 존경을 표하고 축복을 받기 위해 찾아온 소시민 여신도 가운데 시내에서 온 하사관의 늙은 과부 쁘로호로브나가 있었다. 그녀는 멀리 시베리아 이르꾸쯔끄로 군복무를 하러 떠난 아들 바센까로부터 아무 소식을 받지 못한 지 벌써 일년이 되었는데, 죽은 이를 위한 교회 기도 때 고인이 된 남편 대신 아들의 이름을 올려도 되겠느냐고 장상에게 물었다. 이에 장상은 그녀에게 그런 종류의 추도는 주술이나 다름없으니 하지 말라고 엄중히 답했다. 하지만 그후 그녀의 무지함을 용서하고 (편지에서 호흘라꼬바 부인의 표현에 따르면) "마치 미래의 책을 보기라도 하듯" 위로의 말을 덧붙였다. '자네 아들 바샤는 틀림없이 살아 있네. 그 스스로 곧 오거나 편지를 보낼 테니 집에 가서 기다리게.' "그런데 무슨 일이 일어났는지 아세요?" 호흘라꼬바 부인은 환희에 차서 썼다. "예언이 말씀하신 그대로 이루어졌어요. 아니, 그보다 더해요." 노파가 집에 돌아와 보니 시베리아에서 온 편지가 이미 배달되어 기다리고 있었던 것이다. 그것이 다가 아니었다. 도중에 예까쩨린부르그에서 쓴 편지에서 바샤는 자기가 어떤 관리와 함께 러시아로 돌아오는 중이며, 이 편지를 받고 삼주쯤 지나면 "어머니를 안을 수 있다"라고 알리고 있었다. 호흘라꼬바 부인은 알료샤에게 이 새로이 실현된 '예언의 기적'을 수도원장과 모든 형제에게 즉시 알려달라고 열렬하게 졸라대고 있었다. "이건 모두가, 모두가 알아야 해요." 그녀는 이렇게 외치면서 편지를 맺었다. 급하게 쓰인 그녀의 편지는 문장마다 쓴 사람의 흥분이 드러나 있었다. 하지만 모두가 이미 이 일을 다 알고 있었기 때문에 알료샤는 형제들에게 알릴 것이 아무것도 없었다. 라끼찐은 알료샤에게 수도사를 보내면서 더불어 '라끼찐이 빠이시 신부님께 용무가 있는데, 매우 중요한 일이라 한시도 지체 없이 전해야 해서 그러니 자신의 이런 무례를 용서해주십사고 정중히 전해달라고' 부탁했던 것이다. 그리고 수도사는 라끼찐의 부탁을 알료샤보다 먼저 빠이시 신부에게 전했기 때문에, 알료샤가 자리로 돌아왔을 때는 편지를 읽고 빠이시 신부에게 그것을 증거로 보고하는 것 말고는 달리 할 일이 없었다. 이 엄격하고 남의 말을 잘 믿지 않는 사람조차 '기적'에 대한 소식을 담은 편지를 읽자 얼굴을 찌푸리면서도 내면에 일어난 약간의 감정을 완전히 억누르지는 못했다. 그의 눈은 반짝였고 입술도 엄숙한 감격을 드러내며 미소를 띠었다.

"이런 일을 다시 보게 될까요?" 그의 입에서 돌연 이런 물음이 터져나왔다.

"이런 일을 다시 보게 될 겁니다, 다시 보게 될 겁니다." 주변에 있던 수도사들이 거듭 말했지만, 빠이시 신부는 다시 얼굴을 찌푸리고 모두에게 '세상에는 경박한 일이 많으니 더 확증될 때까지는' 당분간 이를 아무에게도 알리지 말아달라고 부탁했다. 그는 양심에 거리끼지 않기 위해서인 듯 조심스럽게 "이런 일은 자연스럽게 일어날 수도 있으니까요"라고 덧붙였지만, 그 자신도 자신이 덧붙인 말을 거의 믿지 않았고 그 말을 듣는 사람들도 이를 알아차렸다. 물론 바로 그 시각에 이 '기적'은 수도원 전체와 의식에 참여하기 위해 수도원을 찾은 세상 사람들에게 알려졌다. 일어난 기적으로 그 누구보다 놀란 사람은 어제 북쪽 멀리 시베리아 옵도르스끄의 작은 수도원 '성 실베스뜨르'에서 이 수도원을 방문한 수도사였다. 그는 어제 호흘라꼬바 부인 곁에 서서 장상에게 인사하고는 부인의 '치유된' 딸을 가리키며 "어떻게 감히 이런 일을 행하십니까?"라고 따지듯이 물었다.

문제는 그가 벌써부터 일종의 의혹에 빠져 무엇을 믿어야 할지 거의 알 수 없게 되었다는 것이었다. 그는 어제 저녁 양봉장 뒤편의 외딴 소수도원에 사는 이 수도원 신부 페라뽄뜨를 방문했는데, 그 만남에서 극단적이고 무서운 인상을 받고 충격에 빠진 상태였다. 이 장상, 페라뽄뜨 신부는 이미 우리가 언급했던 조시마 장상의 반대자로, 중요하게는 장상제도를 해롭고 경박한 신新제도로 간주하는 바로 그 가장 연로한 수도사이자 대단한 금식수행자, 묵언수행자였다. 이 반대자는 묵언수행자로서 거의 아무하고도 대화를 나누지 않았지만, 그럼에도 극히 위험한 사람이었다. 그가 위험한 이유는 무엇보다 수많은 형제들이 그에게 깊이 공감했고, 이곳을 찾는 속세의 많은 사람이 그의 모습에서 틀림없는 유로지비를 발견하면서도 그를 위대한 의인이자 고행자로 공경했기 때문이다. 실은 이 유로지비 같은 면이 사람들을 매혹했던 것이다. 페라뽄뜨 신부는 조시마 장상을 한번도 찾아온 적이 없었다. 그는 소수도원에서 살았지만 소수도원의 규칙에 그다지 얽매이지 않았다. 내놓고 유로지비처럼 굴었기 때문이다. 그는 많아야 일흔다섯살을 넘지 않았고, 소수도원의 양봉장 뒷담 한귀퉁이의 낡아서 다 쓰러져가는 독수방에 살고 있었다. 이 소수도원은 벌써 아주 오래전, 지난 세기에 역시 위대한 금식수행자이자 묵언수행자였던 이오나 신부를 위해 지은 것이었다. 백다섯살까지 살았던 이오나 신부의 공덕과 관련된 수많은 흥미로운 이야기가 지금까지도 수도원과 인근 지역에 자자했다. 페라뽄뜨 신부는 칠년쯤 전에 마침내 이 가장 외진 방으로 옮겨올 수 있었다. 이곳은 오두막이지만 작은 예배당 비슷하게 희사 받은 성상들과 언제나 불을 밝혀 놓는 촛불들이 있어서, 페라뽄뜨 신부는 이를 지키고 불을 밝히기 위해 온 셈이었다. 사람들 말로 그는 사흘 동안 기껏해야 1킬로그

램도 안 되는 빵만 먹을 뿐 그밖에는 아무것도 먹지 않는다고 했다(사실이기도 했다). 그곳 양봉장에 사는 벌 치는 수도사가 그에게 사흘에 한번씩 빵을 가져다주는데, 페라뽄뜨 신부는 이렇게 자기 시중을 드는 벌 치는 수도사와도 이야기를 나누는 일이 드물었다. 일요일마다 수도원장이 늦은 오전예배 후에 꼬박꼬박 보내오는 성사용 제병祭餠과 더불어 1.5킬로그램 정도의 빵이 그의 일주일 양식의 전부였다. 식수 잔의 물은 매일 갈아주었다. 그는 가끔 오전예배에 나타나기도 했다. 그를 방문하는 숭배자들은 때로 그가 하루 종일 꿇어앉은 채 무릎도 펴지 않고 아무도 돌아보지 않고 기도하는 모습을 목격하곤 했다. 어쩌다 그들과 대화를 나눈다 해도 그의 말은 짧고 자주 끊기며 이상했고 언제나 거의 거칠기까지 했다. 아주 드물게 그가 방문객들과 얘기를 나누는 경우도 있기는 했지만, 그때도 방문객에게 큰 수수께끼만 안겨주는 이상한 단어 하나만 내뱉고는 아무리 간청해도 그뒤로는 절대로 설명해주지 않는 경우가 다반사였다. 그는 성직자의 관등을 받지 않아 평범한 수도사에 불과했다. 그런데 아주 무지한 사람들 사이에서는 페라뽄뜨 신부가 천상의 영들과 교감하고 그들과만 대화를 나누기 때문에 사람과는 이야기하지 않는다는 아주 이상한 소문이 떠돌았다. 양봉장으로 들어간 옵도르스끄의 수도사는 역시나 매우 과묵하고 무뚝뚝하기 짝이 없는 벌 치는 수도사가 알려준 대로 페라뽄뜨의 독수방이 있는 한구석으로 갔다. "타지에서 오신 방문객이니 말씀을 나누실 수도 있지만, 그분께 아무 말씀도 듣지 못하실 수도 있습니다"라고 벌 치는 수도사가 미리 귀띔해주었다. 나중에 그 수도사가 전한 바에 따르면 그는 엄청난 두려움을 품고 다가갔다고 한다. 이미 꽤 늦은 시간이었다. 페라뽄뜨 신부는 그때 독수방 문 옆의 낮은 벤치에 앉아 있었다. 그의 위로는 거대한 늙은 느릅나무가 살랑살랑 흔들리고 있었다. 서늘한 저녁 공기가 주위를 감싸고 있었다. 옵도르스끄의 수도사는 성자 앞에 넙죽 엎드려 축복을 구했다.

"수도사여, 나도 네 앞에 넙죽 엎드리길 원하느냐?" 페라뽄뜨 신부가 말했다. "일어나라!"

수도사가 일어났다.

"축복하고 축복받았으니 옆에 앉아라. 어디서 오는 길이냐?"

가련한 수도사를 무엇보다 놀라게 한 것은 페라뽄뜨 신부가 의심할 여지 없는 대단한 금식과 아주 연로한 나이에도 불구하고 겉보기에 아직 건장한 노인으로, 키가 크고 몸이 굽지 않아 허리가 꼿꼿한데다 얼굴도 맑아서, 약간 여위긴 했지만 건강해 보인다는 점이었다. 분명히 체력이 아직 상당할 듯했다. 체격도 탄탄해서 운동을 잘할 것 같았다. 꽤 고령임에도 그의 머리칼은 전혀 백발이 아니었고 머리와 구레나룻은 아직 풍성할 뿐 아니라 까맸다. 크고 반짝이는 회색 눈은 너무 부릅떠서 사람을 놀라게 하기도 했다. 그는 '오'에 강세를 주어 말했다. 죄수들이 입는 거친 모직으로 된 불그레한 긴 농민외투를 입고 허리에는 두꺼운 밧줄을 두르고 있었다. 어깨와 가슴은 드러낸 채였다. 외투 밑으로 몇달이나 벗지 않아 거의 새까매진 두꺼운 아마 셔츠가 보였다. 사람들 말로 그는 외투 속으로 12킬로그램이 넘는 쇠사슬을 두르고 다닌다고 했다. 그는 맨발에 오래되어 거의 다 해진 단화를 신고 있었다.

"옵도르스끄의 작은 수도원 성 셀리베스뜨르에서 왔습니다." 방문한 수도사가 약간 놀랐지만 호기심 어린 눈으로 재빨리 은둔자를 관찰하면서 공손히 대답했다.

"너의 셀리베스뜨르에 가본 적이 있다. 거기 살았었지. 셀리베스 뜨르는 별일 없느냐?"

수도사가 머뭇거렸다.

"분별없는 것들! 금식일은 어떻게들 지키고 있느냐?"

"저희 주방 신부는 고대 소수도원의 관례에 따라 식사를 준비합니다. 사순절[2] 월요일, 수요일, 금요일에는 식사를 하지 않습니다. 화요일과 목요일에는 흰 빵에 꿀을 곁들인 견과, 산딸기나 소금에 절인 양배추와 귀리죽이 함께 나옵니다. 토요일에는 모두 버터를 넣어 흰 양배추 수프와 완두콩 국수, 묽은 죽이 나옵니다. 주일에는 양배추 수프에 말린 고기와 죽이 나옵니다. 수난주간[3] 월요일부터 토요일 저녁까지는 엿새 동안 빵과 물, 익히지 않은 채소만 먹는데 그것도 절제합니다. 먹을 수는 있는데, 사순절 첫주와 마찬가지로 매일 먹지는 못합니다.[4] 성수난금요일[5]에는 아무것도 먹지 않고, 대수난토요일에도 3시까지 금식합니다. 이때 빵과 물을 조금씩 먹고 포도주를 한잔씩 마실 수 있습니다. 세족식을 거행하는 성목요일[6]에는 버터 없이 꿀과 포도주와 마른 음식을 먹습니다. 이는 라오디게아공의회[7]에서 성목요일에 관해 '사순절의 마지막주 목

<hr>

2 부활절 전 40일간의 금식기간. 예수 그리스도의 40일간의 금식과 십자가 처형까지의 고난을 기리는 기간이다.

3 부활절 전의 일주간. 예수 그리스도가 예루살렘에 입성하여 십자가에 못 박힐 때까지의 주요 사건들을 기념하는 대금식주간이다.

4 러시아정교회에서는 사순절 첫주와 마지막주(부활절 직전 수난주간)에 가장 철저하게 금식을 지킨다.

5 예수 수난일. 부활절 직전 금요일로 예수 그리스도가 공회와 총독 앞에서 재판을 받고 십자가에 못 박혀 죽어 장사된 날이다.

6 부활절 직전 목요일. 예수 그리스도가 체포되기 전날로 제자들의 발을 씻겨주고 마지막 만찬을 나눈 날이다.

요일을 제대로 지키지 않으면 사순절 전체를 불명예스럽게 하는 것이다'라고 말했기 때문입니다. 저희는 이렇게 금식주간을 보냅니다. 하지만 신부님에 비할 수는 없지요, 위대하신 신부님." 수도사가 용기를 내어 덧붙였다. "일년 내내, 심지어 부활절[8]에도 빵과 물만 드시니까요. 저희가 이틀 동안 먹을 빵으로 신부님은 일주일을 사시잖아요. 위대하신 신부님의 절제는 실로 놀랍습니다."

"버섯은?" 페라뽄뜨 신부가 'ㅂ'을 거의 'ㅍ'처럼 발음하며 느닷없이 물었다.

"버섯요?" 놀란 수도사가 되물었다.

"그래그래. 나는 빵도 내칠 거야. 빵은 전혀 필요치 않아. 숲에 들어가 거기서 버섯이나 산딸기로 살아갈 거야. 여기서 빵을 내치지 않으면 악마한테 묶이는 거야. 요즘 더러운 놈들은 금식할 필요가 없다고들 하지. 그런 사람들의 논의는 오만하고 추악해."

"아, 맞습니다." 수도사가 한숨을 쉬었다.

"그 사람들의 거처에서 악마를 보았느냐?" 페라뽄뜨 신부가 물었다.

"누구의 거처를 말씀하시는지?" 수도사가 조심스럽게 물었다.

"내가 작년 오순절[9]에 수도원장에게 갔었고 이후로는 간 적이 없어. 그놈들이 그 사람 가슴에도 앉아 있고, 랴사 밑에도 숨어서 얼굴만 내놓고 있더라고. 주머니에서도 얼굴을 빠끔히 내밀고 눈을 두리번거리는데, 나를 무서워하더군. 배에, 그 사람의 가장 더러운

....
7 360년 혹은 370년에 소아시아의 도시 라오디게아에서 열린 공의회에서 주요 교회법령을 의결했다.
8 예수 그리스도가 부활한 것을 기념하는 날.
9 부활절로부터 50일째 되는 날. 예수의 제자들에게 성령이 강림한 것을 기념한다.

배에도 붙어 있었어, 어떤 놈은 어깨에 대롱대롱 매달려 있고. 그렇게 달고 다니면서도 보지 못하더라고."

"신부님께서는…… 보이세요?"

"내가 말하잖나, 보인다고. 나는 빤히 보지. 수도원장 방에서 나오면서 보니 한놈이 나를 피해 문 뒤로 숨는 거야. 덩치가 커서 키가 1미터도 넘는 게 굵고 긴 갈색 꼬리가 달렸는데, 꼬리 끝이 문틈에 널브러져 있는 거야. 내가 바보가 아니니까 냅다 문을 쾅 닫아 꼬리를 짧게 만들었지. 어찌나 비명을 지르며 몸부림을 치던지. 그런데 내가 성호를 세번 그었더니 짓밟힌 거미처럼 숨을 거두더군. 지금쯤 썩어서 구석에서 냄새를 풍기고 있을 거야. 그런데 그 사람들은 보지도, 느끼지도 못해. 거기 가지 않은 지 일년은 됐어. 외지 사람이라니 너한테만 알려주는 거다."

"무서운 말씀이십니다! 그런데 위대하고 성스러우신 신부님," 수도사는 점점 더 용기를 냈다. "신부님에 관해 위대한 영광이 임하신다는, 성령과 끊임없이 교통하신다는 얘기가 저 멀리까지 퍼져 있는데, 사실인가요?"

"임하시지, 가끔 그래."

"어떻게 임하시나요? 어떤 모습으로요?"

"새처럼."

"성령이 비둘기의 모습으로요?"[10]

"그건 성령이고, 이건 거룩한 영이야. 거룩한 영은 달라. 다른 새의 모습으로도 임할 수 있지. 제비로도, 검은 방울새로도, 박새로도

---

10 마테오의 복음서 3:16, 마르코의 복음서 1:10, 루가의 복음서 3:22, 요한의 복음서 1:32 등에 예수가 세례 요한에게서 세례를 받을 때 비둘기 같은 성령이 하늘에서 내렸다는 내용이 나온다.

임하시지.”

“박새에서 거룩한 영을 어떻게 알아보세요?”

“말씀하시니까.”

“어떻게 말씀하세요? 어떤 말로요?”

“사람의 말로.”

“무슨 말씀을 하시나요?”

“오늘 웬 바보가 와서 쓸데없는 것을 물어볼 거라고 알려주시더군. 수도사야, 너무 많은 것을 알려 하는구나.”

“끔찍한 말씀을 하시는군요, 가장 복되고 성스러우신 신부님.”

수도사는 머리를 흔들었다. 그러나 그의 겁에 질린 눈동자에는 의심의 기색도 엿보였다.

“이 나무가 보이느냐?” 잠시 입을 다물었다가 페라뽄뜨 신부가 물었다.

“보입니다, 거룩하신 신부님.”

“네가 보기에는 느릅나무지만, 나한테는 다른 모습이다.”

“어떤 모습인가요?” 헛된 기대를 품고 수도사는 입을 다물었다.

“밤이면 이런 일이 있어. 저기 두개의 가지가 보이느냐? 밤에 그리스도께서 내게 팔을 뻗어 손으로 나를 찾으셔. 나는 그걸 보면서 온몸을 떨지. 무서워, 무섭다고.”

“그리스도께서 그러시는 거라면 무서울 게 뭐가 있나요?”

“나를 붙잡아서 데려가실 것 같거든.”

“산 채로요?”

“‘엘리야의 정신과 능력을 가지고’[11]라는 말을 들어본 적이 있느

---

11 루가의 복음서 1:17. 엘리야는 구약성서에 나오는 선지자로 죽음을 보지 않고 하늘에서 내려온 병거(兵車)를 타고 하늘로 올라간다. 세례 요한은 엘리야의 정

냐? 안아서 데려가셨지……"

　이런 대화를 나눈 뒤 옵도르스끄의 수도사는 다분히 강한 의구심을 품고 자신에게 배정된 어느 형제의 독수방으로 돌아왔는데, 그의 마음은 의심의 여지 없이 조시마 장상보다는 페라뽄뜨 신부에게 더 끌렸다. 옵도르스끄의 수도사는 무엇보다 금식수행을 옹호하는 편이었고, 그가 보기에 페라뽄뜨 신부같이 위대한 금식수행자가 '신비한 것을 보는 것'은 놀랄 일이 아니었다. 물론 그의 말은 터무니없는 것 같았지만 하느님은 그의 내면에, 그의 말에 어떤 의미가 담겨 있는지 아실 것이다. 그리스도를 위하는 모든 유로지비의 말과 행동은 보통과는 다르니 말이다. 문틈에 찧은 악마의 꼬리를 그는 비유적 의미가 아니라 진심으로, 말한 그대로 기꺼이 믿을 준비가 되어 있었다. 그렇지 않아도 그는 수도원에 오기 전부터 장상제도에 대해 대단한 편견을 갖고 있었다. 그는 이제까지 장상제도를 이야기로만 들어 알고 있었고, 많은 다른 사람의 뒤를 따라 해로운 신제도라고 굳게 믿었다. 수도원을 둘러본 후 그는 장상제도에 동의하지 않는 몇몇 경박한 형제들이 몰래 투덜대는 것을 알아챘다. 더구나 그는 기질상 모든 일에 굉장한 호기심을 품고 이리저리 재바르게 쫓아다니는 수도사였다. 바로 이것이 조시마 장상을 통해 새로운 '기적'이 일어났다는 엄청난 소식에 그가 극도로 의혹에 빠진 이유였다. 훗날 알료샤는 그 호기심 많은 옵도르스끄의 손님이 장상의 독수방 주변에 모여 있던 이 무리 저 무리를 기웃거리고 다니던 모습이 기억났다. 그러나 당시에는 그에게 그다지 관심을 기울이지 않았고 나중에야 모든 것을 떠올렸던 것이

───────────

　신과 능력을 지닌 선지자이다.

다…… 그는 그런 것에 신경 쓸 여력이 없었다. 재차 피로감을 느껴 다시 침대에 누운 조시마 장상은 눈을 감으려다 문득 알료샤를 떠올리고는 그를 자기 방으로 불러들였다. 알료샤는 즉시 달려갔다. 그때 장상 곁에는 빠이시 신부, 수도사제 이오시프 신부와 수련수사 뽀르피리만이 있었다. 장상은 피로해진 눈을 들어 알료샤를 유심히 바라보다가 갑자기 물었다.

"식구들이 너를 기다리지는 않느냐, 아들아?"

알료샤는 머뭇거렸다.

"너를 필요로 하지 않더냐? 오늘 가보겠다고 어제 누군가에게 약속하지는 않았더냐?"

"약속했습니다…… 아버지와…… 형님들…… 그리고 다른 사람들에게도요……"

"그것 봐라. 꼭 가봐야 한다. 울지 마라. 네가 없을 때 이 땅에서 내 마지막 말을 남기고 죽지는 않을 테니 염려하지 마라. 그 말을 네게 할 것이다, 아들아, 네게 유언을 할 게다. 네가 나를 사랑하니 네게 말이다, 사랑하는 아들아. 그러니 이제 약속한 사람들에게 가보아라."

알료샤는 자리를 뜨기가 괴로웠지만 그 말에 즉시 순종했다. 그러나 무엇보다 지상에서의 마지막 말을 그 자신, 알료샤에게 들려주겠다는, 유언을 그에게 남기겠다는 장상의 약속은 그의 영혼을 환희로 들끓게 만들었다. 그는 시내에서의 볼일을 모두 마치고 얼른 돌아오기 위해 서둘렀다. 때마침 빠이시 신부도 자리를 뜨는 그에게 인사말을 했는데, 이것은 그에게 뜻하지 않게 아주 강렬한 인상을 남겼다. 그것은 두 사람이 이미 장상의 독수방에서 나온 다음의 일이었다.

"항상 명심하거라, 알료샤." 빠이시 신부는 서두도 없이 단도직입적으로 말문을 열었다. "거대한 힘으로 연결된 세상의 학문은 특히 최근 들어 거룩한 천상의 책들에 위업으로 남겨진 모든 것을 파헤쳤고, 이 세상 학자들의 무자비한 분석을 거친 후에는 이전의 모든 성스러운 것 가운데 결국 남은 것이라곤 아무것도 없게 되었어. 하지만 그들이 각 부분들만 분석하고 전체를 놓치는 바람에 얼마나 맹목적인 상태가 되었는지는 참으로 놀라울 지경이다. 그러나 그들의 눈앞에 전체는 이전처럼 흔들림 없이 서 있으니, 죽음의 힘도 감히 그것을 누르지 못할 것이야.[12] 그 전체는 열아홉세기 동안 살아왔고, 지금도 한 사람 한 사람 영혼의 움직임과 민중 다수의 움직임 속에 살아 있지 않느냐? 심지어 그것은 모든 것을 파괴하는 무신론자 영혼의 움직임 속에도 이전처럼 흔들림 없이 살아 있단 말이다! 그리스도교에 등 돌리고 저항하는 이들도 그 본질에서는 그리스도적인 모습의 진수를 보여주고 있단다. 왜냐하면 지금까지 어떠한 그들의 지혜와 마음의 열정도 오래전에 그리스도가 제시한 형상보다 더 뛰어난 인간과 인간의 존엄성에 부합하는 형상을 창조하지 못했기 때문이지. 시도는 있었지만 나온 건 하나같이 기형적인 것들이었다. 알료샤, 임종 직전의 장상님께서 너를 세상으로 보내셨으니, 이 점을 명심해두어라. 이 위대한 날을 떠올릴 때, 내가 진심 어린 작별인사를 하면서 이 말을 했다는 것을 잊지 말아라. 왜냐하면 너는 젊고, 세상의 유혹은 커서 네 힘으로는 감당하기 어려울 테니까. 이제 가거라, 내 가련한 고아야."

빠이시 신부는 이런 말로 그를 축복해주었다. 수도원에서 나와

---

12 마테오의 복음서 16:18.

이 모든 갑작스러운 말을 곰곰이 되새기다가 알료샤는 문득 이제까지 자신에게 엄격하고 무서웠던 이 수도사에게서 기대하지 못했던 새로운 친구의 모습, 자신을 뜨겁게 사랑하는 새로운 지도자의 모습을 발견했다. 마치 조시마 장상이 돌아가시면서 그에게 빠이시 신부를 남겨준 것 같았다. '어쩌면 실제로 그분들 사이에 그런 일이 있었는지도 모르지.' 알료샤는 문득 생각했다. 그가 방금 들은 뜻밖의 학문적 견해, 바로 이 견해가 빠이시 신부의 뜨거운 가슴을 증명하는 것이나 마찬가지였다. 그는 유혹과 투쟁할 수 있도록 가능한 한 빨리 젊은 지성을 무장시키고, 자신에게 맡겨진 젊은 영혼을 자신도 상상할 수 없을 만큼 강고한 보호막으로 지키기 위해 서둘렀던 것이다.

2. 아버지의 집에서

알료샤는 제일 먼저 아버지에게 갔다. 집이 가까웠을 때 그는 어젯밤에 아버지가 어떻게든 이반형 모르게 들어오라고 신신당부하던 것이 생각났다. '왜일까?' 알료샤는 갑자기 이런 생각이 들었다. '아버지가 내게만 은밀하게 하실 말씀이 있다 해도 왜 몰래 들어오라고 하셨을까? 아버지는 틀림없이 어제 뭔가 더 얘기하고 싶었는데 흥분해서 미처 하지 못하셨던 거야.' 그는 이런 결론을 내렸다. 그런데도 그는 쪽문을 열어준 마르파 이그나쩨예브나가(그리고리는 몸살이 나서 곁채에 누워 있었다) 자신의 물음에 이반 표도로비치는 벌써 두시간 전에 나갔다고 알려주자 몹시 기뻤다.

"아버지는요?"

"일어나서 커피를 들고 계세요." 마르파 이그나찌예브나가 어쩐지 메마른 눈초리로 대답했다.

알료샤는 안으로 들어갔다. 노인은 슬리퍼만 신고 낡은 외투를 걸친 채 혼자 식탁에 앉아 별 관심도 없이 심심풀이로 장부를 들여다보고 있었다. 집 안 전체에 완전히 그 혼자였다.(스메르쟈꼬프도 점심식사용 식료품을 사러 나가고 없었다.) 그러나 그는 장부에 관심이 없었다. 아침 일찍 침대에서 일어났고 기력을 회복하긴 했지만 그래도 피곤하고 초췌한 기색이 역력했다. 밤새 검붉은 멍이 크게 번진 그의 이마에는 붉은 수건이 동여져 있었다. 밤새 코도 심하게 부어올랐고 거기에도 자잘한 멍들이 반점처럼 퍼져 있었는데, 그 멍들이 결정적으로 얼굴 전체에 유달리 독하고 성마른 인상을 풍기고 있었다. 스스로도 이것을 잘 아는 노인은 들어서는 알료샤를 적의에 차서 바라보았다.

"커피가 식었다." 그가 거칠게 소리쳤다. "권하진 않겠다. 나도 오늘은 기름기 없는 생선수프만 먹고 있으니 아무도 초청하지 않으련다. 어쩐 일로 왔느냐?"

"아버지 건강이 어떠신지 보려고요." 알료샤가 말했다.

"그렇구나. 그거 말고도 어제 내가 네게 들르라고 하지 않았느냐. 모두 헛소리였는데. 공연히 헛걸음만 했구나. 하지만 나는 네가 곧 올 줄 알았다."

그는 아주 못마땅해하며 말했다. 그러면서 그는 자리에서 일어나 걱정스럽게 거울에 코를 비춰보았다.(아마도 아침부터 마흔번쯤 그랬던 것 같았다.) 그리고 이마의 붉은 수건도 더 보기 좋게 매무새를 바로잡았다.

"붉은색이 나아, 흰색은 병원 같으니까." 그는 격언을 말하듯 했다. "거기, 너 있는 곳은 어떠냐? 네 장상은 어떠시냐?"

"아주 안 좋으세요. 어쩌면 오늘이라도 돌아가실지 몰라요."

알료샤가 이렇게 대답했지만, 아버지는 듣지도 않았고 자기가 한 질문도 잊어버렸다.

"이반은 나갔다." 그가 갑자기 말했다. "그 녀석은 미쩌까한테서 약혼녀를 빼앗으려고 갖은 애를 쓰고 있어. 그러려고 여기에 살고 있지." 그는 표독스럽게 말하고는 입술을 일그러뜨리고 알료샤를 쳐다보았다.

"형이 아버지에게 그렇게 말하던가요?" 알료샤가 물었다.

"그래, 오래전에 그런 말을 했다. 삼주쯤 됐는데, 너는 어떻게 생각하느냐. 네 형이 나를 몰래 찔러 죽이려고 온 건 아니겠지? 무슨 목적으로 온 걸까?"

"무슨 말씀이세요! 무슨 그런 말씀을 하세요?" 알료샤는 무섭도록 당황했다.

"네 형은 돈을 달란 소리는 하지 않아, 사실, 나한테서는 한푼도 받지 못할 테지만. 사랑스런 알렉세이 표도로비치, 자네도 알겠지만 나는 이 세상에 가능한 한 오래 살 생각이라서 한푼이라도 더 필요하다네. 오래 살면 살수록 더 필요한 법이지." 그는 누런 삼베로 만든, 때에 전 헐렁한 여름 외투 주머니에 손을 넣고 방 안을 이리저리 거닐면서 말을 이었다. "나는 아직 사내란 말이지, 이제 겨우 쉰다섯살밖에 안 되었거든. 게다가 한 이십년은 더 사내들 대열에 끼고 싶은데, 늙으면 추해질 테고, 그러면 여자들이 제 발로 내게 오지는 않을 테니 돈이 더 필요해지겠지. 그래서 나는 지금도 나 자신을 위해 조금 더, 조금 더 돈을 모으고 있는 거다, 사랑하는 아들 알렉세이 표도로비치. 자네는 모르겠지만, 나는 죽을 때까지 추잡한 것 속에 살고 싶거든. 추잡한 것들 속에 있는 게 더 달콤한 법이야. 모두가 추잡한 것을 싫어하지만 실은 다 그 속에 살고 있는 거라네. 다만 모두들 비밀로 하는 걸 나는 내놓고 할 뿐이야. 내가 꾸미지 않으니 온갖 추악한 놈들이 나한테 덤벼드는 거지. 알렉세이 표도로비치, 나는 자네의 천국에 가고 싶지 않아. 자네가 알지 모르겠지만, 제대로 된 인간에게 자네의 천국이라는 것은, 설사 저세상에 그게 있다손 치더라도 별로 마뜩잖아. 내 생각에는 한번 눈 감으면 그냥 끝이고 그뒤로는 아무것도 없는 거야. 원한다면 내 명복을 빌어다오. 하지만 원치 않는다면 될 대로 되라지. 이게 내 철학이다. 어제 이반이 여기서 잘도 이야기하더구나, 비록 우리가 전부 취하긴 했지만. 이반은 허풍쟁이야, 그럴듯한 학식도 없고…… 대단히 교육을 받은 것도 아니면서 입을 딱 다물고 자네를 보면서 말없이 비웃고 있지. 그런 식으로 모면하고 마는 거야."

알료샤는 말없이 그의 얘기를 들었다.

"네 형은 왜 나와는 말하지 않는 거냐? 말을 해도 잘난 체나 하고 말이야. 네 형 이반은 비열해! 이제 나는 마음만 내키면 그루슈까[13]와 결혼할 거다. 돈이 있으면 원하는 건 다 얻을 수 있으니까, 알렉세이 표도로비치, 그럼, 모든 걸 가질 수 있다네. 그런데 이반은 그게 무서워서 나를 지키고 있는 거야. 내가 결혼하지 못하게 미찌까더러 그루슈까와 결혼하라고 부추기고 있지. 그렇게 해서 그루슈까를 나한테서 떼어놓으려는 거야.(내가 그루슈까와 결혼하지 않으면 저한테 유산이라도 남길까 싶은가보지.) 게다가 미찌까가 그루슈까와 결혼하면 이반은 제 형의 부자 신붓감을 데려갈

---

13 그루셴까의 애칭.

322

수 있거든. 이게 그 녀석의 속셈이다! 네 형 이반은 비열한 녀석이야!"

"아버지는 너무 흥분하세요. 어제부터 그러시네요. 가서 좀 누우시는 게 좋겠어요." 알료샤가 말했다.

"그런 얘기를 하다니." 노인은 그 생각이 이제 비로소 떠오른 듯 갑자기 지적했다. "그런 얘기를 네가 하면 화가 나지 않는데, 이반이 했다면 화가 났을 거야. 나는 너하고만 있으면 마음이 편하다. 하지만 나는 사악한 사람이야."

"아버지는 사악한 게 아니라 비뚤어진 것뿐이에요." 알료샤가 미소를 지었다.

"들어봐라, 나는 오늘 그 날강도 같은 미쩌까를 감방에 처넣으려고 했다만, 이제 어떻게 해야 할지 모르겠구나. 물론 오늘날은 부모를 편견덩어리에 불과하다고 보는 게 유행이다만, 우리 시대에도 다 늙은 아비의 머리채를 잡아 끌고 다니고, 아비의 집에서 구둣발로 얼굴을 바닥에 짓이기고는 나중에 와서 아주 죽여버리겠다고 협박하는 짓은 법으로 허용되지 않을 것 같은데. 더구나 증인들이 다 보는 앞에서 그러지 않았느냐. 내 마음만 먹으면 어제 일로 그 녀석을 꼼짝없이 붙들어 당장이라도 감방에 처넣을 수 있을 거야."

"그럼, 고발은 원치 않으신다는 말씀이죠?"

"이반이 그러지 말라고 설득하더구나. 이반은 아무래도 좋아, 내가 이거 하나는 알거든……"

그는 알료샤에게 몸을 굽혀 은밀하게, 반쯤은 속삭이듯 말을 이었다.

"내가 그 비열한 녀석을 감방에 넣으면, 그 여자는 내가 그 녀석을 감방에 넣었다는 소리를 듣자마자 즉시 녀석에게 달려가겠지. 하지만 만일 그 녀석이 쇠약한 노인네인 나를 반쯤 죽일 만큼 때렸다는 소리를 들으면 그 녀석을 버리고 나를 보러 올 수도 있단 말이다…… 이러니 그 성깔이 어떤지 좀 보란 말이다, 뭐든 반대로만 하니. 나는 그 여자를 속속들이 알아! 그런데 꼬냑 좀 마실 테냐? 식은 커피라도 마시렴, 거기에 꼬냑 사분의 일잔을 부어주마, 얘야, 맛이 좋아진단다."

"아니요, 고맙습니다만 괜찮아요. 주신다면 이 빵 한조각만 가져갈게요." 알료샤는 이렇게 말하고 3꼬뻬이까짜리 프랑스식 흰 빵을 집어 수단 주머니에 넣었다. "아버지도 꼬냑은 그만 드셨으면 좋겠어요." 그는 노인의 얼굴을 찬찬히 들여다보며 걱정스럽다는 듯이 조언했다.

"네 말이 맞는다만, 네 진실은 짜증만 나게 하지 위로가 되지 않아. 꼬냑 딱 한잔만…… 쪼그만 찬장에서 꺼내 오마……"

그는 열쇠로 '쪼그만 찬장'의 문을 열고 꼬냑을 따라서 한잔을 들이켜고는 문을 닫은 뒤 열쇠를 다시 주머니에 넣었다.

"이제 됐다. 꼬냑 한잔에 죽지는 않아."

"아버지 마음이 푸근해지셨네요." 알료샤가 미소를 지었다.

"음! 꼬냑을 마시지 않았을 때도 너는 사랑한단다. 하지만 비열한 녀석에겐 나도 비열하게 굴지. 반까[14]는 체르마시냐로 가지 않는구나, 왜냐? 그루셴까가 오면 내가 그루셴까에게 돈을 많이 주지나 않을까 첩자 노릇을 하고 싶거든. 모두 비열한 녀석들이야! 나는 이반을 전혀 인정하지 않아. 어디서 그런 녀석이 나왔을까? 우

---
14 이반의 비칭.

리하고는 영혼부터가 영 딴판이야. 내가 그 녀석에서 뭐라도 남길 줄 아냐? 네가 알지 모르겠다만, 나는 유언도 남기지 않을 게다. 미찌까라면 나는 바퀴벌레처럼 밟아버릴 거야. 나는 밤이면 검은 바퀴벌레를 슬리퍼로 때려잡는다. 덤비면 작살을 내는 거지. 내가 너의 미찌까를 그렇게 깔아뭉갤 거다. 내가 너의 미찌까라고 하는 이유는 네가 그 녀석을 사랑해서야. 너는 그 녀석을 사랑하지. 하지만 나는 네가 그 녀석을 사랑하는 게 두렵지 않아. 이반이 그 녀석을 사랑한다면 나 자신을 위해 그 녀석이 형을 사랑하는 게 두려웠을 게다. 하지만 이반은 아무도 사랑하지 않아, 이반은 우리 같은 사람이 아니야. 이반 같은 사람들은, 얘야, 우리 같은 사람들이 아니야. 날아가는 먼지 같은 존재야…… 바람이 불면 먼지는 날아가게 돼 있다…… 어제 네게 오늘 오라고 명했을 때, 내 머리에는 어리석은 생각이 떠올랐단다. 너를 통해 미찌까에 대해 알아보고 싶었어. 만일 그 녀석에게 1천 루블, 아니, 2천 루블 정도를 계산해주면 그 거지 같은 불한당 녀석이 한 오년, 아니, 삼십오년이면 더 좋겠지, 하여간 여기서 아예 사라져주는 데 동의할까, 물론 그루슈까 없이, 그루슈까는 완전히 포기하고 말이야. 어떠냐?"

"제가…… 형에게 물어볼게요……" 알료샤가 중얼거렸다. "3천 루블이라면, 어쩌면 형도……"

"쓸데없는 소리! 이제 아무것도 물어볼 필요 없어! 생각을 바꿨다. 어제는 돌대가리처럼 그런 멍청한 생각이 떠올랐던 것뿐이다. 아무것도 주지 않을 테다, 아무것도. 정작 돈은 내게 더 필요해." 노인은 손을 내저었다. "그게 아니더라도 그 녀석을 바퀴벌레처럼 짓이길 테다. 네 형에게 아무 소리도 하지 마라, 그렇지 않으면 헛물만 켤 테니까. 그러니 이제 내 집에서 네가 할 일은 아무것도 없다,

가봐라. 그런데 네 형이 이제까지 내게 그렇게나 꼭꼭 감췄던 약혼녀 까쩨리나 이바노브나는 그 녀석과 결혼을 할까, 안 할까? 네가 어제 그 여자 집에 다녀온 것 같던데, 아니냐?"

"그분은 형을 절대로 버리지 않을 거예요."

"상냥한 귀족 아가씨들은 그런 녀석들, 난봉꾼에 파렴치한 녀석들을 사랑한다니까! 쓰레기들, 내가 말하는데, 그런 아가씨들은 낯빛 창백한 완전한 쓰레기라니까…… 하여간 그렇다 치고! 내가 그 녀석 나이 때는, 그때 내 얼굴이면(스물여덟살에 나는 그 녀석보다 훨씬 잘생겼었거든) 그 녀석 못지않게 여자들을 거머쥐었을 게다. 그 녀석은 악당이야! 그래도 그루셴까를 손에 넣진 못할 거다, 그러진 못해. 그 녀석을 진창에 처넣어버릴 테다!"

마지막 말을 하면서 그는 또다시 분통을 터뜨렸다.

"가거라, 오늘은 네게 볼일이 없구나." 그가 단호하게 잘라 말했다.

알료샤는 인사하러 다가가 그의 어깨에 입을 맞췄다.

"왜 이러는 거냐?" 노인은 약간 놀랐다. "또 보자꾸나. 보지 못할 거라고 생각하는 거냐?"

"아니요, 전혀 아니에요. 그냥 어쩌다보니 그렇게 되었어요."

"그래, 괜찮다, 나도 그냥 해본 소리다." 노인이 그를 바라보았다. "들리느냐, 애야, 들리느냐고." 그가 알료샤의 뒤에 대고 소리쳤다. "생선수프 먹으러 언제든 곧 와라. 생선수프를 끓이마, 오늘 같은 것 말고 특별한 걸로. 꼭 와라! 그래, 내일, 듣고 있느냐? 내일 오너라!"

알료샤가 문 뒤로 사라지자마자, 그는 다시 작은 찬장으로 다가가 또 꼬냑 반잔을 홀짝 마셨다.

"더이상은 안 마실 거야!" 그는 꺽 하고 트림 소리를 내며 다시 찬장을 잠그고 열쇠를 주머니에 넣고는 침실로 들어가 힘없이 침대에 누워 순식간에 잠들어버렸다.

3. 초등학생들과 엮이다

'아버지가 그루셴까에 대해 묻지 않으셔서 다행이다.' 알료샤는 아버지의 집에서 나와 호흘라꼬바 부인의 집을 향해 가면서 그 나름으로 생각했다. '그렇지 않았으면 어제 그루셴까와 만난 이야기를 해야 했을 거야.' 알료샤는 밤사이 적수들이 새로이 힘을 충전했고, 새날이 밝자 그들의 마음이 다시 굳어버린 것을 보고 마음이 아팠다. '아버지는 신경이 곤두서고 악의에 차서 뭔가를 생각해내고는 그걸 고수하고 있는 거야. 그런데 드미뜨리형은 어떨까? 형역시 밤사이 기운을 찾았고 역시나 틀림없이 화가 나서 독한 마음으로 뭔가를 결심했을 텐데…… 아, 오늘 반드시, 무슨 일이 있어도 형을 찾아봐야 해.'

그러나 알료샤는 오래 생각할 겨를이 없었다. 길을 가던 중에 겉으로는 그리 대수롭지 않아 보였지만 그에게 큰 충격을 준 사건이 하나 일어났던 것이다. 광장을 지나 개천을 사이에 두고 볼샤야 거리와 나란히 나 있는 미하일롭스까야 거리로 나가기 위해 골목을 돌아서자마자, 아래쪽 다리 앞에 고작해야 아홉살에서 열두살 남짓밖에 안 되어 보이는 어린 초등학생 무리가 옹기종기 모여 있는 것이 보였다. 그들은 학교 수업을 마치고 집으로 가던 길이었다. 어떤 아이는 등에 책보따리를 졌고 다른 아이는 끈 달린 가죽가방을 어깨에 메었으며, 어떤 아이는 짧은 재킷을 입었는가 하면 다른 아이는 외투를 입고 있었다. 또 어떤 아이는 잘사는 집 부모들이 오냐오냐하며 키우는 꼬마가 특별히 멋을 부릴 때 신는 주름 잡힌 롱부츠를 신고 있었다. 이 한떼의 아이들은 모두 흥분해서 무슨 회의를 하는 듯 뭔가를 의논하고 있었다. 알료샤는 아이들 곁을 한번도 무심히 지나친 적이 없었다. 그건 모스끄바에 있을 때도 마찬가지였다. 그는 세살쯤 되는 아이들을 제일 좋아했지만 열살이나 열한 살짜리 초등학생들도 좋아했다. 그래서 그는 그 순간 문득 근심걱정이 아무리 많더라도 그들을 향해 발걸음을 돌려 그들과 이야기를 나누고 싶다는 생각이 들었다. 그는 아이들에게 다가가면서 그들의 발그레하게 상기된 얼굴을 들여다보다가 돌연 모든 아이의 손에 돌이 하나씩, 어떤 아이에게는 두개씩 들려 있는 것을 보았다. 아이들 무리에서 대략 서른걸음 정도 떨어진 개천 너머 울타리 옆에는 마찬가지로 초등학생에 열살이 넘어 보이지 않는, 아니, 그보다도 어릴 것 같은 소년 한명이 책보따리를 비스듬히 메고 서 있었다. 소년은 병색이 짙은 창백한 얼굴에 검은 눈을 반짝이고 있었다. 그는 분명 함께 하굣길에 나선 친구인 듯한 여섯명의 학생들을 주의 깊게 탐색하듯 관찰하고 있었다. 그들과 사이가 나쁜 것이 틀림없었다. 알료샤는 검은 재킷을 입은, 금발의 곱슬머리에 얼굴이 발그레한 소년에게 다가가 그를 유심히 살펴본 후 말했다.

"내가 학생들처럼 책보따리를 메고 다녔을 때는 오른손을 쉽게 쓸 수 있게 왼쪽 옆구리에 보따리를 멨는데, 학생들은 오른쪽 옆구리에 메고 있군요. 그러면 손을 쓰기가 불편해요."

알료샤는 일부러 잔꾀를 피우는 기색이라고는 전혀 없이 곧바로 이렇게 실질적인 문제를 지적하면서 말을 시작했는데, 어른이 곧바로 아이들, 특히 무리를 이룬 아이들 모두의 신뢰를 얻으려면 이외에 다른 방법은 없다. 아주 동등한 위치에 서려면 이렇게 진지하게, 실무적으로 시작해야 하는 것이다. 알료샤는 이 점을 본능적으로 알았다.

"저애는 왼손잡이예요." 건강하고 씩씩해 보이는 열한살쯤 된 소년이 곧장 대답했다. 나머지 다섯 아이는 알료샤를 뚫어지게 쳐다보았다.

"저애는 돌도 왼손으로 던져요." 세번째 소년이 말했다. 그 순간 때마침 무리 쪽으로 돌이 날아왔는데, 제대로 힘 있게 던진 것이었지만 왼손잡이 소년을 살짝 스치고 옆으로 떨어졌다. 개천 너머의 소년이 던진 것이었다.

"저 녀석 껍질을 벗겨버려, 저 녀석을 맞혀, 스무로프!" 모두가 소리치기 시작했다. 그러나 (왼손잡이) 스무로프는 그러지 않아도 기다릴 것도 없이 응징에 들어갔다. 그는 개천 너머의 소년을 향해 돌을 던졌지만 결과는 실패였다. 돌은 땅에 떨어졌다. 개천 너머의 소년은 당장 무리에게 다시 돌을 던졌고, 이번에는 곧바로 알료샤를 맞혀 그의 어깨를 상당히 아프게 때렸다. 개천 너머 소년의 주머니는 미리 준비한 돌로 가득 차 있었다. 서른걸음 떨어져서도 외투 주머니가 불룩한 것을 보면 알 수 있었다.

"이건 쟤가 아저씨를, 일부러 아저씨를 겨눈 거예요. 아저씨는 까라마조프잖아요, 까라마조프죠?" 소년들이 큰 소리로 웃으며 외쳤다. "자, 다 같이, 던져!"

무리로부터 여섯개의 돌이 한꺼번에 날아갔다. 돌 하나를 머리에 맞고 넘어졌지만 순식간에 벌떡 일어난 소년은 분이 북받쳐 무리에게 돌세례로 응수했다. 양편에서 �쉴 새 없는 돌싸움이 시작되었다. 무리 중에서 또한 많은 아이들이 주머니에 돌을 여러개씩 준비해두고 있었던 것이다.

"이게 무슨 짓입니까! 여러분, 부끄럽지도 않나요? 여섯명이 한 사람을 공격하다니, 이러다가 죽이겠어요!" 알료샤가 외쳤다.

그는 개천 너머의 소년을 보호하기 위해 재빨리 몸을 날려 날아오는 돌을 막아섰다. 서너명의 아이들이 잠시 멈췄다.

"쟤가 먼저 시작했어요!" 붉은 셔츠를 입은 소년이 화가 난 아이다운 목소리로 외쳤다. "쟤는 나쁜 아이에요. 아까도 교실에서 끄라소뜨낀을 연필 깎는 칼로 찔러서 피가 나게 했다고요. 끄라소뜨낀이 고자질하기 싫어서 넘어간 것뿐이에요. 저런 애는 때려줘야 해요……"

"그런데 왜 그랬답니까? 여러분이 저 소년을 놀렸겠지요?"

"저기 쟤가 아저씨 등에 또 돌을 날렸어요. 쟤는 아저씨를 알아요." 아이들이 외쳤다. "쟤는 이제 우리가 아니라 아저씨를 겨누고 있다고요. 모두 다시 던져. 이번엔 빗맞히지 마, 스무로프!"

또다시 돌싸움이 시작되었는데, 이번에는 훨씬 더 격렬했다. 개천 너머의 소년은 가슴에 돌을 맞았다. 소년은 비명을 지르고 울면서 언덕 위 미하일롭스까야 거리 쪽으로 뛰어갔다. 무리에서 비웃는 외침이 터졌다. "야아, 겁을 먹고 도망가는구나, 수세미 같은 놈!"

"아저씨는 쟤가 얼마나 비열한 애인지 몰라요, 까라마조프 아저씨. 저런 애는 죽여도 시원찮아요." 아이들 중에서 나이가 제일 많아 보이는 재킷을 입은 소년이 눈을 이글거리면서 거듭 말했다.

"저 소년이 어때서요?" 알료샤가 물었다. "고자질이라도 했나요?"

소년들은 비웃기라도 하듯이 서로 눈을 찡긋거렸다.

"아저씨도 저기 미하일롭스카야로 가시나요?" 같은 소년이 이어 물었다. "쟤를 따라가보세요…… 저기 보이시죠? 멈춰서 아저씨를 보며 기다리고 있네요."

"아저씨를 보고 있어요. 아저씨를 보고 있어요!" 소년들이 말을 받았다.

"쟤한테 물어보세요, 목욕탕에서 쓰는 다 해진 수세미를 좋아하느냐고. 뭐라고 하는지 들어보세요. 물어보세요."

모두가 깔깔대는 소리가 울려퍼졌다. 알료샤는 그들은 바라보았고, 그들은 알료샤를 바라보았다.

"가지 마세요, 쟤가 아저씨를 다치게 할 거예요." 스무로프가 경고하듯 외쳤다.

"여러분, 나는 저 소년에게 수세미에 대해 묻지 않을 겁니다. 왜냐하면 여러분이 저 소년을 그걸로 놀렸을 게 틀림없으니까요. 나는 여러분이 왜 저애를 이렇게 미워하는지 저 소년에게 알아볼 겁니다……"

"알아보세요, 알아보세요." 소년들이 웃음을 터뜨렸다.

알료샤는 작은 다리를 건너 울타리 옆 언덕을 따라 따돌림당한 소년을 향해 곧장 걸어갔다.

"조심하세요." 그의 뒤에 대고 소년들이 경고하듯이 외쳤다. "저애는 아저씨를 무서워하지 않을걸요, 끄라소뜨낀한테 했듯이…… 갑자기 몰래 찌를 거예요."

소년은 그 자리에서 꼼짝도 하지 않고 그를 기다렸다. 알료샤는 아홉살도 안 된 것 같은 키도 작고 허약해 보이는 소년을 바라보았다. 갸름하고 창백한 얼굴의 소년이 크고 검은 눈에 적의를 가득 담아 그를 쳐다보았다. 오래되어 상당히 낡은데다 너무 작아진 외투를 입고 있어서 몸이 기형적으로 보였다. 소맷자락 바깥으로 맨팔이 삐져나와 있었다. 바지의 오른쪽 무릎은 큰 헝겊을 대고 기웠고, 엄지발가락이 닿는 오른쪽 장화코에는 커다란 구멍이 나서 잉크로 진하게 덧칠되어 있는 것이 보였다. 불룩한 양쪽 외투 주머니에는 돌이 가득 들어 있었다. 알료샤는 몹시 궁금한 눈길로 소년을 바라보며 두걸음 정도 떨어져 그의 앞에 멈춰섰다. 소년은 알료샤의 눈길에서 자신을 때릴 생각이 없다는 것을 알아채고 긴장을 풀면서 먼저 말을 걸어왔다.

"나는 혼자고 쟤들은 여섯이지만…… 나는 혼자서도 쟤들을 모조리 쓸어버릴 거예요." 그가 눈을 반짝이면서 갑자기 말했다.

"분명 돌 하나가 학생을 아주 호되게 때린 것 같던데요." 알료샤가 말했다.

"나도 스무로프의 머리를 맞혔어요!" 소년이 소리쳤다.

"저 소년들이 학생이 나를 알고 있고, 이유가 있어서 내게 돌을 던진 거라고 하던데요?" 알료샤가 물었다.

소년은 시무룩해서 그를 보았다.

"나는 학생을 몰라요. 학생은 나를 아나요?" 알료샤가 캐물었다.

"귀찮게 하지 마세요!" 소년은 갑자기 화를 내며 소리치고는 무언가를 기다리기라도 하듯 자리에서 꼼짝도 하지 않고 적의에 찬 눈동자를 반짝였다.

"좋아요, 나는 갈게요." 알료샤가 말했다. "다만 나는 학생을 모르고, 놀리려는 것도 아니에요. 저 소년들이 학생을 어떻게 놀렸는지 말해주었지만 나는 학생을 놀리고 싶지 않아요. 잘 가요!"

"비단 바지 입은 수도사면서!" 소년은 여전히 적의에 찬 도전적인 시선으로 알료샤를 주시하며 소리쳤고 이제는 알료샤가 자신에게 달려들 것이라 생각해 자세를 딱 잡았지만, 알료샤는 몸을 돌려 그를 한번 보고는 다시 걷기 시작했다. 그러나 그가 채 세발짝도 떼기 전에 소년은 주머니에 있던 것 중에 가장 큰 돌을 던져 그의 등을 아프게 때렸다.

"뒤에서 던지다니요? 저 소년들이 학생이 몰래 공격한다고 한 말은 모두 사실이었군요!" 알료샤는 다시 몸을 돌렸는데, 소년은 이번에는 얼굴을 향해 정면으로 돌을 던졌다. 하지만 알료샤가 제때 막은 덕에 돌은 그의 팔꿈치 맞았다.

"부끄럽지도 않습니까! 내가 무슨 짓을 했다고 이래요?" 그가 소리쳤다.

소년은 이제야말로 틀림없이 알료샤가 자신에게 덤벼들 거라고 생각하며 말없이 초조하게 기다렸다. 하지만 그가 이번에도 달려들지 않는 것을 보자 소년은 작은 짐승처럼 울분을 터뜨렸다. 그는 자리를 박차고 알료샤에게 달려들었다. 분이 받친 소년은 알료샤가 미처 몸을 피할 새도 없이 고개를 숙여 양손으로 그의 왼손을 붙들고 가운뎃손가락을 꽉 깨물었다. 소년은 손가락을 문 채 십여 초 동안이나 놓아주지 않았다. 알료샤는 온 힘을 다해 손가락을 빼내며 너무 아파서 비명을 질렀다. 마침내 소년은 그를 놓아주고 이전의 자리로 물러났다. 손가락은 손톱 바로 아래로 뼈가 보일 만큼 깊이 물렸다. 피가 줄줄 흐르기 시작했다. 알료샤는 손수건을 꺼내 다친 손을 단단히 싸맸다. 거의 일분가량이나 싸매야 했다. 소년은 그동안 내내 서서 기다렸다. 마침내 알료샤가 그를 향해 고요한 시선을 들었다.

"자, 좋아요." 그가 말했다. "나를 얼마나 아프게 깨물었는지 봐요. 이걸로 충분하지요, 그렇죠? 이제 내가 학생에게 무슨 짓을 했는지 말해봐요."

소년은 놀라서 그를 보았다.

"나는 학생을 전혀 몰라요, 오늘 처음 보거든요." 알료샤는 여전히 평온한 목소리로 말을 이었다. "하지만 내가 학생에게 아무 짓도 안 했을 리 없지요. 이유 없이 나를 이렇게 괴롭히진 않을 테니까. 내가 무슨 짓을 했는지, 내가 학생한테 무슨 잘못을 했는지 말해봐요."

대답 대신 소년은 느닷없이 큰 소리로 엉엉 울음을 터뜨렸고 알료샤에게서 도망치듯 달아나기 시작했다. 알료샤는 조용히 그의 뒤를 따라 미하일롭스까야 거리로 나가, 소년이 걸음도 늦추지 않고 뒤도 돌아보지 않고서 큰 소리로 울며 뛰어가는 모습을 멀리서 오래도록 지켜보았다. 그는 시간이 나기만 하면 반드시 저 소년을 찾아 이토록 큰 놀라움을 안긴 수수께끼를 풀리라고 마음먹었다. 하지만 지금은 시간이 없었다.

4. 호흘라꼬바 부인의 집에서

그는 곧 시내에서 가장 훌륭한 집들 중의 하나인 호흘라꼬바 부인 소유의 아름다운 이층 석조 저택에 다다랐다. 호흘라꼬바 부인은 대개 영지가 있는 다른 주나 자기 소유의 집이 있는 모스끄바에서 살았지만 우리 도시에도 선조로부터 물려받은 집이 있었다. 우리 군에 있는 영지는 그녀가 소유한 세 영지 가운데 가장 큰 것이었지만 이제까지 그녀가 우리 주에 오는 경우는 매우 드물었다. 그녀는 알료샤가 현관에 도착하자마자 달려나왔다.

"새로운 기적에 관한 편지를 받으셨나요? 받으셨지요?" 그녀가 재빨리 신경을 곤두세우고 말을 꺼냈다.

"네, 받았습니다."

"모두에게 알리셨나요? 보여주셨어요? 그분이 아들을 어머니에게 돌려보내주셨어요!"

"장상님은 오늘 중에 돌아가실 겁니다." 알료샤가 말했다.

"들어서 알고 있어요. 아, 얼마나 수련수사님과 얘기하고 싶었는데요. 수련수사님 아니면 다른 누구하고라도 이 모든 얘기를 하고 싶었어요. 아니요, 수련수사님, 수련수사님하고요! 오, 장상님을 뵐 수 없다는 것이 얼마나 안타까운지요! 온 도시가 흥분해서 기대하고 있어요. 그런데 지금…… 우리 집에 까쩨리나 이바노브나가 와 있는 거 아세요?"

"아, 정말 다행이네요!" 알료샤가 소리쳤다. "그분을 이 댁에서 뵙게 되다니. 어제 제게 오늘 꼭 와달라고 부탁하셨거든요."

"다 알아요, 전부 알고 있다고요. 어제 그분 집에서 있었던 일을 상세히 들었어요…… 그…… 짐승 같은 여자와 있었던 끔찍한 일을 전부요…… 정말 끔찍한 일이에요(C'est tragique). 내가 그분이었다면, 내가 그분 입장이었다면 무슨 짓을 했을지 몰라요! 하지만 당신 형님 드미뜨리 표도로비치는 또 어떻고요. 아, 세상에! 알렉세이 표도로비치, 나는 종잡을 수가 없어요. 생각해보세요, 지금 저기에는 당신 형님, 그러니까 그 형님, 어제의 그 끔찍한 형님이 아니라 다른 형님 이반 표도로비치가 앉아서 그분과 이야기를 나누고 있어요. 오가는 대화가 얼마나 진지한지…… 두 사람 사이에 지금 무슨 일이 벌어지고 있는지 믿을 수만 있다면. 이건 끔찍한 일이에요. 말하자면 이건 격정이고, 도무지 믿을 수 없는 끔찍한 거 짓말 같은 얘기예요. 두 사람은 이유도 없이 스스로를 망치고 있어요. 그리고 그걸 알면서도 즐기고 있다고요. 나는 수련수사님을 기다렸어요! 애타게 기다렸어요! 무엇보다, 나는 이걸 더이상 견딜 수가 없어요. 이제 모든 걸 이야기해드릴게요. 그런데 지금은 다른 일, 제일 중요한 일부터요. 아, 나는 이게 제일 중요한 일이라는 것도 잊고 있었네요. 말해주세요, 리즈는 왜 히스테리를 부리는 걸까요? 수련수사님이 오셨다는 말을 듣자마자 그애가 히스테리를 일으켰답니다!"

"엄마, 지금 히스테리를 부리는 건 내가 아니라 엄마예요." 리즈가 갑자기 옆방 문틈에서 조잘댔다. 문틈은 아주 좁았지만, 그 목소리는 너무 웃고 싶은데 억지로 힘껏 참을 때처럼 당장이라도 터질 듯했다. 알료샤는 곧바로 그 문틈을 알아차렸다. 리즈는 아마 자신의 안락의자에 앉아 문틈을 통해 그를 내다보고 있을 테지만 그는 문틈 사이를 들여다볼 수 없었다.

"당연하지, 리즈, 당연해…… 네 변덕 때문에 내가 히스테리가 생기겠다. 그런데 저애는 몹시 아팠어요, 알렉세이 표도로비치, 밤새도록 열이 나고 신음했답니다! 나는 겨우 아침까지 기다렸다가 게르쩬시뚜베를 불렀지요. 그분 말이 통 알 수가 없다고, 기다려보자고만 하시더라고요. 게르쩬시뚜베씨는 올 때마다 도대체 알 수가 없다고만 하세요. 수련수사님이 집에 오신다고 하자 저애는 비명을 지르며 발작을 일으켰어요. 여기, 예전의 자기 방으로 옮겨달라고 떼를 쓰더라니까요……"

"엄마, 나는 저분이 온다는 걸 전혀 몰랐어요. 내가 이 방으로 옮겼으면 좋겠다고 한 건 절대 저분 때문이 아니에요."

"그건 거짓말이야, 리즈. 율리야가 네게 달려가 알렉세이 표도로비치가 오신다고 말하니까 네가 망을 보라고 그애를 세워놨잖니."

"사랑하는 어여쁜 엄마, 그렇게 말씀하시면 전혀 재치가 없으신 거죠. 그 말을 덮어줄 뭔가 아주 현명한 말을 하고 싶다면, 사랑하는 엄마, 방금 들어오신 친애하는 알렉세이 표도로비치에게 어제 그런 일이 있은 후에 모두가 비웃는데도 오늘 우리 집에 올 생각을 한 것만 봐도 지혜롭지 못하다는 걸 증명한 셈이라고 말씀해주세요."

"리즈, 말이 지나쳐. 결국 혼날 일을 만드는구나. 누가 이분을 비웃는다는 거니, 이분이 오셔서 내가 얼마나 기쁘고 이분이 내게 얼마나 필요한데. 꼭 필요한 분이란 말이다. 아, 알렉세이 표도로비치, 나는 너무나 불행해요!"

"어여쁘신 엄마, 그게 무슨 말씀이세요?"

"아, 리즈, 네 방자함과 변덕, 네 병, 신열로 고생한 끔찍한 밤, 한결같이 끔찍한 게르쩬시뚜베, 중요한 건 한결같다는 거야, 늘 그 모양이지! 그러다 결국 모든 게, 모든 게 다…… 그리고 마침내 기적까지! 오, 친애하는 알렉세이 표도로비치, 그 기적이 내게 얼마나 충격을 주었는지, 내가 얼마나 감동했는지! 지금 거실에서는 내가 견딜 수 없는, 참을 수 없는 비극이 일어나고 있어요. 미리 선언하지만 나는 못 견디겠어요. 어쩌면 비극이 아니라 희극이겠네요. 말씀해주세요, 조시마 장상님은 내일까지 사실 수 있을까요, 그럴까요? 오, 하느님! 도대체 내게 무슨 일이 일어나고 있는 걸까요. 끊임없이 눈을 감으며 모든 게 무의미하다, 무의미하다고 되뇌어요."

"잠시 부탁드릴 게 있는데요." 알료샤가 갑자기 말을 끊었다. "손가락을 싸맬 만한 깨끗한 천을 좀 주시겠습니까? 손가락을 심하게 다쳤는데, 몹시 아프네요."

알료샤가 물린 손가락을 펴 보였다. 손수건은 피로 범벅이 되어 있었다. 호흘라꼬바 부인은 비명을 지르고 눈살을 찌푸렸다.

"맙소사, 얼마나 심하게 다친 거예요, 끔찍해라!"

그러나 리즈는 문틈으로 알료샤의 손가락을 보자마자 당장 문을 활짝 열어젖혔다.

"여기로, 제 방으로 들어오세요." 그녀가 고집스럽게 명령조로 소리쳤다. "이제 바보짓은 그만하고요! 오, 당신은 왜 말없이 서 있기만 했어요? 피를 너무 많이 흘렸을 수도 있단 말이에요. 엄마! 어디 계세요? 어떻게 된 거예요? 우선 물, 물을! 상처를 씻고 통증이 가라앉도록 찬물에 담가야 해요. 꼭 눌러요, 계속해서…… 어서, 어서 물을, 엄마, 대야에 부어주세요. 어서요." 그녀가 신경질적으로 외쳤다. 그녀는 완전히 겁에 질려 있었다. 알료샤의 상처에 무척이나 놀랐던 것이다.

"게르쩬시뚜베를 부를까?" 호흘라꼬바 부인이 소리쳤다.

"엄마, 내가 죽는 꼴 보고 싶어요? 엄마의 게르쩬시뚜베는 와서 통 알 수가 없다는 소리만 할 거라고요! 물, 물요! 엄마, 제발 직접 가서 율리야 좀 재촉해주세요. 어디서 허둥대는지 한번도 빨리 온 적이 없단 말이에요! 자, 어서요, 엄마, 그러지 않으면 나 죽을 것 같아요……"

"별거 아닙니다!" 알료샤가 그들이 놀란 데 놀라서 외쳤다.

율리야가 물을 들고 달려왔다. 알료샤는 물에 손가락을 담갔다.

"엄마, 붕대를 가져다주세요. 붕대와 베인 상처에 바르는 탁한 물약, 그게 뭐더라? 우리 집에 있는데, 있어요, 있어…… 엄마, 아시잖아요, 그 약병이 어디 있는지. 엄마 침실 오른쪽 찬장에, 거기 커다란 약병하고 붕대가 있잖아요……"

"당장 모든 걸 가져오마, 리즈, 소리 좀 지르지 말고 안달 좀 그만하렴. 봐라, 알렉세이 표도로비치가 불행을 얼마나 꿋꿋이 견디고 있는지. 어디서 이렇게 끔찍한 상처를 입으셨어요, 알렉세이 표도로비치?"

호흘라꼬바 부인이 서둘러 나갔다. 리즈는 그것만 기다리고 있었다.

"먼저 질문에 답해주세요." 그녀가 알료샤에게 재빨리 말했다. "어디서 이렇게 다친 거예요? 그다음에 전혀 다른 얘기를 할게요. 어서요!"

알료샤는 어머니가 돌아오기 전까지의 그 시간이 그녀에게 무척 소중하다는 것을 본능적으로 느끼고 학생들과의 수수께끼 같은 만남에 대해 많은 것을 생략하고 간추려서 빠르게, 하지만 정확하고 분명하게 얘기해주었다. 그 이야기를 듣고 리즈는 손뼉을 쳤다.

"아니, 그런 옷을 입고 소년들 사이에 끼어들 생각을 하다니, 어떻게 그럴 수가 있어요?" 그녀는 마치 그를 움직일 어떤 권리라도 가진 양 화를 내며 소리를 질렀다. "그러니 당신 자신도 소년인 거예요, 상상할 수 있는 최고로 어린 소년요! 하지만 어떻게든 꼭 그 못된 녀석이 누군지 알아내서 제게 가르쳐주세요. 여기엔 어떤 비밀이 있을 테니까요. 이제 두번째 일로 넘어가서, 먼저 물을게요. 알렉세이 표도로비치, 그렇게 아파서 고통스러운데도 아주 시시한 얘기를, 그것도 이성적으로 나눌 수 있으시겠어요?"

"그럼요, 물론이죠. 게다가 이제 별로 아프지 않아요."

"그건 손가락을 물에 담그고 있어서 그래요. 물은 금방 미지근해지니까 이제 갈아야겠네요. 율리야, 지하창고에서 얼음조각을 가져와, 새 대야에 물도 담아오고. 자, 율리야가 나갔으니 제가 하고 싶었던 말을 할게요. 친애하는 알렉세이 표도로비치, 제가 어제 보낸 편지를 얼른 돌려주세요. 어서요, 이제 곧 엄마가 올 수도 있는데 저는……"

"지금 제게는 편지가 없습니다."

"거짓말, 편지는 당신한테 있어요. 당신이 그렇게 대답할 줄 알았어요. 편지는 당신 주머니에 있어요. 그런 바보 같은 농담을 해놓고 제가 밤새도록 얼마나 후회했는데요. 당장 편지를 돌려주세요, 어서요!"

"수도원에 두고 왔습니다."

"하지만 그런 어리석은 농담이 적힌 편지를 받고 당신은 저를 어린애, 아주 철부지라고 생각할 수밖에 없었겠죠! 바보 같은 소리를 한 걸 용서하세요. 정말로 지금 편지가 수중에 없다면 오늘 중으로 꼭 갖다주세요, 반드시, 반드시요!"

"수도원에 돌아가면 이틀이나 사흘, 어쩌면 나흘은 여기 올 수 없을지 모르니 오늘은 갖다드릴 수 없습니다. 왜냐하면 조시마 장상님께서……"

"나흘이라니 무슨 소리예요! 들어보세요, 당신은 저를 몹시 비웃으셨겠죠?"

"조금도 비웃지 않았습니다."

"왜요?"

"왜냐하면 모든 걸 완전히 믿었으니까요."

"저를 모욕하시는군요!"

"전혀 아닙니다. 편지를 읽고 곧바로 모든 게 그렇게 될 거라고 생각했습니다. 왜냐하면 조시마 장상님께서 돌아가시면 저는 곧

수도원을 나와야 하니까요. 그뒤에 저는 공부를 계속해서 시험을 볼 겁니다. 그리고 법이 허용하는 나이가 되면 우리 결혼합시다. 저는 당신을 사랑할 겁니다. 아직까지는 이런 생각을 해보지 못했지만, 당신보다 더 좋은 아내를 찾을 수는 없을 거라고 생각하고, 장상님께서도 제게 결혼하라고 명하셨어요……"

"하지만 저는 불구의 몸이고 바퀴 달린 의자를 타고 다니는데요!" 리즈는 뺨을 붉히며 웃었다.

"제가 직접 당신의 의자를 밀고 다닐게요. 그때쯤에는 당신이 건강해질 거라고 믿습니다."

"그렇지만 당신은 미쳤어요." 리즈가 신경질적으로 말을 내뱉었다. "그런 농담 좀 했다고 이런 헛소리를 하시다니! 아, 저기 엄마가 오시네요, 어쩌면 이렇게 딱 맞춰 오시는지. 엄마, 어떻게 엄마는 항상 늦어요, 왜 이렇게 오래 걸리세요! 저기 율리야는 얼음을 가져오는데요!"

"아, 리즈, 소리 좀 지르지 마라, 제발 소리 좀 지르지 마. 네 비명 소리 때문에 내가…… 그리고 네가 붕대를 다른 데다 쑤셔박아놓고 나더러 어쩌란 말이냐…… 내가 얼마나 찾았는데…… 네가 일부러 그런 게 아닌지 의심스럽기까지 하다니까."

"이분이 손가락을 물려서 올 줄 내가 어떻게 알았겠어요, 알았으면 정말 일부러 그랬을 수도 있겠지만. 천사 같은 엄마, 너무도 현명한 말씀을 하시네요."

"그렇다 치고, 리즈, 왜 그렇게 흥분을 하는 거니, 알렉세이 표도로비치의 손가락 때문에, 아니면 이 모든 일 때문에? 오, 친애하는 알렉세이 표도로비치, 나를 괴롭히는 건 사소한 일, 무슨 게르첸시뚜베 같은 사람이 아니라 이 모든 것, 전부 다이고, 그래서 견딜 수가 없는 거예요."

"그만하세요, 엄마, 게르쩬시뚜베 얘기는 그걸로 충분해요." 리즈가 명랑하게 웃었다. "어서 붕대하고 물을 주세요. 이건 초산연水醋酸鉛水예요, 알렉세이 표도로비치. 이제 이름이 생각났어요. 하지만 이건 아주 좋은 약이에요. 엄마, 생각 좀 해보세요. 이분은 오는 길에 거리에서 소년들과 싸움질을 했대요. 이건 꼬마가 깨문 거고요. 이분은 어린애도 아니면서, 덩치가 작지도 않은데 말이에요. 그러니 엄마, 이분이 결혼이나 할 수 있겠어요? 그런데도 이분은 결혼을 하고 싶다니, 엄마, 생각해보세요, 이분이 결혼한 걸 상상하면 우습지 않아요? 끔찍하지 않아요?"

리즈는 알료샤를 얄밉게 쳐다보며 신경질적으로 웃어댔다.

"아니, 결혼이라니, 리즈, 무슨 이유로 그런 말을 하니, 정말 엉뚱하구나…… 하여간, 그 소년은 공수병에 걸렸을지도 모르겠구나."

"아, 엄마! 공수병에 걸린 소년이 있기나 해요?"

"왜 없다는 거냐, 리즈, 내가 터무니없는 말이라도 한 것처럼 그러는구나. 그 소년이 공수병에 걸린 개에 물렸다면 그애도 공수병에 걸리는 거고, 주변에 있는 아무나 물려고 하겠지. 저애가 얼마나 붕대를 잘 싸맸는지요, 알렉세이 표도로비치, 나 같으면 절대로 이렇게 못 했을 거예요. 지금도 많이 아프신가요?"

"지금은 조금밖에 아프지 않습니다."

"물이 무섭진 않으세요?" 리즈가 물었다.

"이제 그만해라, 리즈. 내가 괜히 지레짐작으로 공수병에 걸린 소년 얘기를 꺼냈나보다. 하지만 네가 그렇게 웃을 건 또 없잖니. 까쩨리나 이바노브나는 수련수사님이 오신 걸 알자마자 내게 달려왔어요. 수련수사님을 애타게 기다리고 있답니다."

"아이, 엄마! 혼자 가세요. 이분은 지금 갈 수 없어요, 너무 아프다고요."

"전혀 아프지 않습니다. 충분히 갈 수 있어요……" 알료샤가 말했다.

"그럴 수가! 가신다고요? 이렇게? 이런 상태로요?"

"어때서요? 저쪽에서 일을 보고 나서 다시 오겠습니다. 그러면 우리는 당신이 원하는 만큼 다시 얘기를 나눌 수 있을 겁니다. 저는 까쩨리나 이바노브나를 어서 만나고 싶습니다. 무슨 일이 있어도 오늘 안에 가능한 한 빨리 수도원으로 돌아가고 싶거든요."

"엄마, 이 사람을 데려가세요, 어서. 알렉세이 표도로비치, 까쩨리나 이바노브나를 만난 후에는 저한테 오려고 애쓰지 마시고 곧장 수도원으로 가세요. 그게 당신이 갈 길이니까요! 저는 자고 싶어요. 밤새 못 잤거든요."

"아, 리즈, 농담하는 거냐. 하지만 정말로 네가 잠을 좀 자면 좋겠구나!" 호흘라꼬바 부인이 소리쳤다.

"제가 어쩌면 좋을지…… 모르겠네요. 한 삼분, 원하신다면 오분쯤 더 있겠습니다." 알료샤가 중얼거렸다.

"오분이라뇨! 엄마, 이분을 어서 데려가세요. 정말 괴물 같아요!"

"리즈, 너 미쳤구나. 갑시다, 알렉세이 표도로비치, 저애가 오늘 너무 변덕을 부리는군요. 저애를 자극할까봐 두려워요. 오, 신경질적인 여자와 지내는 건 고문이에요, 알렉세이 표도로비치! 실은 어쩌면 당신과 있는 동안에 자고 싶어졌는지도 모르죠. 어떻게 그렇게 빨리 저애를 졸리게 하신 거예요. 정말 다행이에요!"

"아이, 엄마, 어쩜 그렇게 예쁜 말을 하세요. 보답으로 뽀뽀해드릴게요, 엄마."

"나도 뽀뽀해주마, 리즈. 들어보세요, 알렉세이 표도로비치." 호흘라꼬바 부인은 알료샤와 함께 가면서 재빨리 은밀하고 심각하게 속삭이기 시작했다. "미리 귀띔을 하고 싶진 않아요, 이 장막을 걷진 않겠다고요. 하지만 저기 들어가서 무슨 일이 벌어지고 있는지 직접 보세요. 정말 끔찍해요, 가장 환상적인 희극이라니까요. 그분은 당신 형 이반 표도로비치를 사랑하면서도 온 힘을 다해 당신 형 드미뜨리 표도로비치를 사랑한다고 스스로에게 확신시키고 있어요. 끔찍한 일이죠! 내쫓지만 않는다면 나도 당신과 함께 들어가서 어떻게 끝이 날지 지켜보고 싶군요."

5. 거실에서의 격정

그러나 거실의 대화는 이미 끝나가고 있었다. 까쩨리나 이바노브나는 단호한 표정을 짓고 있었지만 대단히 흥분해 있었다. 알료샤와 호흘라꼬바 부인이 들어온 순간, 이반 표도로비치는 떠나기 위해 일어서는 참이었다. 그의 얼굴은 약간 창백했고, 알료샤는 그런 그를 걱정스러운 눈초리로 바라보았다. 문제는 그의 의심 중 하나, 얼마 전부터 그를 괴롭혀온 걱정스러운 수수께끼 하나가 이제 풀렸다는 것이었다. 벌써 한달 전부터 여러군데에서 몇번이나 그는 형 이반이 까쩨리나 이바노브나를 사랑하고 있으며 무엇보다 미쨔에게서 그녀를 '빼앗으려' 한다는 암시를 받아왔다. 이 생각은 아주 최근까지도 그를 몹시 괴롭혔지만 터무니없는 것이라고만 생각했다. 그는 두 형을 사랑했고, 그들 사이에 그런 경쟁이 벌어지는 게 두려웠다. 그런데 어제 갑자기 드미뜨리 표도로비치는 이반과 경쟁하는 것이 기쁘고 그것이 그, 드미뜨리 자신에게 많은 점에서 도움이 된다고 알료샤에게 선언했던 것이다. 어떤 도움이 된다는 것일까? 그루셴까와 결혼하는 데에서? 그러나 알료샤는 이 일이 절망적이고 추악한 일이라고 생각했다. 이 모든 것을 차치하고라도, 알료샤는 어제 저녁까지만 해도 까쩨리나 이바노브나가 큰형 드미뜨리를 열정적으로 집요하게 사랑한다고 믿었다. 그러나 그것은 바로 어제 저녁까지만이었다. 어째서인지 그에게는 그녀가 이반 같은 사람을 사랑할 수 없고, 설사 그 사랑이 기괴하게 보일지라도 형 드미뜨리를 있는 그대로 사랑할 거라는 생각이 어른거렸던 것이다. 그런데 어제 그루셴까와 있었던 장면을 보자 문득 다른 생각이 들었다. 호흘라꼬바 부인이 조금 전에 입에 올린 '격정'이라는 말에 그는 몸을 떨지 않을 수 없었다. 왜냐하면 바로 오늘 새벽녘에 잠에서 반쯤 깬 그는 분명 자신의 꿈에 답하기라도 하듯 갑자기 "격정이다, 격정이야!" 하고 소리쳤기 때문이다. 그는 어제 까쩨리나 이바노브나의 집에서 벌어졌던 장면을 꿈에 다시 보았다. 그런 참에 까쩨리나 이바노브나는 형 이반을 사랑하면서도 일부러 어떤 유희 심리 혹은 '격정' 때문에 스스로를 속이면서 일종의 보은의 마음에서 시작된 드미뜨리를 향한 가짜 사랑으로 자신을 괴롭히고 있는 것이라고 이제 막 호흘라꼬바 부인이 단도직입적으로 집요하게 확언하자 그는 충격을 받았다. '그래, 어쩌면 바로 그 말 속에 온전한 진실이 들어 있는지도 모른다!' 그렇다면 형 이반의 입장은 어떤 걸까? 까쩨리나 이바노브나 같은 성격은 지배욕이 강하고, 그녀가 지배할 수 있는 사람은 드미뜨리 같은 사람이지 결코 이반 같은 사람이 아닐 거라고 알료샤는 본능적으로 느꼈다. 드미뜨리만이 (시간이 오래 걸린다 해도) 결국에는 '자신도 행복하게' 그녀 앞에 굴복할 수 있을 것 같았다.(심지어 알료샤는 그것을 바라고 있었는지도 모른다.) 그러나 이반은 아니었다. 이반은 그녀 앞에 굴복할 수 없고, 굴복한다 해도 그에게 행복을 가져다줄 수 없을 것이다. 알료샤는 왠지 자기도 모르게 이반에 대해 이런 생각을 하게 되었다. 그리고 거실에 들어선 순간, 이 모든 회의와 상념들이 그의 머리를 스치고 지나갔다. 갑자기 다른 생각도 집요하게 어른거렸다. '아, 만일 저분이 아무도 사랑하지 않는다면, 이 사람도 저 사람도?' 알료샤는 최근 한달 동안 이런 생각이 들 때마다 그런 자신의 생각이 부끄러운 듯 스스로를 비난했다. '내가 사랑과 여자에 대해 뭘 안다고 어떻게 그런 결론을 내릴 수 있어.' 그는 그 비슷한 생각이나 짐작이 들 때마다 자책하며 생각했다. 말하자면, 그는 이제 이 경쟁이 두 형제의 운명에 너무도 중요한 문제가 되었고, 거기에 아주 많은 것이 달려 있음을 본능적으로 느꼈던 것이다. 어제 이반형은 아버지와 드미뜨리형에게 분노하며 "한 마리 뱀이 다른 뱀을 잡아먹을 것이다"라고 말했다. 그렇다면 그의 눈에는 드미뜨리형이 뱀이란 말인가? 이미 오래전부터 뱀으로 보였던 것일까? 이반형이 까쩨리나 이바노브나를 알게 된 후부터 그랬던 건 아닐까? 물론 그것은 어제 이반의 입에서 자기도 모르게 튀어나온 말이지만, 그 말이 무심결에 튀어나왔다는 점이 더욱 중요했다. 만일 그렇다면 여기 무슨 평화가 있을 수 있을까? 그와 반대로 오히려 그들 집안에 증오와 적대의 구실이 새로이 생긴 것은 아닐까? 무엇보다 그, 알료샤는 누구를 더 불쌍히 여겨야 할까? 각자에게 무엇을 기원해줘야 하는 걸까? 그는 그들 두 사람을 모두 사랑한다. 그런데 이 무서운 모순 속에서 그들 각자에게 무엇을 기원해줘야 한단 말인가? 이런 뒤죽박죽 속에서 그는 완전히 방향을 잃을 것만 같았는데, 알료샤의 마음은 이렇게 불확실한 상태를 견딜 수 없어 했다. 왜냐하면 그의 사랑은 언제나 능동적인 것이었기 때문이다. 그는 수동적으로는 사랑할 수 없었다. 그는 사랑하는 마음을 품으면 곧바로 도움의 손길을 내밀었다. 이를 위해서는 목표를 정해야 했고, 그들 각자에게 무엇이 좋고 필요한지를 분명히 알아야 했으며, 목표에 확신이 선 후에는 마땅히 그들 각자를 도와야 했다. 그러나 지금은 확실한 목표 대신에 존재하는 것이라고는 모든 면에서의 불확실과 혼돈뿐이었다. 방금 '격정'이라는 말까지 나왔다! 하지만 이 격정이라는 말에서조차 그가 무엇을 이해할 수 있단 말인가? 이렇게 온통 뒤죽박죽인 가운데 그는 이 첫 단어마저 이해할 수 없었다!

알료샤를 보자 까쩨리나 이바노브나는 떠나려고 이미 자리에서 일어난 이반 표도로비치에게 기쁜 어조로 급히 말했다.

"잠깐만요! 잠시만 더 계세요. 제가 전존재로 신뢰하는 이분의 의견을 듣고 싶네요. 까쩨리나 오시쁘브나, 부인도 나가지 마세요." 그녀는 호흘라꼬바 부인을 향해 덧붙였다. 그녀는 알료샤를 자기 옆에 앉혔고, 호흘라꼬바는 맞은편에 이반 표도로비치와 나란히 앉도록 했다.

"여기 모인 분은 모두 제 친구들, 저와 가까운, 사랑하는 제 친구들이세요." 그녀는 진정으로 고통스러운 눈물을 머금고 떨리는 목소리로 뜨겁게 말문을 열었다. 알료샤의 마음은 또다시 순식간에 그녀에게로 기울었다. "알렉세이 표도로비치, 수련수사님은 어제 그…… 끔찍한 일을 목격하셨고…… 제가 어땠는지도 보셨지요. 당신은 그걸 못 보셨지만, 이반 표도로비치, 이분은 보셨어요.

이분이 어제 저에 대해 무슨 생각을 했는지는 모르지만, 한가지 확실한 것은 오늘 똑같은 일이 또 벌어진다 해도 저는 어제 보인 것과 똑같은 감정, 말, 행동을 그대로 보일 거라는 거예요. 수련수사님은 제 행동을 기억하실 거예요, 알렉세이 표도로비치. 수련수사님 자신이 제 여러 행동 중 하나를 제지하셨으니까요.(이 말을 하면서 그녀는 얼굴을 붉혔고 그녀의 두 눈은 불타올랐다.) 수련수사님께 선언하는데, 알렉세이 표도로비치, 저는 그 무엇과도 타협할수 없어요. 들어보세요, 알렉세이 표도로비치, 저는 이제 그이를 사랑하는지 아닌지조차 모르겠어요. 그이는 이제 제게 가련한 사람이 되었어요. 이건 사랑의 나쁜 증표지요. 만일 제가 그이를 사랑한다면, 계속해서 사랑한다면 아마 지금 그이를 불쌍히 여기지 않고 반대로 증오할 텐데요⋯⋯"

그녀의 목소리는 떨렸고 눈썹 사이로 눈물이 반짝거렸다. 알료샤는 마음으로 전율했다. '이분은 솔직하고 진실하다'라고 그는 생각했다. '그리고⋯⋯ 그리고 이분은 더이상 드미뜨리를 사랑하지 않는구나!'

"맞아요! 그렇죠!" 호흘라꼬바 부인이 소리쳤다.

"기다려주세요, 사랑하는 까쩨리나 오시쁘브나. 저는 아직 중요한 말을, 어젯밤에 결정한 제일 중요한 내용을 말하지 않았어요. 제 결정이 어쩌면 제게는 끔찍한 것일지도 모르겠다는 느낌이 들지만 저는 그 결정을 무슨 일이 있어도, 제 평생 무슨 일이 있어도 바꾸지 않을 것이고 그대로 할 거라고 예감하고 있어요. 제가 사랑하는 선량한 분, 변함없이 관대한 조언자이자 제 마음을 깊이 이해하는 분, 세상에서 유일한 저의 친구 이반 표도로비치가 많은 점에서 저를 북돋아주셨고 제 결정을 칭찬해주셨어요⋯⋯ 이분은 제 결정을 알고 계세요."

"예, 저는 그 결정에 찬성합니다." 이반 표도로비치가 낮고 단호한 목소리로 말했다.

"하지만 저는 알료샤도(아, 알렉세이 표도로비치, 수련수사님을 그냥 알료샤라고 부른 걸 용서하세요), 알렉세이 표도로비치도 이제 이 두 친구가 있는 자리에서 제게 제가 옳은지 옳지 않은지 말씀해주셨으면 좋겠어요. 알료샤, 제 사랑스런 동생(수련수사님은 제 사랑스런 동생이에요), 저는," 그녀는 그의 차가운 손을 자신의 뜨거운 손으로 붙잡고 다시 감격해서 말했다. "저는 제 모든 고통에도 불구하고 수련수사님의 결정, 수련수사님의 격려가 제게 평온을 가져다줄 거라고 예감해요. 수련수사님의 말을 듣고 나면 제 마음도 가라앉아 평화로워질 테니까요. 저는 그걸 예감해요!"

"저는 무엇을 청하시는 건지 잘 모르겠습니다." 알료샤가 얼굴이 새빨개져서 말했다. "제가 아는 것은 제가 당신을 좋아한다는 것과, 지금 이 순간 제가 저 자신보다 당신의 행복을 더 바라고 있다는 겁니다! 하지만 저는 이런 일에 관해서는 전혀 몰라서……" 그는 어째서인지 갑자기 서둘러 덧붙였다.

"이런 일에서요, 알렉세이 표도로비치, 이런 일에서 지금 중요한 것은 명예와 의무예요. 그리고 또 뭐가 있는지는 잘 모르겠지만 아마도 더 높고 원대한 무엇이, 의무 자체보다 더 높고 원대한 것이 있을지 모르죠. 저는 심장에서부터 이 극복할 수 없는 감정을 느낍니다. 그것이 저를 견딜 수 없이 끌어당겨요. 하지만 이 모든 걸 두 마디로 줄이자면, 저는 벌써 결정했어요. 그이가 그…… 짐승 같은 여자와, 제가 결단코, 결단코 용서할 수 없는 그 짐승 같은 여자와 결혼한다고 해도," 그녀는 비장하게 말했다. "어쨌든 저는 그이를 버리지 않을 거예요! 이 순간부터 저는 그이를 절대로, 절대로 버리지 않을 거예요!"그녀는 억지로 짜낸 것 같은 창백한 희열을 쏟아내며 내뱉었다. "그렇다고 제가 그이를 찾아다니고 끊임없이 그이의 눈앞에 나타나서 그이를 괴롭히겠다는 말은 아니에요. 오, 아니에요. 저는 어디든 다른 도시로 가겠지만 평생토록 지치지 않고 그이를 주시할 거예요. 그이가 그 여자와 불행해지면, 틀림없이 곧 그렇게 될 텐데, 그러면 저한테 오도록 해야죠. 그이는 친구이자 누이를 만나게 될 거예요…… 아니, 다만 누이를, 물론 영원히 그럴 테고요. 하지만 마침내 그이는 이 누이가 진정으로 자기를 사랑하고 평생토록 자기에게 헌신한 누이라는 걸 확신하게 될 거예요. 저는 마침내 그이가 제가 어떤 사람인지 깨닫고 전혀 수치심을 느끼지 않고 제게 모든 것을 내어주게 만들 거예요. 그렇게 하고야 말겠어요." 그녀는 흥분에 휩싸여 소리쳤다. "저는 그이가 기도를 바치는 그이의 신이 될 거예요. 이건 그이가 배신한 대가, 제가 어제 감내해야 했던 것에 대한 최소한의 대가예요. 그이는 제게 충실하지 않고 배신했지만 저는 평생토록 제가 한 말에 충실한 것을 보게 될 거예요. 저는 그렇게 할 거예요…… 저는 그이의 행복을 위한 수단이 (달리 뭐라고 해야 할지요), 도구가 될 거예요. 그이의 행복을 위한 기계가 될 거예요, 평생토록, 평생토록. 그이가 이걸 앞으로 평생 동안 보도록 말이에요. 이게 바로 제가 내린 결정이에요! 이반 표도로비치는 제 결정을 최고로 인정해주셨어요."

그녀는 숨을 헐떡였다. 자신의 생각을 훨씬 더 훌륭하게, 더 능숙하고 자연스럽게 표현하고 싶었겠지만 결과적으로는 지나치게 성급하고 지나치게 적나라하게 되어버렸다. 젊은 혈기가 들끓었고 어제 겪은 분노와 자존심을 세우고 싶은 욕구가 드러났는데, 그녀 자신도 이것을 느꼈다. 그녀의 얼굴이 갑자기 어두워졌고 눈빛도 거칠어졌다. 알료샤는 즉시 이 모든 것을 알아차렸고 마음속에서 연민이 일었다. 그때 마침 이반형이 말을 보탰다.

"저는 그저 제 생각을 말했을 뿐입니다." 그가 말했다. "다른 여자였다면 이 모든 것이 과장되고 억지로 짜낸 듯했을 테지만 당신은 아닙니다. 다른 여자였다면 옳지 않았겠지만 당신이기에 옳습니다. 이것을 어떻게 설명할 수 있을지 모르겠지만 저는 당신이 최고로 진실하고, 그러므로 당신이 옳다는 것을 압니다……"

"하지만 그건 이 순간에만 그럴 뿐이에요…… 그런데 이 순간이란 게 뭐죠? 그저 어제의 모욕 — 바로 이것이 이 순간이 의미하는 거라고요!" 호흘라꼬바 부인은 분명 개입하고 싶지 않았겠지만 참다못해 자제력을 잃고 느닷없이 아주 타당한 생각을 내뱉고야 말았다.

"그렇죠, 그렇습니다." 이반이 그의 말을 가로챈 것에 화가 난 듯 흥분한 투로 갑자기 말을 가로막았다. "다른 여자 같으면 이 순간이 어제 인상의 결과일 뿐으로 한순간에 그치겠지만, 까쩨리나 이바노브나 같은 성격에는 이 순간이 평생으로 이어질 겁니다. 다른 여자 같으면 약속에 불과한 것이 저분에게는 영원하고 무겁고 암울하지만 지칠 줄 모르고 행하는 의무가 됩니다. 그리고 저분은 그 의무를 해냈다는 만족감을 먹고살 테지요! 까쩨리나 이바노브나, 당신의 삶은 이제 자신의 감정, 자신의 위업, 자신의 슬픔을 관조하며 고행하듯 흘러갈 겁니다. 그러나 훗날 그 고통은 약해지고, 당신의 삶은 완전하고도 영원히 달성된 확고하고 오만한 계획, 정말로 그 자체로 오만하고 모든 경우에서 절망적이지만 당신이 극복해낸 그 계획을 관조하는 것으로 바뀔 겁니다. 그리고 그런 의식은 마침내 당신에게 가장 완전한 만족감을 주고 그밖의 나머지 것들과의 화해를 가져다주겠지요……"

그는 이 말을 어떤 악의를 품고 단호하게, 분명 자신의 의도를 숨기고 싶지 않다는 듯이 말했다. 그러니까 그는 일부러 조롱하듯 말했던 것이다.

"오, 맙소사, 그건 말도 안 되는 소리예요!" 호흘라꼬바 부인이 다시 외쳤다.

"알렉세이 표도로비치, 말씀해주세요! 수련수사님이 제게 무슨 말을하실지 고통스러울 정도로 알고 싶어요!" 까쩨리나 이바노브나는 이렇게 외치고 갑자기 눈물을 쏟았다. 알료샤는 소파에서 일어났다.

"괜찮아요, 괜찮아요!" 그녀가 울면서 말을 이었다. "이건 어젯밤의 혼란 때문에 그런 거예요. 하지만 수련수사님과 수련수사님의 형님 같은 친구들이 있으니 제 마음이 든든합니다…… 왜냐하면…… 두분은 절대로 저를 버리시지 않을 테니까요……"

"불행히도 저는 어쩌면 내일 모스끄바로 가야 하고 오랫동안 당신을 떠나 있을 듯합니다…… 불행히도 이건 변경할 수 없어요." 이반 표도로비치가 갑자기 말했다.

"내일, 모스끄바요!" 까쩨리나 이바노브나의 얼굴이 온통 일그러졌다. "하지만…… 하지만 맙소사, 얼마나 다행이에요!" 그녀는 삽시간에 목소리를 돌변해 이렇게 외쳤고 순식간에 눈물을 거두어 흔적도 보이지 않았다. 그야말로 눈 깜빡할 새 이런 놀라운 변화가 일어나서 알료샤는 깜짝 놀라고 말았다. 감정이 격해져서 울던 가련하고 상처받은 아가씨 대신에 자신을 완벽히 제어하고 심지어 갑자기 기쁜 일이라도 생긴 듯 만족해하는 여인의 모습이 나타났다.

"오, 제가 당신과 떨어져서 좋다는 게 아니에요, 물론 그건 아니에요." 그녀는 갑자기 상류사회에서 볼 수 있는 사랑스러운 미소를 지으며 정정하듯 말했다. "당신 같은 분은 그런 생각을 못 하시겠죠. 오히려 저는 당신을 잃게 되어서 정말 슬퍼요.(그녀는 느닷없이 이반 표도로비치에게 몸을 던져 그의 두 손을 붙들고 뜨거운 감정을 담아 움켜쥐었다.) 그러나 제가 다행이라고 한 것은 당신이 직접 모스끄바에서 이모와 아가샤[15]에게 지금의 제 상황, 제가 겪고 있는 이 끔찍한 일들을 전해주실 수 있어서예요. 사랑하는 이모에게는 가련히 여겨 적당히 전해주시고, 아가샤에게는 모든 걸 솔직하게 얘기해주세요. 그들에게 이 끔찍한 편지를 어떻게 써야 할지 몰라서 어제와 오늘 아침에 제가 얼마나 상심했는지 당신은 상상도 못 하실 거예요…… 편지로는 어떻게도 그런 얘기를 전할 수 없으니까요…… 이제는 당신이 직접 그곳 그 집에 가서 대면해서 설명해주실 테니 편지를 쓰기가 한결 쉬워졌어요. 오, 얼마나 기쁜지요! 하지만 저는 오로지 이것 때문에 기쁜 거예요, 제 말을 믿어주세요. 당신은 제게 무엇과도 바꿀 수 없는 분이에요…… 이제 가서 편지를 써야겠어요." 그녀는 이렇게 결론을 내리고 벌써 방에서 나가려고 벌써 걸음을 옮겼다.

"알료샤는요? 당신이 그토록 듣고 싶다던 알렉세이 표도로비치의 의견은요?" 호흘라꼬바 부인이 외쳤다. 그녀의 어조에서 가시 돋친 분노가 느껴졌다.

"저도 그걸 잊은 건 아니에요." 까쩨리나 이바노브나가 문득 걸음을 멈췄다. "이 순간 왜 제게 그렇게 적대적이신가요, 까쩨리나

---

15 여자이름 아가피야의 애칭.

오시쁘나?" 그녀는 안타깝다는 듯 비난투로 말했다. "제가 한 말은 지킬게요. 제게는 저분의 의견이 꼭 필요하고 저분의 결정도 필요해요! 저분이 말씀하시는 대로 될 거고요. 오히려 제가 얼마나 수련수사님의 말씀을 갈망하는지 아시겠지요, 알렉세이 표도로비치…… 그런데 왜 그러세요?"

"저는 한번도 생각해본 적이 없고, 이런 건 상상조차 할 수 없습니다." 알료샤가 갑자기 슬픈 어조로 소리쳤다.

"무엇을, 무엇을요?"

"형이 모스끄바로 간다는데 당신은 기쁘다고 소리치시는군요. 당신은 억지로 목소리를 높이고 계세요! 그러고선 금세 기쁜 건 그 때문이 아니고 오히려 친구를 잃어서…… 안타깝다고 해명하셨습니다. 하지만 그 모든 건 연기입니다. 극장에서 희극을 연기하듯이…… 일부러 그러시는 거예요!"

"극장이라뇨? 어떻게? 그게 무슨 말씀이세요?" 까쩨리나 이바노브나는 너무 놀라서 얼굴을 온통 붉히고 눈썹을 찌푸리고 소리쳤다.

"당신은 이반형 같은 친구를 잃는 게 슬프다고 말씀하시면서도 여전히 형의 면전에 대고는 형이 떠나서 다행이라고 고집하시잖습니까……" 알료샤는 아예 숨을 헐떡이며 말했다. 앉지도 않고 탁자 뒤에 선 채였다.

"무슨 말씀이신지 이해할 수가 없어요."

"네, 저도 잘 모르겠습니다만…… 마치 갑자기 제 눈이 열린 것 같네요…… 이렇게 말해서 좋을 리 없다는 것은 알지만 그래도 마저 하겠습니다……" 알료샤는 여전히 떨리는 목소리로 띄엄띄엄 말을 이었다. "제가 눈뜨게 된 것은 당신이 드미뜨리형을 어쩌면 처음부터 전혀 사랑하지 않았을 거라는 생각입니다…… 그리고 드미뜨리형도 어쩌면 당신을 처음부터…… 전혀 사랑하지 않았고요…… 다만 존중했던 거지요…… 정말로 저도 지금 제가 어떻게 감히 이런 말을 하는지 잘 모르겠습니다만, 누군가는 진실을 말해야 하니까요…… 왜냐하면 여기 있는 사람 중에 아무도 진실을 말하려 하지 않으니까요……"

"무슨 진실요?" 까쩨리나 이바노브나가 이렇게 외쳤고 그 목소리는 어딘가 신경질적이었다.

"바로 이런 진실요." 알료샤는 지붕에서 뛰어내리는 듯한 심정으로 중얼거렸다. "지금 드미뜨리형을 부르세요, 제가 형을 찾아오겠습니다. 형이 이곳에 와서 당신의 손을 잡고 또 이반형의 손을 잡아 두분의 손을 결합시키도록 하세요. 왜냐하면 당신은 그저 이반형을 사랑한다는 이유만으로 그를 괴롭히고 있으니까요…… 괴롭히고 있어요, 왜냐하면 드미뜨리형은 격정에 사로잡혀 사랑하는 것일 뿐…… 진짜로 사랑하는 것은 아니니까요…… 그렇다고 자신을 설득하고 있을 뿐이니까요……"

알료샤는 말을 끊고 입을 다물었다.

"당신은…… 당신은…… 어린 유로지비예요, 유로지비일 뿐이라고요!" 까쩨리나 이바노브나가 하얗게 질린 얼굴과 악의로 일그러진 입술로 갑자기 거칠게 내뱉었다. 이반 표도로비치가 문득 크게 웃음을 터뜨리며 자리에서 일어났다. 그의 손에는 모자가 들려 있었다.

"네가 실수한 거야, 선량한 알료샤." 그는 알료샤가 이제껏 한번도 보지 못한 표정을 짓고 말했다. 젊은이다운 진심과 억누를 수 없는 강렬하고 솔직한 감정이 담긴 얼굴이었다. "까쩨리나 이바노브나는 결코 나를 사랑한 적이 없어! 내가 저분에 대한 내 사랑을 한마디도 입 밖에 낸 적은 없지만, 저분은 내가 자기를 사랑한다는 것을 줄곧 알고 있으면서도 나를 사랑한 적이 없지. 나는 심지어 저분의 친구였던 적조차 단 한번도, 단 하루도 없었어. 오만한 여인은 내 우정을 필요로 하지 않았지. 저분은 끊임없이 복수하기 위해 나를 자기 곁에 두었던 거야. 저분은 첫 만남부터 드미뜨리로부터 받았던 모욕, 그동안 매순간 끊임없이 감내해온 모든 상처에 대해 내게, 나를 향해 복수를 퍼부었던 거지…… 왜냐하면 저들 두 사람의 만남은 그 첫 순간부터 저분의 심장에 오욕으로 남았으니까. 그게 바로 저분의 속마음이지! 나는 저분이 형을 얼마나 사랑하는지 내내 그 얘기를 듣는 일만 해왔던 거야. 저는 이제 가겠습니다. 하지만 까쩨리나 이바노브나, 당신은 정말로 형만을 사랑한다는 걸 알아두세요. 형이 주는 모욕이 크면 클수록 당신은 더욱더 형을 사랑할 겁니다. 바로 이것이 당신의 격정입니다. 당신은 당신을 모욕하는 형을 있는 그대로의 모습으로 사랑하고 있습니다. 만일 형이 개과천선한다면 당신은 당장에 형을 내던지고 사랑도 완전히 식어버릴지도 모릅니다. 하지만 당신의 대단한 신실함을 끊임없이 관조하고 형의 배신을 비난하기 위해 형은 당신에게 필요한 존재예요. 이 모든 건 당신의 오만함에서 비롯된 일입니다. 여기에는 많은 자기비하와 굴욕이 있겠지만, 그것도 모두 오만함에서 비롯되는 겁니다…… 저는 너무도 젊고 당신을 너무도 강렬하게 사랑했습니다. 이런 말은 할 필요도 없고 또 제 편에서 보자면 그냥 당신 곁을 떠나는 것이 더 품위 있는 일이라는 걸 저도 잘 압니다. 그게 당신에게도 큰 모욕이 안 될 테고요. 하지만 저는 멀리 떠나 다시는 돌아오지 않을 겁니다. 영원히 그럴 겁니다…… 저는 그 격정 옆에 앉아 있고 싶지 않습니다…… 제대로 말할 줄도 모르면서 모든 걸 말해버렸군요…… 안녕히 계십시오, 까쩨리나 이바노브나. 제가 당신보다 백배나 더 벌을 받았으니 저한테 화를 내지는 마세요. 앞으로 당신을 보지 못한다는 것만으로도 벌을 받은 거니까요. 안녕히 계십시오. 작별의 악수도 제겐 필요 없습니다. 제가 이 순간 당신을 용서하기에는 당신은 저를 지나치게 의식적으로 괴롭히셨어요. 용서는 다음에 해드리죠. 지금은 작별의 악수도 필요 없습니다.

부인, 나는 감사도 청하지 않는다오(Den Dank, Dame, begehr ich nicht).[16]

그는 일그러진 미소를 지으며 이 시구를 덧붙임으로써 아주 뜻밖에도 실러를 달달 외워 암송할 정도라는 것을 증명해 보였는데, 예전이라면 알료샤도 믿지 못했을 것이다. 그는 집주인 호흘라꼬바 부인에게조차 인사하지 않고 방을 나갔다. 알료샤가 손을 마주쳤다.

"이반 형," 알료샤는 정신 나간 것처럼 그의 뒤에 대고 소리쳤다. "돌아와요, 이반 형! 아니, 아니, 형은 결코 돌아오지 않겠구나!" 그는 다시 뭔가를 깨닫고 슬프게 소리쳤다. "하지만 이건 저 때문이에요, 제가 잘못한 거예요, 제가 시작했어요! 이반 형은 화가 나서 나쁜 말을 한 거예요, 잘못되고 악에 받친 말을……" 알료샤가 반쯤은 미친 것처럼 소리쳤다.

까쩨리나 이바노브나는 돌연 방을 나가버렸다.

---

16 실러의 발라드 「장갑」의 한구절이다.

"수련수사님에겐 아무 잘못도 없어요. 정말로 천사처럼 훌륭하게 행동하셨어요." 호흘라꼬바 부인이 슬퍼하는 알료샤에게 재빨리 의기양양하게 속삭였다. "나는 이반 표도로비치가 떠나지 않도록 온 힘을 기울일 거예요……"

그녀의 얼굴은 만족감으로 환히 빛나서 알료샤는 비탄을 느낄 정도였다. 그런데 그때 까쩨리나 이바노브나가 돌아왔다. 그녀의 손에는 무지갯빛 지폐 두장이 들려 있었다.

"수련수사님에게 한가지 큰 부탁이 있어요, 알렉세이 표도로비치." 그녀는 마치 조금 전에 아무 일도 없었다는 듯이 겉으로는 평온하고 고른 목소리로 곧장 알료샤를 향해 말했다. "일주일, 그래요, 아마도 일주일 전인 것 같아요. 드미뜨리 표도로비치가 혈기를 못 참아 옳지 않은, 아주 추악한 짓을 저질렀어요. 이곳에 좋지 못한 장소, 선술집이 한군데 있지요. 거기서 그이가 어떤 퇴역장교를 만났는데, 당신 부친께서 어떤 일로 고용하신 이등대위였어요. 어쩐 일인지 그 이등대위에게 화가 잔뜩 난 드미뜨리 표도로비치가 그분의 구레나룻을 붙잡고 모두가 보는 앞에서 굴욕적인 모습으로 거리로 끌고 나가 거리에서도 또 오랫동안 끌고 다녔대요. 이곳 학교에 다니는 그 이등대위의 어린 아들이 그걸 보고는 곁을 뛰어다니면서 큰 소리로 울며 아버지를 위해 빌고 이리저리 사람들에게 매달려 도와달라고 부탁했는데 사람들은 웃기만 했다는군요. 용서하세요, 알렉세이 표도로비치, 저는 그이의 그 수치스러운 행동을 분노 없이는 떠올릴 수가 없어요. 그건…… 화가 치밀어…… 흥분이 끓어오른 드미뜨리 표도로비치가 아니고는 감히 할 수 없는 짓이에요! 저는 이 얘기를 말로 다 전할 수가 없어요, 그럴 정신도 없고…… 얘기도 두서가 없네요. 저는 그 모욕당한 사람에 대해 알아보았고, 아주 가난한 사람이라는 것을 알게 되었어요. 그분의 성은 스네기료프예요. 군복무 중에 뭔가 잘못을 저질러 파면당했다는데 제가 잘 몰라서 자초지종을 말씀드릴 수는 없네요. 지금은 불행한 가족, 병든 아이들과 미쳐가는 아내와 함께 끔찍한 가난에 시달리고 있어요. 그분이 이 도시에 산 지는 오래되었고, 무슨 일을 좀 하고 있고 어디선가 서기로 일하기도 했는데 지금은 수입이 끊겼다는군요. 제가 수련수사님을 보고…… 떠올린 건데, 모르겠어요, 어쩐지 갈피를 못 잡겠지만, 부탁을 드려도 될까요, 알렉세이 표도로비치? 선량한 나의 알렉세이 표도로비치, 그분을 찾아가주시면, 적당한 구실을 찾아서 그분의 집에, 그러니까 그 이등대위의 집에 가주시면 좋겠어요. 오, 맙소사! 제 말이 얼마나 어지러운지. 섬세하고 조심스럽게, 이런 일은 오직 수련수사님만이 하실 수 있지요.(알료샤는 문득 얼굴을 붉혔다.) 이 후원금을, 여기 200루블을 그분에게 전해주세요. 그분은 분명히 받으실 거예요…… 다시 말해서 받도록 그분을 설득해주세요…… 혹시 안 받을까요? 어떨까요? 아시겠지만, 이건 그분이 고발하지 않도록 화해금으로 드리는 게 아니에요.(왜냐하면 그분은 고발하고 싶어하는 것 같으니까요.) 그냥 연민, 돕고 싶은 마음에서 드미뜨리 표도로비치의 약혼녀로서 제가 드리는 거지 그이가 드리는 게 아니에요…… 한마디로 말해, 수련수사님은 잘하실 수 있을 거예요…… 제가 직접 가면 좋겠지만 수련수사님이 저보다 훨씬 더 훌륭하게 해주실 거예요. 그분은 오제르나야 거리의 상인 깔미꼬바야의 집에 살고 있어요…… 제발, 알렉세이 표도로비치, 이 일을 해주세요. 그런데 지금은…… 지금은 제가 약간…… 피곤하네요. 안녕히 가세요……"

그녀는 갑자기 획 몸을 돌려 다시 두꺼운 커튼 뒤로 사라져버렸고, 그 바람에 알료샤는 한마디도 하지 못했다. 실은 그는 하고 싶은 말이 있었다. 자기 자신을 꾸짖고 용서를 빌고 싶었다. 가슴이 터질 듯해서 뭐든 말하고 싶었고 그러기 전에는 절대로 방에서 나가고 싶지 않았다. 그러나 호흘라꼬바 부인이 그의 손을 잡아 손수 그를 데리고 나왔다. 현관에서 그녀는 조금 전처럼 다시 그를 멈춰 세웠다.

"오만해서 자신을 억누르고 있지만 선량하고 멋지고 관대한 여성이에요!" 호흘라꼬바 부인이 반쯤 속삭이듯 탄성을 질렀다. "오, 내가 얼마나 저분을 사랑하는지 몰라요, 가끔은 특히요. 그리고 지금은 모든 것이, 모든 것이 새삼 다시 얼마나 기쁜지! 친애하는 알렉세이 표도로비치, 당신은 모르시겠지만 우리 모두, 그러니까 나와 저분의 두 이모, 심지어 리즈까지도 벌써 한달이나 저분이 수련수사님이 좋아하는 형님 드미뜨리 표도로비치와 헤어지기만을 얼마나 바라고 기도했는데요. 형님은 저분을 알고 싶어하지도, 전혀 사랑하지도 않잖아요. 그리고 또 저분이 세상 그 누구보다 저분을 사랑하는, 교육받은 훌륭한 젊은이 이반 표도로비치와 결혼하기를 얼마나 빌었는데요. 우리는 완전히 합의까지 보았고, 나는 심지어 그 때문에 이곳을 떠나지 못하는 것일지도 몰라요……"

"하지만 저분은 다시 상처받고 우셨잖아요!" 알료샤가 소리쳤다.

"여자의 눈물을 믿지 마세요, 알렉세이 표도로비치. 이런 경우에 나는 언제나 여자 편이 아니라 남자 편이랍니다."

"엄마, 엄마는 그분을 망가뜨리고 파괴하고 있어요." 문 뒤에서 리즈의 가는 목소리가 들렸다.

"아닙니다, 모든 일의 원인은 저예요. 제 잘못입니다!" 아무리 해도 진정하지 못한 알료샤는 돌발적으로 저지른 자신의 행동에 괴로울 만큼 수치심을 느끼며 되풀이했고, 수치심 때문에 손으로 얼굴을 가리기까지 했다.

"오히려 당신은 천사처럼, 천사처럼 행동하셨어요. 나는 이 말을 수천수만번이라도 되풀이할 수 있답니다."

"엄마, 왜 그분이 천사처럼 행동하셨다는 거예요?" 다시 리즈의 목소리가 들렸다.

"이 모든 걸 보면서 어째선지 문득 그런 생각이 들었어요." 알료샤가 리즈의 말은 듣지도 못한 듯이 말을 이었다. "그분이 이반형을 사랑하고 있다는 생각이요. 그런데 그런 어리석은 말을 해버렸으니…… 이제 어떻게 될지!"

"누구한테요, 누구하고요?" 리즈가 외쳤다. "엄마, 엄마는 분명 나를 죽일 작정이군요. 이렇게 묻는데 대답을 안 해주시잖아요."

그 순간 하녀가 뛰어들어왔다.

"까쩨리나 이바노브나께서 몸이 많이 안 좋으세요…… 울고 히스테리를 부리며 몸부림치고 계세요."

"무슨 일이에요." 리즈가 벌써 불안해진 목소리로 외쳤다. "엄마, 히스테리는 그분이 아니라 나한테 생기겠어요."

"리즈, 제발 소리 좀 지르지 마라. 나 좀 살려줘. 아직 어린 나이에 어른들 일을 네가 다 알 필요는 없단다. 내가 가보마, 다녀와서 무슨 일인지 다 얘기해줄게. 오, 하느님! 가자, 가…… 히스테리라니, 이건 좋은 징조예요, 알렉세이 표도로비치. 그분에게 히스테리가 일어난 건 대단히 좋은 일이에요. 바로 이렇게 되어야 하는 거예요. 이런 경우에 나는 늘 여자들이나 이 모든 히스테리, 여자의 눈물을 편들지 않는답니다. 율리야, 어서 가서 내가 금방 간다고 전해라. 이반 표도로비치가 그렇게 나가버린 건 까쩨리나 이바노브나의 잘못이에요. 하지만 형님은 떠나지 않을 겁니다. 리즈, 제발, 소리 좀 지르지 마라! 아, 그래, 네가 아니라 내가 소리치고 있구나, 엄마를 용서해다오. 하지만 나는 환희에 차 있어, 환희, 환희! 알렉세이 표도로비치, 이반 표도로비치가 조금 전에 얼마나 젊은이다운 모습으로 나갔는지 보셨지요? 할 말을 다 하고 나갔다고요! 나는 그분이 공부만 많이 한 학자라고 생각했는데 갑자기 그렇게 뜨겁게 열정적이고 솔직하고 당당하며, 미숙하면서도 젊은이답다니, 그렇게도 멋지고 아름답다니, 꼭 당신처럼요…… 그리고 독일 시를 읊었죠, 꼭 당신처럼요! 하지만 가야죠, 가야 해요. 알렉세이 표도로비치, 어서 가서 그 부탁받은 일을 보시고 곧 돌아오세요. 리즈, 뭐 필요한 거 없니? 제발 잠시도 알렉세이 표도로비치를 붙잡아두지 마라, 이분은 이제 일을 마치는 대로 네게 돌아오실 테니……"

호흘라꼬바 부인이 마침내 나갔다. 알료샤는 떠나기 전에 리즈의 방문을 열려고 했다.

"절대로 안 돼요!" 리즈가 소리쳤다. "지금은 절대로 안 돼요! 문틈으로 얘기하세요. 어쩌다가 당신은 천사가 된 거예요? 제가 알고 싶은 건 그것뿐이에요."

"끔찍하게 어리석은 일 때문에요, 리즈! 안녕히 계세요."

"어떻게 그렇게 가버릴 생각을 하세요!" 리즈가 소리쳤다.

"리즈, 저는 몹시 슬픕니다! 곧 돌아올게요, 하지만 저는 지금 정말, 몹시 슬퍼요!"

그러고서 그는 방에서 뛰쳐나갔다.

6. 오두막에서의 격정

그는 정말로 지독한 슬픔을 느꼈는데, 그것은 이제까지 거의 겪어보지 못한 것이었다. 참견을 하다가 '어리석은 짓'을 저질렀다. 그런데 어떤 일에서 그랬는가, 사랑의 감정을 논하다가 그렇게 된 것이 아닌가! '내가 그런 일을 어떻게 이해하겠어? 내가 그런 일을 논할 수 있단 말인가!' 그는 얼굴을 붉히고 수백번을 되뇌었다. '오, 수치스러운 건 괜찮아, 수치스러움은 내가 마땅히 받아야 할 벌이니까. 문제는 틀림없이 내가 새로 생길 불행의 원인이 될 거라는 거야…… 장상님은 화해시키고 결속시키라고 나를 보내셨는데, 이렇게 해서 결속이 되겠어?' 이때 그는 문득 '손을 맞잡게 하려 했던' 것을 떠올리고 다시 끔찍하게 부끄러워졌다. '내가 모든 걸 진심으로 말했다고 해도 앞으로는 더 현명해져야겠다.' 그는 갑자기 이렇게 결론을 맺었지만 자신의 결론에 미소도 짓지 못했다.

까쩨리나 이바노브나가 부탁한 일을 하려면 오제르나야 거리로 가야 했는데 드미뜨리형은 마침 가는 길에, 오제르나야 거리에서 멀지 않은 골목에 살고 있었다. 알료샤는 형을 만나지 못하리라고 예감했지만 그래도 이등대위에게 가기 전에 꼭 형의 집에 들러보기로 작정했다. 그는 형이 이제 어떻게든 일부러 자기를 피해 숨으려 할지도 모른다는 의심이 들었다. 하지만 무슨 일이 있어도 그를 찾아야만 했다. 시간이 꽤 지났다. 그러나 두고 온 장상을 생각하는 마음은 수도원을 나온 뒤로 단 한순간도 그를 떠나지 않았다.

까쩨리나 이바노브나의 부탁은 그의 흥미를 극도로 자극한 사건 하나를 떠올리게 했다. 까쩨리나 이바노브나가 이등대위의 아들인 초등학생 소년이 목 놓아 울면서 아버지 곁을 뛰어다녔다는 얘기를 했을 때, 알료샤의 머리에는 어쩌면 그 소년이 아까 내가 무슨 일로 너를 기분 나쁘게 했느냐고 물었을 때 그의 손가락을 깨문 바로 그 소년일지도 모른다는 생각이 떠올랐다. 이제 알료샤는 왠지 그럴 거라고 거의 확신하게 되었다. 이렇게 딴생각에 몰두하다보니 기분이 풀려서 더는 자신이 저지른 '재앙'을 생각하며 후회로 스스로를 괴롭히지 않기로, 해야 할 일을 하기로, 그래서 일어날 일은 그냥 일어나게 내버려두기로 작정했다. 이렇게 생각하자 그는 완전히 기운이 났다. 드미뜨리형의 집으로 가는 골목길로 접어들었을 때 마침 허기를 느낀 그는 아버지 집에서 가져온 흰 빵을 주머니에서 꺼내어 먹으면서 걸었다. 이것이 힘을 북돋아주었다.

드미뜨리는 집에 없었다. 집주인 식구들, 그러니까 목수 노인 부부와 그의 아들은 그를 미심쩍게 쳐다보았다. "집에 오시지 않은 지 벌써 사흘째입니다. 아마 어디 가셨나보죠." 알료샤의 끈질긴 질문에 노인은 이렇게 대답했다. 알료샤는 그가 미리 일러준 대로 답하고 있다는 것을 알아챘다. '형이 그루셴까의 집에 있는 건 아니냐, 포마의 집에 또 숨어 있는 건 아니냐?'는 그의 질문에(알료샤는 일부러 솔직하게 물었다) 주인 식구들 모두가 놀랐다는 듯이 그를 쳐다보았다. '형을 좋아해서 돕고 있어.' 알료샤는 생각했다. '이건 좋은 일이지.'

마침내 그는 오제르나야 거리에 있는 상인 깔미꼬바야의 집을 찾아냈다. 그 집은 거리를 향해 세개의 창이 나 있는 다 기울어지고 낡은 집으로, 더러운 마당 한가운데는 암소 한마리가 쓸쓸하게 서 있었다. 마당에서 현관으로 들어가는 입구가 있었고, 현관 왼쪽에는 늙은 여주인이 마찬가지로 나이 많은 딸과 함께 살고 있었다.

둘 다 귀가 먼 것 같았다. 이등대위에 대해 몇번이나 거듭 묻자 그들 중 하나가 마침내 세입자에 대해 묻는다는 것을 깨닫고 손가락으로 현관 건너편 말끔한 오두막의 문을 가리켰다. 이등대위의 집은 정말로 소박한 오두막이었다. 알료샤는 문을 열려고 철제 손잡이를 잡으려다가 문 너머에 흐르는 정적에 깜짝 놀랐다. 그러나 그는 까쩨리나 이바노브나를 통해 퇴역한 이등대위가 가족이 있는 사람이라는 것을 알고 있었다. '모두 자고 있나, 아니면 내가 온 걸 듣고 문을 열 때까지 기다리는 걸까? 다시 한번 문을 두드려보는 게 낫겠다.' 그는 문을 두드렸다. 대답이 들리긴 했지만 금방이 아니라 일초쯤, 아니, 어쩌면 십초쯤 지나서였다.

"누구시오?" 누군가가 화가 잔뜩 난 목소리로 외쳤다.

알료샤는 그제야 문을 열고 문턱을 넘었다. 그가 들어선 오두막은 상당히 넓었지만 사람들과 온갖 가재도구로 꽉 차 있었다. 왼쪽에는 커다란 러시아식 벽난로가 놓여 있었다. 벽난로에서 왼쪽 창까지 빨랫줄이 온 방을 가로질러 묶여 있고 그 위에 갖가지 넝마 조각이 널려 있었다. 오른쪽 왼쪽의 양 벽으로는 털실로 짠 이불이 덮인 침대들이 놓여 있었다. 그중 왼쪽 침대에는 네개의 무명 베개가 큰 것부터 작은 것 순으로 작은 무더기를 이루어 쌓여 있었다. 오른쪽의 다른 침대에는 아주 작은 베개 하나만 보였다. 저 앞쪽 구석에는 방구석을 가로지르는 밧줄에 커튼인지 침대보인지를 걸어 독립된 작은 공간을 만들고 있었다. 그 커튼 뒤로도 벽에 붙은 긴 나무 의자에 다른 의자들을 잇대어 만든 침대가 나란히 놓인 게 보였다. 단순하고 투박한 사각형 목제 식탁은 앞쪽 구석에서 가운데 창 쪽으로 옮겨놓은 듯했다. 온통 곰팡이가 피어 푸르스름한 작은 유리창이 네장씩 끼워진 세개의 창은 몹시 뿌예서 방을 그다지 밝히지 못했고, 꽉 잠겨 있어 공기마저 탁했다. 식탁 위에는 먹다 만 달걀부침이 프라이팬에 놓여 있었고, 역시나 조금 먹다 만 빵 조각과 바닥에 묽은 찌꺼기만 남은 '지상의 행복' 상표의 6리터짜리 보드까병이 보였다. 왼쪽 침대 옆 의자에는 사라사 원피스를 입은, 안주인으로 보이는 여인이 자리를 잡고 있었다. 그녀는 안색이 누렇고 몹시 여위었는데, 푹 꺼진 두 뺨만 보아도 한눈에 병중임을 알 수 있을 정도였다. 그러나 무엇보다도 알료샤를 놀라게 한 것은 그 가련한 부인의 시선이었다. 그것은 의문으로 가득 차 있는 동시에 끔찍이도 오만한 시선이었다. 부인은 먼저 말문을 열지 않고 알료샤가 집주인과 얘기를 나누는 사이 오만하고 의문 가득한 커다란 갈색 눈으로 이야기하는 이 사람 저 사람을 번갈아 바라보았다. 이 부인 옆으로 왼쪽 창가에는 상당히 못생긴 얼굴에 숱이 적은 적황색 머리칼의 젊은 아가씨가 단정하지만 초라한 옷차림을 하고 서 있었다. 그녀는 들어오는 알료샤를 못마땅하게 훑어보았다. 오른쪽 침대 옆에도 또 한명의 여자로 보이는 존재가 앉아 있었다. 그녀는 정말로 가련한 존재였는데, 스무살 정도의 아가씨지만 곱사등에, 나중에 알료샤가 듣기로 다리가 마비된 앉은뱅이였다. 그녀의 지팡이가 옆에 있는 침대와 벽 사이 구석에 세워져 있었다. 가련한 아가씨의 뛰어나게 아름답고 선량한 눈이 어떤 평온한 온유함을 품고 알료샤를 바라보았다. 식탁 앞에는 마흔다섯살 정도의 신사가 이제 막 달걀부침을 다 먹고서 앉아 있었다. 키가 크지 않고 마르고 약해 보이는 체구의 적황색 머리칼을 하고 같은 색 구레나룻을 듬성하게 길렀는데, 그 구레나룻은 꼭 다 해진 수세미 같았다.(그를 처음 본 순간 어째서인지 이 비유, 특히 '수세미'라는 단어가 뇌리에 어른거렸다고 알료샤는 나중에 기억했다.) 바로 이

신사가 문 뒤에서 그에게 '누구시오?'라고 소리친 게 분명했다. 방 안에 다른 남자는 없었기 때문이다. 알료샤가 들어서자, 그는 식탁 뒤 의자에서 튀어오르듯 일어나 구멍 난 냅킨으로 입을 닦으면서 알료샤에게 달려왔다.

"수도사가 수도원을 위해 동냥하러 오셨군. 올 데를 와야지!" 왼쪽 구석에 서 있던 아가씨가 큰 소리로 말했다.

그러나 알료샤에게 달려나온 신사는 순식간에 구두 뒤축을 굴려 그녀 쪽으로 몸을 돌리고 불쑥 튀어나온 흥분한 목소리로 대답했다.

"아니에요, 바르바라 니꼴라브나,[17] 그게 아니에요. 잘못 생각했어! 한가지 여쭙겠습니다만," 그는 갑자기 다시 알료샤에게로 몸을 돌렸다. "무슨 일로 저희의 이 누추한 집을 방문하신 건지요?"

알료샤는 주의 깊게 그를 바라보았다. 이 사람을 처음 마주한 것이다. 그에게는 어딘가 모난 구석이, 성마르고 분노에 찬 구석이 있었다. 방금 술을 마신 게 분명했지만 취한 것 같지는 않았다. 그의 얼굴은 극도의 뻔뻔함과 함께 희한하게도 두드러진 소심함을 내보이고 있었다. 오랫동안 굴종과 인고의 세월을 보냈지만 불쑥 자리를 박차고 일어나 자신을 주장하고 싶어하는 사람 같았다. 아니면 더 정확히 말해, 못 견디게 상대를 때려주고 싶으면서도 상대방이 자신을 때릴까봐 끔찍이 겁을 내는 사람 같았다. 귀청을 찢을 것 같은 그의 말과 억양에는 일그러진 유머 같은 것이 어려 있어서 사악한가 하면 겁을 집어먹은 듯 제 말투를 억누르지 못하고 튀어나왔다. '누추한 집'에 대해 물을 때 그는 온몸을 떠는 듯했고 두 눈

---

17 니꼴라브나는 니꼴라예브나의 약칭.

을 부릅뜨고 바짝 다가서는 바람에 알료샤는 반사적으로 뒷걸음질을 치지 않을 수 없었다. 이 신사는 여기저기 기운데다 얼룩이 묻은, 상당히 질 나쁜 검은색의 무명 외투를 입고 있었다. 바지는 이미 오래전부터 아무도 입지 않는 밝은색 체크무늬로 감이 아주 얇았고, 아랫단이 잔뜩 구겨져 말려올라가 부쩍 키가 자라 짧아진 어린 소년의 바지처럼 보였다.

"저는…… 알렉세이 까라마조프입니다……" 알료샤가 대답하려고 했다.

"잘 알고 있습니다." 신사는 그러지 않아도 그가 누구인지 잘 안다고 알려주듯이 곧바로 말을 잘랐다. "저는 이등대위 스네기료프입니다. 그런데 무슨 일로 왕림하셨는지 알고 싶습니다만……"

"예, 그냥 들렀습니다. 실은 한가지 드리고 싶은 말씀도 있어서요…… 괜찮으시면……"

"그러시다면 여기 의자가 있으니 자리를 잡으시지요. 고대 희극에 이런 말이 있습죠, '자리를 잡으시기를'……" 이등대위는 빠른 몸짓으로 빈 의자를(아무것도 씌우지 않은 단순하고 투박한 나무 의자였다) 방의 거의 한가운데에 집어다놓았다. 그러고는 자기가 앉을 똑같이 생긴 다른 의자를 끌어당겨 알료샤의 맞은편에 앉았는데, 그에게 바짝 붙어서 거의 무릎이 닿을 지경이었다.

"니꼴라이 일리치 스네기료프, 전前 러시아 보병대 이등대위, 실책으로 명예가 실추되긴 했지만 그래도 어쨌든 이등대위입죠. 이렇게 부르는 게 더 맞겠습죠, 스네기료프가 아니라 이등대위'입죠 씨'라고요. 왜냐하면 인생의 후반기부터는 '입죠'를 쓰기 시작했으니까요. '입죠'는 비천하게 살다보면 얻는 말투입죠."

"맞습니다." 알료샤가 미소를 지었다. "다만, 저절로 얻게 되신 건가요, 아니면 일부러 그러시는 건가요?"

"하느님이 보고 계시는데요, 물론 저절로 그러는 것입죠. 계속 이런 투로 말하지는 않았습니다. 평생을 '입죠'라곤 하지 않았는데, 한번 넘어지니 '입죠'를 쓰면서 일어서게 되더군요. 이게 최고의 힘이 되는 겁니다. 당신은 현재의 문제에 관심이 있으시군요. 저는 손님 접대도 할 수 없는 형편인데, 무슨 일로 제게 호기심이 발동하셨는지……"

"제가 온 것은…… 그러니까 바로 그 일로……"

"어떤 일 말씀이십죠?" 이등대위가 참을성 없이 끼어들었다.

"제 형 드미뜨리 표도로비치와 만나신 일 때문에 말입니다." 알료샤가 조심스럽게 말했다.

"어떤 만남 말씀이신지? 바로 그 만남을 말씀하시는 건가요? 그러니까 수세미, 목욕탕 수세미와 관련된?" 그가 불쑥 당겨 앉는 바람에 이번에는 제대로 알료샤의 무릎에 부딪혔다. 그의 입술은 실처럼 기묘하게 앙다물렸다.

"수세미라니요?" 알료샤가 중얼거렸다.

"그 사람은, 아빠, 나를 아빠한테 고자질하러 온 거예요." 알료샤에게 이미 낯익은 아까 그 소년의 목소리가 한구석 커튼 뒤에서 들려왔다. "내가 그 사람 손가락을 깨물었거든요!" 커튼이 걷혔고 알료샤는 방구석의 성상 아래, 의자를 붙여 만든 침대에서 아까의 적을 보았다. 소년은 외투를 입은 채 또 오래된 솜이불을 덮고 누워 있었다. 아픈 게 분명했고, 충혈된 눈으로 보아 오한과 신열에 시달리는 것 같았다. 그는 아까와 달리 두려워하는 기색 없이 알료샤를 쳐다보았다. '우리 집이니까 이제 어쩌지 못할걸'이라고 말하는 듯했다.

"손가락을 깨물다니?" 이등대위가 의자에서 벌떡 일어났다. "저 애가 당신 손가락을 물었다굽쇼?"

"예, 그렇습니다. 아까 저 아이는 소년들과 돌싸움을 했습니다. 아이들 여섯명이 저애에게 돌을 던졌는데 저애는 혼자였어요. 저는 저애에게 다가갔지만, 저애는 제게 돌을 던졌습니다. 제 머리에도 던졌고요. 내가 무슨 짓을 했다고 이러느냐고 제가 물었더니 저애가 갑자기 달려들어 제 손가락을 물었는데, 그 이유를 모르겠습니다."

"지금 당장 회초리를 들겠습니다. 지금 당장 회초리를 쳐야겠어요." 이등대위가 의자에서 벌떡 일어났다.

"저는 고자질하려던 게 아니라 그냥 말씀드린 겁니다…… 저는 아이에게 회초리 드시는 걸 원치 않습니다. 게다가 저애는 지금 아픈 것 같은데요……"

"당신은 제가 정말로 저애를 때릴 거라고 생각하십니까? 당신을 완벽하게 만족시키기 위해 당장 당신 앞에 일류셰치까[18]를 지금 데려다 때릴 거라굽쇼? 그게 필요한 건갑쇼?" 이등대위는 이렇게 말하면서 알료샤에게 달려들 것 같은 기세로 그를 향해 몸을 획 돌렸다. "나리, 그 손가락은 안됐지만, 일류셰치까를 때리기 전에 당신이 합당하게 만족하시도록 제가 제 손가락 네개를 당신이 보는 앞에서 칼로 잘라버립지요. 제 생각에 복수심을 달래기에는 손가락 네개면 충분하지 않겠습니까? 설마 다섯번째는 요구하지 않으시겠죠?" 그는 갑자기 숨이 막히는 듯 말을 멈췄다. 얼굴의 주름 하나하나가 꿈틀거리고 찡그려지며 극도로 도발적인 표정이 되었

18 남자이름 일리야의 애칭 일류샤의 지소형.

다. 최고로 흥분해 있는 것 같았다.

"이제 무슨 일인지 알 것 같습니다." 알료샤가 자리에 앉은 채 나지막이 슬프게 대답했다. "그러니까 대위님의 소년은 착한 아이로, 아버지를 사랑해서 대위님을 모욕한 형에게 하듯 제게 달려든 거로군요…… 이제야 이해가 갑니다." 그가 생각에 잠겨 되풀이했다. "그러나 제 형 드미뜨리 표도로비치는 자기 행동을 뉘우치고 있습니다, 제가 알지요. 만일 형이 여러분을 찾아뵐 수 있도록 해주신다면, 아니, 그 장소에서 다시 대위님과 대면할 수 있다면 더 좋을 텐데, 그러면 모든 사람 앞에서 용서를 구할 겁니다…… 당신이 원하신다면요."

"그러니까 구레나룻을 움켜쥐고서 용서를 구한다는 말씀이군요…… 모든 게 끝났으니 만족한다, 그 말씀인가요?"

"오, 아닙니다. 그와 반대로 형은 대위님이 원하시는 대로, 대위님이 원하시는 것은 뭐든 할 겁니다!"

"그럼 제가 바로 그 선술집, '수도首都'라는 이름이 붙은 그 선술집에서, 아니면 광장에서 제 앞에 무릎을 꿇는 덕을 베풀어달라고 부탁한다면 형님이 그렇게 할 거란 말입니까?"

"예, 무릎이라도 꿇을 겁니다."

"감격스럽습니다요. 눈물이 날 만큼 감격스럽습니다요. 그 마음 충분히 알겠습니다. 자, 이제 제 식구들을 죄다 소개해드리지요. 두 딸, 아들 하나, 제 새끼들입죠. 제가 죽으면 누가 이들을 사랑해줄깝쇼? 제가 살아 있는 동안 저 아이들 말고 또 누가 추악한 저를 사랑해줄깝쇼? 저 같은 사람을 위해 하느님께서 위대한 일을 벌이셨습죠. 저 같은 사람도 누군가의 사랑을 받을 수 있어야 하니까요……"

"아아, 정말로 그렇습니다!" 알료샤가 탄성을 질렀다.

"정말로 이제 광대짓은 그만하세요. 웬 바보만 하나 찾아와도 창피스러운 짓을 하고 말이에요." 창가에 있던 아가씨가 혐오스럽다는 듯이 경멸을 담은 얼굴로 아버지를 향해 소리를 질렀다.

"잠깐 기다려요, 바르바라 니꼴라브나, 진정하라고." 말투는 명령조였지만 아주 공감한다는 시선으로 그녀를 보면서 아버지가 외쳤다. "우리 집 애 성격이 저렇답니다." 그가 다시 알료샤에게 몸을 돌렸다.

> 대자연에서 그는
> 아무것도 축복하고 싶어하지 않았더라.[19]

이건 여성으로 바꿔 말해야겠습죠. '그녀는 축복하기를 원치 않았더라'라굽쇼. 제 아내를 소개하겠습니다. 여기는 아리나 뻬뜨로브나, 다리를 못 쓰는 부인, 마흔세살이고 걸어다닐 줄은 압니다, 약간이긴 하지만요. 소시민 출신입죠. 아리나 뻬뜨로브나, 당신 얼굴 좀 보여주구려. 알렉세이 표도로비치 까라마조프셔. 일어나시죠, 알렉세이 표도로비치." 그는 어디서 그런 힘이 났는지 전혀 뜻밖으로 세게 그의 손을 잡아 일으켜세웠다. "부인에게 소개해드리는데 일어나서야죠. 엄마,[20] 음…… 그렇고 그런 그 까라마조프가 아니라 그 사람 동생, 겸손한 덕행으로 빛나는 분이야. 잠깐, 아리나 뻬뜨로브나, 잠깐, 엄마, 먼저 손에 입맞추게 해줘요."

그러고서 그는 공손하고 부드럽게 아내의 손에 입맞췄다. 창가

---

19 뿌시낀의 시 「악마」의 한구절이다.
20 아이들 시점을 취해 아내를 '엄마'로 부르고 있다. 스네기료프의 말버릇이다.

에 있던 처녀는 그 장면에서 분노하며 등을 돌렸고, 오만하고 의심 가득하던 부인의 얼굴은 갑자기 무척 상냥하게 변했다.

"안녕하세요? 앉으세요, 초르노마조프.[21]" 그녀가 말했다.

"까라마조프, 엄마, 까라마조프라고.(우리는 소시민 출신이라서요.)" 그가 다시 속삭였다.

"까라마조프든 뭐든 하여간 나한테는 언제나 초르노마조프야…… 앉으세요. 저이는 뭐 하러 당신을 일으켜세웠대요? 저이가 다리를 못 쓰는 부인이라고 했지만 다리는 있어요, 통처럼 부었을 뿐. 그런데 나는 바싹 말랐죠. 전에는 아주 뚱뚱했는데 지금은 바늘처럼 말랐어요……"

"우리는 소시민 출신입죠, 소시민 출신." 대위가 다시 한번 속삭였다.

"아빠, 아이 참, 아빠!" 이제까지 자기 의자에서 입을 다물고 있던 등이 굽은 아가씨가 느닷없이 이렇게 말하고는 손수건으로 눈을 가렸다.

"광대!" 창가의 아가씨가 쏘아붙였다.

"우리가 어떤지 보이시죠?" 엄마가 딸들을 가리키며 팔을 벌렸다. "마치 구름이 떠 있는 것 같아요. 구름이 지나가면 또다시 우리

---

21 저자의 의도적인 언어유희가 숨어 있는 이름이다. '까라마조프'에서 '까라'는 어원상 터키어로 '검다'는 뜻이며 '마즈'는 러시아어 동사 '마라찌'의 어근으로 '더럽히다'라는 의미다. 이 둘을 합한 까라마조프는 '검은 얼룩' '검은 사람'이라는 뜻이 된다. 그런데 '초르노마조프'에서 '초르노'는 러시아어 형용사 '초르니'(검다의 뜻)와 어근이 같으므로 초르노마조프는 사실상 까라마조프와 같은 의미가 된다. 까라마조프는 러시아에서 흔치 않은 이름으로 도스또옙스끼 자신이 만들어낸 것이다. 도스또옙스끼는 '까라마조프'라는 이름의 숨은 의미를 스네기료프의 미친 아내의 말을 통해 암시하고 있다.

의 음악이 나오죠. 예전에 저이가 군인이었을 때는 우리 집에 댁 같은 손님들이 많이 왔어요. 그렇다고 나리, 지금과 비교하자는 건 아니에요. 남을 사랑하는 사람은 남의 사랑을 받게 마련이지요. 당시 신부님 부인[22]이 찾아와서 그러더군요. '알렉산드르 알렉산드로비치는 정말 영혼이 훌륭한 사람이에요. 그런데 나스따시야 뻬뜨로브나는 악마의 자식이라고요.' 그래서 내가 대꾸했죠. '숭배할 만한 사람이면 숭배할 테지. 너는 쪼그맣지만 얼마나 구린내가 나는데.' 그랬더니 그 여자가 '너를 고분고분하게 만들어주겠어'라고 하는 거예요. 그래서 내가 '아, 너, 새까만 마녀 같으니. 누굴 가르치러 온 거야?' 그랬죠. 그 여자가 그러더군요. '나는 깨끗한 공기를 내뿜지만 너는 더러운 공기를 내뿜어.' 내가 물었죠. '어떤 장교한테든 물어봐, 내 속에 부정한 공기가 있는지, 아니면 다른 게 있는지.' 바로 그때부터 내 머리에는 그 냄새 생각이 가득한데, 얼마 전에 내가 지금처럼 여기 앉아 있는데 부활절 주간에 왔던 장군님이 들어오는 거예요. 그래서 내가 '장군님, 이 고귀한 부인이 자유롭게 공기를 뿜어도 될까요?'라고 했더니 그분 말씀이 '그럼요, 방 공기가 신선하지 않으니 환기창이나 문을 열어두세요'라고 하더라고요. 항상 이렇다니까요! 내 냄새가 뭐 어떻다고. 죽은 사람은 냄새가 더 고약한데. 그래서 나는 말했어요, '난 당신네 공기를 더럽히지 않을 거고, 이제 신발을 구해서 떠나겠어요'라고. 내 사랑스런 아이들아, 부디 이 어미를 욕하지 마라! 니꼴라이 일리치, 여보, 당신은 내가 마음에 들지 않지요? 나한테는 일류셰치까 말고 아무도 없어, 저애는 학교에서 돌아오면 나를 보살펴주거든. 어제는 사과

---

22 러시아정교에는 결혼을 하고 흰옷을 입는 사제와 독신으로 검은 옷을 입는 수도사가 있다. 여기서는 결혼을 한 사제의 아내를 가리킨다.

를 가져왔어. 용서해주세요, 여러분, 용서해주세요. 사랑하는 아이
들아, 이 어미를 용서해다오, 외로운 어미를. 어째서 내 냄새가 역
겹다는 건지!"

가련한 여인은 갑자기 울음을 터뜨렸고 눈물이 강물처럼 흘렀
다. 이등대위는 쏜살같이 그녀에게 다가갔다.

"엄마, 엄마, 사랑하는 여보, 그만해요, 그만! 당신은 외롭지 않
아. 모두들 당신을 좋아해, 모두가 숭배해!" 그러고서 그는 다시 그
녀의 양손에 입맞추고 손바닥으로 부드럽게 그녀의 얼굴을 쓰다듬
고는 냅킨을 들어 눈물을 닦아주었다. 알료샤가 보니 그의 눈에도
눈물이 고인 것 같았다. "자, 보셨습죠? 들으셨습죠?" 그는 갑자기
분개해서 알료샤를 향해 몸을 돌리며 가련한 미치광이 여인을 손
으로 가리켰다.

"다 보고 들었습니다." 알료샤가 중얼거렸다.

"아빠, 아빠! 정말 저런…… 저런 사람 따위는 상관 말아요……"
소년이 돌연 침대에서 일어나 불타는 시선으로 아버지를 바라보며
소리쳤다.

"이제 제발 광대짓 좀 그만해요. 아버지의 괴상한 바보짓을 보여
줘도 아무 소용 없다고요." 바르바라 니꼴라브나가 이제는 화가 머
리끝까지 나서 구석자리에서 소리를 지르며 발까지 굴러댔다.

"이럴 때는 화가 나는 게 당연하지요, 바르바라 니꼴라브나. 따
님 말씀대로 하리다. 모자를 쓰세요, 알렉세이 표도로비치, 저도 제
모자를 쓸 테니. 나갑시다요. 한가지 진지한 얘기를 할 게 있는데,
여기를 나가서 합시다. 아, 저기 앉아 있는 아가씨는 제 딸 니나 니
꼴라브나 입죠. 저애를 소개하는 걸 잊었네요. 저애는 육신을 입은
하늘의 천사예요…… 죽어야 마땅한 인간들에게 날아온…… 이 말

을 이해하실 수만 있다면⋯⋯"

"저렇게 온몸을 떨다니 경련이라도 하는 것 같네." 바르바라 니꼴라브나가 여전히 화를 내며 말했다.

"지금 발을 구르면서 저를 광대라고 욕한 저애도 역시 육신을 입은 하늘의 천사입죠. 저를 그렇게 부르는 것도 당연한 일입죠. 갑시다요, 알렉세이 표도로비치, 얘기를 마저 합시다."

그는 알료샤의 손을 잡고 그길로 그를 방에서 거리로 데리고 나왔다.

7. 맑은 공기 속에서

"바깥 공기는 맑은데 제 집은 정말 어떤 의미로나 신선하지 않지요. 나리, 걸어가십시다요. 아주 흥미로운 얘기를 해드리고 싶은데 말입죠."

"저도 대위님께 아주 중요한 용무가 있습니다⋯⋯" 알료샤가 말했다. "그런데 어떻게 말을 꺼내야 할지 모르겠습니다."

"제게 용무가 있으시다는 걸 어찌 모르겠습니까? 용무 없이 제 집을 들여다보실 리 없지요. 아니면 정말로 우리 아이를 고자질하러 오신 겁니까? 그럴 리는 없겠죠. 참, 아이에 대해서라면, 저 안에서는 다 설명할 수 없었지만 지금 여기서는 그 장면을 묘사해드립죠. 아시겠습니까, 이 수세미가 일주일 전만 하더라도 훨씬 빽빽했습죠. 제 구레나룻 말씀입니다. 제 구레나룻에 수세미라는 별명을 붙였습죠. 특히나 학교 아이들이요. 자, 그리고 그때 당신 형님 드미뜨리 표도로비치가 제 구레나룻을 움켜쥐고 선술집에서 광장으로 끌어냈습니다. 마침 아이들이 학교를 마치고 나오고 있었고, 일류샤[23]도 그애들과 함께였습니다. 그런 제 꼴을 보고 그애가 달려와 외쳤습죠. '아빠, 아빠!' 저를 붙들어 안고 떼어내려고 제게 모욕을 주는 사람에게 외쳤습죠. '놓아주세요, 놓아줘요, 우리 아빠예요, 아빠라고요. 용서해주세요.' 그렇게 외쳤습죠, '용서해주세요'라고. 그 작은 손으로 당신 형님을 잡고 그 손에, 바로 그 손에 입을 맞췄습죠…… 그 순간 그애 얼굴이 어땠는지 똑똑히 기억합니다. 잊히지가 않고, 또 잊지 못할 겁니다!"

"맹세하는데," 알료샤가 소리쳤다. "형은 대위님께 진정으로 제대로 용서를 빌 거예요, 광장에 무릎이라도 꿇을 거예요…… 제가 그렇게 만들 겁니다. 그러지 않으면 제게 형도 아니에요!"

"아하, 그러니까 그건 아직 생각 중인 거로군요. 형님이 직접 한 말도 아니고, 당신의 뜨겁고 고결한 마음에서 나온 말씀이군요. 진작에 그렇게 말씀하시지 그랬습니까. 아니, 그렇다면 당신 형님이 당시 보여준 그대로 최고로 기사다운 장교의 고결함이 어땠는지 설명해드리리다. 당신 형님이 제 수세미를 잡고 끌고 다니다가 풀어주면서 말하기를 '너도 장교고 나도 장교다. 결투 입회인으로 정신이 똑바로 박힌 사람을 찾으면 내게 보내라. 네가 아무리 불한당이라도 내 상대해주마!'라고 했습죠. 참말로 기사다운 기상이죠! 그때 저는 일류샤와 함께 자리를 떴는데, 족보에 길이 남을 그 장면은 일류샤의 기억에 깊이 새겨졌습죠. 아니, 하지만 우리가 어떻게 귀족 행세를 하겠습니까. 한번 생각해보세요, 제 오두막에 와보셨잖습니까? 거기서 무얼 보셨습니까? 숙녀 셋이 앉아 있었지요.

---

23 남자이름 일리야의 애칭.

하나는 앉은뱅이에 정신이 나갔고, 다른 하나는 앉은뱅이에 곱사등이고, 또다른 애는 다리는 멀쩡하지만 너무 똑똑한 여대생이라 뻬쩨르부르그로 다시 돌진해 네바 강변에서 러시아 여성의 권리를 찾으려 들겠습죠.[24] 일류샤에 대해선 말하지 않겠습니다. 겨우 아홉살인데, 완전 외톨이입죠. 이러니 제가 죽으면 저희 식구는 어떻게 될지, 이것 하나만 묻고 싶습니다. 만일 제가 당신 형님에게 결투를 신청하면 당장 저를 죽여버리고 말 텐데, 그러면 어떻게 되겠습니까? 저들 모두에게 무슨 일이 닥치겠느냐고요? 더 나쁘게는, 제가 죽지 않고 불구가 된다면요? 일은 할 수 없는데 입은 여전히 살아 있고, 그럼 그때는 누가 제 식구를 먹여살립죠? 저들을 누가 먹여살리느냐고요? 일류샤를 학교에 보내는 대신 매일 구걸하라고 내보낼깝쇼? 바로 이게 당신 형님을 결투에 불러낸다는 것의 의미입죠. 어리석기 짝이 없는 말일 뿐 그 이상은 아닙니다."

"형은 대위님께 용서를 빌 겁니다. 광장 한가운데서 대위님 앞에 무릎을 꿇을 겁니다." 알료샤가 다시 불타는 시선으로 소리쳤다.

"당신 형님을 재판에 넘기고 싶습니다." 이등대위가 계속해서 말했다. "그런데 우리 법전을 펴보세요. 개인적 모욕을 당했을 때 나를 모욕한 사람에게서 보상이나 많이 받을 수 있습니까요? 그런데 그때 느닷없이 아그라페나 알렉산드로브나가 저를 불러서 소리치는 거예요. '꿈도 꾸지 마! 만일 그 사람을 고소하면 그 사람이 너를 때린 건 네가 사기를 쳤기 때문이라는 걸 온 세상에 공개할 테니까. 그럼 너야말로 재판에 회부될 거야!' 그런데 이 사기가 누구

---

[24] 당시 대학에는 여성용 특별과정이 개설되어 있었고 여자 대학생은 남자 대학생과 같은 권리를 누리지 못했다. 여성의 권리 문제는 당대 급진적 사회운동가들의 주요 관심사였다. 네바강은 뻬쩨르부르그를 흐르는 강이다.

에게서 시작됐는지, 누구의 명령으로 제가 작은 쟁기처럼 행동했는지 아시는 건 하느님 한분뿐입죠. 바로 그 여자와 표도르 빠블로비치의 지시 때문이 아니었는가 말이에요. 그 여자는 덧붙이기를 '게다가 너를 영원히 내쫓을 거야. 나한테서 한푼도 벌어먹지 못할 걸. 내 상인에게도(그녀는 그 노인을 '나의 상인'이라고 부릅죠) 얘기할 테야, 그럼 그분도 너를 쫓아낼걸' 하더군요. 그래서 생각해봤습죠. 만일 그 상인마저 저를 쫓아내면, 그러면 어떻게 하죠? 누구한테서 돈을 벌어 먹고살죠? 저한테 남은 건 두 사람뿐인데, 당신 아버지 표도르 빠블로비치는 전혀 다른 이유로 이제는 저를 신뢰하지 않을 뿐더러 제 차용증을 입수해서는 저를 재판에 넘기려고 하니까요. 이러니 제가 참을 수밖에요. 제 둥지도 보셨잖습니까. 자, 이제 묻죠. 제 아이가, 일류샤가 손가락을 아프게 깨물었습니까? 집에서는 이런 이야기를 자세히 물을 엄두가 안 났습죠."

"예, 아주 아프게 물었습니다. 화가 많이 나 있었거든요. 그애는 까라마조프인 제게 당신을 위해 복수한 겁니다. 이제 분명하네요. 하지만 그애가 학교 친구들과 돌싸움을 하는 것을 보셨어야 해요. 정말 위험했습니다. 아이들이 아드님을 죽일 수도 있었어요. 멋모르는 아이들이라 돌을 던져 머리를 깰 수도 있었습니다."

"그래요, 벌써 맞았습죠. 머리가 아니라 가슴에, 심장 조금 위로요. 오늘 돌에 맞아 멍이 들어 와서는 울면서 신음하더니 병이 났습니다."

"그런데 아세요? 아드님이 먼저 다른 아이들에게 덤빈 겁니다. 대위님 때문에 화가 나서요. 아이들 말이, 아드님이 얼마 전 끄라소뜨낀이라는 소년의 옆구리를 연필 깎는 칼로 찔렀다더군요……"

"그 얘기도 들었는데, 위험한 짓입죠. 끄라소뜨낀은 이곳 관리라 어쩌면 일이 복잡해질 수도 있고……"

"조언을 해드리자면," 알료샤가 열심히 말을 이었다. "아이가 진 정될 때까지 당분간 학교에 보내지 마세요…… 좀 지나면 분노도 사그라들 테니까요……"

"분노라굽쇼!" 이등대위가 말을 가로챘다. "그래요, 바로 분노입 죠. 작은 존재인데, 그 속에 거대한 분노가 있습죠. 수도사님은 그 걸 모르시겠죠. 특히 이 이야기를 해드리고 싶습니다요. 문제는, 그 사건 이후로 학교 아이들이 모두 그애를 수세미라고 놀린다는 겁 니다. 학교 아이들은 잔인한 무리입니다. 한명 한명 보면 천사이지 만 함께 있으면, 특히 학교에서는 아주 잔인해지죠. 아이들이 그애 를 놀리기 시작하자 일류샤 속에서 고결한 영혼이 튀어오른 것입 죠. 평범한 소년, 약한 아들이라면 기가 꺾여서 아버지를 부끄러워 했을 텐데 그애는 아버지를 위해 혼자서 모두에 맞선 겁니다. 아 버지를 위해, 진실을 위해, 진리를 위해 말입죠. 아이가 그때 뭘 겪 었는지, 당신 형님 손에 어떻게 입맞췄는지, 어떻게 '아빠를 용서 해주세요, 아빠를 용서해주세요' 하고 외쳤는지, 이걸 아는 건 하 느님 한분과 저뿐입죠. 우리 아이가, 그러니까 당신들 아이가 아니 라 우리 아이들, 멸시받지만 고결한 가난뱅이의 아이들은 아직 아 홉살밖에 안 되었어도 이 땅의 진실을 안다는 것입죠. 부자가 어디 그럴 수 있습니까. 부자는 그런 깊이를 알지 못하지만, 나의 일류 슈까[25]는 광장에서 그 손에 입맞추던 순간에, 바로 그 순간에 모든 진리를 깨달은 것입죠. 진리가 그 아이 속에 들어와 그애를 영원히 짓이겨버린 것입죠." 이등대위는 화가 솟는 듯 열을 내며 말했고,

25 일류샤의 애칭.

'진리'가 그의 일류샤를 어떻게 짓이겼는지 보여주듯 오른손 주먹으로 왼손바닥을 내리쳤다. "바로 그날 아이는 신열에 시달리며 밤새도록 헛소리를 했습니다. 그날 하루 종일 저와는 말도 잘 하지 않고 아예 입을 닫았습죠. 저는 그애가 방구석에서 저를 보고 또 보면서도 점점 더 창 쪽으로 고개를 숙이고 공부하는 척하는 걸 눈치챘습니다. 저는 그애가 공부는 안중에도 없다는 걸 알고 있었습죠. 다음날은 이 죄 많은 사람이 괴로워서 술을 진탕 마시는 바람에 기억이 잘 나지 않습니다. 엄마도 울기 시작했습죠. 저는 애 엄마를 무척 사랑하지만 괴로워서 남은 돈으로 술을 마셔버렸던 것입죠. 나리, 저를 경멸하지 마십쇼. 우리 러시아에서는 취한 사람이 착한 사람이거든요. 우리나라에서는 제일 착한 사람이 제일 많이 취하는 거란 말입죠. 그래서 저는 누워 있었고 그날 일류샤가 어땠는지 잘 기억나지 않지만, 바로 그날 학교에서 아이들이 아침부터 일류샤를 놀려대기 시작한 겁니다. '수세미,' 애들이 그애에게 외쳤습죠. '네 아버지는 수세미를 붙잡혀 술집에서 끌려나왔지. 너는 그 옆에서 뛰어다니며 용서를 빌었고.' 사흘째 되는 날 그애가 학교에서 돌아왔는데 보니 얼굴이 말이 아니었어요, 창백하게 질렸더군요. 무슨 일이냐 물었죠. 답이 없더군요. 집 안에서 할 얘기가 아니었던 거죠. 엄마와 제 누이들이 참견을 하니까요. 그때 딸아이들은 벌써 첫날부터 모든 걸 알고 있었습죠. 바르바라 니꼴라브나는 '광대, 술주정뱅이, 아버지한테 뭐 제대로 된 걸 기대할 수 있겠어요?' 하고 불평을 늘어놓았습죠. '그 말이 딱 맞네요, 바르바라 니꼴라브나.' 제가 말했죠. '우리 집에 무슨 제대로 된 걸 기대하겠나요?' 그때는 그저 그러고 말았습니다. 저녁 무렵에 아이를 데리고 산책하러 나갔습니다. 아셔야 할 것은, 그 일이 있기 전에도 저와 그애는 매일 저녁 산책을 나갔다는 겁니다. 지금 당신과 제가 걷고 있는 바로 이 길을 따라, 우리 집에서부터 저기 울타리 옆 길가에 고아처럼 누워 있는 커다란 바위까지요. 거기서 이 도시의 목장이 시작되는데, 한적하고 아름다운 곳이죠. 그애 손을 꼭 잡고 평소처럼 함께 걸었습니다. 그애 손은 작고, 손가락은 가냘프고 차가웠어요. 가슴에 병이 있거든요. 그애가 '아빠, 아빠!' 하더군요. '왜?' 하고 보니 아이의 눈이 반짝이더군요. '아빠, 그 사람은 어떻게 아빠한테 그럴 수가 있어, 아빠!' '어쩌겠냐, 일류샤.' 제가 그랬습죠. '그 사람하고 화해하지 마, 아빠, 화해하지 마. 애들이 그러는데 그 사람이 그 일 때문에 아빠한테 10루블을 주었대' 하더라고요. 그래서 제가 '아니다, 일류샤'라고 하고는 '아빠는 무슨 일이 있어도 그 사람 돈을 받지 않을 거야'라고 했습죠. 그랬더니 아이가 온몸을 떨면서 자기 두 손으로 제 손을 꼭 잡고서 또다시 입을 맞추는 겁니다. '아빠, 아빠, 그 사람에게 결투를 신청해. 학교에서 놀린단 말이야. 아빠가 겁쟁이라서 결투를 신청하지 않는다고, 그 사람한테서 10루블을 받았다고'라고 하더군요. '일류샤, 아빠는 그 사람에게 결투를 신청할 수 없어.' 이렇게 대답하면서 저는 방금 당신에게 했던 대로 간단히 설명해주었습죠. 그애는 제 말을 열심히 듣고서 '아빠, 아빠, 어쨌든 화해하지 마. 내가 크면 그 사람에게 결투를 신청해서 죽여버릴게!'라고 하더군요. 그 아이 눈이 번쩍이며 이글이글 타올랐습니다. 그래도 아무튼지 저는 애비니까 그 아이에게 온당한 말을 해야 했습죠. 제가 '아무리 결투라도 사람을 죽이는 건 죄란다' 했더니 그애 말이 '아빠, 아빠, 내가 크면 그 사람을 쓰러뜨릴 거야. 내 검으로 그 사람 검을 쳐서 떨어뜨리고 그 사람한테 달려들어 넘어뜨릴 거야. 그 사람한테 칼을 휘두르면서

말할 거야. 당장이라도 너를 죽일 수 있지만 용서해주마. 꺼져라!'
하는 겁니다. 보세요, 보십쇼, 나리, 그 며칠 동안 그애 머릿속에 무
슨 일이 벌어졌는지. 그애는 밤이고 낮이고 칼로 복수할 생각만 한
겁니다. 밤에는 틀림없이 그런 걸로 헛소리를 한 거고요. 그애는
줄곧 학교에서 심하게 얻어맞고 돌아왔는데, 저는 그걸 사흘째가
되어서야 알았습죠. 당신 말이 옳습니다. 더이상 그애를 학교에 보
내지 않겠습니다요. 그애가 혼자서 학급 애들 전체를 상대로 도전
장을 던지고 그애 자신이 악에 받쳐 심장이 시커멓게 탔다는 걸 알
고서 그애 때문에 저도 깜짝 놀랐습죠. 또다시 함께 산책을 나갔는
데, 그애가 묻더군요. '아빠, 어느 누구보다 부자가 세상에서 제일
센 거야?' 제가 '그래, 일류샤, 세상에서 부자보다 센 사람은 없단
다' 했습죠. 그애는 '아빠, 나는 부자가 될 거야. 장교가 될 거야. 그
래서 모두 부숴버릴 거야. 그럼 황제가 내게 상을 주겠지. 내가 돌
아오면 아무도 나를 비웃지 못할 거야……' 하더군요. 그러고는 입
을 다물었다가 또 말하더군요. 그애 작은 입술이 아까처럼 계속 떨
렸습죠. '아빠, 우리가 사는 이 도시는 정말 안 좋아, 아빠!' 그애가
말했습니다. 저도 '그래, 일류셰치카, 정말 좋은 곳이 못 되지'라고
했죠. '아빠, 다른 도시로 이사 가요. 좋은 도시로, 우리를 모르는
도시로 가요' 하더군요. 제가 '이사 가자, 이사 가자, 일류샤, 돈만
모으면 가자' 했습죠. 저는 그 얘기로 그애를 어두운 생각에서 벗
어나게 해줄 수 있을 것 같아 기뻤습니다. 그래서 그애와 함께 말
과 마차를 사서 다른 도시로 이사 갈 꿈을 꾸었습죠. 네 엄마와 누
나들을 마차에 태우고 문을 닫고 우리 둘은 옆에서 같이 걸어가는
거다. 너는 가끔 태워줄게. 나는 옆에서 걸어가마. 말을 아껴야 하
니까 말이다. 모두 앉아서 갈 수는 없지. 그렇게 떠나자. 그애는 그

얘기를 듣고 뛸 듯이 기뻐했습죠. 무엇보다 우리 말이 있어서 그걸 타고 간다는 데요. 러시아 소년이 말과 함께 태어난다는 건 다 아는 사실이니까요. 그렇게 우리는 오랫동안 이야기를 나누었고, 다행히 저는 아이의 마음을 달래주고 즐겁게 해줄 수 있었습죠. 그게 사흘 전 저녁의 일입니다. 어제 저녁에는 또 달라졌습죠. 애가 아침에 다시 학교에 갔는데 침울한 모습으로 돌아왔어요. 아주 침울했죠. 저녁에 그애 손을 잡고 산책을 나갔는데 말이 없더군요. 한마디도 하지 않았어요. 바람이 살짝 불고 해 질 녘이 되었습니다. 가을 냄새가 풍기면서 어둑어둑해지는 가운데 함께 걷다보니 둘다 슬퍼졌습니다. 제가 말했죠. '자, 애야, 너랑 나랑 같이 길 떠날 준비를 해볼까?' 어제 나눈 얘기를 다시 해볼 생각이었습죠. 답이 없더군요. 그저 그애 손가락만이 제 손안에서 떨리는 게 느껴졌습니다. '어, 좋지 않군. 새로운 일이 생긴 거야'라고 생각했죠. 우리는 지금처럼 바로 이 바위까지 왔습니다. 저는 이 바위에 앉았고, 하늘에서는 뱀 모양의 연이 힘차게 날아올라 윙윙 소리를 내며 날고 있었습죠. 한 서른개는 되더군요. 요즘이 뱀연을 날릴 때니까요. 제가 말했죠. '일류샤, 작년에 만든 뱀을 날릴 때가 된 거 같구나. 내가 고쳐주마. 그걸 어디다 두었지?' 아이는 말없이 다른 데를 보며 제 옆에 비스듬히 서 있었습죠. 그때 갑자기 바람이 불면서 모래가 날리더군요…… 아이는 갑자기 제게 와락 달려들어 그 작은 팔로 제 어깨를 꽉 안고 매달렸습니다. 아세요? 말수 없고 자존심 센 아이들이 오랫동안 눈물을 참다가 슬픔이 너무 커서 갑자기 터져버리면 그 눈물은 흐르는 게 아니라 샘처럼 솟구치는 법입죠. 그 따뜻한 눈물샘으로 그애는 제 얼굴을 온통 적셨습니다. 발작을 일으키듯 온몸을 떨면서 통곡했고, 바위에 앉은 저를 자기 쪽으로 끌어당겨 안더군요. '아빠, 아빠, 사랑하는 아빠, 그 사람이 아빠를 얼마나 비참하게 만들었어!' 그애가 소리쳤습니다. 그때 저도 울음이 터졌고 우리는 서로 부둥켜안고 앉아서 온몸을 떨었습니다. 그애가 '아빠, 아빠!' 하면 저도 그애를 불렀죠. '일류샤, 일류셰치까!' 그때 우리를 본 사람은 아무도 없었습니다. 하느님 한분만이 보셨고, 아마도 이 일을 제 장부에 적어놓으셨겠지요. 당신 형님에게 감사해야겠네요, 알렉세이 표도로비치. 하지만 당신을 만족시키기 위해 제 아이를 혼내는 일은 없을 겁니다!"

그는 또다시 아까처럼 고약한 유로지비 같은 괴상한 말투로 이야기를 마쳤다. 그러나 알료샤는 대위가 이미 자신을 신뢰하고 있다는 것을, 만약 자신의 자리에 다른 사람이 있었다면 그와는 이렇게 '이야기를 나누지' 않았으리라는 것을, 지금 자신에게 들려준 이야기를 해주지 않았으리라는 것을 느낄 수 있었다. 이것이 알료샤에게 용기를 주었다. 그의 영혼은 눈물로 전율하고 있었다.

"아, 대위님의 아드님과 얼마나 화해하고 싶은지 모릅니다!" 알료샤가 외쳤다. "대위님께서 거들어주신다면요……"

"물론 그렇게 해드립죠." 이등대위가 중얼거렸다.

"하지만 지금은 그 일 때문에 온 게 아닙니다, 전혀 그 일 때문이 아니에요. 들어주세요." 알료샤가 계속해서 소리쳤다. "대위님 일로 부탁받은 게 있습니다. 아마 대위님도 들으셨을 텐데, 제 형 드미뜨리는 가장 고상한 아가씨인 자기 약혼녀도 모욕했습니다. 저는 그분이 받은 모욕에 대해 대위님께 밝힐 권리가 있습니다. 아니, 꼭 그래야만 하는데, 왜냐하면 그분이 대위님이 받은 모욕과 대위님의 불행한 사정을 아시고 제게 방금…… 조금 전에…… 대위님께 그분의 이름으로 이 후원금을 전해달라고 부탁했기 때문입니다…… 이건 그분 혼자 드리는 겁니다, 그분을 버린 드미뜨리가 아니고…… 절대로 아닙니다. 제 이름도, 제 형의 이름도 아니고 다른 어느 누구도 아니고 그분, 오로지 그분 혼자 이름으로 드리는 겁니다! 그분은 이 도움을 꼭 받아주시기를 간청하고 있습니다…… 그분은 (모욕의 정도에 있어) 대위님이 형에게서 받으신 것과 다름없는 모욕을 감내했고 그러면서 대위님 생각을 떠올리신 겁니다! 이건 누이가 오라버니에게 도움을 주는 것과 마찬가지 의미입니다…… 그분은 누이에게서 받는 것처럼 이 200루블을 받아주십사 설득해달라고 제게 부탁했습니다. 이 일은 아무도 모르니 어떤 부당한 중상모략도 있을 수 없고요…… 자, 여기 200루블이 있습니다. 맹세코 대위님은 이걸 받으셔야 합니다. 그렇지 않으면 세상 모든 사람이 서로에게 적이 되어야 하니까요! 하지만 이 세상에는 형제들도 있게 마련이지요…… 대위님의 영혼은 고결하시니…… 이걸 이해하셔야 합니다, 이해하셔야 해요!"

그러고서 알료샤는 100루블짜리 새 지폐 두장을 그에게 내밀었다. 두 사람은 그때 울타리 가까이의 바로 그 거대한 바위 옆에 서 있었고 주위에는 아무도 없었다. 지폐는 이등대위에게 무서운 충격을 불러일으킨 것 같았다. 그는 몸을 부르르 떨었는데, 우선 놀랐기 때문인 것 같았다. 그는 이런 일은 전혀 생각도 못 했고 이런 결과를 전혀 기대도 하지 않았던 것이다. 누군가로부터 도움을, 그것도 이렇게 큰 도움을 받으리라고는 꿈에도 생각한 적이 없었다. 그는 지폐를 받아들고 일분가량 대답도 하지 못했다. 그런데 뭔가 전혀 새로운 표정이 그의 얼굴에 떠올랐다.

"이걸 제게, 제게 이렇게 큰돈을, 200루블이나! 오, 맙소사! 저는 이런 돈을 본 지 벌써 사년은 되었습죠. 주여! 누이가 주는 거라고

하셨다니…… 그게 사실입니까, 사실이에요?"

"맹세코, 제가 말씀드린 것은 모두 사실입니다!" 알료샤가 외쳤다. 이등대위는 얼굴을 붉혔다.

"들어보십쇼, 귀한 분, 들어보세요. 만일 제가 이걸 받으면 비열한 사람이 되는 게 아닐까요? 당신이 보기에, 알렉세이, 표도로비치, 제가 비열한 사람이 되는 건 아닙니까, 정말로요? 아니, 알렉세이 표도로비치, 들어보세요, 들어보십쇼." 그가 양손으로 알료샤를 끊임없이 만지면서 서둘러 말했다. "당신은 이걸 '누이'가 보내는 것이니 받으라고 설득하지만 제가 이 돈을 받으면 속으로, 마음속으로 저를 경멸하시게 되지 않을깝쇼, 네?"

"아니요, 전혀 아닙니다! 제 구원을 두고 맹세하는데 절대로 아닙니다! 그리고 아무도 모를 거예요. 아는 건 우리뿐입니다. 당신하고 저, 그분, 그리고 절친한 친구인 다른 부인 한분뿐이에요……"

"다른 부인이라고요! 들어보세요, 알렉세이 표도로비치, 잘 들어보세요. 이제 바로 그 순간이 온 것입죠, 잘 들어주실 순간이요. 왜냐하면 지금 제게 이 200루블이라는 돈이 무엇을 의미하는지 당신은 상상할 수 없기 때문이지요." 가련한 사람은 점점 더 종잡을 수 없이, 기이할 만큼 환희에 빠져들며 말을 이었다. 그는 갈팡질팡하는 듯했고, 할 말을 다 못 할까봐 두려운 듯 허겁지겁 말을 쏟아냈다. "더구나 이건 그렇게나 존경스럽고 거룩하고 고결한 '누이' 한테서 정직하게 받은 것이니, 아시겠어요, 제가 엄마와 곱사등이 나의 천사 니노치까[26]를, 제 딸을 이제 고칠 수 있다는 거죠? 의사 게르젠시뚜베가 와서 친절하게도 두 사람을 한시간 내내 진찰

26 여자이름 니나의 애칭.

했었습니다. 그 사람 말이 '도무지 이해할 수가 없군요'라고 하더 군요. 하지만 이곳 약국에서 파는 광천수가 틀림없이 엄마에게 도 움이 될 거라고 하면서 발 찜질약도 처방해주었습니다. 광천수는 30꼬뻬이까인데 마흔통 정도는 마셔야 한답니다. 그 처방전을 받 아서 성상 아래 탁자에 두었지요. 지금도 거기 있을 겁니다. 니노 치까에게도 무슨 용액을 탄 뜨거운 물로 아침저녁으로 목욕을 시 키라고 처방해주었습니다. 그런데 대체 어떻게 우리가 그런 치료 를 할 수 있을깝쇼, 우리 오두막에는 하인도, 도와줄 사람도, 대야 도, 물도 없는데? 니노치까는 류머티즘이 심한데, 제가 아직 말씀 드리지 않았지만 밤마다 몸의 오른쪽 절반이 쑤셔서 괴로워합니 다. 천사 같은 분, 믿으실지 모르지만 그애는 우리를 걱정시키지 않 으려고 꾹 참고 우리를 깨우지 않으려고 신음 소리도 내지 않습죠. 우리는 있는 대로, 얻는 대로 먹는데 그애는 개한테나 던져줄 만한 제일 마지막에 남은 조각을 집습니다. '나는 이 조각을 먹을 자격 도 없어요. 식구들 먹을 것을 빼앗고 식구들에게 짐만 되네요' 하 는 식이죠. 그애의 천사 같은 시선은 그렇게 말하고 싶은 겁니다. 우리가 그애를 돌보면 그게 그애 마음에는 짐인 겁니다. '나는 그 럴 가치가 없어요. 그럴 가치가 없다고요. 나는 가치 없는 불구자예 요, 아무짝에도 쓸모없는.' 그애는 그 천사 같은 온유함으로 우리 모두를 위해 하느님께 기도하고 있는데 어떻게 그애가 가치가 없 단 말입니까. 그애가 없다면, 그애의 나직한 말이 없다면 우리 집은 지옥 같을 겁니다. 심지어 바랴[27]마저도 진정시킨다니까요. 바르바 라 니꼴라브나도 비난하지 마십쇼. 그애도 천사입니다. 다만 화가

27 여자이름 바르바라의 애칭.

난 천사입죠. 그애는 여름에 집에 왔습니다. 그 아이에게 16루블이 있었죠. 과외를 하면서 번 돈인데 9월에, 그러니까 지금쯤 뻬쩨르부르그로 돌아갈 여비로 쓰려고 아껴두었습죠. 그런데 우리가 그 돈을 가져다가 생활비로 써버렸어요. 이제 그애는 돌아갈 차비가 없게 되었습죠. 그렇게 되었습니다. 더구나 돌아갈 수도 없는 것이, 감방에 갇힌 죄수처럼 우리를 위해 일하고 있거든요. 여윈 말한테 하듯이 우리가 그애한테 재갈을 물리고 짐을 얹었어요. 식구들을 돌보느라 바쁘게 움직이며 고치고, 닦고, 마루를 쓸고, 엄마를 침대에 눕히고. 그런데 또 엄마는 변덕이 심하고 눈물도 많은 정신병자입죠! 하지만 이제 저는 이 200루블로 하녀를 고용할 수 있는 겁니다, 아시겠습니까, 알렉세이 표도로비치. 사랑하는 식구들을 치료도 해줄 수 있고, 여학생을 뻬쩨르부르그로 보낼 수도 있고, 쇠고기도 사고, 새로운 식이요법도 해볼 수 있고 말입죠. 주여, 이건 꿈같은 일입니다!"

알료샤는 자신이 그토록 큰 행복을 가져다주었다는 것이, 그 가련한 사람이 행복해지는 데 동의했다는 것이 너무도 기뻤다.

"잠깐만요, 알렉세이 표도로비치, 잠깐만요." 이등대위는 문득 머릿속에 떠오른 새로운 꿈에 또다시 붙들려 놀랄 만큼 빠르게 지껄여대기 시작했다. "아시겠습니까, 저와 일류슈까는 지금 즉시 꿈을 실현할 겁니다. 말과 마차를 사는 겁니다, 검은 말을요. 그애가 반드시 검은 말이어야 한다고 했거든요. 그래서 사흘 전에 계획했듯이 우리는 떠나는 겁니다. K주에 제가 아는 변호사가 있습죠. 어릴 적 친구인데, 믿을 만한 사람을 통해 전하기를, 만일 제가 가면 자기 사무실의 서기 자리를 주겠다고 했습죠. 사람 속을 누가 알겠습니까마는 줄지도 모르죠…… 그러니 이제 엄마를 태우고,

니노치까도 태우고, 일류셰치까는 말을 몰도록 마부석에 앉히고 저는 걸어서, 걸어서 그렇게 모두를 데리고 가는 겁니다요…… 주여, 만일 여기서 받지 못한 빚만 돌려받는다면 다 해결할 수 있을 텐데요!"

"그럼요, 그럴 수 있죠!" 알료샤가 외쳤다. "까쩨리나 이바노브나가 또 필요한 만큼 보내실 겁니다. 그리고 저도 돈이 있으니 형제에게서 받으시듯 제게서도 받아주세요. 나중에 돌려주시면 됩니다…… (대위님은 부자가 되실 거예요, 부자가 되실 거예요!) 다른 주로 이사하시는 것은 더없이 훌륭한 생각입니다! 거기에 대위님의 살길이 있군요. 무엇보다 대위님의 아드님에게도 그렇고요. 어서 서두르시는 게 좋겠어요. 겨울이 와서 추워지기 전에요. 거기서 저희에게 편지를 보내주시면 좋겠습니다. 계속 친구로 남았으면 좋겠어요…… 아니, 이건 꿈이 아니에요!"

알료샤는 그를 끌어안고 싶을 만큼 흡족했다. 그러나 그를 보고는 문득 멈추었다. 대위는 어깨를 쫙 펴고 입술을 내민 채 흥분해서 창백한 얼굴로 서 있었는데, 뭔가를 말하고 싶은 듯 입술을 씰룩거렸다. 소리는 들리지 않았지만 줄곧 입술을 달싹이는 것이 어딘지 이상했다.

"무슨 일이세요!" 알료샤는 웬일인지 갑자기 몸이 떨렸다.

"알렉세이 표도로비치…… 저는…… 당신이……" 이등대위는 마치 산에서 뛰어내릴 결심을 한 사람처럼 이상하고 흐릿한 눈길로 그를 뚫어지게 바라보며 중얼거렸고, 그와 동시에 입술에는 미소를 띠었다. "저는…… 당신이…… 원하실지 모르겠지만, 제가 지금 마술을 한가지 보여드립죠!" 그가 갑자기 빠르고 분명한 어조로 속삭였고 이미 더이상 말도 튀어나오지 않았다.

"마술이라니요?"

"마술, 마아술요." 이등대위는 여전히 속삭였다. 입술을 왼쪽으로 일그러뜨리고 왼쪽 눈을 찡긋대면서 그는 여전히 알료샤에게서 눈을 떼지 않고 못 박힌 듯이 똑바로 바라보았다.

"무슨 일이세요, 웬 마술을요?" 알료샤도 이제는 완전히 놀라 소리쳤다.

"바로 이런 마술입니다. 보세요!" 이등대위가 갑자기 비명을 질렀다.

그는 이야기하는 동안 내내 오른손 엄지와 검지로 그 끝을 모아 쥐고 있던 무지갯빛 지폐 두장을 알료샤에게 내보이고는, 별안간 분노에 가득 차 그것을 마구 구기더니 오른손 주먹으로 꽉 쥐었다.

"보셨죠! 보셨죠!" 그는 흥분으로 창백해진 얼굴로 알료샤에게 고함을 지르며 돌연 주먹을 높이 들어 구겨진 지폐 두장을 모래 위에 힘껏 내던졌다. "보셨죠?" 그가 손가락으로 지폐를 가리키며 비명을 질렀다. "자, 이렇게 하는 것입죠!"

그러고는 갑자기 오른발을 들더니 거친 악의를 드러내며 달려들어 신발 굽으로 지폐를 짓밟았다. 밟을 때마다 그는 비명을 지르며 숨을 헐떡였다.

"자, 이게 당신의 돈입죠! 당신의 돈! 당신의 돈! 당신의 돈이라굽쇼!" 그는 갑자기 펄쩍 뒤로 물러서더니 알료샤 앞에서 몸을 곧게 폈다. 그의 모습 전체가 말로 다 할 수 없는 자부심을 드러내고 있었다.

"당신을 보낸 분에게 전하십쇼, 수세미는 자기 명예를 팔지 않았다고!" 그는 허공에 팔을 뻗고 외쳤다. 그러고는 재빨리 몸을 돌려 뛰기 시작했다. 그러나 그는 채 다섯걸음도 뛰지 못하고 몸을 돌리더니 알료샤에게 손을 흔들었다. 그리고 또 다섯걸음도 채 뛰지 못하고 마지막으로 몸을 돌렸는데, 이번에는 얼굴에 일그러진 웃음기도 없었고 오히려 온통 눈물범벅이 되어 있었다. 울먹이면서 터져나오는 빠른 말투로 그가 소리쳤다.

"치욕스럽게도 내가 당신의 돈을 받으면, 내 아이에게 무슨 말을 할 수 있겠습니까?" 그는 이 말을 하고는 뛰기 시작했고, 이번에는 뒤돌아보지 않았다. 알료샤는 형언할 수 없이 슬픈 마음으로 그의 뒷모습을 바라보았다. 오, 그는 대위 역시 가장 마지막 순간까지도 자신이 지폐를 구겨 던질 줄 몰랐다는 것을 알 수 있었다. 뛰어가는 사람은 한번도 뒤돌아보지 않았다. 알료샤는 그가 더이상 뒤돌아보지 않으리라는 것도 알았다. 대위가 시야에서 사라지자, 알료샤는 두장의 지폐를 집어들었다. 지폐는 구겨져 납작해진 채 모래 속에 파묻혀 있었지만 아주 멀쩡했고, 알료샤가 집어서 구겨진 부분을 펴자 새 지폐답게 바삭거리는 소리도 났다. 그는 구겨진 데를 잘 펴서 접어 주머니에 넣고는 맡은 일의 경과를 보고하려 까쩨리나 이바노브나의 집을 향해 걷기 시작했다.

제5편
Pro와 Contra[1]

1. 정혼(定婚)

이번에도 알료샤를 제일 먼저 맞이한 것은 호흘라꼬바 부인이
었다. 그녀가 서두르는 것으로 보아 무언가 중요한 일이 일어난 듯
했다. 까쩨리나 이바노브나의 히스테리는 기절로 끝이 났고, 그뒤
로 "끔찍하고 무서운 쇠약 증세가 찾아와 그분은 눈을 감고 누워서
헛소리를 하고 있어요. 이제 열도 나서 게르쩬시뚜뻬와 이모들을
부르러 사람을 보냈고, 이모들은 벌써 와 있지만 게르쩬시뚜뻬는
아직 오지 않았어요. 모두들 그분의 방에 앉아 기다리고 있어요. 무
슨 일이 일어날 것만 같은데 그분은 의식불명이에요. 열병이면 어
째요!"

---

1 라틴어로 찬(贊)과 반(反). 조사만 러시아어로 쓰였다.

호흘라꼬바 부인이 정말로 겁을 먹은 기색으로 외쳤다. "이건 정말 심각해요, 심각해!" 그녀는 이전에 일어난 일은 전부 심각한 일이 아니었다는 듯이 말할 때마다 이렇게 덧붙였다. 알료샤는 슬픈 심정으로 그녀의 말을 들었다. 그는 그녀에게 자신이 겪은 모험담을 이야기하려고 입을 뗐지만, 그녀는 첫마디부터 그의 말을 막았다. 그녀는 시간이 없다면서 리즈의 방에 가서 리즈 옆에서 자기를 기다려달라고 부탁했다.

"리즈는요, 친애하는 알렉세이 표도로비치," 그녀가 거의 귀에 닿을 듯이 속삭였다. "리즈는 지금 나를 이상하게 놀래주었지만 감동을 주기도 했어요. 그래서 내 마음이 그애의 모든 것을 용서했다니까요. 생각해보세요, 당신이 나가자마자 그애가 어제와 오늘 당신을 놀린 것 같다고 갑자기 진심으로 뉘우치는 거예요. 하지만 그애가 정말로 놀린 건 아니랍니다. 그냥 농담한 것뿐이죠. 그런데 너무 진지하게 후회하면서 눈물까지 흘리는 바람에 나도 놀랐답니다. 예전에 그애가 나를 놀릴 때는 언제나 농담처럼 이야기했지 그렇게 진지하게 후회한 적이 한번도 없었거든요. 그런데 아세요, 그애는 끊임없이 나를 놀린답니다. 그런데 이번에는 진지한 거예요. 이번에는 모든 게 진지해요. 그애는 수련수사님 의견을 극도로 존중한답니다, 알렉세이 표도로비치. 그러니 될수록 그애한테 화내거나 불만스럽게 생각하지 말아주셨으면 해요. 나도 그애를 언제나 너그럽게 대한답니다. 왜냐하면 그애는 아주 영리하니까요, 그렇지 않나요? 그애가 방금 말하기를 수련수사님은 자기의 어릴 적 친구라고 하더군요. '어릴 적 가장 진정한 친구였어요.' 그런데 생각해보세요, 가장 진정한 친구였다니, 그럼 나는 뭔가 싶은 거죠. 그애한테는 이와 관련해 무척 진지한 감정과 어떤 추억마저 있어요. 더욱 중요한 것은 그런 말과 표현이, 그러니까 전혀 예상치 못한 말들이 전혀 기대하지도 않았는데 갑자기 튀어나온다는 거예요. 예를 들면 얼마 전에는 풀에 대해서 이야기하더라고요. 개가 아주 어린 시절에 우리 집 정원에 풀이 자랐었죠. 지금도 있을 테니 과거형으로 얘기할 필요도 없겠네요. 풀은 사람이 아니니 오랫동안 변하지 않잖아요, 알렉세이 표도로비치. 그애 말이 '엄마, 그 풀이 풀풀 기억나'[2]라고, 그러니까 '풀이 풀풀'이라고 하는 거예요. 뭔가 말이 혼란스럽기도 하고 '풀'이라는 단어가 바보 같기도 해서 그애는 그걸 전혀 달리 표현했었죠. 그런 식으로 독창적인 말을 많이 했는데 다 전할 수가 없네요. 죄다 잊어버리기도 했고요. 자, 그럼 실례할게요. 나는 굉장히 충격을 받아서 미칠 것 같아요. 아아, 알렉세이 표도로비치, 저는 일생에 두번 미친 적이 있어요. 그래서 치료를 받았죠. 리즈에게 가보세요. 그애를 격려해주세요. 수련수사님은 그런 일을 언제나 훌륭하게 하시잖아요. 리즈," 그녀는 리즈의 방문으로 다가가며 소리쳤다. "네가 그토록 상처를 안긴 알렉세이 표도로비치를 모셔왔다. 이분은 조금도 화내고 있지 않아. 네게 분명히 알려주마. 오히려 네가 어떻게 그런 생각을 했는지 의아해하시는걸!"

"고마워요, 엄마(Merci, maman)! 들어오세요, 알렉세이 표도로비치."

알료샤가 들어갔다. 리즈는 당황한 듯한 얼굴로 그를 보고는 갑

2 원문의 러시아어는 언어유희를 내포하고 있다. 원문의 'cocна, как со сна'(소스나 까끄 소 스나)에서 앞의 '소스나'는 '소나무'이고 뒤의 '소 스나'는 '꿈에서처럼'이라는 뜻으로, 직역하면 '꿈에서처럼 소나무'가 된다. 그러나 직역으로는 이 느낌을 전달할 수 없어 우리말 동음이의어 '풀'을 이용해 '풀이 풀풀 기억난다'로 옮겼다.

자기 얼굴을 확 붉혔다. 뭔가 부끄러워하는 것 같았고, 이런 경우에 늘 그러듯 재빨리 전혀 엉뚱한 얘기를 시작했다. 이 순간에는 그 엉뚱한 일만이 그녀의 관심사인 듯이 말이다.

"엄마가 방금 그 200루블과 당신이 받은 부탁 이야기를 모조리 해주셨어요, 알렉세이 표도로비치…… 그 가련한 장교에게 전해달라는…… 그리고 그 장교가 모욕당한 끔찍한 일도 전부 이야기해 주셨고요. 엄마 이야기는 정말 알아듣기 어렵지만…… 엄마는 늘 이야기를 빼먹고 해주시거든요…… 저는 얘기를 들으면서 울었어요. 어떻게, 그 돈은 전하셨나요? 지금 그 불행한 분은 어떠세요?"

"그러니까 그게 말입니다, 전하지 못했어요. 이야기하자면 깁니다." 알료샤는 자기 쪽에서도 돈을 전하지 못해 무엇보다 걱정스럽다는 듯이 대답했지만, 리즈는 그도 분명 딴청을 피우며 엉뚱한 얘기를 하려고 애쓴다는 것을 금세 알아챘다. 알료샤는 의자에 앉아서 이야기를 시작했는데, 첫마디부터 전혀 당황하지 않고 오히려 리즈를 완전히 몰입하게 만들었다. 조금 전에 받은 격한 감정과 강렬한 인상이 남아 있어 그는 상황을 조리 있게 설명하며 전할 수 있었다. 그는 예전에 리즈가 아직 어렸을 때 모스끄바에서 리즈의 집을 찾아 자신에게 일어난 일이며 읽은 책에 대해 얘기해주거나 자신이 겪은 어린 시절을 즐겨 추억하곤 했다. 가끔 두 사람은 함께 공상에 잠겨 이야기를 짓기도 했는데, 대부분은 명랑하고 우스운 내용이었다. 지금 그들은 마치 이년 전쯤의 모스끄바 시절로 돌아간 것 같았다. 리즈는 그의 이야기에 깊은 감명을 받았다. 알료샤는 그녀 앞에서 뜨거운 마음으로 '일류셰치까'의 모습을 그려 보였던 것이다. 그 불행한 사람이 어떻게 돈을 짓밟았는지 자세한 이야기가 끝나자, 리즈는 손뼉을 탁 치면서 견딜 수 없는 심정으로 소리쳤다.

"그럼 당신은 돈을 전하지 못했군요. 그분이 달아나도록 그냥 두셨군요! 맙소사, 그분을 뒤쫓아가서 붙들었으면 좋았을걸……"

"아니요, 리즈, 제가 따라가지 않은 건 잘한 겁니다." 알료샤는 말하고 자리에서 일어나 걱정스러운 듯이 방 안을 서성였다.

"어떻게, 뭐가 더 낫다는 거예요? 이제 그 사람들은 먹을 게 없어 굶어죽을 텐데요!"

"죽지 않을 겁니다. 왜냐하면 그 200루블은 어쨌든 그 사람 손에 들어갈 테니까요. 내일 그분은 200루블을 받을 겁니다. 내일은 분명히 받을 거예요." 알료샤가 생각에 잠겨 걸으며 말했다. "보세요, 리즈," 그는 갑자기 그녀의 앞에 멈춰서서 말을 이었다. "저는 아까 한가지 실수를 저질렀어요. 하지만 그 실수 때문에 일이 더 좋은 쪽으로 풀리게 될 겁니다."

"무슨 실수요? 왜 더 좋은 쪽으로 된다는 거죠?"

"왜냐하면, 그분은 소심하고 마음이 약한 성격이에요. 고생을 많이 했지만 선량한 분이죠. 그래서 저는 지금 계속 생각하고 있습니다. 그분이 어째서 그렇게 갑자기 기분이 상해 돈을 짓밟은 걸까 하고요. 분명히 말하지만, 그분은 마지막 순간까지도 자기가 그 돈을 짓밟으리라고는 생각지 못했을 겁니다. 그러니까 제 생각에는, 그분은 여러가지 면에서 화가 나셨던 것 같습니다…… 그분 입장에서 다른 이유는 있을 수 없거든요…… 첫째, 그분은 제 앞에서 돈 때문에 지나치게 기뻐했고 그걸 제게 숨기지 않았던 걸 치욕스럽게 여겼던 거예요. 기뻤더라도 그렇게 너무 기뻐하지 않고, 또 그걸 드러내지 않고 다른 사람들처럼 돈을 받으면서 점잔을 빼며 인상을 썼다면 참고 받을 수도 있었을 텐데, 그분은 너무 솔직하게 기뻐해서 오히려 그게 치욕이 된 겁니다. 아아, 리즈, 그분은 정직하고 선량한 분입니다. 이런 경우에는 그게 재앙이지요! 아까 말하는 동안 그분 목소리는 줄곧 약했고 점점 더 약해졌어요. 아주 빠른 투로 말하면서 히히거렸지만 울고 있었지요…… 정말입니다, 그분은 울고 있었어요. 그만큼 환희에 차 있었던 거죠…… 자기 딸들에 대해 말했습니다…… 다른 도시에서 그분이 얻을 일자리에 대해서도요…… 속에 있는 말을 다 하자마자, 문득 제게 속마음을 털어놓은 것이 부끄러워졌던 겁니다. 그래서 지금은 저를 미워하게 된 거예요. 그분은 끔찍하게 수치심이 많은 가련한 사람들 중 한분이에요. 무엇보다 저를 지나치게 친구처럼 생각했다는 게, 그렇게 금방 제게 항복했다는 게 화가 났던 겁니다. 저한테 달려들어 겁을 주고는, 돈을 보자마자 갑자기 저를 껴안았거든요. 저를 안고 두 손으로 줄곧 제 몸을 만졌거든요. 자신의 바로 그런 모습에서 그분은 굴욕감을 느끼지 않을 수 없었고, 마침 그때 제가 아주 중대한 실수를 저지른 겁니다. 제가 갑자기 그분에게 다른 도시로 이사할 돈이 모자라면 더 드리겠다고, 심지어 제 돈에서도 필요한 만큼 얼마든지 내드리겠다고 했거든요. 바로 그 말이 그분에게 충격을 준 것 같아요. 그분에게는 왜 제가 그분을 돕겠다고 나서는 걸까 하는 생각이 들었던 거죠. 아시겠어요, 리즈, 모두가 은인이나 되는 듯이 그를 바라볼 때 모욕당한 사람에게 그것이 얼마나 힘들지. 아주 끔찍한 일입니다…… 그렇다는 얘기를 들었어요. 장상님이 말씀해주셨지요. 이걸 어떻게 표현해야 할지 모르겠지만, 저 자신도 그런 경우를 자주 보았고요. 그리고 저 자신도 똑같이 느끼고 있어요. 그런데 중요한 건, 그분 자신도 마지막 순간까지 자신이 지폐를 발로 짓밟을 줄은 몰랐어도 틀림없이 예감은 했을 거라는 겁니다. 그건 확실합니다. 그걸 예감했기 때문에 그분의 환희가 그렇게도 강렬했던 겁니다…… 그래서, 모든 게 고약하게 되긴 했어도 어쨌든 좋은 쪽으로 결론이 날 겁니다. 심지어 저는 가장 좋은 방향으로 마무리될 거라고 생각하고 있어요. 그보다 더 좋을 수는 없을 겁니다……"

"어째서, 왜 더 좋을 수 없다는 거죠?" 리즈가 깜짝 놀라 알료샤를 바라보며 외쳤다.

"왜냐하면 리즈, 그분이 지폐를 짓밟지 않고 받았다면 집으로 돌아가 한시간도 안 되어 자신의 굴욕을 괴로워하며 통곡했을 테니까요. 틀림없이 그렇게 되었을 겁니다. 그분은 통곡하고는 내일 날이 밝는 대로 저를 찾아와 지폐를 집어던지고 아까처럼 짓밟았을 겁니다. 지금 그분은 '스스로를 망치는 것'이라는 사실을 알면서도 몹시 자신만만한 모습으로 승리감에 차서 떠났습니다. 그러니 이제는 내일이 지나기 전에 이 200루블을 받으라고 권하는 것보다 쉬운 일은 없을 겁니다. 왜냐하면 그분은 돈을 구겨 짓밟음으로써 자신의 명예를 증명했으니까요…… 그분은 돈을 밟을 때 제가 이 돈을 내일 다시 가져오리라는 것은 생각도 못 했을 거예요. 하지만 이 돈은 그분에게 꼭 필요하거든요. 지금 그분은 자존심을 한껏 세웠지만, 어쨌든 오늘이라도 자기가 어떤 도움을 놓쳤는지 생각해볼 겁니다. 밤에는 더욱 그런 생각에 사로잡힐 거고 꿈도 꿀지 모르지요. 내일 아침이면 제게 달려와 용서를 빌고 싶어질 테고요. 그런데 바로 그때 제가 나타나는 겁니다. '대위님은 자존심이 강하신 분이고 그걸 증명하셨어요. 자, 이제 이 돈을 받아주세요. 우리를 용서해주세요.' 이렇게 말하는 거죠. 그러면 그때는 그분도 받을 수 있을 겁니다!"

알료샤는 기쁨에 넘쳐 "그때는 그분도 받을 수 있을 겁니다!"라고 되풀이했다. 리즈는 손뼉을 쳤다.

"아아, 정말이에요. 아아, 이제야 갑자기 이해가 됐어요! 아, 알료샤, 그런 걸 어떻게 다 아세요? 이렇게 젊은 나이에 사람 마음을 이렇게 잘 알다니…… 저 같으면 아예 그런 건 생각도 못 했을 텐데……"

"이제 중요한 건 그분이 우리 돈을 받더라도 우리 모두와 동등한 입장이라는 걸 확신시키는 겁니다." 알료샤가 여전히 기쁨에 차서 말을 이었다. "동등할 뿐 아니라 심지어는 더 높은 입장이라는 걸 말이에요……"

"'더 높은 입장'이라고요! 멋져요, 알렉세이 표도로비치, 계속하세요, 계속하세요!"

"그러니까 제가 제대로 표현을 못 했는데…… 더 높은 입장이라고…… 하지만 아무려면 어때요, 왜냐하면……"

"아아, 괜찮아요, 괜찮아요, 물론 괜찮아요! 미안해요, 알료샤, 사랑스런 사람…… 지금까지 저는 당신을 별로 존경하지 않았어요…… 그러니까, 존경하긴 했지만 동등한 입장에서 그랬죠. 그런데 이제는 더 높은 입장으로 존경할게요…… 사랑스런 분, 제가 '말장난하는' 거라고 화내지 마세요." 그녀는 강렬한 감정을 담아 얼른 말을 이었다. "저는 우스꽝스럽고 어리지만 당신은, 당신은…… 들어보세요, 알렉세이 표도로비치, 우리가, 그러니까 당신이…… 아니, 우리가 더 낫겠네요, 우리가 한 말 속에…… 그분, 그 불행한 분을 경멸하는 마음이 들어 있는 건 아닐까요? 지금 우리는 마치 위에서 내려다보듯 그분의 영혼을 파헤친 건 아닐까요? 그분이 돈을 받을 것이라고 단정해버린 게 말이에요, 네?"

"아니요, 리즈, 여기에 경멸은 없습니다." 미리 이 질문을 대비했다는 듯이 알료샤가 확고하게 대답했다. "여기로 오면서 그 점을 생각해봤습니다. 그런데 우리 자신이 그와 똑같은 사람이라면, 모두가 그와 똑같은 사람이라면 거기에 무슨 경멸이 있을 수 있겠습니까. 한번 생각해보세요, 우리도 그분과 똑같지 더 나을 게 없거든요. 설사 더 나은 점이 있다 해도, 그분의 입장이 되면 그분과 똑같아졌을 겁니다…… 리즈, 당신은 어떨지 모르겠지만 저는 제 자신이 많은 점에서 얄팍하다고 생각해요. 하지만 그분의 마음은 얄팍하지 않고 오히려 굉장히 섬세하죠…… 아니요, 리즈, 여기에 그분에 대한 경멸은 조금도 없습니다! 리즈, 저의 장상님께서 언젠가 말씀하셨어요. 사람들을 대할 때는 꼭 아이 다루듯 해야 한다고요. 어떤 사람은 병원에 있는 환자 다루듯 해야 한다고요……"

"아아, 알렉세이 표도로비치, 아아, 사랑스러운 분, 사람들을 환자 돌보듯 돌보자고요!"

"그럽시다, 리즈, 저는 준비가 되어 있습니다. 하지만 완전히 준비된 건 아니어서 어떤 때는 굉장히 참을성이 없고 어떤 때에는 앞뒤 분간을 못 해요. 하지만 당신은 달라요!"

"아이 참, 믿을 수가 없네요! 알렉세이 표도로비치, 저는 얼마나 행복한지 몰라요!"

"그렇게 말해주니 얼마나 좋은지 모르겠습니다, 리즈."

"알렉세이 표도로비치, 당신은 정말 좋은 분이에요, 가끔은 좀 융통성이 없지만…… 하지만 가만 보면 융통성이 없는 것도 아니죠. 저기 문 옆에 가보세요. 조용히 문을 열고 내다봐주세요, 엄마가 엿듣고 있는지 아닌지." 리즈가 갑자기 신경질적으로 급하게 속삭였다.

알료샤는 가서 문을 열어보고 아무도 엿듣는 사람이 없다고 알렸다.

"이리 가까이 오세요, 알렉세이 표도로비치." 리즈가 점점 더 얼굴을 붉히며 말을 이었다. "당신 손을 주세요, 이렇게요. 들어보세요, 저는 당신에게 큰 고백을 해야겠어요. 어제 그 편지는 장난으로 쓴 게 아니에요, 진심이에요……"

그녀는 손으로 눈을 가렸다. 이런 고백이 그녀로서는 몹시 부끄러운 것 같았다. 그녀는 갑자기 그의 손을 쥐고 세번이나 열정적으로 입을 맞추었다.

"아아, 리즈, 정말 멋지군요." 알료샤가 기뻐하며 소리쳤다. "저는 당신이 진심으로 쓴 거라고 확신했어요."

"확신했다니, 어쩜 세상에!" 그녀는 갑자기 그의 손을 내렸지만 여전히 놓지 않은 채 얼굴을 새빨갛게 물들이고는 잔잔하게 행복한 웃음을 지으며 말했다. "나는 손에 입을 맞추었는데, 이 사람은 겨우 '멋지군요'라고 하네." 그러나 그녀의 비난은 온당치 않았다. 알료샤 또한 크게 당황했기 때문이다.

"저는 언제나 당신 마음에 들고 싶지만요, 리즈, 어떻게 해야 할지 모르겠어요." 그가 얼굴을 붉히고 겨우겨우 중얼거렸다.

"알료샤, 사랑스러운 분, 당신은 냉정하고 뻔뻔해요. 보세요, 당신은 저를 배우자로 선택하고 그것으로 안심하고 있잖아요! 제가 진심으로 그런 편지를 썼다고 벌써부터 확신하고 있었다니! 이건 뻔뻔한 거예요, 정말로!"

"제가 확신한 게 나쁜 건가요?" 알료샤가 문득 웃음을 터뜨렸다.

"아이, 알료샤, 정반대예요, 너무 좋아요." 리즈는 행복해하며 부드럽게 그를 바라보았다. 알료샤는 여전히 자신의 손을 그녀의 손에 맡긴 채 서 있었다. 그러다가 갑자기 몸을 굽혀 그녀의 입술에 입을 맞추었다.

"왜 이러는 거예요? 왜 이래요?" 리즈가 소리쳤다. 알료샤는 완전히 당황해버렸다.

"불편했다면 용서하세요…… 아마도 제가 엄청나게 어리석었나보네요…… 당신이 제게 냉정하다고 해서 손을 잡고 입맞춘 건데…… 바보 같은 짓만 했네요……"

리즈가 웃음을 터뜨리며 손으로 얼굴을 가렸다.

"그런 옷을 입고서!" 그녀는 웃음 사이로 이런 말을 내뱉었지만, 갑자기 웃기를 그치고 진지해졌고 거의 엄숙해지기까지 했다.

"자, 알료샤, 우리는 아직 이런 건 할 줄 모르니 입맞춤은 조금 더 기다리도록 해요. 우리는 아직 한참 기다려야 해요." 그녀는 마침내 결론을 내렸다. "그보다, 이걸 얘기해주세요. 당신처럼 똑똑하고 사려 깊고 통찰력 있는 분이 저 같은 바보를, 저처럼 병약한 바보와 결혼하려는 이유가 뭐지요? 아, 알료샤, 저는 너무 행복해요. 저는 그럴 만한 자격이 없거든요!"

"그만하세요, 리즈. 저는 며칠 후면 수도원을 완전히 나올 겁니다. 세상에 나오면 결혼을 해야죠. 저도 그건 알아요. 그분도 제게 그렇게 명하셨으니까요. 그런데 제가 당신보다 더 좋은 사람을 어떻게 만날 수 있겠어요? 당신 말고 또 누가 저를 받아주겠어요? 저는 벌써 다 생각해봤답니다. 첫째, 당신은 저를 어린 시절부터 알고, 둘째, 당신에게는 제게 없는 능력이 아주 많아요. 당신의 영혼은 제 영혼보다 명랑하죠. 그리고 중요한 것은 당신이 저보다 더 순수하다는 겁니다. 저는 많은 일을, 많은 일을 겪었거든요…… 아, 당신은 몰라요, 저도 까라마조프잖아요! 당신이 저를 놀리고 장난치는 게 뭐 어떻습니까. 얼마든지 그래주세요, 저는 그게 기쁩니다…… 하지만 당신은 어린 소녀처럼 웃으면서도 속으로는 수난자受難者처럼 생각하고 있지요……"

"수난자처럼요? 무슨 말인가요?"

"그래요, 리즈, 조금 전에 당신이 물었죠. 우리가 그 불행한 분의 영혼을 해부하는 데 있어 그분을 경멸하는 마음은 없었느냐고요. 이런 질문은 수난자의 것입니다…… 보세요, 어떻게 표현해야 할지 모르겠지만, 이런 질문을 던지는 사람은 그 자신이 고통을 감내할 능력이 있는 겁니다. 바퀴 달린 의자에 앉아 당신은 진작부터, 그리고 지금도 많은 생각을 거듭해왔겠지요……"

"알료샤, 손을 제게 주세요. 손을 빼고 있잖아요." 리즈가 행복에 취해 나른해진, 어쩐지 가라앉은 목소리로 말했다. "들어보세요, 알료샤, 수도원에서 나오면 어떤 옷을 입을 거예요, 어떤 옷을? 웃지 마세요, 화내지 마세요. 이건 제게 굉장히, 굉장히 중요해요."

"옷에 대해서라면, 리즈, 아직 생각해보지 않았어요. 하지만 어떤 옷이든 원하시는 대로 입지요."

"저는 당신이 짙은 푸른색 벨벳 재킷을 입고 흰색 누비 조끼에 가벼운 회색 털모자를 썼으면 좋겠어요…… 말해보세요, 아까 제가 어제 쓴 편지를 부정했을 때, 제가 당신을 사랑하지 않는다고 한 말을 믿었어요?"

"아니요, 믿지 않았습니다."

"오, 못 말릴 사람, 구제불능이야!"

"아세요, 저는 당신이 저를…… 사랑하는 것 같다고 느꼈어요. 하지만 당신 마음이…… 편하도록 저를 사랑하지 않는다는 말을 믿는 척했지요……"

"그건 더 나빠요! 가장 나쁘지만 가장 좋기도 하네요. 알료샤, 저는 당신을 정말로 사랑해요. 저는 조금 전 당신이 오는 걸 기다리며 짐작해봤어요. 당신한테 어제의 편지를 달라고 해야지, 만약 태연하게 (언제나 기대할 수 있는 모습으로) 편지를 꺼내 돌려주면 그는 나를 전혀 사랑하지 않고 아무 감정도 느끼지 않는다는 뜻이고, 그는 어리석고 미숙한 소년에 불과하며 나는 끝장이라는 뜻이다 하고요. 하지만 당신은 편지를 수도원에 두고 왔고, 그게 제겐 힘이 되었어요. 제가 편지를 돌려달라고 할 걸 예감해서 수도원에 두고 오신 거 아니에요? 그렇지 않나요? 그렇죠?"

"오, 리즈, 전혀 그렇지 않아요. 편지는 지금도 저한테 있고 아까도 그랬어요. 이 주머니 속에 있어요. 보세요."

알료샤는 웃으면서 편지를 꺼내 멀찌감치서 그녀에게 보여주었다.

"이걸 당신한테 주진 않을 거예요. 제 손에 있는 것만 보세요."

"어떻게 그럴 수가? 그럼 좀 전에는 절 속인 거네요. 수도사면서 거짓말을 했어요?"

"미안해요, 거짓말을 했네요." 알료샤가 웃었다. "당신한테 편지를 내주지 않으려고 거짓말을 한 거예요. 이 편지는 제게 소중하거든요." 그는 다시 얼굴을 붉히고 갑자기 강렬한 감정을 담아 덧붙였다. "이건 영원히 제 것이고, 아무에게도 절대 내주지 않을 겁니다."

리즈는 환희에 빠져 그를 바라보았다.

"알료샤," 그녀는 다시 말을 더듬었다. "문을 살펴주세요. 엄마가 엿듣고 있지는 않나요?"

"그래요, 리즈, 제가 볼게요. 그런데 살피지 않는 게 좋지 않을까요, 예? 왜 어머니가 그런 저열한 짓을 하실 거라고 의심하시나요?"

"저열한 짓이라니요? 뭐가 저열한 짓이에요? 엄마가 딸의 얘기를 엿듣는 건 엄마의 권리이지 저열한 짓이 아니에요." 리즈가 왈칵 얼굴을 붉혔다. "확실히 알아두세요, 알렉세이 표도로비치, 제가 엄마가 되어서 저 같은 딸을 갖게 되면, 저도 반드시 그 아이 얘기를 엿들을 거예요."

"정말인가요, 리즈? 그건 좋지 않아요."

"아, 세상에, 그게 무슨 저열한 짓이에요? 만일 제가 어떤 평범한 사교계의 대화를 엿듣는다면 그건 저열한 짓이겠지만, 제 딸이 젊은 남자랑 한방에서 문을 걸어잠그고 있다면…… 들어보세요, 알료샤, 우리가 결혼하기만 하면 저는 당신도 엿볼 거예요. 당신의 편지도 모두 뜯어서 읽어볼 거라는 것도 알아두세요…… 미리 알려드리는 거예요……"

"그래요, 물론. 하지만 그렇다 해도……" 알료샤가 중얼거렸다. "그건 좋지 않은 일이에요."

"아아, 나를 무시하는군요! 알료샤, 사랑스러운 분, 처음부터 다투지는 말자고요. 당신에게 진실을 말씀드리는 게 낫겠네요. 물론 엿듣는 건 아주 나빠요. 물론 제가 틀렸고 당신이 옳아요. 하지만 그래도 저는 엿들을 거예요."

"그렇게 하세요. 하지만 엿본다고 해도 나올 게 없을 겁니다." 알료샤가 웃음을 터뜨렸다.

"알료샤, 당신은 저에게 복종할 거예요? 이것도 미리 결정을 봐야 해요."

"아주 기꺼이요, 리즈, 반드시요. 다만 가장 중요한 일에서는 아니에요. 가장 중요한 일에서 당신이 제게 동의하지 않는다면, 저는 그래도 의무가 명하는 대로 할 겁니다."

"그래야지요. 아세요, 저는 오히려 가장 중요한 일에서는 당신을 따를 준비가 되어 있을 뿐 아니라 당신에게 모든 걸 양보할 거예요. 지금 맹세할게요. 무슨 일에서든, 평생토록 말이에요." 리즈가 열정적으로 외쳤다. "기꺼이, 행복한 마음으로 그럴 거예요! 그밖에도 맹세할게요. 저는 결코 당신의 얘기를 엿듣지 않을 거예요. 단한번도, 결코 단 한통도 당신의 편지를 읽지 않을 거예요. 왜냐하면 당신은 옳고 저는 그렇지 않으니까요. 죽을 만큼 엿듣고 싶어도, 틀림없이 그렇겠지만, 그래도 엿듣지 않을게요. 왜냐하면 당신이 그걸 고상하지 않은 행동이라고 생각하니까요. 당신은 이제 나의 하느님이나 마찬가지니까요…… 들어보세요, 알렉세이 표도로비치, 어째서 당신은 요즘 그렇게 슬프세요? 어제도, 오늘도요. 당신에게 걱정거리와 불행한 일이 있다는 건 알지만 그것 말고도 특별히 어떤 슬픔, 어쩌면 비밀스러운 슬픔이 있다는 것도 알아요, 그렇죠?"

"그래요, 리즈, 비밀스러운 슬픔이 있어요." 알료샤가 슬프게 말했다. "그걸 알아채다니 당신이 저를 사랑한다는 걸 알겠네요."

"어떤 슬픔이에요? 무얼 슬퍼하는 거죠? 말해주실 수 있어요?" 리즈가 조심스럽게 간청하듯 물었다.

"나중에 얘기할게요, 리즈…… 나중에." 알료샤는 당황했다. "지금은 이해하지 못할 거예요. 그리고 저도 어떻게 얘기해야 할지 모르겠어요."

"알아요, 그것 말고도 당신 형제들과 아버지가 당신을 괴롭히는 거지요, 그렇죠?"

"그래요, 형제들도요." 알료샤가 깊은 생각에 잠긴 듯이 말했다.

"저는 당신의 형님 이반 표도로비치가 싫어요, 알료샤." 리즈가 문득 이야기했다.

알료샤는 그 말을 듣고 약간 놀랐지만 토를 달지는 않았다.

"형들은 스스로를 죽이고 있어요." 그는 말을 계속했다. "아버지도 역시. 자기 자신과 함께 다른 사람들도 죽이고 있어요. 여기에 빠이시 신부님이 얼마 전에 말씀하신 대로 '까라마조프식 대지의 힘'이 있는 거예요. 가공되지 않은 광적인 대지의 힘이요…… 과연 성령께서 그 힘 위에 임하실 수 있을까, 그건 모르겠네요. 제가 아는 건 다만 저 역시 까라마조프라는 거죠…… 제가 수도사인가요, 수도사? 제가 수도사인가요, 리즈? 당신은 지금 제가 수도사라고 말했나요?"

"예, 그랬어요."

"어쩌면 저는 하느님을 믿지 않는지도 몰라요."

"믿지 않는다니, 무슨 말이에요?" 리즈가 조심스럽게 나지막이 말했다. 그러나 알료샤는 그 질문에 답하지 않았다. 이 지나치게 갑작스러운 그의 말 속에는 너무도 신비스럽고 너무도 주관적이면서, 어쩌면 그 자신에게조차 분명치 않지만 틀림없이 이미 오랫동안 그를 괴롭혀왔을 무언가가 들어 있었다.

"다른 건 다 제쳐두고라도 이제 저의 벗이 세상을 떠나려 하고 있어요, 세상에서 제일가는 분이 이 땅을 버리려 하고 있어요. 리즈, 만일 당신이, 당신이 제가 얼마나 그분과 정신적으로 연결되어 있는지, 결합되어 있는지 안다면! 저는 혼자 남게 될 겁니다…… 당신을 찾아올게요, 리즈…… 앞으로 함께하는 거예요……"

"그래요, 함께, 함께요! 지금부터 평생토록 언제나 함께요. 자, 제게 입맞춰주세요, 허락할게요."

알료샤는 그녀에게 입맞췄다.

"자, 이제 가보세요. 그리스도의 가호가 있기를!(그녀는 그에게 성호를 그어주었다.) 살아 계실 때 어서 그분께 가보세요. 끔찍하게도 너무 오랫동안 제가 당신을 잡고 있었네요. 오늘 그분을 위해, 당신을 위해 기도할게요. 알료샤, 우리는 행복할 거예요! 우리는 행복할 거예요, 그럴 거예요!"

"그럴 거예요, 리즈."

리즈의 방을 나오면서 알료샤는 호흘라꼬바 부인에게 들르지 않는 것이 좋겠다고 생각했다. 그는 부인과 작별인사를 하지 않고 그 집에서 나오려고 했다. 그러나 문을 열고 계단으로 나오자마자 어디서 나타났는지 호흘라꼬바 부인이 그의 앞에 서 있었다. 첫마디에서 알료샤는 그녀가 거기서 일부러 자신을 기다리고 있었다는 것을 알아차렸다.

"알렉세이 표도로비치, 이건 끔찍한 일이에요. 어린아이 장난 같은 헛소리라고요. 당신이 그런 꿈을 꾸지 않으시길 바라요. 어리석은 일이에요, 어리석은 일, 어리석은 일!" 그녀는 그에게 달려들었다.

"리즈에게는 그런 말씀 하지 마십시오." 알료샤가 말했다. "그러지 않으면 리즈는 몹시 흥분할 테고, 몸에 해로울 겁니다."

"현명한 젊은이의 현명한 말을 듣지요. 당신은 그 아이의 병세를 동정하는 마음에 그애를 화나게 하고 싶지 않아서 동의한 것뿐이라고 이해해도 되겠죠?"

"오, 아닙니다. 전혀 그렇지 않습니다. 저는 리즈와 진지하게 이야기를 나누었습니다." 알료샤가 단호하게 선언했다.

"이런 경우에 진지함이란 불가능하고 생각할 수도 없는 일이에요. 첫째로, 이제부터 나는 당신을 절대로 이 집에 들이지 않을 겁니다. 둘째로, 나는 그 아이를 데리고 떠날 거예요. 이 점을 알아두세요."

"어째서요." 알료샤가 말했다. "그렇게 가까운 시일 내에 있을 일도 아닌데요. 아직 일년 반 정도는 더 기다려야 할 텐데요."

"아아, 알렉세이 표도로비치, 물론 그 말씀도 맞아요. 당신은 그 일년 반 동안 그 아이랑 수천번 싸우고 헤어지겠지요. 하지만 나는 너무 불행해요, 너무 불행해! 이 모든 게 다 별일 아니라고 쳐도, 그래도 나는 큰 충격을 받았다고요. 이제 나는 마지막 장면에 나온 파무소프 같고, 당신은 차츠끼이고 그애는 소피야로군요.[3] 생각해보세요, 나는 당신을 만나려고 일부러 이 계단으로 뛰어나왔어요. 그런데 거기서도 계단에서 모든 숙명적인 일이 일어나죠. 나는 모든 얘기를 듣고는 겨우 서 있었어요. 간밤의 끔찍한 일과 조금 전의 히스테리를 설명해주는 게 바로 이거였네요! 딸에게는 사랑이지만 어머니에게는 죽음이죠. 관 속에 들어갈 판이라고요. 이제 다음으로, 가장 중요한 건 그애가 당신에게 썼다는 그 편지가 대체 뭐냐는 거예요. 보여주세요, 지금 당장, 당장!"

"아니요, 이러지 마세요. 그보다 까쩨리나 이바노브나의 건강은 어떠신가요. 몹시 궁금합니다."

"누워서 계속 헛소리를 하고 있어요. 아직 깨어나지 않았어요. 그분 이모님들은 여기 와서 탄식만 하면서도 내 앞에선 으스대고

---

3 러시아 극작가 그리보예도프(Александр Грибоедов, 1795~1829)의 희곡 『지혜의 슬픔』(*Горе от ума*)에 나오는 등장인물. 차츠끼가 주인공이고 소피야는 파무소프의 딸이다. 이 작품의 마지막 장면에서 주인공 차츠끼는 소피아의 변심을 알게 되고, 그 자리에 아버지 파무소프가 나타난다.

있지요. 게르쩬시뚜베도 왔지만 너무 놀라는 바람에 나는 그 사람을 어찌해야 할지, 어떻게 구해야 할지 몰라서 심지어 다른 의사를 부르려 했답니다. 게르쩬시뚜베는 내 마차에 태워서 집으로 돌려보냈어요. 그런데다 이 모든 일의 대단원처럼 갑자기 당신의 편지 얘기가 나온 겁니다. 사실, 모든 일은 일년 반 후에나 일어나겠죠. 하지만 모든 위대하고 거룩한 분의 이름으로, 임종을 앞두신 당신 장상님의 이름으로 그 편지를 내게 보여주세요, 알렉세이 표도로비치, 내게, 이 어미에게요! 만일 원하신다면 손가락으로 편지를 쥐고 계세요. 당신 손에 들린 채로 읽을게요."

"아니요, 보여드리지 않겠습니다, 까쩨리나 오시뽀브나. 설사 리즈가 하락한다 해도 보여드리지 않을 거예요. 내일 다시 와서, 만일 원하신다면 많은 이야기를 해드릴게요. 하지만 지금은 이만 실례하겠습니다."

그러고서 알료샤는 계단을 내려와 거리로 나갔다.

2. 기타를 든 스메르쟈꼬프

그랬다. 그에게는 시간이 없었다. 리즈와 헤어질 때 이미 그의 머릿속에는 한가지 생각만이 번득이고 있었다. 분명 그를 피해 몸을 숨기고 있을 드미뜨리형을 지금 가장 교활한 방법을 써서라도 붙잡아야 한다는 생각이었다. 알료샤는 죽음을 앞둔 자신의 '위대한' 분이 있는 수도원을 향해 온 존재로 돌진하고 있었지만, 드미뜨리형을 꼭 만나야 한다는 절박함은 점점 더 커졌다. 알료샤의 머릿속에서는 이루어질 수밖에 없는, 피할 수 없는 끔찍한 파국이 일어나고야 말리라는 확신이 시시각각 자라고 있었던 것이다. 그 파국이라는 것이 무엇인지, 지금 이 순간 자신이 형에게 하려는 말이 무엇인지는 그도 분명하게 말할 수 없었다. '나의 스승이 나 없이 돌아가신다 해도, 적어도 구할 수 있었지만 구하지 않고 그냥 지나쳐 서둘러 집으로 돌아갔다는 생각 때문에 평생 스스로를 비난하지는 않을 거야. 이렇게 하는 것이 그분의 위대한 말씀에 따라 행하는 걸 거야⋯⋯'

그의 계획은 불시에 드미뜨리형을 붙잡는 것이었는데, 그러기 위해서 어제처럼 울타리를 넘어 정원으로 들어가 바로 그 정자에 앉아 있기로 했다. '만일 거기 형이 없다면,' 알료샤는 생각했다. '포마나 여주인들에게 아무 말도 하지 말고 저녁까지라도 정자에 숨어 기다려야겠다. 만일 형이 전처럼 그루셴까가 오는지 지키고 있다면 정자에 올 가능성이 크니까⋯⋯' 알료샤는 구체적인 계획을 세세히 따져보는 대신 오늘 수도원에 못 가는 한이 있어도 계획대로 실행하리라 다짐했다.

모든 일이 물 흐르듯 진행되었다. 그는 어제와 거의 같은 장소에서 울타리를 넘어 아무도 모르게 정자로 숨어들었다. 그는 사람들 눈에 띄지 않기를 바랐다. 여주인도, 포마도 (만일 여기 있다면) 형의 옆을 지키며 형의 명령을 따를 텐데, 그렇게 되면 알료샤를 정원으로 못 들어가게 하든지, 그가 형을 찾고 있고 형에 대해 묻더라고 형에게 미리 일러줄 수도 있었다. 정자에는 아무도 없었다. 알료샤는 어제 저녁에 앉았던 자리에서 기다리기 시작했다. 그는 정자를 둘러보았는데, 웬일인지 정자는 어제보다 훨씬 낡아 보였고 이번에는 쓰레기장처럼 보였다. 하지만 날은 어제처럼 청명했다. 녹색 탁자 위에는 꼬냑이 튀어 생긴 둥근 술잔 자국이 남아 있었다. 지루하게 기다릴 때면 언제나 그렇듯이 상황에 맞지 않는 공허한 상념들이 그의 머릿속을 파고들었다. 예를 들면 어째서 그는 방금 이곳으로 들어오면서 다른 자리가 아니라 정확히 어제 앉았던 자리에 앉은 걸까 같은 생각이었다. 마침내 그는 몹시 슬퍼졌다. 앞일을 알 수 없다는 불안감 때문에 슬펐던 것이다. 그러나 앉아 있은 지 채 십오분도 지나지 않아 문득 아주 가까운 곳에서 기타 소리가 들렸다. 그로부터 스무걸음 정도밖에 떨어지지 않은 관목숲 어딘가에 누가 내내 앉아 있었든지 아니면 방금 앉은 모양이었다. 알료샤는 문득 어제 정자에서 형과 헤어지면서 울타리 왼쪽 관목 사이로 녹색의 나직하고 낡은 정원용 벤치를 본 것이 생각났다. 바로 그 의자에 지금 손님이 앉아 있는 것이었다. 누굴까? 남자 목소리 하나가 갑자기 기타를 치면서 달콤한 가성으로 노래를 부르기 시작했다.

나는 이길 수 없는 힘으로
사랑스런 여인을 숭배하네.
주여, 나와 그녀를
불쌍히 여기소서!
나와 그녀를!
나와 그녀를!

노랫소리가 그쳤다. 하인다운 테너였고 하인다운 묘한 노랫가락이었다. 갑자기 다른 목소리, 여자의 목소리가 상냥하고도 수줍은 듯이, 그렇지만 아주 새침하게 말했다.

"어째서 우리 집에 그렇게 오랫동안 오시지 않은 거예요, 빠벨 표도로비치? 우리를 경멸하고 계신 건가요?"

"전혀 아닙니다." 남자의 목소리가 점잖지만 무엇보다 확고하고 완강한 위엄을 드러내며 대답했다. 아마도 남자가 우위에 있는 것 같았다. 그러나 여자도 장난을 치기 시작했다. '남자는 아마도 스메르쟈꼬프인 것 같군.' 알료샤는 생각했다. '적어도 목소리로 봐서는 그래. 여자는 틀림없이 여기 이 집 여주인의 딸이야. 모스끄바에서 와서 치맛자락이 긴 드레스를 입고 마르파 이그나찌예브나에게 수프를 얻으러 다닌다는……'

"잘 지어지기만 했다면 나는 어떤 시든 너무 좋아요." 여자의 목소리가 말을 이었다. "어째서 계속하지 않으세요?"

목소리가 다시 노래하기 시작했다.

> 짜르의 왕관—
> 내 사랑하는 이가 건강하기를.
> 주여, 나와 그녀를
> 불쌍히 여기소서!
> 나와 그녀를!
> 나와 그녀를!

"지난번에는 더 잘 불렀는데." 여자의 목소리가 말했다. "짜르의 왕관에 대해 부를 때 '내 사랑이 건강하기를'이라고 했잖아요. 더 부드럽게 들렸는데, 오늘은 아마도 잊으셨나봐요."

"시는 시시해요." 스메르쟈꼬프가 잘라 말했다.

"아이, 아니에요. 나는 시를 아주 좋아해요."

"시라는 건 본질적으로 헛소리지요. 잘 생각해보세요, 세상에 누가 운율을 넣어 말합니까? 만일 정부의 명령이라도 있어 우리가 모두 운율을 넣어 말하게 된다면, 우리가 말이나 많이 할 수 있겠어요? 시는 현실성이 없어요, 마리야 꼰드라찌예브나.”

“당신은 어쩜 그렇게 모든 일에 현명하세요? 그런 걸 다 어떻게 아시는 거예요?” 여자의 목소리가 점점 더 상냥해졌다.

“어려서부터 이런 운명이 아니었다면 더한 것도 할 수 있고 더한 것도 알았을 겁니다. 나를 스메르쟈샤야의 애비 없는 자식이라고, 더러운 놈이라고 조롱하는 놈은 결투에서 권총으로 쏴죽였을 텐데. 그리고리 바실리예비치 덕분에 모스끄바에까지 소문이 퍼져서 사람들이 내 눈앞에서 손가락질을 해댔죠. 그리고리 바실리예비치는 내가 태어나지 않으려고 발버둥을 쳤다고 나무랍니다. ‘네 녀석이 엄마 자궁을 갈랐어’라고요. 엄마 자궁이야 갈라지라지요. 내가 세상에 태어나지 않게 그 배에서 죽여줬으면 좋았을 걸 그랬어요. 시장 사람들은 물론이고 당신 어머니도 참 주책맞게 제 어미가 수세미 같은 머리칼에 키는 고작 140센티미터보다 쪼끔 더 컸다고 수군대더군요. 어째서 모두들 ‘조금’이라는 말 대신 ‘쪼끔’이라고 하는 걸까요? 눈물지으며 말하고 싶은 거죠. 그러니까 농민들 식이에요. 눈물이라는 건 농민들의 감정이니까요. 러시아 농민이 교육받은 사람들에 반反하는 감정을 가질 수 있을까요? 교육받지 못해서 농민은 아무 감정도 가질 수 없어요. 나는 어릴 때부터 ‘쪼끔’이라는 말을 들으면 벽에 몸을 던지고 싶었어요. 나는 러시아 전체를 증오합니다, 마리야 꼰드라찌예브나.”

“당신이 기마병이나 젊은 경기병輕騎兵이었다면 그런 말은 하지 않았을 텐데요. 반대로 장검을 뽑아서 러시아 전체를 수호하려 했겠죠.”

"나는 경기병이 되고 싶지 않을뿐더러, 마리야 꼰드라찌예브나, 오히려 병사들을 모조리 죽이고 싶습니다."

"적이 쳐들어오면 누가 우리를 지켜주죠?"

"전혀 그럴 필요 없어요. 1812년에 프랑스 황제 나뽈레옹 1세, 지금 황제의 아버지의[4] 러시아 대침공이 있었는데, 그때 프랑스인들이 우리를 완전히 무릎 꿇렸으면 좋았겠죠. 똑똑한 민족이 아주 어리석은 민족을 정복해서 자신들에게 합병해버리는 거지요. 그랬으면 전혀 다른 질서가 나타났을 텐데."

"그럼 그쪽 사람들은 우리보다 훨씬 나은가요? 나는 우리나라 멋쟁이를 영국 젊은이 세명과도 바꾸지 않을래요." 마리야 꼰드라찌예브나가 부드럽게 말했다. 틀림없이 그 순간 그 말을 하면서 그에게 애달픈 시선을 던졌을 것이다.

"각자 숭배하고 싶은 사람을 숭배하면 되는 겁니다."

"그런데 당신은 꼭 외국인 같아요, 아주 고상한 외국인 말이에요. 난 부끄러움을 무릅쓰고 말하는 거예요."

"만일 알고 싶으시다면, 타락에 관한 한 우리나 그쪽이나 비슷합니다. 모두가 불한당인데, 그쪽 사람은 에나멜 장화를 신고 다니고 우리 불한당은 가난해서 구린내를 풍기면서도 뭐가 문제인지 모를 뿐이죠. 설사 표도르 빠블로비치가 그 자식들과 마찬가지로 미친 사람이긴 해도 러시아 민족은 어제 표도르 빠블로비치가 제대로 말했듯이 때려야 해요."

"당신은 이반 표도로비치를 존경한다고 하셨잖아요."

"하지만 그 사람은 나를 악취 나는 하인으로 취급했어요. 그 사

---

4 이는 스메르자꼬프의 착오로, 1812년 나뽈레옹전쟁을 일으킨 나뽈레옹 1세는 그가 말하는 '지금 황제' 나뽈레옹 3세(재위 1852~70)의 아버지가 아니라 숙부다.

람은 내가 반란을 일으킬 수 있다고 생각합니다. 그건 잘못 생각한 겁니다. 만일 내 주머니에 돈이 있다면 나는 오래전에 여기를 떴을 겁니다. 드미뜨리 표도로비치는 행실로나 지성으로나 가난함으로나 어떤 하인보다 훨씬 못났고, 아무것도 할 줄 몰라요. 그런데도 오히려 모든 사람에게 존중받지요. 나는 수프 끓이는 사람에 불과하지만, 행운이 따라주면 모스끄바 뻬뜨로프까 거리에 까페 레스토랑을 열 수 있어요. 왜냐하면 나는 전문적인 요리를 할 수 있으니까요. 그런데 모스끄바 사람들 중에는 외국인을 제외하면 단 한 명도 그런 전문적인 수프 요리를 할 줄 아는 사람이 없거든요. 드미뜨리 표도로비치는 가난뱅이에 불과한데도 최고 백작의 아들을 결투에 불러내면 그 아들은 나온단 말입니다. 그 사람이 나보다 나은 게 뭐죠? 사실 그 사람은 나보다 더 어리석어요. 얼마나 많은 돈을 쓸데없이 낭비했는지 몰라요."

"내 생각에 결투하는 건 너무 멋진 것 같아요." 마리야 꼰드라찌예브나가 불쑥 말했다.

"뭐가요?"

"너무 무섭지만 용감하잖아요. 특히 젊은 장교들이 손에 권총을 들고 일대일로 어떤 여자를 위해 서로를 겨눈다는 게요. 그냥 멋진 그림이잖아요. 아, 여자들도 볼 수 있게 해줬으면 좋겠어요. 꼭 보고 싶어요."

"자기가 겨눌 때야 좋겠지만, 상대방이 총을 내 얼굴에 겨누면 정말 멍한 기분이겠지요. 그 자리에서 도망치고 말걸요, 마리야 꼰드라찌예브나."

"정말로 도망치실 거예요?"

그러나 스메르쟈꼬프는 대답해주지 않았다. 잠시의 침묵 후에 또다시 기타 소리가 들리더니 가성의 목소리가 마지막 소절을 불렀다.

아무리 애를 써도
나는 떠날 거요.
삶을 즐 ─ 기 ─ 며
수도에서 살려오!
한탄하지 않으리,
전혀 한탄하지 않으리,
전혀, 조금도 한탄하지 않으리![5]

이때 예기치 못한 일이 벌어졌다. 알료샤가 갑자기 재채기를 한 것이다. 벤치가 순식간에 조용해졌다. 알료샤는 일어나서 그들 쪽으로 갔다. 그는 정말로 스메르쟈꼬프였는데, 옷을 잘 차려입은데다 머리칼은 포마드를 발라 곱슬거렸고 번쩍이는 에나멜 구두를 신고 있었다. 기타는 벤치 위에 놓여 있었다. 여인은 마리야 꼰드라쩨예브나로 여주인의 딸이었다. 그녀가 입은 밝은 푸른색 드레스는 치맛자락이 140센티미터는 되어 보였다. 아직 젊고 예쁘장한 아가씨였지만 아주 둥근 얼굴에 무서울 만큼 주근깨가 많았다.

"드미뜨리형은 곧 돌아올까요?" 알료샤가 될수록 침착하게 물었다.

스메르쟈꼬프가 천천히 벤치에서 일어났고 마리야 꼰드라쩨예

---

5 스메르쟈꼬프가 부른 일련의 노래는 "혹은 마법의 힘으로 사랑하는 여인에게 영혼이 묶였으니/주여, 궁휼히 여기소서!/나를 위해 그녀를……"로 이어지는 마린(С. Н. Марин)의 시를 거리의 노래로 개작한 것으로 보인다.

브나도 일어났다.

"제가 어떻게 드미뜨리 표도로비치에 대해 알겠습니까? 제가 그분을 지키는 사람이라면[6] 모르겠지만요." 스메르쟈꼬프는 말을 끊어가며 나직하고 퉁명스럽게 대답했다.

"그냥 묻는 겁니다. 알고 있나요?" 알료샤가 변명했다.

"그분이 어디 있는지 저는 전혀 모르고, 또 알고 싶지도 않습니다."

"형 말로는 당신이 집에 무슨 일이 있는지 모두 알려주고 아그라페나 알렉산드로브나가 오면 알려주기로 약속했다던데요."

스메르쟈꼬프는 당황하지 않고 천천히 그에게 시선을 던졌다.

"그런데 수련수사님은 지금 어떻게 여기 들어오셨지요? 이곳 문은 벌써 한시간 전에 빗장을 걸어잠갔는데요?" 그가 알료샤를 뚫어지게 쳐다보며 물었다.

"골목에서 울타리를 넘어 곧장 정자로 왔어요. 용서해주기 바랍니다." 그가 마리야 꼰드라찌예브나를 향해 말했다. "급히 형을 만나야 했거든요."

"아이, 제가 수련수사님께 화를 낼 수야 있나요?" 알료샤가 사과하자 기분이 좋아진 마리야 꼰드라찌예브나가 말꼬리를 길게 늘이며 말했다. "드미뜨리 표도로비치도 자주 그런 식으로 정자에 오시니까요. 우리도 모르는 사이에 벌써 정자에 앉아 계시곤 하죠."

"형님을 급히 찾고 있습니다. 꼭 만나고 싶은데, 형님이 지금 어

---

6 창세기 4:9 "야훼께서 카인에게 물으셨다. '네 아우 아벨이 어디 있느냐?' 카인은 '제가 아우를 지키는 사람입니까?' 하고 잡아떼며 모른다고 대답하였다." 인류 최초의 살인자 카인이 동생 아벨을 죽이고 하느님의 추궁에 답하는 말을 연상시키는 대목이다.

디 있는지 알 수 있을까요? 형님에게 아주 중요한 일이 있어서요."

"그분은 우리에겐 말씀하시지 않아요." 마리야 꼰드라찌예브나가 중얼거렸다.

"제가 이분들과 친분이 있어 이곳을 드나들긴 하지만," 다시 스메르쟈꼬프가 말했다. "나리는 주인님을 끊임없이 탐문하며 여기서도 저를 무자비하게 괴롭혔습니다. 저 집에 뭐가 있고 어떻게 되어가느냐, 누가 오가느냐, 뭔가 다른 말을 해줄 건 없느냐고요. 두 번이나 저를 죽여버리겠다고 위협했단 말입니다."

"죽여버리겠다고 했다고요?" 알료샤가 놀랐다.

"어제도 직접 보셨다시피 그분 성격에 그게 뭐 어려운 일이겠습니까. 그분 말이, 만일 아그라페나 알렉산드로브나를 집에 들여보내 거기서 밤을 보내게 했다간 제일 먼저 네가 산 사람이 아닐 게다, 그러는 겁니다. 저는 그분이 너무도 무섭습니다. 더 큰일이 생기기 전에 시 경찰에 고발해야 하는 게 아닌지 모르겠습니다. 무슨 짓을 저지를지는 하느님만 아시겠지요."

"얼마 전에는 이 양반에게 '절구에 빻아버릴 테다'라고 하셨어요." 마리야 꼰드라찌예브나가 덧붙였다.

"절구에 빻겠다는 건 그냥 해본 말일 겁니다." 알료샤가 지적했다. "지금 형을 만나기만 하면 형에게 좀 얘기를 해줄 수 있을 텐데요……"

"제가 유일하게 알려드릴 수 있는 건요," 스메르쟈꼬프는 문득 무언가 생각난 것 같았다. "저는 이웃과 잘 아는 사이라 늘 이곳에 드나드는데, 뭐 드나들지 못할 까닭도 없지 않습니까, 그런데 이반 표도로비치가 오늘 날이 밝기 전에 제게, 편지도 없이 오제르나야 거리에 있는 그분 댁으로 가서 드미뜨리 표도로비치더러 점심식사를 함께 하자고 광장에 있는 선술집으로 꼭 와달라는 말을 전하라 하셨습니다. 저는 갔지요. 그런데 드미뜨리 표도로비치는 댁에서 뵐 수 없었습니다. 그때가 8시였어요. '여기 계셨는데 잠깐 나가셨다'라고 하던데, 그분 집주인들 말이 그랬습니다. 분명 그들끼리 뭔가 꾸민 기색이었어요. 그러니 어쩌면 그분은 이 시간에 동생분 이반 표도로비치와 함께 선술집에 앉아 계실지도 모르죠. 왜냐하면 이반 표도로비치는 집에 식사하러 오시지 않았고, 표도르 빠블로비치는 한시간 전에 혼자 식사를 하시고 지금은 낮잠을 자려고 누우셨거든요. 제발 부탁드리는데 저에 대해서는, 그러니까 제가 알려줬다고는 말하지 말아주십시오. 알면 저를 죽이실 겁니다."

"이반형이 드미뜨리형을 오늘 선술집으로 불러냈다고요?" 알료샤가 급히 되물었다.

"바로 그렇습니다."

"광장에 있는 거면, '수도'라는 선술집으로요?"

"바로 그 집입니다."

"정말 그럴 수도 있겠네요." 알료샤가 크게 흥분해서 소리쳤다. "고맙습니다, 스메르쟈꼬프, 중요한 소식이에요. 당장 그곳으로 가봐야겠어요."

"제 이야기는 하지 마십시오." 스메르쟈꼬프가 그의 뒤통수에 대고 소리쳤다.

"오, 물론이죠. 나는 우연히 선술집에 들른 것처럼 할 테니 걱정하지 마세요."

"어디로 가시나요? 쪽문을 열어드릴게요." 마리야 곤드라찌예브나가 소리쳤다.

"아니요, 이쪽이 더 가까워요. 다시 울타리를 넘어 갈게요."

이 소식에 알료샤는 크게 흥분했다. 그는 선술집으로 돌진했다. 그런 차림으로 선술집에 들어가는 것은 점잖치 못하지만 입구에서 그들이 있는지 물어보고 불러내는 것 정도는 괜찮았다. 그러나 막 그가 선술집에 다가갔을 때 갑자기 창 하나가 열리면서 형 이반이 아래를 내려다보며 소리쳤다.

"알료샤, 너 지금 여기로 올라와줄 수 있겠니? 좀 그래주렴."

"물론 갈 수 있어요. 그런데 이런 차림으로 어떨지 모르겠네요."

"마침 별실에 있으니까 현관으로 들어와라. 내가 맞으러 나갈 테니……"

일분 뒤 알료샤는 형과 나란히 앉아 있었다. 이반은 혼자 밥을 먹고 있었다.

3. 형제가 서로에 대해 알게 되다

그러나 이반은 별실에 있는 게 아니었다. 그곳은 가리개로 가려진 창가 자리였을 뿐이다. 그렇지만 어쨌든 바깥쪽 사람들은 가리개 뒤에 앉은 사람을 볼 수 없었다. 그 방은 입구에 있는 첫번째 방으로 옆쪽 벽에 음식 매대가 마련되어 있었다. 그 방으로 종업원들이 끊임없이 들락거렸다. 손님이라고는 늙은 퇴역군인 한명만이 구석에서 차를 마시고 있었다. 반면 선술집의 다른 방들에서는 선술집에서 있게 마련인 평범한 소동들이 벌어지고 있었고, 종업원을 부르는 소리와 맥주병 따는 소리, 당구공이 부딪치는 소리, 오르간 소리 들이 시끄럽게 울렸다. 알료샤는 이반이 이 선술집에 온 적이 거의 없고 선술집에 오는 것 자체를 싫어한다는 것을 잘 알고 있었다. 그러니 그가 여기에 온 이유는 오직 드미뜨리형과의 약속을 지키기 위해서라고 생각했다. 그러나 드미뜨리형은 거기 없었다.

"네게 생선수프든 뭐든 좀 시켜줄게. 차만 마시고 사는 건 아닐 거 아니냐." 이반은 알료샤를 붙들어 들어오게 한 것이 대단히 만족스러운 듯이 큰 소리로 말했다. 그 자신은 이제 막 식사를 마치고 차를 마시는 중이었다.

"생선수프를 주고 그다음에 차도 줘요. 배고파요." 알료샤가 명랑하게 말했다.

"버찌잼 먹을래? 이 집에 있거든. 어린 시절 뽈레노프 집에서 살 때 네가 버찌잼을 얼마나 좋아했는지 기억나니?"

"형이 그걸 기억해요? 잼도 줘요, 지금도 좋아하거든요."

이반은 종업원을 불러 생선수프와 차, 잼을 주문했다.

"전부 기억해, 알료샤, 네가 열한살 때까지 기억하지, 그때 나는 열다섯살이었으니까. 열다섯과 열한살은 차이가 커서 그 무렵의 형제들은 친구가 될 수 없지. 내가 너를 좋아했는지 어땠는지조차 모르겠구나. 모스끄바로 와서 처음 몇해 동안은 네 생각도 못 했어. 나중에 네가 모스끄바에 왔을 때에야 딱 한번 어디선가 본 것 같구나. 그리고 여기서도 벌써 넉달째 살고 있는데 너와 나는 지금까지 한마디도 나누지 않았잖아. 나는 내일 떠나거든. 그래서 여기 앉아 '동생에게 작별인사를 하면 좋겠는데'라고 생각하고 있는데 마침 네가 근처를 지나가는 거야."

"형이 나를 많이 보고 싶어 했다고요?"

"많이. 한번 만나서 확실하게 너와 친해지고 네게 내가 어떤 사람인지 알려주고 싶었어. 그러고는 헤어지는 거지. 내 생각에는 헤어지기 직전에 서로를 알게 되는 게 제일 좋은 것 같다. 네가 이 석달 동안 나를 지켜봤다는 걸 알아. 네 눈에는 끊임없이 어떤 기대감이 어려 있더구나. 나는 그걸 견딜 수 없어서 네게 다가가지 않았어. 하지만 결국 너를 존경해야 한다는 걸 배웠지. 너는 확고한 사람이더구나. 내가 지금 웃기는 해도 진지하게 말하고 있다는 걸 알아다오. 너는 강한 사람이지, 그렇지? 나는 입장이 어떻든 그렇게 강한 사람이 좋아. 너처럼 어린 녀석이라도 말이야. 너의 기대에 찬 눈빛도 결국에는 전혀 거슬리지 않게 되더라. 오히려 네 기대에 찬 눈빛을 좋아하게 되었어…… 너도 어쩐지 나를 좋아하는 것 같은데, 알료샤?"

"좋아해요, 이반형. 드미뜨리형이 형에 대해 말했어요, 이반은 무덤이라고. 나는 형에 대해 이반형은 수수께끼라고 말했지요. 형은 지금도 내게 수수께끼예요. 하지만 나는 형 안에 있는 뭔가를 이해했어요, 그것도 겨우 오늘 아침에야!"

"이건 또 무슨 소리야?" 이반이 웃음을 터뜨렸다.

"화내지 않을 거죠?" 알료샤도 웃음을 터뜨렸다.

"그래서, 뭔데?"

"형도 똑같이 젊은이라는 거죠. 스물세살짜리[7] 다른 젊은이들과 꼭 마찬가지로 젊디젊고 신선하고 멋진 청년, 결국 풋내기 소년에 불과하다는 거예요! 내가 형을 너무 기분 나쁘게 한 건 아니죠?"

"그 반대야, 내 생각과 같아서 놀랐다!" 이반이 명랑하게 열띤 목소리로 말했다. "믿을지 모르겠다만, 얼마 전에 우리가 그녀의 집에서 만난 후에 나도 나 자신에 대해 그렇게 생각했거든, 스물세살짜리 풋내기라고. 그런데 네가 지금 정확히 집어내어 그것부

---

[7] 제1부에는 24세로 되어 있다.

터 말을 꺼내다니. 내가 지금 여기 앉아서 스스로에게 뭐라고 말했는지 아니? 내가 삶을 믿지 않고, 소중한 여자도 믿지 않고, 사물의 질서를 신뢰하지 않고, 심지어 모든 것이 무질서하고 저주스러운, 어쩌면 악마적 카오스일 뿐이라고 확신한다 할지라도, 끔찍할 만큼 인간에게 실망해 충격을 받았다 할지라도, 나는 여전히 살고 싶어할 거고, 잔에 입을 댄 이상 모두 마시기 전까지는 입을 떼지 않으리라는 거야! 하지만 서른살쯤 되면 다 마시지 않았어도 잔을 던져버리고 떠날 거야…… 갈 길을 모른다 해도! 하지만 서른살까지는 내 젊음이 모든 걸 이기리라는 것을, 온갖 실망과 삶에 대한 온갖 혐오를 이기리라는 것을 확실히 알고 있지. 나는 여러번 자문해봤어. 내 속의 이 삶을 향한 미친 듯 광포한 열망을 잠재울 만한 절망이 세상에 있을까 하고 말이야. 그리고 결론을 내렸지, 그런 건 없는 것 같다고. 어쨌든 서른살까지는 그럴 것 같고, 그때쯤엔 나 자신이 그걸 원치 않게 될 것 같아. 폐병쟁이 코흘리개 도덕주의자들은 종종 이 삶을 향한 열망을 저열한 것이라고 하더군, 특히 시인들이 말이야. 이런 특성은 일부는 까라마조프적인 것이지, 그건 사실이야. 이 삶을 향한 열망은 네 속에도 분명 있어. 그런데 그게 왜 저열하다는 거지? 이 지구상에는 구심력이 무섭도록 훨씬 더 많아, 알료샤. 나는 살고 싶어, 그리고 논리에 반하더라도 나는 살고 있어. 내가 사물의 질서를 믿지 않는다고 해도, 그럼에도 내게는 봄이면 싹을 틔우는 보리수 이파리들이[8] 소중해. 푸른 하늘이 소중하고, 때로는 왜 좋아하는지 모르면서 사랑하는 어떤 사람이 소중하고, 이미 오래전에 믿음을 잃었지만 그래도 어쨌든 옛 기억 때문에

---

8 뿌시낀의 시 「아직 차가운 바람이 분다……」에서 나온 구절이다.

마음으로 존중하는 인간의 위업이 소중해. 자, 너의 생선수프를 가져왔구나. 어서 먹어라. 수프가 아주 맛있단다. 요리를 잘해. 나는 유럽에 다녀오고 싶다, 알료샤. 여기서 떠날 거야. 그저 묘지에, 다만 가장, 가장 귀한 묘지에 가는 거지! 그곳에는 고결한 망자들이 누워 있고 그들 위에 선 묘비명은 저마다 흘러간 뜨거운 삶에 대해, 그 자신의 위업, 그 자신의 진실, 투쟁, 학문에 대한 열렬한 신념에 대해 말해주고 있어. 이미 알고 있어, 아마 나는 땅에 엎드려 그 묘비들에 입맞추며 울음을 터뜨리겠지. 그러면서 동시에 이 모든 건 이미 오래전부터 묘지일 뿐 아무것도 아니라고 온 마음으로 확신하겠지. 절망 때문에 우는 게 아니라 그냥 내가 흘린 눈물이 행복해서 울겠지. 자신의 감격에 취하는 거야. 봄이면 싹트는 보리수 이파리, 푸른 하늘을 나는 사랑한단 말이다! 이건 이성이나 논리가 아니야, 가슴과 배로 사랑하는 거야. 내 젊은 첫 힘을 사랑하는 거야…… 알료시카, 너는 내 넋두리에서 뭘 좀 이해하겠니?" 이반이 갑자기 웃음을 터뜨렸다.

"아주 잘 이해해요, 이반형. 배와 가슴으로 사랑하고 싶다는 건 멋진 말이에요. 형이 그렇게 살고 싶다니 나는 아주 기뻐요." 알료샤가 탄성을 질렀다. "나는 세상 모두가 무엇보다 먼저 삶을 사랑해야 한다고 생각해요."

"삶의 의미보다 삶을 더 사랑해야 한다고?"

"반드시 그래야 해요. 형이 말했듯이 논리에 앞서 먼저 사랑해야 해요. 반드시 논리에 앞서라야만 그 의미도 이해할 수 있는 거예요. 이미 오래전부터 내게는 이런 생각이 어른거렸어요. 형도 일의 절반은 이루었어요, 이반형, 절반은 성취한 거죠. 형은 살고 싶어하잖아요. 이제 형의 나머지 절반을 위해 노력하면 형은 구원받을 수 있어요."

"벌써 날 구원하려 하다니, 나는 아직 파멸하지 않았는지도 모르는데! 그런데 나의 그 나머지 절반이란 건 뭐냐?"

"어쩌면 결코 죽지 않은 형의 죽은 부분을 부활시키는 거겠지요. 차를 좀 주세요. 이렇게 같이 이야기하게 되어 기뻐요, 이반형."

"내가 보니 너는 영감으로 가득 차 있는 것 같구나. 나는 이제 막 수도사가 되기로 결심한 사람들의 이런 신앙고백(profession de foi)을 끔찍이 좋아해…… 너는 강한 사람이야, 알렉세이. 수도원에서 나오고 싶어한다는 말이 사실이냐?"

"사실이에요. 우리 장상님이 나를 세상으로 보내시네요."

"그럼 다시 보자꾸나. 그러니까 세상에서, 내가 잔에서 입을 떼기 시작할 서른살쯤까지는 만나자꾸나. 아버지는 일흔살이 될 때까지 잔에서 입을 떼고 싶지 않고 여든살까지도 그러길 꿈꾼다고 자기 입으로 말하던데, 비록 광대이긴 하지만 아버지한테 이건 정말 진지한 문제인 거야. 마치 반석 위에 서 있듯 색욕 위에 버티고 서 있지…… 사실 서른살이 넘으면 그것 말고는 달리 딛고 서 있을 만한 데가 없겠지…… 하지만 일흔살까지는 비열해, 서른살까지면 좀 낫지만. 자신을 속이면서라도 '고상함의 흔적'은 간직할⁹ 수 있으니 말이야. 오늘 드미뜨리형 못 봤니?"

"아니, 못 봤어요. 하지만 스메르쟈꼬프는 봤어요." 알료샤는 스메르쟈꼬프와 만난 얘기를 형에게 재빨리, 상세하게 해주었다. 이반은 갑자기 아주 걱정스러운 얼굴이 되어 듣기 시작했고 어떤 것

---

9 뿌시낀의 짧은 풍자시 「한번은 황제에게 사람들이 말했다……」 가운데 "아첨꾼들이여, 아첨꾼들이여!/비열한 중에 고상한 태도를/간직하려 애쓰라"에서 나온 구절이다.

은 캐묻기도 했다.

"스메르쟈꼬프는 자기가 얘기한 걸 드미뜨리형에게는 말하지 말아달라고 부탁했어요." 알료샤가 덧붙였다.

이반은 얼굴을 찌푸리고 생각에 잠겼다.

"스메르쟈꼬프 때문에 얼굴을 찌푸린 건가요?" 알료샤가 물었다.

"그래, 그 녀석 때문이야. 제기랄, 드미뜨리형을 정말로 보고 싶었는데, 이젠 됐다……" 이반이 내키지 않는다는 듯이 말했다.

"정말로 곧 떠날 거예요, 형?"

"응."

"드미뜨리형과 아버지는 어쩌고요? 둘 사이의 일은 어떻게 끝나게 될까요?" 알료샤가 불안해하며 말했다.

"너는 또 그 지긋지긋한 얘기로구나! 내가 어쩌겠냐? 내가 드미뜨리형을 지키는 사람이라도 되냐?" 이반은 화가 나서 말을 잘랐지만 문득 쓴웃음을 지었다. "살해당한 동생을 두고 카인이 하느님께 한 대답이로군, 그렇지? 어쩌면 이 순간 너도 그 생각을 했겠지? 하지만 제길, 정말로 내가 두 사람 옆에서 파수꾼처럼 지키고 있을 순 없잖냐? 볼일을 마쳤으니 난 떠날 거다. 너는 내가 드미뜨리를 질투해서 이 석달 동안 형의 아름다운 까쩨리나 이바노브나를 가로챘다고 생각하는 건 아니겠지? 에이, 제길, 나는 내 볼일이 있었어. 일을 끝냈으니 떠나는 거지. 일은 아까 끝냈어. 네가 증인이잖아."

"아까 까쩨리나 이바노브나의 집에서요?"

"그래, 그녀의 집에서 단번에 헤어졌지. 그래서 어쨌다는 거냐? 드미뜨리가 이 일과 무슨 상관이야? 드미뜨리는 아무 상관 없어. 나는 까쩨리나 이바노브나에게 볼일이 있었던 거야. 너도 알잖아,

오히려 드미뜨리가 나와 무슨 음모라도 꾸민 듯이 굴었다고. 나는 형에게 아무것도 부탁한 적이 없는데, 형 자신이 내게 그녀를 당당하게 내어주고 축복까지 해줬어. 이 모든 게 진짜 웃긴 일이지. 아니다, 알료샤, 아니야, 내가 지금 얼마나 마음이 홀가분한지! 지금 여기 앉아서 밥을 먹다가 나는, 믿어다오, 내 첫 자유의 시간을 자축하기 위해 샴페인이라도 시키고 싶었어. 쳇, 거의 반년을 끌다가 이렇게 갑자기 단번에, 단번에 벗어던지다니. 불과 어제까지도 이렇게 마음만 먹으면 끝내고 말고 할 가치도 없는 걸 의심했다니!"

"형의 사랑에 대해 얘기하는 거군요, 이반형!"

"원한다면 사랑이라고 해두자, 그래, 나는 그 아가씨, 그 여학생에게 푹 빠졌었으니까. 그녀와 있으면서 괴로웠고, 그녀는 나를 괴롭혔어. 그 여자에게 사로잡혀 있었는데…… 갑자기 모든 게 날아가버렸지. 아까 즉흥적으로 말해놓고는 나와서 실컷 웃었다, 믿을 수 있겠냐. 아니, 나는 있는 그대로 말하는 거야."

"형은 지금도 그걸 아주 즐겁게 이야기하네." 알료샤가 정말로 명랑해진 그의 얼굴을 찬찬히 바라보며 지적했다.

"내가 그녀를 전혀 사랑하지 않는다는 걸 왜 몰랐을까! 하하! 알고 보니 아니었어. 하지만 그녀가 얼마나 마음에 들었는지 몰라! 아까 내가 말할 때까지만 해도 그녀가 얼마나 좋던지. 나는 지금도 그녀가 끔찍이 좋아. 하지만 그녀를 떠나서 너무나 홀가분하다는 걸 알아다오. 너는 내가 허세를 부리고 있다고 생각하니?"

"아니요. 다만, 어쩌면 그건 사랑이 아니었을지도 모르죠."

"알료시까," 이반이 웃음을 터뜨렸다. "사랑 얘기에는 발을 들여놓지 마라! 너한테 안 어울린다. 아까만 해도 너는 펄쩍 뛰었잖아, 에이! 그에 대해 네게 입맞춰주는 것도 잊었구나…… 그녀가 나를 얼마나 괴롭혔던지! 나는 진정으로 격정 옆에 앉아 있었던 거야. 오, 그녀는 내가 자기를 사랑한다는 것을 알았어! 그녀가 사랑하는 것은 드미뜨리가 아니라 나야!" 이반은 명랑하게 주장을 폈다. "드미뜨리는 격정일 뿐이야. 내가 아까 그녀에게 말한 건 모두 정말로 진실이야. 하지만 무엇보다 중요한 문제는, 그녀 자신이 드미뜨리를 전혀 사랑하지 않는다는 걸, 자기가 괴롭히는 나만을 사랑한다는 걸 깨닫는 데 어쩌면 십년, 아니 이십년은 걸릴지 모른다는 거지. 그래, 그녀는 오늘의 교훈에도 불구하고 결코 깨닫지 못할 거야. 내가 일어나서 영원히 떠나는 편이 낫지. 참, 그녀는 지금 어떠니? 내가 나온 뒤로 그쪽은 어땠어?"

알료샤는 그녀가 히스테리를 일으켰고 지금은 정신을 잃고 헛소리를 하고 있다고 그에게 말해주었다.

"호흘라꼬바 부인이 거짓말하는 거 아니냐?"

"아닌 것 같아요."

"알아봐야겠다. 하지만 히스테리 때문에 죽었다는 사람은 없어. 히스테리를 일으키라지, 하느님이 사랑해서 여자들에게 히스테리를 선사하신걸. 나는 결코 거기 가지 않을 거야. 거기 뭐 하러 가겠어."

"그런데 형은 아까 그분이 결코 형을 사랑한 적이 없다고 했잖아요."

"그건 일부러 그런 거야. 알료샤, 샴페인을 시켜서 내 자유를 위해 한잔하자. 아니, 내가 얼마나 기쁜지 네가 안다면!"

"아니요, 형, 마시지 않는 게 낫겠어요." 알료샤가 갑자기 말했다. "더구나 나는 왠지 슬프네요."

"그래, 너는 오래전부터 슬퍼하고 있었지. 나도 그걸 오래전부터 알고 있었어."

"그러니까 꼭 내일 아침 떠나야 하나요?"

"아침에? 아침이라고는 안 했다…… 하지만 아침에 갈 수도 있지. 알겠니, 내가 오늘 여기서 점심을 먹은 건 오로지 그 노인네하고 밥을 먹지 않으려고 그런 거야. 그 정도로 그 노인네가 역겨워. 이 이유 하나 때문에라도 나는 이미 오래전에 노인네를 떠났어야 해. 그런데 내가 떠난다고 하니 왜 그렇게 걱정하는 거냐. 떠나기 전까지 너하고 내게 시간이 얼마나 많은데. 완전히 영원한 시간이지, 불멸이야!"

"내일 떠난다면서 웬 영원이에요?"

"너와 내게 그게 무슨 문제가 되겠냐?" 이반이 웃음을 터뜨렸다. "우리는 어쨌든 우리의 얘기를 할 수 있는 거 아니냐, 우리가 여기 왜 왔어? 어째서 그렇게 놀란 표정으로 보는 거니? 대답해봐, 우리가 무슨 목적으로 여기서 만난 거냐? 까쩨리나 이바노브나에 대한 사랑, 노인네, 드미뜨리 얘기를 하려고? 외국 얘기를 하려고? 러시아의 숙명적 상황에 대해 말하려고? 나뽈레옹 황제 얘기를 하려고? 그런 거야? 그러려고 온 거야?"

"아니, 그러려고 온 건 아니에요."

"그 말은 너도 무엇을 위해 왔는지 안다는 소리로구나. 다른 사람들에게는 다른 문제가 있고 우리 같은 풋내기들에게는 우리 나름의 문제가 있지. 무엇보다 우리는 영원한 문제를 해결해야만 해, 그게 바로 우리의 과제야. 러시아의 모든 젊은이는 지금 오직 영원한 문제에 대해서만 논하고 있어. 노인들이 죄다 갑자기 실제적인 문제에 매달리기 시작한 바로 이때 말이야. 너는 지난 석달 동안 무엇 때문에 그렇게 기대에 차서 나를 보았니? '어떤 믿음이 있느냐, 아니면 아예 믿지 않느냐?' 나를 심문하기 위해서였잖아. 귀하의 석달 동안의 시선은 바로 이걸 겨냥하고 있었던 것 아닙니까, 알렉세이 표도로비치, 그렇지요?"

"바로 그렇다고 할 수 있지요." 알료샤가 미소를 지었다. "지금 나를 비웃는 건 아니겠지요, 형?"

"내가 비웃는다고? 석달 동안 그런 기대감을 품고 나를 바라본 내 귀여운 동생을 실망시키고 싶진 않구나. 알료샤, 나를 똑바로 봐. 나는 너와 꼭 마찬가지로 아직 어린 소년일 뿐이야, 다만 수련 수사가 아닐 뿐이지. 러시아 젊은이는 지금까지 어떻게 행동해왔지? 다른 사람들은 어떻게 해왔지? 예를 들면 바로 여기 이 악취 나는 선술집에 말이야, 저기 젊은이들이 만나서 구석에 앉아 있잖아. 저들은 이전에 평생 서로를 몰랐고 이 선술집을 나가면 또 한 사십년은 서로를 모른 채 살아갈 거야. 그런데 잠시 이 선술집에 잡혀 있는 동안 저들은 무슨 얘기를 논할까? 다름 아니라 세계적인 문제야. 하느님은 있는가, 불멸은 있는가, 없는가? 하느님을 믿지 않는 사람들은 사회주의와 아나키즘에 대해 논하겠지. 새로운 체제로 전인류를 개조하는 문제에 관해 말이야. 그래봤자 다 그게 그거고 전부 똑같은 문제들인데, 다만 다른 쪽 끝에서 시작했을 뿐인 거야. 러시아의 가장 독창적인 수많은, 그야말로 수많은 젊은이들이 우리 시대의 영원한 문제만 논하고 있어. 그렇다고 생각하지 않니?"

"맞아요, 하느님이 존재하느냐, 불멸이 존재하느냐의 문제는 진정으로 러시아적인 문제예요. 또는 형이 방금 말한 것처럼 다른 쪽 끝에서 출발하는 문제들이고. 물론 첫번째 문제들이 무엇보다 우선시되고 또 그래야 마땅하지만." 알료샤는 예의 조용하면서도 시험하는 듯한 미소를 짓고 형을 유심히 바라보며 말했다.

"알료샤, 러시아 사람으로 사는 건 때로 전혀 현명한 게 못 되지만 지금 러시아 젊은이들이 몰두하고 있는 것보다 더 어리석은 건 상상할 수가 없어. 하지만 나는 단 한명의 러시아 청년, 알료시까만은 무진장 사랑한다."

"그렇게 멋지게 결론을 맺다니." 알료샤는 갑자기 웃음을 터뜨렸다.

"어디서부터 시작할지 얘기해봐. 네가 말해보라고. 하느님부터? 하느님이 존재하는가, 그것부터 할까?"

"형이 하고 싶은 것부터 시작해요. '다른 쪽 끝'부터 해도 좋고. 형은 어제 아버지 집에서 하느님은 없다고 선언했잖아요." 알료샤가 탐색하듯이 형을 바라보았다.

"나는 어제 그 노인네의 밥상머리에서 일부러 그런 말을 해서 너를 약 올렸는데, 네 눈이 불타오르는 게 보이더구나. 하지만 지금은 너와 얘기하고 싶어. 이건 아주 진지하게 하는 말이야. 알료샤, 너와 친해지고 싶구나. 나는 친구가 없기 때문에 한번 시도해보고 싶어. 자, 생각해보렴, 나는 어쩌면 하느님을 받아들일지도 몰라." 이반이 웃었다. "이건 예상치 못했지, 그렇지?"

"그야 물론이죠, 형이 지금 농담을 하는 게 아니라면."

"'농담'이라, 어제 장상의 방에서는 내게 말장난을 한다고들 하더니. 귀여운 동생아, 18세기에 어느 늙은 죄인이 있었는데, 그는 만일 하느님이 없다면 만들어내야 할 거라고 말했지.[10] '만일 신이 없다면 그걸 고안해내야 할 거다'(S'il n'existait pas Dieu il faudrait

---

10 제1부에서 표도르 빠블로비치가 일부 인용한 볼떼르를 가리킨다.

l'inventer)라고 말이야. 그리고 정말로 인간은 하느님을 만들어냈어. 그러니까 하느님이 정말로 존재한다는 건 이상하거나 놀라운 일이 아니야. 놀라운 건 그 생각, 하느님이 필수불가결하다는 생각이 인간처럼 야만적이고 사악한 동물 같은 존재의 머릿속에 떠오를 수 있었다는 거지. 그 생각은 그 정도로 거룩하고 감동적이고 그 정도로 현명해서 인간에게 명예가 된다는 거야. 나로 말할 것 같으면, 나는 오래전에 인간이 하느님을 창조했는지 아니면 하느님이 인간을 창조했는지 같은 생각은 하지 않기로 했어. 물론 나는 이와 관련해 러시아 청년들이 끊임없이 유럽의 가설들에서 끌어다대는 현대적 공리도 논하지 않을 거야. 왜냐하면 저쪽에서는 가설에 불과한 것이 러시아 청년들에게 오면 곧바로 공리가 되니까. 그건 청년들만이 아니라 교수들에게도 그렇지. 지금 우리 러시아에서는 교수들도 러시아 청년들과 매한가지거든. 그래서 나는 모든 가설을 피해 가려는 거야. 그러면 너와 내 앞에는 지금 어떤 과제가 놓여 있지? 그 과제란 가능한 한 빨리 너에게 내 본질을 설명하는 거야. 그러니까 내가 어떤 사람인지를, 내가 무엇을 믿고 무엇을 소망하는가를 말이야, 그렇지? 그렇다면 나는 솔직담백하게 하느님을 수용한다고 선언하겠어. 하지만 만일 하느님이 존재하고 하느님이 정말로 이 땅을 창조했다면, 하느님은 우리가 익히 알고 있듯이 이 땅을 유클리드 기하학에 의거해 창조했으며 인간의 지성은 오직 삼차원적 공간 개념만 갖고 있다는 것만큼은 짚고 넘어갈게. 그럼에도 전우주, 아니 더 넓게 말해 전존재가 유클리드 기하학에 의거해 창조되었는지에 대해 의심하는 기하학자들과 철학자들은 존재해왔고, 지금도 존재하고 있어. 이들은 유클리드에 의하면 절대로 지상에서 만날 수 없는 두 평행선이 무한대 어

디에선가는 만날 수 있으리라 꿈꾸며 사유하고 있지.[11] 귀여운 동생아, 나는 내가 만일 이것조차 이해할 수 없다면 어떻게 하느님을 이해할 수 있겠는가 생각하게 되었다. 나는 내게 이런 문제를 해결할 어떤 능력도 없다는 걸, 내 지성은 유클리드적이고 지상적이라는 걸, 그러니 이 세상에 속하지 않는 것을 해결할 수 없다는 걸 겸허하게 인정한다. 네게도 이런 문제는 아예 생각하지 말라고 조언하고 싶구나, 알료샤. 하느님에 대한 것, 하느님이 존재하느냐 존재하지 않느냐에 대한 것이라면 더구나. 이 모든 문제는 삼차원적 개념만 지닌 채 창조된 지성에는 전혀 맞지 않아. 그러므로 나는 하느님을 기꺼이 받아들일 뿐 아니라 나아가서 그분의 지혜도, 우리가 알 수 없는 그분의 목적도 받아들이고 삶의 질서와 의미도 믿는다. 그리고 우리 모두를 결속시킬 영원한 조화도 믿고, 우주가 지향하고 있고 그 자체가 '하느님과 함께 계시며' 하느님인 말씀을[12] 믿고, 그밖의 모든 것을, 나아가서 영원을 믿는다. 이에 관해서는 이미 많은 말들이 나왔지. 그러니 내가 길을 잘 잡은 것 같은데, 어때? 그런데 생각해보렴, 나는 최종적으로는 하느님의 이 세계를 수용하지 않아. 하느님이 존재한다는 것을 알지만 나는 이 세계를 도무지 용납할 수가 없어. 나는 하느님을 받아들이지 않는 게 아니야. 이걸 이해해다오. 나는 그분이 창조한 세계, 하느님이 만든 이 세계를 받아들이지 않는 거고, 받아들이는 데 동의할 수

---

11 러시아 수학자 로바쳅스끼(Николай Лобачевский, 1792~1856)는 유클리드 기하학을 부정하여 구면(球面)에서는 평행선이 존재하지 않는다는 새로운 기하학 체계를 만들었다. 도스또옙스끼는 뻬쩨르부르그 공병학교 재학 중에 이 이론을 접했다고 한다.

12 요한의 복음서 1:1 "한처음, 천지가 창조되기 전부터 말씀이 계셨다. 말씀은 하느님과 함께 계셨고 하느님과 똑같은 분이셨다"를 암시한다.

없다는 거야. 단서를 붙여두지. 나는 고통에도 새살이 돋고 아물며, 인간적 모순의 모욕적인 희극성도 가련한 신기루처럼, 원자처럼 무력하고 미미한 유클리드적 인간 지성의 추악한 헛소문처럼 사라지리라는 것을, 그리고 마침내 세계 종말의 때에 영원한 조화가 시작되는 순간 너무도 고귀한 무언가가 일어나 모든 사람의 마음을 사로잡고, 모든 분노를 잠재우고, 사람들의 모든 악행과 흘린 피를 충분히 보상해서 사람들에게 일어난 모든 일을 용서할 수 있을 뿐 아니라 변호할 수 있으리라는 것을 나는 갓난아기처럼 확신해. 모든 게 그렇게 되고, 그런 일이 일어날지도 모르지. 하지만 나는 이걸 수용하지 않을 거고 또 수용하고 싶지 않아! 평행선이 만난다고 하자. 그럼 내 눈으로 그걸 보게 되겠지. 보고는 만났다고 말할 거야. 하지만 그래도 여전히 받아들이지 않겠어. 이게 바로 나의 본질이고, 알료샤, 이게 바로 나의 명제야. 나는 아주 진지하게 이 얘기를 하는 거야. 나는 너와의 이 대화를 일부러 더할 수 없이 어리석게 시작했지만 내 고백에까지 이르렀다. 네게는 이게 필요했으니까. 네게 필요한 건 하느님에 대한 문제가 아니었어. 네가 사랑하는 형이 무엇으로 살아가는지 알고 싶었던 거지. 그래서 이야기한 거다."

이반은 자신의 장광설을 갑자기 어떤 뜻밖의 특별한 감정을 품고 이렇게 끝맺었다.

"그런데 어째서 '더할 수 없이 어리석게' 이야기를 시작한 건가요?" 알료샤가 그를 바라보며 생각에 잠겨 물었다.

"그래, 첫째는 러시아인의 특성 때문이지. 이런 주제에 관한 한 러시아인의 대화는 더할 수 없이 어리석게 진행되잖니. 둘째로, 어리석을수록 문제에 더 가까이 접근할 수 있거든. 어리석을수록 더 분명해지지. 어리석음은 단순하고 교활하지 않지만, 지성은 속이고 숨기지. 지성은 비열하지만, 어리석음은 직설적이고 정직하지. 나는 절망에 이르기까지 파고들었으니 문제를 어리석게 제기하면 그럴수록 내게는 더 유리하지."

"형이 왜 '세상을 받아들이지 않는지' 설명해줄 수 있어요?" 알료샤가 말했다.

"물론, 설명해줄게, 그게 비밀도 아니고 그걸 위해 이제까지 얘기를 끌어온 거니까. 너는 내 동생이고, 너를 타락시켜서 너의 원칙에서 벗어나게 하고 싶지는 않아. 어쩌면 나는 너를 통해 나를 치유하고 싶은 건지도 몰라." 이반은 문득 아주 온순한 어린 소년처럼 미소를 지었다. 알료샤는 그의 얼굴에서 그런 미소를 한번도 본적이 없었다.

4. 반란

"네게 한가지 고백할 게 있어." 이반이 말했다. "나는 가까운 이웃을 어떻게 사랑할 수 있는지 도무지 이해할 수가 없다. 내 생각에 바로 가까운 이웃을 사랑하는 건 불가능, 사랑한다면 멀리 있는 사람이나 할 수 있을까. 전에 어쩌다가 어딘가에서 '친절한 요한'(성인이지)에 대한 이야기를 읽은 적이 있어.[13] 굶주리고 몸이 꽁꽁 언 나그네가 그에게 찾아와 몸을 덥혀달라고 부탁했을 때 그는 나그네와 함께 침대에 누워 그를 안고 끔찍한 병 때문에 썩은

---

13 이반이 이야기하는 에피소드는 프랑스 작가 플로베르(Gustave Flaubert, 1821~80)의 단편 「성인 친절한 쥘리앵에 대한 전설」에서 취한 것이다.

악취가 나는 그의 입에 입김을 불어넣었다고 해. 나는 그 성인이 이런 걸 거짓에서 비롯한 충동에서 했다고, 성인에게 부여된 사랑의 의무 때문에, 자신에게 부과된 종교적 징벌 때문에 했다고 확신해. 사람을 사랑하기 위해서는 사랑의 대상이 몸을 숨겨야 해. 얼굴을 드러내는 즉시 사랑은 사라지지."

"조시마 장상님도 그런 말씀을 여러번 하셨어요." 알료샤가 지적했다. "그분 역시 사람의 얼굴이, 아직 사랑의 경험이 많지 않은 숱한 사람들에게는 사랑하는 데 방해가 된다고 하셨지요. 하지만 인류 안에는 많은 사랑이 있잖아요. 거의 그리스도의 사랑에 가까운 사랑 말이에요. 나도 알고 있어요, 이반형……"

"나는 그런 건 아직 모르겠고 또 이해하고 싶지도 않아. 무수히 많은 사람이 나와 같을걸. 문제는 사람들의 나쁜 성질 때문에 그런 일이 일어나는 건지, 아니면 사람의 본성이 그런 건지 하는 거야. 내 생각에 인간에 대한 그리스도의 사랑은 그 자체로 지구상에서는 불가능한 사랑이야. 사실 그분은 신이었어. 그러나 우리는 신이 아니야. 예를 들어 내가 깊이 고통받는다 해도 다른 사람은 결코 내가 어느 정도까지 고통받는지 알 수 없잖아. 왜냐하면 그는 내가 아닌 타인이니까. 더구나 사람은 타인의 고통을 거의 인정하지 않거든.(마치 무슨 특권처럼 말이야.) 사람은 왜 너의 고통을 인정하지 않을까? 왜냐하면 예컨대 나한테서 나쁜 냄새가 나거나, 내 얼굴이 어리석게 생겼거나, 언젠가 내가 그 사람의 발을 한번 밟았기 때문일 수도 있지. 게다가 고통도 고통 나름이지. 나의 은인은 나를 비참하게 만드는 치욕적인 고통, 예컨대 배고픔은 인정할 수 있지만 더 고상한 고통, 예컨대 사상으로 인한 고통은, 그래, 그건 드문 경우에만 인정하지. 왜냐하면, 예컨대 그 사람은 나를 보고 내 얼굴이 그의 상상 속에서 어떤 사상을 위해 고통받는 자가 가져야 할 얼굴이 아니라는 걸 깨달을 수도 있기 때문이야. 그러면 그 사람은 곧바로 내게 베풀던 선행을 그만둘 텐데, 그건 그가 나쁜 마음을 먹어서도 아니야. 거지들, 특히 고상한 거지들은 절대로 얼굴을 겉으로 드러내서는 안 돼. 신문을 통해 구걸해야 하는 거야. 추상적으로는, 때로 멀리 떨어져 있을 때는 가까운 이웃도 사랑할 수 있어. 하지만 가까이 있을 때는 거의 불가능하지. 만일 모든 것이 발레 무대에서처럼 진행된다면, 그러니까 거지들이 비단 누더기에 찢긴 레이스옷을 걸치고 등장해서 우아하게 춤을 추면서 구걸한다면 그때는 그 거지들의 모습을 즐길 수 있겠지. 하지만 그냥 모습을 즐길 따름이지 어쨌든 사랑하는 건 아니야. 이런 얘기는 그만하자. 나는 네게 내 관점을 보여주려고 한 것뿐이니까. 나는 인류의 고통 전반에 대해 말하고 싶지만, 아이들의 고통 하나에만 집중하는 게 낫겠다. 이것이 내 논증의 범위를 열배는 줄이겠지만 그래도 아이들에 대해서만 말하는 게 낫겠어. 물론 이편이 내게는 더 불리하지. 하지만 첫째, 아이들은 가까이 있더라도 사랑할 수 있잖아, 심지어 지저분하고 못생긴 아이들도.(하지만 아이들이 못생긴 경우는 절대로 없는 것 같아.) 둘째, 내가 어른에 대해 얘기하지 않는 건 어른은 혐오스러워서 사랑받을 자격이 없고, 어른에게 남은 건 천벌뿐이기 때문이야. 그들은 사과를 따먹고 선악을 알게 되어 '하느님처럼'[14] 되었고, 지금도 계속해서 먹고 있지. 하지만 아이들은 아무것도 먹지 않았고 아직 아무 죄도 짓지 않았어. 너는 아이들을 사랑

---

14 창세기 3:5 "그 나무 열매를 따먹기만 하면 너희의 눈이 밝아져서 하느님처럼 선과 악을 알게 될 줄을 하느님이 아시고 그렇게 말하신 것이다"에서 나온 구절이다. 원문에는 '하느님처럼'이 고대 슬라브어 'яко бози'로 표기되어 있다.

하니, 알료샤? 네가 사랑한다는 걸 안다. 그러니 왜 지금 내가 아이들 이야기만 하려는지 이해하겠지. 만일 아이들마저 이 지상에서 끔찍하게 고통받고 있다면 그건 물론 그 아버지들, 사과를 따먹은 아버지들 때문에 벌을 받는 거겠지. 그런데 이런 논증은 다른 세상에 속한 것이라 이 지상에 속한 인간의 마음으로는 이해할 수 없는 거야. 죄 없는 사람이, 더구나 전혀 죄 없는 사람이 다른 사람 때문에 고통을 겪어서는 안 되잖아! 알료샤, 내가 이렇게 말하면 놀랄 테지만, 나 역시 아이들을 끔찍이 사랑한단다. 기억해둬라, 잔인한 인간들, 정욕에 사로잡힌 음탕한 까라마조프들도 때로 아이들을 무척 사랑한다는 것을. 일곱살 무렵까지의 아이는 어른과 아주 다르지. 전혀 다른 본성을 지닌 다른 존재 같아. 나는 감방에 갇혀 있는 강도 한명을 아는데, 그는 밤마다 강도짓을 하러 남의 집에 숨어들어가 가족 전체를 죽이고 아이들도 몇명이나 칼로 찔러 죽인 전력이 있었어. 그런데 그 강도는 감방에서 이상할 정도로 아이들을 사랑했다더군. 감방 창문으로 감옥 마당에서 노는 아이들을 넋을 잃고 바라보기만 했다니까. 어느 어린 소년을 창 밑으로 불러서 그 아이와 굉장히 친해졌다지…… 너는 내가 왜 이런 말을 하는지 모르겠니, 알료샤? 어쩐지 머리가 아프구나. 슬프기도 하고."

"형, 지금 말하는 모습이 이상해요." 알료샤가 걱정스럽게 말했다. "꼭 넋이 나간 것 같아요."

"참, 얼마 전에 어떤 불가리아인이 모스끄바에서 내게 이런 이야기를 해주었다." 이반 표도로비치는 마치 동생의 말을 듣지 못한 것처럼 말을 이었다. "저쪽 불가리아에 사는 터키인들과 체르께스인들은 슬라브족의 집단봉기가 두려워서 도처에서 악행을 저지르고 다닌다는 거야. 여자와 아이를 불태우고 칼로 베고 강간하고, 포로

들의 귀를 벽에 못 박아 아침까지 버려두었다가 아침이 되면 목을 매다는 등 상상도 할 수 없는 짓을 한다는 거지. 사실 인간의 '짐승 같은' 잔혹성이라는 표현을 간혹 쓰지만, 그건 짐승의 입장에서 보면 너무도 부당하고 모욕적인 말이야. 짐승은 결코 인간처럼 그렇게 잔혹할 수 없거든. 그렇게 세련되게, 그렇게 예술적으로 잔혹할 수 없다고. 사자는 그냥 물어뜯고 찢는 것만 할 줄 알아. 사자 머리에 사람의 귀를 밤새도록 벽에 못 박아둘 생각은 떠오를 수 없거든, 설사 할 줄 안다고 해도 말이야. 그런데 터키인들은 단도로 어머니의 배를 가르는 것부터 젖먹이를 공중에 던졌다가 그 어머니가 보는 앞에서 총검으로 받는 짓까지, 아이들을 괴롭히면서 쾌락을 느낀다는 거야. 어머니 앞에서 그런다는 데 쾌감의 핵심이 있는 거지. 그런데 여기서 내 관심을 강하게 끈 장면이 하나 있어. 상상해봐, 떨고 있는 어머니의 품에 안긴 젖먹이와 그 주위를 에워싼 터키인들을 말이야. 여기서 터키인들은 즐거운 장난을 생각해내지. 그들은 젖먹이를 어르고, 아이가 웃도록 우스운 짓을 해서는 마침내 웃기는 데 성공해. 그 순간 터키인은 아이로부터 20센티미터도 안 되는 거리에서 젖먹이 얼굴에 총부리를 겨누는 거야. 어린아이가 방싯거리면서 권총을 붙잡으려고 작은 손을 뻗지. 그 순간 그 예술가는 아이의 얼굴에 방아쇠를 당겨 머리통을 박살내는 거야…… 예술적이잖아, 그렇지 않니? 참, 사람들 말로 터키인들은 단것을 정말 좋아한다던데."

"형, 뭣 때문에 이런 얘기를 하는 거예요?" 알료샤가 물었다.

"나는 만약 악마가 존재하지 않는다면 틀림없이 인간이 그것을 창조했을 거고, 인간 자신의 형상과 모습에 따라 창조했을 거라고 생각해."

"그럼 하느님의 경우도 마찬가지네요."

"『햄릿』의 폴로니어스처럼[15] 너는 말을 뒤집는 솜씨가 놀랍구나." 이반이 웃음을 터뜨렸다. "내 말을 낚아챘지만 괜찮다, 나는 기분이 좋아. 인간이 자신의 형상과 모습대로 하느님을 창조했다면 너의 하느님은 훌륭하시겠지. 너는 지금 내게 왜 이런 얘기를 하느냐고 물었지. 실은 나는 사건들의 애호가이자 수집가여서 신문과 소문 같은 데서 닥치는 대로 일화들을 수집해서 기록해둬. 벌써 훌륭한 수집물이 마련되었어. 물론 터키인 이야기도 그 수집물에 포함되어 있어. 하지만 그들은 어쨌든 외국인들이잖아. 나한테는 우리나라 사람 이야기도 있는데, 터키인 얘기보다 훨씬 훌륭하기까지 해. 알겠지만 우리나라는 주먹다짐, 회초리, 채찍이 훨씬 더 많아. 이건 민족적 특성이지. 우리나라에서는 귀를 못 박아두는 건 생각할 수 없어. 우리는 어쨌든 유럽인이니까. 하지만 회초리와 채찍이라면 우리 것이 돼버려서 우리에게서 앗아갈 수 없는 것들이지. 외국에서는 현재 매질이 완전히 사라진 것 같아. 풍습이 정화되었든가, 아니면 사람이 사람을 매질할 수 없다는 법령이 제정되었든가 등등 때문이지. 하지만 유럽인들은 우리와 마찬가지로 민족적인 다른 방식으로 보완하고 있는데, 어느 정도로 민족적이냐 하면 우리나라에서는 그런 게 불가능하게 여겨질 정도거든. 우리나라에도 우리 상류사회 종교운동의 여파로 그게 확산되고 있는 것 같긴 하다만. 나한테 프랑스어판을 번역한 멋진 소책자가 하나 있는데, 얼마 전, 오년쯤 전에 제네바에서 스물세살의 사악한 살인마 리샤르라는 청년을 처형한 얘기를 담고 있어. 그 청년은 단두대에

---

15 셰익스피어의 『햄릿』 1막 3장에서 폴로니어스가 오필리아에게 한 말을 염두에 둔 것이다.

오르기 전에 회개하고 그리스도교로 개종했대. 이 리샤르는 누군가의 사생아였는데, 여섯살이 되었을 때 부모가 스위스의 어느 산에 사는 목동들에게 선물했다지. 목동들은 일을 시키려고 그애를 키웠어. 아이는 목동들 틈에서 들짐승처럼 자랐어. 목동들은 아이에게 아무것도 가르치지 않았어. 오히려 일곱살이 되자 거의 먹을 것도 입을 것도 주지 않고 추위와 진창 속으로 양을 치라고 내몰았지. 물론 이런 짓을 하면서도 목동들 중 어느 누구도 깊이 생각하거나 회개한 사람은 없었고 오히려 자신들에게는 그럴 권리가 충분하다고 생각했어. 왜냐! 리샤르는 물건처럼 선물로 받은 거니까 아이를 먹여야 할 필요조차 못 느꼈던 거지. 리샤르는 그렇게 생활하는 동안 복음서의 탕아처럼 팔려갈 돼지들에게 주는 사료라도 실컷 먹고 싶었다고 증언하고 있어. 그렇지만 아이에게는 그것마저 주어지지 않았고 돼지 사료를 훔쳐먹으면 그들은 아이를 때리기까지 했어. 그렇게 리샤르는 어린 시절과 청소년기를 보냈고 힘이 생기자 스스로 도둑질을 하러 떠났지. 이 짐승 같은 녀석은 제네바에서 날품팔이로 돈을 벌기 시작해서 번 돈으로 술을 마시며 쓰레기처럼 살다가 어떤 노인을 죽이고 강도질을 하는 것으로 끝나고 말았어. 리샤르는 체포되어 재판에 넘겨졌고 사형을 선고받았지. 이런 경우에는 감상적인 친절을 베풀지 않으니까. 그런데 감방에 갇히자마자 삽시간에 목사들과 여러 그리스도교 형제단의 회원들, 자선단체의 귀부인들이 이 청년을 둘러싼 거야. 그들은 감방에서 리샤르에게 읽고 쓰기를 가르치고 복음서를 해석해주고 훈계하고 설득하고 압박하고 쑤시고 짓눌렀지. 그래서 마침내 리샤르 자신이 엄숙하게 범죄를 저질렀다는 것을 인정하게 되었어. 리샤르는 개종해서 직접 법정에 자신은 짐승이지만 마침내 하느님이 자기 눈을 뜨게 해주셔서 은혜를 받을 자격을 얻게 되었다고 편지를 썼어. 제네바의 모든 사람이 흥분했지. 제네바 전체가 자비심과 경건함에 휩싸였어. 교양 있는 상류사회 사람들이 죄다 감방에 있는 리샤르에게 달려들어 입을 맞추고 그를 안아주었어. '자네는 우리 형제야. 자네에게 은혜가 임했군!' 그런데 리샤르 자신은 감격해서 울기만 하는 거야. '네, 은혜를 받았습니다! 예전에, 어린 시절과 청소년기에 저는 돼지 사료에도 기뻐했는데, 이제는 제게 은혜가 임해 주님 안에서 죽습니다!' '그래그래, 리샤르, 주님 안에서 죽게. 남의 피를 흘렸으니 주님 안에서 죽어야 하네. 자네가 돼지 사료를 탐냈을 때, 그리고 돼지 사료를 훔쳤다고 매를 맞았을 때는 주님을 전혀 몰랐으니 죄가 없다고 할 수 있어.(하지만 자네는 큰 잘못을 한 거야. 훔치는 건 용납될 수 없거든.) 하지만 자네는 남의 피를 흘리게 했으니 죽어 마땅하네.' 그런 식으로 마지막날이 도래했어. 기력이 다한 리샤르는 울면서 매순간 한가지 말만 되풀이해서 중얼거렸지. '이건 내 생애 최고의 날이다, 나는 하느님께로 간다!' '그렇다네,' 목사, 판사, 자선을 베푸는 귀부인 들이 외쳤어. '이건 자네 생애에 최고로 행복한 날이야. 자네는 주님께로 가니까!' 모두가 마차를 타거나 혹은 걸어서 리샤르를 태운 마차의 치욕스런 바퀴를 뒤따라 단두대를 향해 갔어. 마침내 단두대에 이르렀지. '죽게나, 내 형제여.' 사람들은 리샤르에게 소리쳤어. '자네에게 은혜가 임했으니 주님 안에서 죽게나!' 그러고는 형제들의 입맞춤에 뒤덮인 리샤르를 데려가 단두대에 눕혔고, 그에게 은혜가 임했으니 참으로 형제답게 그의 머리를 댕강 잘라버렸지. 아니, 이건 그들에게 특징적인 거야. 이 소책자는 러시아 상류사회의 루터파 자선가들이 러시아어로 번역해서 러시아 민족을 계몽하기 위해 신문과 다른 출판물들을 통해 무료로 배포한 거야. 리샤르 사건은 민족성을 보여준다는 점에서 훌륭하지. 형제가 되었고 그에게 은혜가 임했다고 해서 형제의 머리를 베는 건 우리나라에서는 어처구니없지. 하지만 거듭 말하는데, 우리나라에는 우리나라 방식이 있고 그보다 덜하지 않아. 우리나라에서는 매질로 학대하는 방식을 역사적으로 가장 가까이에서, 직접적으로 즐겨왔지. 네끄라소프의 시에는 농민이 말의 눈을, 그 '온순한 눈을' 채찍으로 때리는 장면이 있어.[16] 그런 장면을 누군들 보지 않았을까. 이건 러시아적 특성이야. 네끄라소프는 허약하고 작은 말 한마리가 등에 짐을 잔뜩 실은 채 수레에 매여 그것을 끌지 못하는 장면을 묘사하고 있어. 농민은 말을 때리지. 분기탱천해서 때리고 또 때려서 마침내는 무슨 짓을 하고 있는지도 모르는 채 때리는 데 취해서 수도 없이 호되게 채찍질을 하는 거야. '네가 힘이 없어도 끌어. 죽어도 끌라니까!' 여윈 말은 발버둥치지만 농민은 무방비 상태의 말을, 눈물짓고 있는 그 '온순한 눈'을 때리는 거야. 정신이 나간 말은 급히 짐을 끌고 돌진하려 해보지만 온몸을 떨며 숨도 쉬지 못한 채 펄쩍거리며 부자연스럽고 치욕스럽게 비틀대기만 하지. 네끄라소프의 시에 묘사된 이 장면은 끔찍해. 하지만 그래봐야 이건 말에 불과해. 말이야 하느님 자신이 때리라고 주신 거지. 따따르인이 우리에게 이렇게 가르치면서 기념으로 채찍도 선물해주었어. 하지만 사람도 그렇게 때릴 수 있는 법이야. 아주 지적이고 교육을 많이 받은 어느 신사와 그 부인이 그들의 일곱살 난 딸을 회초리로 때린 일이 있어.[17] 이 이야기를 나는 자세히 기록해두었지. 그 아빠는 회초리

16 네끄라소프의 시 「땅거미가 지기 전에」를 말한다.
17 С. Л. 끄로네베르그 사건을 가리킨다. 1876년 『작가 일기』에서 도스또옙스끼는

에 옹이가 있다고 기뻐했어. '더 아프겠군'이라면서 말이야. 그러
고서 친딸에게 매를 '퍼붓기' 시작했어. 내가 알기로, 한번 때릴 때
마다 이루 말할 수 없는 황홀경을, 말 그대로 황홀경을 느끼고 그
것이 때릴 때마다 고조되어 점점 더 세게, 더 가혹하게 때리는 사
람들이 있어. 일분을 때리다가 마침내는 오분을, 십분을, 그렇게 더
많이, 더 자주, 더 아프게 때리는 거지. 아이는 비명을 지르다가 끝
내 소리도 지를 수 없어서 '아빠, 아빠, 아빠, 아빠!' 부르며 헐떡거
리지. 그런데 이 사건은 어떤 지독하게 점잖지 못한 일로 재판까지
가게 돼. 변호사가 고용되지. 러시아 민중은 벌써 오래전부터 우리
나라 변호사에 대해 '대변인은 고용된 양심'이라고 말해왔지. 변호
사는 자신의 고객을 변호하기 위해 고함을 쳐댔어. '이 사건은 지
극히 단순하고 평범한 가정사에 불과함에도 아버지가 딸을 때렸
다고 재판에 넘기다니, 이는 우리 시대의 수치입니다!' 하면서 말
이야. 설득당한 배심원들은 휴정했다가 무죄 판결을 내렸지. 방청
객들은 가해자가 무죄 판결을 받았다고 행복에 겨워 환호성을 질
렀어. 허, 참, 내가 거기 없었으니 망정이지 있었으면 학대자의 이
름으로 장학재단을 설립하라고 소리쳤을 거야! 멋진 장면이지. 하
지만 아이들에 관한 거라면 내 기록에 더 훌륭한 사례도 있어. 나
는 러시아 아이들에 관한 이야기를 많이, 아주 많이 수집했단다,
알료샤. 다섯살짜리 어린 여자아이를 '존경받고 교양 있고 교육받
은' 부모가 증오한 한 일도 있어.[18] 알겠니, 내가 다시 한번 확언하
는데, 인류의 많은 사람이 지닌 특성 가운데는 어린아이, 오직 어린

이 사건을 언급하고 있다.
18 다섯살짜리 딸을 학대한 죄로 1879년에 기소당한 예브게니와 알렉산드라 브룬
스뜨 부부 사건을 가리킨다.

아이만 학대하기를 즐기는 성향이 있어. 이들 학대자는 교양 있고 박애적인 유럽인처럼 인류의 다른 사람들은 호의를 가지고 친절하게 대하면서도 유아학대를 무척이나 즐기고, 심지어 그런 의미에서 아이들을 굉장히 좋아하지. 이 피조물의 무방비 상태가 바로 학대자를 유혹하는 거야. 아무데도 피할 데 없고 도움을 청할 사람도 없는 아이들의 천사 같은 신뢰, 바로 이게 학대자의 추악한 피를 끓게 만들지. 물론 모든 사람 안에는 짐승이 숨어 있어. 분노의 짐승, 학대받는 희생자의 비명 소리에 몸이 달아오르는 음욕의 짐승, 고삐가 풀려 날뛰는 짐승, 타락으로 인해 생긴 통풍과 간질환을 앓는 짐승 등등이 숨어 있지. 이 교양 있는 부모는 가련한 다섯살짜리 여자아이를 온갖 방법으로 학대했어. 자신들도 무엇 때문에 그러는지 모르는 채 아이를 온몸에 멍이 들도록 때리고 매질하고 발로 밟았어. 그러다가 마침내는 고도로 섬세한 기교까지 부리게 되었지. 엄동설한의 추위에 아이를 밤새도록 바깥에 있는 화장실에 가둔 거야. 아이가 밤에 대소변을 가리지 못한다는 게 이유였는데(마치 천사처럼 깊은 잠에 든 다섯살짜리 아이라면 그 또래는 반드시 대소변을 가릴 줄 알아야 한다는 듯이 말이야), 아이 얼굴에 온통 대변을 바르고 그것을 먹게 강요하기도 했지. 그런 짓을 한 게 엄마야, 엄마가 강요한 거라고! 그러고도 그 엄마는 밤새 어린아이가 그 추잡한 곳에 갇혀 신음하는 소리가 들리는데도 잠을 잘 수 있었던 거야! 자기한테 무슨 일이 벌어지고 있는 건지조차 아직 이해하지 못하는 어린아이가 더러운 화장실의 춥고 어두운 구석에서 그 조그만 손으로 찢긴 가슴을 치며 아무 악의도 품지 못하고 온순한 피눈물을 흘리며 '하느님 아버지께' 자기를 보호해달라고 우는 모습을, 너는 이해할 수 있겠니? 그 한숨을 이해할 수 있겠니? 나의 친구, 내 동생, 하느님의 온유한 수도자야, 너는 그 신음이 대체 왜 필요하고 왜 이런 이야기가 창조되어야 했는지 이해할 수 있겠니! 사람들은 말하지, 그 신음이 없이는 인간이 이 지구상에 존재할 수 없다고, 왜냐하면 인간이 선악을 판별할 수 없을 테니까! 하지만 이런 대가를 치러야 하는데 그 악마 같은 선악은 왜 인식해야 하는 거냐? 정말이지, 인식의 전세계도 '하느님'을 향해 우는 어린아이의 눈물만 한 가치는 없단 말이다. 나는 어른의 고통에 대해서는 말하지 않겠다. 그들은 사과를 따먹었어, 그러니 악마한테나 잡혀가라지. 모조리 잡아가도 돼. 하지만 아이들, 아이들은! 내가 너를 괴롭히고 있구나, 알료시카, 마음이 몹시 불편한 것 같다. 원한다면 그만하자."

"괜찮아요, 나 역시 고통받고 싶었어요." 알료샤가 중얼거렸다.

"하나만, 한 장면만 더 보자, 그저 호기심으로. 이건 아주 특색 있는 얘기야. 무엇보다 이걸 나는 이제 막 우리 고사 모음집에서 읽었는데, 『고문서』였는지 『고사집』이었는지는 찾아봐야겠다. 어디서 읽었는지 잊어버렸네. 그건 아직 19세기 초, 농노제가 엄혹하던 암울한 시기의 일이야. 민중의 해방자여,[19] 만세! 당시 세기 초에 어떤 장군이 있었어. 인맥도 넓고 아주 부유한 지주인 장군인데, 은퇴해 살면서는 자기 하인들의 삶과 죽음을 관장할 권리를 갖게 되었다고 거의 확신하는 부류의 사람이었어. 당시에는 그런 사람들이 드물게 있었지. 이 장군은 농노가 이천명이나 있는 영지에서 거드름을 피우고 살면서 이웃의 소지주들을 자기 식객이나 광대처럼 멸시했지. 이 장군에게는 수백채의 개집에 수백마리 사냥개가 있었

---

19 1861년 농노해방을 단행한 알렉산드르 2세(재위 1855~81)을 가리킨다.

고 백명에 가까운 사냥개지기들은 모두 제복을 입고 말을 타고 다녔어. 그런데 어느 농노의 겨우 여덟살밖에 되지 않은 어린 자식이 놀다가 돌을 던져서 장군이 아끼는 사냥개의 다리를 부러뜨리고 말았지. '내가 사랑하는 개가 어째서 다리를 절고 있나?' 곧바로 저 소년이 개한테 돌을 던져 다리를 부러뜨렸다는 보고가 들어갔지. '바로 네 녀석이구나.' 장군은 소년을 돌아보았어. '이 녀석을 잡아와!' 아이를 붙들어 엄마의 품에서 빼앗아와서는 밤새도록 구류간에 가둬두었고, 아침이 되자 장군은 말에 올라 사냥 행렬에 나섰어. 장군의 주위로는 식객과 사냥개, 사냥개지기, 몰이꾼 들이 모두 말을 타고 늘어서 있었어. 그 주변으로는 본때를 보이려고 하인들을 불러모았고 하인들 맨 앞에는 잘못을 저지른 아이의 어머니를 세워두었어. 구류간에서 소년을 데리고 나왔지. 사냥하기에 더없이 좋은 음울하고 춥고 안개 낀 가을날이었어. 장군은 소년의 옷을 벗기라고 명했고, 소년은 완전히 발가벗겨져 온몸을 부들부들 떨며 두려움에 거의 정신이 나갈 지경이었지만 찍 소리 한번 내지 못했지…… 저 녀석을 쫓아라!' 장군이 명했어. '뛰어라, 뛰어!' 사냥개 지기들이 소리치자 소년이 뛰기 시작했어…… '저걸 잡아!' 장군이 소리치며 보르조이종 사냥개들을 모조리 풀어 아이에게 덤벼들게 했어. 개들은 어머니가 보는 앞에서 아이를 물어죽이고 갈가리 찢어놓았지! 아마도 장군을 재판에 넘긴 것 같긴 해. 자…… 이자를 어떻게 하면 좋을까? 총살해야 할까? 도덕감을 만족시키기 위해 총살해야 할까? 말해봐, 알료시카!"

"총살해야죠!" 알료샤가 묘하게 일그러진 창백한 미소를 띠고 형에게로 눈을 들어 말했다.

"브라보!" 이반이 환희에 넘쳐 소리쳤다. "네가 그런 말을 했다는 건, 그건…… 하, 너는 계율수도사[20]잖아! 그런 네 가슴속에도 어떤 작은 악마가 숨어 있다는 거냐, 알료시까 까라마조프!"

"내가 터무니없는 소리를 했네요. 하지만……"

"'하지만'이라는 말에 중요한 게 있는 거야……" 이반이 소리쳤다. "수련수사야, 지구상에는 정말로 그 터무니없는 소리가 필요하다는 걸 알아둬라. 세상은 터무니없는 소리 위에 서 있고, 그것 없이는 세상에 아무 일도 일어나지 않을지 몰라. 우리는 우리가 아는 것만 알잖아!"

"형은 무엇을 알고 있는데요?"

"나는 아무것도 이해하지 못해." 이반은 마치 헛소리를 하듯 말을 이었다. "그리고 지금은 이해하고 싶지도 않아. 나는 사실에만 집중하고 싶어. 오래전부터 이해하지 않기로 결심했거든. 만일 내가 뭔가를 이해하고 싶어하면 그 즉시 사실을 배반하게 될 거야. 따라서 사실에만 집중하기로 한 거야……"

"왜 나를 시험하는 건가요?" 알료샤가 감정이 북받친 듯 슬픈 목소리로 소리쳤다. "이제 말해줄 거예요?"

"물론 말해주지, 그러려고 여기까지 얘기를 끌고 왔으니까. 너는 내게 소중해. 나는 너를 놓치지 않을 거야. 너의 조시마에게 양보하지 않을 거야."

이반은 잠시 침묵했고 그의 얼굴은 다시 아주 슬퍼졌다.

"내 얘기를 들어봐. 나는 문제를 더 분명하게 보여주려고 아이들만 예로 들었어. 지표부터 중심부까지 적시고 있는 인류의 나머지 눈물에 대해서는 한마디도 하지 않고 일부러 내 주제를 축소한 거

---

20 러시아정교회의 수도사 서원에는 몇가지 단계가 있다. 계율수도사는 은거하며 고행하면서 수도사제보다 더 엄격한 금욕생활을 하는 높은 단계의 수도사이다.

야. 나는 빈대 같은 인간이라 이 모든 게 무엇을 위해 이렇게 만들어졌는지 전혀 이해할 수 없다는 걸 겸손히 인정할게. 그러니까 인간 자신의 탓이지. 천국이 주어졌는데도 자유를 원해서 불행해질 걸 알면서도 하늘에서 불을 훔쳤으니까, 그들을 불쌍히 여길 건 없어. 오, 내 생각으로, 내 이 가련한 지상의 유클리드적 지성으로 아는 것은 다만 고통은 있지만 죄인은 없고, 한가지 일은 다른 일로 직접적으로 연결되며 모든 것은 흐르고 흘러서 균형을 이룬다는 거야. 하지만 이건 그저 유클리드적인 헛소리에 불과해. 나는 그것도 알기 때문에 그 헛소리대로 사는 데 동의할 수 없는 거야! 죄인이 없다는데, 내가 그걸 알아서 어쩌라고! 내게는 복수가 필요해. 그게 안 되면 나 자신을 없애버릴 거야. 영원 어딘가에서 언젠가 성취될 복수가 아니라, 바로 지금 이 땅에서 내가 볼 수 있는 복수가 필요해. 나는 그렇게 믿어왔으니 내 눈으로 확인하고 싶어. 만일 그때 이미 내가 죽었다면 나를 부활시켜야 할걸. 왜냐하면 나 없이 모든 일이 일어난다면 너무 치욕스러울 테니까. 내가 고통당한 것은 누군가가 미래의 조화를 누리도록 나 자신의 악행과 고난으로 밑거름이 되기 위해서가 아니야. 나는 사슴이 사자 옆에 눕는 장면을, 목이 잘린 자가 일어나 그를 죽인 자와 포옹하는 장면을 내 눈으로 보고 싶어.[21] 나는 이 모든 일이 무엇 때문이었는지 모두가 문득 알게 될 때 바로 그 자리에 있고 싶어. 지상의 모든 종교가 그런 소망 위에 세워졌고 나는 그것을 믿어. 하지만 아이들은, 바로 그때에도 아이들은 어떻게 해야 할까? 이것이 내가 해결할 수 없는

---

21 이사야 11:6 "늑대가 새끼 양과 어울리고 표범이 숫염소와 함께 뒹굴며 새끼 사자와 송아지가 함께 풀을 뜯으리니 어린아이가 그들을 몰고 다니리라"를 연상시키는 구절이다.

문제야. 백번이나 반복하는데, 문제는 수없이 많지만 아이들만 예로 든 것은 거기에 내가 말하고 싶은 것이 반박할 수 없이 분명하게 드러나 있기 때문이야. 들어봐, 만일 고난을 대가로 영원한 조화를 사기 위해 모두가 고난을 당해야 한다면, 설사 그렇다 치더라도 왜 하필 아이들이지? 말해봐, 제발. 나는 어째서 아이들이 고난을 당해야 하는지, 어째서 아이들의 고난으로 조화를 사야만 하는지 전혀 이해할 수 없어. 무엇을 위해 아이들 역시 물질로 전락해서 누군가의 미래의 조화를 위해 밑거름으로 스스로를 바쳐야 하는 거지? 죄 안에서 사람들이 연대되어 있다는 것을 나는 이해해. 복수 안에서도 연대되어 있지. 하지만 아이들은 죄에 연대되어 있지 않잖아. 만일 아이들도 아비들과 함께 아비들의 모든 악행에 연대되어 있는 것이 진실이라면, 물론 이 진실은 이 세상에 속한 것이 아니라서 나는 이해하지 못하겠어. 어떤 광대는 아무튼 아이도 자라면 죄를 지을 거라고 말하겠지. 하지만 그 아이는 아직 자라지 않았잖아. 개들이 여덟살짜리 꼬마를 찢어죽였다고. 오, 알료샤, 나는 신을 모독하려는 게 아니야! 나는 하늘과 땅 위의 모든 것이 찬양의 한목소리로 합쳐지고 모든 살아 있는 존재와 살았던 존재가 '주여, 당신의 길이 열렸으니 당신이 옳았나이다!'라고 외칠 때 일어날 우주의 진동이 어떨지 알고 있어. 그 어머니가 사냥개를 풀어 아들을 찢어 죽인 박해자를 포옹할 때, 세 사람이 모두 눈물을 흘리며 '주여, 당신이 옳았나이다!' 하고 외칠 때, 물론 그때 인식의 면류관이 도래하고 모든 것이 해명되겠지. 하지만 바로 여기에 난관이 있는 거야, 나는 그것을 받아들일 수 없어. 지상에 있는 동안 나는 서둘러 내 나름의 방법을 취할 거야. 알겠니, 알료샤, 나 자신이 그때까지 살아서 그 장면을 보거나, 그것을 보기 위해 부활해서 자기 아이의 박해자와 포옹한 어머니를 보며 모두와 함께 '당신이 옳았나이다, 주여!'라고 외칠 수도 있겠지. 하지만 나는 그때에도 그렇게 외치고 싶지 않아. 아직 시간이 있으니까 서둘러 나를 지키고 싶어. 따라서 나는 최고의 조화를 전적으로 거부한다. 그 조화는 작은 손으로 제 가슴을 치며 악취 나는 화장실에서 보상받을 길 없는 눈물로 '하느님 아버지께' 기도한 학대당한 어린아이 한 명의 눈물만 한 가치도 없어! 그 눈물이 보상받지 못한 채 남겨졌기 때문에 가치가 없는 거야. 그 눈물은 보상받아야만 해. 그렇지 않다면 조화라는 건 불가능하지. 그렇지만 무엇으로, 너는 무엇으로 그걸 보상할 거니? 보상이 가능하기는 할까? 미래에 이루어질 복수로 보상하겠다는 건 아니겠지? 하지만 저들은 이미 고통을 당했는데 복수가 무슨 소용이고, 박해자들을 위한 지옥이 무슨 소용이겠니? 지옥이 무얼 고칠 수 있겠어? 그리고 지옥이 있다면 조화는 무슨 조화란 말이냐? 나는 용서하고, 포옹하고 싶어. 나는 더이상 사람들이 고통당하는 것을 원치 않아. 만일 아이들의 고통이 진리를 사기 위해 필요한 고통의 값을 보충하기 위한 거라면, 미리 단언하는데 진리 전체라도 그만한 가치는 없어. 궁극적으로 나는 어머니가 자기 아들을 사냥개에 물려 죽게 한 박해자와 포옹하는 것을 원치 않아! 그 어머니는 감히 그자를 용서할 수 없어! 만일 용서하고 싶다면 자기가 당한 것에만, 어머니로서 겪은 한량없는 고통에 한해서만 박해자를 용서하라고 해. 그러나 갈가리 찢긴 소년의 고통에 대해서는 그 어머니에게 용서할 권리가 없어. 소년 자신이 그자를 용서한다고 치더라도, 그 어머니가 감히 박해자를 용서할 순 없는 거야! 그런데 만일 그렇다면, 만일 감히 용서할 수 없다면, 조화는 어디 있는 거지? 이 세상을 통틀어 용서할 수 있고 그럴 권리를 가질 만한 존재가 있기는 할까? 나는 조화를 원치 않아. 인류를 사랑하기 때문에 원치 않아. 나는 차라리 복수를 맛보지 못한 고통들과 함께 남을 거야. 설사 내가 **틀렸다** 해도, 나는 차라리 복수를 맛보지 못한 내 고통과 해소되지 않은 내 분노를 품은 채 남겠어. 조화에 매긴 값이 너무 비싸서 내 주머니 사정으로는 그 입장료가 감당이 안 되거든. 그러니 나는 그 입장권을 얼른 반납하겠어. 더구나 내가 정직한 사람이라면 가능한 한 빨리 반납해야지. 나는 그걸 실행하는 중이야. 나는 하느님을 받아들이지 않는 게 아니야, 알료샤. 나는 다만 입장권을 하느님께 가장 정중히 반납하는 것뿐이야."

"그건 반란이에요." 알료샤가 조용히 고개를 떨군 채 말했다.

"반란이라고? 너한테서 그런 말을 기대한 건 아니었다." 이반이 진지하게 말했다. "반란을 일으키며 살아갈 수 있을지는 모르겠다만, 나는 살고 싶다. 내게 똑바로 말해다오, 네게 도전하니 대답해봐. 네가 궁극적으로는 사람들을 행복하게 만들고 평화와 평강을 가져다줄 목적으로 인류의 운명의 건물을 세우게 된다면, 그런데 이를 위해 겨우 단 한명이라도 미약한 존재, 작은 주먹으로 제 가슴을 친 바로 그 아이 같은 존재를 불가피하게 괴롭혀야 하고 그 아이의 갚아줄 수 없는 눈물 위에 그 건물을 세워야 한다면, 너는 그런 조건하에 건축가가 되는 데 동의할 수 있겠니? 말해봐, 거짓 없이 솔직하게!"

"아니, 동의하지 않을 거예요." 알료샤가 조용히 말했다.

"네가 세운 건물에 살 사람들이 직접 학대받은 아이의 갚을 길 없는 피를 대가로 자신들의 행복을 수용하고 그래서 영원히 행복해지는 데 동의한다면, 이런 생각을 너는 용납할 수 있겠니?"

"아니, 용납할 수 없어요. 그런데 형," 알료샤가 갑자기 눈을 반짝이며 말했다. "형은 방금 말했어요, 용서할 수 있고, 용서할 권리가 있는 존재가 세상에 존재하느냐고요. 하지만 그런 존재는 있어요. 그분은 모든 것을 용서하시고, 모든 남자와 여자를 모든 것에 대해 용서하실 수 있어요. 왜냐하면 그분 자신이 모든 이와 모든 것을 위해 자신의 죄 없는 피를 내주셨으니까요. 형은 그분에 대해 잊었지만, 그분 위에 건물이 세워지고 있어요. '당신이 옳았나이다, 주여, 당신의 길이 열렸나이다!'라는 말은 그분께 바치는 거예요."

"아, '유일하게 죄 없는' 이와 그의 피! 아니, 나는 그에 대해 잊지 않았고 오히려 네가 한참 동안 그를 내세우지 않아 내내 놀라고 있었어. 논쟁하다보면 으레 너희 같은 사람들은 모두 맨 먼저 그를 내세우잖니. 그런데 알료샤, 비웃지 마라. 내가 일년쯤 전에 언젠가 서사시를 지었단다. 나를 위해 십분쯤 더 시간을 내줄 수 있다면 그 얘기를 해주고 싶은데, 어떠냐?"

"형이 서사시를 썼다고요?"

"어, 아니야, 쓰진 않았어." 이반이 웃음을 터뜨렸다. "살면서 시라고는 두줄도 짓지 않았어. 하지만 나는 그 서사시를 구상하고 기억해두었지. 열정적으로 지었어. 너는 내 첫번째 독자, 아니, 청자聽者인 셈이지. 사실 작가라면 단 한명의 청자라도 잃을 수 있겠니?" 이반이 빙그레 웃었다. "들려줄까, 말까?"

"정말 듣고 싶어요." 알료샤가 말했다.

"내 서사시의 제목은 '대심문관'이야. 허황한 내용이지만 네게 들려주고 싶구나."

5. 대심문관

"자, 여기서도 서론이 없으면 안 되겠지. 그러니까 문학적 서론 말이야, 쳇!" 이반이 웃음을 터뜨렸다. "내가 무슨 작가라고! 들어 봐, 내 작품의 사건 배경은 16세기인데, 그때가 어땠는지는 너도 학교에서 배워서 알고 있겠지. 당시는 마침 시적 작품에서 천상의 힘을 지상으로 끌어내리는 게 유행이었어. 단떼 얘기를 하는 게 아니야. 프랑스에서는 법원 서기들이, 그리고 수도원마다의 수도사들 역시 성모마리아와 천사, 성인들, 그리스도와 하느님 자신까지 무대에 세워 공연들을 올렸지. 당시에는 이 모든 게 아주 소박했어. 빅또르 위고의 『빠리의 노트르담』에는, 루이 11세 때 프랑스 왕세자의 탄생을 기념해 빠리 시청 홀에서 '성스럽고 더없이 인자하신 성모마리아의 자비로운 심판'(Le bon jugement de la trés sainte et gracieuse Vierge Marie)이라는 제목의 교훈극을 무료로 상연했는데 거기서 성모마리아가 등장해 직접 '자비로운 판결'(bon jugement)을 내리는 장면이 나와. 우리 모스끄바에서도 뾰뜨르 1세 이전 시대에 그것과 거의 비슷한 연극들, 특히 구약에서 이야기를 딴 연극들이 가끔씩 무대에 올랐지. 하지만 연극 공연 외에도 당시에는 많은 '소설'과 '시'가 온 세상을 떠돌아다녔는데, 거기서는 필요에 따라 성인과 천사, 천상의 온갖 힘이 등장했지. 언제부턴가 하면 따따르의 지배를 받았을 때부터로, 우리나라의 수도원마다 그런 서사시들을 번역하거나 필사했고 나아가서 창작하기도 했지. 한 예로 어느 수도원에서 만들어진 소서사시(물론 그리스어에서 번역한 거야) 「성모마리아 고뇌 속으로 가다」[22]는 그 장면의 대담성과 생생함에서 단떼의 작품 못지않아. 성모마리아가 지옥을 방문하는데, 성모마리아를 '고뇌 속'으로 인도하는 것은 대천사장 미카엘이야. 성모마리아는 죄인들과 그들의 고통을 보지. 그런데 불타는 호수 속에 아주 흥미로운 죄인들 무리가 있는 거야. 어떤 죄인들은 '하느님도 이미 그들을 잊었을 만큼' 그 호수에 너무 깊이 빠져서 더이상 떠오를 수조차 없는 상태야. 이런 표현은 정말로 극도로 깊이 있고 강렬하지. 충격을 받은 성모마리아는 하느님의 보좌 앞에 엎드려 울면서 지옥에 있는 모든 이, 자신이 본 모든 사람을 차별 없이 용서해주십사고 간구해. 성모마리아가 하느님과 나누는 대화가 무척이나 흥미롭지. 성모마리아는 계속 애원하며 자리를 뜨지 않아. 하느님이 성모에게 아들의 못 박힌 손과 발을 가리키며 내 아들을 괴롭힌 자들을 어떻게 용서하겠느냐고 물으시자, 성모는 모든 성인과 모든 순교자, 천사, 대천사장에게 함께 엎드려 차별 없이 모든 이에게 자비를 베풀어주실 것을 간구하라고 명하지. 마침내 성모는 하느님에게서 매년 부활절 전주 금요일부터 성령강림절 첫날까지 모두의 고통을 멈추게 해주시겠다는 허락을 받아내. 그러자 지옥에서 죄인들이 주님께 감사하며 '당신의 심판이 옳았나이다, 주님' 하고 외치는 거야. 자, 내 서사시도 그 시대에 나타났다면 이런 종류였을 거야. 내 작품에도 그가 무대에 등장하지. 사실 그는 서사시 속에서 아무 말도 하지 않아. 다만 나타났다가 사라질 뿐이야. 그가 자신의 왕국이 도래할 거라고 언약하고 간 지 열다섯세기가 지났어. 그의 선지자가 '내가 곧 가겠다'[23]라고 쓴 이래 열다섯세기

---

22 Хождение богородицы по мукам. 비잔틴 시대에 만들어져서 고대 루시 시대에 유행했던 이야기 중 하나다.
23 요한의 묵시록 3:11, 22:7, 12:20.

가 지난 거야. '그러나 그 날과 그 시간은 아무도 모른다. 하늘의 천사들도 모르고 아들도 모르고 오직 아버지만이 아신다.'[24] 그는 이 땅에 있는 동안 이렇게 말씀하셨지. 하지만 인류는 예전의 믿음과 감격을 그대로 간직한 채 그를 기다렸어. 오, 오히려 더 큰 믿음으로 기다려왔는데, 하늘에서 인간에게 내린 보증이 끊어진 지 벌써 열다섯세기가 지났기 때문이지.

마음이 말하는 바를 믿으라,
하늘의 보증이 없을지라도.[25]

오직 마음이 말하는 바를 믿을 뿐이었지! 사실 당시에는 기적도 많이 일어났어. 기적적인 치유를 일으키는 성인도 있었지. 그들의 전기에 따르면 어떤 의인에게는 천상의 여제가 친히 내려오기도 했다는군. 하지만 악마도 졸고 있지는 않았어. 인류에게는 이미 이들 기적이 진실한지 의심이 일기 시작했으니까. 때마침 당시 독일 북부에서 무서운 새 이단이 나타났어.[26] '횃불(즉 교회)처럼' 큰 별이 '샘물에 떨어지니 그 물들이 쓴 물이 되었지.'[27] 이 이단은 신을 모독하듯 기적을 부정했어. 하지만 그럴수록 나머지 신실한 자들은 더 열렬히 믿었지. 인류의 눈물은 예전처럼 그에게로 올라가고,

---

24 마테오의 복음서 24:36, 마르코의 복음서 13:32.
25 주꼽스끼가 번역한 실러의 시 「동경」의 한구절이다.
26 종교개혁을 일컫는다.
27 요한의 묵시록 8:10-11 "그러자 하늘로부터 큰 별 하나가 횃불처럼 타면서 떨어져 모든 강의 삼분의 일과 샘물들을 덮쳤습니다. 그 별의 이름은 쑥이라고 합니다. 그 바람에 물의 삼분의 일이 쑥이 되고 많은 사람이 그 쓴 물을 마시고 죽었습니다"를 줄인 것이다.

그를 기다리며 그를 사랑하고 그를 소망하며, 예전처럼 그를 위해 고난을 받고 죽기를 갈망했어…… 수세기 동안 인류가 얼마나 믿음과 열정을 품고 '오, 주여, 속히 오소서'라고 기도했고, 수세기 동안 얼마나 그를 찾으며 호소했느냔 말이야. 그래서 무한한 연민을 품은 그는 기도하는 자들에게 내려가고 싶어졌어. 『성인전』에 기록되어 있듯이 그는 예전에도 내려와 아직 지상에 있던 여러 의인과 순교자, 거룩한 은둔수행자 들을 찾아갔었다더군. 우리나라에서는 자기 말의 진실성을 깊이 믿는 쮸쩨프가 이렇게 선언했지.

> 십자가의 무게에 지친
> 천상의 왕이 노예의 모습으로,
> 사랑하는 대지여, 너 전체를
> 축복하러 내려오셨노라.[28]

틀림없이 그랬을 거라고 네게 얘기해주는 거다. 그는 민중 앞에, 악취 나도록 많은 죄를 지어 고통받고 괴로워하면서도 어린아이처럼 자신을 사랑하는 민중 앞에 잠시만이라도 나타나고 싶었던 거야. 내 서사시의 사건은 에스빠냐의 세비야에서, 하느님의 영광을 위해 온 나라에서 매일 화형대가 불타오르던 가장 무서운 종교재판의 시대를 배경으로 하고 있어.[29]

----

28 러시아 시인 쮸쩨프(Тютчев, 1803~73)의 시 「이 가난한 마을들이……」의 마지막 연이다.
29 에스빠냐의 종교재판은 13세기에 시작되었고 15세기에 또르께마다(Tomas de Torquemada, 1420~98)가 종교재판장으로 활동하면서 잔혹한 처벌이 극에 달했다.

거대한 화형대에서
사악한 이단들을 처형했도다.[30]

오, 그건 물론 그가 약속한 대로 종말의 시간에 천상의 영광에 싸여 '동쪽에서 번개가 치면 서쪽까지 번쩍이듯이'[31] 나타나는 그런 재림이 아니었어. 아니, 그는 마침 이단의 화형대가 불타오르던 그때 그곳에서 자신의 자녀들을 잠시라도 찾아보고 싶었던 거야. 무한한 자비심으로 열다섯세기 전에 사람들 사이를 삼년간 돌아다녔던 바로 그 인간의 모습으로 다시 한번 사람들 사이를 돌아다니는 거지. 그는 남쪽 도시의 '뜨거운 광장'에 내려왔어. 그곳에서는 마침 바로 전날 국왕과 궁정의 신하, 기사, 추기경과 매력적인 궁정 귀부인 들이 참석하고 세비야의 수많은 민중이 운집한 가운데 백명에 가까운 이단자가 '주님의 크나큰 영광을 위하여'[32] 대심문관인 추기경의 손에 화형을 당했지. 그는 조용히, 눈에 띄지 않게 나타났지만 이상하게도 모두가 그를 알아보았어. 이 부분이 이 서사시의 가장 훌륭한 부분 중 하나일 거야, 그러니까 어떻게 사람들이 그를 알아보는가 하는 장면 말이야. 민중은 누를 수 없는 힘에 이끌려 그에게 돌진해 그를 둘러싸고 점점 더 그의 주변에 몰려들어 그를 뒤쫓지. 그는 고요히 무한한 연민의 미소를 띠고 그들 사이를 지나가. 사랑의 태양이 그의 심장에서 불타며 광명과 계몽, 권능의 빛이 그

----

30 뽈레자예프(Александр И. Полежаев, 1804~38)의 시 「꼬리올란」의 한구절이다.
31 마테오의 복음서 24:27 "동쪽에서 번개가 치면 서쪽까지 번쩍이듯이 사람의 아들도 그렇게 나타날 것이다"에서 인용한 것이다. 루가의 복음서 17:24에도 유사한 구절이 있다.
32 ad majorem gloriam Dei. 에스빠냐의 성직자 로욜라(Ignatius Loyola, 1491~1556)가 16세기에 제창한 예수회의 모토다.

의 눈에서 흘러 사람들에게 쏟아지면서 그들의 심장을 그에 화답하는 사랑으로 뒤흔들어놓지. 그는 그들에게 손을 내밀어 축복해주고, 그에게 닿기만 해도, 그 옷자락에 스치기기만 해도 치유의 능력이 발휘돼. 그런데 그때 군중 사이에서 어려서부터 맹인이던 노인이 '주여, 저를 고쳐주소서, 주님을 보겠나이다' 하고 소리치지. 그러자 눈에서 비늘이 떨어져나간 것처럼 맹인이 그를 보게 돼. 민중은 울면서 그가 발 디뎌 걷는 땅에 입을 맞추지. 아이들은 그의 앞에 꽃을 뿌리고 노래를 부르며 그를 향해 '호산나!'라고 환호해. '그분이다, 바로 그분이 오셨다.' 모두가 한목소리로 되풀이해. '그분이 틀림없어, 그분 아닌 다른 분일 리 없다.' 그가 세비야 대성당 입구에 걸음을 멈추는데, 마침 그때 사람들이 통곡하며 뚜껑이 열린 작고 하얀 어린아이 관을 성당 안으로 옮기고 있어. 그 관 안에는 어느 명망 높은 시민의 외동딸인 일곱살짜리 여자아이가 누워 있어. 죽은 아이는 온통 꽃에 둘러싸여 있지. '그분이 당신의 아이를 부활시키실 거예요.' 울고 있는 어머니를 향해 군중 속에서 이런 소리가 터져나와. 관을 맞으러 나온 성당의 보제는 미심쩍게 그를 바라보며 눈썹을 찌푸리지. 그러나 죽은 아이의 어머니는 통곡하는 거야. 그 어머니는 그의 발아래 무릎을 꿇어. '당신이 그분이시라면 제 아이를 부활시켜주세요!' 그녀는 소리치며 두 팔을 쳐들지. 행렬이 멈추고, 사람들은 성당 입구 그의 발 앞에 관을 내려놔. 그는 연민을 품고 바라보고, 그의 입술은 다시 한번 조용히 '탈리다 쿰,' 즉 '소녀야 일어나라'[33]라고 하지. 소녀는 관에서 일어나 앉아 눈을 뜨

---

33 마르코의 복음서 5:41-42 "그리고 아이의 손을 잡고 '탈리다 쿰.' 하고 말씀하셨다. 이 말은 '소녀야, 어서 일어나거라.'라는 뜻이다. 그러자 소녀는 곧 일어나서 걸어다녔다" 외에 마태오의 복음서 9:23-25, 루가의 복음서 8:52-55 등에 나

고 놀란 표정으로 미소를 지으며 주위를 둘러보는 거야. 아이 손에는 관에 함께 넣어준 흰 장미꽃이 들려 있지. 사람들 사이에 혼란이 일어나고 비명과 통곡 소리가 울려퍼지는데, 바로 그때 대심문관인 추기경이 성당 옆으로 광장을 지나가지. 추기경은 키가 크고 몸이 곧고 바싹 마른 얼굴에 눈이 푹 꺼진 아흔살에 가까운 노인이야. 하지만 그 눈은 아직 불꽃 같은 광채를 발하고 있지. 오, 노인은 어제 민중 앞에서 로마 신앙의 적들을 불태울 때 자신을 과시하던 화려한 추기경 복장이 아니야. 아니, 그 순간 노인은 낡고 허름한 수도사의 랴사를 입고 있어. 침울한 낯빛의 보좌 수도사와 하인들, 그리고 '신성한' 호위병이 약간 떨어져서 노인을 뒤따르고 있지. 노인은 군중 앞에 멈춰서 멀리서 지켜보았어. 그는 모든 것을 보았지. 예수의 발 앞에 관이 놓이는 것과 소녀가 부활하는 것을 보고, 노인의 얼굴은 암울해졌어. 노인은 희끗희끗한 굵은 눈썹을 찌푸리고, 시선은 타오르며 번쩍였어. 노인은 손을 뻗어 호위병에게 그를 체포하라고 명령해. 추기경의 권력이 얼마나 막강한지 그의 말에 떨며 복종하도록 길들여진 사람들은 호위병 앞에서 즉시 온순하게 양옆으로 갈라져 길을 내주지. 그리고 급작스럽게 엄습한 무덤 같은 침묵이 흐르는 가운데 호위병이 그의 손을 붙들어 끌고 가는 거야. 군중은 순식간에 마치 한 사람인 것처럼 늙은 대심문관 앞에서 머리를 땅에 조아리고, 대심문관은 말없이 민중을 축복하며 그 곁을 지나가. 호위병은 오래된 종교재판소 건물 안에 있는 비좁고 어두운 아치형 감방으로 포로를 데려가 가두었지. 낮이 지나고 어둡고 '숨 쉬기조차 힘들 만큼' 뜨거운 세비야의 밤이 찾아와. 공기는

오는 일화이다.

'월계수향과 레몬향을 풍기고 있어.'[34] 깊은 어둠 속에서 문득 감방의 철문이 열리고, 늙은 대심문관이 손수 횃불을 들고 천천히 감방으로 들어와. 노인은 혼자 들어와 얼른 뒤로 문을 닫지. 노인은 입구에 한동안, 일이분 정도 멈춰서서 그의 얼굴을 뚫어지게 바라봐. 마침내 조용히 다가와 등불을 탁자에 놓고 그에게 말을 걸지.

'당신이오? 당신?' 하지만 대답을 듣지 못하자 노인은 얼른 덧붙이지. '대답하지 말고 입을 다무시오. 더구나 당신이 무슨 말을 할 수 있겠소? 나는 당신이 무슨 말을 할지 아주 잘 알고 있소. 그리고 당신은 당신이 이미 예전에 한 말에 아무것도 덧붙일 권리가 없소. 어째서 우리를 방해하러 온 거요? 당신은 우리를 방해하러 왔고 스스로도 그걸 알고 있소. 하지만 내일 무슨 일이 일어날지 알기나 하오? 나는 당신이 누군지 모르고 알고 싶지도 않소. 당신이 그분인지, 아니면 그분 흉내를 내는 건지도 알고 싶지 않소. 다만 나는 내일 판결을 내려 당신을 이단 중의 가장 극악한 이단으로 화형에 처할 거요. 오늘 당신 발에 입맞추던 이들이 내일이면 내 손짓 하나에 당신의 화형대에 장작을 쌓으려 달려들겠지. 그걸 아오? 그래, 당신도 알지 모르지.' 그는 한순간도 자신의 포로에게서 시선을 떼지 않은 채 골똘히 생각에 빠져 이렇게 덧붙이지."

"나는 도무지 모르겠어요, 이반형. 이게 무슨 소리예요?" 줄곧 말없이 듣고 있던 알료샤가 미소를 지었다. "이건 그냥 밑도 끝도 없는 노인의 공상이나 오해인가요? 아니면 어떤 있을 수 없는 '착각'[35]인가요?"

---

34 뿌시낀의 비극 『석상 손님』(*Каменный гость*)의 구절을 변형한 것이다. 원문은 "따뜻한 공기는 움직이지 않고, 밤은 레몬향을/월계수향을 풍긴다……"이다.
35 qui pro quo. 라틴어로 하나 대신 다른 것, 혼동, 착각이라는 뜻.—원주

"착각이라고 해두자." 이반이 웃었다. "만일 현대의 리얼리즘이 네 응석을 너무 받아줬다면 너는 환상적인 것은 아무것도 견딜 수 없을 테니, 착각이기를 원한다면 그렇다고 하자. 그것도 맞아." 그가 다시 웃었다. "노인은 아흔살이니 이미 오래전에 자기 이념에 빠져 미쳤을지도 모르지. 포로가 겉모습만으로 노인에게 충격을 주었을 수도 있고. 마지막으로, 이건 그냥 헛소리고 죽음을 앞둔 아흔살 노인이 본 환상일 수도 있어. 더구나 그는 어제 수백명의 이단을 불태워 죽인 화형식 때문에 아직 흥분이 가시지 않았으니 말이야. 하지만 너와 내게야 그게 착각이든(qui pro quio) 밑도 끝도 없는 환상이든 상관없잖니? 여기서 문제는 노인이 털어놔야 한다는 것, 구십년 동안 침묵해온 것을 내뱉어 큰 소리로 말해야 한다는 것뿐이야."

"포로는 여전히 입을 다물고 있나요? 노인을 보면서 단 한마디도 하지 않고요?"

"그래, 어떤 경우에도 그래야만 해." 이반이 또다시 웃음을 터뜨렸다. "노인이 그에게는 예전에 그가 한 말에 아무것도 덧붙일 권리가 없다고 지적했잖아. 원한다면, 적어도 내 생각에는 바로 이 지점에 로마가톨릭의 가장 기본적인 특징이 있는 것 같아. '당신 자신이 모든 것을 교황에게 넘겨주었고, 따라서 모든 것은 교황의 수중에 있다. 그러니 당신은 이제 결코 여기에 오지 말 것이며, 최소한 때가 될 때까지는 방해하지 마라' 이거지. 그들은 이런 뜻을 말로만 하는 게 아니라 기록하기까지 해. 최소한 예수회 사람들은 그렇지. 나는 이걸 그쪽 신학자들의 글에서 직접 읽은 적이 있어. '당신이 있던 저세상의 비밀 중 하나라도 우리에게 말해줄 권리가 당신에게 있소?' 나의 노인은 그에게 묻고, 그 대신 자기가 대답하지.

'아니, 당신은 그럴 권리가 없소. 예전에 이미 말했던 것에 뭔가를 덧붙일 권리, 당신이 지상에 있을 때 그렇게도 옹호했던 자유를 사람들에게서 빼앗을 권리는 없는 거요. 당신이 다시금 선포할 모든 것은 기적처럼 보일 것이므로 신앙의 자유를 침해할 거요. 그런데 천오백년 전에 당신은 신앙의 자유를 무엇보다 중요하게 여겼잖소. 당시 그렇게나 자주 사람들에게 '너희를 자유롭게 하고 싶다'[36]고 말한 게 당신 아니오? 그러나 지금 당신 보고 있는 것이 그 '자유로운' 사람들이오.' 갑자기 노인이 의미심장하게 빈정거리는 웃음을 띠고 덧붙여. '그래, 우리는 그 대가를 아주 톡톡히 치렀소.' 노인은 그를 엄격하게 바라보며 이어서 말하지. '하지만 우리는 이 과업을 마침내 당신의 이름으로 모두 종결했소. 우리는 이 자유를 가지고 열다섯세기 동안이나 괴로워했지만, 이제는 끝났소. 완전히 끝났소. 당신은 완전히 끝났다는 걸 믿지 못하겠지? 당신은 나를 온유하게 바라보며 내게 화낼 가치조차 없다고 생각하는 거요? 하지만 알아두시오, 지금, 바로 지금 저들은 자신들이 어느 때보다 더 자유롭다고 확신하지만, 실은 저들이 자신들의 자유를 우리에게 가져와 스스로 우리 발밑에 공손히 내려놓았다는 것을. 그러나 이 일을 해낸 건 우리요. 당신은 이런 것을 원한 거요, 이런 자유를?'"

"나는 여전히 모르겠어요." 알료샤가 말을 가로막았다. "대심문관은 비꼬고 있는 건가요? 비웃고 있는 건가요?"

"전혀 아니야. 대심문관은 마침내 자유를 박살낸 것과 사람들을 행복하게 해주기 위해 행한 일을 자신과 자기 사람들의 공로로 내

---

36 요한의 복음서 8:32 "그러면 너희는 진리를 알게 될 것이며 진리가 너희를 자유롭게 할 것이다"와 8:36 "그러므로 아들이 너희에게 자유를 준다면 너희는 참으로 자유로운 사람이 될 것이다"에서 나온 말이다.

세우고 있는 거야. '왜냐하면 이제야(그는 물론 종교재판에 대해 말하는 거야) 처음으로 인간의 행복에 대해 생각하는 게 가능해졌으니까. 인간은 반역자로 창조되었소. 과연 반역자가 행복해질 수 있을까? 당신은 경고를 받았소.' 노인이 그에게 말하지. '당신은 충분히 경고와 지시를 받았소. 그런데도 당신은 경고를 듣지 않았고, 사람들을 행복하게 해줄 유일한 길을 거절했소. 하지만 다행스럽게도 떠나면서 이 과업을 우리에게 맡기고 갔지. 당신은 언약하고 자신의 말로 확신시켰으며 우리에게 묶고 풀 권세를 주었으니,[37] 물론 이제 와서 그 권세를 우리에게서 거두어갈 생각은 할 수 없지. 어째서 우리를 방해하러 온 거요?"

"경고와 지시를 충분히 받았다니 무슨 소리예요?" 알료샤가 물었다.

"바로 그 대목에 노인이 하는 말의 핵심이 있어. '무섭고도 영리한 영, 자살과 허무의 영[38]이,' 노인은 말을 계속하지. '위대한 영이 광야에서 당신과 이야기를 나눈 적이 있지. 성경은 그가 당신을 '유혹했다'는 듯이[39] 우리에게 전하고 있소. 과연 그랬소? 그가 세 가지 질문으로 당신에게 선언한 것, 그리고 당신이 거절한 것, 즉 성경에서 '유혹'이라고 일컫는 것보다 더 진실한 말을 찾을 수 있소? 만일 언제든 지구상에 진정으로 위대한 기적이 있었다면 그건

---

37 마태오의 복음서 16:19 "'또 나는 너에게 하늘나라의 열쇠를 주겠다. 네가 무엇이든지 땅에서 매면 하늘에도 매여 있을 것이며 땅에서 풀면 하늘에도 풀려 있을 것이다' 하고 말씀하셨다"에서 나온 구절이다.

38 악마를 뜻한다.

39 이후에 나오는 내용은 마태오의 복음서 4:1-11, 루가의 복음서 4:1-13에 나오는 내용을 재해석한 것이다. 마태오의 복음서 4:1은 다음과 같다. "그 뒤에 예수께서 성령의 인도로 광야에 나가 악마에게 유혹을 받으셨다."

아마도 바로 그날, 세번의 유혹이 있었던 그날일 거요. 바로 그 세 가지 질문이 등장한 것이 기적이니까. 그저 시험 삼아 일례로, 만일 무서운 영이 던진 세가지 실문이 성경에서 소실되어 복원해야 한다면, 다시 성경에 넣기 위해 그것을 새로 고안하고 창작해내야겠다는 생각에 이를 위해 지구상의 모든 현자, 즉 정치가, 성직자, 학자, 철학자, 시인 들을 불러모아 그들에게 '세가지 질문을 고안하되 다만 사건의 중요성에 상응할 뿐 아니라 나아가서 세 문장, 인간의 언어로 된 세개의 문장 안에 세계와 인류의 미래 역사 전체를 표현할 질문을 창안하라'라는 과제를 내준다면, 지상의 모든 현자가 머리를 맞대더라도 그 힘과 깊이에서 당시 광야에서 강력하고 영리한 영이 당신에게 던졌던 세가지 질문에 필적할 만한 것을 고안해낼 수 있으리라 생각하오? 그 질문 하나하나, 그 질문들이 등장했다는 기적만으로도 이 일이 인간의 유한한 이성이 아니라 영원하고 절대적인 이성과 관련되어 있다는 것을 알 수 있소. 왜냐하면 그 세가지 질문 속에 이후 인류의 모든 역사가 하나의 전체로 통합되어 예언되고 있으며, 이 지상에서 해결되지 않는 인간 본성의 온갖 역사적 모순이 집약된 세개의 형상이 드러나 있으니까. 미래를 알 수 없었기에 당시에는 분명히 드러나지 않았지만, 열다섯세기가 지난 지금 우리는 이 세가지 질문 속에 모든 것이 예견되어 예언되었고 실현되었기에 아무것도 덧붙이거나 덜어낼 수 없다는 것을 알고 있소.

당신 스스로 누가 옳은지 결정해보시오. 당신인지, 아니면 당시 당신에게 질문했던 그인지? 첫번째 질문을 상기해보시오. 문자 그대로는 아니라도 그 의미는 이런 거요. '너는 세상에 나아가기를 원해서 아무것도 없는 빈손으로 자유의 언약만 들고 세상으로 가려

한다. 하지만 사람들은 그들의 단순함과 타고난 천박함 때문에 그 언약의 의미를 이해할 수 없고 오히려 그것을 미워하고 두려워할 뿐이다. 왜냐하면 인간에게, 그리고 인간 사회에 자유보다 더 견딜 수 없는 것은 결단코 아무것도 없기 때문이다! 벌거벗어 뜨겁게 달구어진 광야에 널린 돌들이 보이는가? 저것들을 빵으로 변화시켜라. 그러면 인류는 감사에 겨워 온순한 짐승떼처럼 네 뒤를 따를 것이다. 비록 네가 손을 거두어 자신들에게 하늘에서 빵이 내리지 않을까봐 끊임없이 떨겠지만 말이다.' 하지만 당신은 사람들로부터 자유를 빼앗고 싶지 않아서 그 제안을 거절했소. 당신은 순종을 빵으로 산다면 그게 무슨 자유냐고 생각해서 그랬겠지? 당신은 사람이 빵만으로 살 것이 아니라고 반박했지만,[40] 알겠소, 지상의 영은 바로 이 지상의 빵의 이름으로 당신에게 맞서 일어나 싸워 당신을 이길 것이고, 모두가 '이 짐승과 닮은 자, 바로 그가 우리에게 하늘에서 불을 가져다주었다!'[41]라고 외치며 그를 뒤따르게 될 것임을? 세기가 흐르면 인류는 자신의 지혜와 학문의 입술로 범죄는 없다고, 그러므로 죄도 없고 다만 배고픈 자들만 있을 뿐이라고 선언하게 될 것임을 당신은 알겠소? '우선 먹여라, 그런 다음에 그들에게 선행을 요구하라!' 당신에게 대항해 쳐들 깃발에는 바로 이렇게 적힐 것이고, 사람들은 그것으로 당신의 성전을 무너뜨릴 거요. 당신

---

40 마테오의 복음서 4:4 "예수께서는 '성서에 '사람이 빵으로만 사는 것이 아니라 하느님의 입에서 나오는 모든 말씀으로 살리라' 하지 않았느냐?' 하고 대답하셨다"를 가리킨다.

41 요한의 묵시록 13:4 "그리고 그 짐승에게 권세를 준 용을 경배하였습니다. 또 그들은 짐승에게도 절을 하며 '이 짐승처럼 힘센 자가 어디 있는가? 누가 이 짐승을 당해 낼 수 있겠는가?' 하고 외쳤습니다"라는 구절과 프로메테우스 신화를 결합시키고 있다.

의 성전이 있던 자리에 새로운 건물이, 또다시 무서운 바벨탑이 세워지겠지, 비록 그 역시 예전 것처럼 완성되지 못할 테지만. 당신은 이 새로운 탑을 막고 인류의 고통을 천년은 줄여줄 수 있었을 거요. 왜냐하면 그들은 자신들의 탑을 세우느라 천년이나 고통스러워하다가 결국은 우리에게 올 테니까! 그들은 다시 한번 지하에, 카타콤[42]에 숨어 있는 우리를(왜냐하면 우리는 다시 박해받고 고초를 겪을 테니까) 찾아내서 애걸할 거요, '우리에게 하늘의 불을 약속했던 자들은 주지 않았으니, 우리를 먹여주십시오'라고. 그때 비로소 우리는 그들의 탑을 완성시킬 거요, 그들을 먹이는 자만이 탑을 완성할 수 있고 우리만이 당신의 이름으로 밥을 먹일 수 있으니까. 그리고 우리는 당신의 이름으로 한다고 거짓말을 할 거요. 오, 그들은 우리 없이는 절대로, 절대로 자신들의 곯은 배를 채울 수 없소! 그들이 자유로운 상태로 있는 한 어떤 과학도 그들에게 빵을 줄 수 없으므로 그들은 자신들의 자유를 우리 발 앞에 가져와 '차라리 우리를 노예로 삼는 게 나으니 우리를 먹여주십시오!'라고 말할 테지. 마침내 그들 자신도 자유와 지상의 빵이 모든 이에게 고르게 함께하기는 불가능하다는 것을 깨닫게 될 거요. 왜냐하면 그들은 결코, 결코 자기들끼리 나누어가질 수 없을 테니까! 또한 그들은 자신들이 나약하고 타락했고 하찮은 반란자들이기 때문에 결코 자유로워질 수 없다는 것도 확신하게 될 거요. 다시 거듭 말하지만, 당신이 그들에게 천상의 빵을 약속했다 한들, 나약하고 영원히 타락했고 영원히 배은망덕한 족속의 눈에 그 빵이 지상의 빵과 비견될 수 있을 것 같소? 설사 천상의 빵의 이름으로 수천명, 수만명이 당신을

---

42 catacomb. 로마 시대의 지하 묘지. 기독교 박해 때 기독교도들의 예배소로 사용되었다.

따르게 된다 해도, 천상의 빵을 위해 지상의 빵을 무시할 힘이 없는 수천수만의 사람은 어떻게 할 거요? 아니면, 당신에게는 수만명의 위대하고 강한 자만이 귀중하고 나머지 수백만, 수천만명, 바다의 모래같이 많은, 당신을 사랑하는 연약한 사람들은 그저 위대하고 강한 사람을 위한 재료로만 쓰겠다는 말인가? 아니, 우리에게는 연약한 자도 귀중하오. 그들은 결함투성이에 반역자들이지만, 끝내는 그들도 순종하게 될 거요. 그들은 우리가 그들의 머리가 되어 자유의 짐을 지고 그들 위에 군림하는 데 동의했다는 이유로 우리에게 경탄하며 우리를 신처럼 생각하겠지. 결국 그들에게는 자유로워진다는 것이 끔찍하게 여겨질 거요! 하지만 우리는 당신에게 순종하고 당신의 이름으로 지배한다고 말할 거요. 우리는 당신을 다시는 받아들이지 않을 것이므로 다시 그들을 속일 거요. 속여야만 하기 때문에 속인다는 것이 우리에게 고통이 되겠지. 바로 이것이 광야에서의 첫번째 질문의 의미이고, 바로 이것이 당신이 무엇보다 더 귀하게 생각한 자유의 이름으로 거절했던 것의 의미요. 그러나 이 질문 속에는 이 세상의 위대한 비밀이 숨어 있소. '빵'을 받아들였다면, 당신은 개별적 존재만이 아니라 전인류의 공통적이고 영원한 괴로움, 즉 누구에게 경배할 것인가라는 괴로운 질문에 답을 줄 수 있었소. 인간이 자유로운 상태에서는 시급히 자신이 경배할 대상을 찾는 것보다 더 지속적이고 고통스러운 걱정거리는 없는 거요. 왜냐하면 이들 가련한 피조물의 걱정은 우리 혹은 다른 사람이 경배할 대상을 찾는 데뿐 아니라, 모두가 믿고 반드시 모두가 함께 경배할 대상을 찾는 데 있거든. 바로 함께 경배해야 한다는 이 요구가 태초부터 인류 전체뿐 아니라 개개인에게 가장 중요한 고통이었소. 모두 함께하는 경배를 위해 그들은 칼부림으로 서로를 없애버렸지.

그들은 신들을 창조하고 서로에게 '너희와 너희의 신이 죽고 싶지 않으면 너희의 신을 버리고 우리의 신들 앞에 와서 경배하라!'라고 도진했소. 세상 끝날까지 이럴 것이고, 심지어 세상에서 신들조차 사라질 그때도 이럴 거요. 그리고 여전히 우상 앞에 엎드릴 테지. 당신은 이걸 알고 있었소. 당신이 인간 본성의 이 근본적인 비밀을 모를 리 없지. 그런데 모두가 당신 앞에 의심 없이 경배하도록 만들기 위해 당신은 당신에게 제시된 유일하고 절대적인 깃발, 지상의 빵이라는 깃발을 자유와 천상의 빵의 이름으로 거절해버렸던 거요. 이후에 당신이 무슨 짓을 했는지 좀 보시오. 모든 것이 또다시 자유의 이름으로 행해졌지! 당신에게 말하지만, 인간이라는 이 불행한 존재에게 태어날 때부터 가진 이 자유라는 은사恩賜를 한시바삐 넘겨줄 누군가를 찾는 것보다 더 괴로운 걱정거리는 없소. 하지만 인간의 자유를 지배할 수 있는 자는 그들의 양심을 잠재울 자뿐이지. 빵과 함께 당신에게는 확고한 깃발이 주어졌소. 빵보다 더 확실한 것은 아무것도 없기 때문에 빵을 주면 인간은 경배할 테지만, 만일 그때에 당신 말고 누군가가 인간의 양심을 사로잡으면, 오, 그러면 인간은 당신의 빵조차 버리고 자신의 양심을 유혹한 사람을 따를 거요. 이 점에서는 당신이 옳았소. 인간 존재의 비밀은 단지 사는 데 있는 것이 아니라, 무엇을 위해 사느냐에 있다는 거요. 무엇을 위해 사느냐에 대한 자신의 확고한 관념이 없다면, 인간은 주변에 빵이 아무리 많다 해도 사는 데 동의하지 않고 지상에 살아남기보다 자살해버릴 거요. 그래서 어떻게 되었느냐 하면, 당신은 사람의 자유를 지배하는 대신 더 확대해주었소! 설마 당신은 인간이 선악을 인식하는 가운데서의 자유로운 선택보다 차라리 평안과 죽음을 더 소중히 여긴다는 것을 잊은 거요? 인간에게 양심의 자유보다 더 유혹적인 것은 없지만 그보다 더 고통스러운 것도 없소. 인간의 양심이 단번에, 영원히 편안해질 확고한 근거 대신 당신은 특별하고 미심쩍고 확실하지 않은 모든 것을 취해버렸소. 인간의 힘에 부치는 모든 것을 취했단 말이오. 그래서 인간을 전혀 사랑하지 않는 것처럼 행동한 꼴이 되었지. 그런데 그게 누구요? 인간을 위해 자신의 생명을 내어주러 왔다던 바로 그 사람이란 말이오! 인간의 양심을 지배하는 대신 당신은 자유를 확대했고 인간의 영적 왕국에 고통을 부과했소. 당신은 당신에게 매혹되어 사로잡힌 사람이 자유롭게 당신을 따르도록 자유로운 사랑을 원했지. 인간은 확고한 고대의 법률 대신 당신의 형상만을 자기 앞의 지도자 삼아 무엇이 선이고 무엇이 악인지를 스스로 결정해야만 했소. 그러나 당신은 선택의 자유 같은 무서운 짐으로 인간을 압박하면 그들은 마침내 당신의 형상과 당신의 진리마저 버리고 논쟁을 벌이리라는 것을 참으로 생각지 못했단 말이오? 그렇게 많은 걱정거리와 해결되지 않는 과제를 남겨줌으로써 당신은 그들을 무엇보다 큰 당혹과 괴로움 속에 내버려두었기에, 그들은 마침내 당신 안에 진리는 없다고 외치게 될 거요. 이런 식으로 당신은 스스로 자신의 왕국을 파괴할 기초를 놓았으니, 그 점에 있어서는 누구도 더이상 탓하지 마시오. 실은 당신에게 제안하지 않았소? 세가지 힘, 이들 나약한 반역자의 행복을 위해 그들의 양심을 영원히 지배하고 매혹할 수 있는 지상의 유일한 세가지 힘이 있소. 그 힘이란 기적과 신비와 권위요. 당신은 이것도 저것도 세번째 것도 거절하고 스스로 그 모범이 되었소. 무섭고 영리한 영이 당신을 성전 꼭대기에 데려가 말했지. '네가 하느님의 아들인지 아닌지 알고 싶으면 아래로 뛰어내려라. 천사들이 그를 받들어 떨어지지도 다치지도 않으리라고 했으니. 그럼 네가 하느님의 아들인지 알게 될 것이고, 아버지를 믿는 네 믿음이 어떠한지 증명하게 되리라.'[43] 그러나 당신은 그 말을 듣고도 제안을 거절했고, 굴복하지 않고 아래로 뛰어내리지 않았소. 오, 물론 당신은 그때 하느님처럼 오만하고 위대하게 행동한 거요. 하지만 인간들, 반란을 일으키는 이 나약한 족속이 신이라도 되나? 오, 그때 당신은 한걸음만 내디뎌도, 아래로 뛰어내릴 태세만 갖추어도 즉시 하느님을 시험하는 것이 되어 그분에 대한 믿음을 모두 잃고 당신이 구원하러 온 그 땅에 부딪혀 산산조각 나리라는 것을, 그로써 당신을 유혹한 영리한 영이 기뻐하리라는 것을 알았던 거요. 하지만 거듭 말하는데, 당신과 같은 사람이 많겠소? 당신은 인간에게 그런 유혹을 감당할 힘이 없다는 것을 정말 단 한순간도 용납할 수 없었던 거요? 인간의 본성이 무서운 삶의 순간에, 가장 무섭고 근본적이고 고통스러운 정신적 의문들이 제기되는 순간에조차 마음의 자유로운 결정만 남긴 채 기적을 거절하게끔 창조되었단 말이오? 오, 당신은 당신의 위업이 성서에 간직되어 시간의 심연을 넘고 지구의 마지막 경계까지 도달하리라는 것을 알고 있었고, 인간도 당신을 따라 기적을 필요로 하지 않으며 하느님과 함께 머물기를 기대했던 거요. 하지만 당신은 인간이 하느님보다는 기적을 찾기 때문에 기적을 거부하는 순간 하느님도 거부한다는 것을 몰랐소. 인간은 기적 없이 존재할 힘이 없기 때문에 수백번 반역자에 이단에 무신론자로 남더라도 자신만의 새로운 기적을 잔뜩 만들어내

---

43 마테오의 복음서 4:6 "'당신이 하느님의 아들이거든 뛰어내려보시오. 성서에, '하느님이 천사들을 시켜 너를 시중들게 하시리니 그들이 손으로 너를 받들어 너의 발이 돌에 부딪히지 않게 하시리라.' 하지 않았소?' 하고 말하였다"에서 나온 구절이다.

서 마법사의 기적과 마녀의 마법에 절하겠지. 당신은 사람들이 당신을 조롱하고 비웃으며 '십자가에서 내려와봐라, 그러면 네가 그 임을 믿겠다'⁴⁴라고 외쳤을 때에도 십자가에서 내려오지 않았소. 당신은 역시나 기적으로 인간을 노예 삼고 싶지 않았던 거요. 기적에 의한 선택이 아니라 자유로운 선택을 갈망했기에 내려오지 않았던 거지. 당신은 단번에 영원한 두려움을 불러일으키는 권력 앞에 굴종적인 노예의 환호가 아니라 자유로운 사랑을 갈망했던 거요. 그러나 당신은 인간들을 지나치게 높이 평가했소. 그들은 반역자로 창조되었을지라도 물론 자유롭지 못한 존재들이거든. 잘 보고 판단하시오. 열다섯세기가 지났으니 가서 그들을 보란 말이오, 당신이 자신의 수준까지 끌어올린 것이 누구인지. 맹세하지만 인간은 당신이 생각하는 것보다 훨씬 약하고 저열하게 창조되었소! 인간이 당신이 행한 일을 행할 수 있다고, 정말 그럴 수 있다고 보는 거요? 당신은 인간을 너무 존중한 나머지 마치 그를 더이상 동정하지 않는 것처럼 행동했소. 왜냐하면 인간에게 너무 많은 것을 요구했으니까. 누가 그렇게 했지? 인간을 자기 자신보다 더 사랑한 그 사람이오! 인간을 덜 사랑했다면 요구하는 것도 덜했을 텐데. 그러면 그의 짐이 훨씬 가벼웠을 테고 사랑에 더 가까웠을 텐데. 인간은 연약하고 비열하오. 인간은 지금 도처에서 우리의 권세에 합심하여 반란을 일으키고 반란을 일으킨 것을 자랑스러워하지만, 그게 어떻다는 거지? 그건 어린아이나 초등학생의 오만함이오. 교실에서 소란을 피우며 선생을 내쫓은 작은 아이들에 불과하지. 하지만 어린아이들

<hr />

44 마테오의 복음서 27:42 "남은 살리면서 자기는 못 살리는구나. 저 사람이 이스라엘의 왕이래. 십자가에서 한번 내려와 보시지. 그러면 우리가 믿고말고"에서 나온 구절이다.

의 환호에도 끝이 올 것이고, 그 값을 호되게 치르게 될 거요. 사람들은 성전을 파괴하고 땅을 피로 적실 거요. 하지만 마침내 어리석은 아이들은 자신들이 반역자이긴 하지만 스스로 일으킨 반란도 감당할 수 없이 연약하다는 것을 깨닫게 될 거요. 어리석은 눈물을 흘리며 마침내 그들은 자신들을 반역자로 창조한 이가 틀림없이 자신들을 비웃고자 했다는 것을 깨닫게 되겠지. 그들은 절망 속에서 그렇게 말할 것이고, 그들이 말한 것은 신성모독이 될 것이며, 그로 인해 그들은 더 불행해질 거요. 왜냐하면 인간의 본성은 신성모독을 견디지 못하기 때문에 종국에 가서는 언제나 스스로 그것에 복수하거든. 그러니 이 불안과 혼란, 불행이 그들의 자유를 위해 당신이 그런 수난을 감내한 이후 현대 인간의 운명이 된 거요! 당신의 위대한 선지자는 환상과 비유를 통해 첫 부활에 참여한 모든 사람을 보았고, 그들이 이스라엘의 열두 지파마다 각기 1만 2천명이었다고 말했소.[45] 하지만 그들이 그만한 수였다 해도 그들은 사람이 아니라 신과 같은 존재였을 거요. 그들은 당신의 십자가를 견뎌냈고, 배고프고 헐벗은 광야에서 메뚜기와 풀뿌리를 먹으며[46] 수십년을 버텼으니까. 물론 당신은 자부심을 가지고 이 자유의 아이들, 자유로운 사랑의 아이들, 당신의 이름으로 자유롭고 위대한 희생을 행한 아이들을 가리킬 수 있겠지. 하지만 기억해두시오, 그들은 고작 수천명에 불과하고 더구나 신과 같은 존재였소. 하지만 나머지 사람들은 어쩌란 말이오? 강한 사람이 견딘 것을 감당하지 못한

---

45 위대한 선지자는 요한의 묵시록을 지은 사도 요한을 가리킨다. 이 구절은 요한의 묵시록 7:4-8에 나오는 내용이다.

46 마테오의 복음서 3:4 "요한은 낙타털 옷을 입고 허리에 가죽띠를 두르고 메뚜기와 들꿀을 먹으며 살았다" 외에 마르코의 복음서1:6 등에도 유사한 구절이 있다.

나머지 약한 사람들은 무슨 죄란 말이오? 그렇게 무서운 은사를 감당할 힘이 없는 연약한 영혼은 무슨 죄가 있소? 과연 참으로 당신은 선택받은 사람에게만, 선택받은 사람을 위해서만 왔단 말이오? 만일 그렇다면 거기에는 신비가 존재하는 것이고 우리가 그걸 이해할 의무는 없지. 그러나 만일 신비가 존재한다면 우리도 그 신비를 전파할 권리, 그들 마음의 자유로운 결정이나 사랑은 중요치 않으며, 양심에 벗어난다고 할지라도 맹목적으로 복종해야 할 것은 신비라는 것을 가르칠 권리가 있소. 우리는 당신의 위업을 수정해서 그것을 기적과 신비, 권위 위에 세웠소. 그리고 인간들은 그들을 다시금 가축떼처럼 인도해주는 데에, 마침내 그들의 가슴에서 그토록 큰 고통을 안겨준 무서운 선물을 거두어간 데에 기뻐했지. 말해보시오, 그렇게 가르치고 행한 우리가 옳지 않았소? 인류의 연약함을 겸손하게 인정하고 사랑으로 그들의 짐을 덜어주고 인간의 연약한 본성의 죄도 우리의 허락하에 해결해주었는데, 우리가 인류를 사랑하지 않았단 말이오? 왜 지금 우리를 방해하러 온 거요? 어째서 당신은 말도 없이 온순한 눈으로 나를 뚫어지게 바라보고 있는 거요? 화를 내시오, 나는 당신을 사랑하지 않으니 당신의 사랑을 바라지 않소. 당신에게 무얼 숨기겠소? 아니면, 내가 누구와 이야기하는지 모른다는 건가? 당신은 이미 내가 말할 것을 모두 알고 있으니, 나는 당신의 눈에서 그걸 읽을 수 있소. 내가 당신에게 우리의 비밀을 숨길 것 같소? 어쩌면 당신은 내 입으로 그 비밀을 듣고 싶은 건지도 모르지. 그렇다면 들으시오, 우리는 당신과 함께하는 것이 아니라 그와 함께하고 있소. 이것이 우리의 비밀이오! 우리는 이미 오래전부터 당신이 아니라 그와 함께했소, 벌써 여덟세기나.[47] 우리는 정확히 여덟세기 전에 당신이 분노하며 거절했던 것

476

을 그에게서 취했소. 그가 지상의 모든 왕국을 보여주며 당신에게 제안했던 그 마지막 선물을 그에게서 취한 거요. 우리는 그에게서 로마와 카이사르의 칼을 취했고, 우리 자신을 지상의 황제, 유일한 황제로 선포했소. 비록 아직까지 우리의 과업을 완수하지는 못했지만 말이오. 그러나 이게 누구의 잘못이지? 오, 아직까지 시작에 불과하지만 이 과업은 이미 개시되었소. 완수하려면 오래 기다려야 하고 아직 이 땅이 겪어야 할 고통도 많지만, 우리는 성취할 것이고, 카이사르가 될 것이고, 그때는 인류의 세계적 행복에 대해 생각할 거요. 당신은 그때 카이사르의 검을 취할 수도 있었소. 어째서 당신은 마지막 선물을 거절한 거요? 당신이 강력한 영의 세번째 충고를 받아들였다면 인간들이 지상에서 찾고 있는 모든 것, 즉 누구 앞에 경배할 것이냐, 누구에게 양심을 맡길 것이냐, 그리고 어떻게 모든 사람을 확고한 공동의 조화로운 개미집 속에 결속시킬 것이냐의 문제를 충족해주었을 텐데. 왜냐하면 전세계적 결속의 요구는 인간들의 세번째이자 마지막 고통이기 때문이오. 인류는 언제나 기필코 전체적으로, 전세계적으로 조직되려고 애써왔소. 위대한 역사를 가진 위대한 민족도 많았지만, 그 민족들은 위상이 높아지면 높아질수록 더 불행해졌소. 그들은 다른 민족들보다 더 강하게 세계적 결속을 원하는 사람들의 요구를 느꼈기 때문이오. 위대한 정복자들, 티무르와 칭기즈칸은 우주라도 정복할 듯이 회오리처럼 땅을 휩쓸었는데, 그들은 무의식적이긴 해도 전세계적이고 보편적인 일치를 추구하는 인류의 가장 위대한 요구를 표현했던

<hr />

47 756년 프랑크왕국의 왕 소(小)피핀이 교황 스테파노 2세의 교황령을 확대함으로써 교황권이 세속화되는 기초를 마련했다. 이로써 교회가 실질적으로 그리스도를 배신하기 시작했다는 시각이 타당성을 얻게 되었다.

거요. 당신은 카이사르의 세계와 자색 도포를 받아들고 전세계적 왕국을 건설하고 전세계에 평화를 안겨주었어야 했소. 인간의 양심을 지배하고 그들의 빵을 손아귀에 쥔 사람이 아니라면 누가 인간을 지배할 수 있단 말이오. 우리는 카이사르의 검을 쥐었고, 물론 그걸 쥐고는 당신을 거절하고 그의 뒤를 따랐소. 오, 자유로운 지성, 그들의 과학과 식인食人은 우리 없이 자신들의 바벨탑을 쌓아올려 식인으로 끝을 맺게 될 테니, 그들의 난폭한 시대는 아직 더 지속될 거요. 그러나 그때가 되면 짐승이 우리에게 기어와 우리의 발을 핥으며 눈에서 피눈물을 뿌리게 되겠지. 그러면 우리는 짐승 위에 올라타고 잔을 들어올릴 테니, 그 잔에는 '신비!'[48]라고 적혀 있겠지. 그러나 그때가 되어서야, 그때가 되어서야 인간을 위한 평화와 행복의 왕국이 도래할 거요. 당신은 자신이 선택한 사람들을 자랑스러워하지만 당신에겐 선택된 사람들만 있을 뿐이며, 우리는 모두에게 평안을 줄 거요. 이뿐이겠소. 그 선택받은 이들, 선택받을 수 있었던 많은 강한 사람들이 당신을 기다리다 지쳐서 자신의 영혼의 힘과 심장의 열정을 다른 밭으로 가져갔고 이후로도 가져갈 것이며, 결국에는 당신 위에 자신들의 자유로운 깃발을 세우는 것으로 끝을 맺게 될 거요. 하지만 그 깃발을 세운 건 당신 자신이었소. 우리의 왕국에서 모두는 행복할 것이고, 더이상 반란을 일으키지도, 당신의 자유 속에 있을 때처럼 합심해서 서로를 죽여 없애지도 않을 거요. 오, 우리는 우리를 위해 자신들의 자유를 거부하고 우리에게 복종할 때만 자유로워질 것이라고 그들을 확신시킬 거요. 어떻소, 우리가 옳소, 아니면 거짓말을 하고 있는 거요? 그들

---

48 요한의 묵시록 13장 전체, 17:3-17 참조.

자신은 당신의 자유가 자신들을 얼마나 끔찍한 혼란과 노예 상태로 이끌었는지 깨닫고 우리가 옳다는 것을 확신하게 될 거요. 자유, 자유로운 지성과 과학은 그들을 난국으로 이끌어 기적과 해결되지 않는 신비 앞에 세울 것이고, 그러면 그들 중 순종적이지 않은 난폭한 자들은 자기 자신을 박멸할 테고, 순종적이지 않지만 연약한 자들은 서로를 죽일 것이며, 나머지 힘없고 불쌍한 세번째 부류는 우리 발 앞에 기어와 우리에게 울부짖겠지. '그렇습니다, 당신들이 옳았습니다. 당신들만이 그의 신비를 소유하고 있어 우리가 당신들에게 돌아왔으니 우리 자신으로부터 우리를 구해주십시오.' 우리에게서 빵을 받을 때 물론 그들은 우리가 그들의 빵을, 그들 손으로 얻어낸 빵을 어떤 기적도 행하지 않고 그들에게서 가져갔다가 다시 나누어준다는 것을 알게 될 테고 우리가 돌을 빵으로 변화시키지 않았다는 것도 알게 되겠지만, 그럼에도 그들은 빵 자체보다 빵을 우리의 손에서 받는다는 사실에 훨씬 더 기뻐할 거요! 왜냐하면 예전에 우리가 없을 때는 그들이 얻은 빵이 그들의 손에서 돌로 변했지만, 그들이 우리에게 돌아왔을 때는 바로 그 돌이 그들의 손에서 빵으로 변한 것을 아주 잘 기억할 것이기 때문이오. 그들은 영원히 복종한다는 것이 무엇을 의미하는지 너무도 잘 판단하고 있소! 이걸 이해하지 못하는 한 인간들은 불행할 거요. 그런데 누가 이런 몰이해를 부추겼소? 말해보시오, 누가 양떼를 흩어 알지도 못하는 길로 몰아댔소? 그러나 양떼는 다시 모일 것이고, 다시 복종할 것이고, 이번에는 영원히 그렇게 될 거요. 그때에 우리는 그들에게 조용하고 겸손한 행복, 그들이 창조된 그대로 연약한 존재의 행복을 줄 거요. 오, 우리는 마침내 오만하게 굴지 않도록 그들을 가르칠 거요. 왜냐하면 당신이 그들을 부추겨 오만하게 굴도록 가르쳤으니까. 우리는 그들에게 그들이 연약하다는 것을, 가련한 아이에 불과하다는 것을, 그러나 어린아이 같은 행복이 다른 무엇보다 달콤하다는 것을 마침내 확신시킬 거요. 그들은 겁먹은 채 우리를 우러러보면서 병아리가 어미 닭에게 파고들듯이[49] 두려워하며 우리에게 파고들 거요. 그들은 우리를 보고 놀라며 두려워하고, 우리가 강력하고 현명하여 그토록 난폭하던 수십억의 무리를 평정했다는 데 자부심을 느끼겠지. 그들은 우리가 진노하면 힘을 잃고 떨 것이고, 그들의 지성은 소심해지고 그들의 눈은 어린아이나 여자처럼 쉽게 눈물지을 테지만, 우리의 손놀림 하나에도 금세 명랑하게 웃으며 밝은 기쁨과 아이다운 행복함으로 노래할 거요. 그렇소, 우리는 그들에게 일하도록 시킬 테지만, 노동에서 해방되는 시간에는 아이들의 놀이와 같은 삶을, 아이들의 노래와 합창, 순진한 춤이 있는 삶을 선사할 거요. 오, 우리는 그들에게 죄도 허락할 거요. 그들은 약하고 힘없는 존재이니 우리가 그들의 죄를 허락한다는 이유로 아이처럼 우리를 사랑할 거요. 우리는 우리가 허락한 가운데 저질러졌으니 모든 죄가 용서받을 것이라고 말할 거요. 우리는 그들을 사랑하기 때문에 그들의 죄를 허락하는 것이며, 그 죄에 대한 벌은 우리 자신이 짊어질 것이며 그럴 수밖에 없다고 말할 거요. 우리가 그들의 죄를 짊어지면, 그들은 우리를 하느님 앞에서 그들의 죄를 대신 짊어진 은인으로 숭배할 거요. 그래서 우리에게 숨기는 비밀이 하나도 없게 되겠지. 우리는 그들에게 아내와 함께 정부를 데리고 사는 것을, 아이를 가질지 말지를 허락하거나 금지할 거요. 모든 건 그들이 순종하느냐에 달려 있겠

---

49 루가의 복음서 13:34 "암탉이 병아리를 날개 아래 모으듯이 내가 몇 번이나 네 자녀들을 모으려 했던가!"에서 나온 구절이다.

지. 그들은 우리에게 즐겁고 기쁜 마음으로 순종할 거요. 그들은 자기 양심의 가장 고통스러운 비밀을 전부 우리에게 가져올 것이고 우리는 모든 것을 해결해줄 것이며, 그들은 기쁜 마음으로 우리의 결정을 믿을 거요. 왜냐하면 그것이 개인적으로 자유의사에 따라 결정해야 하는 지금의 무서운 고통과 큰 걱정에서 그들을 벗어나게 해줄 테니까. 모두가, 즉 그들을 통치하는 수십만을 제외한 수백만의 존재가 행복해질 거요. 오로지 우리만이, 비밀을 간직한 우리만이, 다만 우리만이 불행해질 거요. 어린아이처럼 행복한 수십억의 사람들과 선악의 인식이라는 저주를 등에 진 수십만의 수난자들만이 존재하게 될 거요. 그들은 조용히 죽을 것이고 당신의 이름으로 스러져 무덤 너머에서는 죽음만을 보게 되겠지. 그러나 우리는 비밀을 간직한 채 그들의 행복을 위해 영원한 천상의 보상으로 그들을 유혹할 거요. 설사 저세상에 무엇이 있다 해도 물론 그건 그들과 같은 이들을 위한 것은 아닐 테니 말이오. 사람들은 당신이 새로이 와서 승리할 것이라고, 당신이 선택한 사람들, 오만하고 강한 자들과 함께 올 것이라고들 예언하지만,[50] 우리는 그들이 자기 자신만 구원한 반면 우리는 모두를 구원했다고 말하겠소. 또한 사람들은 짐승 위에 앉아 손에 비밀을 쥔 탕녀가 치욕을 당할 것이라고, 다시 약한 자들이 반란을 일으킬 것이라고, 탕녀의 홀을 빼앗고 그녀의 '추악한' 몸뚱이를 벌거벗길 것이라고 하더군.[51] 그러나 그때 나는 일어나 당신에게 죄를 모르는 수억의 행복한 어린아이들을 가리켜 보일 거요. 그들의 행복을 위해 그들의 죄를 짊어진 우

---

50 마태오의 복음서 24:30, 요한의 묵시록 12:7-11, 17:14, 19:19-21, 20:1-3 등에 나오는 내용이다.
51 요한의 묵시록 17:15-16에 나오는 내용이다.

리가, 우리가 당신 앞에 서서 말할 거요, '할 수 있거든, 감히 그럴 수 있거든 우리를 심판하라'라고. 우리는 당신이 두렵지 않소. 그걸 알아두시오, 알아두라고. 나도 광야에 있었고, 나도 메뚜기와 풀뿌리만 먹고살았고, 나도 당신이 인간에게 축복한 자유를 축복했고, 나도 '수를 채우려는'[52] 열망을 품은 채 당신이 선택한 사람들, 강력하고 강한 사람들 속에 들 준비가 되어 있었소. 그러나 나는 정신을 차렸고 그 미친 짓에 봉사하고 싶지 않아졌소. 나는 돌아와 당신의 위업을 수정한 자들의 무리에 가담했소. 나는 오만한 자를 떠나 겸손한 자의 행복을 위해 겸손한 자에게로 돌아왔소. 내가 당신에게 말한 것은 실현될 것이고, 우리의 왕국이 이룩될 거요. 당신에게 다시 말하는데, 내일 이 복종하는 무리를 떠나시오. 이 무리는 내가 손짓만 해도 우리를 방해하러 왔다는 이유로 당신을 불태울 화형대에 타오르는 불쏘시개를 던져넣으려 달려들 것이고, 나는 그 위에서 우리를 방해하러 왔다는 이유로 당신을 불태울 거요. 어느 누구보다 우리의 화형대에 오를 만한 짓을 한 사람은 바로 당신이오. 내일 나는 당신을 화형에 처하겠소. 내 말은 끝났소(Dixi)."

이반은 말을 멈추었다. 그는 흥분해서 열정적으로 이야기했지만 말을 마치고는 갑자기 미소를 지었다.

그의 말을 내내 말없이 듣고 있던 알료샤는 끝날 즈음에는 몹시 흥분해서 여러번 형의 말을 끊으려 했지만 분명 자제하다가 갑자기 자리에서 벌떡 일어나 말했다.

"하지만…… 이건 말도 안 되는 얘기예요!" 그는 얼굴이 벌겋게

---

52 요한의 묵시록 6:11 "또 그들은 흰 두루마기 한 벌씩을 받았습니다. 그리고 그들처럼 죽임을 당하기로 되어 있는 동료 종들과 형제들이 다 죽어서 그 수가 찰 때까지 잠시 쉬라는 분부를 받았습니다"에서 나온 구절이다.

달아올라서 소리쳤다. "형의 서사시는 예수 그리스도를 찬미하는 것이지, 형이 원했던…… 모독이 아니에요. 그리고 누가 형이 말하는 자유를 믿겠어요? 자유를 그렇게, 그렇게 이해해야 하나요! 정교에서 자유의 개념이 그런 건가요…… 그건 로마의 해석이에요, 게다가 로마 전체도 아니고, 그건 사실이 아니에요. 그건 가톨릭에서도 가장 나쁜 것, 심문관들, 예수회 사람들의 해석이죠! 그리고 형의 대심문관 같은 그런 환상적인 인물은 결코 있을 수 없어요. 그가 떠맡았다는 사람들의 죄라는 게 뭔가요? 사람들의 행복을 위해 어떤 저주를 짊어진 비밀의 보유자라는 게 뭐지요? 그런 사람들이 언제 있었나요? 우리는 예수회 사람들을 알고 그들에 대해 나쁘게 얘기하지만, 그들이 형이 말하는 그런 사람들인가요? 아니, 그들은 그렇지 않아요, 전혀 그렇지 않아요…… 그들은 미래에 세계적인 지상 왕국을 건설하려는 로마 군대에 불과해요, 황제가 있는, 로마 교황을 수장으로 하는…… 그게 바로 그 사람들의 이상이지만 거기에는 아무런 신비도, 고상한 비애도 없어요…… 그저 권력과 지상의 추잡한 행복, 노예화를 추구하는 가장 단순한 열망에 불과해요…… 미래의 노예제와 비슷한 것이고, 그들은 지주가 되겠지요…… 그게 그들의 전부예요. 그들은 어쩌면 신을 믿지 않는지도 몰라요. 형의 고뇌하는 대심문관은 몽상에 불과해요……"

"그만, 그만." 이반이 웃었다. "너무 흥분했구나. 몽상이라니, 뭐 그렇다고 치자! 물론 몽상이지. 하지만 잠깐, 너는 정말로 최근 몇 세기의 이 가톨릭의 운동이 모두 추잡한 지상의 행복만을 논하는 권력욕에 지나지 않는다고 생각하는구나. 빠이시 신부가 네게 그렇게 가르친 거냐?"

"아니, 아니에요. 오히려 빠이시 신부님은 언젠가 형이 한 것과 비슷한 이야기를 하신 적이 있어요…… 하지만 물론 같은 이야기가 아니죠, 전혀 아니에요." 알료샤는 갑자기 말을 바꾸었다.

"네가 아무리 '전혀 아니'라고 말해도 그건 아주 귀중한 정보구나. 나는 너의 예수회 사람들과 심문관이 왜 추악한 물질적 행복만을 위해 단합했다는 건지 묻고 싶어. 왜 그들 중에는 위대한 비애로 괴로워하며 인류를 사랑하는 수난자가 단 한 사람도 있을 수 없다는 거냐? 자, 오로지 추악한 물질적 행복만을 바라는 그들 중 단 한명이라도, 단 한 사람이라도 나의 늙은 대심문관 같은 사람을 가정해봐. 그는 자신을 자유롭고 완전하게 만들기 위해 자신의 육신을 극복하며 광야에서 메뚜기와 풀뿌리를 먹는 미친 짓을 하지만, 평생 인류를 사랑하고 의지를 완벽히 성취하는 정신적 복락이 별 대단치 않다는 것을 문득 깨닫게 되지. 그는 나머지 수백만의 하느님의 사람이 타고난 모습 그대로 조롱거리로 남을 것이고, 자신의 자유를 다룰 능력이 없으며, 그 가련한 반역자들 중에서는 탑을 완성시킬 거인이 나올 수 없다는 것을, 그런 거위들 중에서는 자신의 조화를 꿈꿀 만한 위대한 이상주의자가 나올 수 없다는 것을 알았어. 이 모든 것을 깨달은 그는 돌아와…… 현명한 사람들에게 합류했던 거지. 정말 이런 일이 있을 수 없다는 거냐?"

"누구에게 합류했다는 거예요, 현명한 사람들이 대체 누구예요?" 알료샤가 거의 열을 올리며 외쳤다. "그들에겐 아무런 지혜도, 아무런 신비도, 비밀도 없어요…… 단 한가지, 무신無神만이 그들 비밀의 전부일 뿐이죠. 형의 대심문관은 하느님을 믿지 않아요. 그게 바로 그의 비밀이에요!"

"바로 그거야! 마침내 알아챘구나. 정말 그래, 바로 거기에 모든 비밀이 있지. 하지만 수행을 위해 광야에서 자신의 평생을 썩히고

도 인류를 사랑하는 마음에서 헤어나지 못한 그 같은 사람에게는 이것이 고난이 아닐까? 인생의 황혼기에 그는 위대하고 무서운 영의 충고만이 연약한 반역자들, '조롱거리로 창조된 미완의 시험적 존재들'을 그나마 괜찮은 질서 속에서 안정시킬 수 있겠다고 분명히 확신했던 거야. 이걸 확신한 그는 현명한 영, 무서운 죽음과 파괴의 영이 지시하는 대로 따라야 하고, 이를 위해 거짓과 사기도 받아들이고 사람들을 의식적으로 죽음과 파괴로 이끌어야 하며, 더구나 가는 동안 내내 그들 가련한 눈먼 자들이 자신들이 행복하다고 생각하게끔 그들을 어디로 데려가는지 눈치채지 못하게 속여야 한다는 걸 알게 된 거지. 노인이 평생 그토록 열정적으로 믿었던 이상의 이름으로 이 기만이 행해진다는 걸 기억해둬! 과연 이게 불행이 아니면 뭘까? '추잡한 행복만을 위해 권력을 탐하는' 이 전 군대의 서두에 이런 사람이 단 한명이라도 있다면, 그 한 사람만으로도 비극을 낳기에 충분한 게 아닐까? 그뿐 아니라 전군대와 예수회 사람들과 함께하는 전로마적 사업의 진정한 지도이념, 이 사업의 고원한 이념을 나타내기에는 선두에 이런 사람이 한명 서 있는 것만으로도 충분하지. 솔직히 말해서, 나는 운동의 선두에 선 사람들 중에서 이 유일한 인물이 없었던 적은 결코 없으리라고 확신해. 누가 알겠냐, 로마 교황들 가운데도 이런 생각을 지닌 사람들이 있었을지! 누가 알겠냐, 어쩌면 인류를 자기 방식대로 그토록 고집스럽게 사랑한 이 저주받은 노인이 지금도 그런 생각을 지닌 수백명의 노인의 모습으로 존재할지도 모르고, 아니면 비밀의 수호를 위해, 불행하고 연약한 사람들을 행복하게 해주려고 그들로부터 비밀을 수호하기 위해 이미 오래전에 조직된 비밀결사로, 종파로 존재하고 있을지도 모르지. 이것은 반드시 존재하고 또 그래야만 해.

나는 프리메이슨[53]의 기초에도 그와 유사한 비밀이 있고, 그렇기 때문에 가톨릭교도들이 그들을 경쟁자, 통일된 이상의 파괴자로 보고 그렇게 미워한다는 생각이 들어. 하나의 양떼에는 하나의 목자만 있어야 하는데 말이야……[54] 그런데 내 생각을 변호하다보니 네 비판을 참지 못하는 창작자의 모습을 보이고 말았구나. 이걸로 충분하다."

"어쩌면 형 자신이 프리메이슨인지도 모르겠네요!" 알료샤에게서 문득 이런 말이 튀어나왔다. "형은 하느님을 믿지 않아요." 그는 이미 몹시 슬퍼하며 덧붙였다. 더구나 형이 자신을 보고 비웃는 것 같았던 것이다. "형의 서사시는 어떻게 끝나나요?" 그가 땅을 내려다보며 갑자기 물었다. "아니면 끝을 보지 못한 건가요?"

"나는 서사시를 이렇게 끝맺고 싶었다. 대심문관은 입을 다물고 그의 포로가 어떤 대답을 할지 잠시 기다려. 그의 침묵이 괴로웠던 거지. 그는 포로가 내내 꿰뚫을 듯이 자신의 눈을 똑바로 바라보며 아무런 반박도 하려 들지 않고 조용히 자신의 말을 듣고 있는 걸 보았어. 노인은 그가 무슨 말이든, 설사 쓰라리고 무서운 말이라도 해주기를 바랐어. 하지만 그는 돌연 말없이 노인에게 다가와 아흔살의 핏기 없는 입술에 조용히 입을 맞추지. 그게 대답의 전부야. 노인은 몸을 부르르 떨어. 그의 입술 끝이 움찔거리는 듯하지. 그는 감방 문으로 다가가 문을 열고 그에게 말해. '나가시오. 다시는

---

53 Freemasons. '자유석공조합'의 뜻이며 18세기 영국에서 결성된 비밀결사. 계몽주의에 기반한 박애주의, 세계시민주의를 표방하며 사회사업을 펼치는 세계적 민간조직이다. 러시아에는 1731년부터 프리메이슨 조직이 들어와 지금까지 이어지고 있다.

54 요한의 복음서 10:16 "그들도 내 음성을 알아듣고 마침내 한 떼가 되어 한 목자 아래 있게 될 것이다"에서 나온 구절이다.

오지 마시오…… 절대로 오지 마시오…… 절대로, 절대로!' 노인은 그를 '도시의 어두운 광장'[55]으로 내보내. 포로는 사라지지."

"노인은요?"

"입맞춤이 그의 심장에서 불타오르지만, 노인은 예전 사상을 그 대로 간직해."

"형은 그의 편인가요, 형은요?" 알료샤가 슬픈 목소리로 소리쳤다. 이반은 웃음을 터뜨렸다.

"이건 다 헛소리야, 알료샤. 이건 시라고는 단 두줄도 써보지 못한 엉터리 학생의 엉터리 서사시에 불과해. 어째서 그렇게 심각하게 받아들이니? 너는 내가 그의 위업을 수정하려는 수백명의 사람들 속에 서기 위해 곧장 예수회 사람들에게로 갈 거라고 생각하니? 오, 맙소사, 그게 나하고 무슨 상관이냐! 내가 네게 말했잖아, 나는 서른살까지만 어찌어찌 살아볼 거라고. 그러고는 잔을 바닥에 던질 거라니까!"

"싹트는 이파리, 소중한 무덤, 푸른 하늘, 사랑하는 여인은요! 형은 어떻게 살아갈 거예요, 무엇으로 그들을 사랑할 건데요?" 알료샤가 슬프게 탄식했다. "가슴과 머리에 그런 지옥을 품다니 가능하기나 한 일이에요? 아니야, 형은 그들과 합류하기 위해 가고 있어요…… 그렇지 않으면 스스로를 죽일 거예요, 견디지 못할 거라고요!"

"내겐 모든 것을 견딜 힘이 있어!" 이반이 냉소를 머금고 내뱉었다.

"어떤 힘 말이에요?"

---

55 뿌시낀의 시 「회상」에서 나온 구절이다.

"까라마조프적인 힘…… 까라마조프식의 저열한 힘."

"그건 타락에 빠져 퇴폐로 영혼을 질식시키는 거예요, 그렇죠, 그렇죠?"

"그렇다고 치자. 그것도…… 서른살까지만이야. 그다음에는 내가 피할지도 몰라, 그때는……"

"어떻게 피한다는 거죠? 무엇으로요? 형 같은 생각을 가지고는 불가능해요……"

"또다시 까라마조프식으로."

"'모든 것이 허용된다'란 말인가요? 모든 것이 허용된다, 그거죠?"

이반은 얼굴을 찌푸렸고 갑자기 이상할 만큼 창백해졌다.

"미우소프가 그렇게도 기분 나빠한 어제의 말을 네가 잡아챘구나…… 드미뜨리형이 그렇게나 순진하게 뛰어들어 했던 그 말 말이야." 그는 얼굴을 일그러뜨리며 웃었다. "그래, 그렇다고 해두자. 이미 발설되었으니 '모든 것이 허용된다', 그 말을 부정하지는 않겠다. 그리고 미쩬까의 각색도 나쁘진 않아."

알료샤는 말없이 그를 보았다.

"나는, 동생아, 떠나면서 이 세상에서 너만은 나한테 있다고 생각했어." 이반이 뜻밖에도 감정을 담아 불쑥 말했다. "이제는 네 가슴속에 내가 있을 자리가 없다는 걸 안다, 사랑하는 나의 은둔자야. '모든 것이 허용된다'라는 공식을 부인하진 않겠어. 그래, 어쩌냐, 그 때문에 너는 나를 모른 척할 거니? 그런 거야, 그래?"

알료샤는 말없이 일어나 그에게로 다가가 조용히 그의 입술에 입을 맞추었다.

"문학적 표절이야!" 이반이 갑자기 환희에 넘쳐 외쳤다. "이건 네가 내 서사시에서 훔친 거라고! 하지만 고맙다. 일어나라, 알료샤, 가자. 너도 나도 갈 때가 되었어."

그들은 밖으로 나와 선술집의 현관 계단 앞에 멈춰섰다.

"자, 알료샤," 이반이 단호한 목소리로 말했다. "정말로 내가 싹트는 이파리만으로 충분해서 그것들을 사랑하게 된다면, 그건 오직 너에 대한 기억 때문일 거야. 네가 여기 어딘가에 있다는 것만으로 내겐 충분해서 사는 게 싫어지지 않을 거야. 네게는 이거면 충분하니? 원한다면 이걸 사랑 고백으로 받아들이렴. 이제 너는 오른쪽으로, 나는 왼쪽으로, 그럼 그걸로 된 거야, 된 거라고. 그러니까 내가 내일 떠나지 않아서(아마 떠날 것 같긴 하다만) 어떻게든 우리가 다시 만나게 된대도, 이 주제에 대해서는 더이상 한마디도 하지 말아줬으면 좋겠어. 간절히 부탁할게. 드미뜨리형에 대해서도, 특별히 부탁하는데 내게 한마디도 꺼내지 마라." 그는 갑자기 화가 난 듯 덧붙였다. "할 말은 다 했고 그걸로 충분하니까, 그렇지 않니? 그 대신 내 쪽에서도 한가지 약속을 하마. 서른살쯤 되어서 '잔을 바닥에 던져버리고' 싶어지면, 네가 어디에 있든 내 다시 너를 찾아가 이야기를 나눌게…… 미국에서라도 달려올 테니 그렇게 알아두렴. 일부러라도 찾아갈 거야. 그때쯤의 네 모습을 본다면 아주 흥미로울 것 같다. 그때 너는 어떤 모습일까? 이런 거창한 약속은 이만하면 충분하지. 어쩌면 정말로 우리는 한 칠년, 십년쯤 헤어져 있을지도 모르겠구나. 자, 이제 네 세라피쿠스 신부[56]에게 가봐라. 너 없이 돌아가시면 내가 너를 붙잡아두었다고 내게 화를 내

---

[56] 아시시의 프란체스코(Francesco d'Assisi, 1182~1226) 신부를 뜻하며 세라피쿠스는 천사 세라핌이 그를 방문했다고 하여 붙은 별명이다. 여기서는 청빈을 강조한 그를 조시마 장상에 빗대고 있다.

실지도 모르잖아. 잘 가라, 다시 한번 입맞춰줘, 이렇게. 이제 가봐라……"

이반은 문득 몸을 돌리더니 더는 돌아보지 않고 제 갈 길을 갔다. 비록 어제와는 전혀 다른 식이었지만, 그 모습은 어제 드미뜨리 형이 알료샤의 곁에서 멀어지던 것과 비슷했다. 이 묘한 느낌은 그 순간 알료샤의 슬픔에 빠진, 애달프고 비애에 찬 머릿속을 화살처럼 스치고 지나갔다. 그는 형의 뒷모습을 바라보며 잠시 머뭇거렸다. 문득 그는 어째서인지 형 이반이 비틀거리듯 걷고 있고, 뒤에서 보니 그의 오른쪽 어깨가 왼쪽 어깨보다 처진 것을 알아챘다. 전에는 그걸 한번도 알아챈 적이 없었다. 하지만 그 역시 별안간 몸을 돌려 수도원을 향해 거의 뛰다시피 걸음을 옮겼다. 벌써 무척이나 어두워졌고 거의 무서운 느낌마저 들었다. 뭔가 새로운 것이 그의 내면에서 자라났는데, 그는 그것이 무엇인지 답할 수 없었다. 그가 소수도원의 숲으로 들어섰을 때는 어제처럼 다시 바람이 일었고 주위로 나이 든 소나무들이 음산한 소리를 내기 시작했다. 그는 거의 달음박질을 쳤다. '세라피쿠스 신부라니, 그런 이름은 어디서 들었을까, 어디서?' 알료샤의 머리에 이런 의문이 스쳤다. "이반형, 가련한 이반형, 이제 언제나 형을 보게 될까…… 저기 소수도원이다, 주여! 그래그래, 그분이다. 그분이 세라피쿠스 신부야. 그분이 나를 구해주실 거야…… 그로부터 영원히!"

훗날 살면서 몇번이나 그는 이반과 헤어진 후에 어떻게 그렇게 완전히 드미뜨리형에 대해 잊을 수 있었는지 몹시 의아해하며 떠올리곤 했다. 그날 아침만 해도, 불과 몇시간 전만 해도 그는 그날 밤 수도원으로 돌아가지 못하는 한이 있어도 반드시 그를 찾겠다고, 드미뜨리형을 찾지 않고는 시내를 떠나지 않겠다고 다짐했던 것이다.

6. 아직까지는 아주 모호한

이반 표도로비치는 알료샤와 헤어진 후 집으로, 자신이 살고 있는 표도르 빠블로비치의 집으로 갔다. 그런데 이상하게도 견딜 수 없는 애수가 그를 엄습했고, 무엇보다도 한걸음 한걸음 집이 가까워질수록 그 느낌은 더욱 커졌다. 이상한 점은 애수 자체가 아니라 그 애수가 어디서 비롯한 것인지 이반 표도로비치도 딱히 알 수 없다는 데 있었다. 이전에도 그는 자주 애수에 젖곤 했으므로, 그를 이곳으로 불러들인 모든 것과의 관계를 갑자기 끊고 내일이면 급선회하여 완전히 새로운 미지의 길을 향해 또다시 이전처럼 철저하게 혼자 나아갈 준비가 된 순간에 애수가 찾아왔다는 것은 놀랄 일도 아니었다. 그는 많은 것을 소망했지만 정말로 무엇을 소망하는지 몰랐고, 삶에서 많은 것을, 참으로 많은 것을 기대했지만 그런 기대와 자신의 소망 가운데 아무것도 스스로 설명할 수 있는 것이 없었다. 그런데 이 순간 그의 영혼이 새로운 미지의 것에 정말로 애수를 느끼긴 했어도, 그를 괴롭힌 것은 전혀 다른 것이었다. '이건 아버지의 집에 대한 혐오감이 아닐까?' 그는 속으로 생각했다. '그런 것 같다. 그 정도로 역겨워졌군. 오늘로 그 추악한 문지방을 넘는 것도 마지막이겠지만 그래도 어쨌든 혐오스러워······' 그러나 아니었다. 그게 아니었다. 그렇다면 알료샤와 헤어졌기 때문, 조금 전에 그와 나눈 이야기 때문일까? '몇년 동안이나 온 세상과 단절하고 말할 가치를 느끼지 못했는데 갑자기 그렇게 끝도 없이 허튼

소리를 해댔으니.' 사실 이것은 젊음의 미숙함과 젊음의 허영심에서 오는 젊은 불만, 마음속으로 틀림없이 크게 기대하고 있던 알료샤 같은 사람에게도 하고픈 말을 제대로 토로하지 못했다는 데서 오는 불만이었는지도 모른다. 물론 그건 그랬고 그러니까 그 불만은 틀림없이 그 때문일 수도 있지만, 그럼에도 그것도 아니었다. 여전히 아니었다. '구역질이 날 정도의 애수인데, 내가 뭘 원하는 건지 딱히 설명할 수가 없구나. 차라리 생각을 하지 말아야지……'

이반 표도로비치는 '생각을 하지 않으려고' 했지만 그것도 도움이 되지 않았다. 무엇보다 이 애수가 불만스러운 점은 이것이 우연적이면서도 겉으로 드러나는 모양새를 띠고 있어서 그를 자극한다는 것이었다. 마치 어딘가에 어떤 존재 혹은 사물이 눈앞에 튀어나와 신경 쓰이게 어른거리는데, 한동안 일을 하거나 열정적으로 대화를 나눌 때는 확실히 알아챌 수 없지만 아무튼 신경에 거슬리고 거의 고통스럽기까지 해서 결국 치우려고 확인해보면 대개는 흔히 터무니없이 시시하고 우스꽝스러운 물건, 그러니까 바닥에 떨어진 스카프나 책장에 꽂지 않은 책처럼 제자리에 놓이지 않은 물건인 것과 비슷했다. 이반 표도로비치는 불쾌하고 성마른 기분으로 마침내 아버지의 집에 도착했고, 갑자기 쪽문에서 열다섯걸음 정도 떨어진 곳에서 대문을 힐끗 본 순간 대번에 자신을 그토록 괴롭히고 불안하게 한 것이 무엇이었는지 깨달았다.

하인 스메르쟈꼬프가 대문 옆 벤치에 앉아 저녁 공기를 쐬고 있었는데, 이반 표도로비치는 그를 보자마자 하인 스메르쟈꼬프가 자신의 마음에 얹혀 있고 자신의 마음이 바로 저 인간을 참을 수 없어 한다는 것을 깨달았다. 모든 것이 갑자기 선명하게 드러났다. 조금 전에 스메르쟈꼬프와 만났다는 알료샤의 이야기를 들을 때도 뭔가 음울하고 역겨운 것이 갑자기 그의 가슴을 찌르면서 마음속에서 즉각 반사적으로 악의가 일어났던 것이다. 이후 대화를 나누는 동안 스메르쟈꼬프는 잠시 기억에서 멀어졌지만 마음속에 남아 있다가, 그가 알료샤와 헤어진 뒤 혼자서 집으로 가게 되자마자 즉시 잊었던 감정이 다시 갑자기 재빠르게 표면으로 떠올랐던 것이다. '저 하찮은 불한당이 그 정도로 나를 불안하게 만들 수 있단 말인가!' 그는 참을 수 없는 증오심과 함께 이런 생각을 했다.

문제는 이반 표도로비치가 이즈음, 특히 최근 며칠 사이에 이 존재를 정말로 너무도 싫어하게 되었다는 점이었다. 그는 이 존재에게 느끼는 증오에 가까운 감정이 점차 커져가는 것을 스스로 감지하고 있었다. 이 증오가 더욱 날카로워진 것은 이반 표도로비치가 우리 도시에 막 도착한 초기에는 상황이 전혀 달랐기 때문이다. 당시 이반 표도로비치는 스메르쟈꼬프에게 어떤 특별한 동정심을 느꼈고, 심지어 그가 굉장히 독창적이라고 생각했다. 이반 표도로비치는 스스로 나서서 자신과 이야기를 나누도록 그를 가르쳤는데, 언제나 약간은 두서없고 더 정확히 말해 다소 불안정한 그의 정신 상태에 놀라며 '이 관조자'가 무엇 때문에 그렇게 지속적으로 집요하게 불안해하는지 이해할 수 없어 했다. 그들은 철학적인 문제들에 대해서도, 심지어 태양과 달, 별들이 넷째 날에야 창조되었는데 어떻게 첫째 날 빛이 빛날 수 있었는지, 그것을 어떻게 이해해야 할지에 대해서도 이야기를 나누었다. 그러나 이반 표도로비치는 곧 문제는 태양과 달, 별에 있는 것이 아니며 태양과 달과 별이 비록 스메르쟈꼬프에게 흥미로운 대상이기는 해도 그닥 중요치 않다는 것을, 그에게는 전혀 다른 무언가가 필요하다는 것을 확신하게 되었다. 이래도 저래도 여하튼 무한한 자존심, 그것도 상처받은 자존심이 본색을 드러내기 시작했던 것이다. 이반 표도로비치는 그 점이 영 마음에 들지 않았다. 그의 혐오도 거기서 비롯했다. 이후 그루셴까가 나타나서 집안에 분란이 일고 드미뜨리형의 소동이 시작되고 성가신 일이 벌어지자 그들은 이 일에 대해서도 이야기를 나누었다. 언제나 스메르쟈꼬프는 크게 흥분해서 이야기했지만 역시나 그가 원하는 것이 무엇인지는 도무지 알 수 없었다. 그가 무심결에 드러내는 다른 소망들도 언제나 마찬가지로 불분명했는데, 너무도 비논리적이고 무질서해서 놀랄 지경이었다. 스메르쟈꼬프는 계속해서 질문을 해대며 간접적이지만 분명 숙고한 듯한 질문들을 쏟아냈지만 왜 그것을 묻는지는 설명하지 않았고, 보통은 심문을 하다가 가장 첨예한 순간에 이르면 갑자기 입을 다물거나 전혀 다른 주제로 넘어가곤 했다. 그러나 이반 표도로비치를 마침내 화나게 하고 그의 속에 혐오감을 불러일으킨 점은 무엇보다 스메르쟈꼬프가 갈수록 강하게 드러내는 어떤 혐오스럽고도 특별한 친근감이었다. 그가 무례하게 군 것은 아니고 오히려 언제나 지극히 예의를 갖췄지만, 왠지 모르게 스메르쟈꼬프는 이반 표도로비치와 어떤 유대관계가 있다는 듯이, 그들 둘 사이에 약속된 무엇이 있다는 듯이, 언젠가 둘 사이에 이야기가 있었으며 그들 둘만 아는 은밀한 것이라 주변을 맴도는 유한한 존재들은 이해조차 할 수 없다는 듯이, 언제나 그런 투로 말했던 것이다. 그러나 이반 표도로비치는 그때만 해도 한동안 자신의 커져가는 혐오감의 진정한 이유를 이해하지 못하다가 결국 가장 최근에야 무엇이 문제인지 깨닫게 되었다.

이제 그는 꺼림칙하고 짜증스러운 느낌으로 스메르쟈꼬프는 쳐다보지도 않고 말없이 쪽문으로 들어가려 했지만, 스메르쟈꼬프가 벤치에서 일어나자 그 동작 하나에서 이반 표도로비치는 그가 자신과 특별한 대화를 원한다는 것을 한순간에 알아차렸다. 이반 표도로비치는 그를 보고 걸음을 멈췄는데, 자신이 불과 일분 전까지 바라던 대로 그냥 지나치지 않고 갑자기 멈춰섰다는 것에 진저리나게 화가 치밀었다. 그는 분노와 혐오감을 품고 거세파처럼 여윈 스메르쟈꼬프의 머리칼을 빗어넘긴 관자놀이와 조그맣게 부풀린 앞머리를 바라보았다. 그의 가늘게 뜬 왼쪽 눈이 깜박거리며 '어딜 가는 거야, 그냥은 못 지나가지. 우리 둘처럼 현명한 사람들은 뭔가 나눌 얘기가 있잖아' 하고 말하듯이 웃음을 지었다. 이반 표도로비치는 몸을 부르르 떨었다.

'저리 비켜, 이 불한당아, 네가 어떻게 내 친구냐, 바보 같은 녀석!' 이런 말이 그의 혀끝에서 튀어나올 뻔했지만, 정말 놀랍게도 혀에서는 전혀 다른 말이 튀어나왔다.

"아버지는 깨어 계시나, 아니면 주무시나?" 느닷없이 그는 이렇게 조용하고 온순하게 말하고는 갑자기, 역시나 전혀 뜻밖으로 벤치에 앉았다. 그 순간 그는 거의 무섭기까지 했고, 나중에 이 일을 기억해냈다. 스메르쟈꼬프는 뒷짐을 지고 그의 맞은편에 서서 엄숙할 만큼 확신에 찬 눈으로 그를 보았다.

"아직 주무십니다." 그가 느긋하게 대답했다.(말하자면, 먼저 말을 건 것은 너지 내가 아니라는 투였다.) "저는 나리한테 놀랐습니다, 나리." 그러고서 그는 잠시 말을 멈췄다가 어쩐지 점잖을 떨며 눈을 내리깔고 오른발을 앞으로 내밀어 에나멜 칠이 된 구두코로 장난을 쳤다.

"어째서 나한테 놀랐다는 거냐?" 이반 표도로비치는 온 힘을 다해 자제하며 툭툭 끊어서 엄하게 말하고는 문득, 자기가 아주 강한 호기심에 사로잡혀서 그것을 만족시키지 않고는 절대로 자리를 뜨지 않으리라는 것을 깨닫고 혐오감을 느꼈다.

"나리, 체르마시냐에는 왜 안 가시는 겁니까?" 스메르쟈꼬프는 갑자기 눈을 치켜뜨고 친근하게 웃었다. '현명한 사람이라면 내가 왜 미소 짓는지 당연히 알 거요.' 그의 가늘게 뜬 왼쪽 눈이 말하는 듯했다.

"왜 내가 체르마시냐로 가야 하지?" 이반 표도로비치는 놀랐다.

스메르쟈꼬프는 다시 침묵했다.

"표도르 빠블로비치께서 그렇게나 간청하시잖아요." 마침내 그가 느긋하게, 마치 자신도 자신의 대답을 대수롭지 않게 여긴다는 듯이 말했다. 그러니까 뭐든 말하기 위해 별 중요하지 않은 이유를 둘러댄 것이다.

"에이, 제길, 뭘 원하는지 분명히 말해봐." 마침내 부드럽던 이반 표도로비치가 거칠어지면서 화를 내며 소리쳤다.

스메르쟈꼬프는 오른쪽 다리를 왼쪽 다리로 끌어당겨 붙이고 몸을 더 곧게 세웠지만 여전히 마찬가지로 평온한 미소를 짓고 그를 바라보았다.

"중요한 일은 없습니다…… 그냥 얘기나 할까 해서요……"

다시 침묵이 찾아왔다. 일분 정도 서로 말이 없었다. 이반 표도로비치는 지금 일어나서 화를 내야 한다는 것을 알았지만, 스메르쟈꼬프는 그의 앞에 서서 '네가 화를 내는지 아닌지 두고 봐야겠다' 하는 투로 기다리는 듯했다. 마침내 그가 일어나려고 몸을 움직였다. 스메르쟈꼬프는 정확히 그 순간을 포착했다.

"제 처지가 아주 끔찍합니다, 이반 표도로비치. 어떻게 해야 할지 저도 모르겠습니다." 그는 갑자기 분명하게 단언했고, 마지막 말을 할 때는 한숨을 내쉬었다. 이반 표도로비치는 즉시 다시 자리에 앉았다.

"두분 다 고집이 세시고, 두분 다 아주 어린애가 되신 것 같습니다." 스메르쟈꼬프가 말을 이었다. "나리의 아버님과 형님 드미뜨리 표도로비치 말씀입니다. 이제 그분, 표도르 빠블로비치는 일어나시면 매순간 제게 떼를 쓰기 시작하실 겁니다. '그 여자는 안 왔나? 왜 오지 않았지?' 그렇게 자정까지, 심지어 자정 너머까지요. 만일 아그라페나 알렉산드로브나가 오지 않으면(그녀는 절대로 여기 오지 않을 작정인 것 같지만) 내일 아침에 또 제게 덤벼드실 겁니다. '왜 안 왔지? 어째서 오지 않은 거야? 언제 온다더냐?' 그게 마치 제 죄라도 되는 양 말입니다. 또 한편으로는 이제 해가 지자마자, 아니 그보다도 일찍 나리 형님이 손에 무기를 들고 이웃에 나타나셔서는 '잘 지켜봐, 이 악당, 부엌데기야, 내 여자를 놓치거나 그 여자가 온 걸 내게 알리지 않았다간 어느 누구보다 너를 먼저 죽일 테다,' 이러는 거죠. 밤이 지나고 아침이 되면 그분도 표도르 빠블로비치와 꼭 마찬가지로 '왜 안 왔지? 곧 나타날까?' 하면서 저를 아주 못살게 괴롭히실 겁니다. 저는 이번에도 그녀가 나타나지 않은 것 때문에 죄인이 되는 거죠. 매일 매시간 갈수록 두분은 더 화를 내시고, 저는 어떤 때는 무서워서 스스로 목숨을 끊을까도 생각한단 말입니다. 나리, 저는 두분께 기대를 걸지 않습니다."

"그런데 왜 끼어들었어? 어째서 드미뜨리 표도로비치에게 모든 걸 고해바치기 시작했느냐고?" 이반 표도로비치가 화를 내며 말했다.

"어떻게 끼어들지 않을 수 있겠습니까? 제대로 정확하게 알고 싶으시다면, 저는 결코 끼어들지 않았습니다. 아주 처음부터 저는 감히 대들 생각을 못 하고 내내 입을 다물고 있었는데, 그분 자신이 저를 명령하는 대로 행하는 하인 리차르도[57]로 만들어버리신 거라고요. 그뒤로 그분은 이 한마디밖에는 모르세요. '이 악당아, 놓치면 너를 죽여버릴 테다.' 나리, 아마도 내일 저는 오래갈 뇌전증 발작을 일으킬 것 같습니다."

"오래갈 뇌전증 발작이라니, 그게 뭐냐?"

"긴 발작, 몹시도 길게 이어질 발작 말입니다. 몇시간, 아니면 하루나 이틀까지 지속될 발작요. 한번은 사흘쯤이나 계속된 적도 있는데, 그때는 다락에서 떨어졌거든요. 발작이 멈췄나 싶으면 다시 시작되곤 했죠. 사흘 내내 의식을 찾지 못했습니다. 그때 표도르 빠블로비치는 게르젠시뚜베에게 사람을 보냈고, 이마에 얼음을 올려주고 또 무슨 치료를 해주셨는데…… 하마터면 죽을 뻔했습니다."

"그런데 뇌전증 발작은 언제 일어날지 예측할 수 없다고들 하던데, 너는 어떻게 내일 일어날 거라고 얘기하는 거냐?" 이반 표도로비치가 유난히 초조한 듯 호기심을 보이며 캐물었다.

"미리 알 수 없다는 말은 정확합니다."

"더구나 그때 너는 다락에서 떨어졌잖냐."

"다락에는 매일 올라가니까 내일도 다락에서 떨어질 수 있지요. 다락이 아니면 지하창고에서 떨어질 수도 있고요. 지하창고에도 볼일이 있어서 매일 가니까요."

이반 표도로비치는 한참 동안 그를 바라보았다.

"네가 분명 허튼소리를 하고 있다는 게 보이는데, 무슨 소린지 이해할 수가 없구나." 그는 조용히, 그러나 어쩐지 위협적으로 말

---

57 중세 프랑스 로망스의 러시아어 번안 동화 『왕자 보바의 이야기』(повесть о Бове-Королевиче)에 나오는 그비돈왕의 하인 이름이다.

했다. "네가 내일부터 사흘 동안 뇌전증 발작이 일어난 척하겠다는 말이냐?"

스메르쟈꼬프는 땅바닥을 내려다보며 또다시 오른쪽 발끝으로 장난을 치더니 오른발을 제자리에 놓고 그 대신 왼발을 앞으로 내밀고는 고개를 들고 미소를 지으며 말했다.

"제가 그런 짓을 할 수 있다 해도, 다시 말해서 경험 있는 사람이 그런 척 흉내를 내는 게 어려운 일은 전혀 아니니까 그렇게 한다고 해도, 저는 죽음으로부터 제 목숨을 구하기 위해 그런 방법을 쓸 권리가 충분히 있다고 생각합니다. 제가 앓아누우면, 설사 아그라페나 알렉산드로브나가 주인님을 찾아오더라도 그분이 병자에게 '어째서 알려주지 않았느냐?' 하고 추궁하실 수는 없지 않겠습니까. 자신만 부끄러워지겠지요."

"에이, 제길!" 이반 표도로비치가 분통이 터져 일그러진 얼굴로 버럭 고함을 질렀다. "어째서 너는 네 목숨 때문에 겁을 내는 거냐! 드미뜨리형의 협박은 모두 홧김에 한 소리지 그 이상 아무것도 아니야. 형은 너를 죽이지 않아. 죽인다 해도 너는 아니야!"

"파리 새끼처럼 죽이실 겁니다. 누구보다 먼저 저를 죽이실 거예요. 하지만 저는 그것보다 다른 게 더 무섭습니다. 그분이 아버님께 어리석은 짓을 저지를 경우 제가 공범으로 비칠까봐 두려워요."

"어째서 너를 공범으로 생각한다는 거냐?"

"제가 그분에게 가장 큰 비밀인 바로 그 신호를 알려드렸으니까 공범으로 생각하겠지요."

"무슨 신호를? 누구에게 알려줬다고? 제기랄, 똑바로 말해봐!"

"다 고백해야겠네요." 스메르쟈꼬프가 점잖은 척 느긋하게 말을 끌었다. "저와 표도르 빠블로비치 간에는 한가지 비밀이 있습니다.

나리도 아시다시피(어쩌면 아시겠지요) 주인님은 벌써 며칠째 밤이면, 심지어 낮에도 집에 돌아오면 곧장 문을 걸어잠그고 계시죠. 나리는 집에 돌아오시면 매번 일찍이 위층 방으로 올라가시고 어제는 아예 외출하지 않으셨으니 주인님께서 밤마다 얼마나 열심히 문을 걸어잠그는지 모르실 수도 있겠네요. 그리고리 바실리예비치가 와도 목소리를 확인해야 문을 열어주십니다. 그런데 그리고리 바실리예비치는 이제 드나들지 않지요. 그분의 방에서는 저 혼자만 주인님 시중을 드니까요. 아그라페나 알렉산드로브나와의 계획이 시작된 그 순간부터 주인님께서 직접 그렇게 정하신 겁니다. 이제 저는 주인님의 명에 따라 밤에는 방에서 물러나 곁채에 묵지만, 자정까지는 자지 않고 경비를 서며 일어나 마당을 둘러보고 아그라페나 알렉산드로브나가 언제 올지 기다려야 합니다. 주인님은 벌써 며칠째 미친 사람처럼 그녀를 기다리고 계시거든요. 주인님은 이렇게 생각하십니다. '그 여자는 드미뜨리 표도로비치를(주인님은 미쯔까라고 부르시지요) 두려워하니 밤늦게 뒷길로 올 거다, 그러니 그 여자를 자정까지, 그때가 지나서도 지켜서 있어야 한다. 만일 그 여자가 오면 너는 내게 달려와 문을 두드리거나 정원으로 난 창문을 두드리는데, 처음에는 작게 똑똑, 이렇게 두번 두들기고 그다음에는 더 빨리 똑똑똑 세번 두드리는 거다. 그러면 내가 그 여자가 온 줄 알고 네게 조용히 문을 열어주마' 하고 말씀하셨지요. 뭔가 비상한 일이 일어난 경우에 쓸 다른 신호도 알려주셨습니다. 처음 두번은 빠르게 똑똑, 그다음에는 기다렸다가 또 한번 세게 두드리는 거지요. 그러면 뭔가 급작스러운 일이 생겨서 제가 주인님을 꼭 뵈어야 하는 것으로 알고 문을 열어주실 것이고, 제가 들어가서 알려드리는 겁니다. 이 모든 건 아그라페나 알렉산드로브나가 직접 오지 못해서 뭔가 소식을 전하러 사람을 보낼 경우를 위한 거지요. 그밖에 드미뜨리 표도로비치가 오실 수도 있으니까 그러면 그분이 가까이 있다는 걸 알려야 합니다. 주인님은 드미뜨리 표도로비치를 몹시 무서워하세요. 그래서 아그라페나 알렉산드로브나가 와서 함께 문을 걸어잠그고 계시더라도 그 시간에 드미뜨리 표도로비치가 어디든 가까이에 나타나면 그 즉시 저는 세번 문을 두드려 반드시 그 사실을 알려야 합니다. 그러니까 다섯번 두드리는 첫번째 신호는 '아그라페나 알렉산드로브나가 왔다'는 뜻이고, 세번 두드리는 두번째 신호는 '급한 용무'라는 뜻입니다. 주인님께서 직접 몇번이나 제게 시범을 보이며 가르치고 설명하셨어요. 온 우주에서 이 신호에 대해 아는 사람은 저와 주인님뿐이라 주인님은 아무 의심 없이, 아무 소리도 없이(주인님은 큰 소리 내는 걸 두려워하시니까요) 문을 열어주실 겁니다. 그런데 바로 이 신호를 이제 드미뜨리 표도로비치도 알게 되셨어요."

"어떻게 알게 된 거냐? 네가 알려줬나? 어떻게 감히 알려줄 수가 있어?"

"너무 무서웠어요. 그분 앞에서 제가 어떻게 감히 입을 다물고 있을 수 있겠습니까? 드미뜨리 표도로비치는 날마다 '너, 나를 속이고 있지? 무얼 숨기고 있는 게냐? 네놈의 두 다리를 분질러버리겠다!' 하고 위협하시거든요. 그래서 최소한 제가 노예처럼 복종한다는 걸 보여드리려고, 그렇게 해서라도 속이지 않고 뭐든 다 보고하고 있다는 확신을 심어드리려고 그분께 이 비밀 신호를 알려드린 겁니다."

"만일 형이 그 신호를 이용해 들어가려고 하면 너는 형을 들여보내선 안돼."

"제가 발작으로 누워 있게 된다면, 설사 그분이 그토록 필사적이라는 걸 알아서 감히 들여보내지 않으려 갖은 애를 쓴다 해도, 무슨 수로 들여보내지 않을 수 있겠습니까?"

"에이, 제기랄! 어째서 너는 그렇게 발작이 올 거라고 확신하는 거냐, 망할 놈아? 네가 지금 나를 놀리는 거냐? 그런 거야?"

"제가 어떻게 감히 나리를 놀릴 수 있겠습니까? 이렇게 무서워 죽겠는데 농담이 나오겠느냐고요? 발작이 올 거라는 예감이 듭니다, 그런 예감이 든다고요. 이렇게 무서운 것만으로도 발작이 일어나니까요."

"에이, 제길! 네가 누워 있어도 그리고리가 망을 볼 거야. 그리고리에게 경고해줘라. 그러면 형을 들여보내지 않겠지."

"주인님의 명령 없이는 무슨 일이 있어도 그리고리 바실리예비치에게 신호에 대해 가르쳐주지 못합니다. 그리고 그리고리 바실리예비치가 그분의 소리를 듣고 들여보내지 않을 거라 하셨지만, 아저씨는 마침 어제부터 앓아누웠습니다. 마르파 이그나찌예브나가 내일 남편을 치료할 계획이지요. 조금 전에 그렇게 얘기가 되었어요. 그 치료라는 게 아주 흥미로워요. 마르파 이그나찌예브나는 약술 담그는 법을 알고 있어서 무슨 약초로 만든 독한 술을 늘 담가놓고 있어요. 그런 비법을 갖고 있습니다. 마르파 이그나찌예브나는 이 비약으로 일년에 세번은 그리고리 바실리예비치를 치료하지요. 일년에 세번쯤, 아저씨의 허리가 마비된 것처럼 말을 듣지 않을 때요. 일년에 세번쯤. 그럴 때 마르파 이그나찌예브나는 수건을 가져다가 그 약에 적셔서 아저씨의 등 전체를 다 마를 때까지 삼십분 정도 문지릅니다. 등이 벌겋게 부어오르면 나머지 약술을 유리병에 넣어 뭐라고 기도를 한 뒤 마시게 하지요. 하지만 다는 아니고, 드물긴 해도 자신을 위해 조금 남겼다가 마셔버리기도 하지요. 이제 말이지만 두분 다 술을 못 마시는 사람들이라 그대로 쓰러져 아주 오랫동안 깊은 잠을 잡니다. 그리고리 바실리예비치는 그러고서 일어나면 언제나 싹 낫고, 마르파 이그나찌예브나는 깨어나면 언제나 머리가 아프지요. 그러니 내일 마르파 이그나찌예브나가 이런 자신의 계획을 실행하게 되면 그 부부는 사람 소리를 들을 리 만무하고, 드미뜨리 표도로비치를 들여보내지 않기도 어렵죠. 잠에 빠져 있을 테니까요."

"무슨 허튼소리야! 이 모든 일이 마치 고의로 짠 듯이 한꺼번에 일어나다니. 너는 발작을 일으키고, 둘은 인사불성이 되도록 잠을 잔다고!" 이반 표도로비치가 소리를 질렀다. "그런 일이 일어나도록 네가 꾸미겠다는 소리 아니냐?" 그의 입에서 갑자기 이런 말이 튀어나왔고 그는 준엄하게 눈살을 찌푸렸다.

"제가 어떻게 그런 일이 일어나게 한단 말씀이세요…… 무엇 때문에 그러겠어요, 모든 일이 드미뜨리 표도로비치 한 사람, 그분의 생각 하나에 달렸는데…… 그분이 해를 끼치고 싶으면 그러는 거고 아니면 아니지, 제가 일부러 그분을 어르신께 쳐들어가도록 만드는 건 아닙니다."

"만약 네가 말했듯이 아그라페나 알렉산드로브나가 절대로 올 리 없다면 어째서 형이 아버지에게 찾아간다는 거냐, 그것도 몰래." 이반 표도로비치가 악에 받쳐 창백해진 얼굴로 말을 이었다. "너 자신도 이야기했고 나 또한 이곳에 살면서 내내 노인네가 망상을 가진 것뿐, 그 추잡한 여자는 아버지를 찾아오지 않으리라고 확신하고 있었다. 그런데 그 여자가 찾아오지 않는다면서 어째서 드미뜨리가 노인네 방에 쳐들어간다는 거지? 말해봐! 나는 네 녀석의 생각을 알아야겠다."

"어째서 오실지는 스스로 잘 아시면서 왜 제 생각을 알고 싶으신 겁니까? 그저 악에 받쳐서, 아니면 제가 병이 날 경우 의심스러워 견디질 못해서 쳐들어와 어제처럼 방을 뒤질 수도 있지요. 그 여자가 그분 몰래 아버지 방에 찾아왔는지 아닌지 보려고 말입니다. 또 그분은 표도르 빠블로비치가 3천 루블이 든 큰 봉투를 준비해두신 것도 잘 알고 있습니다. 세군데를 봉인하고 끈으로 묶은 뒤 주인님께서 손수 겉에다 '만일 온다면, 나의 천사 그루셴까에게'라고 썼다가, 사흘쯤 지나서 '나의 병아리에게'라고 덧붙여놓으셨지요. 그러니 그것도 의심스럽겠지요."

"헛소리!" 이반 표도로비치가 미친 듯 흥분하여 소리쳤다. "드미뜨리는 돈을 훔치러 오지도 않고, 더구나 아버지를 죽일 사람은 못돼. 형이 어제는 그루셴까 때문에 악에 받친 바보처럼 흥분해서 아버지를 죽일 뻔했지만, 도둑질을 하러 오진 않을 거야!"

"그분은 지금 돈이 필요합니다, 간절히 필요하지요, 이반 표도로비치. 나리는 그분에게 돈이 얼마나 필요한지 모르십니다." 스메르쟈꼬프는 굉장히 차분하게 또박또박 설명했다. "더구나 그분은 그 3천 루블을 자기 돈이라고 생각하시고, 제게도 그렇게 설명하셨어요. '사람들 말로 아버지는 내게 아직 정확히 3천 루블을 더 줘야 한다더군'이라고요. 이 모든 것에 더해 분명한 진실 한가지를 생각해보세요, 이반 표도로비치, 아마도 이건 거의 맞는 말일 겁니다. 아그라페나 알렉산드로브나는 자신이 원하기만 하면 틀림없이 주인님을, 표도르 빠블로비치를 자신과 결혼하게 만들 겁니다. 원하기만 하면요. 그리고 어쩌면 그녀도 원하고 있을지 모르지요. 저는 그녀가 오지 않을 거라고 했지만, 어쩌면 그녀는 그 이상을, 그러니까 곧바로 주인마님이 되기를 원하고 있을지도 모른단 말입니다. 상인 삼소노프가 그녀에게 직접 대놓고 모든 게 꽤 영리한 일인 것 같다고 말하며 웃었다는 걸 저는 알고 있습니다. 그 사람들이 아주 바보는 아니거든요. 그녀는 드미뜨리 표도로비치 같은 빈털터리와 결혼하진 않을 겁니다. 자, 이제 이 모든 걸 고려해서 스스로 판단해보세요, 이반 표도로비치. 그럴 경우 주인님이 돌아가시고 나면 드미뜨리 표도로비치에게는 물론 심지어 나리와 동생분 알렉세이 표도로비치에게도 아무것도, 정확히 한푼도 돌아가지 않을 겁니다. 왜냐하면 아그라페나 알렉산드로브나는 모든 걸 자기 명의로 돌리기 위해, 있는 재산을 다 자기가 차지하기 위해 주인님과 결혼하는 걸 테니까요. 하지만 그런 일이 일어나기 전에 지금 주인님이 돌아가신다면 그렇지 않겠지요. 형제분 모두가 4만 루블씩은 확실히 받으실 테고, 주인님이 그렇게도 증오하시는 드미뜨리 표도로비치도 받으시게 되겠지요, 아직 유언장이 작성되지 않았으니…… 드미뜨리 표도로비치도 분명 그걸 알고 계실 겁니다……"

이반 표도로비치의 얼굴이 일그러지며 부르르 떨리는 것 같았다. 그는 갑자기 얼굴을 붉혔다.

"그런데 너는 어째서," 그는 대뜸 스메르쟈꼬프의 말을 막았다. "그 모든 걸 알면서도 내게 체르마시냐로 가라고 하는 거냐? 무슨 말을 하고 싶은 거지? 내가 떠나면 그런 일들이 벌어질 텐데." 이반 표도로비치가 가쁘게 숨을 헐떡였다.

"바로 그렇습니다." 스메르쟈꼬프가 유심히 이반 표도로비치를 살피면서 생각에 잠겨 조용히 말했다.

"뭐가 바로 그렇다는 거냐?" 이반 표도로비치가 간신히 자제하고 위협적으로 눈을 번득이며 다그쳤다.

"나리가 안타까워 말씀드린 겁니다. 제가 만일 나리의 입장이라면 당장 모든 걸 던져버렸을 텐데요…… 이런 일을 지켜보느니……" 스메르쟈꼬프가 이반 표도로비치의 번득이는 눈동자를 바라보며 솔직하게 대답했다. 두 사람 모두 잠시 입을 다물었다.

"너는 엄청난 바보에다 물론…… 무서운 파렴치한이야!" 이반 표도로비치는 벤치에서 벌떡 일어났다. 그러고서 즉시 쪽문으로 가려던 그는 돌연 멈춰서서 스메르쟈꼬프에게로 몸을 돌렸다. 뭔가 이상한 일이 벌어졌다. 이반 표도로비치는 갑자기 경련이라도 일으킨 듯 입술을 깨물고 주먹을 부르쥐었다. 한순간 그는 스메르쟈꼬프에게 달려들 기세였다. 최소한 스메르쟈꼬프는 그 순간에 그 몸짓을 알아채고 부르르 떨며 온몸을 뒤로 뺐다. 그는 그 순간을 운 좋게 넘겼다. 이반 표도로비치는 입을 꽉 다물고 어떤 의혹에 잠긴 듯 쪽문 쪽으로 몸을 돌렸다.

"나는 내일 모스끄바로 떠날 거다, 네가 알고 싶다면, 내일 아침일찍. 그걸로 끝이야!" 그는 화가 나서 말을 끊어가며 큰 소리로 이렇게 말했고, 나중에 자기가 어떻게 그때 스메르쟈꼬프에게 그런 말을 할 필요가 있다고 생각했는지 스스로에게 놀라고 말았다.

"그게 가장 좋지요." 그는 바로 그 말을 기다렸다는 듯이 말을 가로챘다. "물론 무슨 일이라도 생기면 모스끄바로 전보를 쳐서 나리에게 알리겠지만요."

이반 표도로비치는 또 한번 멈춰서서 재빨리 다시 스메르쟈꼬프에게로 몸을 돌렸다. 그런데 어떤 일이 일어났다. 스메르쟈꼬프의 친근하고 거리낌 없던 태도가 삽시간에 사라지고, 그의 얼굴에는 온통 크나큰 관심과 소심하고 비굴한 기대의 표정이 떠올랐다. 이반 표도로비치에게 붙박인 뚫어질 듯한 시선은 '더 말할 게 있느냐? 덧붙일 말이 있느냐?'라고 묻고 있었다.

"무슨 일이 생기면…… 내가 체르마시냐에 가 있으면 불러올 수 없단 말이냐?" 이반 표도로비치는 무엇 때문에 그렇게 무섭게 목소리를 높이는지도 깨닫지 못한 채 갑자기 고함을 질렀다.

"체르마시냐에 계셔도 오시도록 할 수 있지요……" 스메르쟈꼬프는 당황하며 거의 속삭이듯 중얼거렸지만, 줄곧 이반 표도로비치의 눈을 똑바로 뚫어져라 바라보고 있었다.

"그저 모스끄바가 더 멀고 체르마시냐는 가까우니 체르마시냐로 가라고 고집을 피우는 거라면, 마차 운임이 아까운 거냐, 아니면 멀리 돌아가야 할 내가 가엾기라도 한 거냐?"

"바로 그 말입니다……" 스메르쟈꼬프는 다시 끊기는 목소리로 중얼거리며 추악한 미소를 지었고, 또다시 긴장해서 언제든 몸을 뺄 기세였다. 그러나 이반 표도로비치는 스메르쟈꼬프가 깜짝 놀라도록 크게 웃음을 터뜨렸고 계속해서 웃으며 빠른 걸음으로 쪽문으로 들어갔다. 그의 얼굴을 본 사람이라면 그가 기분이 좋아서 웃음을 터뜨린 것이 아님을 분명히 알 수 있었을 것이다. 그 순간 자신에게 무슨 일이 일어났는지는 아마 그 자신도 결코 설명할 수 없었으리라. 그는 꼭 경련을 일으킨 것처럼 떨며 걸었다.

7. '영리한 사람과는 잠시 이야기하는 것도 흥미롭다'

그리고 그는 말도 이런 식으로 했다. 홀에 들어서자마자 표도르 빠블로비치를 마주친 그는 갑자기 두 손을 내저으며 "저는 위층 제 방으로 갑니다, 아버지한테 가는 게 아니에요. 안녕히 계세요"라고 소리쳤다. 그러고는 아버지를 쳐다보려고도 하지 않고 곁을 지나쳤다. 그 순간에 그가 노인을 몹시 증오스럽게 여겼을 수 있다손 치더라도, 적대감을 그렇게까지 거리낌 없이 드러내는 것은 표도르 빠블로비치로서도 뜻밖의 일이었다. 노인은 곧장 그에게 알려주고 싶은 것이 있어서 일부러 그를 맞으러 홀로 나온 것 같았다. 그런 친절한 말을 듣자 그는 말없이 멈춰서서 빈정거리는 표정으로 다락방으로 이어지는 계단을 따라 아들이 시야에서 사라지는 것을 눈으로 좇았다.

"저 녀석이 왜 저러는 거냐?" 그가 이반 표도로비치를 뒤따라 들어온 스메르쟈꼬프에게 물었다.

"뭔가에 화가 나셨겠죠. 누가 알겠습니까." 그가 슬쩍 피하듯이 중얼거렸다.

"제기랄! 화를 내려면 내보라지! 사모바르를 내와라, 어서 빨리. 뭐 새로운 소식은 없느냐?"

그러고는 스메르쟈꼬프가 방금 이반 표도로비치에게 한껏 불평했던 바로 그런 종류의 심문, 다시 말해 기다리고 있던 손님에 대한 질문 공세가 시작되었다. 이 심문은 여기서 생략하기로 하자. 삼십 분 후에 집의 문이 걸어잠겼고, 미치광이 노인은 이제 곧 다섯 번의 약속된 노크 소리가 울리지 않을까 초조한 기대를 품고 시커먼 어둠 외에는 아무것도 보이지 않는 캄캄한 창밖을 내다보며 홀로 방 안을 서성거렸다.

이미 아주 늦은 시간이었지만 이반 표도로비치는 여전히 자지 않고 생각에 잠겨 있었다. 그는 그날 밤 늦게, 2시가 다 되어서야 자리에 누웠다. 그러나 그의 생각의 흐름도 일일이 전하지 않겠다. 지금은 그의 영혼 속에 들어가볼 때가 아니기 때문이다. 그의 영혼에 대해서는 나중에 말할 시간이 있을 것이다. 게다가 전달해보려고 해도 쉽지 않은 일인데, 왜냐하면 그것은 생각이라기보다 아주 모호한 어떤 것, 무엇보다 너무 흥분된 무엇이었기 때문이다. 그 스스로도 갈피를 못 잡고 있다고 느꼈다. 그를 괴롭힌 것은 갖가지 이상하고도 전혀 예기치 못한 욕망들이었다. 예를 들면, 자정도 지나서 그는 갑자기 아래층으로 내려가 문을 열고 곁채로 가서 스메르쟈꼬프를 두들겨패주고 싶은 마음이 굴뚝같아서 못 견딜 지경이었다. 그런데 무엇 때문이냐고 물으면 그 하인놈이 세상에서 제일 괘씸한 후레자식이라도 되는 양 아주 증오스러워졌다는 것 말고는 다른 이유를 결코 한가지도 정확히 댈 수 없었을 것이다. 또 한편으로 그날 밤 그의 영혼은 몇번이나 어떤 설명할 수 없는 비참한 소심함에 사로잡혔고, 그로 인해 그는 갑자기 육체의 힘을 잃은 느낌마저 들었다. 그는 머리가 아프고 어지러웠다. 꼭 누군가에게 복수하려는 듯이 증오스러운 무언가가 그의 영혼을 조여왔다. 심지어 아까 나눈 대화를 떠올리자 알료샤마저 미워졌고, 잠깐씩은 자기 자신도 싫었다. 까쩨리나 이바노브나에 대해서는 생각하는 것조차 잊었는데, 나중에 그는 이 점에 특히 놀랐다. 어제 아침 까쩨리나 이바노브나의 집에서 내일이면 모스끄바로 떠나겠다고 큰소리쳤을 때만 해도 마음속으로 '이건 헛소리야, 떠나지 않을 거잖아. 지금 큰소리치는 것처럼 그렇게 쉽게 떠나지는 못할걸'이라고 스스로에게 속삭였던 것을 똑똑히 기억하고 있었기 때문이다. 훗날 한참 시간이 흘러 이날 밤을 떠올릴 때면 이반 표도로비치는 자신이 갑자기 소파에서 일어나 누가 엿볼까 몹시 두려워하며 조용히 문을 열고 계단으로 나가 아래쪽, 그러니까 아래층 방에서 표도르 빠블로비치가 스적스적 방 안을 거니는 소리에 귀를 기울였던 것을 특히 혐오감을 품고서 상기했다. 그는 오랫동안, 오분 정도나 이상한 호기심에 싸여 뛰는 심장을 움켜쥐고 숨죽인 채 귀를 기울였는데, 왜 그랬는지, 무엇을 위해 엿들었는지는 물론 그 자신도 알수 없었다. 그는 이 '행동'을 평생토록 '혐오스러운 짓'이라고 불렀고, 평생토록 마음 깊은 곳에서 이것이 자기 인생에서 제일 비열한 행동이었다고 생각했다. 그 순간 그는 표도르 빠블로비치 자신에게는 아무런 증오심도 품지 않았고 웬일인지 극도의 호기심만 느꼈다. 그가 저기 아래에서 어떻게 돌아다니고 있을지, 자기 방에서 지금 무엇을 할지 추측해보고, 저 아래 어두운 창밖을 내다보다 갑자기 방 한가운데에 서서 누가 노크하지는 않을까 기다리는 모습을 상상해보았다. 이반 표도로비치는 그러느라고 두번이나 계단까지 나갔다. 2시쯤에 사방이 완전히 고요해지고 표도르 빠블로비치가 자리에 눕자, 이반 표도로비치도 녹초가 된 몸을 이끌고 잠자리에 들었다. 실제로 그는 돌연 깊은 잠에 빠져 꿈도 꾸지 않고 자다가 이미 날이 밝은 아침 7시경에 일찍이 잠에서 깼다. 눈을 뜬 그는 정말 놀랍게도 갑자기 어떤 비상한 활력이 자신의 내부로 밀려드는 것을 느꼈고, 얼른 튀어일어나 재빨리 옷을 갈아입고 여행가방을 꺼내 지체 없이 서둘러 짐을 싸기 시작했다. 속옷은 마침 어제 아침에 세탁소에서 모두 받아두었다. 이반 표도로비치는 모든 일이 이렇게 잘 풀리고 갑자기 떠나는 데 아무 제약이 없다는 생각에 미소까지 나왔다. 그의 출발은 정말로 급작스러운 것이었다. 이반 표도로비치는 어제 (까쩨리나 이바노브나와 알료샤, 나중에는 스메르쟈꼬프에게) 내일 떠날 거라고 말하긴 했지만, 지난밤 잠자리에 들 때만 해도 떠날 생각은 없었다는 것을 아주 잘 기억하고 있었다. 적어도 아침에 깨자마자 당장 가방을 싸게 되리라고는 전혀 생각지 못했던 것이다. 마침내 트렁크도 배낭도 준비를 마쳤다. 마르파 이그나찌예브나가 날마다 하는 대로 어디서 차를 드시겠느냐, 그의 방이냐, 아니면 아래층으로 내려오시겠느냐는 일상적인 질문을 하러 올라왔을 때는 9시경이었다. 이반 표도로비치는 아래층으로 내려갔고, 그 정도면 즐거운 표정을 하고 있었다. 하지만 그의 말과 몸짓에는 어딘지 수선스럽고 서두르는 기색이 역력했다. 그는 아버지와 다정하게 인사를 나누고 특별히 그의 안부도 묻고는, 아버지의 대답을 다 듣기도 전에 자신은 한시간 뒤에 모스끄바로, 그것도 아예 떠날 테니 말을 준비하게 사람을 보내달라고 선언하듯 말했다. 노인은 무례하게도 아들이 떠난다는 데 안타까워하는 것도 잊고 전혀 놀라는 기색도 없이 그 말을 들었다. 그 대신 그는 마침 중요한 본인의 용무 한가지를 떠올리고 갑자기 부산하게 움직이기 시작했다.

"아, 너는! 그럴 수가! 어제까지 아무 말도 없더니…… 그래도 아무튼 이제부터 해결하면 되지. 내게 큰 자비를 베풀어다오, 네 친아버지에게 말이다. 체르마시냐에 좀 들러주렴. 볼로비야역에서 왼쪽으로 돌아서 12킬로미터 정도만 가면 돼. 그러면 바로 체르마시냐란다."

"제발요, 그럴 수 없어요. 철도까지 85킬로미터가 넘는데, 모스끄바로 가는 기차는 역에서 저녁 7시에 떠나요. 시간에 맞춰 가기도 빠듯해요."

"내일 갈 수도 있잖냐, 아니면 모레도 갈 수 있고. 오늘은 체르마시냐에 다녀오렴. 아비를 안심시켜주는 데 큰 힘이 드는 것도 아니지 않느냐! 거기 볼일이 급박하고 중요한 거라 여기 일이 없었다면 내가 진작에 직접 가봤을 텐데, 지금은 여기서 거기에 신경 쓸 틈이 없구나…… 알겠느냐, 거기 베기체프와 쟈치긴 두 구역의 황무지에 내 숲이 있단다. 상인 마슬로프 영감과 그 아들이 벌목 비용으로 도합 8천 루블을 내겠다더구나. 작년만 해도 1만 2천 루블을 내겠다는 상인이 나타났었는데, 그 지방 사람이 아닌 게 문제가 됐지. 이제 그 지방 사람들한테는 팔 수가 없어. 마슬로프네 인간들이 횡포를 부리고 있거든. 그 부자는 돈을 쓸어담았고, 수십만장자의 부자여서 그들이 값을 딱 정해놓고 그대로 받으라 하면 그 지방 사람들 중 아무도 감히 그들과 다투려는 사람이 없지. 그런데 일리인스끼 신부가 지난 목요일에 갑자기 편지를 보내서 고르스뜨낀이 왔다고 하더구나. 역시 상인으로 나도 아는 사람인데, 잘된 게 뭔가 하면 그 지방 출신이 아니라 뽀그레보프 출신이라는 거야. 그러니 마슬로프네 사람들을 두려워하지 않는단 말이지. 내 숲에 1만 1천 루블을 내겠다는데, 듣고 있니? 신부가 하는 말이 그 녀석이 거기 머무는 게 일주일뿐이란다. 그러니 네가 가서 그 녀석과 흥정을 해보면 좋겠구나……"

"아버지가 신부에게 편지를 써서 그 사람더러 흥정하라고 하세요."

"신부는 그럴 능력이 없어. 그게 문제야. 그 신부는 사람을 볼 줄 모르거든. 사람은 진국이라 내가 당장 2만 루블을 영수증 없이 맡긴다 해도 전혀 딴짓을 할 줄 모르지만, 사람이 아니라 까마귀라도 그를 속일 수 있을걸. 하지만 학식이 많은 사람이야, 상상해보렴. 그 고르스뜨낀은 겉보기에는 푸른 반외투를 걸치고 다니는 농민인데 성격은 완전히 비열한 놈이라, 그게 우리의 골칫거리다. 그 녀석은 악마처럼 거짓말을 해댄단 말이다. 어떤 때는 어찌나 거짓말을 해대는지 대체 왜 저러나 놀랄 정도야. 삼년 전에는 아내가 죽어서 벌써 다른 여자하고 재혼했다고 거짓말을 했는데, 완전히 멀쩡했거든. 생각해봐라, 그 부인은 죽기는 고사하고 오히려 사흘들이로 그 녀석을 패준다더라. 그러니 이제 알아봐야 하는 거지, 그 녀석이 거짓말을 하는지 참말을 하는지, 1만 1천 루블에 사고 싶어하는 게 사실인지 말이다.”

“그렇다면 거기 가도 제가 할 수 있는 일은 없겠어요. 저도 그런 안목은 없거든요.”

“잠깐만 기다려봐라, 너도 할 수 있다니까. 내가 그 녀석의 특징을 죄다 얘기해주마. 나는 그 고르스뜨낀 녀석하고 일한 지 오래되었거든. 알겠니, 그 녀석의 턱수염을 봐야 한다. 그 녀석 턱수염은 불그죽죽하고 지저분하고 가느다래. 그 턱수염을 파르르 떨면서 화를 내며 말하면 괜찮아. 진실을 말한다는 뜻이고, 거래를 하고 싶다는 얘기다. 만약 턱수염을 왼손으로 쓰다듬으면서 웃으면 수작을 부린다는 뜻이야. 사기를 치는 거지. 그 녀석 눈은 절대 보지 마라, 눈을 봐서는 전혀 알 수가 없거든. 속이 시커먼 물속 같은 사기꾼 녀석이니 턱수염을 봐야 한다. 내가 그 녀석에게 보낼 쪽지를 써주마. 가서 보여줘라. 그 녀석은 고르스뜨낀이라지만 실은 고르스뜨낀이 아니라 랴가비[58]야. 그런데 그 녀석을 랴가비라고 부르진 마라, 화를 낼 게다. 그 녀석하고 흥정을 해보고 괜찮다고 생각되거든 바로 여기로 편지를 써라. ’거짓말을 하는 건 아니네요’라고만 써. 1만 1천을 고수하되 1천 정도는 양보할 수 있지만, 더이상은 안 된다. 생각해봐라, 8천과 1만 1천, 3천 차이다. 나는 그 3천 루블을 거저 얻는 셈인데, 사겠다는 사람은 곧 또 나타날 것 같지 않고

---

58 ‘밀고자’ ‘사냥개’라는 뜻이다.

지금 돈은 엄청나게 필요하단 말이다. 그 녀석이 진지하다는 걸 알려주면 어떻게든 시간을 내서 내가 직접 날아가 일을 마무리하마. 지금은 모든 게 신부 혼자 생각이니 내가 거기로 달려갈 이유가 있겠니? 그러니 자, 갈래, 안 갈래?"

"에이 참, 시간이 없어요. 좀 봐주세요."

"허허, 아버지를 좀 봐주렴. 내 잊지 않으마! 너희는 모조리 인정머리가 없어, 정말이지! 하루나 이틀이 너한테 뭐 그리 대수냐? 네가 지금 어디로 가겠다는 건데, 베네찌아냐? 네 베네찌아는 이틀 사이에 무너지지 않아. 알료샤를 보내면 좋겠다만, 알료샤가 그런 일을 어떻게 처리하겠느냐? 내가 이러는 건 오로지 네가 똑똑한 사람이어서야. 내가 그걸 모르겠느냐. 숲을 사고파는 건 아니어도 너는 안목이 있지 않느냐. 그저 가서 알아보기만 하면 된다, 그 녀석이 진지하게 얘기하는지 아닌지. 내가 말하지 않느냐, 턱수염만 보라고. 턱수염이 떨리면 진심을 말한다는 거야."

"아버지가 나서서 저를 저주스러운 체르마시냐로 떠밀어 보내려는 거지요, 그렇죠?" 이반 표도로비치가 악에 받쳐 비웃음을 띠고 소리쳤다.

표도르 빠블로비치는 그 악의를 알아채지 못했는지 아니면 알아채고 싶지 않았는지, 그 웃음만 잡아챘다.

"그러니까 간다는 거지, 갈 거지? 당장 네게 쪽지를 써주마."

"모르겠어요, 갈지 안 갈지. 가다가 결정할게요."

"가다가는 무슨, 지금 결정해라. 사랑스런 아들아, 지금 결정해! 협상을 해보고 내게 두줄만 써서 신부에게 맡겨라. 그럼 신부가 눈 깜짝할 사이에 내게 네 쪽지를 보내줄 거야. 그다음에는 너를 붙잡지 않을 테니, 베네찌아로 가려무나. 신부가 자기 마차로 너를 다시 볼로비야역으로 데려다줄 게다."

노인은 한껏 환희에 싸여 쪽지를 휘갈겼고, 사람을 시켜 말을 준비하고 먹을 것과 꼬냑을 내오도록 했다. 노인은 기분이 좋으면 언제나 호기롭게 목소리를 높였지만 이번에는 자제하는 것 같았다. 예를 들어, 드미뜨리 표도로비치에 대해서는 한마디도 입에 올리지 않았다. 이별도 전혀 안타까워하지 않았다. 무슨 말을 해야 할지도 모르는 기색이었다. 이반 표도로비치도 그런 것을 상당히 눈치채고 있었다. '한편으로 내가 지겨웠겠지.' 그는 속으로 생각했다. 다만 노인은 현관 계단까지 나와 아들을 배웅할 때 약간 허우적대며 작별의 입맞춤을 하려고 했다. 그러나 이반 표도로비치는 입맞춤을 피하려는 듯 그에게 손을 내밀어 악수를 청했다. 노인은 곧 알아채고 얼른 수그러졌다.

"자, 하느님의 가호가 있기를, 가호가 있기를!" 그가 현관 계단에서 거듭 말했다. "살다보면 다시 오겠지? 그래, 오너라, 언제나 기쁠 게다. 자, 주님께서 함께하시길!"

이반 표도로비치는 지붕이 있는 여행용 마차에 올랐다.

"잘 가거라, 이반, 이 애비를 너무 욕하지는 말아다오!" 아버지가 마지막으로 소리를 질렀다.

스메르쟈꼬프와 마르파, 그리고리 등 그 집 사람들 모두가 배웅하러 나왔다. 이반 표도로비치는 모두에게 10루블씩을 주었다. 그가 마차에 올라 자리를 잡았을 때, 스메르쟈꼬프가 양탄자를 바로 잡기 위해 다가왔다.

"자, 봐라…… 체르마시냐로 간다……" 어째선지 이반 표도로비치의 입에서 어제처럼 돌연 이런 말이 튀어나왔고 거기에 어떤 신경질적인 웃음이 보태졌다. 그는 나중에도 오랫동안 이것을 기억했다.

"그러니까 영리한 사람과는 잠시 이야기하는 것도 흥미롭다는 사람들 말이 옳군요." 스메르쟈꼬프가 이반 표도로비치를 뚫어지게 바라보며 확고한 어조로 대답했다.

마차는 출발과 함께 질주하기 시작했다. 여행자의 마음은 어두웠지만 주변의 들판과 언덕이며 나무들과 그 위로 맑은 하늘 높이 날아가는 기러기떼를 탐욕스럽게 바라보았다. 그러자 갑자기 기분이 좋아졌다. 그는 마부와 이야기를 나눠보고 그 농민이 한 대답 중 무언가에 몹시 흥미를 느꼈는데, 잠시 후에는 모든 것이 귓등을 스칠 뿐 자신이 사실상 농민의 대답을 이해하지 못한다는 생각이 들었다. 그는 입을 다물었는데 그것도 좋았다. 공기는 깨끗하고 신선하고 차가웠고 하늘은 청명했다. 머릿속에 알료샤와 까쩨리나 이바노브나의 모습이 어른거렸지만 그는 말없이 미소를 지으며 사랑스런 환영들을 조용히 날려보냈고, 그러자 그들은 날아가버렸다. '그들의 시간이 다시 오겠지.' 그는 생각했다. 그는 단숨에 역으로 달려가 말을 바꾼 다음 다시 볼로비야역으로 돌진했다. '어째서 영리한 사람과는 잠시 이야기하는 것도 흥미롭다고 했을까? 무슨 얘기를 하고 싶었던 걸까?' 문득 이런 생각이 그의 마음을 사로잡았다. '게다가 나는 어째서 그 녀석에게 체르마시냐로 간다고 알려준 거지?' 그는 볼로비야역에 도착했다. 이반 표도로비치가 마차에서 내리자 마부들이 그를 둘러쌌다. 샛길을 통해 체르마시냐로 가는 12킬로미터의 여정을 두고 흥정에 들어갔다. 그는 말을 마차에 매라고 명했다. 역사 안에 들어간 그는 주변을 둘러보다가 역참지기의 아내를 보고 갑자기 다시 현관 밖으로 나왔다.

"체르마시냐에는 갈 필요 없네. 어이, 여보게들, 7시 기차를 타러

가야 하는 데 늦지 않겠나?"

"딱 맞춰드리겠습니다. 말을 맬깝쇼?"

"얼른 매게. 내일 자네들 중 시내로 가는 사람이 있는가?"

"왜 없겠습니까요. 미뜨리가 갈 겁니다."

"미뜨리, 부탁 한가지 들어주겠나? 내 아버지 표도르 빠블로비치 까라마조프에게 들러서 내가 체르마시냐에 가지 않았다고 전해주게. 그럴 수 있겠나?"

"여부가 있겠습니까, 꼭 들릅지요. 표도르 빠블로비치라면 예전부터 압니다요."

"자, 이걸로 차라도 한잔하게. 아버지가 자네에게 챙겨주시지는 않을 테니……" 이반 표도로비치가 유쾌하게 웃었다.

"물론 주시지 않겠지요." 미뜨리도 웃음을 터뜨렸다. "감사합니다, 나리, 반드시 전하겠습니다……"

저녁 7시에 이반 표도로비치는 열차에 올라 모스끄바를 향해 내달렸다. '지난 일은 모두 떨쳐버리자. 지난 세계와는 완전히 끝이다. 그곳으로부터 어떤 소식도, 어떤 응답도 없기를. 새로운 세계, 새로운 장소로, 돌아보지 말자!' 그러나 문득 그의 영혼에는 환희 대신 이제까지 평생 한번도 느껴보지 못한 암울함이 내려앉았고 가슴은 비애로 쑤석여졌다. 그는 밤새도록 생각에 잠겼다. 기차는 날듯이 내달렸고, 새벽녘에 모스끄바에 들어서서야 그는 갑자기 정신이 드는 것 같았다.

"나는 비열한 놈이야!" 그는 속으로 속삭였다.

표도르 빠블로비치는 아들을 배웅하고 아주 흡족했다. 두시간 내내 그는 행복하다고 느끼며 꼬냑을 홀짝거렸다. 그러나 갑자기 그 집의 모든 사람에게 몹시 언짢고 불쾌한 사건이 벌어졌고 순식간에 표도르 빠블로비치를 큰 당혹감에 빠뜨렸다. 스메르쟈꼬프가 무슨 일인지 지하창고에 갔다가 계단 아래로 굴러떨어진 것이다. 그때 마당에 마르파 이그나찌예브나가 있어서 제때에 그 소리를 들은 것이 천만다행이었다. 그녀는 굴러떨어지는 것을 보지는 못했지만 비명 소리, 특별하고 이상하지만 오래전부터 익숙한 비명 소리를 들었는데, 그것은 발작을 일으킬 때 나는 뇌전증 환자의 비명 소리였다. 계단을 내려가던 순간에 발작이 일어나 정신을 잃고 굴러떨어진 것인지, 아니면 반대로 떨어지는 바람에 그 충격으로 뇌전증 환자인 스메르쟈꼬프에게 발작이 일어난 것인지는 알 수 없었지만, 사람들은 지하창고에서 경련과 발작을 일으키며 입에 거품을 물고 몸을 부들부들 떨고 있는 그를 발견했다. 처음에는 다들 그가 팔이든 다리든 어딘가 부러지거나 타박상을 입었을 것이라고 생각했지만, 마르파 이그나찌예브나의 표현대로 '하느님이 보우하사' 그런 일은 없었다. 다만 그를 지하창고에서 끌어내어 하느님이 창조한 바깥세상으로 옮기는 것이 힘들었을 뿐이다. 그래도 이웃에 도움을 청해서 어찌어찌 그를 옮길 수 있었다. 크게 충격을 받아 어쩔 줄 모르는 듯이 보였지만 표도르 빠블로비치도 이 모든 과정에 참여했고 직접 나서서 돕기까지 했다. 그러나 환자는 의식을 찾지 못했다. 발작은 잠시 멈추는가 싶다가 재발하곤 해서 모두들 그가 작년에 다락에서 굴러떨어졌을 때와 똑같은 일이 일어날 것이라고 결론을 내렸다. 그때 그의 이마에 얼음을 올려주었던 것을 기억해냈다. 얼음이 아직 지하창고에 남아 있어서 마르파 이그나찌예브나가 조치를 취했고, 표도르 빠블로비치는 저녁 무렵 게르쩬시뚜베를 부르러 사람을 보냈으며 그는 곧 도착했다. 의사는 환자를 꼼꼼히 살펴보고 나서(그는 이 도시에서 가장 꼼꼼하고 주의 깊은 의사로 나이가 지긋하고 점잖은 사람이었다) 발작이 극심해서 '아주 위험할 수 있다'는 결론을 내렸고, 지금으로서는 그, 게르쩬시뚜베도 정확히 파악할 수 없으므로 현새의 조치가 도움이 되지 않으면 내일 아침에 다른 조치를 취하겠다고 말했다. 환자는 곁채의 그리고리와 마르파 이그나찌예브나의 거처와 나란히 붙은 방으로 옮겨졌다. 이후 표도르 빠블로비치는 하루 종일 불운에 불운을 맛보았다. 마르파 이그나찌예브나가 점심을 준비했는데, 수프는 스메르쟈꼬프가 끓인 것에 비하면 '구정물 같았고' 닭고기는 너무 말라서 씹을 수가 없었다. 마르파 이그나찌예브나는 맞는 말이긴 해도 가혹한 주인의 질책에 닭 자체가 너무 늙은 놈이었고, 자기는 요리 공부를 한 적이 없다고 반박했다. 저녁 무렵에는 다른 걱정거리가 생겼다. 사흘 전부터 몸이 아프다던 그리고리가 허리를 못 쓰게 되어 이제는 완전히 몸져누웠다고 알려온 것이다. 표도르 빠블로비치는 되도록 빨리 차를 마시고 나서 문을 잠그고 홀로 집 안에 틀어박혔다. 그는 무섭고도 불안한 기대감에 빠져 있었다. 바로 그날 밤에 그루쎈까가 올 거라고 기다리고 있었던 것이다. 적어도 아침 일찍 스메르쟈꼬프로부터 "그분이 틀림없이 오겠다고 약속하셨습니다"라고 거의 확답을 받았기 때문이다. 달래지지 않는 노인의 심장은 불안하게 고동쳤고, 그는 텅 빈 방 안을 거닐며 귀를 기울였다. 어디선가 드미뜨리 표도로비치가 그녀를 감시하고 있을지 모르므로 귀를 바짝 세우고 있어야 했다. 그녀가 창을 두드리자마자(스메르쟈꼬프는 사흘 전에 어디서 어떻게 문을 두드려야 할지 그녀에게 가르쳐주었다고 표도르 빠블로비치를 안심시켰다) 가능한 한 빨리 문을 열어서, 주여, 그녀가 겁을 먹고 도망치지 않도록 단 일초도 현관에서 지체하지 않게 해야 한다. 표도르 빠블로비치는 초조했지만 그의 마음은 이보다 더 달콤한 희망에 빠졌던 적이 없었다. 이번에는 반드시 그녀가 오리라고 거의 장담할 수 있었던 것이다!

(2권으로 이어집니다)

발간사

고전의 새로운 기준, 창비세계문학

오늘날 우리는 인간의 존엄과 개성이 매몰되어가는 시대를 살고 있다. 물질만능과 승자독식을 강요하는 자본주의가 전지구적으로 확산되면서 현대사회는 더 황폐해지고 삶의 질은 크게 훼손되었다. 경제성장만이 최고의 선으로 인정되고 상업주의에 물든 문화소비가 삶을 지배할수록 문학은 점점 더 변방으로 밀려나고 있다. 삶의 본질을 성찰하는 문학의 자리가 위축되는 세계에서는 가진 자와 못 가진 자 할 것 없이 모두가 불행할 수밖에 없다.

이 시대야말로 인간답게 산다는 것의 의미가 무엇인지 근본적인 화두를 다시 던지고 사유의 모험을 떠나야 할 때다. 우리는 그 여정에 반드시 필요한 벗과 스승이 다름 아닌 세계문학의 고전이라는 점을 강조한다. 고전에는 다양한 전통과 문화를 쌓아올린 공동체의 경험이 녹아들어 있고, 세계와 존재에 대한 탁월한 개인들의 치열한 탐색이 기록되어 있으며, 새로운 세상을 꿈꾸는 아름다운 도전과 눈물이 아로새겨 있기 때문이다. 이 무궁무진한 상상력의 보고이자 살아 있는 문화유산을 되새길 때만 개인의 일상에서 참다운 인간적 가치를 실현하고 근대적 삶의 의미와 한계를 성찰하는 지혜를 얻을 수 있을 것이다.

'창비세계문학'은 이러한 문제의식에서 출발한다. 세계문학의 참의미를 되새겨 '지금 여기'의 관점으로 우리의 정전을 재구성해야 할 필요성이 그 어느 때보다 절실하다. '정전'이란 본디 고정된 목록으로 존재하는 것이 아니라 그때그때 주어진 처소에서 새롭게 재구성됨으로써 생명을 이어가는 것이다. 우리는 먼저 전세계 문학들의 다양성과 차이를 존중하면서 국가와 민족, 언어의 경계를 넘어 보편적 가치에 기여할 수 있는 가능성에 주목하고자 한다. 근대를 깊이 성찰한 서양문학뿐 아니라 아시아와 라틴아메리카, 중동과 아프리카 등 비서구권 문학의 성취를 발굴하고 재평가하는 것 역시 세계문학의 지형도를 다시 그리려는 창비의 필수적인 작업이 될 것이다.

여러 전집들이 나와 있는 세계문학 시장에서 '창비세계문학'은 세계문학 독서의 새로운 기준이 되고자 한다. 참신하고 폭넓으면서도 엄정한 기획, 원작의 의도와 문체를 살려내는 적확하고 충실한 번역, 그리고 완성도 높은 책의 품질이 그 기초이다. 독서시장을 왜곡하는 값싼 유행과 상업주의에 맞서 문학정신을 굳건히 세우며, 안팎의 조언과 비판에 귀 기울이고 독자들과 꾸준히 소통하면서 진정 이 시대가 요구하는 세계문학이 무엇인지 되묻고 갱신해나갈 것이다.

　1966년 계간『창작과비평』을 창간한 이래 한국문학을 풍성하게 하고 민족문학과 세계문학 담론을 주도해온 창비가 오직 좋은 책으로 독자와 함께해왔듯, '창비세계문학' 역시 그러한 항심을 지켜나갈 것이다. '창비세계문학'이 다른 시공간에서 우리와 닮은 삶을 만나게 해주고, 가보지 못한 길을 걷게 하며, 그 길 끝에서 새로운 길을 열어주기를 소망한다. 또한 무한경쟁에 내몰린 젊은이와 청소년 들에게 삶의 소중함과 기쁨을 일깨워주기를 바란다. 목록을 쌓아갈수록 '창비세계문학'이 독자들의 사랑으로 무르익고 그 감동이 세대를 넘나들며 이어진다면 더없는 보람이겠다.

2012년 가을
창비세계문학 기획위원회
김현균 서은혜 석영중 이욱연 임홍배 정혜용 한기욱

창비세계문학 85

까라마조프 형제들 1

초판 1쇄 발행 / 2021년 6월 15일

지은이 / 표도르 미하일로비치 도스또옙스끼
옮긴이 / 홍대화
펴낸이 / 강일우
책임편집 / 정편집실·오규원
조판 / 전은옥
펴낸곳 / (주)창비
등록 / 1986년 8월 5일 제85호
주소 / 10881 경기도 파주시 회동길 184
전화 / 031-955-3333
팩시밀리 / 영업 031-955-3399 편집 031-955-3400
홈페이지 / www.changbi.com
전자우편 / lit@changbi.com

한국어판 ⓒ (주)창비 2021
ISBN 978-89-364-6484-4 03890